Die Pferdelords und die Nachtläufer des Todes

Originalausgabe
1. Auflage
Deutsche Erstveröffentlichung Februar 2011

Die Veröffentlichung dieses Werkes erfolgt auf Vermittlung der Autoren- und Verlagsagentur Peter Molden, Köln
Umschlaggestaltung: OpenCornerMedia
Lektorat: Andrea Bottlinger
Druck & Herstellung: CPI books GmbH, Leck

ISBN: 978-3-939139-15-7

www.arcanum-fantasy-verlag.de

Michael H. Schenk

Die Pferdelords und die Nachtläufer des Todes

Pferdelords Band 9

Fantasyroman

Erstausgabe

Arcanum Fantasy Verlag
Dortmund

Elfen
Die Barbaren des Dünenlandes
N
W
O
S
250 Tausendlängen (ca. 500 km)

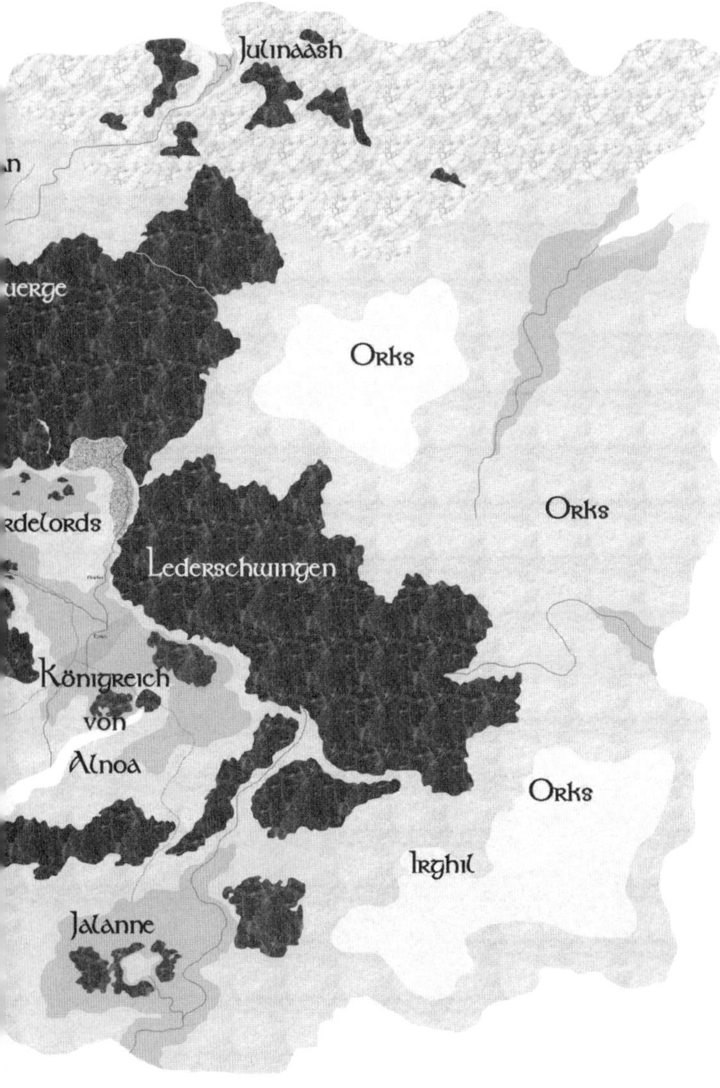
Julinaash
Orks
Orks
Lederschwingen
Königreich
von
Alnoa
Orks
Irghil
Jalanne

Julinaash
Ataraan
Sespiru
Gajath
Pferdelords
Wasserfall
Dorf
Eten

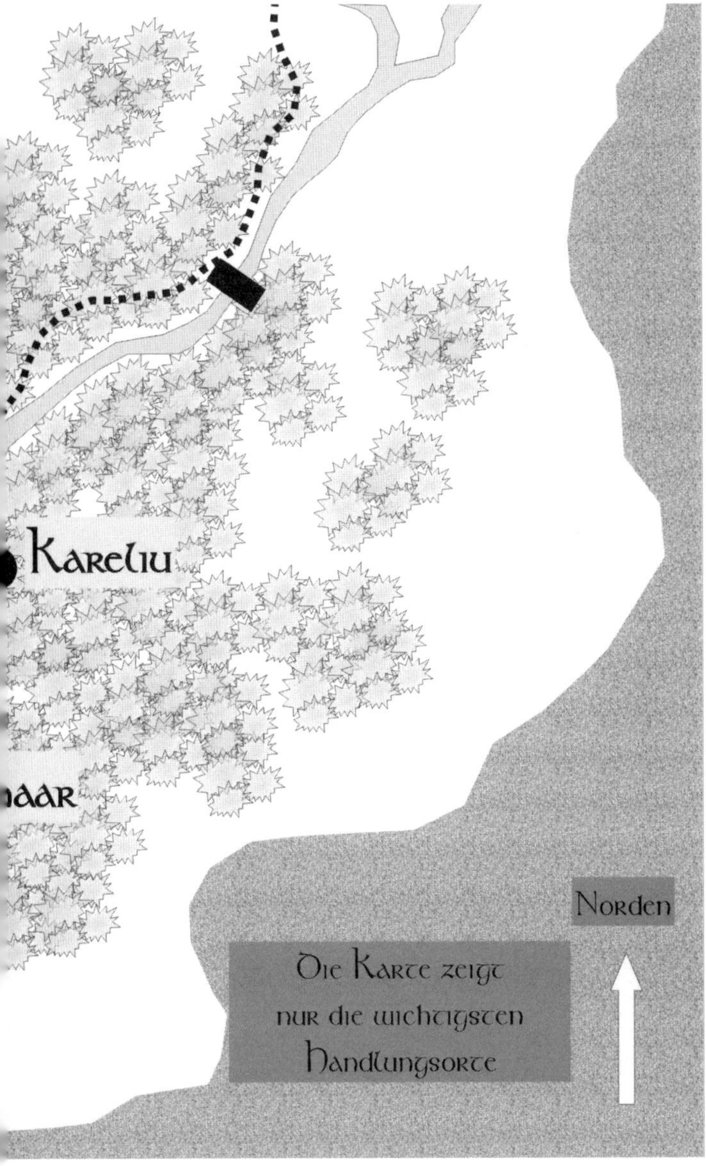
Kareliu
aar
Norden
Die Karte zeigt
nur die wichtigsten
Handlungsorte

1

Der Fluss spendete Leben.

Er entsprang aus einer kleinen Quelle tief im Süden. Sein Weg führte durch das gewaltige Gebirge des Noren-Brak, von der Hochmark des Pferdevolkes durch das Reich der Zwerge, teilte die nördliche Öde von Rushaan, bis er das Kaltland erreichte. Kein Mensch hatte den Verlauf des Flusses Eten jemals von seinem Ursprung bis zu jener Stelle verfolgt, an dem er in das Kaltmeer mündete. Er war reich an Fischen und stillte den Durst. Entlang seines mächtigen Stroms erblühte das Land. Von seinen Ufern ausgehend schob sich das üppige Grün der Pflanzenwelt tief in das Land hinein. Die Laute der Tiere und das Summen der Insekten erfüllten die Luft.

Der Fluss war die Grenze.

Er teilte das Land in den Westen und den Osten, und er teilte das Volks Julinaashs. Der Fluss war die Grenze. Nur selten wurde er überquert, und Misstrauen und Hass waren dabei die ständigen Begleiter.

Das namenlose Dorf lag im Süden des Landes Julinaash, weit genug entfernt von den Städten Julinaar und Ataraan und dem Hass, der dort herrschte. Es war eine kleine Siedlung, und nie verirrte sich jemand dorthin.

Die Häuser schienen sich an das Ufer des Flusses zu schmiegen. Klein und zweckmäßig, und doch auch in einer verspielt wirkenden Weise erbaut, die große Handwerkskunst offenbarte. Aus Lehm gebrannte Eckpfeiler bildeten die tragenden Stützen für die hölzernen Wände. Farbige Ornamente und Schnitzereien gaben jedem der Bauten eine individuelle Note. Geschwungene Vordächer gingen in pyramidenförmige Dächer über. Irdene Gefäße mit bunten Pflanzen hingen von den Dachkanten herab und verströmten einen betörenden Duft. Die kleinen Fenster waren rund und mit bestem Klarstein versehen, doch die hölzernen Blenden hatte man jetzt, zur Zeit des Tageslichtes, fest verschlossen. Keine Tür stand offen und lud zum Betreten eines Hauses ein. Kein Rauch kräuselte sich aus den Kaminen.

Die Häuser standen entlang des Ufers. In dem klaren Wasser waren Schwärme von Fischen zu erkennen. An einem hölzernen Steg lag ein kleines Boot vertäut. Es wirkte zierlich und war reich mit Schnitzwerk versehen. Ein kurzer Mast ragte empor, doch kein Segel war daran befestigt. Kein Fischer fuhr hinaus, um seinem Tagwerk nachzugehen.

Nicht jetzt, in der Helligkeit des Tages.

Zwischen den Häusern standen mächtige Bäume, deren ausladende Äste Schatten spendeten und einen großen Teil des Dorfes in ewiges Dämmerlicht zu hüllen schienen. Ein Stück von den Gebäuden entfernt erhoben sich sieben gleichförmige Hügel. Dicht bewachsen mit Gras und kleinen Büschen. Pfade waren mit steinernen Platten ausgelegt und führten zu ihnen hinauf. Auf ihren höchsten Punkten erhoben sich steinerne Säulen. Sieben Säulen, die sorgfältig bearbeitet waren. Die feinen Reliefs zeigten die Geschichte eines Volkes, und die Inschriften nannten seine Bestimmung.

Jenseits des namenlosen Dorfes und der sieben Hügel begann der Dschungel, mit all der Vielfalt seines üppigen Lebens.

Nichts schien sich in dem kleinen Ort zu regen.

Bis auf eine Bewegung an einem der Häuser.

Die einsame Gestalt einer Frau trat hervor und schien kurz zu zögern, bevor sie in das Licht des Tages trat. Nur wenig Sonne fiel durch das dichte Blattwerk der Bäume, und die Bewegungen der Äste zauberten irrlichternde Muster auf den Boden.

Langsam, bedächtig trat die Frau hinaus.

Es war eine Frau von unvergleichlicher Schönheit. Die Ebenmäßigkeit ihrer Gesichtszüge und die Proportionen ihres Körpers mussten einen Betrachter unwillkürlich an die Vollkommenheit eines elfischen Wesens erinnern. Das lange Gewand schien ihre Figur zu umschmeicheln, und der kleine Stab, den sie an ihrem Gürtel trug, bewegte sich im Takt ihrer Schritte.

Sie war Gajath, und es spielte keine Rolle, ob dies ihr Name war oder ihren Rang bezeichnete. Sie war die Einzige und Letzte ihrer Art und doch fern jeglicher Einsamkeit. Auch wenn das namenlose Dorf so leblos schien, so war es doch von Leben erfüllt.

Gajath blickte zu den Ästen der Bäume empor. Die Schatten wanderten, und bald würde sich die Nacht über das Land Julinaash senken. Ihr Blick ging zwischen den Bäumen hindurch zu den sieben Hügeln. Die Hügel mit ihren sieben Säulen waren in der Form eines Halbkreises errichtet worden, und die untergehende Sonne tauchte die Säulen in goldenes Licht. Die Schatten der Säulen wurden länger, und je tiefer die Sonne glitt, desto näher kamen sich diese Schatten. Gajath musste sich beeilen, denn wenn sie sich berührten, war die Zeit gekommen.

Sie beschleunigte ihre Schritte und ihre Hand tastete nach dem kurzen Stab, löste ihn vom Gürtel. Unter ihrer Berührung begann er sanft zu schimmern. Ein bläuliches Licht, durchsetzt von schwarzen Schlieren.

Gajath erreichte den Punkt, an dem sich die Schatten der sieben Säulen nun trafen, und hob den Stab in ihrer emporgereckten Hand. »Schewar, deine Dienerin und Gebieterin ruft dich.«

Es war die Zeit des Zwielichts, in der Tag und Nacht sich begegneten. Zu hell, um die Sterne schon erkennen zu können, zu dunkel, um die Konturen der Umgebung noch klar zu sehen.

Von der Spitze des Stabes schien sich eine blaue Wolke zu lösen. Sie wuchs und verdichtete sich. Aus dem Blau wurde Schwarz. Nebel schienen zu wallen.

»Schewar, deine Dienerin und Gebieterin ruft dich«, wiederholte Gajath, und ihre Stimme klang fordernder.

Der wallende Nebel schien einen Körper zu formen. Erst undeutlich, doch dann traten die Konturen zunehmend hervor. Eine Gestalt, einem Menschen ähnlich und doch vollkommen anders, wurde sichtbar. Das Wesen trug keine Kleidung und sein Leib war von kurzem graubraunem Fell bedeckt. Arme und Beine waren zu lang für ein menschliches Wesen und mit Krallen bewehrt. Der Schädel war langgezogen und spitz auslaufend. Scharfe Reißzähne wurden sichtbar, als die Kreatur den lippenlosen Mund öffnete.

»Schewar hört die Dienerin des Volkes und die Gebieterin der Rudel.« Die Stimme klang weich und freundlich und schien so gar nicht zum Äußeren der Kreatur zu passen. »Ist es an der Zeit?«

Gajath lächelte sanft. »Es ist an der Zeit.«

Schewar schloss für einen Augenblick die Augen. Die seitlichen Nickhäute schoben sich über die waagrechten Schlitzpupillen, die in einem hellen Grün schimmerten. »Endlich ist die Zeit gekommen. Wir haben lange gewartet. Sehr lange, Gajath.«

»Ich habe nicht weniger lange gewartet«, erinnerte die Dienerin und Gebieterin. »Doch der Plan der Alten war gut. Keiner der Menschen erinnert sich noch an das, was vor so vielen Jahrtausendwenden geschah. Wir hingegen, wir haben nichts vergessen. Die Macht der Menschen vergeht, und das Volk der Nachtläufer steht nun vor neuer Blüte.«

»Es ist an der Zeit«, stimmte Schewar zu.

»Ja, es ist an der Zeit.« Gajath senkte den Stab und steckte ihn wieder an den Gürtel. »Die Rudel der sieben Hügel sind stark. Nun werden sie ihr Land wieder in Besitz nehmen. Dennoch müssen wir vorsichtig sein, Schewar.«

»Kein sterbliches Wesen ist eine Gefahr für die Rudel der Nachtläufer«, erwiderte die Rudelführerin. »Der Tod kann uns nichts mehr anhaben.«

»Die Menschen haben die alten Zeiten vergessen, aber wir haben diesen Fehler nicht begangen.« Gajaths Blick war mahnend.

»Wir meiden das Licht der Sonne«, erwiderte Schewar leicht verärgert.

»Das meine ich nicht.« Die Dienerin und Gebieterin deutete mit einer unbestimmten Bewegung um sich. »Noch bestreifen die Menschen unser Land. Einer unserer Kundschafter ist nicht zurückgekehrt. Du weißt, was das bedeuten kann.«

Die Schlitzpupillen Schewars wurden zu kaum wahrnehmbaren Strichen. »Die Kundschafter sind erfahren. Sie meiden das Tageslicht. Und wenn die Menschen einen von ihnen entdeckt hätten, so wären sie getötet worden.« Das Wesen strich sich in einer menschlich wirkenden Geste über die Schnauze. »Es sei denn …«

»Es ist nur einer, der nicht zurückkam. Aber es könnte bedeuten, dass einer der Menschen sich an die alten Legenden und die Waffen der Vorzeit erinnerte.« Gajath trat an die Rudelführerin heran und strich zart über deren Schnauze. »Wir dürfen keinen Fehler begehen. Nicht jetzt, da unsere Zeit endlich gekommen ist. Bevor die Rudel der Nachtläufer in der Dunkelheit ausschwärmen, müssen wir die Menschen sorgfältig ausspähen. Wir wissen, was uns zur Gefahr werden kann, und wenn wir es finden, werden wir seine Besitzer töten. Nichts darf uns aufhalten, denn unsere Zeit ist gekommen.«

Schewar schnurrte erfreut unter der sanften Berührung und nickte dann. »Keine Sorge, Dienerin und Gebieterin, nichts wird uns aufhalten.«

2

Rushaan, die nördliche Öde.

Einst eines der sieben mächtigen Menschenreiche, war es vor vielen Jahrtausenden unter den magischen Schlägen der Sonnenfeuer vergangen. Auch sein Wissen und die Macht seiner Flugwagen und Paladine hatten es nicht vor der Magie des Reiches Jalanne schützen können. Die Menschen waren vergangen, und die zerstörten und verfallenden Siedlungen Rushaans kündeten vom einstigen Stolz und Niedergang des Reiches. Doch die schwarz schillernden Krater der Vernichtung wurden zunehmend von der Natur überwuchert, die sich langsam zurückholte, was der Mensch ihr einst genommen hatte. Noch immer gab es weite Landstriche, in denen der Boden steinig und unfruchtbar war. Felsböcke und andere Tiere fristeten dort ein bescheidenes Dasein.

An einigen Stellen erhoben sich die Wachen Rushaans. Mächtige Festungen aus Metall, die aus drei eiförmigen Türmen bestanden, die eine runde Scheibe trugen und aus deren Mitte ein viertes, ungleich größeres Gebilde in Form eines Eis aufragte. Die Mächtigen Lanzen der Festungen hatten jeden körperlichen Feind verbrannt, und die Paladine hatten das Reich bestreift und seine Grenzen geschützt. Die tragischen Wesen hatten ihre Aufgabe auch noch erfüllt, als ihre Herren längst vergangen waren. Im Kampf gegen die Orks hatte das Pferdevolk den Paladinen zur Seite gestanden, und nun, nachdem der Pass zum Reich der Finsternis verschüttet war, hatten die einstigen Herren der Öde endlich ihren Frieden gefunden.

Pferdevolk und Zwerge hatten eine neue Festung am Pass des Eten erbaut und schützten damit die Nordgrenze der freien Reiche. Rushaan war erneut zur Öde und zum Niemandsland geworden. Nur gelegentlich bestreiften kleine Scharen der Pferdelords den südlichen Bereich, um sicherzustellen, dass von dort keine Gefahr drohte.

Doch Rushaan war noch immer reich an Bodenschätzen, und niemand erhob Anspruch auf diesen Reichtum. Niemand, außer einer wagemutigen Gruppe von Zwergen, welche die Einsamkeiten und die Schauergeschichten, die sich noch immer um die Öde rankten, nicht abschrecken konnten.

»Es ist eine unwürdige Arbeit für einen aufrechten Schürfer«, brummte Parnuk verdrießlich und trieb die Hacke in den harten Boden. Einer seiner Bartzöpfe kam ihm dabei in die Quere. Der Zwerg gab erneut einen missmutigen Laut von sich und legte die Manneszierde des Zwergenvolkes über seine Schulter zurück. »Harter Fels, der unter den Schlägen eines Zwergenhammers zerbirst, umgeben von den Tiefen unserer Höhlen … Ha, da liegt die Bestimmung eines echten Zwerges.« Er lockerte das Erdreich und zog es zur Seite. »Stattdessen buddeln wir hier im Dreck der Öde. Es ist eines Schürfers unwürdig, sage ich.«

Der Zwerg neben ihm nickte zustimmend. »Du hast recht, alter Freund. Wenn es wenigstens um gutes Erz oder kostbare Kristalle ginge. Aber, nein, wir graben nach wertlosem Gold. Ich weiß wirklich nicht, was die Menschen an diesem Zeug finden. Schön, es glänzt ansehnlich und ist witterungsbeständig. Doch man kann kein passables Werkzeug daraus schmieden. Viel zu weich, dieses Gold.«

»Hört auf zu murren.« Die mahnende Stimme kam von Maratuk. Er war einer der ältesten und erfahrensten Krieger der gelben Kristallstadt. Seine Bartzöpfe trugen die Strähnen hohen Alters. Sorgfältig geflochten hingen sie vor seiner Brust herab. Nur im Kampf wurden die Zöpfe im Nacken verknotet, damit das Blut des Feindes sie nicht beschmutzte oder sie sonst wie Schaden erlitten. Über Maratuks breiten Schultern ragten die Stiele seiner Kampfäxte auf, die auf dem Rücken in Futteralen stekkten.

»Du hast gut reden.« Parnuk richtete sich auf und stützte sich für einen Moment auf seine Hacke. »Als Axtschläger musst du ja auch nicht im Dreck herumwühlen.«

»Jemand muss auf euch achten, wenn ihr im Boden der Öde grabt«, lachte Maratuk auf.

»Hier gibt es keine Gefahr«, murmelte der andere Schürfer. »Nur Felsböcke und heftige Stürme, doch gegen die braucht es keine Kampfaxt. Du könntest also ruhig mit anpacken. Umso schneller sind wir fertig.«

Maratuk schüttelte den Kopf. »Dies ist die Öde Rushaans. Mag sein, dass die Gefahr durch die Paladine gebannt ist. Sie brannten ja jeden, der es wagte, in die Öde vorzustoßen. Dennoch ist es meine Pflicht, über eure Sicherheit zu wachen. Dies ist fremdes Land, und wir sind weit weg von der Sicherheit unserer Grenze.«

»Ja«, giftete Parnuk, »und nur, damit wir im Dreck nach wertlosem Gold wühlen.«

»Die Zeiten ändern sich.« Maratuks Stimme klang ruhig und belehrend. »Selbst für uns Zwerge gewinnt das Gold an Wert. Ihr wisst ganz genau, die Menschen prägen daraus ihre goldenen Schüsselchen und handeln damit. Die Zeiten, in denen wir unsere Kristalle gegen das Brot der Menschen tauschten, sind vorbei. Heute geben die Menschen uns Gold und kaufen unsere Kristalle, damit sie daraus glänzenden Tand für ihre Weiber fertigen können.«

Parnuk spuckte aus. »Ja, und wir nehmen das Gold der Menschen und geben es ihnen wieder zurück, damit wir dafür Brot erhalten.«

»So ist es.«

Der Schürfer seufzte. »Dann können wir ihnen ebenso unsere Kristalle geben, und sie geben uns dafür wieder Brot. So, wie es immer war. Dann bräuchten wir jetzt nicht das Gold aus dem Boden zu kratzen.«

Der Axtschläger wippte leicht auf den Fersen. »Mit Gold lässt sich jede Ware handeln, Schürfer. Das ferne Königreich von Alnoa hat wachsenden Bedarf an goldenen Schüsselchen, doch sie haben nicht so viel Gold in ihrem Boden. Also graben wir es aus und geben es ihnen.«

»Für Brot.«

»Und andere Dinge.« Maratuk war nun sichtlich genervt.

»Diese Alnoer sind verrückt, wenn du mich fragst.« Erneut rutschte einer von Parnuks Zöpfen nach vorne, und der Schürfer schlug seine Hacke wütend in den Boden, um sich die Enden seiner Manneszierde endlich auf den Rükken zu knoten. »Wenn man nichts zum Tausch hat, dann kann man nicht handeln. Wenn die Alnoer also nicht genug Gold haben …«

Maratuk stieß ein leises Grollen aus. »Selbst unsere Freunde vom Pferdevolk fertigen inzwischen eigene goldene Schüsselchen. Hältst du auch sie für verrückt?«

»Alle Menschen sind verrückt.« Parnuk nahm seine Hacke wieder auf. »Die einen mehr, die anderen weniger. Unsere Freunde mit den grünen Umhängen sind sicherlich weniger verrückt, als die Alnoer. Dennoch …«

»Dennoch wirst du unserem guten König Folgschaft leisten und das Gold Rushaans aus seiner Erde kratzen.«

Maratuk deutete um sich. »Stell dir einfach vor, es sei kostbares Erz oder eine wundervolle Kristallsäule. Dann fällt es dir leichter.«

»Kostbares Erz, wundervolle Kristallsäule.« Parnuk spuckte abermals aus. »Ich wollte wahrhaftig, es wäre so.«

Der andere Schürfer räusperte sich. Er hatte seine Arbeit ebenfalls unterbrochen, um dem Disput der beiden zu lauschen. »Wir sind weit weg von zu Hause, fern unserer Kristallstadt. Die Einsamkeit der nördlichen Öde zerrt an unseren Bartzöpfen, guter Herr Maratuk. Das macht uns verdrießlich.«

Maratuk nickte bedächtig. »Keinem von uns gefällt es, hier zu sein. Zumal unsere Freunde, die Pferdelords, hiervon nichts wissen dürfen. Ihre Scharen bestreifen den Süden, doch der Rest Rushaans ist Öde, in der niemand etwas verloren hat.«

»Hätte eine Streifschar des Pferdevolkes nicht zufällig dieses große Goldvorkommen gefunden, wären wir ja auch nicht hier«, stellte Parnuk fest.

»Ah, dann sind es jetzt wohl die Pferdelords, die Schuld an deiner ungeliebten Arbeit haben?« Maratuks Augen verengten sich.

Der andere Schürfer hob beschwichtigend die Hände. »Lasst den Streit, ihr guten Herren. Das ist eines Zwerges nicht würdig. Wie es unser guter König Hendruk Hartschlag schon sagte: Geht hinaus in die Öde, grabt so viel Gold aus, wie eure Lasten tragen können, und kehrt zurück.«

»Und lasst euch nicht erwischen«, fügte Parnuk hinzu. »Die Pferdelords wären nicht begeistert, wenn sie uns hier anträfen. Es verstößt gegen die Unberührbarkeit Rushaans.«

»Die Pferdelords streifen unten im Süden«, beruhigte der andere. »Bis hier herauf kommen sie nicht.«

»Bah, jene Schar, die das Gold fand, kam bis hier herauf.«

Axtschläger Maratuk versuchte, sich zu beherrschen. Parnuk war ein guter Schürfer. Einer der besten der gelben Kristallstadt Nal´t´hanas, die im westlichen Teil des Noren-Brak verborgen lag. Alle Städte der Zwerge lagen gut geschützt im Inneren der Berge, in gewaltigen Höhlen, in denen man die Pyramiden der Städte erbaut hatte. Jede der Städte war von einer Kuppel aus fünfseitigen Kristallelementen umgeben. Sie schützten vor dem Flammenatem der Feuerbestien, die in den Tiefen der Erde lebten und gelegentlich zur Oberfläche vordrangen. Es war eine Eigenheit der Zwerge, dass jede Stadt ihre Kuppel aus andersfarbigen Kristallen errichtete, davon leiteten sich die Bezeichnungen des Zwergenvolkes ab. Doch von den Städten der kleinen Herren waren nur zwei geblieben, und die gelbe Kristallstadt Nal´t´hanas hatte noch immer unter den Folgen einer alten Katastrophe zu leiden. Durch ein Erdbeben war ein Teil der Höhle eingestürzt, hatte die Kuppel teilweise zerschlagen und viele Bewohner getötet. Auch wenn sich die tapferen Zwerge nun langsam von diesem Schicksalsschlag erholten, so litten sie doch manchen Mangel, vor allem da ihre Arbeitskraft auch benötigt wurde, um die nördliche Grenze am Pass des Eten zu schützen. König Hendruk Hartschlag hatte daher die Gelegenheit ergriffen, als er von den leicht zugänglichen Goldvorkommen in der Öde erfuhr. Fünfundzwanzig Zwerge hatte der König nach Norden geschickt, damit sie das Gold heimlich abbauten. Heimlich, damit das Pferdevolk nicht erfuhr, dass die Zwerge nach Rushaan eindrangen. Für König Hartschlag war es eine Frage der Ehre. Das Pferdevolk hätte bereitwillig geholfen, wenn es vom Mangel der Stadt erfuhr, doch die Zwerge waren zu Recht Stolz darauf, ihre Probleme stets aus eigener Kraft zu lösen. So hatte man die fünfundzwanzig Besten entsandt. Eine Zehn an Axtschlägern und fünfzehn Schürfer, die sich nun schon seit drei Monden in der Öde aufhielten. Drei volle Monde. Es war kein Wunder, dass die Männer sich nach den geliebten Bergen und der Nähe ihres Volkes sehnten. So hatte Maratuk durchaus Verständnis für die Nörgeleien des Schürfers Parnuk.

»Wir haben schon viel Gelbmetall aus dem Boden geholt«, sagte der Axtschläger mit versöhnlich klingender Stimme. »Bald sind unsere Traglasten voll, und dann können wir uns auf den Heimweg machen. Zurück zu unseren Frauen, zu schmackhaftem Pilzbrei und feurigem Blor, der uns Seele und Magen wärmen wird.«

»Brot und Hornviehfleisch sind mir lieber«, gestand der andere Schürfer ein. »Doch der Blor … Ah, er würde mir auch jetzt Seele und Magen erwärmen.«

Parnuk trieb seine Hacke wieder in den Boden. »Ja, unser Vorrat an gegorenem Pilzsaft war rasch am Ende.« Er warf dem anderen einen scharfen Blick zu. »Einige waren ja ein wenig maßlos in seinem Genuss.«

Der Schürfer grinste und schlug Parnuk versöhnlich gegen den Arm. »Dafür hast du auch nicht so starkes Schädelbrummen bekommen. Aber Maratuk hat recht. Ein oder zwei Tageswenden noch, dann haben wir genug und können die Öde endlich verlassen.«

Parnuk hörte am Klang, dass er einen Brocken Gold gefunden hatte. Einen großen Brocken. »Jedenfalls haben wir unser heutiges Tagewerk vollbracht. Mein Magen schleift schon am Boden. Höchste Zeit, dass wir etwas essen.«

Die beiden anderen sahen zu, wie Parnuk das Gold freilegte.

»Würdest du dich nicht so tief bücken, dann würde dein Magen auch nicht am Boden schleifen«, spottete der andere Schürfer. Er sah, wie Parnuks Gesicht sich rötete, und machte rasch eine entschuldigende Geste.

Sie waren alle gereizt, und es war tatsächlich höchste Zeit, die Öde zu verlassen. Im Land eines vergangenen Volkes zu arbeiten, war nicht nach dem Geschmack des kleinen Volkes.

Auch an anderen Stellen wurde gegraben und Gold gefördert. Es lag hier ungewöhnlich dicht unter der Oberfläche, und es war leicht, es zu schürfen. Leichter, als einen Gang durch hartes Felsgestein zu treiben. Dennoch, jeder der Schürfer hätte das tote Land der Öde gerne gegen ein Stück heimatlichen Felsgesteins getauscht.

Vielleicht war dies der Grund, warum man bei der Errichtung des provisorischen Lagers mehr Aufwand betrieben hatte, als erforderlich gewesen wäre. Die Zwerge benötigten vor allem Schutz vor den gefährlichen Eisregen und Stürmen. Ein gut befestigter Unterstand hätte hierzu ausgereicht, doch das hätte dem handwerklichen Geschick und Stolz des kleinen Volkes nicht entsprochen.

Das meiste Material hatte ihnen die Öde selbst geliefert, auch wenn das Gold in einer der unwirtlichen Gegenden lag. Es gab Büsche und sogar einige Bäume, die den Zwergen als Feuerholz dienten, und es gab Steine und Felsen im Übermaß. Niemand beherrschte die Arbeit eines Steinmetzen so gut wie ein Zwerg, und innerhalb kürzester Zeit hatten die fleißigen Wesen ein zweckmäßiges Lager errichtet.

Es besaß die Grundform eines gleichseitigen Fünfecks. Die Zwerge liebten diese Form, und wann immer sie die Möglichkeit hatten, wandten sie diese an. Ob in den Kristallsegmenten ihrer Städtekuppeln, den Säulen, welche die Decken ihrer Höhlen und Stollen stützen, den Gängen oder den Bodenplatten, in allem fand sich das Fünfeck wieder. Selbst ihre Schilde und die Schneiden ihrer Äxte waren fünfseitig.

Das Lager wurde von einer Mauer umgeben, die einem Menschen bis zum Bauchnabel gereicht hätte und es einem Zwerg ermöglichte, gerade noch über die Oberkante hinweg zu sehen. An den Eckpunkten des Fünfecks standen Säulen, auf denen breite Auflagen befestigt waren. Was dann folgte, glich den Kuppeln der Zwergenstädte, auch wenn statt fünfeckiger Kristallplatten Stein verarbeitet worden war. Der Bau wirkte kompakt und stabil, und die Zwerge waren zuversichtlich, dass er vor einem Eisregen schützen würde. Sie unterschätzten diese Gefahr nicht, denn vor einem knappen Jahr war eine Streifschar der Pferdelords von einem solchen Regen überrascht worden. Es hatte zwei Tote und mehre Verletzte gegeben. Wenn die Zwerge schon kein schützendes Höhlendach über sich hatten, so wollten sie doch den bestmöglichen Schutz genießen, und dafür hatten sie gesorgt. Die Steinplatten der Kuppel waren so ineinandergefügt, dass sie sich gegenseitig abstützten und einem Bombardement aus Eisgeschossen standhalten sollten.

Das Innere des Lagers bestand aus einem einzigen Raum. In der Mitte eine große Feuerstelle, außen, entlang der Wände, die Schlafstätten. In der Nähe der Schürfstelle verlief ein kleiner Bach, sodass es genug Trinkwasser gab. Neben dem Eingang des Lagers waren Brennholz und die bisherige Ausbeute der Schürfer gestapelt. Eine Aussichtsplattform erhob sich auf mehreren Streben über die Kuppel und bot den Wachen guten Ausblick über das umgebende Land.

Maratuk blickte zu dieser Plattform hinauf und nickte zufrieden, als er bemerkte, dass der Posten aufmerksam war. Der erfahrene Axtschläger hatte in den vergangenen Monden nichts entdecken können, das für die Zwerge eine Gefahr bedeutet hätte. Die Felsböcke mieden die Nähe des Lagers, nachdem einige von ihnen in den Mägen der kleinen Herren gelandet waren. Dennoch wiegte sich Maratuk nicht in Sicherheit. Es war nur ein unbestimmtes Gefühl einer möglichen Gefahr, doch sein langes Leben hatte ihn gelehrt, auf seine Instinkte zu vertrauen.

Er nickte den Schürfern zu und ging zu dem Turm hinüber.

»Etwas zu sehen?«, rief er hinauf.

Der Axtschläger oben beugte sich ein wenig vor und stütze sich dabei auf eine der hölzernen Streben. »Natürlich. Jede Menge fleißiger Schürfer.«

Maratuk nickte. »Halte dennoch die Augen offen.«

Die Wache zuckte die breiten Schultern. »Dies ist die Öde, Maratuk, da werde ich meine Augen schon offen halten. Kannst du es riechen?«

»Was soll ich riechen?«

Der andere wies über das Land. »Schnee. Heute zur Nachtwende wird er fallen.«

Maratuk sog prüfend die Luft ein. »Du hast recht. Nun, der Winter ist nahe. Gut, dass wir hier bald fertig sind und wieder nach Nal´t´hanas zurückkehren können. Gib den Männern das Zeichen, damit sie das Tagwerk beenden. Wir sollten uns auf die Nacht vorbereiten.«

Der Posten nickte und stieß einen schrillen Pfiff aus. Wenig später begannen sich die Schürfer mit ihren Werkzeugen und der Tagesausbeute am Lager zu versammeln. Bevor es an die Zubereitung des Mahls ging, setzten sich die Schürfer zusammen und überprüften ihre Werkzeuge.

Wo eine Hacke stumpf geworden war, wurde sie sorgfältig nachgearbeitet, der Sitz des Stiels auf seine Festigkeit überprüft.

»Felsbockeintopf«, seufzte Parnuk, als er den Deckel des Kessels anhob. »Mir hängt er schon zum Halse heraus, der Felsbockeintopf.«

Dermus, einer der anderen Schürfer, lachte auf. »Ich kann mich entsinnen, wie sehr du dich auf Felsbock gefreut hast, als wir in die Öde kamen. Damals hing dir der Pilzbrei zum Halse heraus.«

»Wenn man drei Monde fast nur dasselbe in den Bauch bekommt, dann braucht man viel Kraft, um es noch herunterzuwürgen«, erwiderte Parnuk. Er sah sich im Kreis der anderen um. »Hat noch jemand eine Krume Brot übrig?«

»Nur etwas Käse«, gestand einer. »Du wirst allerdings deinen Meißel benötigen, um ihn zu zerlegen. Er gewinnt im Alter an Geschmack, jedoch auch an Härte.«

Parnuk trat seinen Anteil am Eintopf ab, und das Stück Käse wechselte seinen Besitzer.

Die Männer aßen schweigend. In der Zeit nach der Ankunft in der Öde hatten sie oft miteinander geplaudert und gescherzt, aber die Eintönigkeit und das fremde Land stumpften ihre Sinne ab. Die zehn Axtschläger legten fest, wer in dieser Nacht die Wache halten würde, dann begaben sich die übrigen zur Ruhe. Einer relativen Ruhe, denn selbst die Wache auf ihrem erhöhten und einsamen Posten konnte das Schnarchen einiger der Schläfer hören.

Mit dem ersten Sonnenlicht erhoben sich die Zwerge und traten aus dem Lager, um sich am nahen Bach den Schlaf aus den Augen zu reiben.

Maratuk zog fröstelnd die Schultern zusammen. »Verdammt, es hat tatsächlich geschneit.«

Der Mann, der ihm dies prophezeit hatte, nickte. »Wie ich es gesagt habe. Allerdings hätte ich nicht geglaubt, dass so viel davon fallen würde. Er liegt eine gute Handspanne hoch.«

Einer der Schürfer fluchte leise. »In der Kälte zu arbeiten, das macht mir nichts aus. Bewegung hält warm, wie ihr wisst. Aber der Schnee ist schlecht. Da werden wir nasse und klamme Finger bekommen.«

»Wickelt ein paar Tuchstreifen um die Hände«, riet Maratuk. »Das wird helfen.«

Es war an der Zeit, wieder nach Süden aufzubrechen. Maratuk war froh, dass sie das Lager bald abbrechen konnten. Er hatte den Winter nie besonders gemocht. In den Höhlen der Zwerge war man von den Jahreszeiten unabhängig, wenn man davon absah, dass Lichtsäulen und Luftschächte im Winter sorgsam von Schnee und Eis befreit werden mussten. Doch das war eine Angelegenheit von wenigen Zehnteltagen, und danach konnte man in die Geborgenheit der Berge zurückkehren.

Wie jeden Morgen machte der Axtschläger seine Runde um das Lager. Manchmal fand man die Spur eines Felsbokks, und dann konnte es sich lohnen, einen Jagdtrupp hinauszuschicken. Raubtiere hatten die Zwerge bislang noch nicht gesichtet und auch keine Fährten von ihnen entdeckt. Maratuk erwartete also keine Überraschungen, als er seinen Gewohnheiten nachging. Als erfahrener Jäger achtete er normalerweise darauf, ob etwas seinen Abdruck in weicherem Boden hinterlassen hatte oder ein Stein zur Seite gedrückt worden war. Nun, da Schnee lag, war das überflüssig, denn jede Fährte würde überdeutlich zu erkennen sein.

Maratuk stieß ein erstauntes Brummen aus, als er die Spur fand.

Er ging in die Hocke und tastete die Ränder mit den Fingerspitzen ab. Dann wandte er sich dem Lager zu und stieß einen leisen Pfiff aus. Nach wenigen Augenblicken stapften zwei der anderen Axtschläger heran.

»Was ist los? Bist du wieder einem kapitalen Felsbock auf der Fährte?«

Der alte Axtschläger richtete sich auf und schüttelte den Kopf. »Was immer diese Spur hinterlassen hat, es war sicherlich kein Felsbock. Seht es euch selbst an, Männer.«

Auch sie betasteten die Ränder der Abdrücke. »Es ähnelt dem Abdruck eines Menschen, aber die Ränder sind seltsam unscharf.«

»Größer als ein gewöhnlicher Mensch.«

»Ein Rundohr der Orks?«

»Nein, ich kenne die Abdrücke, die ihre Kampfstiefel hinterlassen. Ebenso die Stiefelspuren der Menschen. Dies ist keines von beiden. Bedenkt die Unschärfe an den Rändern. Als wäre der Fuß an den Seiten mit Pelz oder Fell bewachsen gewesen.«

Einer der Axtschläger zupfte nachdenklich an seinen Bartzöpfen. »Ja, das ist wahr. Aber wenn wir oder die Menschen im Winter gefütterte Stiefel tragen, dann befindet sich das Fell innen, damit der Fuß gewärmt wird. Und es gäbe einen klaren Abdruck der Stiefelsohle.«

»Richtig.« Maratuk strich sich über das Kinn. »Dieses Wesen war größer als ein Mensch. Wenigstens, was seine Füße angeht. Und die sind ausgesprochen behaart.«

»Ein Pelzbeißer?«

»Die Größe würde diesem Raubtier entsprechen, aber es läuft auf vier Beinen und richtet sich nur zum Angriff auf die Hinterbeine auf.«

»Was du sagst, gefällt mir nicht, Maratuk«, gestand einer der Axtschläger ein. »Somit schleicht etwas durch die Öde, das wir noch nicht kennen, nicht wahr?«

Maratuk nickte und sah die Gefährten ernst an. »Es schleicht nicht nur durch die Öde, sondern es beobachtet unser Lager. Seht euch den Verlauf der Fährte an. Sie führt um das Lager herum und dann wieder nach Norden zurück.«

»Mir gefällt immer weniger, was du da sagst.«

»Glaubst du, mir gefällt es?« Der alte Axtschläger blickte nach Norden. Es hatte aufgehört zu schneien und die Landschaft war mit Schnee bedeckt. Die Fährte hob sich deutlich ab, doch sonst war nichts zu erkennen. »Vielleicht war es wirklich ein Raubtier, das zufällig auf unser Lager stieß, es ein wenig beschnüffelte und sich dann wieder verzog. Aber wir müssen damit rechnen, dass es zurückkehren könnte und bei uns nach Beute sucht.«

Einer der Kämpfer leckte sich über die Lippen. »Dann werden wir unsere Augen noch weit besser offen halten, als bisher. Sollen wir den anderen Bescheid sagen?«

Maratuk schüttelte den Kopf. »Nur unseren Axtschlägern. Ich will die Schürfer nicht beunruhigen. Sie sind schon gereizt und nervös genug. Halten wir die Augen offen und die Äxte bereit. In zwei Tageswenden werden wir die Öde ohnehin wieder verlassen.«

Der Tag verlief ohne besondere Vorfälle, und Maratuks anfängliche Anspannung ließ ein wenig nach. Erst gegen Abend wuchs sie erneut, zumal leichter Schneefall einsetzte. Er wählte den erfahrensten Mann aus, um den Turm zu besetzen, und schärfte ihm ein, auf jede Auffälligkeit zu achten.

Die Schürfer bemerkten die Nervosität der Axtschläger nicht und ebenso wenig, dass diese ihre Äxte stets griffbereit hielten. Maratuk aß nur wenig, und es dauerte lange, bis er in dieser Nacht endlich Schlaf fand.

Er erwachte kurz vor Tagesanbruch. Es war das Bedürfnis, welches ihn im zunehmenden Alter des Öfteren in der Nacht plagte. So erhob er sich, bemüht, die anderen nicht zu wecken, und verließ den Bau des Lagers. Schneeflocken trieben in sein Gesicht, und er schirmte die Augen ab, als er zur Turmplattform hinaufsah. Die Wache war auf ihrem Posten und winkte ihm kurz zu. Maratuk trat näher und sprach mit leiser Stimme.

»Ich werde mich ein wenig umsehen. Sei also nicht zu eilig, wenn du deine Bolzen löst.«

Die Wache tippte grinsend gegen die Bolzenschleuder, die sie am Waffengurt trug. »Und du entferne dich nicht zu weit, Maratuk. Denk an die Fährte, die wir fanden.«

Der alte Axtschläger wischte etwas Schnee aus seinen Augen. »Ja, ich werde darauf achten.«

Er stapfte ein Stück durch den Schnee und entfernte sich langsam vom Lager. Eigentlich hatte er sich nur erleichtern wollen, doch die Worte des anderen Axtschlägers hatten ihn daran erinnert, dass sich etwas Unbekanntes in der Öde befand. Er ärgerte sich über sich selbst. In jüngeren Jahren wäre ihm das nicht passiert. Da wäre seine Sorge um die anderen Zwerge niemals vom Drücken seiner Blase verdrängt worden. Langsam wurde er alt. Vielleicht zu alt, um dem Volk noch als Axtschläger zu dienen. Seine Zöpfe trugen ja bereits die Farben des hohen Alters, aber seine Zähne waren noch in Ordnung. Wenigstens die meisten davon. Er konnte sie noch immer kräftig in ein Stück Fleisch hineintreiben und musste sich nicht mit Pilzbrei begnügen.

Maratuk achtete auf die Umgebung und vor allem darauf, ob sich im Schnee die Spur eines anderen Wesens abzeichnete. Schließlich bemerkte er, wie weit er sich inzwischen vom Lager entfernt hatte.

Seufzend trat er an einen der kleineren Felsen, um sich endlich zu erleichtern.

Er war gerade dabei, seine Hose wieder zu schließen, als er ein leises Geräusch hörte.

Lauschend verharrte er. Hatte er sich getäuscht?

Nein, da war es wieder.

Maratuk schloss hastig seine Kleidung und zog eine seiner Äxte aus dem Rückenfutteral. Er versuchte, den Ursprung des Geräusches zu bestimmen. Es war ein dumpfer Laut gewesen. Der Axtschläger trat behutsam in den Schnee. Nein, Schritte hätten ein leises Knirschen hervorgerufen. Der Laut war anders gewesen. Wie von einem Sturz oder einem … Schlag?

Die andere Hand glitt an die zweite Axt und zog sie hervor. Maratuk lauschte mit angespannten Sinnen. Der Schneefall dämpfte alle Geräusche, und doch glaubte er, einen leisen Schrei aus dem Lager zu hören.

Der alte Axtschläger unterdrückte einen Fluch und lief los, so schnell es der Schnee und seine kurzen Beine erlaubten. Warum hatte er sich nur so weit vom Lager entfernt? Er hätte seine Hose ebenso direkt hinter dem Bau herablassen können.

Nun waren deutlich Schreie zu hören.

Schreie des Entsetzens, des Zorns und der Todesnot.

Maratuk rannte und konnte bereits die Kuppel des Lagers erkennen, als die Stille einsetzte.

Er verharrte entsetzt.

Unschlüssig lauschte er und seine Hände krampften sich um die Stiele seiner Äxte.

Nichts war zu hören, außer seinem heftigen Atem.

Das war nicht gut.

Nein, es war sogar ein sehr schlechtes Zeichen.

Seine Gefährten waren überfallen worden, daran gab es keinen Zweifel. Hätten sie den Feind bezwungen, dann wäre ihnen Maratuks Abwesenheit aufgefallen, und er müsste die Stimmen hören, mit denen sie nach ihm riefen.

Niemand rief nach ihm.

Er starrte zu der Kuppel hinüber, die im Schneetreiben kaum zu erkennen war. Langsam setzte er sich wieder in Bewegung, bereit, seine Äxte in Blut zu tauchen. Er wusste, dass er niemandem mehr beistehen konnte, doch er musste in Erfahrung bringen, wer für die Bluttat verantwortlich war. Schnee bedeckte ihn, und Zwerge waren ohnehin von kleiner Statur, das mochte ihm helfen, sich vor den Blicken der Mörder zu verbergen.

Schließlich war er nahe genug, um Einzelheiten erkennen zu können.

Gestalten bewegten sich am Lager. Viel zu groß, um Zwerge zu sein, und zu viele, um gegen sie zu kämpfen. Maratuk sah sofort, dass es sich um fremde Wesen handelte. Plumpe Gestalten, von Kopf bis Fuß mit dichtem Fell bedeckt. Dennoch war offensichtlich, dass es sich nicht um Tiere handelte. Sie hatten Wachen aufgestellt und durchsuchten systematisch das Lager, einige sprachen miteinander. Maratuk konnte die Laute nicht verstehen.

Wer waren diese Wesen und woher kamen sie?

Warum hatten sie die friedlichen Zwerge überfallen und gnadenlos abgeschlachtet?

Maratuk sickerten Tränen über die Wangen, und sie gefroren in seinem Bart. Er hatte seinen Freunden nicht helfen können, konnte sie nicht einmal rächen.

Seine gedrungene Gestalt straffte sich.

Dennoch durften diese Bestien nicht ungestraft davonkommen.

Der alte Axtschläger wandte sich ab.

Er musste den Kriegern in der Nordfeste die Kunde von der Bluttat bringen. Wer immer dafür verantwortlich war, Männer würden ausrücken und die Täter bestrafen. So begann der alte Zwerg den langen Weg nach Süden, um die schreckliche Neuigkeit zu überbringen.

3

Das rotbraune Wams war dick gefüttert, und der grüne Umhang der Pferdelords reichte bis hinab auf den Boden und bestand aus schwerer Wolle. Dennoch zog der Mann ihn enger um seine Schultern und fröstelte. Der Wind war beißend und kalt. Tief unter sich sah er den Pass des Eten, der sich von der Hochmark nach Norden erstreckte, bis er an der Südgrenze Rushaans endete.

Der Pass glich einer Schlucht, die tief in die Berge schnitt, und er war gut zu passieren. Für die Augen Nedeams war wichtig, dass er sich leicht verteidigen ließ. Ein gutes Bollwerk konnte hier selbst ein starkes Heer für lange Zeit aufhalten. Früher war die Festung Eternas im Tal der Hochmark das nördlichste Sperrwerk des Pferdevolkes gewesen. Doch nie war ein Feind von Norden vorgedrungen. Die Elfen und die Paladine Rushaans hatten das verhindert. Nun waren beide vergangen. Während die Elfen zu den Neuen Ufern aufgebrochen waren, hatten die Paladine endlich ihren Frieden gefunden. So lag zwischen der Öde und der Hochmark des Pferdevolkes nur noch die gelbe Kristallstadt Nal´t´hanas. Die Stadt der Zwerge war jedoch zu schwach, um einen massierten Angriff aufzuhalten. So hatten sich die kleinen Herren und das Pferdevolk dazu entschlossen, am Nordende des Passes des Eten eine neue Festung zu errichten. Diese Nordfeste stand bereits und sicherte nun die Grenze. Ihre Mauern schützten den Pass vor einem Überraschungsangriff. Aber der Pass war viele Tausendlängen lang, und auch der schnellste Reiter brauchte Tage, um ihn zu durchqueren. Zeit, die kostbar war, wenn die Nordfeste Verstärkungen benötigte.

Aus diesem Grund musste die Festung in das Signalsystem der freien Völker eingebunden werden. Als der Mann in dem grünen Umhang noch ein Knabe gewesen war, hatte eine lange Kette von Signalfeuern die Städte und Festungen des Pferdevolkes miteinander verbunden. Ihre Feuer waren bei Gefahr entzündet worden und hatten die Pferdelords zu den Waffen gerufen. Diese Signalfeuer hatten bis tief in den Süden, in das ferne Königreich von Alnoa gereicht.

Inzwischen waren die Stapel aus ölgetränktem Brennholz und Brennstein gewichen und durch andere Hilfsmittel ersetzt worden. Große metallene Schüsseln, die das Sonnenlicht reflektierten und die mit Blenden versehen waren, sodass man eine Reihe unterschiedlicher Signale übermitteln konnte. In der Nacht entzündete man starke Brennsteinlampen, deren Licht von den Spiegeln übertragen wurde.

Die Signalstationen wurden stets an den höchsten Punkten errichtet. In den Städten und Festungen nutzte man dafür hohe Türme. Doch im Gebirge des Noren-Brak und entlang des Passes des Eten konnte man solche Türme nicht errichten. Der Fleiß des Zwergenvolkes hatte es nun ermöglicht, eine Lösung zu finden und jene zehn Zwischenstationen zu bauen, welche die Signalverbindung gewährleisteten.

Deswegen war der Mann an diesem Ort und versuchte, trotz des beißenden Windes zu lächeln. Man erwartete es von ihm, denn er war Nedeam, der Erste Schwertmann der Hochmark des Pferdevolkes. Er war es, der das Banner seiner Herrin Larwyn in den Kampf führte, wenn ein Feind die Grenzen bedrohte.

Nedeam war von durchschnittlicher Größe und schlank, und sein langes blondes Haar lugte unter dem Nackenschild des Helmes hervor. Darin ähnelte er vielen Männern des Pferdevolkes. Doch er trug nicht die gerade Klinge der Schwertmänner, sondern die leicht gekrümmte eines Elfenschwertes. Es war die Dankesgabe des Hauses Deshay, dem Nedeam und seine Gefährten im Kampf gegen Orks und Graue Magier beigestanden hatten. Er war nun achtunddreißig Jahre alt, und seine Augen hatten ferne Länder gesehen. Sein Herz hatte dabei Freude und Schmerz erfahren. In den Jahren seines Lebens waren Freunde vergangen und neue an seine Seite getreten. Aber er hatte auch die Liebe seines Lebens gefunden. Llaranya, die Tochter des Elfen Jalan-olud-Deshay. Eine Frau und Kriegerin, die sein Leben teilte und im Kampf an seiner Seite stand.

Auch jetzt stand sie neben ihm, gehüllt in den zartblauen Umhang des elfischen Volkes. Während die Elfen normalerweise weißblondes Haar ihr Eigen nannten, fiel das von Llaranya lang und schwarz über ihren Rücken. Ihr ebenmäßiges Gesicht zeigte ein sanftes Lächeln, während ihre Blicke den Pass entlangschweiften.

»Es ist wunderschön«, sagte sie leise.

»Es ist kalt«, erwiderte Nedeam und zuckte mit einem entschuldigenden Lächeln die Schultern. »Wahrhaftig, meine Geliebte, ich wünschte mir, wir hätten eine angenehmere Jahreszeit für diesen Ritt gewählt.«

»Es ging nicht früher.« Sie ergriff seine Hand. »Dies ist die letzte Signalstation, und sie wurde jetzt erst fertiggestellt.«

Neben ihnen reckte sich eine kleine Gestalt empor. Sie trug nicht die kniehohen Stiefel des Pferdevolkes, sondern derbes Schuhwerk, welches bis knapp über die Knöchel reichte. Das Wams war knielang und dick gefüttert. Es leuchtete in intensivem Blau und war mit zahlreichen Stikkereien aus Metallfäden versehen. Kleine Kristallscheiben waren auf einer Seite der Brust an das Leder genäht. Der breite Gürtel hielt einen schweren Hammer und einen Meißel sowie eine Tasche mit Schreibmaterial. Es war das Festgewand des Ersten Steinschlägers der gelben Kristallstadt Nal´t´hanas. Allruk trug es voller Stolz, und er hatte auch allen Grund dazu. Der Zwerg gehörte zu den fähigsten Baumeistern und Steinmetzen seines Volkes, und er hatte den Bau der Nordfeste sowie der zehn Signalstationen geleitet.

Allruk schien die Bemerkung der schönen Elfin als Kritik aufzufassen. »Wir arbeiteten so rasch, wie es nur eben ging, Hoher Herr Nedeam und Hohe Frau Llaranya.«

»Entschuldige, guter Herr Allruk, der Fleiß Eures Volkes ist uns wohl bekannt.« Nedeam legte dem kleinen Herrn anerkennend die Hand auf die Schulter. »Und Euer Werk, guter Herr, ist wohlgelungen.«

»Das will ich auch meinen«, erwiderte Allruk ohne jegliche falsche Bescheidenheit. »Es war eine schwierige Arbeit, doch ich hatte fleißige und kundige Hände, die sie vollführten.« Er trat an die Brüstung der Plattform und schlug gegen den Stein. »Alles in zweierlei Maßen, Hoher Herr und Hohe Frau, alles in zweierlei Maßen. Menschen und Zwerge sollen alles gut gerichtet vorfinden.«

»Ich kann mir gut vorstellen, wie schwierig das war.« Nedeam sah sich um und musterte die Plattform und ihre Installationen.

Die Schlucht des Passes zog sich in einer leichten Kurve von Süden nach Norden. Es gab zahlreiche Klippen und Felsformationen, die sie gelegentlich verengten, bevor sich der Weg wieder verbreiterte. Es war daher ein Problem gewesen, die Signalstationen so zu errichten, dass sie untereinander Sichtkontakt halten konnten. Dazu hatten die Zwerge, mit ihrem unnachahmlichen Gespür für Fels, genutzt, was ihnen das Gebirge bot. An einigen Stellen waren die Oberkanten von Klippen geglättet und die Felsen zusätzlich mit steinernen Säulen abgestützt worden. An anderen Orten hatten sich die Zwerge förmlich in den Berg hineingegraben und eine geeignete Höhlung geschaffen. Gleichgültig, welche Schwierigkeiten sich dem kleinen Volk dabei in den Weg gestellt hatten, die meisterlichen Handwerker hatten sie bewältigt.

Alle zehn Signalstationen bestanden aus einer großen Plattform, die nicht nur das Signalgerät, sondern auch ein kleines Unterkunftsgebäude für die drei Wachen trug. Diese Männer versahen ihren einsamen Dienst einen vollen Zehntag lang, bevor sie abgelöst wurden. Die erforderlichen Vorräte an Nahrung und Wasser mussten sie selbst auf die Plattform tragen. Zu jeder der Plattformen führte eine steinerne Treppe hinauf, die in den Felsen geschlagen oder über tragenden Säulen errichtet worden war.

»Ja wahrhaftig, ihr Zwerge habt Großartiges vollbracht«, bestätigte Nedeam.

Allruk reckte sich erneut und schüttelte dann lächelnd den Kopf. »Seht es mir nach, Hoher Herr Nedeam, doch ihr Pferdemenschen mögt kundig im Reiten eurer Pferde sein, doch vom Handwerk der Zwerge versteht ihr nur wenig. Nichts für ungut, doch glaubt mir, Hoher Herr, Ihr habt keine Vorstellung davon, was unsere Hände hier geleistet haben.« Allruk klopfte abermals auf die Brüstung und trat dann zurück, um auf die Plattform und die obersten Stufen der Treppe zu zeigen. Wie nicht anders zu erwarten, herrschte die fünfeckige Form vor, die das kleine Volk so sehr liebte.

»Einige der Plattformen wurden in zweihundert Längen Höhe über dem Pass errichtet. Ihr wisst ja, Hoher Herr und Hohe Frau, jede der Plattformen muss zu jener vor und jener hinter ihr Verbindung halten. Und, das gebe ich zu bedenken, wir Zwerge haben darauf geachtet, dass dies auch für den Fall gilt, dass eine der Signalstationen ihren Dienst nicht versehen kann.« Er zuckte die Schultern. »Bei aller Zwergenkunst könnte doch eine Signalschüssel zu Bruch gehen oder ein Steinschlag oder Erdrutsch die tragende Plattform beschädigen. Oh, wir Zwerge haben vorgesorgt, so gut es eben ging. Ihr wisst, gerade jetzt im Winter kann Wasser in Gesteinsspalten gefrieren und den Felsen auseinandersprengen. Uns ist das wohlbekannt, und manchmal nutzen wir es zu unserem Vorteil, wenn wir unsere Stollen in die Berge treiben. Doch bei den Signalstationen haben wir jede Spalte sorgfältig aufgefüllt und sie geglättet. Wahrhaftig eine enorme Arbeit.«

Allruk strich sich zufrieden über die langen Bartzöpfe und wippte leicht auf seinen Fersen. »Arbeit, wie sie nur das Zwergenvolk bewältigen kann. Seht euch die Brüstung der Plattformen an. Sie musste für Zwerge und Menschen tauglich sein. So haben wir sie unten gemauert und oben mit metallenen Streben versehen.« Er lächelte freundlich. »Die Streben sind ein Werk eurer Schmiede in der Hochmark, wie ich gerne zugebe. Auf das Bearbeiten von Metall versteht sich das Pferdevolk fast so gut wie das unsere.«

Der Erste Steinschläger stampfte mit dem Fuß auf den Boden der Plattform. »Jede Platte ist fest gefügt. Die Stufen der Treppen wurden besonders angefertigt, damit eure Füße ausreichend Halt finden.«

»Ihr meint unseren großen Füße«, stellte Llaranya fest und schenkte dem Zwerg ein Lächeln, das Männerherzen zum Schmelzen bringen konnte.

Allruk errötete ein wenig. »Verzeiht, ich wollte Euch nicht beleidigen, Elfenfrau. Aber das Maß unserer Treppenstufen ist für Menschen oder Elfen ein wenig … unbequem.«

»Ich sehe, Erster Steinschläger Allruk, Ihr habt beim Bau der Nordfeste und der Signalstationen wirklich an alles gedacht«, sagte Nedeam freundlich.

»Ah, Ihr müsst erst die Feste sehen, Pferdelord.« Allruks Augen tränten ein wenig. Dies konnte bei Zwergen ein Zeichen der Trauer oder des höchsten Glücks sein, vielleicht war es auch nur eine Folge des scharfen Windes. »Obwohl wir Zwerge eher unter der Erde bauen, hat auch dort unsere Handwerkskunst Unglaubliches vollbracht.«

»Hm, dessen bin ich mir sicher.« Nedeam musterte den Zwerg nachdenklich. Was war mit Allruk los? Seine besondere Betonung der geleisteten Arbeit seines Volkes war ungewöhnlich. Nedeam hatte das unangenehme Gefühl, dass der Baumeister die Pferdelords in der Schuld der Zwerge sah. Oder ihnen dieses Empfinden aufdrängen wollte. Aber warum?

Er sah Llaranya an und zwinkerte ihr zu. »Ich denke, wir sollten uns nun auf den Weg zur Nordfeste machen. Man wird uns schon sehnsüchtig erwarten.«

Die Elfin blickte in den Pass hinunter. Unten standen zwei volle Beritte der Schwertmänner. Ihre Umhänge und die beiden Wimpel bewegten sich leicht im Wind. Die Männer hatten geduldig abgewartet, während sie und Nedeam mit Allruk den Signalposten besucht hatten. In der Schlucht war es nicht so kalt wie auf der zugigen Plattform. Dennoch würden die Männer froh sein, wenn es endlich weiterging.

»Vor allem die beiden Beritte werden sicher erwartet«, stimmte Llaranya zu. »Immerhin sind sie die Ablösung für jene, die dann in die Hochmark zurückkehren können. Es ist ein einsamer Dienst, dort oben in der Festung.«

»Und ein wichtiger Dienst«, schaltete sich Allruk ein. »Den wir Zwerge und ihr Menschen voller Stolz gemeinsam versehen.«

»In der Tat.« Nedeam ging voraus und konzentrierte sich auf die Stufen der Treppe.

Die zweihundert Reiter unten in der Schlucht waren Schwertmänner. Sie waren die Elite der Kämpfer und verstanden sich auf den Umgang mit Stoßlanze und Schwert ebenso wie auf den treffsicheren Umgang mit dem Bogen. Das Pferdevolk hatte stets um sein Land kämpfen müssen und war dabei nicht immer siegreich gewesen. Als es noch im Westen gelebt hatte und seine Marken noch gegeneinander kämpften, war es von den Barbaren des Dünenlandes aus der Heimat vertrieben worden. Die Besiedlung der neuen Marken hatte zur Einrichtung eines besonderen Wehrsystems geführt. Jeder Pferdefürst einer Mark, der Hohe Lord, unterhielt eine ständige Wache an Kämpfern, für deren Ausbildung, Ausstattung und Unterhalt er verantwortlich war. Dies waren die Schwertmänner, deren Umhänge in der Kennfarbe ihrer Mark gesäumt und deren Rosshaarschweife an den Helmen in der Farbe ihres Pferdefürsten eingefärbt waren. Alle anderen Männer des Pferdevolkes konnten den freiwilligen Pferdelords beitreten. Auch sie trugen den grünen Umhang der Kämpfer des Pferdevolkes, allerdings ohne den farbigen Saum. Sie führten an Waffen, was sich für den täglichen Gebrauch ebenso verwenden ließ wie für den Kampf. Diese Männer bevorzugten Axt und Bogen, wurden jedoch einmal im Jahr in der Handhabung der Lanze unterwiesen. Es gab auch Männer, die sich dem Kampf verweigerten und den Eid der Pferdelords nicht leisteten. Niemand dachte deswegen schlecht von ihnen, auch wenn sie nie das Grün des Pferdevolkes trugen. Diese Männer waren es, die mit den Frauen die einsamen Gehöfte, die Weiler oder die Städte verteidigten, wenn die Pferdelords in den Krieg ritten.

Es war ein langer Abstieg hinunter in die Schlucht, und Allruk betonte bei jeder einzelnen Stufe die Leistungen der Zwerge. Nedeam achtete kaum auf die Worte, sondern versuchte den Sinn hinter ihnen zu verstehen. Es konnte nur einen Grund für dieses eifrige Selbstlob geben – die Zwerge, oder zumindest Allruk, wollten ein Entgegenkommen vom Pferdevolk erwirken. Dieser Gedanke beunruhigte den Ersten Schwertmann der Hochmark, denn das entsprach keineswegs den sonstigen Gepflogenheiten des kleinen Volkes.

Scharführer Arkarim kommandierte die Ablösung für die Nordfeste. Erleichtert winkte er den Pferdehalter heran, der Nedeams und Llaranyas Reittiere zu ihnen führte. Den starken und kampferprobten Hengst Duramont und Llaranyas weiße Stute Fallan.

»Ihr seid zufrieden, Hoher Herr Nedeam?«, fragte er mit leiser Stimme.

Nedeam schwang sich in den Sattel und nickte. »Sehr. Diese zehn Stationen garantieren uns eine schnelle Nachrichtenverbindung zwischen der Nordfeste und Eternas.«

»Ihr solltet erst die Festung sehen.« Arkarim wies nach Norden. »Ihr habt sie ja nur während des Baus zu Gesicht bekommen. Ihr werdet überrascht sein, welche Leistung dort vollbracht wurde.«

Nedeams Gesicht verfinsterte sich ein wenig. »Heute scheint mir wirklich jeder die Leistungen der kleinen Herren unter die Nase reiben zu wollen.«

Den Zwergen lag das Reiten nicht besonders. Doch in diesem Fall musste sich Allruk der Notwendigkeit fügen.

Man hatte ein besonders ruhiges Pferd für ihn ausgesucht, und ein Schwertmann half dem kleinen Mann in den Sattel hinauf. Obwohl die Steigbügel hoch geschnallt waren, hatte Allruk alle Mühe, ausreichend Halt zu finden. Dennoch ließ es sein Stolz nicht zu, dass einer der Pferdelords neben ihm ritt und ihn stützte.

Die beiden Beritte trabten langsam nach Norden, mit Arkarim und Nedeam an der Spitze. Arkarims langer dreieckiger Wimpel mit der blauen Einfassung der Hochmark flatterte im sanften Reitwind. Nedeam hatte nie als Scharführer einen solchen Wimpel geführt. Er war ein gewöhnlicher Pferdelord gewesen und vom Beschluss des verstorbenen Pferdefürsten Garodem überrascht worden, die Nachfolge des früheren Ersten Schwertmannes Tasmund anzutreten. Nedeam hatte gezögert, denn es war ein Unterschied, ob man im Kampf als Pferdelord in der Angrifflinie ritt oder als Erster Schwertmann die Verantwortung dafür trug. Schließlich hatte er das Banner der Hochmark angenommen, auch wenn er es sich nicht angewöhnen konnte, es, wie es eigentlich der Tradition entsprach, selbst zu führen. Stattdessen wurde es von einem erfahrenen Schwertmann getragen, der im Kampf nicht von Nedeams Seite wich. Dieser Ritt galt jedoch nicht der Schlacht, und so stand das rechteckige Banner im Saal der Burg von Eternas.

Staub wallte unter den Hufen der Pferde auf und legte sich über Tiere und Reiter. Während in den vorderen Reihen noch die kräftigen Farben des Pferdevolkes sichtbar waren, erschienen die nachfolgenden zunehmend in einem eintönigen Graubraun.

Arkarim wandte sich halb im Sattel. »Erster Beritt hinter den zweiten zurückfallen«, befahl er.

Nedeam nickte. Es war nur gerecht, dass die Reiter abwechselnd den Staub der anderen zu schlucken bekamen. Arkarim kümmerte sich um das Wohl seiner Männer, und das zeichnete einen guten Scharführer aus. Ebenso wie die Tatsache, dass er kein Sonderrecht für sich in Anspruch nahm. Der Scharführer ließ sich ebenfalls zurückfallen, und Nedeam folgte seinem Beispiel.

Während der vordere Beritt wartete, zog der andere an ihm vorbei. Llaranya, die mit einigen Schwertmännern am Ende der Formation gesprochen hatte, kam an Nedeams Seite, und dieser musste unwillkürlich lächeln. Sie war wie die anderen auch mit Staub gepudert, nur ihr elfischer Umhang, der aus einem besonderen Material gewebt war, strahlte in seinem frischen hellen Blau. Ihre Augen blitzten, während sie die Wasserflasche vom Sattelhorn nahm und sich den Mund ausspülte.

»Gelegentlich vermisse ich die grünen Wälder meines Volkes«, gestand sie ein. »Dieser Staub ist grässlich. Er kriecht unter die Kleidung und knirscht zwischen den Zähnen.«

»Wir sind bald in der Nordfeste«, tröstete Arkarim. »Dort werdet Ihr ein erfrischendes Bad nehmen können, Hohe Frau.«

Nedeam bemerkte bei diesen Worten eine gewisse Wehmut in den Augen des Scharführers und konnte sich den Grund dafür sehr gut denken. Als die Clans des Pferdevolkes noch gegeneinander gekämpft hatten, da war es den Ersten Schwertmännern, im Gegensatz zu den anderen Schwertmännern, gestattet worden, sich mit einem Weib zu verbinden und eine Familie zu gründen. Dies war keine Geste guten Willens der einstigen Pferdefürsten gewesen, sondern hatte einen ganz pragmatischen Hintergrund. Auf diese Weise versicherte sich der Herr einer Mark der bedingungslosen Treue seines Ersten Schwertmannes, denn er hielt dessen Familie als Geisel. Die anderen Schwertmänner hingegen sollten nicht durch sorgenvolle Gedanken an ihre Liebsten abgelenkt werden. Diese Zeiten waren vorbei, doch die Tradition hatte sich gehalten. Während Nedeam als Erster Schwertmann eine Frau haben durfte, war dies den anderen versagt. Wollten sie ein Weib ehelichen, mussten sie den Dienst beim Pferdefürsten aufgeben. Einige der Männer, unter ihnen auch Arkarim, konnten ihre geliebten Frauen daher nur heimlich treffen. Nedeam empfand dies als Ungerechtigkeit und hoffte darauf, dass das Pferdevolk diese alte Sitte bald aufgab. Aber es war schwer, sich gegen die alten Bräuche aufzulehnen. Zu tief waren sie im Bewusstsein der Menschen verankert.

Llaranya lächelte den Scharführer an. »Danke für Eure Freundlichkeit, guter Herr Arkarim. Ich hoffe doch sehr, dass ein solches Bad uns alle erfrischen wird.«

Arkarim bemerkte den Blick, den Nedeam ihm zuwarf. »Ich werde einmal nach dem guten Herrn Allruk sehen«, meinte er und zog sein Pferd herum. »Nicht dass er uns so kurz vor dem Ziel doch noch vom Pferd fällt.«

Nedeam folgte dem Kampfgefährten und Freund mit den Blicken und sah dann seine Elfin an. »Die grünen Wälder«, sagte er nachdenklich. »Vermisst du die Wälder oder die Wesen deines Volkes?«

Sie legte die Hand über seine. »Sei unbesorgt, Nedeam, du weißt, dass ich dich von Herzen liebe. Ja, manchmal sehne ich mich nach dem Klang der Wälder und nach den Stimmen der elfischen Häuser. Doch mein Herz ist nicht einsam, Nedeam, und wenn ich mich den feinsinnigen Gedanken der Elfen hingeben möchte, so habe ich Lotaras und Leoryn und das elfische Haus in der Hochmark. So klein es auch sein mag«, fügte sie auflachend hinzu.

»So, so, feinsinnige elfische Gedanken«, brummte er. »Das hört sich so an, als könntest du mit mir keine feinsinnigen Gedanken austauschen.«

Sie strich über seine Hand. »Du vermagst dein Schwert vortrefflich zu schwingen, doch im Schwingen der Worte bist du weniger gewandt.«

»Ich bin ein Pferdelord und kein elfischer Philio... Phil...«

»Philosoph«, half sie aus. »Ich liebe dich dennoch.«

Sie beugte sich im Sattel zu ihm und ihre Lippen trafen sich, was Nedeam wieder mit der Welt versöhnte. Für eine Weile ritten sie Hand in Hand nebeneinander.

»Feinsinnige Worte.« Nedeam seufzte leise. »Mich plagen schwere Gedanken, meine Liebe.«

Sie drückte seine Hand leicht. »Du trägst große Verantwortung für die Hochmark. Gerade jetzt, da die Herrin der Mark, die Hohe Dame Larwyn, erkrankt ist.«

»Der Tod ihres Gemahls Garodem, der Verrat und Mordversuch durch ihren Sohn Garwin und dann die Sorge um die Mark ...« Nedeam nickte betrübt. »Das bedrückt sie sehr und zehrt an ihrer Kraft.«

»Es ist die Eigenheit von euch Menschen, mit der Zeit dahinzugehen und zu verwelken.«

Er erwiderte ihren Blick. »Ich weiß, was du für unsere Liebe auf dich nimmst.«

Llaranya lächelte sanft. »Wenn die Zeit einmal gekommen ist, werde ich von jenen Augenblicken zehren, die wir gemeinsam erlebten.«

Ihre Hand legte sich auf den Umhang über ihrer Brust und Nedeam wusste, dass sie dort jene Kette berührte, die er ihr erst vor Kurzem geschenkt hatte. Die Umhänge der Pferdelords wurden mit dem Symbol des Pferdevolkes verschlossen. Es hatte die Grundform eines Hufeisens und seine Enden zeigten zwei nach außen blickende Pferdeköpfe. Diese Spangen waren gut handtellergroß und bestanden aus reinem Gold. Zwei lederne Schlaufen waren in den Umhängen vernäht, die über die Pferdeköpfe geschoben wurden und den Umhang geschlossen hielten. An Llaranyas Umhang hatte die Spange die Form eines Baumes und verkörperte so ihre Abstammung vom elfischen Haus des Urbaums. Sie hatte die Spange niemals ausgetauscht, und Nedeam konnte das gut verstehen, war es doch eine Erinnerung an ihren Ursprung. So hatte er mit eigener Hand eine goldene Kette mit einem kleineren Symbol des Pferdevolkes für sie angefertigt. Er hatte nicht das handwerkliche Geschick eines Kunstschmiedes, doch es war eine Gabe der Liebe und Llaranya trug sie seitdem über ihrem Herzen. Die Unsterbliche hatte einst lange gezögert, sich ihrer Gefühle zu dem sterblichen Nedeam hinzugeben, denn der Pferdelord würde altern und eines Tages von ihr gehen. Dass sie dies dennoch auf sich nahm, war ein Zeichen ihrer innigen Liebe.

Immerhin hatte das Schicksal ihnen zur Seite gestanden. Als Nedeam einst mit einem Grauen Magier kämpfte und diesen mit Llaranyas Hilfe bezwang, da hatte das Wesen im Todeskampf einige seiner Fähigkeiten auf den jungen Pferdelord übertragen. Nedeams Wunden heilten nun wesentlich schneller als bei einem gewöhnlichen Menschen, und die Kreatur hatte ihm einen Teil ihrer Langlebigkeit vermacht. Hinzu kam die Fähigkeit, anhand einer magischen Aura die Stimmungen eines Lebewesens zu erkennen. Leider besaß Nedeam nicht das Können, diese Gaben zu kontrollieren, doch für ihn und die Elfin war es ein willkommenes Geschenk, welches ihnen zusätzliche Jahre des Glücks versprach. Obwohl er nun achtunddreißig Jahre zählte, wirkte er körperlich wie ein Dreiundzwanzigjähriger.

Dennoch war das Thema dem Ersten Schwertmann der Hochmark unangenehm, und er versuchte, das Gespräch wieder in andere Bahnen zu lenken.

»Immerhin scheinen die Marken nun etwas Ruhe zu finden.« Er entzog ihr seine Hand und zählte auf. »Die Grenze hier oben im Norden ist nun durch die Nordfeste geschützt. Der Pass von Merdoret im Osten, der durch die Weißen Sümpfe führt, wird von Pferdefürst Bulldemut und seinen Pferdelords bewacht. Ich hörte, dass man gelegentlich Lederschwingen über den Bergen sieht. Feedana und ihre Schwingen werden dazu beitragen, dass die Orks des Schwarzen Lords nicht in die Ostmark einmarschieren. Wenn sie es versuchen, dann werden sie wohl über den Süden vordringen müssen.«

»Über das Reich von Alnoa«, stimmte Llaranya zu. »Es ist stark und wird sich zu wehren wissen.«

»Und es steht nicht alleine. Das Pferdevolk wird ihm zu Hilfe eilen, wenn die Zeit gekommen ist.«

Die Elfin blickte nach Osten, obwohl dort nichts außer der steil aufragenden Felswand des Passes zu sehen war. »Es ist schade, dass der Winterfeldzug gegen Cantarim scheiterte.«

»Ohne die Ränke des verfluchten Garwin wären wir und die alnoische Gardekavallerie mit großer Macht aufgetreten. So hatten wir Glück, mit dem Leben davongekommen zu sein«, knurrte er. »Ohne die Hilfe der Lederschwingen hätten die Orks uns vielleicht überrannt.« Er lachte auf, und der Laut klang grimmig. »Der Hochgeborene Daik ta Enderos und seine Garde durchkämmen das Reich Alnoa ebenso wie unsere Streifscharen die Marken. Wenn wir Garwin und seine Männer erwischen, dann gibt es keine Nachsicht. Aber er ist wie vom Erdboden verschwunden.«

»Er tut gut daran.« Llaranyas Hand legte sich unbewusst um den Griff ihres elfischen Schwertes. »Sein Mordversuch und sein heimtückisches Spiel sind nun wohlbekannt und haben den Zorn des Volkes entfacht. Viele gute Männer starben durch Garwins Schuld. Er weiß, was ihm bevorsteht, wenn man ihn stellt, und er findet keinen Zuspruch mehr in den Marken.«

»Es gibt Menschen, die vergessen ihr Gewissen, wenn sie dadurch ihre goldenen Schüsselchen mehren können«, wandte Nedeam ein. »Daher müssen wir wachsam sein. Irgendwann wird sich der Verräter erneut bemerkbar machen.«

»Ja, der Kampf gegen den Schwarzen Lord der Finsternis tritt hinter den Kampf um die goldenen Schüsselchen zurück«, stimmte sie bedauernd zu. »Das Pferdevolk folgt dem Beispiel der Menschen des Reiches Alnoa. Dort ist man satt und träge geworden, und König und Garde erhalten kaum Unterstützung im Kampf gegen den Feind.«

»Die Pferdelords stehen fest an ihrer Seite.« Nedeam bemerkte eine huschende Bewegung aus den Augenwinkeln, und sah ein kleines Tier, das, vom Hufschlag der Pferde aufgeschreckt, hastig von einer Seite der Schlucht zur anderen hoppelte und in der Deckung einiger Felsen verschwand.

»Solche Wildläufer werden wir wohl für eine Weile nicht mehr zu Gesicht bekommen«, rief einer der Männer ihm zu. »Eine Jahreswende ist eine lange Zeit.«

»Vor allem für Scharführer Arkarim«, raunte Llaranya. »Er wird seine Geliebte Etana lange nicht in die Arme schließen können.«

Der Erste Schwertmann trieb sein Pferd zu dem Reiter hinüber. »Ja, eine lange Zeit, guter Herr, doch es geht nicht anders. Alle Beritte, die zum ersten Mal zur Nordfeste reiten, müssen dort eine Jahreswende dienen, damit sie den Süden Rushaans und die Feste kennenlernen. Später, wenn alles vertraut ist, werden die Ablösungen rascher erfolgen.«

»Das höre ich gern«, meinte der Schwertmann. »Ich scheue nicht den Dienst, Hoher Herr, das wisst Ihr, aber unsere Hochmark wird mir fehlen. Sagt, warum müssen wir den Süden Rushaans bestreifen? Man sagte, die nördliche Öde sei zu meiden.«

»Kennt Ihr die Geschichte der Schlacht, in der wir Pferdelords gemeinsam mit den Paladinen an der alten Wache kämpften?«

»Ah, wer kennt die nicht. Jene Schlacht, in der die Legionen der Orks über den Pass von Rushaan vordrangen und in welcher der unvergessene Dorkemunt gegen Fangschlag kämpfte. Glaubt mir, Hoher Herr, solches wird in den Schenken besungen.«

Die Erwähnung Dorkemunts rief ein schmerzliches Gefühl in Nedeam hervor. Der alte Pferdelord war sein Ziehvater und Mentor gewesen und hatte im Kampf gegen die grausamen Magier Jalannes den Tod gefunden. Es war ein ehrenvoller Tod gewesen, wie ihn sich ein Pferdelord nur wünschen konnte, dennoch vermisste Nedeam den kleinen Dorkemunt.

»Damals brachten die Orks ihre Ferntöter in die Öde. Sie schleuderten mit der Kraft des Berstpulvers mächtige Kugeln auf uns. Aus der Ferne eine furchtbare Waffe.« Nedeam grinste. »Dennoch haben unsere Beritte sie in den Boden gestampft.«

»Ein ruhmreicher Ritt«, bestätigte ein anderer Mann. »Doch was hast das mit dem Süden Rushaans zu tun?«

»Unsere Freunde, die Zwerge, nutzten das erbeutete Berstpulver, um den Pass von Rushaan zu sprengen und ihn so mit Fels zu füllen.«

»Ja, der Pass ist nun versperrt.«

Nedeam lächelte. »Die Legionen des Schwarzen Lords müssten eine Menge Steine schleppen oder den Fels mit anderem Berstpulver auseinandersprengen, um den Pass wieder nutzen zu können. Beides braucht Zeit und macht Lärm. Daher streifen unsere Scharen von der Nordfeste aus durch den Süden der Öde, bis hin zum ehemaligen Pass von Rushaan. Wir würden entdecken, wenn sich dort etwas verändert, und das gäbe uns die Zeit, uns darauf vorzubereiten und die Feste zu verstärken.«

»Hm.« Einer der anderen Reiter räusperte sich. »Stehen deswegen zwei volle Beritte im Dienst der Nordfeste?«

Der Erste Schwertmann lachte auf und deutete dorthin, wo sich Allruk nur mühsam auf dem Pferd hielt. »Für die Zwerge wäre es ein weiter und langer Weg. Sie schätzen Pferde nicht besonders.«

Die Männer stimmten in sein Lachen ein.

Arkarim trabte heran. Er hatte die Lanze mit dem Wimpel seines Beritts in die Armbeuge gelegt und verschloss gerade seine Wasserflasche. »Wir sind gleich bei der Feste. Scharführer Pendrat und seine Männer werden sich freuen, uns zu sehen.«

Nedeam reckte sich leicht im Sattel. »Ihr habt es gehört, Männer der Hochmark. Wir werden die Nordfeste gleich erreichen. In dieser Jahreswende ist einer der Zwerge der Kommandant der Festung. Lasst es also nicht an Respekt fehlen.«

»Die Männer wissen Bescheid«, versicherte Arkarim. »Auch wenn es ein wenig seltsam ist, unter dem Befehl eines Zwerges zu stehen. Gute Kämpfer und gute Freunde, fraglos, aber eben doch Zwerge.«

Nedeam sah den Scharführer forschend an. »Glaubt mir, Arkarim, es sind gute Männer, und wir wechseln uns mit

Bedacht im Kommando der Feste ab. Ursprünglich waren zwei Kommandeure geplant. Einer für die Axtschläger und einer für uns Pferdelords. Aber das wäre im Kampf nicht gut. Da braucht man bedingungslose Einigkeit. So hat Sandfallom, der Erste Axtschläger von Nal´t´hanas, damals den Vorschlag gemacht, dass wir und die Zwerge uns im Befehl abwechseln.«

»Nun, es fördert die Gemeinsamkeit«, meinte Arkarim. »Wisst Ihr, wer dort das Kommando hat?«

Nedeam lachte auf. »Eben dieser Erste Axtschläger. Glaubt mir, guter Arkarim, Sandfallom wird Euch gefallen. Ein kluger Mann und tapferer Krieger. Er war es, der einst den König der gelben Kristallstadt überzeugte, an unsere Seite zu treten.«

Der Scharführer lächelte nun ebenfalls. »Dann werden wir uns seinem Wort gerne fügen.«

Vor ihnen war der gedämpfte Klang eines Horns zu hören.

»Die Wachen der Nordfeste müssen uns bemerkt haben.« Arkarim machte eine kurze Ehrenbezeugung vor Nedeam. »Ihr solltet zur Spitze reiten, Hoher Herr. Ich werde mich vergewissern, dass die Beritte einen tadellosen Eindruck machen.«

Auch Allruk hatte das Horn gehört, und es gelang ihm mit der Unterstützung seines Begleiters, sein Pferd zu Nedeam zu dirigieren. »Wir sind da«, sagte er überflüssigerweise. »Ihr werdet begeistert sein, Hoher Herr. Eine solche Feste habt Ihr nie zuvor zu Gesicht bekommen.«

»Einiges davon kenne ich schon«, sagte Nedeam, der ahnte, dass Allruk wieder die besondere Leistung des Zwergenvolkes hervorheben wollte.

»Es ist eine ganz besondere Festung«, begann der Erste Steinschläger auch schon. »Nicht wie eure Menschenfestungen in den Marken oder im Reich von Alnoa. Bei denen gibt es ja immer eine umfassende Mauer, die einen Kern von Gebäuden schützt. Die Nordfeste hat nur eine einzige Mauer, und sie ist ein Sperrwerk, keine der üblichen Burgen. Eine Mauer, die von einer Seite des Passes zur anderen reicht. Gebäude und Katapultstellungen liegen offen auf dieser Seite des Passes. Eine schlaue Planung, das kann ich Euch sagen, Hoher Herr.« Allruk reckte sich, so gut es eben ging, im Sattel. »Von der Öde aus ist sie ein richtiges Bollwerk. Doch sollte der Feind, was sicherlich unmöglich ist, die Festung dennoch überrennen, so nutzt sie ihm wenig. Denn auch wenn sie von der Öde aus so wehrhaft ist, kann sie doch vom Pass aus leicht genommen werden.«

»Ja, fürwahr, ihr Zwerge habt sorgfältig geplant und hervorragend gebaut«, bestätigte Nedeam mit wachsendem Unmut.

Vor ihnen kamen nun die Anlagen der Nordfeste in Sicht. Die Haltung der Männer straffte sich, denn sie wollten einen guten Eindruck auf die dortige Garnison machen.

Es war, wie Allruk es beschrieben hatte.

Zunächst erkannte Nedeam die Gebäude der Anlage. Unterkünfte, Ställe und Vorratsbauten waren entlang der Seiten der Schlucht errichtet worden. Der freie Platz zwischen ihnen diente den Übungen der Besatzung. Die Stirnseite, welche zur Öde wies, wurde von der Mauer beherrscht. Sie wirkte wuchtig und massiv, und war so breit, dass mehrere Katapulte auf ihrer Krone Platz fanden. Andere Wurfmaschinen standen auf dem Boden und würden ihre Last über die Köpfe der Verteidiger hinwegschleudern. Ihre Position war für einen Feind nicht einsehbar, und die Bedienungen mussten sich nach den Zielanweisungen jener richten, welche die Mauer besetzt hielten.

»Keine gewöhnliche Mauer«, begann Allruk erneut. »Sie hat eine besondere Form. An der Basis ist sie nur zehn Längen stark, doch oben, an ihrer Krone, misst sie deren fünfzehn. Kennt Ihr den Grund hierfür, Hoher Herr?«

»Ihr werden ihn mir sicher gleich nennen«, mutmaßte Nedeam und versuchte, seiner Stimme einen freundlichen Klang zu geben.

»Ah, die Mauer ist nach vorne geneigt«, sagte der Zwerg und rieb sich instinktiv die Hände. Dabei hätte er fast den Halt verloren und umklammerte rasch das Sattelhorn. »Sie gleicht einer überhängenden Klippe, Ihr versteht? So ist es unmöglich, sie von außen zu ersteigen, und wir Zwerge haben eine Vorrichtung ersonnen, mit der man das Anlegen von Sturmleitern verhindern kann.«

»In der Mauerkorne befinden sich Schienen«, warf Llaranya ein. »Mit ihnen kann man stählerne Streben nach außen drücken, sodass eine Sturmleiter nicht an der Mauerkorne selbst angelegt werden kann.«

»Äh, ja«, brummte Allruk überrascht. »Woher wisst Ihr das?«

»Weil diese Vorrichtung von dem elfischen Gelehrten Mionas ersonnen wurde.« Die Elfin strahlte den Zwerg mit ihren großen Augen an. »Bevor die Häuser der Elfen zu den Neuen Ufern aufbrachen, hat er mir einiges von seinem Wissen übermittelt. Ich gab es für den Bau der Feste weiter.«

»So, ah, war mir glatt entfallen.« Allruk zupfte verlegen an seinen Bartzöpfen und wankte bedenklich im Sattel. »Dennoch eine gute Idee, und wir Zwerge haben sie meisterlich umgesetzt.«

»Fraglos.« Nedeam konnte seinen Ärger kaum noch unterdrücken.

Vor ihnen war Bewegung zu erkennen, als die Besatzung der Nordfeste auf dem freien Platz zwischen Mauer und Gebäuden antrat. Die beiden dortigen Beritte formierten sich, wobei die Schwertmänner neben ihren Pferden standen. Eine höfliche Geste gegenüber dem anderen Teil der Garnison. Zweihundert brave Axtschläger des Zwergenvolkes traten zu Ehren der Neuankömmlinge in voller Kriegsrüstung an. Die Sonne warf blitzende Reflexe über die blanken fünfeckigen Schilde und die gedrungenen Helme der Zwerge. Die Bolzenschleudern steckten in den Waffengurten, und die Kämpfer hatten ihre Äxte aus den Futteralen gezogen und hielten sie im Ehrensalut vor der Brust gekreuzt.

Ein einzelner Zwerg stand vor den angetretenen Formationen und sah Nedeam und den anderen entgegen. Sandfallom, Erster Axtschläger der gelben Kristallstadt Nal´t´hanas und derzeitiger Kommandant der Nordfeste.

»Willkommen, Hoher Herr«, grüßte er, als Nedeam sein Pferd vor ihm zügelte. Sein Blick glitt zu Llaranya und den Männern der Beritte. »Seid auch ihr willkommen, Hohe Frau und Pferdelords der Hochmark.« Er nickte Allruk zu. »Auch dir mein Willkommen, vortrefflicher Baumeister der Nordfeste.«

Nedeam zuckte kurz zusammen. Hatten Sandfallom und Allruk sich abgesprochen, die unbestreitbaren Verdienste des Zwergenvolkes derart zu betonen? Er ließ sich aus dem Sattel gleiten. »Seid bedankt für Euer Willkommen, Hoher Kommandant Sandfallom. Ich überbringe die Grüße unserer Herrin, der Hohen Dame Larwyn und die Grüße der Hochmark.«

Sandfallom nickte würdevoll. »Wir hörten vom Leid der Hohen Dame. Wir alle wünschen, dass es ihr bald besser gehen möge.« Er lächelte. »Lasst Eure Männer absitzen und erfrischt euch alle von dem langen Ritt. Wird Euer Scharführer Arkarim nun die Beritte der Festung führen?«

»So ist es gedacht.«

Der Zwerg nickte. »Wir haben von seinen Taten in Jalanne und beim Feldzug gegen Cantarim gehört. Fraglos ein ausgezeichneter Pferdelord und eine gute Wahl.«

Aus den Augenwinkeln sah Nedeam den Scharführer, der bislang die Pferdelords der Nordfeste befehligt hatte und nun mit seinen Beritten in die Hochmark zurückkehren würde. Pendrats Gesicht wirkte seltsam unbewegt und verriet nicht die erwartete Freude über die Ankunft der Ablösung. Nedeam gab Arkarim einen Wink. »Mein Scharführer Arkarim wird mit Scharführer Pendrat besprechen, was es beim Bestreifen der Öde zu beachten gibt, Hoher Kommandant Sandfallom. Ihr werdet euch noch näher kennenlernen, doch ich denke, zunächst sollten wir uns unter vier Augen über die Lage in der Öde unterhalten.«

»Unter sechs Augen«, warf Llaranya ein.

Sandfallom runzelte die Stirn und nickte zögernd. »Wie ich sagte, ihr seid uns willkommen, Hoher Herr und Hohe Frau.«

Es gab sicher keine Geheimnisse auszutauschen, dennoch war es üblich, dass sich zwei Befehlshaber zunächst nur untereinander besprachen, bevor sie die unterstellten Scharführer und Männer hinzuzogen. Die Anwesenheit eines weiblichen Wesens, wie es Llaranya unzweifelhaft war, entsprach nicht den Gebräuchen, doch Sandfallom wollte nicht unhöflich erscheinen.

»Lasst uns in meinen Dienstraum gehen«, meinte er. »Derweil können die anderen Männer sich entspannen.« Er gab Pendrat ein Zeichen, der daraufhin eine Reihe von Kommandos gab.

Die strengen Formationen lösten sich auf, und sofort bildete sich ein wildes Durcheinander von Zwergen und Menschen, die sich freudig begrüßten und ihre Neuigkeiten austauschten. Sandfallom führte Nedeam und Llaranya zu einem zweistöckigen Bau, und Allruk schloss sich ihnen ungefragt und hastig an.

Das Gebäude stellte eine ungewohnte Mischung aus der Bauweise der Menschen und jener der Zwerge dar. Wie viele Häuser des Pferdevolkes hatte es zwei Stockwerke. Ein kleiner Vorbau schützte den Eingangsbereich bei schlechter Witterung. Sein Dach war in Höhe des ersten Stocks angesetzt und ragte leicht geschwungen nach vorne. In den Marken der Pferdelords wurde ein solches Vordach von schlanken Säulen aus Stein oder Holz gestützt, hier hatten die Zwerge, wie es kaum anders zu erwarten gewesen war, ihre fünfeckige Grundform eingebracht. Das Pferdevolk bevorzugte noch immer Holz als reichlich vorhandenem Rohstoff. Lediglich in der gebirgigen Hochmark war es rar, und dort nutzte man, wie auch an der Nordfeste, den vorhandenen Stein des Gebirges. Die Steinquader waren sorgfältig ineinandergefügt, und die Steinschläger der Zwerge hatten zahlreiches Zierwerk angebracht. Die Fenster im Erdgeschoss waren niedrig und schmal und ähnelten Schießscharten, die im oberen Stock konnten mit metallenen Blenden verschlossen werden. Die Kommandantur machte den Eindruck einer Festung innerhalb der Festung. Neben der mit massiven Beschlägen versehenen Eingangstür hing ein überdimensionales fünfeckiges Zwergenschild an der Wand.

Zwei Wachen, ein Axtschläger und ein Schwertmann, gingen in den Ehrensalut.

Sandfallom bemerkte Nedeams Blick. »Wir Zwerge führen keine Banner oder Wimpel, wie es bei den Pferdelords üblich ist. In unseren heimatlichen Bergstollen wäre das auch eher unpraktisch, Erster Schwertmann. So hängt hier ein Schild, um anzuzeigen, wer gerade den Befehl über die Nordfeste führt.« Er lächelte. »Trägt einer der Scharführer das Kommando, so hängt hier ein Rundschild des Pferdevolkes. Doch nun tretet ein.«

Nach dem trutzig und kalt wirkenden Äußeren der Festungsbauten war es im Inneren der Kommandantur überraschend gemütlich. Obwohl sie ein Zweckbau war, hatten die Männer, welche hier ihren Dienst versahen, alles getan, um ein Stück Heimat zu erschaffen. Man sah gewebte Stoffe aus der Hochmark an den Wänden und auf dem Boden, schimmernde Kristallsäulen, die zur Zierde im Raum standen, und eine Reihe von Skulpturen, die von den Künstlern beider Völker erschaffen worden waren. Kleine Brennsteinbecken standen auf fünfbeinigen Gestellen und erhellten die Räume dort, wo kein Tageslicht einfiel.

Sandfallom führte die Gruppe ins obere Stockwerk hinauf, wo sich der Amtsraum und das Privatgemach des jeweiligen Kommandanten befanden. An einer Wand hing eine detaillierte Karte der bekannten Regionen. Ein schmiedeeiserner Halter verriet, wo der menschliche Befehlshaber seinen Wimpel aufstellen konnte, und an der anderen Wand stand ein Regal, in dem sich eine Reihe von Büchern und Schriftrollen befanden.

Der Raum wurde von dem massiven Schreibtisch dominiert, dessen hölzerne Platte mit Einlegearbeiten verziert war und der auf fünf steinernen Stützen ruhte. Schreibutensilien und Schriftrollen lagen auf der einen Seite, auf der anderen stand eine Schale mit glitzernden Kristallstükkchen. Sie gehörte sicherlich zu Sandfalloms persönlichen Erinnerungsstücken.

Der Kommandant der Nordfeste deutete auf ein kleines Brennsteinbecken, auf dessen Gitter ein Kessel stand. »Heißer Gerstensaft. Genau das Richtige bei einem so kalten Wind, wie er derzeit herrscht.« Er nahm Becher aus einem Gestell, füllte sie auf und reichte jedem der Anwesenden einen davon. »Möge die Feste jedem Feind widerstehen.«

Sie prosteten sich zu und setzten sich dann auf die bequemen Stühle. Nedeam bemerkte die verstohlenen Blicke, die sich Allruk und Sandfallom zuwarfen. Er war sich nun sicher, dass irgendetwas in der Luft lag, und mit Sicherheit war es nichts Angenehmes.

»Ein harter Dienst, doch zugleich ein wichtiger Dienst«, sagte Sandfallom unvermittelt. Er deutete mit der Hand, die den Becher hielt, um sich. »Diese Festung schützt unsere beiden Völker vor jeder Gefahr, die aus der Öde drohen könnte. Die Scharen des Pferdevolkes streifen von hier durch den Süden Rushaans zum ehemaligen Pass, der nun versperrt ist. Vierhundert Kämpfer sind nicht viel für eine Festung, doch ihr könnt gewiss sein, dass diese vierhundert Äxte und Schwerter jedem Angriff standhalten werden.« Sandfallom nahm einen langen Schluck und schmatzte genießerisch. »Nun, da die Kette der Signalstationen geschlossen ist, kann sich auch rasch Verstärkung sammeln, falls dies jemals erforderlich sein sollte.«

Nedeam nickte. »Wir kennen die Schliche des Schwarzen Lords und seiner Orks. Sie haben uns schon manches Mal mit ihrer Schläue überrascht. Denkt an die hölzernen Stege, die sie einst über die Weißen Sümpfe bei Merdonan legten. Doch Ihr habt recht, Erster Axtschläger, diese Festung ist gut gebaut, und ihre tapferen Kämpfer werden sich nicht überraschen lassen.«

»Das will ich wohl meinen.« Sandfallom nickte beifällig. »Das Volk der Zwerge hat sich damals nicht an den Kriegen des ersten Bündnisses beteiligt. Wir wähnten uns in den Tiefen unserer Berge vor jedem Angriff der Finsternis sicher. Doch von den fünf Kristallstädten sind uns nur zwei geblieben. Es war die richtige Entscheidung, an die Seite der Menschen zu treten.« Er deutete auf Nedeam. »An die Seite des Pferdevolkes, dem Ehre und Tradition noch etwas gelten.«

»Ihr traut den Alnoern nicht?«

Der Zwerg wiegte den Kopf. »Auch wenn wir an den Kämpfen im Süden und Osten nicht beteiligt waren, so verfolgen wir Zwerge sie dennoch sehr aufmerksam. Bedenkt, dass wir mit dem Reich Alnoa unseren Handel treiben. Den Menschen dort gelten die goldenen Schüsselchen mehr als die Ehre.«

»Es gibt Ausnahmen«, wandte Nedeam ein. »Der Hochgeborene Daik ta Enderos und die Garde sind über jeglichen Zweifel erhaben.«

»Mag sein. Doch der König ist ohne große Macht, wenn sich das Reich nicht im Krieg befindet. Im Frieden wird es von Händlern und Adligen regiert, die sich mehr um ihre Bequemlichkeit denn den Schutz der Grenzen sorgen.« Sandfalloms Ausführungen verrieten seine Kenntnisse von dem fernen Menschenreich. »Sie wiegen sich in falscher Sicherheit. Wenn die Legionen des Feindes erneut vorrücken, werden sie im Süden angreifen und die Alnoer werden alle Hände voll zu tun haben, sich ihrer zu erwehren.«

»Das Pferdevolk wird an ihrer Seite stehen«, versicherte Nedeam.

»Selbstverständlich.« Sandfallom nickte bedächtig. »Die Ehrenhaftigkeit der Pferdelords steht außer Frage. Sollten eure Reiterscharen eines Tages in den Süden ziehen, so wird das Volk der Zwerge im Norden standhalten.«

»Ohne Zweifel.« Der Erste Schwertmann der Hochmark bemerkte den Ausdruck in Llaranyas Augen. Sie lauschte den Ausführungen aufmerksam und wirkte auf jene Weise bewusst entspannt, die Nedeam schon an ihr kannte. Eine jener Eigenheiten, die sie auch bei den eher spielerischen Streitgesprächen zeigte, die sie beide sich gelegentlich lieferten. Und bei denen er, wie er zugeben musste, meist unterlag. Die Art, wie sie den Zwerg ansah, verriet, dass sie ihre Ungeduld kaum zügeln konnte.

»Ihr wisst, die gelbe Kristallstadt Nal't'hanas wird nie von der Seite des Pferdevolkes weichen«, sagte Sandfallom eindringlich.

»Jetzt kommt er zur Sache«, dachte sich Nedeam und nikkte abermals. »Die Treue des kleinen Volkes wird in den Legenden besungen«, stimmte er dem Ersten Axtschläger zu.

Sandfallom stellte seinen Becher auf den Schreibtisch zurück. Er tat es mit langsamen, bedächtig wirkenden Bewegungen, die verrieten, dass er Zeit gewinnen wollte, um die richtigen Worte zu finden.

»Wir Zwerge treiben schon immer Handel mit anderen Völkern«, begann er zögernd. »Dieser Handel ist sehr wichtig, denn Nal't'hanas leidet noch immer unter den Folgen, die der damalige Einsturz der Stadthöhle nach sich zog. Wir haben viele Leben verloren und haben manchen Mangel an lebenswichtigen Ressourcen.« Er zupfte unruhig an seinen Bartzöpfen. »Ungeachtet der Tatsache, wie bereitwillig uns unsere Freunde vom Pferdevolk zur Seite stehen.«

»Sagt es frei heraus, Erster Axtschläger.«

Die kalte Stimme kam von der Tür, und als Nedeam sich umwandte, sah er dort die beiden Scharführer Arkarim und Pendrat. Das Gesicht von Pendrat war unbewegt, doch das von Arkarim verriet unverhohlenen Zorn.

Sandfalloms Gesicht verdunkelte sich ein wenig. »Ich spreche selbst mit dem Hohen Herrn Nedeam, Scharführer. Ihr mögt euch später dazu äußern.«

Arkarim ignorierte die Worte seines künftigen Vorgesetzten und sah Nedeam an. »Sie waren in der Öde, Nedeam. Nicht unsere Streifscharen, sondern die Zwerge!«

Nedeams Kopf ruckte zu Sandfallom herum. »Ihr wart in der Öde?«

Der Zwerg stieß ein leises Knurren aus. »Ja.«

Nedeam atmete mehrmals tief durch und versuchte, seinen aufkeimenden Zorn zu bezwingen. »Ihr alle kennt das Versprechen, welches wir den Paladinen Rushaans gaben. Wir sagten zu, nur den Süden zu bestreifen und den Rest des toten Landes zu meiden. Dies gab ihnen den Frieden.«

»Ihr Pferdemenschen habt es den Paladinen versprochen«, wandte Allruk hastig ein. »Es waren nicht die Worte der Zwerge.«

»Halt den Mund«, brummte Sandfallom unwirsch. »Solche Steinspaltereien sind der Zwerge unwürdig. Sie mögen im Königreich Alnoa gelten, doch nicht für uns.« Er sah Nedeam an und zuckte die breiten Schultern. »Ich hätte es Euch ohnehin gesagt, Nedeam, das könnt Ihr mir glauben. Ja, wir Zwerge kennen das Versprechen, und auch wenn wir es nicht gegeben haben, so ist es doch das Wort unserer Freunde und somit auch für uns bindend.«

»Aber ihr habt dagegen verstoßen«, stellte Nedeam fest. »Ihr seid in die Öde gegangen und habt das Wort gebrochen, welches ich den Paladinen gab. Warum, Sandfallom? Warum habt Ihr mich in diese ehrlose Lage gebracht?«

»Die Paladine sind vergangen, es schmerzt sie nicht mehr«, murmelte der Erste Axtschläger.

»Es schmerzt mich!«, brüllte Nedeam auf. »Es war mein Wort, das ihr Zwerge gebrochen habt!«

»Das stimmt.« Sandfallom war selbst ein Mann von großer Ehre, und es fiel ihm schwer, den Wortbruch einzugestehen. »Wir taten es nicht ohne Grund, Hoher Herr.« Er senkte die Stimme und sah Nedeam beschwörend an. »Ihr mögt meine Bartzöpfe beschneiden, doch es gab einen guten Grund.«

Nedeams Zorn verrauchte. Er kannte den Stolz, den das kleine Volk mit seinen Bartzöpfen verband. Dennoch war Sandfallom bereit, die seinen aufgrund des Wortbruchs zu opfern. »Behalte deine Zöpfe, Freund Sandfallom«, knurrte er versöhnlich. »Aber sagt mir, um unserer Freundschaft willen, warum es geschah.«

»Wir Zwerge sind ein stolzes Volk.« Der Zwerg strich sich unbewusst über die geflochtenen Zöpfe. »Ihr wisst, Nal´t´hanas leidet noch manchen Mangel, auch wenn unser Volk sich nun langsam erholt. Oh, ich weiß, das Pferdevolk hätte uns fraglos geholfen, wenn wir darum gebeten hätten, doch bedenkt unseren Stolz. Wir waren es immer gewohnt, unsere Probleme aus eigener Kraft zu lösen. Doch für einen Teil der Sorgen ist diese Nordfestung verantwortlich. Wir brauchten Männer und Ressourcen, um sie zu errichten. Beides fehlte unserer Stadt.«

Nedeam nickte den beiden Scharführern zu, die unschlüssig in der Tür standen und die sich nun zurückzogen. »Ich verstehe. Deswegen kündete Allruk so überreichlich von den Verdiensten des kleinen Volkes an Feste und Signalstationen.«

»Er mag es ein wenig übertrieben haben«, räumte Sandfallom ein. »Er wusste von dem Ereignis in der Öde und versuchte, Euer Entgegenkommen zu erwirken, Nedeam.«

»Hm.« Nedeam musterte Allruk, der ein wenig zu schrumpfen schien. »Schön, weiter, Sandfallom. Es geht ja wohl nicht allein darum, dass ein paar Zwerge in die Öde vordrangen. Offensichtlich ist dort etwas geschehen, das euch beunruhigt.«

»Nicht nur uns Zwerge.« Sandfallom seufzte. »Scharführer Pendrat war es, der den einzigen Überlebenden entdeckte und zur Feste brachte.« Er lächelte verlegen. »Glaubt mir, Pendrat war sehr erzürnt, doch er stand unter Befehl und hielt sich zurück, da ich ihm zusagte, euch selbst zu informieren.«

»Nach einer gewissen Einstimmung auf die Verdienste des Zwergenvolkes durch Allruk.«

»Hm, ja, das will ich wohl zugeben.« Sandfallom erhob sich und ging ein paar Schritte auf und ab. »Es macht mich verlegen, die Ehre Eures Wortes, Nedeam, gegen den Stolz der Zwerge aufzuwiegen. Nun, das Reich Alnoa braucht viel Gold, und eine Streifschar des Pferdevolkes entdeckte ein reichhaltiges Vorkommen in der Öde.«

Nedeam seufzte schwer. »Dann ist auch eine unserer Streifscharen in die Öde vorgedrungen?«

»So ist es. Sonst hätten wir niemals von dem Goldvorkommen erfahren.«

»Ich werde einmal mit Scharführer Pendrat zu reden haben«, brummte Nedeam.

»Er tat es nicht ohne Grund.« Sandfallom lächelte unglücklich. »Die Streifschar entdeckte fremde Spuren, denen sie eine Weile ohne Ergebnis folgte. Dabei stieß sie auf das Gold.«

»Ihr Zwerge verfügt selber über Gold.« Nedeam strich sich über das Kinn. »Warum interessiert euch nun das Vorkommen in Rushaan?«

»Für den Handel mit Alnoa brauchen wir sehr viel Gold, und je schneller wir es bekommen, desto besser. Ha, dieses Gold Rushaans liegt direkt an der Oberfläche. Man braucht es nur aufzuheben.« Für einen Moment funkelten Sandfalloms Augen begeistert.

»Also zogen eure Schürfer in die Öde, um genau dies zu tun.«

»Es sollte eine einmalige Aktion sein. Wir schickten eine Gruppe Schürfer und Axtschläger hinaus, die das Gold bergen und nach Nal't'hanas bringen sollten. Doch dann geschah das Unglück. Die Gruppe wurde überfallen und niedergemetzelt.«

Nedeam erwiderte den Blick des Zwerges. »Die Paladine Rushaans sind vergangen. Es waren also nicht die ehemaligen Herren der Öde.«

»Wir wissen nicht, wer oder was es war. Der Überlebende berichtet von riesigen, pelzbedeckten Gestalten, die über das friedliche Lager herfielen und alle töteten.«

»Nun, für das kleine Volk erscheinen auch wir Menschen riesig«, meinte Nedeam lakonisch. »Könnte es ein Rudel Pelzbeißer gewesen sein?«

»Maratuk, das ist der überlebende Axtschläger, berichtet vom geordneten Vorgehen der Angreifer. Sie nutzten einen Kundschafter, um das Lager auszuspähen, und der Angriff erfolgte koordiniert. Nein, Nedeam, das waren sicherlich keine Tiere. Und es waren sicherlich auch keine Geister, die das Blut unseres Volkes vergossen.« Sandfallom reckte sich ein wenig. »Blut, welches nach Rache schreit.«

»Ich kann diesen Wunsch wohl verstehen«, räumte Nedeam ein.

»Wer immer das war, er ist längst weit fort«, wandte Llaranya ein. »Er kam nicht aus der Öde und ist längst in seine Heimat zurückgekehrt.«

»Woher wollt Ihr das wissen, Hohe Frau?«, knurrte Sandfallom.

Nedeam überlegte. »Denkt an die Paladine der toten Stadt Rushaan. Sie bestreiften die Öde, um ihre Grenzen zu sichern. Nein, niemand lebt noch dort. Der Feind muss von außerhalb gekommen sein.«

»Er kam nicht über den verschütteten Pass.« Sandfallom trat an die Karte und deutete mit dem Finger auf die betreffende Stelle. »Die Pferdescharen bestreifen den Bereich regelmäßig, und dort gibt es keine Veränderungen. Selbst eine kleine Gruppe Orks könnte sich nicht über ihn nach Rushaan schleichen.«

»Dann bleibt nur der Norden.« Llaranya seufzte leise. »Hoch im Norden, an der Grenze zum Kaltland, gibt es einen weiteren Pass ins Reich der Finsternis.«

»Die Orks vertragen die Kälte nicht. Sie leiden stark unter ihr«, meinte Nedeam. »Denk an den Feldzug gegen Cantarim und die Kämpfe um Merdoret.«

»Genau das tue ich.« Sie lächelte. »Denk an die fellgefütterten Rüstungen der Rundohren. Vielleicht haben sie ihre Rüstungen mit noch dickerem Fell versehen, damit sie den Pass im Norden nutzen können.«

»So viel Fell gibt es im gesamten Reich der Finsternis nicht, um damit genug Rüstungen zu füttern«, knurrte Nedeam.

»Unser Freund Fangschlag sagte, der Schwarze Lord wolle die Öde, um an ihre Erze heranzukommen. Er braucht viel Eisen für die Waffen und Rüstungen seiner Legionen.« Die Elfin trat neben Sandfallom. »Vielleicht muss er ja nicht viele Orks über den Norden nach Rushaan schicken. Gerade genug, um das Erz zu schürfen und in seine Schmieden zu bringen.«

»Maratuk ist ein erfahrener Axtschläger.« Sandfallom schüttelte den Kopf. »Er kennt die Orks und schwört, dass es keine der Bestien waren.«

»Jedenfalls gibt es dort etwas, das uns feindlich gesonnen ist.« Nedeam sah Llaranya an. »Kennt ihr Elfen ein Volk, das dort lebt?«

»Ich weiß es nicht.« Llaranya zuckte die Schultern. »Das Haus Deshay war das Haus des Urbaums und lebte isoliert in seinem Wald. Wir … Wir interessierten uns nicht sonderlich für die Vorgänge in anderen Ländern. Es mag Leben im Norden geben. Wenn wir Elfen dies wussten, so kann ich dennoch nicht helfen. Die Aufzeichnungen meines Volkes, die mir noch zur Verfügung stehen, sind sehr lückenhaft.«

»Wir sollten es nicht riskieren, dass jemand im Norden lebt, den wir nicht kennen«, sinnierte Nedeam. »Zumal wenn die Gefahr besteht, dass er uns feindlich gesonnen ist. Vielleicht ist es nur ein kleiner Stamm, vielleicht ist es aber auch ein mächtiges Volk.«

Sandfallom nickte. »Eben dies müssen wir in Erfahrung bringen.« Er sah Nedeam abermals verlegen an. »Wir Zwerge sind dafür kaum geeignet. Nicht, dass wir Kälte und Gefahr scheuen, doch seht euch die Karte an … Mit unseren kurzen Beinen werden wir langsam sein und viel Zeit brauchen, den Norden zu erkunden.«

»Dem stimme ich zu«, sagte Nedeam. »Dies ist eine Aufgabe für die Pferdelords.«

»Und für eine Elfin«, wandte Llaranya ein. »Ich kenne dieses Funkeln in deinen Augen. Du willst sie selbst hinausführen.«

»Ich kann nichts von ihnen verlangen, was ich selbst nicht zu geben bereit bin.«

»Ah, gib es zu, es ist auch die Neugierde, die dich hinaustreibt. Ich bin selbst gespannt, was wir im Norden entdecken werden.«

In Nedeam regte sich Widerspruch. »Pferdelords, meine Geliebte. Eine Frau gehört nicht …«

»Ah, wollen wir einander wieder in der Kampfkunst messen?« Ihre Stimme verriet Selbstsicherheit. »Reiten, Fechten oder der Bogen? Was wählst du?«

Nedeam errötete. Er wusste sehr wohl, dass seine Elfin ihn in den meisten Kämpfen schlagen würde.

Llaranya lächelte in ihrer sanften Art. »Zudem solltest du etwas bedenken, mein geliebter Erster Schwertmann. Die Pferdelords sind Menschen, und ich bin eine Elfin. Wenn wir einem fremden Volk begegnen, so könnte es hilfreich sein, wenn dieses erfährt, wie sehr wir miteinander verbunden sind.«

»Sie hat recht«, sagte Sandfallom.

Nedeam warf ihm einen giftigen Blick zu. »Du bist sehr hilfreich, Freund Sandfallom.«

Der runzelte ein wenig die Stirn und nickte dann. »Ich verstehe deine Bedenken, weil sie dein Weib ist. Aber sie ist auch eine elfische Kämpferin. Die Schlacht von Merdonan, dann Merdoret … Erwähnte ich schon, dass wir Zwerge solche Berichte sehr aufmerksam verfolgen?«

»Du erwähntest es«, bestätigte Nedeam mit düsterem Blick.

»Schön.« Llaranya lachte auf. »Dann wäre das ja geklärt.«

Nedeam blieb nichts anderes, als sich zu fügen. Seine Elfin passte nun einmal nicht in das traditionelle Frauenbild des Pferdevolkes und hatte dies schon oft bewiesen. Sie war ihm selbst nach Merdoret gefolgt, in das Reich des Schwarzen Lords, obwohl er ihr dies untersagt hatte. Er mochte seinen Pferdelords befehlen können, doch Llaranya kümmerte das wenig.

»Ich müsste einen der Beritte nehmen, die mit uns aus der Hochmark heraufgekommen sind«, überlegte Nedeam. »Es wäre nicht Recht, jene Männer nach Norden zu führen, die nun schon eine Jahreswende in der Nordfeste dienen.« Er sah Sandfallom fragend an. »Reicht ein Beritt für die Streifen in die Öde aus?«

Der Befehlshaber der Festung nickte.

Nedeam rieb sich nachdenklich das Kinn. »Ich bin der Erste Schwertmann der Hochmark und führe das Banner der Hohen Dame Larwyn. Ich kann nicht ohne ihre Zustimmung handeln, aber ich bin mir sicher, dass sie ihre Einwilligung geben wird. Sagt, Freund Sandfallom, kann ich ihr über die Signalstationen eine Nachricht übermitteln?«

»Jederzeit, mein Freund.« Sandfallom lächelte. »Das Signalsystem ist längst verfeinert. Früher konnten wir nur wenige Zeichen übermitteln und haben ihnen eine feste Bedeutung zugeordnet. Nun, die Alnoer sind durchaus habgierig, aber keinesfalls dumm, wie ich zugebe. Sie haben eine Sprache aus kurzen und langen Blinkzeichen entwikkelt, mit dem sich jedes beliebige Wort übermitteln lässt. Es ist noch hell genug, und die Antwort trifft vielleicht ein, bevor sich die Sonne neigt.«

»Gut. Dann werde ich der Hohen Dame Larwyn die Situation schildern und ihr mitteilen, was ich beabsichtige. Sie wird nicht zögern.«

Sandfallom zog an seinen Bartzöpfen. »Wahrhaftig, Nedeam, ich würde selbst eine Schar braver Axtschläger anführen. Es ist unser Blut, das vergossen wurde, und es behagt mir nicht, dass es durch die Schwerter und Lanzen der Pferdelords vergolten wird. Aber ich muss den Stolz der Zwerge hintanstellen.«

»Ich weiß. So kraftvoll eure Beine auch sind, sie bleiben dennoch langsamer als die Läufe unserer Pferde.«

»Bevor ihr Männer euch nun in gegenseitigem Lob und Treueversicherungen ergeht, sollten wir uns den praktischen Vorbereitungen zuwenden.« Llaranya trat neben Sandfallom an die Karte. »Es ist ein weiter Weg ins Kaltland hinauf.« Sie sah Nedeam an. »Du erinnerst dich noch an Merdoret?«

»Welche Frage«, knurrte er. »Worauf willst du hinaus?«

»Der Feldzug wurde im Winter durchgeführt.«

»Falls du es noch nicht weißt, mein geliebtes elfisches Wesen, ich war dabei.«

»War dir kalt?«

»Gelegentlich.« Nedeam strich sich über das Kinn. »Ich verstehe. Das Kaltland ist noch kälter, nicht wahr?«

»Viel kälter. Es ist das Land des ewigen Eises.«

Nedeam überlegte kurz und nickte dann. »Du hast Recht, darauf müssen wir uns vorbereiten. Wir brauchen warme Bekleidung und Schutz für unsere Pferde.«

»Kannst du dich noch entsinnen, wie du den guten König Balruk von der grünen Kristallstadt Nal´t´rund kennenlerntest?«

»Unvergessen.« Der Erste Schwertmann der Hochmark seufzte leise. »Die Attacke Garodems, als wir um die letzte Zuflucht der Zwerge kämpften … Dorkemunt mit seiner Axt … Ein glorreicher Kampf und doch voller schmerzlicher Erinnerungen.«

»Du hast mir von den damaligen Ereignissen erzählt«, bestätigte die Elfin. »Und auch von dem Grund, warum die Orks einst Nal´t´rund berannten.« Sie lächelte Sandfallom an. »Sagt, Hoher Herr Sandfallom, gibt es in Nal´t´hanas Schwarzkristall?«

»Selbstverständlich.« Der Zwerg zupfte nachdenklich an seinen Bartzöpfen.

»Ihr könnt ihn in kleine hauchfeine Plättchen schneiden? Gerade so, dass man noch ein wenig hindurch sehen kann?«

»Welche Frage.« Sandfallom klang ein wenig beleidigt. »Gebt uns Zwergen Stein oder Kristall, und wir zeigen euch, was sich daraus fertigen lässt.«

»Schön, dann brauchen wir nur noch die passenden metallenen Rahmen«, sagte Llaranya zufrieden.

Nedeam kratzte sich nachdenklich im Nacken.
Seine Elfin hatte etwas ersonnen, und er hätte zu gerne gewusst, was es damit auf sich hatte.

4

Die Gruppe hatte die Stadt Ataraan vor vielen Tagen verlassen. Die dortige Nähe der heißen Quellen hatte die Luft stickig und schwül gemacht, doch die Männer waren das gewohnt. Sie marschierten auf den alten Pfaden, immer auf der Hut, denn der Dschungel Julinaashs war voller Leben, und einiges davon konnte sich rasch als tödlich erweisen.

Sie näherten sich nun dem Fluss, und der mächtige Strom schickte ihnen einen Hauch kühler Luft entgegen. Einige zogen fröstelnd die Schultern zusammen. Die dicht stehenden Bäume und Schlingpflanzen begannen langsam zurückzuweichen. Die Männer ließen in ihrer Vorsicht nicht nach und spähten aufmerksam um sich. Vor allem in der Nähe des Flusses, der für viele Tiere die übliche Wasserstelle war, musste man mit Raubtieren rechnen. Normalerweise mieden diese Räuber die Nähe der Menschen, denn sie hatten gelernt, dass sie meist den Kürzeren zogen. Aber wenn ein Doppelkopf oder gar ein Schakral ausgehungert genug war, ging er auch ein hohes Risiko ein. Daher lauschten die Männer auf die Geräusche des Urwaldes. Die Schritte eines Doppelkopfes waren nicht zu hören, dazu war er zu geschickt, aber die Vögel reagierten auf seine Anwesenheit, und ihre Warnschreie würden den Menschen Zeit genug verschaffen, sich auf die Bestie vorzubereiten.

Gelbat-Mann war zum ersten Mal auf dem Weg ins Land der Frauen, und seine Nervosität rührte sicher nicht nur von den Gefahren des Urwaldes her. Er umklammerte das kurze Schwert mit schweißnasser Hand, und seine Zunge leckte immer wieder über die vollen Lippen.

Am Ufer des Flusses waren Gruppen der verschiedensten Tiere zu sehen, die vorsichtig tranken und ihre Aufmerksamkeit gleichermaßen auf den Dschungel und das Wasser richteten. Es gab Fische, die den Tieren als Nahrung dienten, und solche, die sich an den Tieren labten.

»Bleibt dem Ufer fern«, sagte Herdur-Mann. Er war der Anführer der Gruppe, und die zahlreichen Narben an seinem Körper verrieten, dass er zu den erfahrensten Kriegern des Männervolkes gehörte. Er packte Gelbat-Mann am Arm und zog ihn weiter vom Ufer fort. »Bleib weg, sage ich. Die Tentakel eines Dorm können dich noch packen, wenn du drei Längen vom Wasser entfernt bist. Wir werden uns dem Fluss des Eten erst nähern, wenn wir an der Brücke sind.«

Der Eten. Sie wussten, dass man den Fluss so nannte, doch wer ihm den Namen gegeben hatte und woher der mächtige Strom kam, bevor er ins Meer mündete, das konnte keiner der Männer sagen. Die Legenden nannten ihn den Eten, und die Legenden waren die Grundlagen des Lebens.

Die Legenden und die Übereinkunft.

Gelbat-Mann warf einen unruhigen Blick auf den Fluss und sah Herdur-Mann dann fragend an. »Wie ist es eigentlich so, Herdur-Mann? Mit den Frauen, meine ich?«

Einige der Männer grinsten verständnisvoll. Herdur-Mann hingegen spuckte aus. »Wie es ist? Wie soll es schon sein? Du legst dich zwischen ihre Schenkel und gibst ihnen deinen Samen. Nach acht Monden gehen wir wieder in die Stadt der Frauen, und dann erfahren wir, wie viele Knaben sie empfangen haben.«

Gelbat-Mann biss sich auf die Lippen. »Meinst du, sie geben uns immer alle Knaben?«

»So lautet die Übereinkunft«, brummte der alte Krieger. »Sie behalten die Mädchen, und wir bekommen die Jungen.«

»Alle?«

»Was soll diese dumme Frage?« Der Anführer wirkte nun ein wenig verärgert. Es mochte sein, dass ihn die Nähe zum Land der Frauen ein wenig gereizt und nervös machte, doch das galt sicher für alle Männer.

Gelbat-Mann machte eine entschuldigende Gerste. »Nun, ich meine, einmal in jeder Jahreswende geben wir den Frauen unseren Samen. Die Frauen könnten doch ein paar Knaben dabehalten und warten, bis diese groß genug sind, damit sie deren Samen nutzen können.«

Herdur-Mann schüttelte den Kopf. »Glaube mir, Jungmann, die Frauen ekeln sich ebenso vor uns Männern, wie wir eine berechtigte Abscheu ihnen gegenüber empfinden. Nein, jene Knaben, die wir nicht mit in unsere Stadt nehmen, die finden den Tod.«

Sebor-Mann, der schon einige Male in der Stadt der Frauen gewesen war, trat heran und legte Gelbat-Mann die Hand auf die Schulter. »Die Übereinkunft gibt uns Pflichten, ebenso wie den Frauen. Ohne unseren Samen gibt es keine Knaben und keine Mädchen mehr. Daher dulden die Frauen uns zweimal in jeder Jahreswende in ihrem Land. Einmal, damit sie unseren Samen empfangen können, und ein zweites Mal, damit wir die Knaben abholen. Diese Übereinkunft besteht seit vielen, sehr vielen Jahreswenden, und sie hat sich bewährt.«

»Ich weiß, ich wurde als Bulle erwählt«, seufzte Gelbat-Mann, »doch ich weiß nicht einmal, was ich tun muss, damit … damit …«

Sebor-Mann lächelte sanft. »Das fügt sich. So hat es die Natur eingerichtet.«

Herdur-Mann räusperte sich. »Du musst an deine Aufgabe unserem Volk gegenüber denken. Die Männer zählen auf Bullen wie dich. Es mag dich Überwindung kosten, zwischen die Schenkel eines verdammten Weibes zu rutschen, doch du musst dein Bestes geben.«

»Es ist ekelhaft«, murmelte einer der anderen Männer. »Und doch auf eine merkwürdige Weise auch angenehm.«

»Wäre es nicht so, könntest du den Weibern deinen Samen nicht spritzen.« Der Anführer legte die Hand um den Griff seines Kurzschwertes. »Und jetzt genug geschwätzt. Dort vorne ist die Brücke.«

»Ihr Anblick jagt mir immer wieder einen Schauer über den Rücken«, raunte einer von ihnen. »Dahinter beginnt das Frauenland.«

»Es ist nicht anders als das unsere«, knurrte Herdur-Mann. »Nur dass die Weiber es bewohnen und dort keine Männer leben.«

Es war eine Bogenbrücke, die den Fluss überspannte. Ihre Konstruktion wirkte massiv, und die vier gemauerten Stützen im Fluss schienen ihr Gewicht kaum tragen zu können. Dennoch war sie keineswegs grob gefertigt. Sie stammte noch aus den Tagen des Königreiches von Julinaash und zeigte in verwitterten Reliefs die Gesichter lange vergangener Krieger. Von der Mitte des Flusses an, dort wo das Reich der Frauen begann, waren die männlichen Gesichtszüge mit groben Hammerschlägen unkenntlich gemacht worden. Ein Anblick, der in Herdur-Mann immer wieder Zorn hervorrief.

»Halt!« Aus einem kleinen Gebäude am diesseitigen Aufgang der Brücke traten drei Männer hervor. Ihre Hände lagen griffbereit an den Schwertern.

Herdur-Mann verdrehte die Augen und seufzte theatralisch. »Wir sind keine Weiber, das seht ihr doch, oder tragen wir Drüsen vor uns her? Lasst also eure Klingen stekken und gebt uns den Weg frei.«

»Ah, die Bullen.« Der Wachführer sah die Gruppe mitfühlend an. »Dann ist es also wieder so weit. So sehr ich euch auch bedauere, so bin ich doch froh euch zu sehen.«

»Hattest du Angst, wir kämen nicht, und du müsstest den Weibern selbst als Bulle dienen?«

Der Wachführer grinste niederträchtig. »Da kann ein tapferer Krieger schon Angst bekommen oder nicht? Nein, euer Erscheinen zeigt mir, das unsere Wachablösung in drei Tageswenden eintreffen wird. Ich habe genug von der Kälte, die dieser Fluss ausstrahlt, und von der Feindseligkeit, mit der die Hüterinnen zu unserem Ufer sehen.«

Herdur-Mann nickte. »Du musst nur ihre Blicke aushalten, doch wir müssen ihre Berührungen ertragen. Sie werden uns wieder nach versteckten Waffen durchsuchen.« Er sah die fünfzig Männer seiner Gruppe an. »Schnallt eure Schwerter ab und vergewissert euch, dass keine Waffe in eurem Besitz verbleibt. Auch kein noch so kleines Messer. Die verfluchten Hüterinnen würden jeden Vorwand nutzen, um einen von uns abzustechen.«

Die drei Wachen nahmen die Waffen entgegen und trugen sie in das Gebäude, um sie dort sorgfältig zu verwahren.

Herdur-Mann packte Gelbat-Mann am Arm und zog ihn zum Eingang. Er deutete in den Raum hinein. Dort war das Mobiliar der Wachmannschaft zu erkennen und ein großes Regal, in welches die Schwerter gelegt wurden. »Siehst du dort die Schwerter, Jungbulle? Sie stammen von Männern, die in die Stadt der Frauen gingen, um ihre Pflicht zu erfüllen. Aber sie kehrten nie zurück. Sie machten einen Fehler.

Niemand von uns hat je erfahren, was sich zugetragen hat, die Bullen verschwanden spurlos. Vielleicht haben die Frauen einfach nur die günstige Gelegenheit genutzt, ihre Mordlust auszuleben. Gib ihnen also keinen Anlass, Gelbat-Mann, halte dich an die Übereinkunft und kehre mit uns ins Land der Männer zurück.« Herdur-Mann räusperte sich. »Und tue deine verdammte Pflicht.«

Für die fünfzig auserwählten Männer war es ungewohnt, die Kurzschwerter abzulegen. Der Dschungel jenseits des Flusses war ebenso gefährlich wie der auf dieser Seite. Aber die Übereinkunft ließ ihnen keine Wahl. Kein Mann durfte die Brücke bewaffnet überqueren, und dies galt umgekehrt auch für die Frauen.

»Haltet euch in der Mitte der Brücke und geht nicht zu dicht an das Geländer«, riet eine der Wachen. »Es treibt sich ein Dorm unter der Brücke herum, und gestern hat er versucht, einen von uns mit seinen Tentakeln zu packen.«

»Wir werden es beherzigen.« Herdur-Mann musterte seine Gruppe. »Jenseits der Brücke beginnt das Land der Frauen. Verbergt euren Ekel und reizt die verfluchten Weiber nicht. Wir begeben uns nicht nur zwischen ihre Schenkel, sondern auch unter die Klingen ihrer Langmesser. Seid vor allem bei den Hüterinnen vorsichtig. Sie sind auf Blut aus und Stolz darauf, nie einen Mann bei sich geduldet zu haben.«

»Sie werden gebührend hässlich sein«, scherzte einer der Männer.

Herdur-Mann schnellte vor und packte den erschrockenen Mann am Hals. »In ihrem Inneren sind die Weiber alle hässlich, Bulle. Lass dich niemals von einem glatten Antlitz täuschen. Sie dulden uns zur Bullenzeit und zur Abholung der Knaben, zu jeder anderen Tageswende schneiden sie uns vergnügt den Hals durch.« Er grinste. »Was auf Gegenseitigkeit beruht.«

»Es lebe der König«, raunte ein Bulle.

Herdur-Mann sah ihn kalt an. »Die Zeit des Königs ist lange vorbei. Der Ruhm Julinaashs ist vergangen. Jetzt hausen Frauen in dem alten Palast und haben die Statuen der Krieger entweiht. Nehmt es hin und ertragt die Schande, eine Frau bedecken zu müssen. Uns bleibt keine Wahl, ebenso wenig wie den Frauen. Wir brauchen Kinder, wir brauchen unsere San, sonst wird das Land endgültig in Vergessenheit versinken.«

Der narbige Krieger übernahm die Spitze, und die Gruppe der fünfzig betrat die alte Brücke. Hinter ihm folgte Sebor-Mann, der schon mehrmals im Land der Frauen gewesen war, und der unerfahrene Gelbat-Mann schloss sich ihm instinktiv an. Im Gegensatz zu Herdur-Mann schien Sebor-Mann weitaus beherrschter und strahlte eine Ruhe aus, die dem jungen Mann Zuversicht einflößte. Eine Zuversicht, die er dringend benötigte, denn er kannte Frauen nur aus den Schilderungen der anderen Männer und wusste nicht, ob er ihren Anblick ertragen würde.

Gelbat-Mann war neugierig und trat näher an das Brükkengeländer. Erschrocken zuckte er zurück, als prompt die gescheckten Tentakel eines Dorm aus dem Wasser zuckten und gierig in seine Richtung peitschten.

Sebor-Mann konnte ihn gerade noch zurückzerren und sah ihn strafend an. »Hör auf die Worte, die man dir sagt. Wenn der Dorm dich gepackt hätte, dann wärst du ebenso sicher tot, als wenn du einen Fehler bei den Frauen machst. Richte dich nach den erfahrenen Männern, und du kannst überleben.«

Gelbat-Mann sah den Älteren in einer Mischung aus Dankbarkeit und Schauder an. »Ich habe noch nie einen Dorm aus der Nähe gesehen. Und auch keine Frau«, fügte er rasch hinzu.

»Nun, das wird sich jetzt ändern«, versicherte Sebor-Mann lächelnd und wies zum anderen Ende der Brücke. »Dort kommen die Hüterinnen. Verhalte dich ruhig und denke an die Übereinkunft.«

Eine Gruppe von Frauen wurde sichtbar. Es waren um die Zwanzig, und sie alle waren in die knielangen eng anliegenden Gewänder gehüllt, die in Julinaash von beiden Geschlechtern getragen wurden. Die bauschigen Ärmel schlossen eng um die Handgelenke, ein kurzer Stehkragen hob sich in intensivem Rot von dem zarten Beige des übrigen Bekleidungsstückes ab. Um die Hüften lag ein geflochtener Gurt, von dem mehrere kleine Taschen und die Scheide eines langen Messers hingen. Über Brust und Rücken lag ein metallisch glitzernder Überwurf aus Ketten, die eng miteinander verbunden waren. Der Panzer reichte bis zum Saum des Gewandes und wurde an den Seiten durch Lederriemen geschlossen.

Auf die Entfernung waren die Frauen nur an Haarfarbe und Haartracht zu unterscheiden.

»Was sind das für Stöcke, die sie da halten?«, raunte Gelbat-Mann.

»Keine Stöcke«, erwiderte Sebor-Mann ebenso leise. »Die Übereinkunft mit den Frauen verbietet Fernwaffen wie Bögen oder Speere. Die verdammten Hüterinnen haben sich mit Blasrohren ausgerüstet und so den Vertrag umgangen.«

»Sie haben die Übereinkunft gebrochen?«

»Nein, sie waren nur schlauer als wir. Hinterlistiger, um genau zu sein.«

»Wir könnten auch solche Dinger anfertigen«, brummte einer der anderen.

»Könnten wir«, zischte Herdur-Mann, »aber wir tun es nicht. Solche Waffen sind eines Mannes nicht würdig. Man sieht dem Feind ins Auge, wenn man mit ihm kämpft. Diese Blasrohre sind heimtückisch und passen zu den Weibern. Damit kann man aus dem Hinterhalt töten. Kein Mann käme auf so eine Arglist.«

»Die Legenden berichten, dass wir früher Bögen und Speere besaßen«, meinte Gelbat-Mann.

»Damals hatten wir auch noch einen König und keinen Kronenträger.« Sebor-Mann stieß den Jüngeren an. »Und jetzt Ruhe. Denk daran, lass dir keinen Widerwillen anmerken, wenn die Weiber dich nun berühren.«

Ein anderer Mann lachte leise. »Bald muss er weit mehr tun, als sich nur berühren lassen.«

»Es gibt Schlimmeres«, meinte Sebor-Mann.

»Du musst es ja wissen«, kam die Erwiderung. »Du gehst ja nun schon zum dritten Mal in die Stadt der Frauen.«

Sebor-Mann nickte. »Man gewöhnt sich daran. Soll ich einen anderen Mann für mich leiden lassen?«

»Ruhe«, zischte Herdur-Mann. »Ich verlange Disziplin von meinen Bullen.«

Die Gruppe der Hüterinnen stand am Ende der Brücke und versperrte den Männern den Weg. Die Gesichter waren unfreundlich, und die Hände lagen an den gefährlichen Blasrohren.

»Es ist die Zeit der Empfängnis«, sagte Herdur-Mann anstelle einer Begrüßung. »Ich bringe fünfzig Bullen, wie die Übereinkunft es verlangt. Gebt den Weg frei, Hüterinnen, damit wir unsere Pflicht erfüllen.«

»Wir werden den Weg freigeben und euch zur Stadt Julinaar eskortieren, wenn wir uns vergewissert haben, dass ihr keine Bedrohung des Friedens darstellt.« Eine der Frauen, die einen seltsam geflochtenen Lederknoten auf der rechten Schulter trug, deutete mit dem Blasrohr auf Herdur-Mann. »Stellt euch in einer Reihe auf. Wir werden nachsehen, ob ihr verborgene Waffen tragt.«

»Wir halten uns an die Übereinkunft«, knurrte Herdur-Mann.

»Lasst es euch geraten sein«, erwiderte die Anführerin der Wache genauso unfreundlich. »Wir kennen die Heimtücke von euch Männern.«

Vier der Frauen tasteten die Männer mit raschen und kundigen Bewegungen ab. Die Anführerin nickte und machte eine einladende Bewegung. »Geht voraus, Bullen. Ihr kennt den Weg. Weicht nicht von ihm ab. Wir folgen euch und behalten euch im Auge.«

Ja, einige der Männer waren bereits in der Stadt der Frauen gewesen, zudem war der Weg mit Steinen gepflastert und bequem. Er war eine der einst königlichen Straßen, welche die Dörfer und Städte des Reiches Julinaash miteinander verbunden hatten. Nun waren nur zwei Städte und etliche kleine Siedlungen geblieben. Es gab einfach nicht mehr genug Menschen, um das Land wie einst zu bevölkern, und die Übereinkunft zwischen den Geschlechtern hielt die Bevölkerung auf einem nahezu gleichbleibenden Stand. Selbst die beiden großen Städte waren nur noch teilweise bewohnt. Einst hatte es drei Brücken gegeben, die den Strom des Eten überquerten, doch eine von ihnen waren zerstört worden, um den Wechsel zum jeweils anderen Ufer leichter kontrollieren zu können.

Das Land der Frauen unterschied sich nicht von dem der Männer. Dennoch fühlten diese sich sehr unbehaglich. Waffenlos und dem Schutz der Hüterinnen anvertraut, versuchten sie ihre Unsicherheit hinter einer Maske des Gleichmuts zu verbergen.

Gelbat-Mann gelang das nur unvollkommen. Der Anblick der Frauen hatte ihn aufgewühlt. »Sie sehen so anders aus als wir«, raunte er Sebor-Mann zu.

»Natürlich sehen sie anders aus. Es sind schließlich Frauen.«

»Ich wusste ja schon, dass sie Brüste haben«, flüsterte der junge Mann fasziniert, »aber sie haben so wenige Haare. Also, am Körper meine ich. Ihre Haut ist ganz glatt. Sie schimmert wie ein See im Mondlicht.«

Einer der anderen hatte das gehört. »Lass dich nur nicht von ihnen verzaubern. Denke daran, sie sind Frauen. Voller Heimtücke und sehr gefährlich.«

Sie würden mehrere Tageswenden durch das Land der Frauen marschieren müssen, bevor sie Julinaar erreichten. Sie waren darauf vorbereitet, und jeder trug eine Tasche mit Proviant bei sich. Um Wasser brauchten sie sich nicht zu sorgen. In Julinaash gab es eine Vielzahl von Bächen und heißen Quellen.

In den Nächten drängten sich die Männer dicht beisammen. Die Hüterinnen lagerten ein Stück abseits, doch ihre Wachen ließen die unwillkommenen Besucher nicht aus den Augen.

Niemand wanderte während der Nächte. Der Dschungel war zu gefährlich, und früher waren Menschen in ihm verschwunden, die nie wieder gesehen worden waren. Sobald die Sonne versank, suchte man den Schutz einer Siedlung auf und mied die Dunkelheit, bis sie erneut dem Sonnenlicht wich.

Einmal stieß die Gruppe auf ein Dorf der Frauen. Rasch eilten zwei Hüterinnen voraus und warnten die Bewohnerinnen, die in den Häusern verschwanden, bis die Männer vorbeigezogen waren. Dann, am dritten Tag der Wanderung durch das Frauenland, erreichten sie endlich den Hügel, von dem aus man die Stadt sehen konnte.

Julinaar.

Der Edelstein in der Krone des Reiches von Julinaash. Die Stadt des Königs und das Zentrum unvergänglichen Ruhmes. Von hier war das verborgene Reich regiert worden.

Der Kern der Stadt war in einem perfekten Kreis angelegt worden, doch im Laufe der Jahre war die Stadt gewachsen und hatte diese Grundform verloren. Die späteren Straßenzüge verliefen dort, wo es leicht gewesen war, den Dschungel zu roden. Im Stadtzentrum erhoben sich der alte Königspalast und eine Vielzahl hoher Gebäude, die einst von Bedeutung gewesen waren oder Bürgern von hohem Rang gehört hatten. Julinaar war nicht nur das Zentrum der Macht, sondern auch das des Wissens und der Kultur gewesen. Wissenschaft und Magie, Philosophie und Kunst hatten der Stadt ihre besondere Prägung verliehen. Die muschelförmigen Theater hoben sich von den eiförmigen Bauten der Wissenschaftler und Zauberer ab, die kastenartigen Wohnbauten bildeten hierzu einen auffälligen Kontrast. Dazwischen waren die bunten Fassaden von Händlern zu sehen. Julinaar hatte sich nie eigenständig versorgen können, und die Märkte dienten dem Handel mit Lebensmitteln und dem Austausch von Neuigkeiten.

Die Ausdehnung der Stadt war beeindruckend. Es gab eine Mauer, die sie vollständig umschloss, aber sie war nur wenige Längen hoch und nicht befestigt. Ein schmaler Wehrgang bot gerade genug Raum für die patrouillierenden Wachen. Mehr war auch nicht erforderlich. Kein Feind hatte je seine Schritte nach Julinaash gelenkt. Seine Nordgrenze wurde vom Kaltmeer geschützt, der Rest des Landes war von dem gewaltigen Ring des Eisgebirges umgeben. Der einzige Pass im Süden war leicht zu schützen gewesen, und die Mauer der Stadt hatte nur dazu gedient, die Tiere des Dschungels fernzuhalten.

Doch von all dem war nur wenig geblieben.

Das einstige Königreich von Julinaash war zerfallen, und dieser Zerfall machte sich in der alten Stadt bemerkbar.

Der Dschungel hatte begonnen sie zurückzuerobern.

Von dem Hügel aus, auf dem die Männer und die Hüterinnen standen, war das gut zu erkennen. Im Westen und Norden war die Stadtmauer geborsten, und die üppige Pflanzenwelt hatte sich ihren Weg nach Julinaar gebahnt. Ganze Straßenzüge waren überwuchert, und kaum die Hälfte der Stadt war noch bewohnbar. Die Frauen kämpften fortwährend gegen die Ausbreitung von Farn und Gras und fällten die rasch wuchernden Kaskadenbäume.

Doch immer wieder mussten sie vor der Macht der Natur weichen. Palisaden umgaben den Bereich innerhalb der überwachsenen alten Mauer, den die Menschen noch ihr Eigen nannten, und die Hüterinnen waren ständig auf der Hut, um die anderen Bewohnerinnen vor Raubtieren und giftigen Dschungelbewohnern zu schützen.

»Die Stadt ist verkommen wie alles, was in ihr haust«, raunte Herdur-Mann. »Die Frauen lassen sie verfallen.«

Sebor-Mann hatte die Bemerkung gehört und schüttelte unmerklich den Kopf. »Ich glaube eher, dass sie nicht die Kraft haben, sich dem Dschungel zu widersetzen.«

»Dann sollen sie es wie wir machen«, knurrte der narbige Krieger. »Den Dschungel verbrennen, wenn er sich zu weit vorwagt. Aber wahrscheinlich könnten die Weiber die Flammen nicht beherrschen.« Er lachte. »Wahrscheinlich würden sie eher ihre verdammte Stadt niederbrennen.«

Sie verstummten, als eine Hüterin sie mit scharfem Blick musterte und dann stumm mit dem Blasrohr zur Stadt hinunterzeigte.

Unter der strengen Obhut der Frauen marschierte die Gruppe die Straße entlang und näherte sich bald dem

Haupttor Julinaars. Die beiden Statuen des letzten Königs und seiner Gemahlin, rechts und links des Tores, waren zerschlagen worden. Für die Frauen der Stadt war die frühere Königin eine Verräterin, die sich bereitwillig dem Mann hingegeben hatte, der für die Unterdrückung und das Elend von Julinaash verantwortlich gewesen war.

Die Hüterinnen der Torwache winkten der Gruppe zu und machten anzügliche Bemerkungen, die von den Männern ignoriert wurden. Sie wussten, dass man sie provozieren wollte, um einen Vorwand zu finden, sie zu töten. Auf dem kleinen Platz jenseits des Tores wartete eine weitere Gruppe Wachen gemeinsam mit jenen fünfzig Frauen, die zur Empfängnis ausgewählt worden waren. Die wenigsten von ihnen zeigten ein freundliches Gesicht. Den meisten war die Übereinkunft eine ebenso lästige wie notwendige Pflicht, um das Überleben Julinaashs zu sichern.

Die Anführerin der Eskorte gab ein Kommando, und die Gruppe verharrte. Das Geraune, welches sich beim Anblick der Männer unter den Frauen erhoben hatte, verstummte nun und machte gespannter Erwartung Platz.

Herdur-Mann stieß Sebor-Mann unmerklich an. »Ich kann diese Elian-Frau erkennen, die du schon oft bestiegen hast. Seltsam, sie sollte eigentlich genug haben.« Er grinste Sebor-Mann an. »Scheinbar schätzt sie deine Fähigkeit als Bulle.«

»Mag sein«, murmelte Sebor-Mann, ohne eine Miene zu verziehen. »Sie ist immerhin erträglich.«

»Dann hast du Glück, mein Freund. Wenn ich meine Pflicht erfülle, starrt man mich an, als sei ich dabei, die Frau zu erwürgen.« Herdur-Mann zuckte die Schultern. »Man muss wahrhaftig an etwas Schönes denken, sonst gibt es keinen Samen und keinen Nachwuchs.«

»Jene, die erwählt wurden oder die Last der Empfängnis freiwillig auf sich nehmen, sie mögen nun die Wahl ihres Schmerzes treffen.« Die Anführerin der Hüterinnen gab den anderen Wachen einen Wink, und die Bewaffneten traten zurück. »Vor jeder Tür, hinter der die Übereinkunft erfüllt wird, steht eine Hüterin bereit, um über euch zu wachen. Bei Sonnenaufgang werden die Männer wieder aus der Stadt geführt. Trefft eure Wahl, Dienerinnen des Volkes, mit dem Segen unserer Kronenträgerin.«

Einige Frauen traten rasch zu den Männern und trafen ihre Wahl. Es war wohl weniger die Erwartung der Empfängnis als vielmehr der Wunsch, es rasch hinter sich zu bringen. Andere zögerten und mussten mit jenen Bullen vorliebnehmen, die noch keine Frau gefunden hatten.

Sebor-Mann wurde, wie Herdur-Mann nicht anders erwartet hatte, von Elian-Frau erwählt.

»Du musst sie hart stoßen«, riet der narbige Krieger, »damit sie dich endlich in Ruhe lässt. Oder findet sie etwa Gefallen an dir?«

»Red nicht so einen Unsinn«, brummte Sebor-Mann. »Ich tue meine Pflicht und du tu die deine. Bei Sonnenaufgang sehen wir uns wieder.«

Elian-Frau war eine schlanke und zierlich wirkende Person mit schwarzem Haar, das sie offen trug und das ihr bis zu den Schenkeln reichte. Sie musterte Sebor-Mann und nickte schließlich. »Gut, Bulle, bringen wir es hinter uns.«

Elian-Frau ging voraus, gefolgt von Sebor-Mann und einer aufmerksamen Hüterin, die darauf achten würde, dass der Frau kein Leid geschah. Wenigstens keines, das nicht durch die Übereinkunft vorbestimmt war.

Der Anblick eines Mannes innerhalb der Stadt war, trotz der alljährlichen Übereinkunft, ein seltenes Ereignis. Frauen und Mädchen traten aus den Häusern, und ihre Blicke folgten der Dreiergruppe, begleitet von Getuschel. Manchmal ertönten Spottrufe gegen den Mann, andere sprachen Elian-Frau Mut zu und wünschten ihr, dass die Kronenträgerin ihr beistehen möge. Sebor-Mann war dies bereits gewohnt und fragte sich unwillkürlich, wie sich der unerfahrene Gelbat-Mann wohl fühlen mochte. Hoffentlich machte der keinen Fehler. Die Hüterinnen waren begierig, die Schärfe ihrer langen Messer an einem Mann zu erproben.

Sie erreichten ein Haus, an dessen Eingang ein gelbes Tuch davor warnte, dass in dieser Nacht ein Mann anwesend sein würde. Die Hüterin nickte Elian-Frau ermunternd zu. »Ich werde die ganze Nacht wachen. Beim geringsten Laut werde ich dir beistehen.«

»Dafür sei bedankt«, erwiderte die Schwarzhaarige. »Ich weiß es zu schätzen.«

Elian-Frau und Sebor-Mann traten durch die Tür, die hinter ihnen in den Riegel fiel.

Für einen Moment standen beide schweigend und unbewegt in dem angrenzenden Raum. Dann, fast verstohlen, berührte Elian-Frau die Hand des Mannes. »Ich habe dich vermisst, Sebor-Mann.«

Er erwiderte den sanften Druck. »Ich habe dich ebenfalls vermisst.«

Die Berührung wurde fester und verlor an Unsicherheit. Ihre Blicke glitten zu der verschlossenen Tür, doch die Hüterin konnte weder sehen noch hören, was in diesem Raum geschah.

»Fast eine Jahreswende ist vergangen«, seufzte Sebor-Mann und schloss sie zärtlich in seine Arme. »Eine schrecklich lange Zeit. Ich habe den sanften Blick deiner Augen vermisst.«

»Und ich die sanfte Berührung deiner Hände.«

Ihre Lippen fanden sich. Zögernd, dann voller Leidenschaft. Erneut glitten ihre besorgten Blicke zur Tür, als sie sich voneinander lösten.

»Wir müssen in deine Kammer gehen«, meinte Sebor-Mann. »Wenn die Hüterin überraschend hereinsieht und uns so entdeckt, dann sind wir des Todes.«

»Du hast Recht, doch ich hatte solche Sehnsucht nach dir.«

Hand in Hand gingen sie zu Elian-Fraus Wohnräumen. »Ich wollte, du könntest unsere Tochter sehen«, sagte sie wehmütig. »Sia-san-Frau ist nun zwei Jahreswenden alt und entwickelt sich prachtvoll. Sie hat deine wundervollen Augen. Aber du weißt ja, die Hüterinnen achten darauf, dass ein Kind niemals mit dem Anblick des Vaters konfrontiert wird. Es soll nicht leiden.«

»Wer denkt an mein Leid?«, knurrte Sebor-Mann. »Ich habe unsere Tochter nie zu Gesicht bekommen.«

»Ich weiß. Ich wollte, es wäre anders.« Elian-Frau streichelte über seine Wange. »Diese Übereinkunft ist ein schreckliches Verbrechen gegen unsere Liebe.«

»Der Hass sitzt tief.« Er strich über ihr langes Haar. »Obwohl ich glaube, dass die meisten seine Wurzeln nicht mehr kennen. Die Knaben werden darin erzogen, die Frauen zu verachten, und für die Mädchen gilt es umgekehrt.« Er lächelte. »Es ist ein Wunder, dass wir beide dies überwinden konnten.«

»Es wäre auch anderen möglich«, fand sie. »Wenn die Augen der Hüterinnen nicht so wachsam wären.«

»Eines Tages werden wir unsere Liebe vielleicht auch anderen gegenüber zeigen können.«

»Vielleicht. Eines Tages.« Sie zog ihn zum Bett hinüber. »Doch heute bleibt uns nur die Zeit bis zum Sonnenaufgang.«

»Dann werde wir sie nutzen«, versicherte er ihr.

Draußen lehnte die Hüterin gelangweilt an der Hauswand. Hätte sie geahnt, dass sich hinter ihrem Rücken ein liebendes Paar vereinte, so wäre sie mit gezücktem Messer hineingeeilt. Liebe zwischen den Geschlechtern war nicht erwünscht im Reiche von Julinaash. Nicht mehr. Aber vielleicht war Sebor-Manns Hoffnung berechtigt. Vielleicht würde sich das eines Tages ändern.

5

Der Himmel über der Öde Rushaans begann sich schlagartig zu verdunkeln, und ein fernes Rauschen war zu hören. Nedeam kannte diese Anzeichen und konnte sich gut daran erinnern, wie sehr seine Pferdelords damals gelitten hatten. Er sah sich hastig um, doch in der näheren Umgebung gab es nichts, das den hundert Männern des Beritts und seiner Llaranya Schutz bieten konnte. Die Elfin hatte sich im Sattel aufgerichtet und ihr Gesicht nahm einen besorgten Ausdruck an.

»Ein Eisgewitter!«, rief Nedeam und hob den rechten Arm mit der geballten Faust zum Zeichen, dass die Männer sich sammeln sollten. Der Beritt war mit Vorhut und Nachhut unterwegs, denn die Öde war fremdes Land und der Überfall auf die Zwerge war der Beweis, dass sich hier feindliche Wesen aufhalten konnten.

»Dicht beieinander, Männer. Knie an Knie und Pferd an Pferd«, befahl der Erste Schwertmann der Hochmark. »Nehmt eure Schilde und schützt eure Köpfe und die der Pferde, so gut es eben geht. Der Eisregen ist gefährlich. Er kann euch den Schädel zerschlagen.«

Arkarim hatte die Lanze mit dem Berittwimpel über den Kopf erhoben, und die Reiter von Vor- und Nachhut preschten heran. Hastige Befehle wurden gerufen, und die Männer drängten sich aneinander wie Schafe auf der Weide, wenn eine Gefahr drohte. Die Pferdelords beugten sich in den Sätteln vor, damit die erhobenen Rundschilde ihre Köpfe und die der Reittiere schützten.

Nedeam war an Llaranyas Seite, denn im Gegensatz zu den Männern führte sie kein Schild. So versuchte er, sie beide gleichzeitig zu decken, was bei der geringen Größe des Rundschildes kaum möglich war. Mehrere Schwertmänner erkannten ihre Situation, ritten heran und schützten die Hohe Frau, ohne auf ihre eigene Sicherheit Rücksicht zu nehmen.

Nedeam konnte sich an die alte Befestigung von Niyashaar erinnern und daran, wie der Eisregen der dortigen Besatzung zugesetzt hatte. Trotz der Gebäude hatte es tote Männer und tote Pferde gegeben und eine empfindliche Zahl an Verletzten.

Ein Prasseln und Rauschen lag in der Luft, als die Eiskörner mit großer Wucht vom Himmel fielen. Pferde und Männer gaben schmerzerfüllte Laute von sich, Nedeam spürte mehrere harte Schläge auf seinem Schild, einen anderen, der seinen Arm traf, den er schützend um Llaranya gelegt hatte.

Sie hatten Glück, dass es kein besonders heftiger Eisregen war und er zudem rasch endete.

Dennoch gab es eine Reihe von Blessuren, wenn auch keine ernsthaften Verletzungen. Schilde und Pferde hatten Schrammen davongetragen und einige der Männer schmerzhafte Prellungen erlitten, die rasch versorgt wurden.

»Ein verfluchtes Land, diese nördliche Öde von Rushaan«, fluchte Arkarim. Der Scharführer strich die stark brennende Pferdesalbe auf eine blutige Strieme an der Flanke seines Hengstes. »Ich frage mich, wie die einstigen Bewohner es hier ausgehalten haben.«

»Sie kannten ihr Land und suchten rechtzeitig Schutz«, meinte einer.

»Mag sein.« Arkarim verschloss die hölzerne Dose wieder. »Aber sie müssen ja auch Getreide und Früchte angebaut haben. Ich wette, das Eis hat ihnen oft die Ernte verdorben.«

Einer der Pferdelords stieß plötzlich einen erschrockenen Schrei aus, dem ein erbitterter Fluch folgte. Köpfe ruckten herum, und Unruhe breitete sich im Beritt aus. Bevor Nedeam nach der Ursache sehen konnte, eilte ein Unterführer heran. »Es ist ein Zwerg. Verdammt, ein echter Zwerg.«

Nedeam reichte die Dose mit der Pferdesalbe an Llaranya weiter, die jedoch den Kopf schüttelte. Sie bevorzugte zur Versorgung der Schrammen eine elfische Mixtur, die sie aus den Kräutern der Hochmark zusammengestellt hatte. »Was meint Ihr damit, Unterführer Herklund? Was für ein Zwerg?«

Die Frage wurde rasch beantwortet, denn zwei Schwertmänner führten einen der kleinen Männer zwischen sich. Sie waren von ihren Pferden abgesessen und hielten die Arme des Zwerges mit grimmigen Gesichtern, obwohl dieser nicht den Eindruck machte, als wolle er entkommen.

»Maratuk«, ächzte Scharführer Arkarim überrascht.

»Maratuk, jawohl so heiße ich«, bekräftigte der alte Axtschläger. »Und eure Schwertschläger können mich ruhig loslassen. Ich habe nicht vor davonzulaufen. Es war mühselig genug, mit euch zu kommen.«

Nedeam lehnte sich im Sattel vor und musterte den Zwerg. Dessen Helm war verbeult, und er schien einige Blessuren erlitten zu haben. Dennoch sah er zu dem Ersten Schwertmann furchtlos, ja trotzig, empor.

»Wie habt Ihr euch verborgen halten können?«, fragte Nedeam verärgert. »Ihr wisst, warum dieser Beritt in die Öde aufbrach und dass kein Zwerg ihn begleiten soll. Wir reiten schnell, und ein Zwerg würde uns nur behindern. Was, bei den Abgründen der Finsternis, macht Ihr hier?«

»Ich war dabei, als das Blut meines Volkes in der Öde vergossen wurde«, erwiderte Maratuk würdevoll. »Wie kann ich hinter den Pferdereitern zurückstehen, wenn es darum geht, Blut mit Blut zu vergelten?« Sein Blick wurde hart. »Und ich halte euch sicher nicht auf. Oder seid ihr in den Tageswenden, da ich mich an ein Packpferd klammerte, langsamer vorangekommen als sonst?«

Einer der beiden Schwertmänner, die den Zwerg losgelassen hatten, räusperte sich. »Er hat sich unter einer der Packlasten versteckt, Hoher Herr. Er muss ein findiger kleiner Bursche sein, denn er wurde in all den Tagen nicht entdeckt, obwohl wir die Lasten zur Nacht von den Tieren nahmen.«

»Ich bin ein Axtschläger der gelben Kristallstadt Nal´t´hanas«, sagte Maratuk und reckte sich stolz. »Einer der Besten, ihr Pferdereiter. Auch wenn sich meine Bartzöpfe im Alter färben, ich stehe jederzeit meinen Mann, und ihr könntet meine Äxte an euerer Seite gebrauchen. Es geht ins Unbekannte, und da mag euch ein Zwerg von Nutzen sein.«

»Er hat sich wohl unter jene gemischt, welche die Pferde in der Nordfeste beluden«, warf Arkarim ein. »Und er hatte sicherlich Hilfe.« Der Scharführer strich sich über das Kinn. »Ich frage mich, wie er es überhaupt auf ein Pferd hinauf geschafft hat.«

»Wir Zwerge mögen klein an Gestalt sein, doch wir sind findige Geister und haben kräftige Muskeln.« Maratuk deutete auf das Gurtzeug von Arkarims Sattel. »Wir Zwerge ersteigen die höchsten Berge und erkunden die heißesten Tiefen in ihrem Inneren. Wie sollte ein wahrer Axtschläger da vor einem Pferd zurückschrecken? Zumal wenn so viele hilfreiche Gurte und Riemen vorhanden sind?«

»Dennoch, er muss zurück«, sagte der Scharführer und deutete über die Schulter. »Wenn wir das Kaltland erreichen, so fehlt ihm die Ausrüstung, die für uns geschaffen wurde.«

Nedeam lachte auf. »Die meiste Ausrüstung wurde von den fleißigen Händen der Zwerge geschaffen. Ich wette, der gute Herr Maratuk hat Vorsorge getroffen.«

»Das will ich wohl meinen«, entgegnete der. Er sah Nedeam ernst an und zupfte an seinen Bartzöpfen. »Hört, Hoher Lord, meine Gefährten wurden in der Öde erschlagen, und ich konnte nichts tun, um ihnen zur Seite zu stehen. Gönnt mir die Genugtuung, dabei zu sein, wenn ihre Mörder gestellt werden.«

Arkarim lächelte nun ebenfalls. »Immerhin ist er überzeugt, dass uns dies gelingt.«

»Ohne Frage«, meinte der Zwerg treuherzig. »Ihr seid Pferdereiter, und ihr habt einen Zwerg dabei. Einen ihrer besten Axtschläger.«

Llaranya trabte heran und sah freundlich auf den Zwerg hinab. »Ich kann ihn gut verstehen. Seine Freunde wurden getötet. Würde ein wahrer Pferdelord zurückstehen, wenn die seinen erschlagen wurden?«

Nedeam seufzte. »Sicher nicht. Wir würden nicht ruhen, bis die Schuldigen bestraft sind.«

»Ich kann reiten«, sagte Maratuk rasch. »Zumindest, wenn genug Riemen und Schlaufen an einem Pferd sind.« Er grinste breit. »Und es wäre mir recht, wenn ich mich nicht mehr unter einer Packlast verbergen müsste.«

Der Erste Schwertmann der Hochmark nickte auflachend. Dann schwang er sich aus dem Sattel, trat an Maratuk heran und legte diesem die Hand an den Arm. »Dann seid uns willkommen, Axtschläger der gelben Kristallstadt.«

Der Zwerg strahlte, und die zahlreichen Runzeln in seinem Gesicht legten sich in tiefe Falten. Ja, Maratuk war ein alter Zwerg, doch in seinem Ehrgefühl stand er keinem anderen nach, und das musste Nedeam anerkennen. Er konnte sich vorstellen, was der Axtschläger empfand, und es wäre Nedeam nicht in den Sinn gekommen, den stolzen Krieger zur Nordfeste zurückzuschicken.

»Ich werde ein passendes Pferd für ihn wählen«, brummte Scharführer Arkarim. »Eines, das nicht zu hoch und von sanftem Gemüt ist.«

»Ah, macht die Gurte etwas länger, dann kann ich mich auch auf ein hohes Pferd hinaufziehen.« Maratuk zog nun seinen Helm vom Kopf und betrachtete missmutig die Dellen, die dieser erlitten hatte. »Ich hoffe, der unbekannte Feind kommt nicht auf den Gedanken, ebenfalls mit Eis zu werfen.«

»Wir werden sehen.« Nedeam zog sich wieder auf seinen Duramont hinauf. »Doch jetzt sollten wir das Tageslicht noch nutzen. Wir müssten in der Nähe der Miene sein. Ich will sie bald und bei Licht erreichen. Je mehr Zeit verstreicht, desto schlechter werden die Spuren zu lesen sein.«

Der Beritt hatte sich auf das eisige Kaltland vorbereiten müssen, und das hatte Zeit gekostet. Alle Ungeduld der Männer hatte nichts genutzt. Die Zwerge und die Schmiede der Pferdelords hatten gearbeitet, so schnell es nur ging, und jedermann war sich bewusst gewesen, dass schlechte Vorbereitungen mit dem Leben von Männern bezahlt würden. Doch seit dem Aufbruch aus der Nordfeste wollte keiner mehr Zeit verlieren. Je älter eine Spur war, desto schlechter konnte sie noch verfolgt werden.

Schließlich war der Beritt wieder unterwegs.

Der Boden war an vielen Stellen von einer dünnen Schneeschicht bedeckt, und überall lagen noch die Überbleibsel des Eisregens. Doch nach einer Weile ließen sie den Bereich des Unwetters hinter sich. Die Öde war keineswegs so karg, wie ihr Name vermuten ließ. Die von Stein und Fels beherrschten Landstriche wurden immer wieder von Baumgruppen und Wäldern abgelöst. Die Spuren der einstigen Bebauung waren auch nach so langer Zeit noch zu erkennen. Zweimal kam der Beritt an einer der früheren Siedlungen vorbei, und man spürte das Unbehagen der Reiter in der Nähe dieser Todesstätten. Nedeam legte seine Hand in die Llaranyas, als sie an einer der alten und verwaisten Wachen Rushaans vorbeiritten. In einer solchen Wache hatten sie an der Seite der Paladine um ihr Leben gekämpft.

»Wir werden kaum noch Spuren finden«, sagte Arkarim enttäuscht und wies über die Landschaft. »Inzwischen ist immer wieder Schnee gefallen, getaut und durch anderen ersetzt worden.«

»Damit mussten wir rechnen.« Nedeam warf einen Blick zur Seite, wo Maratuk sich erstaunlich gut auf seinem Pferd hielt. »Doch ich hoffe, dass wir irgendwelche Hinweise auf die Täter finden.«

»Ich hoffe nur, es waren keine mit Pelz bedeckten Orks«, seufzte der Scharführer. »Es fehlt noch, dass die Bestien ihre Angst vor dem weißen Totentuch verlieren.«

»Unser orkscher Freund, das Rundohr Fangschlag, meint, dafür hätte der Herr der Finsternis nicht genug Pelz und Fell verfügbar.«

»Es war nur eine kleine Gruppe, welche die Zwerge überfiel«, wandte Arkarim ein.

»Es wäre mir weit lieber, wenn es wirklich die Orks gewesen wären«, warf ein Schwertmann ein. »Diese Bestien kennen wir und wissen sie zu nehmen. Doch wenn ein neuer Feind an unserer Grenze steht …«

»Wohl wahr, mein Freund, wohl wahr.« Nedeam nickte dem Reiter zu. »Um dies herauszufinden, sind wir hier.«

Der Wind drehte und trieb einen üblen Gestank mit sich.

»Wahrhaftig, diesen Geruch kenne ich«, brummte Arkarim. »Der Geruch des Todes. Die Miene muss in der Nähe sein.« Er gab ein Zeichen, und eine Zehnergruppe löste sich aus der engen Formation und verstärkte die beiden Reiter der Vorhut.

Nur wenig später tauchte der Kuppelbau der Miene mit dem einsamen Wachturm vor ihnen auf. Schneefall setzte ein.

»Arkarim, postiert Wachen um die Miene und haltet die Leute von ihr fern. Ihr und Maratuk werdet mich begleiten. Ich will mich dort umsehen, bevor unsere Männer alle Spuren zertrampeln.«

»Wenn es sie denn gibt«, knurrte der Scharführer und gab seine Anweisungen.

Zwei Zehnen zogen einen weiten Ring um die Stätte des Todes, der übrige Beritt trabte zur Seite, um dem Wind und dem Gestank zu entgehen. Arkarim und Maratuk stiegen mit Nedeam von den Pferden, und es hätte den Ersten Schwertmann der Hochmark sehr gewundert, wenn seine Elfin zurückgeblieben wäre.

Maratuks Augen schimmerten feucht, während sie durch die dünne Schneeschicht auf die Kuppel zugingen. »Brave Schürfer und Axtschläger waren das, fürwahr. Fleißige und aufrechte Männer. Ich ging einem gewissen Bedürfnis nach, sonst läge ich nun unter ihnen.« Er schniefte. »Ich konnte nichts mehr für sie tun. Nichts mehr.«

»Grämt Euch nicht, guter Herr«, sagte Arkarim und legte dem Zwerg mitfühlend die Hand an die Schulter. »Eure Äxte hätten ihr Schicksal nicht abgewendet.«

Die Vier gingen langsam und sahen sich dabei sorgfältig um. Trotz der niedrigen Temperaturen waren die Leiber der Getöteten im fortgeschrittenen Stadium der Zersetzung, und es war nicht immer einfach, die Art der Verletzung festzustellen, die zu ihrem Tod geführt hatte. Maratuk sikkerten die Tränen über die Wangen, und die anderen konnten dies gut verstehen. Es war niemals einfach, Gefährten zu verlieren.

»Jedenfalls waren das keine Orks.« Arkarim hielt sich ein Stück seines grünen Umhangs vor Mund und Nase, und seine Stimme klang gedämpft. »Die Schlagschwerter der Rundohren haben diese hakenförmige Spitze, die typische Wunden hinterlässt.«

»Ja, hier gibt es nicht den Eröffnungsschnitt, den die Bestien so lieben.« Nedeam nickte und sah zu anderen Leichen hinüber. »Das Bauchfell der Männer ist unverletzt, wenn man von jenen Wunden absieht, die ein normaler Schwertstreich hinterlassen würde.«

»Die Toten wurden angefressen«, stellte Llaranya fest. »Doch mir scheint, das waren gewöhnliche Raubtiere. Orks hätten andere Stücke gewählt.«

»Jedenfalls ging es sehr schnell.« Nedeam warf erneut einen mitfühlenden Blick zu Maratuk, der wie im Schlaf umherging und jeden der Toten lange ansah. »Die Wache, die sie hätte warnen sollen, wurde wohl zuerst getötet. Vermutlich fiel dichter Schnee, denn die Unbekannten kamen unentdeckt heran und stachen den Posten nieder. Dennoch muss er die Zeit zu einem Warnschrei gefunden haben. Die meisten Zwerge liegen außerhalb der Kuppel und sind kaum bekleidet.«

»Ja, es ging schnell.« Llaranya deutete in einer ausholenden Geste um sich. »Keiner von ihnen kam dazu, seine Zöpfe im Nacken zu verknoten, wie es das Zwergenvolk tut, wenn es in einen Kampf zieht.«

Maratuk hatte ihre Bemerkung gehört. »Ihr kennt Euch mit den Bräuchen meines Volkes aus, Frau Elfin.«

Nedeam antwortete an ihrer Stelle. »Wir standen einige Male Seite an Seite.«

Der kleine Axtschläger nickte. »Ich habe genug gesehen und will sie nicht so liegen lassen.«

»Es sind Angehörige Eures Volkes.« Nedeam räusperte sich verlegen. »Was wollt Ihr tun, guter Herr?«

»Sie lebten ihre letzten Tageswenden in dieser Miene und hier starben sie auch.« Maratuk seufzte schwer. »Sie ist eine würdige Ruhestätte für ihre Leiber.« Hass färbte plötzlich seine Stimme. »Doch ihre Seelen werden erst ruhen, wenn die Schuldigen bestraft sind.«

Es war eine unangenehme und nicht einfache Pflicht, die zerfallenden Leiber in die Kuppel zu betten. Maratuk übernahm es, die Zöpfe der Getöteten in deren Nacken zu verknoten. »Sie fielen im Kampf, und so mögen sie Äxte oder Schlaghammer halten, bis sie ihre Ruhe finden.«

Arkarim ließ den Beritt zum Zeichen des Respekts mit gesenkten Stoßlanzen antreten, während der alte Axtschläger Abschied nahm. Als er aus der Kuppel hervortrat, hielt er einen Schlaghammer in Händen. Mit zwei wuchtigen Hieben schlug er gegen eine bestimmte Stelle des Eingangs. Stein und Holz ächzten, dann brach der Bau in sich zusammen und begrub die sterblichen Überreste unter sich.

Maratuk warf den Schlaghammer auf den Steinhaufen und nickte der Elfin und den Pferdelords zu. »Was hier noch getan werden konnte, ist getan. Nun lasst uns nach den heimtückischen Mördern suchen.«

»Spuren ließen sich nicht mehr finden«, meldete sich Arkarim zu Wort. »Aber eine der Wachen hat in nördlicher Richtung die Überreste einer Feuerstelle entdeckt. Ich vermute, die Mörder kamen von dort.« Er lächelte kalt. »Und sie scheinen die Wärme eines Feuers zu schätzen, ebenso wie wir dies tun. Nun, sie werden bald unserem kalten Stahl begegnen.«

Nedeam gab das Zeichen zum Aufsitzen. »So mag es sein, Arkarim, so mag es sein. Lasst uns noch ein Stück reiten. Ich möchte einen angenehmeren Lagerplatz für die Nacht suchen. Sie wird bald hereinbrechen. Doch morgen werden wir uns endgültig auf den Weg nach Norden machen.«

Der alte Axtschläger starrte finster in Richtung des fernen Kaltlandes. »Wahrhaftig, ihr Pferdereiter, das werden diese Bestien büßen. Blut um Blut.«

6

Herdur-Mann und die anderen Auserwählten hatten ihre Pflicht erfüllt, und der alte Kämpfer war stolz darauf, dass er jeden Einzelnen von ihnen über die Brücke zurück ins Reich der Männer führte. Die Hüterinnen hatten die üblichen Schmähungen von sich gegeben, während sie die Bullen begleiteten, doch sie waren vergleichsweise milde, denn die Frauen waren gut gelaunt, da die Samenspender nun ihr Land verließen. In acht Monden würde man sich erneut begegnen. Dann würde man erfahren, welche Früchte die Übereinkunft getragen hatte.

Drei neue Wachen waren an der Brücke aufgezogen, und wie üblich trat ihre Disziplin hinter der verständlichen Neugierde zurück. »Wie war es?«, fragte der Wachführer. »Gab es … Schwierigkeiten?«

»Wären wir sonst alle zurück?«, knurrte Herdur-Mann bissig. »Wir haben getan, was ein Mann tun muss. Wenigstens, wenn er zu den Auserwählten gehört. Und nun gib den Weg frei, ich sehne mich nach einem reinigenden Bad, um den Gestank der Weiber abzuwaschen.«

Im Gegensatz zu dem narbigen Anführer wirkten die Übrigen erleichtert und plauderten miteinander. Sie versicherten sich gegenseitig ihrer besonderen Fähigkeiten als Bullen, wie es wohl alle Männer taten, deren Pflicht es war, eine Frau zu bedecken.

Der junge Gelbat-Mann hielt sich in der Nähe von Sebor-Mann, und er war vielleicht der Einzige, dem das sanfte Lächeln des Älteren auffiel. Gelbat-Mann war zum ersten Mal mit einer Frau zusammen gewesen. Alles war so verlaufen, wie man ihm versichert hatte, und zugleich auf eine merkwürdige Weise vollkommen anders. Der junge Mann konnte plötzlich keinen Widerwillen mehr gegen die Frauen empfinden, nein, er verspürte ein unerwartetes Bedauern, ihnen den Rücken zu kehren. Er wusste, dass dies nur den Hohn der anderen Männer nach sich ziehen würde und war verunsichert. Vielleicht war er ja einfach kein normaler Mann … Die Verwirrung seiner Gefühle ließ ihn Sebor-Manns Nähe suchen, denn er spürte, dass dieser ähnlich zu empfinden schien.

Die Gruppe marschierte die alte Straße entlang, und Sebor-Mann und Gelbat-Mann fielen ein wenig hinter die anderen zurück. Das gab dem Jüngeren die Gelegenheit, den Älteren unbemerkt anzusprechen. Er war unsicher, ob er über seine geheimen Gefühle sprechen sollte, doch Sebor-Mann bemerkte, dass sich der Jüngere in einem Konflikt befand.

»Es war anders, als du erwartet hast, nicht wahr?«, eröffnete Sebor-Mann das Gespräch.

Gelbat-Mann errötete ein wenig und nickte zögernd. »Es war … seltsam. Diese Frau, die ich beschlief … sie war sanft und schön.«

»Anders, als du es erwartet hast?«

»Oh, man warnte mich davor, nicht der Schönheit der Frauen zu verfallen«, sagte Gelbat-Mann hastig. Dann zuckte er die Schultern. »Als ich den Hüterinnen begegnete, da ahnte ich nicht, dass eine Frau auch ganz anders sein kann. Weich und anschmiegsam und sanft.« Der Jüngere erblasste ein wenig, und sein Blick wurde ängstlich. »Nicht, dass du denkst, ich würde einer Frau verfallen. Ich gehöre der Gemeinschaft der Männer an und …«

»Red keinen Unsinn«, unterbrach Sebor-Mann leise. »Ich weiß selbst, wie es ist, in sanfte Augen zu blicken, aus denen die Liebe spricht.«

Der Jüngere riss Augen und Mund auf. »Du … du hörst dich an, als würdest du eine Frau schätzen.« Besorgnis sprach aus seinen nächsten Worten. »Du weißt, das ist gefährlich. Es ist Verrat an der Gemeinschaft und an der Übereinkunft. Wenn die anderen davon erfahren, werden sie uns einem Dorm vorwerfen.«

Sebor-Mann legte dem Jüngeren die Hand auf die Schulter. »Du bist, ebenso wie ich, dem Zauber tiefer Gefühle begegnet. Ja, es ist gefährlich, sich diesem Zauber hinzugeben. Und doch ist es ein wundervolles Empfinden, in die Seele einer Frau einzutauchen und sich ihr anzuvertrauen, nicht wahr?«

Gelbat-Mann nickte unwillkürlich und sah ängstlich nach vorne, wo die anderen Männer marschierten. Doch keiner von ihnen war in Hörweite, zumal sie beide ihre Stimmen gesenkt hielten. »Aber es ist nicht richtig. Ein Mann darf nicht für eine Frau empfinden.«

»Und eine Frau nicht für einen Mann.« Sebor-Mann spuckte angewidert aus. »Ein Unsinn, der von hasserfüllten Menschen aufgebracht wurde. Wahre Liebe gibt es nur unter Männern, will uns die Übereinkunft weismachen, und für die Frauen gilt es umgekehrt. Nun, natürlich gibt es Liebe von Mann zu Mann und Frau zu Frau, doch hast du dich nicht schon einmal gefragt, warum es zweierlei Geschlechter gibt und warum diese sich vereinigen müssen, um das Volk zu erhalten?«

»Nun, das Gleichgewicht verlangt es so«, erwiderte Gelbat-Mann unsicher.

»So steht es in der Übereinkunft.« Erneut spuckte der Ältere aus. »Erinnere dich der alten Legenden, in denen Männer und Frauen Seite an Seite lebten.«

»Es führte zum Untergang des Königreiches von Julinaash.«

»Nein. Der Zorn einiger Männer und einiger Frauen führte zum Hass. Die Übereinkunft besiegelte ihn schließlich.«

»Wenn die anderen dich so reden hören, werden sie uns töten«, murmelte Gelbat-Mann.

Sebor-Mann lächelte sanft. »Ich freue mich, dass du von ,uns' gesprochen hast. Ich weiß, in deinem Herzen empfindest du wie ich. Glaube mir, die Liebe zwischen Mann und Frau kann kein Unrecht sein. Doch die Übereinkunft verlangt, dass wir unsere Gefühle verborgen halten. Wenn du jene, die du liebst, wiedersehen willst, dann sorge dafür, dass du bei der nächsten Zusammenkunft wieder als Bulle erwählt wirst.« Sein Lächeln vertiefte sich. »Das dürfte nicht schwer sein, denn die meisten Männer sind froh, wenn sie diese Pflicht nicht erfüllen müssen.«

»Das werde ich tun«, versicherte Gelbat-Mann.

»Und halte deine Gefühle bedeckt. Prahle mit deinen Fähigkeiten als Bulle und damit, mit welchem Widerwillen sich die Frau besteigen ließ. Das macht es dir leichter, wieder angenommen zu werden.«

»Aber ich liebe sie«, seufzte Gelbat-Mann. »Und sie empfand keinen Widerwillen.«

Sebor-Mann nickte verständnisvoll. »Ich weiß. Doch das muss unser Geheimnis bleiben.«

Bald darauf trennten sich ihre Wege.

Während Sebor-Mann und die meisten anderen Männer weiter in Richtung der Stadt Ataraan nach Norden gingen, folgte eine Handvoll, darunter auch der junge Gelbat-Mann, dem Anführer auf eine Straße, die zu einem kleinen Dorf im Nordwesten führte.

Sespiru war eine bescheidene Siedlung, deren Bedeutung einst darin bestanden hatte, den wenigen Händlern, die zwischen den Reichen von Julinaash und Rushaan verkehrt hatten, als Haltepunkt zu dienen. Hier hatte man sich auf die Reise durch das Kaltland vorbereitet oder nach ihr ausgeruht. Der größte Teil der Handelswaren war weiter zu den großen Städten transportiert worden, doch die Bewohner von Sespiru hatten einen kleinen Teil davon für sich beansprucht. Das hatte dem Ort einen bescheidenen Wohlstand gebracht, von dem nur wenig geblieben war.

Hier waren die Temperaturen gemäßigt, und die großen Räuber, die den heißen Dschungel so gefährlich machten, tauchten nur selten auf. Dennoch war Sespiru befestigt, und zwar auf eine Weise, die für Julinaash eher ungewöhnlich war. An diesen Befestigungen wurde noch immer gearbeitet, und als die Handvoll Männer unter Herdur-Mann ihr Heimatdorf erreichte, war man gerade dabei, scharfe Metallspitzen auf die Palisaden zu montieren.

Borsik-Mann, der Herdur-Mann als Anführer vertreten hatte, begrüßte den Narbigen freudig. »Es tut gut, dich wiederzusehen, alter Freund. Ein Besuch bei den Weibern ist immer ein Wagnis.«

Herdur-Mann lächelte kalt. »Man tut seine Pflicht. Doch wir beide wissen, dass die Frauen nicht die größte Gefahr sind, die uns bedroht, nicht wahr? Ich sehe, ihr seid mit den Metallspitzen fast fertig.«

Das Gesicht des anderen wurde ernst. »Die Palisaden sind nun um das ganze Dorf gezogen und hoffentlich hoch genug, damit niemand sie bezwingen kann. Für jeden Pfahl haben wir eine scharfe Spitze geschmiedet. Wer versucht, sich daran emporzuziehen, schlitzt sich die Hände oder Pfoten auf.«

»Jene anderen, von denen die Legende berichtet, sind durch Eisen und Stahl nicht zu verletzen«, knurrte Herdur-Mann. »Die Spitzen werden nichts nützen, es sei denn, du warst auch in anderer Hinsicht erfolgreich.«

Borsik-Mann lachte auf. »Das will ich meinen. Komm mit, ich zeige dir, was wir heimgebracht haben.«

Das Dorf war ursprünglich entlang der Straße erbaut worden. Zwei Reihen von Häusern, zwischen denen der Dorfplatz lag. Alles beherrschend war die ehemalige Herberge, in deren Häusergeviert einst die Handelskarawanen rasteten. Sie war inzwischen befestigt worden und glich einer bescheidenen Festung innerhalb einer noch bescheideneren Wehranlage. Als Sespiru im Verlauf der Jahre gewachsen war, waren weitere Häuser hinzugekommen, doch nach dem großen Krieg gegen die Finsternis war der Handel zum Erliegen gekommen und die Zahl der Menschen geschrumpft.

Borsik-Mann und Herdur-Mann betraten das große Hauptgebäude der ehemaligen Handelsstation und kletterten in den Aussichtsturm hinauf. Von dort hatte man einen guten Ausblick über die Siedlung und einen Teil des umliegenden Geländes.

»Während du fort warst, haben wir viel geschafft«, sagte Borsik-Mann nicht ohne Stolz. »Alle Leute leben nun in der inneren Anlage. Die abseits gelegenen Häuser haben wir abgerissen. Damit haben wir freien Blick auf das Vorfeld. Stein und Holz konnten wir für die Befestigungen verwenden. Die Palisade umschließt nun ganz Sespiru, und das Tor an der Straße wurde verstärkt. Im Vorfeld stehen Feuerbecken. Mit Anbruch der Nacht werden sie entzündet, und sie brennen während der ganzen Dunkelphase. Kein Nachtläufer wird sich uns unbemerkt nähern.« Er warf seinem Anführer einen zögernden Blick zu. »Wenn es sie denn überhaupt gibt.«

Herdur-Mann verstand die Skepsis seines Stellvertreters. »Es gibt sie, mein Freund, es gibt sie. Ich bin einem dieser Wesen vor Jahreswenden begegnet und habe, wie durch ein

Wunder, überlebt. Aber die Narben, die ich erlitt, sind mir eine stete Mahnung. Mein Schwert fügte der Kreatur keinen Schaden zu. Ich habe lange in den Archiven von Ataraan gesucht, bis ich eine Erklärung fand.«

»Die Nachtläufer des Todes«, sinnierte Borsik-Mann. »Wenn du nicht einer der Bestien begegnet wärst, würde ich nicht an ihre Existenz glauben. Doch an deinem Wort will ich nicht zweifeln.«

»Sei froh, dass diese Kreaturen der Finsternis noch nicht über uns hergefallen sind.« Herdur-Mann starrte finster über das Land. »Einst waren sie eine große Gefahr, doch die Truppen des Königs fanden ein Mittel, mit dem man sie töten konnte. Man überzog den Stahl der Waffen mit einer dünnen Schicht Gold. So bezwang man die Nachtläufer und glaubte, sie ausgelöscht zu haben.«

»Bis du einem von ihnen begegnet bist.«

»Bis ich einem von ihnen begegnet bin.« Herdur-Mann strich unbewusst über eine der langen Narben. »Und wo eine der Nachtbestien lebt, da wird es auch andere geben. Doch jetzt gibt es keine Truppen des Königs mehr und auch kein Gold, um die Waffen damit zu überziehen.«

Borsik-Mann grinste vergnügt. »Ha, das haben wir. Wie ich schon sagte, wir waren erfolgreich. Ich drang mit einer Gruppe unerkannt über die Grenze.« Er lachte erneut. »Niemand bewacht noch eine Grenze, die in ein totes Land führt. Wir marschierten durch das Kaltland nach Rushaan, und wir fanden, was wir brauchten.«

Herdur-Mann seufzte erleichtert. »Dann habt ihr Gold gefunden.«

»Es machte nicht viel Mühe«, fuhr Borsik-Mann fort. »In der Öde trafen wir auf eine Gruppe sehr kleiner Menschen, die eifrig danach grub. Wir beobachteten sie eine Weile und warteten, bis sie so viel aus der Erde gekratzt hatten, wie wir noch tragen konnten. Dann nahmen wir uns das Gold und brachten es heim.«

»Und jene, die nach ihm gruben?«

»Wir haben nicht lange gefragt«, knurrte Borsik-Mann. »Wir brauchten das Gold ja.«

»Das ist wahr.« Herdur-Mann strich sich über das Gesicht. »Leben in der Öde? Seltsam, es ist doch ein totes Land. Jene kleinen Menschen, wer waren sie wohl?«

»Sie stammten nicht aus der Öde«, erklärte Borsik-Mann. »Es gibt dort keine Anzeichen für eine Siedlung. Gut, wir waren natürlich nicht überall«, schränkte er ein, »doch wir haben die Toten genau betrachtet. Sie müssen von jenseits des südlichen Gebirges stammen.«

»Dann haben die alten Reiche überlebt«, murmelte Herdur-Mann. »All das Schlachten des Ersten Bundes, und es gibt Überlebende. Erstaunlich.« Sein Gesicht wurde ernst. »Wir sollten ein Auge auf die Südgrenze halten, mein Freund. Jene, die ihr erschlagen habt, gehören zu einem Volk. Es könnte sein, dass jemand sie zu rächen versucht.«

»Wir hinterließen keine Spuren«, versicherte der Stellvertreter. »Und niemand würde mehrere Zehntage in das Kaltland hinaufmarschieren, um ein paar Tote zu rächen.«

»Ich bin mir dessen nicht so sicher«, seufzte Herdur-Mann. »Doch wir haben dringendere Sorgen. Zeig mir das Gold. Reicht es für unsere Zwecke?«

»Wenn wir es sehr dünn auftragen, dann reicht es für eine Menge Schwerter«, versicherte Borsik-Mann. »Unser Sespiru und seine Männer werden sicher sein.« Er räusperte sich. »Was, äh, ist mit den anderen?«

»Den anderen?«

»Den anderen Männern. Und was ist mit den Frauen?«

»Das Gold reicht nicht, um sie alle vor den Nachtläufern zu schützen.«

Borsik-Mann biss sich auf die Unterlippe. »Du willst sie opfern?«

»Ich will uns bewahren«, korrigierte Herdur-Mann.

»Du willst sie nicht einmal warnen?«

»Wozu?« Der alte Anführer schüttelte den Kopf. »Damit sie in Angst leben, bis der nächtliche Tod sie ereilt? Wahrscheinlich würden sie meiner Warnung ohnehin nicht glauben.«

»Aber die Frauen …« Borsik-Mann griff sich demonstrativ in den Schritt. »Ohne sie wird unser Volk untergehen.«

Herdur-Mann lachte auf. »Wenn die Nachtläufer erst über sie herfallen, dann werden die Weiber unseren Schutz suchen. Jene, die uns gefallen, mögen uns dann dienen. So wie es in den alten Zeiten war.« Er blickte nach Nordosten. »Zur Finsternis mit den anderen Frauen. Sollen die Nachtläufer sie ruhig fressen.«

7

Nacht senkte sich über das namenlose Dorf.

Gajaths anmutige Gestalt trat aus ihrem Haus hervor. Das Haus war ihr Refugium. Das einzige Gebäude im Lande Julinaash, welches die Nachtläufer niemals betreten durften. Hier studierte sie die alten Schriften, vervollkommnete ihre geheimnisvollen Künste.

Sie blickte zu den sieben Hügeln. Die Spitzen der sieben Säulen funkelten hell im letzten Licht des Tages, und die Schatten wurden länger und wanderten über die Runen der schlanken Gebilde hinweg. Bald würde sich der Schatten zur Dunkelheit vereinigen.

Gajath strich langsam über das seidig schimmernde Gewand und vergewisserte sich unbewusst, dass der Stab der Beschwörung an seinem Platz war. Sie spürte die Kälte, die er unter ihrer Berührung ausstrahlte. Für einen Moment schloss sie die Augen, genoss den sanften Hauch des Windes auf ihrer Haut. Eine seidige Berührung, wie vom Fell eines Nachtläufers. Sie gab sich der Liebe hin, die sie für diese Wesen empfand. Eine Liebe, die weit tiefer ging als jegliches körperliches Verlangen, das sie einst als Mensch empfunden hatte.

Gajath erreichte den Punkt, an dem sich die Schatten der sieben Säulen trafen. Dunkelheit, welche die Rudel rief. Sie hob den Stab in ihrer emporgereckten Hand. Blaues Leuchten waberte, und die dunklen Schlieren breiteten sich darin aus, verdichteten sich im Zeichen der Zusammenkunft. »Schewar, deine Dienerin und Gebieterin ruft dich.«

Aus dem Blau wurde Schwarz. Nebel wallten.

»Schewar hört die Dienerin des Volkes und die Gebieterin der Rudel.«

Gajath trat an den Nachtläufer heran. Ihre freie Hand hob sich und strich über das kurze Haar des graubraunen Fells. Schewar stieß ein leises Schnurren aus und reckte ihren spitzen Schädel behaglich vor. Viel zu selten waren diese vertrauten Berührungen geworden.

»Die Nacht gehört uns«, sagte Gajath zärtlich. »Und die Herrschaft des Menschen im Licht des Tages wird nun bald enden.«

»Es ist Zeit, dass die Rudel ausschwärmen und ihre Fänge in die Glatthäuter schlagen«, stimmte Schewar zu. »Sie sind unruhig und kaum noch zu halten.«

»Die Menschen sind uneins, und das erleichtert es uns, sie zu vernichten.« Gajath trat lächelnd zurück und blickte in den klaren Sternenhimmel empor. »Sie haben die alten Legenden vergessen, und nun werden wir sie ihnen in Erinnerung bringen. Doch wir werden nicht die alten Fehler begehen. Auch wenn die Menschen entzweit sind und nicht ihre alte Stärke haben, so könnten sie sich dessen besinnen, wie man uns einst bezwang. Daher werden wir ihre Uneinigkeit ausnutzen und bestärken. Bald kommt die Zeit, in der die männlichen Tagwesen zur Stadt der Frauen gehen, um die Knaben abzuholen. Du kennst den Ort?«

»Es ist seit Jahrhundertwenden derselbe Platz, Gajath. Jeder Nachtläufer der Rudel kennt ihn.«

»Dort werdet ihr eure Fänge zum ersten Mal in frisches Blut tauchen.« Gajath kraulte Schewar unter dem Kinn, und erneut war das sanfte Schnurren zu hören. Das helle Grün der Pupillen wurde dunkler, und die waagrechten Schlitze wandelten sich zu einem weiten Oval.

»Die Kriegerinnen der Frauen werden die männlichen Kinder an diesen Ort bringen und warten, bis sie das Zeichen der Männer hören, dass deren Ankunft verkündet. Dann kehren die Frauen um, damit sie den Männern nicht begegnen müssen.«

»Die Übernahme findet am hellen Tag statt. Du weißt, wir müssen sein Licht meiden.«

Gajath lachte auf, und der Laut schien für einen Moment perlend in der Luft zu hängen, bevor er verwehte. »Ich kann hinaus in das Licht des Tages und in die Dunkelheit der Nacht. Ich werde dort sein, noch vor den Männern. Ich werde das Zeichen an ihrer Stelle geben, und wenn die Frauen gegangen sind, so warten wir auf die Wohltat der Nacht. Dann gehören die Knaben dem Rudel.«

Schewar nickte. »Ich weiß, du würdest sie gerne selbst töten.«

Gajath seufzte leise. »Ich darf die Hand gegen keinen Julinaash erheben. Dies musste ich dem damaligen König schwören, als er uns bezwang. Nur so konnte ich mein Leben erhalten und auch die Keimzelle der neuen Rudel.«

»Du könntest den Schwur brechen«, meinte Schewar mitfühlend.

»Oh, wie oft habe ich mir das gewünscht.« Hass flammte in der schönen Frau auf. »Doch mein Zauber würde erlöschen, und das darf nicht geschehen. So müsst ihr Nachtläufer die Werkzeuge meiner Rache sein.«

Schewar verzog ihre Lefzen zum Gegenstück eines menschlichen Lächelns. »Du bist die Dienerin des Volkes und die Gebieterin der Rudel. Wir werden dir mit Freude folgen.«

»Besorge eines der Langmesser, wie die Kriegerinnen der Frauen sie tragen. Damit werdet ihr die Knaben töten. Alles muss so aussehen, als hätten die Frauen die Tat begangen. Dann wird sich der Zorn der Männer gegen sie richten.« Gajath wandte sich um und mustert die Silhouetten der sieben Hügel, die im Licht des Vollmondes silbrig schimmerten. »Nehmt auch ein Schwert der Männer und tötet damit ein paar Kriegerinnen. So werden wir die Tagwesen aufeinanderprallen lassen, und die Rache wird endlich unser sein.«

»So wird es geschehen.« Schewar leckte sich unwillkürlich über die Lefzen. »Schade, dass wir das Blut der Knaben nicht kosten können.«

Gajath schloss die Augen. »Bald wird in den Nächten reichlich Blut vergossen werden, und alle Rudel werden sich daran erfreuen.« Sie lächelte verträumt. »Ebenso wie ich mich daran erfreuen werde.«

8

Ich kann mich nicht daran erfreuen.« Scharführer Arkarim hatte die Lanze des Berittwimpels in die Armbeuge geklemmt und schlug die Hände mehrmals gegeneinander. Trotz der dick gefütterten Handschuhe waren sie klamm geworden. »Wahrhaftig, Erster Schwertmann der Hochmark, ich würde es begrüßen, wenn Ihr uns zur Zeit des Sommers in unser nächstes Abenteuer hinausführtet.«

Nedeam nickte betont ernsthaft. »Ich werde es mir vormerken, Scharführer Arkarim.« Dann grinste er auf seine jungenhafte Art. »Verdammt, mein Freund, ich habe langsam auch genug von Kälte und Schnee.«

Llaranya trabte auf Fallan heran. Sie hatte die Worte der Männer gehört. »Es wird noch kälter werden. Wir sind nun an der Grenze des Kaltlandes und werden dem ewigen Eis begegnen.«

»Hm. Du verstehst dich wirklich darauf, uns zu erfreuen«, murrte Nedeam.

Die Elfin beugte sich zu ihm und küsste ihn flüchtig. »Sei nicht brummig. Immerhin sind wir besser vorbereitet, als beim Kampf um die Ruine der Festung von Merdoret.«

Das waren sie in der Tat. Auch wenn sich die Pferdelords bei der Kälte nicht unbedingt wohlfühlten, so erging es ihnen doch wesentlich besser, als dies bei dem missglückten Vorstoß in das Reich des Schwarzen Lords der Fall gewesen war. Die fleißigen Hände von Menschen und Zwergen sowie die zahlreichen Schafe der Hochmark hatten dazu beigetragen.

Jeder Mann und natürlich auch die Elfin trug ein dick gefüttertes Wams. Hinzu kamen Fäustlinge, die einen Kompromiss darstellten. Man konnte Zügel, Schwert oder Lanze mit ihnen halten, doch zur Benutzung des Bogens musste man sie ablegen. Bei der herrschenden Kälte würde sich der Beritt also nicht lange auf die Wirksamkeit dieser Fernwaffe stützen können, falls es zum Kampf kam.

Über die ledernen Reithosen waren Beinlinge aus dicker Schafswolle gebunden, die mit Lederriemen geschlossen wurden und zusätzlich am Waffengurt befestigt waren. Das alte Innenfutter der Helme, welches Schläge dämpfen sollte, war durch ein wärmendes ersetzt worden. Über den grünen Umhängen der Pferdelords lagen dicke Schals, welche die Männer vor Mund und Nase zogen, um die beißende Kälte des Windes zu mildern.

Auch an die Pferde hatte man gedacht, denn sie waren für den Beritt lebenswichtig. Ihre Ausdauer und Schnelligkeit entschied über das Überleben der Reiter. Gefütterte Umhänge lagen über ihren Rücken. Hufe und Fesseln waren mit gefüttertem Leder geschützt. Harscher Schnee oder Eis sollte die Pferde nicht verletzen.

Dies alles erinnerte durchaus an jene Vorbereitungen, die man gelegentlich auch gegen die strengen Winter in der Hochmark traf. Doch auf Llaranyas Betreiben war von den Zwergen zudem etwas gefertigt worden, das für die Männer ausgesprochen ungewohnt war.

Als Nedeam ein junger Pferdelord von siebzehn Jahren gewesen war, hatten die Orks die grüne Kristallstadt Nal´t´rund überfallen, die Zwerge durch Überraschung und Übermacht überwältigt und zur Zwangsarbeit angetrieben. Der Schwarze Lord hatte einen hinterhältigen und zugleich schlauen Plan entwickelt, einer Schwäche seiner Orks entgegenzuwirken. Da ihre Augen sehr empfindlich gegen das Licht der Sonne waren, ließ er die Zwerge feinste Plättchen aus Schwarzkristall schleifen. Man konnte gerade noch hindurchsehen, und sie dämpften helles Licht in einem Maße, dass es für die Legionäre der Finsternis angenehm war. Auch das Pferdevolk hatte unwissentlich dazu beigetragen, den Plan der Finsternis in die Tat umzusetzen. Einer der Grauen Magier war in Gestalt eines harmlosen Händlers in die Hochmark gekommen, unter dem Vorwand, Schmuckstücke für den Handel mit Alnoa erwerben zu wollen. Von den ahnungslosen Schmieden der Menschen hatte er kleine Metallrahmen fertigen lassen, in welche die Kristallplättchen eingefügt werden konnten. Wurden diese an den Kampfhelmen der Rundohren befestigt, schützten sie deren Augen vor dem hellen Tageslicht. Der Plan war gescheitert, denn der König der Kristallstadt, Balruk, war entkommen und hatte die Pferdelords zu Hilfe rufen können. Zum ersten Mal hatten Zwerge und Pferdevolk Seite an Seite gestanden, und daraus war eine unverbrüchliche Freundschaft entstanden. Die einstige Absicht des Schwarzen Lords hatte Llaranya nun abgewandelt. An jedem Helm war eine mit einem Scharnier versehene Blende befestigt, welche eine dünne Platte aus Schwarzkristall hielt.

»Ihr werdet dem Schwarzen Lord noch Dankbarkeit erweisen«, hatte die Elfin gesagt. »Das Gleißen des Sonnenlichtes auf Schnee und Eis kann einem Menschen das Augenlicht rauben.«

Das leuchtete Nedeam ein, und in ihm hatte sich sofort die Sorge des Reiters geregt. »Und unsere Pferde?«

Die Elfin hatte fröhlich gelacht. »Vielleicht könnte man auch für sie ein paar Helme anfertigen.« Als sie bemerkte, wie Nedeam die Stirn in nachdenkliche Falten legte, schüttelte sie lächelnd den Kopf. »Eine Stoffhaube oder ein Schal werden genügen.«

Ja, der Beritt war darauf vorbereitet, in das Kaltland vorzudringen, dennoch freute sich niemand auf Eis und Kälte.

Es gab keine erkennbare Grenze. Niemand konnte genau sagen, ob sich der Beritt noch in der Öde von Rushaan oder bereits im Kaltland befand.

»Wäre es Sommer, so könnten wir es erkennen.« Es hatte geschneit, und Llaranya mutete unwirklich an, denn an ihrem elfischen Umhang haftete kein Schnee, während alle anderen davon gepudert waren. »Das Kaltland ist von ewigem Eis und Schnee bedeckt, der auch im Sommer nicht taut.«

»Ich hatte gehofft, das Wissen deines Volkes wäre uns hilfreicher«, brummte Nedeam.

»Die Häuser der Elfen haben sicher großes Wissen über das Kaltland gesammelt und in den Büchern der Schröpfung niedergeschrieben. Aber du weißt, mein Geliebter, die Häuser sind zu den Neuen Ufern aufgebrochen und haben ihr Wissen mitgenommen. Mir blieb nur wenig, denn auch mein Vater Jalan-olud-Deshay und das Haus des Urbaums sind gegangen.« Sie lächelte schwermütig. »Zudem hat sich unser Haus nie sonderlich für die Belange anderer interessiert.«

Die Landschaft war sehr hügelig geworden, und im Norden und Osten erhoben sich schroffe Berge. Sie schienen unpassierbar, doch Nedeam war zuversichtlich, dass es einen Pass gab. Die Fremden waren von dort gekommen, und der Eten floss in diese Richtung. Er musste sich einen Weg bahnen, und es war nur zu hoffen, dass er nicht, wie dies im Gebirge von Noren-Brak der Fall war, einen Teil der Strecke unterirdisch verlief.

Entlang des Flusses Eten wurde die nördliche Öde ihrem Namen nicht gerecht. Unter dem Schnee lag fruchtbarer Boden. Es gab weite Ebenen, mit dichtem Gras bedeckt, die an die Marken des Pferdevolkes erinnerten. Die Wälder hingegen waren bescheiden. Ihre Bäume drängten sich dicht aneinander und waren auf ungewohnte Weise geformt. Ihre Äste wirkten verschlungen.

Maratuk, der als Zwerg in seinen Bergen lebte und diese liebte, waren die Gewächse nicht geheuer. »Seht sie euch an, ihr guten Herren«, meinte er nervös und zupfte an einem seiner Bartzöpfe. »Ihre Zweige weisen nach Süden, als wollten sie uns sagen, wir sollten von hier verschwinden.«

»Das liegt am Wind, der stetig von Norden herunterkommt.« Llaranya lächelte den kleinen Herrn freundlich an. »Sein Druck formt die Bäume. Sie geben ihm nach, passen sich an, und so werden die Zweige der südlichen Seite länger und stärker, da sie dort vor dem Wind geschützt sind.«

»Nun, wenn Ihr es sagt, Hohe Frau Elfin«, brummte Maratuk. Er sah sie zweifelnd an. »Auch in unseren Bergen gibt es starke Winde. Dennoch sind Büsche und Bäume dort nicht auf diese Weise geformt. Ich sage Euch, das ist kein gutes Zeichen.«

Der Beritt trabte am linken Ufer des Eten entlang, und Nedeam nahm das Eis an den Seiten des fließenden Gewässers besorgt zu Kenntnis. Er hoffte, dass der Fluss nicht zufror. Es war schon kalt genug, wie er fand, und das Plätschern des Wassers wirkte tröstlich in der sonst so stillen Landschaft.

»Ich weiß nicht, ob wir im Kaltland ebenfalls auf Bäume stoßen werden«, sagte er zu Arkarim. »Beim nächsten Halt, wenn wir unsere Wärmefeuer anlegen, sollten wir einen Holzvorrat schlagen und mitnehmen. Wir werden Feuer benötigen, um in der Eiseskälte zu überleben.«

»Ich mag kein Holzfeuer«, brummte Maratuk. »Es stinkt und raucht. Ah, wahrhaftig, ihr Pferdereiter, der Gestank hängt selbst in meinem Bart. Da lobe ich mir die Wärme von Brennstein.«

»Nun, guter Herr Axtschläger«, warf ein Schwertmann ein, »wenn Ihr unter all dem Schnee etwas Brennstein entdeckt, könnt Ihr gerne nach ihm graben.«

Der alte Zwerg warf dem Reiter einen giftigen Blick zu. »Ich mag alt sein, Pferdereiter, doch das heißt nicht, dass ich deswegen ein Narr bin. Ich weiß selbst, dass wir das Holz brauchen werden.«

Gegen Abend hielten sie an einem kleinen Wäldchen.

Arkarim teilte Wachen und Arbeitskommando ein. Während einige Männer die Pferde zum Tränken führten und die Wasserflaschen der anderen mitnahmen, um diese aufzufüllen, ging eine andere Gruppe an den Rand des Wäldchens, um Holz für dieses und künftige Feuer zu schlagen. Maratuk und Nedeam schlossen sich an.

Der alte Zwerg prüfte die Schärfe einer seiner Äxte und begutachtete missmutig den vor ihm stehenden Baum. »Es missfällt mir, die Schneide meiner schönen Axt in dieses Gewächs zu schlagen.« Er sah Nedeam an und zuckte die Schultern. »Ich weiß, ich weiß, wir brauchen das Holz dennoch.«

Der Beritt führte eine Handvoll Äxte mit sich, obwohl diese Werkzeuge eigentlich nicht zur Ausrüstung der Schwertmänner gehörten, denn er war gut vorbereitet. Man hätte sicherlich auch die Schwerter verwenden können, doch ihre Klingen hätten gelitten und nachgearbeitet werden müssen.

Nedeam hatte keine der Äxte, sondern seine elfische Klinge. Er zögerte einen Moment, die fein verzierte Klinge in das Holz zu treiben. Doch immerhin zerteilte sie auch die eisernen Brustpanzer der Rundohren.

Das Schlagen der Fällarbeiten hallte zwischen den Bäumen wider. Die Pferdelords achteten darauf, nur dünne Stämme zu fällen, aus denen sich leicht geeignetes Brennholz fertigen lassen würde.

»Hoher Herr?« Einer der Schwertmänner unterbrach seine Tätigkeit und sah zu Nedeam herüber. »Seht Euch das einmal an. Ich glaube, hier waren vor uns schon andere am Werk.«

Der Erste Schwertmann ging hinüber, gefolgt von Maratuk, der froh über den Anlass war, die eines Axtschlägers unwürdige Arbeit unterbrechen zu können.

Der Schwertmann deutete mit seiner Axt auf den vor ihm stehenden Stamm. »Kerben von Fällhieben, Hoher Herr. Sie sind alt und Harz hat sich angesammelt, um die Wunde des Baumes zu verschließen.«

Nedeam ging in die Hocke und betastete die Spuren, welche ein fremdes Werkzeug in der Rinde hinterlassen hatte. »Das ist mehrere Zehntage alt. Aber es sind Spuren einer scharfen Klinge.«

Maratuk musste sich nicht bücken, um die Kerben bequem begutachten zu können. »Das war keine Axt. Seht Euch die Breite des Einschnitts an, Nedeam. Das war ein einziger Hieb, und er wurde mit Kraft geführt.«

Nedeam nickte. »Ja, das war ohne Zweifel ein Schwert.« Er brach ein Stück der Rinde ab, um die Tiefe der Kerbe besser sehen zu können. »Eine breite und eher plumpe Klinge, aber sorgfältig geschärft. Zweifelsohne kein Schwert des Pferdevolkes.«

»Hätte mich auch gewundert«, knurrte Maratuk. »Wir sind die Ersten hier oben im Norden. Es muss die Horde der Mörder gewesen sein.«

»Dem stimme ich zu.« Nedeam richtete sich wieder auf. »Sie hatten die gleiche Idee wie wir und haben hier Feuerholz gemacht. Das ist in mehrerlei Hinsicht sehr beruhigend. Wir sind ihnen noch immer auf der Fährte, und sie haben das gleiche Wärmebedürfnis wie wir. Somit werden sie auch Siedlungen und Häuser haben, in denen sie sich wärmen können.«

»Das hatten wir bereits vermutet.« Arkarim war hinzugetreten und nickte nachdenklich. »Ich hoffe, sie heizen nur mit Holz und nicht mit Brennstein.«

Maratuk stieß ein vernehmliches Schnauben aus. »Ah, ich höre mit Entsetzen, dass Ihr für stinkende Holzfeuer schwärmt, Scharführer der Pferdereiter.«

Arkarim schüttelte lächelnd den Kopf. »Wenn es ringsum friert, dann ist es mir gleich, von welcher Quelle die Wärme kommt. Brennstein brennt ohne Rauch. Wenn die Mörder ihre Feuer aber mit Holz in Gang halten, dann besteht zumindest die Chance, dass wir den Rauch ihres Lagers auf große Entfernung sehen.«

Maratuk schob seine Axt in das Rückenfutteral zurück. »Ich muss den Qualm eines Holzfeuers nicht sehen. Ich kann seinen Gestank riechen.«

Nedeam hatte Verständnis für den alten Zwerg. In ihrem Reich gab es Moose, Flechten und Pilze, doch kaum Büsche und Bäume. Der Anblick eines dichten Waldes konnte einen Zwerg durchaus beunruhigen. Nedeam erinnerte sich, wie sehr sein orkscher Freund Fangschlag den Duft von wilden Blumen verabscheute. Llaranya hingegen konnte sich daran berauschen und brachte immer wieder Blumen in ihre gemeinsamen Kammern in Eternas, um die Räume mit deren Wohlgeruch zu erfüllen.

Während sie das Nachtlager herrichteten, fanden sie auch die Überreste zweier alter Feuerstellen. Llaranya untersuchte die geschwärzten Steine, mit denen die Feuergruben eingefasst worden war. »Ich glaube, sie haben diese Lagerstätte zweimal genutzt. Einmal auf dem Marsch zur Mine und ein zweites Mal auf dem Heimweg.«

»Ein gutes Zeichen«, murmelte Maratuk. »Sie orientieren sich am Fluss, ebenso wie wir das tun. Es steht wohl kaum zu befürchten, dass wir sie verpassen. Wenn wir stetig dem Fluss nach Norden folgen, werden wir sie irgendwann einholen. Spätestens, wenn sie ihr Heim erreicht haben.«

»Nordosten«, korrigierte Llaranya. »Der Fluss fließt in nordöstliche Richtung.«

»Hrrrmph.« Maratuk wiegte sich auf den Absätzen. »Gelegentlich verläuft er auch direkt nach Norden, elfische Frau.«

»Jedenfalls werden wir seinem Verlauf folgen«, warf Arkarim ein. »Ich hoffe, er weist uns einen gangbaren Weg ins Kaltland hinein. Wie weit wird es wohl noch sein?«

Nedeam seufzte leise. »Ich weiß es nicht, mein Freund. Wir werden auf unsere Vorräte achten, und wenn es an der Zeit ist umzukehren, dann werden wir das tun.«

Maratuk sah ihn empört an. »Umkehren, ohne meine Freunde zu rächen?«

»Wenn unsere Vorräte zur Neige gehen, guter Herr Axtschläger, dann bleibt uns keine andere Wahl.«

Der alte Zwerg rang mit sich. »Dann werde ich meinen Gürtel ein Loch enger schnallen, ihr Herren. Lieber ein Rumoren im Bauch, als dass die Mörder entkommen.«

»Nun, wir Pferdelords mögen den Riemen durchaus enger schnallen können«, warf Arkarim ein, »doch wir müssen auch an die Pferde denken. Sie können nicht von unseren Vorräten leben und brauchen ihre eigene Nahrung. Wir haben Futter dabei, aber es wird nicht ewig reichen.«

»Schön, Pferdereiter Arkarim, an euren Pferden sind genug Riemen und Schnallen. Da wird sich wohl auch etwas enger machen lassen, nicht wahr?«

»Arkarim ist der Scharführer des Beritts«, sagte Nedeam und legte dem Freund die Hand auf die Schulter. »Er trägt die Verantwortung für Pferd und Reiter, und er wird entscheiden, wenn die Zeit gekommen ist.«

Maratuk zog an seinen Bartzöpfen. »Aber Ihr seid der Erste Schwertmann der Pferdereiter, Hoher Herr Nedeam, nicht wahr? So habt Ihr auch das Sagen über alle Beritte oder nicht?«

»Hört auf damit«, schaltete sich Llaranya ein. »Noch sind wir den Mördern auf der Spur.«

»Nun ja, das sind wir«, räumte der Zwerg ein. »Aber wenn wir ständig lagern, dann werden wir die Bestien niemals einholen.«

Nedeam strich sich nachdenklich über das Kinn. Der alte Zwerg grämte sich über den Verlust seiner Freunde, da war es verständlich, dass er die Übeltäter nicht entkommen lassen wollte. Aber hier ging es um weit mehr als darum, den Rachdurst eines Zwerges zu befriedigen. Wer waren die Fremden, warum waren sie in die Öde marschiert und hatten die Zwerge erschlagen? Fragen, auf die Nedeam eine Antwort brauchte.

Eine Feuerstelle konnte verschiedene Zwecke erfüllen. Das Anlegen eines Wärmefeuers bestand im Ausheben einer trichterförmigen Grube, an deren Grund Feuer und Glut entfacht wurden. An die Seiten des Trichters wurden die langen Brennhölzer gelegt, welche an der Spitze gekerbt wurden. Wenn diese Hölzer unten abbrannten, rutschten sie allmählich tiefer. Auf diese Weise ersparte man sich das stete Nachlegen und Nachschieben des Holzes. Erst wenn die dicken Hölzer aufgezehrt waren, wurden neue an die Trichterwände gelegt. Das Erdreich um die Feuerstelle wurde auf diese Weise erwärmt, und der Funkenflug frisch geschlagenen Holzes wurde von den Schläfern fern gehalten. Noch gab es reichlich Holz und mehrere der Feuerstellen glosten in der Nacht, während aufmerksame Schwertmänner über den Schlaf ihrer Gefährten wachten.

Bei Sonnenaufgang war der Beritt wieder auf dem Marsch.

Anstelle der Hügel und kleinen Wälder erhoben sich nun Berge und schroffe Felsen, die von Schnee und Eis bedeckt waren. Der Schnee war hart gefroren, und die Männer waren froh, dass die Überzieher aus gefüttertem Leder die Läufe der Pferde schützten. Bei der Flucht aus der Festungsruine von Merdoret vor einem Jahr im Winter waren viele Tiere verletzt worden und hatten ihre Reiter nicht mehr in Sicherheit bringen können.

Llaranyas Idee mit den Kristallplättchen bewährte sich. Wenn die Sonne schien, wurde ihr Licht vom Weiß des Landes grell reflektiert und blendete die Männer. Die geschliffenen Kristallscheiben bewahrten sie vor Blendung, und die Augen der Pferde wurden durch Tuchstreifen geschützt. Vielen Pferden behagte das nicht besonders, denn sie mussten somit im wahrsten Sinn des Wortes blindlings auf ihre Reiter vertrauen.

Tag um Tag zog sie dahin.

Immer entlang des Eten, der bis auf die Flussmitte gefroren war. Gelegentlich sah man einen Fisch, der dicht unter der Oberfläche entlangschwamm, aber niemand wäre so verrückt gewesen, sich dem dünnen Eis am Ufer anzuvertrauen, um ihn zu fangen.

Die Landschaft wurde seltsam unwirklich. Der Boden war ungewohnt gleichförmig und eben, und die Berge und Felsen schienen sich aus einem Meer aus Eis zu erheben.

»Vielleicht war dies wirklich einmal ein Meer oder ein riesiger See«, vermutete Llaranya. »Unter der Macht der Kälte könnte er erstarrt sein.«

Einer der Schwertmänner schauderte. »Ihr meint, wir reiten auf Wasser?«

Die Elfin sah ihn an. »Auf gefrorenem Wasser.« Sie zuckte die Schultern. »Allerdings kann es sein, dass es nicht zur Gänze gefroren ist.«

Der Reiter starrte unwillkürlich zu Boden. »Bei den Abgründen der Finsternis. Ihr meint also, das Eis könnte brechen und wir stürzen dann in den Abgrund des Wassers hinein?«

»Der Boden wird halten«, versicherte Arkarim rasch, der das Unbehagen des Mannes registriert hatte. »Wenn es unter uns Wasser gab, dann hat das Eis es sich erobert.«

Der Pferdelord leckte sich über die Lippen. »Dennoch, guter Herr Scharführer, wir sollten die Hufe unserer Pferde sehr achtsam setzen.«

Die Aussicht, sich über Wasser zu bewegen, welches nur an der Oberfläche gefroren war, spornte die Männer sichtlich an. Nedeam konnte das gut verstehen. Das Pferdevolk war dem Land und seinen Pferden verbunden, und er konnte sich noch daran erinnern, welches unbehagliche Gefühl ihn und andere beschlichen hatte, als sie einst gegen die Korsaren der Schwärme der See kämpften. Die Bewegungen der Schiffe mochten ja an einen Pferdrücken erinnert haben, doch allein der Gedanke an das bodenlose Wasser unter ihm, hatte dem jungen Ersten Schwertmann zugesetzt.

Die Männer atmeten erleichtert auf, als der Untergrund wieder ungleichmäßiger wurde, und die Berge den Beritt zu umschließen schienen. Das Auf und Ab des Bodens gab den Reitern das gute Gefühl, wieder festes Erdreich und Stein unter sich zu haben.

Von dem bescheidenen Bächlein in der Hochmark hatte sich der Eten zu einem breiten Fluss entwickelt. In sanften

Bögen und Geraden zog er dahin, und seine Ufer bildeten einen überraschend bequemen Weg, der immer tiefer in das Kaltland hinein führte. Es gab keine Anzeichen einer Besiedlung, ja, nicht einmal Anzeichen von Tieren. Selbst die zähen Pelzbeißer schienen die Kälte des Landes zu meiden und hätten hier wohl auch kaum genug Nahrung gefunden. Ein einziges Mal stießen die Männer auf einen Wildläufer, der sich mit seinem weißen Fell kaum vom Untergrund abhob. Das kleine Tier kauerte sich zusammen, als der Beritt nahte und seine langen Ohren zuckten nervös.

Einer der Pferdelords zog den Bogen hervor, doch ein anderer legte ihm die Hand auf den Arm. »Lass ihn. Er hat es schwer genug, in dieser eisigen Öde zu überleben. Er ist ein zäher kleiner Kerl und hat es sicher verdient, am Leben zu bleiben.«

Der Bogenschütze zögerte und steckte dann die Waffe zurück. Das Tier schnupperte aufgeregt, dann wandte es sich ab und hoppelte hastig in den Schutz einer Felsengruppe.

»Sie haben die gleichen Bedürfnisse wie wir«, sinnierte Nedeam. »Sie brauchen Wasser, Nahrung und Wärme.«

»Was meinst du?«, fragte Llaranya irritiert.

Nedeam wies nach Nordosten. »Die Mörder. Wie können sie in einer solchen Landschaft überleben? Wovon ernähren sie sich?«

»Ich denke, das werden wir bald erfahren.«

Er nickte und warf einen Blick auf die Männer des Beritts. »Hoffentlich bald. Unsere Vorräte schrumpfen, und der Zeitpunkt nähert sich, an dem wir umkehren müssen.«

Llaranya blickte in die Richtung, in welche sich die Hundertschaft bewegte. Vor ihnen, zwischen den Bergen, schien feiner Dunst aufzusteigen. Doch vielleicht täuschte sie sich, obwohl ihre elfischen Augen weit schärfer waren als die der Menschen oder Zwerge.

9

Sie war Julara-Alecia-Frau, die Kronenträgerin. Sie war es, welche die Geschicke aller Frauen lenkte. Ihre Gestalt war anmutig und das golden schimmernde Haar fiel in weichen Kaskaden über ihre Schultern. Ihre Stirn war von einer Halbkrone bedeckt, die an den Schläfen in einen schlichten Goldreif überging. Dies war das Symbol ihrer Macht, das Zeichen der Kronenträgerin. Sie hieß das neue Leben willkommen oder verbannte es aus Julinaar, denn Julinaar war die Stadt der Frauen.

Hinter ihr, im gebührenden Abstand von einem halben Schritt, folgte Helen-Frau, die Kommandantin der Hüterinnen, in ihrer besten Uniform. Das galt ebenso für die Kämpferinnen, die in Dreierreihen folgten. Die beigefarbenen Gewänder waren in ordentliche Falten gelegt, das Rot von Stehkragen und Ärmelabschlüssen leuchtete. Alles Leder war geölt und die Griffe der Langmesser poliert. An den Unterarmen der Frauen flatterten grüne und schwarze Stoffstreifen. Die Kommandantin trug zusätzlich eine Tasche aus glänzendem roten Leder, welche weitere dieser Bänder enthielt. Als die Kronenträgerin und ihre Eskorte vom Palast aufbrachen, war diese Tasche voll gewesen. Inzwischen war die Gruppe schon fast am Ende ihrer Runde und die Zahl der Stoffstreifen hatte abgenommen. Diese waren nun um die Türgriffe diverser Häuser gebunden, als Zeichen der Freude oder der Trauer.

»Mir tun die Füße weh«, raunte eine der Hüterinnen.

Helen-Frau hatte die leise Bemerkung gehört. »Es mag eine schmerzliche Pflicht sein, Hüterin«, erwiderte sie ebenso leise und ohne sich umzuwenden, »doch deine schmerzenden Füße dienen dem Wohl Julinaars. Klage also nicht, denn anderen Füßen ergeht es sicherlich nicht besser.«

Die Hüterin errötete ein wenig. Sie hatte nicht damit gerechnet, dass Helen-Frau die Bemerkung gehört hatte, und es machte sie verlegen, da sie zu jenen Auserwählten gehörte, die mit der Kommandantin gelegentlich das Bett teilten.

Sicherlich hatte die Kronenträgerin den kurzen Disput vernommen, doch sie ignorierte ihn. Sie hatten erneut ein Haus erreicht, an dessen Türgriff das weiße Band der Geburt hing.

»Im Namen Julinaars und der Übereinkunft«, rief Helen-Frau, »öffnet die Tür, um Trauer oder Freude Einlass zu gewähren.«

Die Tür wurde geöffnet, und eine junge Frau trat hervor, die ein Stoffbündel im Arm hielt, in dem etwas protestierend krähte und heftig mit den kleinen Beinen strampelte. Schon das Lächeln der jungen Mutter verriet ihre Freude, doch die Tradition verlangte, dass sich die Kronenträgerin persönlich überzeugte.

Julara-Alecia-Frau schlug den Stoff auseinander und nikkte dann. »Ein Grund zur Freude. Acht Monde hast du die Leibesfrucht getragen und unter der Ungewissheit gelitten. Nun hältst du den Lohn in Armen.« Sie lächelte den Säugling an. »Sei uns willkommen, junge San.« Die Kronenträgerin beugte sich vor und küsste sanft die Stirn des Mädchens. Dann richtete sie sich auf und sah die Mutter an. »Du hast deinen Teil der Übereinkunft erfüllt und großes Leid auf dich genommen. Ganz Julinaar ist stolz auf dich.«

Die Kronenträgerin machte eine unmerkliche Geste und Helen-Frau öffnete die rote Ledertasche und nahm ein grünes Stoffband heraus.

»Dies sei das Zeichen deiner Aufopferung und unser aller Freude«, sagte Julara-Alecia-Frau und knotete das Band um den Türgriff.

Die Gruppe schritt weiter, folgte dem Verlauf der Straße. Überall vor den Häusern standen Frauen uns sahen der Kronenträgerin und ihren Begleiterinnen zu. Mitleidige Blicke trafen ein paar Frauen, die ein Stück hinter den Hüterinnen gingen und andere Stoffbündel trugen, in denen andere Säuglinge friedlich schliefen oder ihren Unwillen kundtaten. Jede dieser Frauen trug eine Flasche mit dem Saft des Ojat-Farns bei sich. Es war derselbe Saft, den die Männer nutzen würden, um die der Mutterbrust entrissenen männlichen Säuglinge am Leben zu erhalten.

»Im Namen Julinaars und der Übereinkunft«, rief die Kommandantin. »Öffnet die Tür, um Trauer oder Freude Einlass zu gewähren.«

Die Tür öffnete sich mit leisem Knarren und eine Frau trat hervor. Auch sie hielt ein Stoffbündel im Arm.

Julara-Alecia-Frau schlug den Stoff auseinander und nickte betrübt. »Ein Grund zur Trauer. Acht Monde hast du die Leibesfrucht getragen und unter der Ungewissheit gelitten. Nun hältst du in Armen, was die Übereinkunft erzwang. Du hast deinen Teil der Übereinkunft erfüllt und großes Leid auf dich genommen. Ganz Julinaar ist stolz auf dich.«

Auf eine Geste der Kronenträgerin hin, öffnete Helen-Frau die rote Ledertasche und nahm ein schwarzes Stoffband heraus.

»Dies sei das Zeichen deiner Aufopferung und unseres Leides«, sagte Julara-Alecia-Frau und knotete das Band um den Türgriff. »So kannst du nun die Frucht der Übereinkunft an uns übergeben. Kein Makel wird auf dich fallen.«

Eine Frau aus der Gruppe hinter den Hüterinnen eilte herbei und nahm das Bündel an sich.

Die Kronenträgerin nickte der Mutter zu, dann schritt die Gruppe weiter.

Einige der Säuglinge waren erst wenige Tage alt, andere beinahe einen vollen Mond. Eine Geburt erfolgte nicht immer nach dem rechten Maß des achten Mondes, und in Julinaar wurde das berücksichtigt. Doch nun waren alle Kinder geboren und eine Botin würde zur Brücke eilen und die Nachricht an die Wachen der Männer überbringen. Diese warteten sicherlich schon darauf, die männlichen Säuglinge abzuholen.

»Ich werde froh sein, wenn wir die kreischenden Knaben endlich los sind«, murmelte die Hüterin, die sich zuvor bereits über ihre Füße beklagt hatte.

Helen-Frau nickte. »In fünf Tageswenden werden wir sie zum üblichen Ort bringen. Dann sind sie in der Obhut der Männer.«

10

Für die Wesen der Nacht war es ein Leichtes, den Fluss beliebig zu durchqueren. Kein Dorm streckte die Tentakel nach ihnen aus, denn die Räuber des Wassers erkannten instinktiv, dass sie den Räubern der Nacht unterlegen waren.

Noschur war eines der größten Männchen seines Rudels und seine langen Beine trugen ihn rasch und nahezu lautlos durch die Nacht. Das Licht der Sterne beleuchtete seinen Weg, während das der Sonne seiner Art Schaden zufügte. Wie oft hatte er früher den Berichten der Alten gelauscht, die vom Kampf der Dunkelheit gegen das Licht berichteten. Als sich Nachtläufer und Menschen gegenüberstanden. Auch wenn die Menschen den Tag beherrscht hatten, so waren sie doch unterlegen gewesen, denn der Macht der Nachtläufer hatten sie während der Dunkelheit nichts entgegenzusetzen gehabt. Keine ihrer Waffen hatte den Rudeln ernsthaften Schaden zufügen können. Bis zu jenem verhängnisvollen Tag, an dem die Glatthäutigen die Kraft des Goldes entdeckten. Eine furchtbare Zeit war für die Rudel angebrochen und sie hatten vor der Ausrottung gestanden. Bis sich die Menschen entzweiten und einander zu töten begannen. So verbargen sich die Rudel, bis die Glatthäuter die Macht des Goldes vergaßen. Nun waren die Rudel wieder erstarkt und der alte Feind ahnungslos. Bald würde die Nacht auch den Tag beherrschen.

Noschur war stolz darauf, hierzu beizutragen. Er würde sogar entscheidenden Anteil haben und als jener Nachtläufer in die Legenden eingehen, der den ersten Schlag gegen die Glatthäuter geführt hatte.

Nach der Durchquerung des Eten hatte er kurz die Nässe aus seinem Fell geschüttelt und sich lauschend ans Ufer geduckt. Dies war das Land der Frauen, und Noschur war begierig darauf, endlich ihr Blut zu kosten. Das Blut der Menschen, welches schmackhafter und nahrhafter war, als das eines Tieres. Doch er besann sich der mahnenden Worte, die Gajath und Schewar ihm mit auf den Weg gegeben hatten. Die Glatthäuter durften noch nicht ahnen, dass die Rudel der Nacht erwacht waren. Sie mussten dazu gebracht werden, einander zu töten und sich selbst zu schwächen. Noschur fand, dass die Rudel stark genug waren, es mit den Geschlechtern der Menschen aufzunehmen, aber er würde den Worten der Führerinnen Folge leisten.

Er schlich durch den tropischen Urwald, der nun, während der Nacht, seine drückende Schwüle verloren hatte. Gelegentlich war der Laut eines Tieres zu vernehmen und weckte den Jagdinstinkt des Nachtläufers, aber Noschur lief im wiegenden Gang seiner Art weiter und näherte sich unbeirrt seinem Ziel. Er hatte das Reich der Frauen schon beschlichen und wusste, wie einfach die Bauten der Glatthäuter zu finden waren. Sie lagen an den mit Steinen bedeckten Wegen und waren kaum geschützt. Die Menschen rechneten mit den Raubtieren des Dschungels und wussten nichts von der weit größeren Gefahr und dem Tod, den ihnen die Nachtläufer bringen würden.

Noschur hob den Kopf und blickte zu den Sternen empor. Er würde sich beeilen müssen. Wenn sich die Dunkelheit dem Licht beugte, musste er einen Unterschlupf aufsuchen. Jeder Nachtläufer wusste, welche schrecklichen Qualen und Brandwunden die Sonne hervorrufen konnte. Wie rasch ihr Licht das Leben beendete. Nur wenn die Wolken sie verdeckten, war der Tag sicher, doch solche Ereignisse waren selten in Julinaash. Gajath hatte einmal erklärt, dies hänge mit den warmen Winden der heißen Wasser zusammen, welche dem Land das Leben spendeten.

Er witterte. Der leichte Wind trug ihm den Gestank der Glatthäuter entgegen. Die Siedlung musste sehr nahe sein. Während der Nacht wagten sich die Menschen nicht aus ihren Behausungen. Vielleicht war es ein Überbleibsel der alten Furcht vor den Nachtläufern, welche die Menschen beibehielten, ohne ihren Ursprung noch zu kennen. Vielleicht fürchteten sie auch die großen Räuber des Waldes. In dieser Nacht würden sie ihre Urängste bestätigt sehen.

Noschur erreichte die Einfriedung des kleinen Dorfes. Es war kaum mehr als ein hoher Zaun. Hoch genug, um ein Hindernis für die kleineren Räuber zu bilden. Zu schwach, um die Großen abzuhalten, wenn diese einen ernsthaften Versuch unternahmen, zu den Menschen vorzudringen. Aber Raubtiere gingen dieses Wagnis normalerweise nicht ein. Sie waren darauf angewiesen, jedes unnötige Risiko zu scheuen. Verletzten sie sich, so konnten sie nicht jagen und mussten verhungern oder wurden selbst zur Beute.

Zwischen den Pfosten des Zauns war genug Platz, um bequem hindurchzuspähen. Noschurs waagrechte Schlitzpupillen weiteten sich ein wenig, damit ihm kein Detail entging.

Das Dorf hatte nur einen einzigen Zugang, der zur gepflasterten Straße führte. Es bestand aus sieben kleinen Häusern, die sich um einen ebenso kleinen Platz drängten. Eines war etwas größer und hatte einen Anbau, in dem die Bewohnerinnen sicherlich ihre Vorräte aufbewahrten. Ein Brunnen stand inmitten des Dorfplatzes.

Noschur tastete nach der Tasche an seinem Gürtel. Ja, die Todeskralle hing noch an ihrem Platz. Direkt daneben der sorgfältig geschnitzte Pflock. In dieser Nacht würde sie

Blut fordern und den Unfrieden zwischen den Glatthäutern vertiefen. Doch bevor dies geschah, musste Noschur sich innerhalb des Dorfes umsehen. Er wusste, dass sich hier eine kleine Schmiede befand. Hier fertigten die Frauen ihre Werkzeuge an oder besserten sie aus. Hier konnten auch Waffen hergestellt und mit Gold überzogen werden, wenn es hier das gefährliche Metall gab. Noschur musste es in Erfahrung bringen. Es gab nur wenig Gold in Julinaash und je mehr davon aus dem Besitz der Glatthäuter entfernt wurde, desto weniger Waffen konnten die Menschen daraus schmieden.

Die Krallen seiner Zehen waren hervorragende Steigeisen, doch bei diesem Zaun brauchte er sie nicht einmal. Der Nachtläufer kletterte über ihn hinweg und huschte über einen schmalen Streifen freien Geländes zur Rückseite des ersten Hauses. Hier gab es keine Kratzläufer, die durch das Erscheinen der schemenhaften Gestalt aufgeschreckt wurden, und auch sonst keine Tiere, welche die Bewohner hätten warnen können.

Unentdeckt schlich Noschur zwischen den Häusern entlang und erreichte die kleine Schmiede. Er schnupperte. Die Asche der Esse war kalt. Es musste lange her sein, dass hier geschmiedet worden war. Der Nachtläufer blickte sich um, schnupperte erneut. Er konnte Eisen und Rotmetall riechen, doch der stechende Gestank von Gold fehlte. Aber vielleicht waren es auch so kleine Mengen, dass sie vom Geruch der anderen Dinge überdeckt wurden.

Zögernd trat er in die Schmiede hinein. Er fand ein paar Barren und Stangen verschiedener Metalle, doch keinerlei Anzeichen, dass es hier Gold gab oder gegeben hatte. Noschur nickte zufrieden. Es war ein seltenes Metall in Julinaash, und die Ritter des vergangenen Königs hatten es einst gehandelt. Als sie die Gefahr durch die Wesen der

Nacht erkannten, ließen sie allen Schmuck einschmelzen, um die Waffen gegen die Dunkelheit schmieden zu können. Vielleicht waren sie mit diesen Waffen auch in jenen Krieg gezogen, der die Reiche der Glatthäuter in das Verderben gestürzt hatte, und waren niemals daraus zurückgekehrt. Hier jedenfalls, an diesem Ort, gab es die gefährliche Substanz nicht.

Nun war es an der Zeit, den Plan Gajaths zu erfüllen.

Einem Schemen gleich, glitt der Nachtläufer zu einem der kleinen Häuser hinüber. Sein Schatten verschmolz mit der Dunkelheit und seine Ohren stellten sich auf. Er hörte Schnarchen aus dem Inneren und leise Schritte, die von einem zum anderen Raum wechselten. Wenigstens zwei der glatthäutigen Weiblichen lebten hier. Im ganzen Ort würden es kaum mehr als ein Dutzend sein.

Noschurs Schlitzpupillen öffneten und schlossen sich rhythmisch, während er fieberhaft überlegte. Es war Nacht, die meisten Glatthäuter schliefen, und es würde leicht sein, sie alle zu töten. Ein reizvoller Gedanke. Aber er musste an den Plan denken, den Gajath ersonnen hatte.

Er reckte sich und spähte durch das kleine Fenster ins Innere des Gebäudes. Für ihn schien es taghell erleuchtet, und er sah jede Kleinigkeit. Eine Schlafkammer mit zwei Betten, einem Schrank und einer großen Truhe, auf der eine irdene Schüssel und ein Krug standen. In einem der Betten schlief ein weibliches Wesen. Es lag auf dem Rükken und schnarchte leise.

Noschur leckte sich über die Schnauze.

Sein erstes Opfer.

Er prüfte den Rahmen des Fensters. Die Glatthäuter nutzten klaren Kristall, damit Licht in ihre Räume fiel. Gelegentlich zerbrach dieser Kristall und musste ersetzt werden. Daher ließen sich die Rahmen leicht entfernen. Sie waren sorgsam in die Wand eingefügt und wurden an ihrer Vorder- und Rückseite mit kleinen Keilen verriegelt.

Es fiel dem Nachtläufer leicht, die Keile der Außenseite zu entfernen. Vorsichtig hob er das Fenster heraus. Lautlos glitt er durch die Öffnung. Ein leises Knarren alten Holzes war zu hören, als er sein Gewicht verlagerte und die stählerne Kralle aus dem Gürtel zog. Er hätte lieber seine eigenen Krallen und Zähne genutzt, doch er musste daran denken, die falsche Fährte zu legen.

Seine Hand legte sich für einen Moment über das Gesicht der Schlafenden. Sie zuckte zusammen, als die Kralle ihre Kehle zerfetzte. Frisches Blut strömte und Noschur sog den erregenden Duft ein, während sich der Leib unter ihm kurz aufbäumte und dann erschlaffte. Er lauschte.

Nebenan war das leise Scharren von Füßen zu hören. Die andere Glatthäutige, ahnungslos über das Schicksal ihrer Gefährtin, das auch sie nun ereilen würde. Blut tropfte von der stählernen Kralle, als Noschur zur Tür hinüberglitt. Er blickte zu Boden. Er musste darauf achten, keine Fußabdrücke zu hinterlassen. Notfalls würde er das Blut vom Boden lecken. Diese kleine Köstlichkeit würde ihm Gajath nicht übel nehmen können.

Seine Hand senkte sich an den Griff der Tür. Der lederne Riemen hob den Riegel aus seiner Bettung. Die Tür quietschte leise in ihren Angeln, als er sie aufzog. Es war ein leises Geräusch, doch die Glatthäutige hörte es.

Noschur hörte einen fragenden Laut und sprang durch die entstandene Öffnung in den angrenzenden Raum. Die Frau saß an einem Tisch und war dabei, sich etwas Brot zu schneiden. Er konnte ihre entsetzten Augen sehen und wie die Lähmung des Schreckens sie befiel. Doch nur für die Länge eines Lidschlages.

Die Frau schrie auf und stieß das breite Messer instinktiv in Noschurs Richtung.

Er fühlte, wie die Klinge zwischen seine Rippen stieß.

Sein Gewebe reagierte. In unfasslich kurzer Zeit verdichtete es sich in dem betreffenden Bereich und erhielt die Härte gehämmerten Stahls. Noschur spürte die Wucht des Stoßes, knurrte freudig und fühlte, wie die Klinge zur Seite gelenkt wurde, ohne Schaden anzurichten. Seine freie Hand stieß von unten gegen das Kinn der Frau, und sie fiel hintenüber über den Tisch. Im nächsten Augenblick grub sich die Kralle durch ihre Kehle.

Noschur sah zu, wie der Körper einige Male zuckte. Leise polternd fiel das Messer auf den Boden.

Welch erregender Anblick.

All das frische Blut und nichts davon durfte er kosten.

Er lauschte und betrachtete den Leichnam. Nichts rührte sich im Dorf.

Diese Frau schien ihm geeignet.

Er zog den Pflock aus der Gürteltasche. Er war dem Geschlechtsteil eines männlichen Glatthäuters nachgebildet. Es war nicht einfach gewesen, ihn zu fertigen. Der Glatthäuter, der ihm als Vorbild gedient hatte, war im Angesicht seines Todes nicht von Lust erfüllt gewesen. So hatte man sein Geschlecht abgetrennt und den Muskel mit Hanan-Saft gefüllt, um seine Maße nehmen zu können, bevor er verfiel.

Keiner der Nachtläufer hatte je die Vereinigung von Glatthäutern beobachten können, doch Gajath hatte behauptet, es sei nicht viel anders, als bei den Rudeln.

Noschur ging methodisch und brutal vor, doch die Tote spürte ohnehin nichts mehr davon.

Als der Nachtläufer den Pflock in die Gürteltasche zurücksteckte, sah er sich sorgfältig in dem Wohnraum um.

Nichts wies auf ihn als Täter hin. Zufrieden ging er in die Schlafkammer zurück, vergewisserte sich, auch hier keine Spuren hinterlassen zu haben, die auf seine Existenz hinwiesen.

Dann stieg er erneut durch das Fenster. Er ließ sich langsam zu Boden gleiten und sprang nicht, sodass sein Gewicht keine Abdrücke in die Erde presste. Vorsichtig huschte er zum Zaun, überstieg ihn und verharrte auf der anderen Seite.

Seine Schnauze verzog sich zu einem höhnischen Grinsen, als er die blutverschmierte Kralle unter einen Farnstrauch warf.

Dann verschwand er in der Nacht.

Es war an der Zeit, einen Unterschlupf für den Tag zu suchen.

11

Fast vierhundert Tausendlängen Marsch. Rund dreißig pro Tageswende, da wir die Pferde auch führten und unsere Nachtlager aufschlugen. Vierzehn Tageswenden, fast anderthalb Monde, sind wir unterwegs und nun das.« Nedeam schlug wütend auf das Sattelhorn.

Die Enttäuschung war verständlich. Sie hatten rund achthundert Kilometer von der Nordfeste bis zu dieser Stelle zurückgelegt, und nun schien alle Mühsal umsonst gewesen zu sein.

»Wir hätten mit so etwas rechnen müssen«, beschwichtigte Llaranya und legte ihm tröstend die Hand an den Arm. »Es war zu leicht, und du weißt, immer wenn es leicht scheint, erweist es sich als schwierig.«

»Bei den Abgründen der Finsternis, es muss einen Weg geben.« Scharführer Arkarim lehnte die Wimpellanze in die Armbeuge und starrte finster auf die steil aufragenden Felswände. »Schließlich können die Mörder nicht einfach im Fluss verschwunden sein.«

Der Eten war bislang in eher sanften Biegungen geflossen, und entlang seiner Ufer hatte es einen Streifen Gelände gegeben, der relativ leicht zu passieren war. Nun, inmitten des Kaltlandes und der aufragenden Eisgebirge, machte er einen scharfen Bogen. Sein Wasser schlug mit Macht gegen die Felsen, war an dieser Stelle reißend und hatte sich unter den Stein gegraben. An der dem Beritt zugewandten Seite hatte sich eine Klippe gebildet, die ein Stück über den Fluss ragte und einer schäumenden Welle aus Eis glich. Gerade so, als sei das Wasser inmitten seiner Bewegung erstarrt. Auf dem abgewandten Ufer hob und senkte sich der Fluss in der Strömung und war unpassierbar. Das Brausen der Flut machte eine normale Unterhaltung unmöglich.

»Es muss einen Weg geben«, wiederholte Arkarim.

Für die meisten Männer des Beritts war der Anblick des tosenden Wassers furchteinflößend. Einige hatten die Wasserfälle des Eisen im Süden der Hochmark oder die Stromschnellen kleinerer Bäche gesehen, doch hier zeigte sich das Wasser in all seiner Gewalt.

Llaranya schwang sich aus dem Sattel und lief zu der Felswand, die sich links des Beritts erhob.

»Was hast du vor?«, rief Nedeam besorgt, doch seine Stimme ging im Rauschen des Flusses unter. Er stieß einen grimmigen Fluch aus, stieg ebenfalls ab und folgte ihr.

Maratuk zog das schützende Wolltuch von seinem Gesicht und zupfte nervös an seinem Bart. »Wäre es guter Fels und kein Eis, so könnten wir Zwerge einen Gang hindurchgraben.«

»Ja, wenn wir einige Hundertschaften eurer Schürfer hier hätten«, knurrte ein Schwertmann, »und wenn uns die Zeit eines Lebens für diese Arbeit zur Verfügung stände.«

»Man kann sich auch durch Eis hindurchgraben«, meinte ein anderer.

Maratuk schnaubte. »Seid Ihr der Zwerg, Pferdereiter, oder bin ich es? Niemand gräbt einen Gang durch Eis. Es hat nicht die Verlässlichkeit von gutem Stein.«

Nedeam sah Llaranya zu, die an der Felswand entlanglief und scheinbar nach etwas suchte.

»Du wirst keinen Weg finden«, rief er ihr zu. »Das Eis hat den Fels mit Glätte überzogen. Hier finden nicht einmal unsere Hände halt.«

»Es muss einen Pfad geben, den die Fremden genommen haben.«

»Wir haben schon eine Weile keine ihrer alten Feuerstellen mehr gefunden. Sie werden das Ufer verlassen und einen anderen Weg genommen haben.«

»Möglich«, räumte die Elfin ein, »doch vielleicht ist ihnen auch nur das Feuerholz ausgegangen.«

Nedeam konnte sich nicht vorstellen, dass jemand in dieses eisige Land reiste, ohne einen ausreichenden Vorrat an Brennmaterial mitzuführen. Die Nächte waren zu kalt, um sie ohne Wärmequelle zu überstehen. Selbst die zähen Pferde der Hochmark, die ebenfalls durch Überwürfe geschützt waren, litten unter der Kälte.

Llaranya seufzte und blickte zu der Biegung des Flusses und dem schäumenden Wasser zurück. »Warte.« Sie beschattete ihre Augen. »Da ist eine dunkle Stelle im Wasser.«

Er folgte ihrer Blickrichtung, doch er konnte nichts erkennen. »Wahrscheinlich ein Fels, der aus dem Fluss ragt.«

»Nein, die Stelle ist dort, wo der Fluss gegen den Fels bricht.«

»Dann wird er dort das Eis abgeschliffen haben. Wasser hat viel Macht.«

»Erinnerst du dich an die grüne Kristallstadt Nal´t´rund?«

»Ich weiß«, brummte er. »Ich hätte die Möglichkeit des Schwarzkristalls bedenken sollen und dass er gegen grelles Licht schützt.«

»Das meine ich nicht. Du erzähltest mir von dem kleinen Tal, in dem sich der Zugang zur Stadt verbarg.«

Nedeam schlug sich gegen die Stirn. »Er befand sich hinter einem kleinen Wassersturz verborgen.« Nachdenklich runzelte er die Stirn. »Du meinst, hier ist es ebenso?«

»Ich meine nur, dass sich die Mörder nicht in Luft aufgelöst haben können.«

Sie kehrten zu den Männern des Beritts zurück, und diese verfolgten sie weiter mit ihren Blicken, während sie näher an die Biegung des Flusses traten. Aufmerksam musterten Llaranya und Nedeam die eisige Klippe, die sich über einen Teil des Flusses wölbte.

»Sie ist nicht zu erklimmen«, stellte Nedeam fest.

»Wenn der Weg nicht über sie hinweg führt, so muss er unter ihr hindurch verlaufen.« Llaranya ignorierte die Gischt des sich brechenden Wassers und trat noch näher.

Nedeam folgte ihr widerwillig. Das Sprühwasser war eiskalt und gefror fast augenblicklich auf seinem grünen Umhang. Er beneidete seine Gemahlin um die Fähigkeit ihres elfischen Stoffes. Sie hatte sich derart in ihn gehüllt, dass er auch Kopf und Gesicht nahezu vollständig verbarg. Das gefrierende Wasser glitt einfach an ihm herab.

Er sah, wie sie sich ihm zuwandte und aufgeregt winkte. Vorsichtig setzte er Fuß vor Fuß, dennoch rutschte er mehrmals aus und konnte nur mit Mühe einen Sturz vermeiden.

Tatsächlich, im unteren Bereich, knapp oberhalb der Stelle, an der sich das Wasser des Eten am Felsen brach, hatte der Fluss eine Höhlung in den Stein gegraben, die ein Stück unter die Klippe führte. So war ein schmaler Absatz entstanden.

»Ein sehr schmaler und sehr gefährlicher Pfad«, rief er gegen das Brausen an.

»Dennoch muss er passierbar sein, denn die Fremden haben ihn sicherlich genommen.«

»Ich bin mir da keineswegs so sicher«, wandte er ein.

»Dann bleibt uns nur, einen anderen Weg zu suchen.«

Nedeam biss sich auf die Unterlippe. Der Beritt stand kurz vor dem Zeitpunkt, an dem er umkehren musste. Die Vorräte für die Männer reichten noch eine Weile und ließen sich strecken, aber die Pferde brauchten geeignetes und ausreichendes Futter. Zögernd nickte er. »Schön, versuchen wir es hier.«

Sie kehrten zu den Wartenden zurück und schilderten ihr Vorhaben. Mancher Schwertmann starrte misstrauisch zu dem Überhang.

»Wir werden die Pferde führen und Abstand halten müssen«, sagte Arkarim. »Der Boden ist gefroren, Freund Nedeam?«

»Vom Eis des Sprühwassers überzogen«, bestätigte der. »Wenn Mann oder Pferd stürzen, werden sie im reißenden Wasser des Eten verschwinden.«

»Wir haben einige gute Lederseile dabei.« Arkarim blikkte auf die Zügel seines Pferdes. »Vielleicht, wenn wir uns aneinander binden, könnten wir uns gegenseitig halten.«

Nedeam schüttelte den Kopf. »Glaub mir, mein Freund, wir würden uns eher gegenseitig in die Fluten ziehen.«

»Dennoch, die Idee ist nicht schlecht«, meldete sich Maratuk zu Wort. »Wenn wir Zwerge unsere Gänge durch die Berge treiben, müssen wir manche Höhe oder Tiefe überwinden und dabei nutzen wir auch Seile. Allerdings binden wir uns nicht aneinander, ihr guten Herren. Wir nehmen eiserne Haken und treiben sie in den Fels. Daran knoten wir das Seil und erhalten so einen, äh, Handlauf, ihr versteht?«

Arkarim schlug dem alten Zwerg anerkennend auf die Schulter. »Wenn Ihr jetzt noch sagt, wo wir geeignete Eisenhaken herbekommen…«

Nedeam zog den kurzen Dolch aus dem Waffengurt, den jeder Schwertmann mit sich führte. Er diente weniger als Waffe, als vielmehr zum Schneiden von Nahrung oder auch Leder, wenn dieses bearbeitet werden musste. »Guter Stahl aus der Hochmark. Der Griff hat eine kurze Parierstange. Würde das gehen?«

Maratuk nahm den Dolch entgegen und betrachtete ihn, bevor er nickte. »Er muss tief in Fels oder Eis hineingetrieben werden, damit er Halt findet. Dazu wird es einen guten Zwergenhammer brauchen. Ich hoffe, die Griffe halten einen kraftvollen Schlag aus.«

»Das tun sie«, versicherte Nedeam. »Klinge und Griff sind aus einem Stück. Und ein paar Hämmer haben wir, da wir darauf vorbereitet sind, den Pferden ein Eisen zu wechseln.«

Der alte Zwerg seufzte leise. »Hämmer, um den Pferden die Eisen zu wechseln. Ah, ihr guten Pferdereiter … Solch zierliches Werkzeug taugt nicht für die Arbeit am Stein. Nun gut, ein wahrer Zwerg gibt nicht so leicht auf, nicht wahr? Bringt mir einen solchen Hammer oder besser gleich zwei, denn sie werden nicht lange halten. Und einen Beutel, in den ich die Dolche stecken kann. Ah, und das Lederseil.«

»Ihr wollt es selber tun, guter Herr Axtschläger?«

»Wer sollte es sonst machen, wenn nicht ein Zwerg?« Maratuk reckte sich und überragte nun sogar die Schließe von Nedeams Waffengurt.

»Ich werde Euch helfen«, bot sich Llaranya an.

»Nehmt es mir nicht übel«, brummte Maratuk, »doch solches Handwerk ist nichts für Eure Hände.«

»Sie hat den sicheren Tritt und die Reflexe des elfischen Volkes«, gab Nedeam zu bedenken, auch wenn er sich gewünscht hätte, dass sich seine geliebte Frau nicht in Gefahr begab.

»Das mag helfen«, gestand der alte Zwerg ein. Er grinste freundlich. »Seid mir willkommen, elfische Frau.«

Die beiden rüsteten sich mit Dolchen, zwei Hämmern und den Lederseilen aus. Begleitet von den besorgten Blicken und guten Wünschen der anderen gingen sie zu dem gefährlichen Durchgang unter dem Überhang.

»Der Fels ist mit Eis überzogen«, schrie Maratuk gegen den tosenden Lärm. »Aber das war zu erwarten.« Er setzte einen Dolch an und trieb ihn mit einigen Hammerschlägen in das Eis. »Nun, das Eis ist dick genug und mag Halt geben.« Er wandte sich Llaranya zu. »Ich schlage die Haken ins Eis, denn ich habe die Erfahrung aus vielen Jahren guter Steinarbeit. Ihr, Hohe Frau, knotet die Leine um die Griffe. Ich hoffe, ihr Elfen versteht euch auf gute Knoten.«

»Oh, mein Volk hat sie erfunden«, behauptete Llaranya kühn und lächelte den Alten strahlend an.

Maratuk legte den Kopf ein wenig schräg. »Hm, mag sein. Wir werden ja sehen, ob sie etwas taugen.«

Maratuk schien sichtlich von den Fähigkeiten seines Volkes überzeugt und im gleichen Maße an den Fertigkeiten anderer zu zweifeln. Llaranya folgte dem Zwerg, der sich vorsichtig auf dem Sims entlangtastete und nacheinander die Dolche in das Eis schlug. Maratuk achtete darauf, dass die Klingen waagrecht ins Eis drangen und ein Zug am Seil nicht dazu führen konnte, dass die Dolche nach unten schnitten und freikamen.

»Schlagt sie hoch ein«, riet die Elfin. »Wenn das Seil Halt geben soll, dann muss es sich in bequemer Höhe befinden.«

Maratuk verstand die Anspielung und lachte dröhnend. »Ha, eine Elfin mit Humor. Das gefällt mir. Ich glaube, die Gesellschaft der Menschen tut Euch wohl.« Er sah sie mit vergnügt funkelnden Augen an. »Ihr solltet einmal die Gesellschaft der Zwerge suchen, Elfenwesen. Die Kraft unserer Arme, die Bescheidenheit unseres Wesens und die Vielfalt unserer Worte sind überall hoch geschätzt.«

Sie stimmte in sein Lachen ein. »Davon bin ich überzeugt, guter Herr Maratuk.«

Sie hatten die Länge des schmalen Pfades eingeschätzt und sich überlegt, dass die Anzahl der Dolche ausreichte, um sie im Abstand von jeweils einer Länge einzuschlagen. Arkarim hatte vorgeschlagen, dass der Letzte, der den Weg benutzte, sie wieder aus der Wand ziehen solle, damit sie nicht verloren waren, doch das was Nedeam zu riskant.

»Fleisch lässt sich auch auf andere Weise schneiden«, lehnte er Arkarims Vorschlag ab. »Und in der Hochmark können wir uns neue Dolche besorgen.«

Schritt um Schritt gingen Zwerg und Elfin voran und befestigten den provisorischen Handlauf. Sie hatten das Ende der Passage unter der Klippe fast erreicht, als es geschah.

Maratuk hatte gerade einen Dolch ins Eis getrieben, als sein Fuß auf dem eisigen Boden ausglitt. Der alte Zwerg stieß einen heiseren Schrei aus, als ihm die Beine wegrutschten. Mit einer Hand am Dolch hängend, tastete er mit der anderen nach einem Halt und strampelte dabei mit den Beinen, um Grund für seine Füße zu finden. Diese Bewegungen übertrugen sich auf den Dolch, der nicht so fest saß, wie Maratuk es erhofft hatte.

Llaranya hatte das Seil gerade um den vorletzten Dolch geknotet und bemerkte, wie der alte Zwerg den Halt verlor. Es blieb nicht viel Zeit, um zu überlegen. In einem Reflex zog sie ihre elfische Klinge und rammte das grazil wirkende Schwert in den eisigen Untergrund. Während sie die Leine losließ, hielt sie den Schwertgriff umklammert, beugte sich zur Seite und konnte Maratuk gerade noch an einem seiner Bartzöpfe packen.

Der grunzte schmerzerfüllt und sah Llaranya mit schrekkgeweiteten Augen an. Er war schon halb über den Sims gerutscht und seine Beine hingen im Wasser, dessen Strömung nun am Leib des Zwerges zerrte.

»Lasst bloß nicht los, gute Elfin!«, schrie er.

»Ich hoffe, Euer Zopf hält«, erwiderte sie.

»Er ist in Ehren schwarz geworden und wird halten.« Maratuk strampelte noch immer mit den Beinen und keuchte. »Bei den feurigen Abgründen, dieses Wasser ist kalt wie die Finsternis.«

Llaranya rutschte ein Stück über das Eis und ihre Beine tauchten ebenfalls ein. Sie wurde von der Kraft des Eten herumgezogen und spürte, wie die eisige Kälte ihre Beine lähmte.

Von den anderen war niemand in Sichtweite. Die Biegung verhinderte einen direkten Sichtkontakt, und beim Lärm des Wassers war es sinnlos, um Hilfe zu rufen. Sie waren auf sich alleine gestellt, und es musste ihnen rasch etwas einfallen, sonst würden sie bald nicht mehr genug Kraft haben, sich zu halten.

»Maratuk, könnt Ihr eines meiner Beine packen?«

»Ich weiß nicht einmal, ob ich noch über Arme verfüge«, kam die Erwiderung.

»Ihr müsst es versuchen. Ich kann Schwert und Bart halten, doch nicht mehr. Mir fehlt die Kraft, Euch aus dem Wasser zu ziehen.«

»Ah, wieder einmal ist die Kraft zwergischer Arme gefragt«, drang es zwischen Maratuks Zähneklappern hervor.

Irgendetwas berührte Llaranyas Bein. Es war inzwischen so gefühllos, dass sie nur hoffen konnte, dass es Maratuks Hand war und nicht ein Flussbewohner, der sich auf einen elfischen Imbiss freute.

Sie ächzte, als sein Gewicht an ihr zog.

»Ihr seid schwer«, stöhnte sie.

»Wir Zwerge sind kompakt gebaut.« Maratuk kroch mühsam an ihrem Bein hoch. »Und Ihr könnt meinen Bart loslassen, ich habe Euch.«

Llaranya hing mit einer Hand am Griff des Schwertes. Unter dem Gewicht ihrer Leiber hatte sich die Klinge durchgebogen, und der Griff zeigte fast zum Boden. Jedes andere Schwert wäre längst zerbrochen, doch nichts ließ sich mit der Qualität einer elfischen Klinge vergleichen. Die Elfin versuchte, mit der freien Hand einen anderen Halt zu finden, doch sie rutschte auf dem glatten Untergrund ab.

»Wartet, Elfin, ich habe noch ein paar Dolche. Streckt Euren Arm nach hinten.«

Sie spürte, wie der alte Zwerg ihr einen Dolch in die Hand drückte, warf den Arm wieder nach vorne und schaffte es, die Klinge in den Boden zu rammen. Erleichtert klammerte sie sich fest. »Habt Ihr noch Kraft, Euch hochzuziehen?«

»Solange ein Zwerg atmet und seine Bartzöpfe trägt, solange ist noch Kraft in ihm«, versicherte er.

Der Alte war sichtlich am Ende seiner Kräfte, und das galt auch für Llaranya. Die Strömung und die Eiseskälte setzten ihnen rasch zu. Doch der Zwerg mobilisierte seine letzten Reserven und auf geheimnisvolle Weise gelang es ihm, sich auf den Rücken der Elfin zu ziehen.

»Verzeiht«, brummte er verlegen, »Ich will Euch nicht zu nahe treten, doch ich muss ein wenig verschnaufen.«

»Beeilt Euch mit dem Schnaufen, ich fürchte, meine Beine sind schon zu Eis erstarrt.«

Sie ächzte, als der Zwerg sich höher zog und dabei mit eisernem Griff in ihre Kleidung und ihr langes Haar packte. Es sprach für die Qualität des elfischen Umhangs, dass er dieser Belastung standhielt. Maratuks Fuß traf Llaranyas Gesicht in einem unbeabsichtigten Tritt, dann rollte der Zwerg auf den Sims. Er hätte nun sicher etwas Erholung nötig gehabt, aber dafür war keine Zeit. Er beugte sich über die Elfin und schließlich gelang es, sie ebenfalls aus dem Wasser zu ziehen. Llaranya konnte ihre schmerzenden Hände kaum von den Griffen der Waffen lösen. Frierend und nach Atem ringend, saßen sie für eine Weile nebeneinander.

Maratuk räusperte sich. »Es wäre mir Recht, gute Elfin, wenn Ihr das für Euch behalten könntet.«

»Das Ihr ausgerutscht seid?«

»Hrrmph, wir sind wohl irgendwie beide ausgerutscht.« Er errötete ein wenig. »Nein, ich meine nicht den Sturz. Aber dass Ihr mich am Bart gezupft habt, das sollte unter uns bleiben.«

»Macht es Euch verlegen?«

Maratuk konnte schon wieder grinsen. »Nun, wenn eine Frau einem Mann am Bart zupft, so hat das eine gewisse Bedeutung, Ihr versteht?«

Llaranya lachte. »Ich verstehe. Gut, es bleibt unter uns.«

Maratuk nickte erleichtert. »Wir sollten die letzten beiden Dolche ins Eis treiben und das Seil befestigen. Der Pfad muss bereit sein. Und dann lasst uns zurück zu den anderen eilen. Wahrhaftig, gute Elfin, ich könnte nun wirklich ein wärmendes Feuer und heißen Blor vertragen.«

Llaranyas Zähne schlugen, ebenso wie die seinen, heftig aufeinander. »Dem stimme ich zu, guter Herr Zwerg. Dem stimme ich aus ganzem Herzen zu.«

Als Nedeam die beiden zitternden Gestalten sah, riss er entsetzt die Augen auf, eilte ihnen entgegen und hüllte beide in seinen Umhang. Arkarim benötigte nur einen kurzen Blick und stieß eine Reihe von Befehlen hervor.

»Ein Feuer! Rasch! Unterführer Hendur, wir brauchen einen Windschutz und zwei Zehnen bilden die Schafherde!«

Schwertmänner hasteten zu der kleinen Gruppe und nahmen sie in ihre Mitte. Körper dicht an Körper, so, wie sich eine Schafherde im Winter zusammendrängte. Die Männer schützten die halb Erfrorenen. Der Geruch war sicherlich ebenso atemberaubend, wie die Wärme hilfreich, welche Llaranya und Maratuk vor dem Erfrieren bewahrte. Andere entfachten hastig ein Feuer und hielten sich nicht damit auf, eine Feuergrube anzulegen. Eine dritte Gruppe rammte ihre Stoßlanzen um die Feuerstelle in den Boden und spannte Umhänge und Decken zwischen ihnen.

Als das Feuer prasselte, wurden Zwerg und Elfin an die Feuerstelle geführt. Rasch wurden sie entkleidet, die Leiber mit Decken abgerieben und darin eingehüllt, während die Kleidungsstücke von besorgten Pferdelords getrokknet wurden.

Llaranya machte ihre Nacktheit nichts aus. Weder bei den Elfen noch im Pferdevolk, war es ungewöhnlich, dass sich die Geschlechter bei bestimmten Gelegenheiten entblößten. In der Hitze des Sommers geschah es nicht selten, dass sich die Bewohner eines Weilers gemeinsam in einem Teich erfrischten. Ansonsten hielt man sich allerdings gebührend bedeckt, denn Mann und Weib entkleideten sich eher, wenn sie einander zugetan und verbunden waren.

Maratuk war hingegen sichtlich froh über seinen beeindruckenden Bart, der es ihm gestattete, gewisse Regionen seines Körpers zu bedecken.

»Ich hätte dich nicht alleine gehen lassen sollen«, rügte sich Nedeam selbst.

»Ich war ja nicht alleine«, korrigierte Llaranya.

Maratuk reckte sich. »Das will ich wohl meinen.« Sein Bart verschob sich. Der Zwerg bemerkte dies errötend und schrumpfte förmlich in sich zusammen. Verlegen legte er die Bartzöpfe übereinander. »Und ich muss sagen, dass die Hohe Frau mir wahrhaftig hilfreich war.«

Nedeam sah den alten Axtschläger fragend an.

Der zuckte die Schultern. »Ich glitt aus und Eure Elfin half mir aus dem Wasser.«

»Dafür half der brave Herr Maratuk dann mir, als ich nicht mehr heraus kam«, ergänzte Llaranya.

Der Zwerg nickte und strich sich würdevoll über die Bartzöpfe. »So muss es unter Gefährten der Axt auch sein. Einer ist des anderen Schild.«

Nedeam legte ihm anerkennend die Hand auf die Schulter. »Ihr seid ein wahrhaftiger Zwerg von großer Ehre, guter Herr Maratuk. Ich kenne Männer, denen es schwergefallen wäre einzugestehen, dass sie von einem Weib gerettet wurden.«

»Noch dazu von einem elfischen Weib«, sagte der alte Axtschläger und lachte dann dröhnend.

»Das Seil ist gespannt«, meldete sich Llaranya zu Wort, deren Gesicht wieder die normale Farbe bekam. »Doch der Weg ist gefährlich.«

Das Erlebnis von Zwerg und Elfin mahnte jeden der Männer zur Vorsicht. Als die beiden wieder ihre getrokkneten Kleider trugen, machte man sich an die Aufgabe, den Beritt mit Lasttieren und Reservepferden über das Sims zu führen. Für jene Pferde, die von ihren Reitern geführt werden konnten, war es schon riskant genug, sehr viel schwieriger war es für die zusätzlichen Tiere, die ihnen folgen mussten. Das Tosen des Wassers überdeckte die grimmigen Flüche der Männer und das angstvolle Wiehern einiger Reittiere. Wasser sprühte über den eisigen Boden und diejenigen, welche ihre Schritte mit größter Vorsicht setzten.

Sie schafften es zur anderen Seite und verloren keinen Mann. Aber zwei Reittiere und drei der Zusatzpferde glitten aus und konnten nicht gerettet werden.

Arkarim blickte mit finsterem Gesicht zurück. »Wir werden auf diesem Weg auch wieder heimwärts marschieren. Ich hoffe nur, all die Mühsal ist nicht umsonst.«

Llaranya blickte auf die Bergkette, die sich vor ihnen erhob und zunächst unüberwindlich erschien. Doch hier floss der Eten wieder in gemäßigten Bahnen und seine Ufer bildeten bequeme Pfade. »Was auch immer geschehen mag«, sagte sie leise, »hinter diesen Bergen werden wir finden, wonach wir suchen.«

Nedeam nickte und verspürte dieselbe düstere Stimmung, die auch Arkarim erfasst hatte. »Möglicherweise werden wir weit mehr vorfinden, als wir uns erhoffen.«

Der Beritt trabte an.

Es gab kein Zögern, denn sie waren Pferdelords.

12

Zwei Frauen waren tot.

Selbstverständlich gab es Unfälle und Krankheiten, doch die häufigste Todesursache in Julinaar war die Altersschwäche. Hin und wieder kam es zu Streit und Eifersucht, bei denen ein Knochen brach oder ein Zahn verloren ging, aber die Hüterinnen griffen schnell ein, und die Strafen für Gewalt waren hart. Wer sich gegen eine andere Frau verging, wurde öffentlich ausgepeitscht und trug die Narben als ewiges Andenken.

Jetzt waren zwei Frauen gewaltsam zu Tode gekommen, und Helen-Frau ließ es sich nicht nehmen, diesen Fall persönlich zu untersuchen. Der Bedeutung des Ereignisses gemäß, rückte die Kommandantin mit zwei Zehnen der Hüterinnen aus und marschierte zu jenem Dorf, in dem sich die schaurige Tat ereignet hatte.

Die Dorfälteste von Kareliu erwartete sie am Tor der Umzäunung.

»Wir haben alles belassen, wie wir es vorgefunden haben«, beteuerte sie. »Ein schrecklicher Anblick. Wir sahen sofort, dass nicht mehr zu helfen war.« Tränen sikkerten über die Wangen. »Es waren gute Frauen, Hüterin. Sie haben das nicht verdient.«

»Niemand hat so etwas verdient«, erwiderte Helen-Frau. »Doch wir müssen uns nun vergewissern, was den Tod unserer Schwestern verursacht hat.«

»Es muss rasch geschehen«, seufzte die Alte. »Es ist warm und die Körper … Wir müssen sie in Ehren … Du verstehst, Hüterin?«

Helen-Frau lag eine scharfe Erwiderung auf der Zunge, aber sie verstand das Leid der Bewohnerinnen dieses Dorfes. »Wir müssen die Ursache in Erfahrung bringen, Älteste. Solange wir sie nicht kennen, könnten auch andere in Gefahr schweben.«

Die Älteste erblasste. »Meinst du? Ihr Götter Julinaars, du musst dir ansehen, was die Bestie angerichtet hat. Zwei der unseren aus unserer Mitte. Niemand hat etwas gehört oder gesehen, bis wir uns zur Morgenarbeit versammeln wollten.«

Helen-Frau musterte die Umzäunung mit kritischem Blick. »Eigentlich ist sie zu hoch, um von den größeren Räubern übersprungen zu werden. Gibt es Schäden am Zaun?«

»Schäden?« Die Älteste schüttelte den Kopf. »Nein, wir haben danach gesucht, jedoch nichts gefunden. Wir wissen nicht, wie die Bestie eindringen konnte, um die Bluttat zu begehen.«

»Nun, wir Hüterinnen werden es schon herausfinden«, versicherte die Kommandantin. Sie sah eine ihrer Unterführerinnen an. »Selena-Frau, du nimmst deine Zehn und überprüfst den Zaun. Achte auf jede Kleinigkeit. Ihr anderen folgt mir.«

Während sich eine Gruppe aufteilte und den Zaun nach rechts und links zu umrunden begann, marschierte Helen-Frau mit den anderen und der Ältesten in das Dorf hinein. Seit der Ankunft der Hüterinnen hatten sich die Bewohnerinnen von Kareliu vor einem der Häuser versammelt und die Kommandantin vermutete, dass sich die Bluttat in diesem Gebäude ereignet hatte.

Es war sehr selten, dass eines der Raubtiere des Dschungels die Frauen angriff. Die Tiere wussten, dass die Hüterinnen keine Gnade kannten und nicht ruhten, bis sie einen gefährlichen Räuber erlegt hatten. Ein Raubtier musste schon sehr verzweifelt und ausgehungert sein, wenn es sich in die Näher einer menschlichen Siedlung wagte. Selbst dann beschlichen sie eher jene Frauen, die sich außerhalb der Umzäunungen aufhielten und trauten sich nicht in ein Dorf hinein. Hier war jedoch ein Räuber, noch dazu ein wahrhaft mörderisches Wesen, in Kareliu eingedrungen und hatte Blut vergossen. Das war gefährlich, denn ein Tier, welches erst einmal begriffen hatte, wie leicht sich ein Mensch töten ließ, sah ihn auch künftig als Beute an. Helen-Frau war entschlossen, seine Spur aufzunehmen und die Gefahr für immer zu beseitigen. Die Langmesser der Hüterinnen waren frisch geschliffen und die Köcher der Blasrohre gefüllt. Zudem hatte sie erfahrene Kämpferinnen ausgewählt, die sich im Dschungel bewegen konnten und sich nicht so leicht überraschen ließen. Nicht jede Hüterin war für eine solche Aufgabe geeignet.

Die Frauen vor dem Haus wirkten noch immer wie unter Schock, obwohl das Ereignis nun zwei Tage zurücklag. Wahrscheinlich, weil alles im Haus unverändert war und den Dorfbewohnerinnen immer wieder vor Augen führte, was sich darin zugetragen hatte.

»Wir kamen so schnell, wie wir konnten«, sagte Helen-Frau entschuldigend. »Und wir werden die Bestie so rasch wie möglich töten. Die Älteste sagte mir, dass nichts verändert wurde?«

Einige der Bewohnerinnen schüttelten instinktiv die Köpfe. Die Älteste schien ein wenig verärgert, weil die Hüterin ihr Wort in Frage stellte. »Natürlich wurde nichts verändert«, sagte sie unwirsch. »Ich weiß, wie wichtig die Spuren für die Jagd sind.«

»Dann gebt mir den Weg frei.« Helen-Frau gab einer ihrer Begleiterinnen einen Wink. »Du kommst mit mir.«

Sie öffneten die Tür des Hauses, und ein Schwall stickiger Luft schlug ihnen entgegen, der den Geruch von Blut und Verwesung mit sich führte. Das Summen von Insekten wurde hörbar und die Kommandantin seufzte leise. »Es wird kein schöner Anblick, Hüterin.«

»Ich war vor zwei Jahreswenden dabei, als wir die vermisste Kian-Frau im Dschungel fanden«, erwiderte diese. »Ich weiß, was mich erwartet.«

Sie hielten sich die Unterarme vor die Nasen, doch das minderte den Gestank nur wenig. Helen-Frau war direkt hinter der Tür stehen geblieben und sah sich aufmerksam um. Sie ignorierte die entblößte Leiche, die rücklings über dem Tisch lag. Ihr war ohnehin nicht mehr zu helfen, und jede Spur war wichtig. Was war ins Haus eingedrungen? Ein Pelzbeißer konnte es nicht gewesen sein. Seine mächtige Gestalt hätte den Zaun nicht überwinden können, sondern ihn eingerissen.

»Es gab keinen Kampf, Kommandantin«, stellte die Hüterin fest. »Alles steht an seinem Platz und ist unbeschädigt.«

»Ja«, bestätigte Helen-Frau nachdenklich. »Das ist ungewöhnlich. Ein Raubtier springt seine Beute an. Die Schwester muss die Gefahr erkannt und sich gewehrt haben, aber sie hatte keine Chance.«

»Woher willst du das wissen?«

»Dort neben dem Tisch, dort liegt ein Messer.«

»Es ist voller Blut. Das Tier muss verwundet sein.«

»Es ist das Blut des Opfers. Sieh es dir genauer an. Das Blut bedeckt auch den Griff. Es wurde nicht in der Hand gehalten, als es mit Blut besudelt wurde.«

Die Kommandantin runzelte die Stirn. Sie betrachtete die Lage der Toten und die Verletzungen, welche diese zwischen ihren Schenkeln erlitten hatte. »Das missfällt mir«, murmelte sie. »Lass uns nach dem anderen Opfer sehen.«

Sie betrachteten die Leiche in der Schlafkammer und die Kommandantin nickte bedächtig. »Diese starb zuerst.«

»Woher weißt du das?«

»Ein Tier öffnet nicht die Tür, um in ein Haus einzudringen.« Helen-Frau sah die Untergebene mahnend an. »Und niemand bleibt im Bett liegen, wenn nebenan ein Kampf stattfindet. So kurz er auch gewesen sein mag.«

Die gerügte Hüterin errötete. »Ich hätte das bedenken müssen.«

»Du wirst es lernen und eine gute Ermittlerin werden«, tröstete die Kommandantin. »Was hältst du von den Wunden?«

»Das war kein Zweikopf.« Die Hüterin war sich sicher. »Er hätte die Fänge in ihre Kehle gegraben und der Biss dieser Bestie ist unverwechselbar. Hier wurde die Kehle auf andere Weise zerfetzt. Es sieht nach der Pranke eines Pelzbeißers aus. Die tiefen Furchen seiner Krallen sind deutlich zu erkennen.«

»Dem stimme ich zu.« Helen-Frau lächelte sanft. »Doch wie kam das Raubtier ins Haus hinein? Ein kleiner Pelzbeißer hätte sich nicht am Fenster hochziehen können und ein großer hätte nicht hindurchgepasst.« Die Kommandantin trat an die Fensteröffnung. Sie beugte sich hinaus und sah den Fensterrahmen, der an der Hauswand lehnte. »Interessant. Das Fenster ist gar nicht beschädigt. Ich hatte gedacht, die Bewohnerinnen hätten es herausgenommen, um den Klarkristall zu ersetzen.«

»Vielleicht ist es schon die neue Scheibe und sie kamen noch nicht dazu, den Rahmen wieder einzupassen.«

»Die Nacht ohne Fenster verbringen? Hier, wo es von Flugstechern nur so wimmelt?«

Sie hörte einen leisen Ruf und blickte in Richtung des Zaunes. »Was gibt es?«

Auf der anderen Seite der Einfriedung waren einige Frauen dabei, nach Spuren zu suchen, und eine von ihnen stand neben einem Farngebüsch und hielt etwas hoch. Helen-Frau konnte den Gegenstand nicht erkennen. »Was habt ihr gefunden?«

Die betreffende Hüterin trat an den Zaun, sprach kurz mit einer anderen und gab ihr das Fundstück. Diese hastete zum Fenster. »Wir haben dies unter einem Gebüsch gefunden, Kommandantin.«

Helen-Frau starrte schaudernd auf die metallene Kralle. »Die Pranke eines Pelzbeißers, doch aus Metall gefertigt.« Sie nahm den Gegenstand behutsam an sich und betrachtete ihn genauer. »Das Blut der Frauen klebt daran.« Sie stieß einen erbitterten Fluch aus und wandte sich zu ihrer Begleiterin um. »Weißt du, was das zu bedeuten hat?«

Die Hüterin nickte. »Es war kein Pelzbeißer.«

»Nicht einmal ein Tier.« Die Kommandantin warf die Kralle angewidert auf den Boden. »Es war ein Mensch. Und nun werden mir auch die Wunden der Frau im Wohnraum erklärlich. Es war ein Mann. Ein Mann oder mehrere Männer, welche diese Schwestern ermordeten und sich an jener im Wohnraum vergingen.« Sie sah das entsetzte Gesicht der Hüterin. »Die Zeichen zwischen den Schenkeln sind eindeutig, wenn man erst einmal weiß, dass es kein Tier war, welches die grausame Tat beging.«

Die Hüterin war blass geworden. »Ein … Mann?«

»Oder mehrer dieser verwerflichen Kreaturen.« Helen-Frau blickte wieder aus dem Fenster. »Hüterinnen, achtet mir ganz genau auf Fußspuren. Diese Untat wurde von Männern begangen, und ich will wissen, wie viele von ihnen beteiligt waren.«

Die Hüterin, die vor dem Fenster stand, legte unwillkürlich die Hand an den Griff des Langmessers. »Männer?«

»Ja, Männer.« Helen-Frau blickte in die Richtung, in welcher der Eten das Land teilte. »Sie haben die Grenze überschritten und die Gewalt zu uns gebracht. Die Kronenträgerin wird das erfahren. Dann werden die Männer für diese Bluttat zu bezahlen haben. Blut gegen Blut.«

13

Ich bin froh, wenn wir die Schreihälse endlich los sind.« Meriat-Frau wandte den Kopf und sah die Hüterin an, welche die Worte gesprochen hatte. »Es sind Säuglinge. Es ist vollkommen normal, dass sie schreien.«

Die Hüterin kickte einen Erdklumpen von der gepflasterten Straße. »Ist dir schon einmal aufgefallen, dass männliche Säuglinge wesentlich lauter schreien als weibliche?«

»Nein, ist es nicht«, gestand Meriat-Frau ein.

Ihr ging das Geschrei ebenfalls auf die Nerven, wenn auch aus einem anderen Grund. Sie war als Anführerin für die Hüterinnenabteilung verantwortlich, welche die männlichen Säuglinge und deren Trägerinnen zum üblichen Treffpunkt mit den Männern eskortierte, und das klägliche Jammern der Kleinen überdeckte die normalen Geräusche des Dschungels. Meriat-Frau befürchtete, vielleicht jene warnenden Laute zu überhören, die vor einer drohenden Gefahr warnen konnten.

»Wenigstens ist es nicht mehr weit«, nörgelte die Hüterin, die direkt hinter der Anführerin ging.

»Nein, es ist nicht mehr weit.«

Sie hatten den Pfad erreicht, der hier von der Straße abzweigte und ein Stück in den Dschungel hineinführte. Dort gab es eine kleine Quelle und eine Lichtung, die seit den ersten Tagen der Übereinkunft dazu diente, die männlichen Säuglinge in die Obhut der Männer zu übergeben. Da sich nie genau voraussagen ließ, wann der betreffende Tag gekommen war, konnte es gut sein, dass die Männer bereits auf ihren Nachwuchs warteten. Ebenso gut war es möglich, dass sie erst in einigen Tagen eintrafen. Dann würden Hüterinnen und Trägerinnen warten müssen, bis sie das Signal der Männer hörten. Keine der Frauen war von der Aussicht erfreut, die männlichen Nachkommen länger als unbedingt erforderlich beaufsichtigen zu müssen.

»Warum lassen wir die Männer nicht einfach die Bälger in Julinaar abholen?«, fragte die Hüterin. »Dann müssten wir nicht mit ihnen durch den Dschungel laufen.«

»Weil die Übereinkunft es so vorgibt«, brummte Meriat-Frau. »Jene Schwestern, die das Leid der Geburt eines Knaben auf sich nahmen, sollen nicht auch noch den erneuten Anblick anderer Männer erdulden müssen. Schlimm genug, dass sie den Bullen begegneten. Im Übrigen …« Sie sah die Hüterin anzüglich an. » … kann dir ein Fußmarsch durch den Dschungel nicht schaden. Du hast ein wenig angesetzt.«

»Meine Liebste mag mich so, wie ich bin«, meinte die Hüterin errötend.

»Nun, jedwede nach ihrem Geschmack.« Meriat-Frau hob die Hand und die Kolonne hielt.

»Was ist los? Wir sind noch nicht da.«

»Das weiß ich. Ich dachte, ich hätte etwas gehört.«

Die Hüterin lachte. »Hier hört man nur das Kreischen der kleinen Männchen.«

Meriat-Frau seufzte. »Wir müssen aufmerksam sein, Hüterin.«

»Meinst du, die Männer sind schon in der Nähe?«

»Ich meine nicht die Männer, Hüterin.« Die Anführerin schüttelte entsagungsvoll den Kopf. »Denk an die Kommandantin, die vor zwei Tageswenden die Stadt mit einer starken Gruppe verlassen hat. Hast du denn nicht gehört, dass es in Kareliu zwei Tote gab?«

Die Hüterin schürzte die Lippen. »Zwei Tote?«

»Scheinbar ist ein Raubtier ins Dorf gelangt und hat zwei unserer Schwestern getötet. Die Kommandantin ist der Bestie nun hoffentlich auf der Spur und wird sie erlegen. Doch bis wir das wissen, müssen wir davon ausgehen, dass sie noch irgendwo herumschleicht. Du weißt, wie gefährlich ein Raubtier ist, wenn es erst einmal Menschenblut gekostet hat.«

Die Hüterin legte unwillkürlich die Hand fester um ihr Blasrohr und nickte. »Wissen es die anderen?«

»Ich erwähnte es vor unserem Abmarsch.« Meriat-Frau seufzte. »Offensichtlich waren deine Gedanken und Ohren an anderer Stelle. Denk hier draußen nicht an deine Liebschaften, sondern an die Gefahren, die auf uns lauern können. Der Dschungel ist immer gefährlich, auch ohne Männer.«

»Du hast Recht«, stimmte die Gerügte zu. »Ich werde Augen und Ohren weit offen halten.« Sie verzog das Gesicht. »Da bin ich erst recht froh, wenn wir die Schreihälse bald los sind.«

Der Pfad war schmal und an den Seiten dicht von Farnen bewachsen. Einige davon ragten auf ihren kräftigen Stielen mehrere Längen hoch auf und bildeten eine Art Baldachin über dem Weg. Insekten und kleine Tiere huschten umher und verbargen sich rasch, wenn sie den Lärm der Kolonne hörten oder die Schwingungen ihrer Schritte vernahmen.

»Wir sind da«, stellte Meriat-Frau fest.

Der Pfad endete abrupt an der kleinen Lichtung. Sie war dicht mit Gras und Wildblumen bewachsen. Nichts davon war niedergetreten, sodass die Männer wohl noch nicht eingetroffen waren. Neben der kleinen Quelle standen mehrere Hütten, die als Unterkünfte dienten, wenn eine der Gruppen auf die Ankunft der anderen warten musste.

»Sie sind noch nicht da«, sagte die Anführerin und ließ die Kolonne an sich vorüberziehen, bis die Trägerinnen mit den Säuglingen auf ihrer Höhe waren. »Füttert die männlichen San und richtet euch in den Hütten ein. Wir Hüterinnen werden Wache halten.«

Dreiunddreißig männliche Säuglinge.

Meriat-Frau seufzte vernehmlich. Jene Zusammenkunft, aus der diese Knaben hervorgegangen waren, hatte sich nicht als Glück für Julinaar erwiesen. Hoffentlich würden die Geburten der letzten Zusammenkunft dies wieder ausgleichen. Es musste ein Gleichgewicht bewahrt bleiben, zwischen Männern und Frauen.

Die Trägerinnen waren ausgewählte Frauen, die es auf sich genommen hatten, die Säuglinge zu tragen und zu füttern, bis sie in die Obhut der Männer übergeben werden konnten. Einige von ihnen waren Ammen und zwei von ihnen stillten die männlichen Säuglinge.

Die eine bemerkte die verwunderten Blicke anderer Frauen und verzog das Gesicht. »Stellt euch nicht so an. Es sind San, und sie können nichts dafür, dass sie zu Männern heranwachsen werden. Sie haben sich ihr Schicksal nicht ausgesucht.«

Irgendwo an der Straße war ein tremolierender Pfiff zu hören.

Meriat-Frau hob lauschend den Kopf und nickte zufrieden, als sich der Pfiff wiederholte. »Die Männer sind an der Straße. Das ist ihr Zeichen.«

»Ich kenne ihr Zeichen«, meinte eine der anderen Hüterinnen. »Der Pfiff war irgendwie anders.«

»Unsinn«, knurrte die Hüterin, die zuvor mit Meriat-Frau diskutiert hatte. »Es sind die Männer. Wer sollte denn wohl sonst pfeifen? Ein Pelzbeißer oder Schakral?«

Fröhliches Gelächter erklang. Sie alle waren froh, die lästige Pflicht nun beenden zu können.

Meriat-Frau stieß den Antwortpfiff hervor, dann wandte sie sich an die Frauen. »Legt die Säuglinge in die Hütten«, befahl sie. »Und dann lasst uns verschwinden. Ich habe kein Verlangen danach, den Männern zu begegnen.«

Erneut ertönte der Pfiff.

Meriat-Frau stieß einen Fluch aus. »Verdammt, ja, halten die uns für Schwerhörig?«

»Die werden wohl ungeduldig.«

Eine der Hüterinnen spuckte aus. »Die verfluchten Männer sollen sich bloß nicht blicken lassen.«

Innerhalb kürzester Zeit lagen die Säuglinge in den Körbchen der Hütten. Eskorte und Trägerinnen formierten sich und marschierten unter der Führung von Meriat-Frau von der Lichtung.

Die Zeit verging.

Es war still, bis auf die Geräusche, die einige der Säuglinge von sich gaben.

Keiner der Männer erschien, die der Pfiff angekündigt hatte.

Dunkelheit begann sich über die Lichtung zu senken, als die Nacht hereinbrach.

Dann huschten dunkle Schemen über das Gras.

14

Ongors-Mann war untersetzt und breitschultrig. Wo die Kraft seiner Worte nicht ausreichte, seinen Willen durchzusetzen, nutzte er die Kraft seiner Arme. Er galt als streitsüchtig und hatte einige seiner Zähne bei besonders schlagkräftigen Diskussionen eingebüßt. Wer ihn sah, hätte kaum geahnt, wie sanft der grobschlächtige Mann werden konnte, wenn er es mit kleinen Kindern zu tun bekam. Diese Eigenheit machte ihn zur ersten Wahl, wenn es darum ging, einen kampferprobten Krieger damit zu beauftragen, die Säuglinge aus dem Land der Frauen zu holen.

Bei jeder Zusammenkunft gingen fünfzig Auserwählte in die Stadt der Frauen und fünfzig Männer war auch die Gruppe stark, die Ongors-Mann über die Brücke geführt hatte, um die freudige Pflicht zu erfüllen, die neugeborenen Knaben in die Stadt und die Dörfer der Männer zu holen.

Sie waren nun dicht an der Lichtung, an der sie die Kinder in Empfang nehmen würden. Ongors-Mann ließ die Gruppe halten, schob zwei Finger in den Mund und stieß den tremolierenden Pfiff aus, der die Ankunft ankündigte. Die Männer lauschten, doch es ertönte keine Antwort.

»Die verdammten Weiber scheinen noch nicht da zu sein«, knurrte Ongors-Mann.

»Ist doch völlig normal«, brummte einer. »Die halten sich doch nie an die Zeiten. Ich habe noch nie erlebt, dass eine Frau mal pünktlich wäre.«

»Na, du musst es ja wissen«, spottete ein anderer. »Du hattest doch noch nie mit einer zu tun.«

»Na und? Ist doch allgemein bekannt. Man hört ja schließlich, wie die Weiber so sind.«

»Ruhe im Glied.« Ongors-Mann sah die Männer mahnend an. »Wir gehen jetzt zur Lichtung und warten, bis die Frauen mit den Knaben kommen.«

Sie betraten den Pfad und folgten ihm.

Ongors-Mann musterte den Boden und strich sich über das Kinn. »Hier sind eine Menge Spuren, und sie alle sind frisch.«

»Meinst du, die Weiber waren doch schon da?«

»Ich weiß es nicht. Sie warten immer, bis sie unser Signal hören, damit die Säuglinge nicht so lange alleine sind. Es war aber keine Antwort zu hören. Sehr ungewöhnlich, mein Freund, und es gefällt mir nicht.«

Hände legten sich an die Hüften, doch dies war das Land der Frauen und sie hatten ihre Kurzschwerter an der Brücke zurücklassen müssen. Das gefiel keinem von ihnen, denn im Gegensatz zu den Bullen hatten sie keine Eskorte der Hüterinnen. Wenn ihnen ein Raubtier begegnete, waren sie und später auch die männlichen San in großer Gefahr. Daher lag dieser Platz auch in der Nähe der bewachten Brücke.

Die Gruppe marschierte zur Lichtung.

Ongors-Mann ließ halten. »Das Gras ist zertrampelt. Jemand war hier.«

»Es ist nichts zu hören«, sagte einer der anderen. »Es müsste aber etwas zu hören sein, wenn die Frauen schon hier waren. Kleine Kinder sind niemals ganz ruhig. Nicht, wenn sie zu mehreren sind.«

»Ja, das ist, wie wenn wir unsere Lieder singen«, flüsterte einer grinsend. »Einer stimmt sie an und die anderen fallen ein.«

»Maul halten«, befahl Ongors-Mann mit barscher Stimme. »Hier stimmt etwas nicht. Wartet hier. Ich werde mich umsehen und einen Blick in die Hütten werfen.«

Sie folgten ihm mit den Blicken, sahen, wie er in einer der Behausungen verschwand und nach wenigen Augenblicken wieder herauskam. Das Gesicht war leichenblass, und der stämmige Mann sank neben dem Eingang auf die Knie und übergab sich.

Unruhe machte sich breit. Die Männer warfen sich besorgte Blicke zu, dann hasteten sie, wie auf ein geheimes Kommando, zu ihrem Anführer hinüber.

»Geht nicht hinein«, ächzte Ongors-Mann. »Tut euch das nicht an. Nicht das.«

Einige taten es dennoch.

Sie waren tot.

Jeder einzelne von ihnen. Keiner war verschont worden.

»Man hat ihnen die Hälse durchschnitten«, keuchte ein alter Krieger. »Die Hälse durchschnitten. Oh, diese barbarischen und mörderischen Weiber. Unseren Kindern so etwas anzutun. Hilflosen kleinen San.« Der Alte ballte die Fäuste. »Dafür werden sie büßen, diese mörderischen Bestien.«

Einer der Männer sah Ongors-Mann fragend an. »Waren es wirklich die Frauen?«

Der Alte antwortete an Stelle des Anführers. »Ich weiß, wie ihre Langmesser schneiden. Fürwahr, das weiß ich.« Er zerrte sich den Ärmel hoch und zeigte eine lange Narbe an seinem Unterarm. »Da, kannst du es sehen? Das war eines ihrer verfluchten Langmesser. Und damit haben sie auch unsere Kinder …«

Die Stimme versagte dem Alten.

Ongors-Mann sah mit tränenüberströmten Wangen zum Eingang. »Ja, das waren ihre Messer. Ich kenne die Schnitte, die sie hervorrufen.« Er kam taumelnd auf die Beine und stützte sich am Holz der Hüte ab, zog hastig die Hand zurück, als habe er sich daran verbrannt.

»Verbrennt sie«, schrie ein Krieger. »Verbrennt die Hütten und verbrennt die Weiber.«

Ongors-Mann atmete mehrmals tief durch. »Ja, wir werden die Hütten verbrennen. Wir können unsere Kinder nicht den Raubtieren lassen. Und dann marschieren wir heim und berichten dem Kronenträger und den anderen von der Bluttat dieser Bestien. Doch lasst euch nichts anmerken, bis wir an der Brückenwache der Hüterinnen vorbei sind. Aber wenn sie uns aufzuhalten versuchen, dann stürmt voran. Wenigstens einer von uns muss die Kunde von diesem schrecklichen Verbrechen nach Ataraan bringen. Von nun an, ihr Männer von Julinaash, gibt es keine Übereinkunft mehr.«

15

»Ein Grenzwerk. Wahrhaftig ein Grenzwerk.«

Arkarims Erstaunen war verständlich.

Der Beritt war dem Verlauf des Eten zwischen den aufragenden Bergen gefolgt. Die von ewigem Eis und Schnee bedeckten Spitzen erhoben sich schroff und unnahbar rechts und links des Ufers. Der Weg war schmal und Nedeam hatte bereits gefürchtet, er werde doch noch unpassierbar. Kaum hatten sie die Engstelle hinter sich gelassen, wurde das Ufer jedoch wieder breit, und statt der befürchteten Felswand sahen die Männer ein Bauwerk vor sich, welches ohne Zweifel künstlichen Ursprungs war.

»Nun, es ist keine Feste«, schränkte Maratuk ein. »Wohl eher ein Wachtturm.« Der Zwerg reckte sich im Sattel und hätte beinahe den Halt verloren. »Kein Zwergenhandwerk, aber dennoch recht solide gebaut.«

»Und er wurde von Menschen errichtet«, ergänzte Nedeam.

»Wie ich es erwähnte«, brummte Maratuk, »es ist kein Zwergenwerk. Zu grob behauen, und in den Fugen kann man Pilze pflanzen.«

Dieser Meinung hätte sich wohl keiner der anderen angeschlossen.

Der Turm war gute zehn Längen hoch und bestand aus sorgfältig geglätteten und ineinander gefugten Steinquadern. Eigentlich handelte es sich nicht um einen richtigen Turm, denn seine Breite und Höhe waren fast identisch. Ein wehrhafter Klotz, der dennoch nicht klobig wirkte. Die Wände waren angeschrägt und verjüngten sich nach oben hin. Sie bestanden aus einem weißen Stein, der Nedeam an die Bauten im fernen Reich von Alnoa erinnerte. Die Wände zeigten Vertiefungen, sodass der Eindruck entstand, sie bestünden aus zahlreichen Säulen, die man dicht an dicht aufgestellt hatte. In den Vertiefungen waren Ornamente und Figuren zu sehen. Einige von ihnen wiesen noch immer die Reste bunter Farben auf.

»Ich denke nicht, dass es ein wirkliches Grenzwerk war«, meinte Llaranya abschätzend. »Es gibt unten große Öffnungen und zwei breite Türen. Niemand würde so bauen, wenn er befürchten müsste, angegriffen zu werden. Auch die oberen Öffnungen sind viel zu breit, um Schießscharten zu sein. Wenigstens nicht ausschließlich. Man kann sicherlich aus ihnen einen Pfeil lösen, doch das scheint mir nicht der Hauptzweck.«

»Jedenfalls ist das Ding uralt.« Nedeam trieb Duramont näher an den Bau heran. »Es erinnert an die Ruinen der alten Festung, die sich oberhalb der Furten des Eisen befindet. Das war eine Anlage aus der Zeit des Ersten Bundes.«

Maratuk fluchte erbittert, weil er aus dem Sattel steigen wollte und sich in den Zusatzriemen verfing, die ihm Halt geben sollten. Einer der Schwertmänner wollte helfen, doch der alte Zwerg lehnte ab, und schließlich sprang er erleichtert vom Pferd herunter.

Die anderen sahen zu, wie er zu dem Bauwerk schritt und seine Hände prüfend über den Stein gleiten ließ. »Ja, es ist wahrhaftig alt. Zeit des Ersten Bundes? Ja, das mag sein. Und ich gebe dir Recht, Elfenfrau, das hier ist keine Wehranlage.«

»Auf Euer Urteil ist Verlass, guter Herr Zwerg. Euer Volk kennt sich in diesen Dingen aus.«

»Ha, das will ich wohl meinen.« Maratuk kratzte sich im Nacken und zwirbelte dann einen seiner Bartzöpfe. »Dennoch ist mir ein Rätsel, was dieses Bauwerk bedeuten soll.« Er sah sich um und musterte die umgebenden Berge. »Für einen Signalturm ist es ungeeignet. Zudem hätten wir dann andere Bauten dieser Art vorfinden müssen.«

»Die kommen vielleicht noch auf unserem weiteren Weg«, wandte Arkarim ein.

Nedeam schüttelte den Kopf. »Ich kann mir vorstellen, was das ist. Ein Grenzposten, wie er auch zwischen den Marken des Pferdevolkes und unseren Freunden, den Alnoern, errichtet wird. Um die Handelswege zu kontrollieren und den Reisenden eine Möglichkeit zur Rast zu bieten.«

»Hrrrmph.« Maratuk zuckte die Schultern. »Nun, das Pferdevolk reist recht gerne. Es mag sein, dass Ihr euch mit solchen Dingen besser auskennt, Hoher Herr Nedeam.« Er grinste. »Doch würde ich in dem Fall die Handelsstraße vermissen.«

»Seit der Zeit des Ersten Bundes sind viele Jahrtausendwenden vergangen. Vielleicht liegt die Straße nun unter Erde begraben oder der Handel fand über den Fluss statt. Mit Booten.«

»Booten?« Maratuks Augen weiteten sich erschrocken. »Ihr meint diese hölzernen Pferde, die auf dem Wasser reiten?«

»Manche sind sogar aus Metall«, versicherte Nedeam.

»Unsinn, Ihr wollt mich auf den Arm nehmen.« Maratuk drohte dem Ersten Schwertmann mit dem Finger. »Aber darauf falle ich nicht herein. Metall schwimmt nicht. Es geht unter.« Maratuk schauderte. »Auf dem Wasser reisen und handeln? Ich würde mir eine angenehmere Art des Todes wünschen.« Er nickte zu seinen Worten. »Wir Zwerge sind und bleiben solidem Stein verbunden. Er hat festen Grund. Es heißt, Wasser habe keinen Boden.«

»Oh doch, den hat es.« Llaranya lächelte sanft. »Er ist nur sehr weit unten.« Sie sah Maratuk treuherzig an. »Zudem hat mein Volk von Zwergen gehört, welche das Wasser nicht nur befahren, sondern sogar auf ihm leben.«

»Kein vernünftiger Zwerg würde so etwas Unsinniges tun«, stieß Maratuk empört hervor.

»Vielleicht darf ich eure geschätzte Aufmerksamkeit einmal auf das lenken, was vor uns liegt?« Arkarim lächelte amüsiert.

»Ich habe das Bauwerk schon begutachtet«, brummte Maratuk. »Und ich bin nicht sonderlich beeindruckt.«

»Mich würde interessieren, wer es errichtet hat.« Nedeam überlegte. »Wir sind nun fern von Rushaan, und dieser Turm gleicht auch nichts, was ich dort an Bauwerken gesehen habe.«

»Wenn ihn das Volk dieser Mörder errichtet hat, dann scheinen es keine Barbaren zu sein«, meinte ein Schwertmann unbehaglich. »Dann verstehen sie sich hervorragend auf die Bearbeitung von Stein und Metall und sind sicher ein wehrhaftes Volk.«

»Ihr übertreibt, guter Herr«, beschwichtigte Maratuk. »Ich kann Euch versichern, an diesem Bauwerk ist nichts Beeindruckendes. Abgesehen vielleicht von der Tatsache, dass es überhaupt hier errichtet wurde.«

»Es wurde jedenfalls aus einem guten Grund an dieser Stelle erbaut.« Nedeam betrachtete die umliegenden Berge. »Niemand errichtet einen solchen Turm grundlos mitten in die Berge. Hier führte einst ein Weg entlang, der so oft benutzt wurde, dass es sich lohnte, dies hier zu erbauen. Der Weg mag nun verfallen sein, doch er lief sicher am Ufer des Eten entlang. Mir scheint, es ist nicht mehr weit in das Reich jener, die in die Öde kamen und die Zwerge erschlugen.«

Der alte Zwerg lächelte düster. »Worauf warten wir dann noch?«

Er versuchte, sich wieder in den Sattel zu ziehen, und diesmal nahm er die Hilfe des Schwertmanns dankbar an. Sorgfältig zog er die Riemen fest, die ihm zusätzlichen Halt gaben, und sah dann die anderen auffordernd an.

Nedeam behielt Recht.

Sie folgten einer Biegung des Eten, und die Veränderung traf sie wie ein körperlicher Hieb.

Zuerst hörten sie ein leises Rauschen, welches allmählich lauter wurde und zu einem tosenden Brausen anschwoll.

»Ein Wassersturz«, rief Arkarim. »Der Eten muss sich über eine Felskante ergießen. Jetzt heißt es, Vorsicht walten zu lassen.«

Sie ritten im Schritt am Ufer entlang und bald sahen sie die sprühende Gischt, wo der Eten in die Tiefe stürzte.

»Ich hoffe, wir finden einen Weg, der hinunterführt.« Nedeam trieb sein Pferd an und Llaranya und Arkarim folgten rasch.

Noch bevor sie die Kante des Wasserfalls erreichten, bemerkten sie die gravierende Veränderung der Landschaft. Seit vielen Tagen hatten sie sich zwischen Bergen hindurchbewegt, getreulich dem Verlauf des Flusses Eten folgend. Nun, mit einem Schlag, weiteten sich die Berge, schoben sich förmlich auseinander und öffneten den Blick auf eine riesige Ebene unter ihnen.

»Bei den Finsteren Abgründen«, ächzte Nedeam benommen. »Was für ein magisches Werk ist das?«

»Es ist nicht möglich.« Arkarim reckte sich unbehaglich im Sattel. »Es muss eine Täuschung sein. Dergleichen kann es nicht geben. Nicht hier, inmitten des Eislandes.«

»Aber es ist da.« Llaranya ritt an Nedeams Seite. »Daher der Dunst, den ich gelegentlich über den Bergen sah. Ein warmes Land, inmitten von Eis und Schnee.«

Die Ebene war riesig und von hoch aufragenden Bergen umgeben. Der Norden blieb den Blicken verborgen, doch was sich vor den Augen der überraschten Pferdelords ausbreitete, kam einem Wunder gleich.

»Seht ihr den Nebel, der an einigen Stellen aufsteigt? Seht ihr, wie dicht er dort ist?« Die Elfin reckte sich im Sattel. »Heiße Quellen. In diesem Land muss es viele heiße Quellen geben. Sie heizen den Boden und das Land auf und sorgen für Wärme. Und die Berge sorgen dafür, dass sie nicht zu rasch entweichen kann.«

Üppiges grünes Land breitete sich vor ihnen aus. Dichte Wälder mit fremd anmutenden Bäumen, unterbrochen von größeren und kleineren Lichtungen. Einem silbrigen Band gleich, teilte der Eten das Land in zwei nahezu gleich große Hälften. Vom Standort des Beritts aus war das gut zu erkennen. »Dort!«, rief Arkarim aufgeregt. »Und dort ebenfalls. Das müssen Städte sein.«

Nedeam nickte. »Ja, das sind Städte. Ich kann die einzelnen Gebäude von hier nicht erkennen, aber es sieht wahrhaftig nach zwei großen Städten aus. Weit größer als die Stadt Eternas unserer Hochmark und weit größer auch, als unsere Königsstadt Enderonas.«

»Denkt an das Bauwerk, welches hinter uns liegt«, mahnte Llaranya. »Es war sehr alt. Vielleicht sind auch diese Städte sehr alt und längst verfallen.«

»Vielleicht sind die Städte verfallen«, knurrte Maratuk. »Aber es gibt Leben in ihnen. Unheilvolles und mörderisches Leben, Elfenfrau, denn von hier müssen die Mörder gekommen sein.«

»Der gute Zwerg hat Recht«, stimmte Arkarim zu. »Sie müssen von hier gekommen sein.«

»Schön, dann suchen wir uns einen Weg und statten ihnen einen Besuch ab«, sagte Nedeam.

»Schneller Ritt …«, murmelte Arkarim. Er war sich kaum bewusst, die Schlachtlosung der Pferdelords gegeben zu haben.

Nedeam sah den Freund an und nickte bedächtig. »… und scharfer Tod«, vervollständigte er die Losung. »Doch nur, wenn es erforderlich ist. Ich will in Erfahrung bringen, warum sie das taten, und keine blinde Rache nehmen.«

Maratuk sah ihn empört an. »Das Blut braver Schürfer und Axtschläger wurde vergossen, Herr Pferdereiter!«

»Glaubt mir, Freund Maratuk, das habe ich nicht vergessen.« Nedeam sah den alten Zwerg ernst an. »Doch bevor ich meine Klinge in Blut tauche, will ich wissen, warum ich das tun muss.«

Maratuk stieß ein leises Grollen aus. »Schön, fragen wir sie, warum sie Zwergenblut vergossen haben. Danach ist Zeit genug, das ihre zu vergießen.«

16

Ataraan.

Die Stadt hatte stets im Schatten der mächtigen Königsstadt Julinaar gestanden. Dort hatte der König seinen Palast gehabt, dorthin waren die Handelswaren aus Rushaan geflossen. Für Ataraan war geblieben, was die Königsstadt übrig gelassen hatte. Während in Julinaar feingeistige Werke und das Kunsthandwerk floriert hatten, waren es in der zweiten Stadt des Reiches das Hämmern der Schmieden, das Kreischen der Sägen und der Gestank der Fischereibetriebe gewesen, welche das Bild von Ataraan prägten. Auch wenn die Bewohner Ataraans zum stolzen Volk der Julinaash gehörten, so standen sie doch irgendwie hinter jenen Julinaars zurück. Die einen stolz auf Kunst und Geschmeide, die anderen darauf, mit ihrer Hände Arbeit die Grundlage des Lebens zu bilden. Sie alle waren Julinaash, und doch waren sie einander auf seltsame Weise fremd geworden. König und Reich hatten sie vereint, aber beides war vergangen.

Die Arbeiterstadt Ataraan lag direkt am linken Ufer des Eten. Dort erhoben sich die kleinen Werften der Bootsbauer, die Anlegestellen der Fischer und die zwei lang gestreckten Hallen jener, welche die Fische ausgenommen und gesalzen hatten, bevor sie an den langen Gestellen im Rauch von Feuern getrocknet worden waren. In einem unregelmäßigen Halbkreis zog sich die Mauer um die Gebäude der Stadt. Von Norden nach Westen und im Süden zurück an das Ufer. Sie war robust gebaut und am Stadttor im Süden standen die steinernen Figuren des einstigen

Königspaares. Jene der Königin war zum Zeichen der Schande geschwärzt worden. Auch in Ataraan gab es prachtvolle Häuser wohlhabender Julinaash und ein kleines Theater, auch hier gab es die Vielfalt der Bauten, in denen die Bewohner der Stadt gelebt hatten.

Die äußere Mauer wurde sorgfältig instand gehalten. Die Männer ließen es nicht zu, dass sich der Dschungel zurükkeroberte, was ihm die Julinaash abgerungen hatten. Es war eine trotzige Haltung, die dem Stolz der Bewohner Ataraans entsprang, denn die Stadt war nur noch ein Schatten ihrer selbst.

Ganze Bereiche waren verwaist und ihre Gebäude verfielen. Einige waren bereits in sich zusammengestürzt und ihre Trümmer versperrten die schmutzigen Straßen. Die meisten der Schmieden waren verstummt, und dies galt auch für die Sägen der Schreinereien. Im Hafen waren nur noch zwei der Anlegestellen in Betrieb und eine der Hallen, in denen man den Fisch verarbeitete, wurde seit unendlichen Jahren repariert, eingerissen und neu errichtet.

Seit den Kriegen des Ersten Bundes und dem Niedergang der menschlichen Reiche hatte es keine wirkliche Entwicklung mehr gegeben. Man erhielt, was geblieben war, doch man fügte nichts Neues hinzu. Als wolle man sich den Schmerz der Erinnerung an die einstige Größe bewahren.

An diesem Tag lag ein anderer Schatten über Ataraan.

Eine düstere Finsternis, die sich aus der Mischung von Trauer und Wut zusammenfügte.

Männer rotteten sich ohne Aufforderung zusammen, bildeten immer größere Gruppen vor der Ratshalle des Kronenträgers.

»San, San, San!«, schallten ihre Sprechchöre.

Innerhalb der Mauern der Ratshalle waren die Stimmen gedämpft, jedoch gut zu hören. Schweigen lag über dem

Raum, der einen quadratischen Grundriss hatte. An der Stirnseite standen zwei steinerne Stühle auf einem Podest, die an die Throne von König und Königin erinnerten. Jener der Königin war in dumpfem Schwarz bemalt und hob sich vom schimmernden Weiß des anderen ab. Entlang der Seitenwände standen jeweils sieben gepolsterte Bänke, die den Vertretern der Stände und Dörfer zugedacht waren. Nur wenige waren besetzt, denn die Julinaash waren ein kleines Volk geworden.

An der Stirnseite, zwischen den Säulen, welche das Dach abstützten, standen jene Männer, die sich besondere Verdienste um die Gemeinschaft erworben hatten. Ihre Stimmen zählten nicht im Rat, doch sie hatten die Ehre, ihre Meinung kundtun zu dürfen.

»San, San, San!«, drang es herein.

San, die Bezeichnung für jene kleinen Wesen, die zu Mann oder Frau heranwachsen würden. Jeder trug die Bezeichnung »San« in seinem Namen, bis er in den Kreis der Erwachsenen aufgenommen wurde.

Auch Jular-Gerot-Mann war einst Gerot-san-Mann genannt worden. Nun war er schon lange erwachsen und sein Haar, durch das Leben vieler Jahre, von weißen Strähnen durchzogen. Er trug eine gezackte Halbkrone mit einem schmalen goldenen Stirnreif, das Zeichen seiner Würde. Er war der Kronenmann. Er erinnerte an den lange vergangenen König des Reiches und an den Ruhm der früheren Tage.

Im Augenblick saß Jular-Gerot-Mann leicht vorgeneigt auf dem symbolischen Thron und hatte das Kinn auf seine Hände aufgestützt. Er schien in Gedanken versunken, während die fünf Ratsmitglieder ihn und Ongors-Mann beobachteten und der leisen Stimme des alten Kriegers lauschten.

Als Ongors-Mann seinen Bericht beendete, den ein jeder sicherlich schon mehrfach gehört hatte, senkte sich erneutes Schweigen über den Rat.

»San, San, San«, klang es vor dem Tor der Halle.

»San, San, San.« Ratsmitglied Herdur-Mann sprang von seinem Polster auf und trat neben Ongors-Mann. »Die Übereinkunft wurde gebrochen, Kronenträger! Die Gemeinschaft von Sespiru stimmt für den Krieg gegen die mörderischen Frauen! Sie müssen bestraft werden für das, was sie den wehrlosen Kindern antaten.«

Zustimmendes Gemurmel erklang, und die Blicke richteten sich fragend auf Jular-Gerot-Mann.

Er schwieg lange und niemand wagte es, seine Gedanken zu stören. Selbst Herdur-Mann nicht, der die Arme in die Seiten gestemmt hatte und unruhig auf den Fersen wippte. Schließlich richtete sich der greise Führer der Männer halb auf und legte seine Hände auf die Armstützen des Throns.

»Warum hätten sie das tun sollen?«, fragte er mit leiser Stimme. »Die Übereinkunft dient ihnen ebenso wie uns. Ohne die Übereinkunft gibt es kein Leben in Julinaash.«

»Weiber sind voller Arglist und Tücke«, giftete Herdur-Mann. »Ich kenne sie und weiß, wie sie sind.« Er sah die Ratsmitglieder der Reihe nach an. »Ich war mehrmals mit den Bullen in ihrer Stadt und habe ihre Blicke gesehen. Ich konnte erkennen, wie gerne die Hüterinnen ihre Langmesser in uns hineinstecken würden. Und mancher Bulle kehrte nicht aus der Stadt der Frauen zurück.«

»Das ist wahr. Sie töten Männer«, rief ein Ratsmitglied.

Der Kronenträger hob beschwichtigend die Hand. »So wie wir Frauen töten, wenn sie unsere Grenze überschreiten.«

»Das ist etwas anderes«, brummte einer.

Der Kronenträger sah den Mann mit müden Augen an. »Im Tode sind alle Menschenwesen gleich.«

»Sie haben unsere San ermordet.« Das Ratsmitglied der Fischer machte eine ausholende Geste. »Unsere Zukunft wurde ausgelöscht. Langmesser schnitten durch die Hälse unserer Knaben. Unser Blut wurde vergossen und schreit nach dem Blut der Frauen.«

»Genug.« Die Stimme des Kronenträgers war leise, doch sofort senkte sich erneut Schweigen über den Raum.

»San, San, San«, tobte die Menge.

»In jenen Tagen, in denen das Königreich verging, herrschte Krieg zwischen den Männern und den Frauen«, sagte der Kronenträger leise. »Ein verhängnisvoller Krieg, der alles Leben in Julinaash zu beenden drohte. Bis weise Männer und Frauen sich zusammensetzten und die Übereinkunft trafen.« Er hob den Blick und musterte den Rat. »Eine Übereinkunft zum Wohle aller. Ja, ihr Ratsherren, Frauen mögen verschlagene und unehrenhafte Wesen sein, doch sie sind keine dummen Wesen. Sie wissen genau, welche Bedeutung die San für uns oder auch für sie haben.«

»Ohne San haben wir keine Zukunft!«, rief Herdur-Mann erregt.

»Ohne San haben auch die Frauen keine Zukunft.« Diesmal erhob der Kronenträger seine Stimme. Er machte eine müde Geste und seufzte leise. »Die Frauen wissen, was der Tod der San für uns bedeutet. Sie wissen, wie wir darauf reagieren könnten. Ich kann mir nicht vorstellen, dass die Frauen das riskieren. Sie brauchen Bullen, damit sie San gebären können.«

»Dennoch haben sie unsere Säuglinge geschlachtet!«, schrie Herdur-Mann. Er legte seine Hand auf die Schulter von Ongors-Mann, der neben ihm stand. »Dieser brave alte

Krieger hat es gesehen. Er kann Zeugnis ablegen für die Mordlust der Weiber!«

»Kann er das?«

Sebor-Mann, Vertreter der Schmiede im Rat, erhob sich nun ebenfalls.

Köpfe wandten sich ihm zu.

»Wie meinst du das?« Herdur-Mann sah ihn wütend an. »Zweifelst du an seinem Wort? Es gibt fünfzig Männer, die es gesehen haben.«

»Ich zweifle nicht an dem, was die Männer vorgefunden haben«, beschwichtigte Sebor-Mann.

»Dann wäre das ja geklärt«, knurrte Herdur-Mann.

»Keineswegs.« Sebor-Mann blickte den Kronenträger an. »Wir fanden unsere San ermordet, daran gibt es keinen Zweifel. Aber ich kann mir nicht vorstellen, dass diese Bluttat von den Frauen begangen wurde. Wie der Kronenträger schon sagte, sie sind keine dummen Wesen.«

Herdur-Mann atmete mehrmals tief durch. »Ah, ich verstehe. Sie haben sich die Hälse selber durchgeschnitten, nicht wahr?«

»Unsinn«, stieß Sebor-Mann hervor.

Der narbige Kämpfer nickte. »Ja, Unsinn. Und es war auch kein Raubtier, Ongors-Mann kann das bestätigen.«

Der Krieger nickte. »Glatte Schnitte. Durch alle Hälse.« Tränen liefen über seine Wangen. »Das war die Tat von Langmessern. Hier, ich kann es euch zeigen.« Er schob den Ärmel hoch und zeigte seine Narbe.

»Bedecke dich wieder«, sagte der Kronenträger leise. »Ich weiß selbst, was für Wunden diese Waffen hervorrufen.«

»Ich fordere Rache für diese feige Bluttat«, schrie Herdur-Mann. »Ich fordere Rache für unsere hingemordeten San. Ich fordere …«

»Schweig!« Der Kronenträger richtete sich auf und man sah, wie gebeugt seine Gestalt vom Alter war. »Du bist ein Mitglied des Rates und wirst dich seinem Willen beugen. Du wirst das Gesetz befolgen, Ratsmitglied Herdur-Mann. Du magst deine Stimme zum Wohle der Gemeinschaft erheben, aber du wirst nicht fordern!«

Der gerügte Herdur-Mann starrte grimmig in die Augen des Greises. Man konnte sehen, wie er mit sich rang, doch an der Autorität des Kronenträgers konnte und durfte es keinen Zweifel geben. Schließlich nickte er mühsam. »Es ist die Bluttat, die nach Rache ruft«, lenkte er ein. »Sie darf nicht ungesühnt bleiben.«

»Dem stimme ich zu«, bekannte ein Ratsmitglied und andere fielen in die Zustimmung ein.

»Ich weiß, wie wenig ihr von den Frauen haltet«, ertönte Sebor-Manns leise Stimme. »Doch sie sind keine blutgierigen Bestien. Sie empfinden ebenso, wie wir das tun.«

»Sicher«, spottete einer. »Die durchschnittenen Hälse sind der Beweis dafür.«

Herdur-Mann sah Sebor-Mann mit böse funkelnden Augen an. »Du warst schon mehrmals als Bulle bei den Frauen. Ich hörte, du besteigst stets dasselbe Weib.«

Sebor-Mann errötete ein wenig. »Ja, das tue ich. Was ist dagegen zu sagen? Ich erfülle meine Pflicht, wie es die Übereinkunft verlangt.«

»Immer mit demselben Weib? Bist du ihr gar verfallen?«

»Hört auf.« Der Kronenträger lehnte sich zurück. »Einst gab es mehr zwischen Männern und Frauen, als Misstrauen und Hass. Aufrechte Gefühle, wie es sie nur unter Männern geben kann. Erinnert euch, dass wir Männer sind. Die grausame Tat darf keine Zwietracht unter uns bringen.«

Sebor-Mann war über die Zustimmung des Kronenträgers erleichtert. »Es gibt starke Männer und es gibt schwache Männer. Es gibt Männer, denen das Schwert locker in der Scheide sitzt und solche, denen es nicht leicht fällt, es zu ziehen.«

Herdur-Mann legte den Kopf schief. »Was willst du sagen, Frauenliebchen?«

Sebor-Mann ignorierte die Beleidigung. »Auch bei den Frauen gibt es unterschiedliche Wesen. Ja, einige von ihnen hassen uns von ganzem Herzen.«

»Die verfluchten Hüterinnen«, warf ein Ratsmitglied ein.

»Ja, es war heimtückischer Mord an unseren San«, rief Sebor-Mann. »Niemand kann daran zweifeln. Doch ich glaube, dass es die Tat einzelner Frauen war. Frauen, die sich gegen die Übereinkunft verschworen und das Wort ihrer Kronenträgerin brachen.«

Herdur-Manns Blick wurde lauernd. »Hüterinnen, nicht wahr? Frauen mit langen Messern.«

»So wird es gewesen sein«, stimmte Sebor-Mann zu.

Herdur-Mann lachte triumphierend und breitete in einer theatralischen Pose die Arme aus. »Da hört ihr es, ihr Herren des Rates. Hüterinnen.« Er lachte kalt. »Wir alle kennen die Hüterinnen. Sie sind stets bereit, einen Mann zu schneiden. Aber«, er hob mahnend die Hände, »aber sie sind der Kronenträgerin treu ergeben. Niemals, und ich sage es nochmals, niemals würden sie gegen das Gebot ihrer Herrin verstoßen. Die Mörderinnen handelten auf das Geheiß ihrer Kronenträgerin!«

»Krieg!« Ein Ratsmitglied sprang erregt auf. »Entsendet unsere Kämpfer und schlachtet diese mörderische Bande.«

»Nein!«, rief Sebor-Mann und breitete ebenfalls die Arme aus. »Wenn wir die Frauen töten, berauben wir uns unserer Zukunft!«

»Das haben die Frauen bereits getan, indem sie unsere Knaben schlachteten«, brüllte Herdur-Mann. »Ich sage, wir ziehen unsere Schwerter und vergelten Blut mit Blut!«

Der Kronenträger erhob sich, und bei diesem Anblick verstummten alle. »Es ist sehr leicht, Blut zu vergießen«, sagte der Greis. »Ein Krieg gegen die Frauen wäre verhängnisvoll, denn er würde das Blut von Männern und Frauen fordern. Es gäbe keine Übereinkunft mehr und auch keine San. Nein, ihr Herren des Rates, es kann nicht unsere Absicht sein, die Zukunft Ataraans unter einer Woge von Blut zu ertränken.«

»Sollen wir es hinnehmen?« Herdur-Manns Stimme überschlug sich fast.

Der Kronenträger schlug mit der Hand auf die Armlehne des Throns. »Wir werden es nicht hinnehmen«, donnerte er mit überraschend kraftvoller Stimme. »Aber wir werden auch nicht in blinde Raserei verfallen.«

»Ah, und was werden wir also tun?« Herdur-Manns Stimme troff vor Hohn. »Ein paar Bullen zu den Weibern schicken und sie freundlichst bitten, dass wir ein paar neue San zwischen ihre Schenkel legen?«

»Nur einen Bullen!« Der Kronenträger schlug erneut auf die Armlehne. »Sebor-Mann ist ein Mann von Mäßigung. Er wird in die Stadt Julinaar gehen und im Namen des Rates mit der Kronenträgerin sprechen. Ich glaube nicht, dass sie diese feige Bluttat gutheißt.«

»Er soll sein Schwert mitnehmen und es ihr ins Herz rammen!«, brüllte Herdur-Mann. »Das ist die Sprache, welche die Weiber verstehen!«

»Du bist verblendet von Hass«, rief Sebor-Mann.

»Und du verblendet von den Schenkeln eines Weibes«, giftete der narbige Kämpfer. »Ihr kennt die Hinterlist der Weiber. Die Kronenträgerin wird die Tat leugnen.«

»Ohne Übereinkunft wird Julinaash sterben, wird unser Land vergehen«, sagte der Kronenträger eindringlich.

»Dem stimme ich zu«, murmelte ein Ratsmitglied. »Ohne San kann kein Geschlecht überleben.« Er deutete auf Sebor-Mann. »Ich bin dafür, ihn zu entsenden.«

Andere nickten zustimmend.

Herdur-Mann musterte die Anwesenden mit finsteren Blicken.

»Ihr werdet es bereuen«, prophezeite er düster. »Ihr werdet erst erwachen, wenn die Langmesser der Frauen durch eure Hälse schneiden. Ich werde jedoch nicht warten, bis das geschieht.«

Herdur-Mann wandte sich wütend ab und schritt zur Tür.

»Was hast du vor?«, rief ihm ein besorgtes Ratsmitglied nach.

»Schickt ihr nur euren Boten«, kam die Erwiderung. »Ich hingegen schicke ihnen eine Botschaft.«

Die Tür fiel dröhnend zu.

Sebor-Mann starrte besorgt auf das geschlossene Portal. »Er wird Unfrieden stiften.«

»Wir sollten ihn zurückholen«, meinte eines der Ratsmitglieder.

Der Kronenträger seufzte schwer. »Ich vermag nicht zu sagen, ob unser Weg der Richtige ist oder der von Herdur-Mann. Ich vermag nur zu sagen, dass er vom Hass auf die Frauen zerfressen wird, und nach der begangenen Bluttat kann ich ihn gut verstehen. Dennoch bleibt es Tatsache, dass es die Übereinkunft ist, die unser aller Leben erhält. Darum muss Sebor-Mann noch heute nach Julinaar aufbrechen, um mit der Kronenträgerin zu sprechen. Herdur-Mann wird nicht mehr auf den Rat hören. Ihr kennt sein heißes Blut.« Jular-Gerot-Mann sah Ongors-Mann an, der inmitten des Raumes stand und seltsam verloren wirkte.

»Du, Ongors-Mann, bist ein Krieger, ebenso wie Herdur-Mann. Und wir alle wissen, wie sehr du Kinder liebst. Wenn ein neuer Krieg zwischen den Geschlechtern entbrennt, dann wird es wohl nie wieder Kinder geben. Siehst du das ebenso?«

Der alte Kämpfer nickte benommen.

Erneut war ein Seufzen des Kronenträgers zu hören. »So entsende ich dich in das Dorf Sespiru zu Herdur-Mann. Rede mit ihm und beschwichtige ihn. Er darf das Schwert nicht ziehen. Nicht, solange wir noch eine Wahl zwischen dem Leben und dem Tod haben.«

Die Ratsmitglieder nickten.

Der Kronenträger hatte Recht.

Ein erneuter Krieg zwischen Männern und Frauen würde Julinaash mit Blut überziehen und das Land endgültig in den Untergang treiben.

»San, San, San«, drang es vom Vorplatz herein.

17

Der Wechsel von der eisigen Kälte zur drückenden Schwüle war ein Schock für die Pferdelords. Sie hatten sich auf Eis und Schnee vorbereitet und nicht damit gerechnet, auf sommerliche Bedingungen zu treffen. Llaranya hatte einen bequemen Pfad gefunden, der von der Höhe des Wasserfalls hinab in die Ebene führte, und schon nach den ersten Hundertlängen ließ Arkarim den Beritt halten.

»Absteigen, Männer der Hochmark.« Schweiß sickerte unter dem gefütterten Helm des Scharführers hervor, dem es nicht besser erging, als seinen Männern. »Männer und Pferde leiden unter der Hitze. Wir müssen ablegen, was uns vor der Kälte bewahren sollte.«

Nedeam nannte sich insgeheim einen Narren, denn er hätte das bedenken sollen. Er nickte Arkarim zu. »Für den Rückweg werden wir die Sachen wieder benötigen. Wir müssen ein geeignetes Versteck finden, wo wir sie verbergen können.«

Vor vielen Jahren hatte Nedeam gegen die Clans der Sandbarbaren gekämpft und die Hitze und Kälte der Wüste erlebt. Doch er wusste, dass es hier anders war. Anstelle der trockenen Wüste würden sie unter der feuchten Schwüle eines dichtbewachsenen Landes zu leiden haben. »Arkarim, lass die Männer auch die Harnische ablegen. Und wir werden sehr viel Wasser brauchen. Für die Pferde und für uns.«

»Die Harnische ablegen?« Arkarim löste gerade die gefütterten Beinlinge von der ledernen Reithose und rollte sie zusammen. »Sie sind hilfreich gegen Klingen und Pfeilspitzen.«

»Wir können sie neben dem Schild am Sattel befestigen. Glaube mir, mein Freund, die Männer würden uns verfluchen, wenn sie den metallenen Panzer in diesem Land tragen müssten.«

Die Überwürfe der Pferde und die Beinschoner wurden abgenommen, und die Männer zogen sogar die Innenfutter aus den mit blauen Rosshaarschweifen geschmückten Helmen. Nur die rotbraunen Wämse blieben unverändert, denn das wärmende Futter war fest vernäht und konnte nicht entfernt werden. Einer der Schwertmänner fand eine Höhlung zwischen den Felsen, in denen man die Sachen verbergen konnte. Nachdem alles verstaut war, wurden Steine darüber geschichtet, bis nichts mehr zu sehen war.

Llaranya und Nedeam übernahmen die Spitze, als sich der Beritt wieder in Bewegung setzte. Der Erste Schwertmann der Hochmark hoffte, seine unkontrolliert auftretende Fähigkeit, eine Gefahr im Voraus zu erkennen, könne sich bewähren, und seine Elfin hatte die Augen und Instinkte des elfischen Volkes.

»Ich werde froh sein, wenn wir diesen Pfad verlassen«, sagte er unbehaglich. »So wie wir von hier einen guten Überblick auf das Land haben, so werden seine Bewohner auch uns gut sehen können. Hier sind wir leichter zu entdecken als am Grund dieser Ebene.«

»Dieser Weg ist früher oft benutzt worden.« Sie deutete auf den Boden. »Er ist mit Steinen gepflastert und befestigt, auch wenn vieles davon kaum noch zu erkennen ist. Es muss lange her sein, dass man ihn pflegte.«

»Wenigstens ist er passierbar. Einen steilen Pfad mit Steinen zu pflastern ist ungewöhnlich. Wenn es im Winter friert und Schnee ihn bedeckt, ist sein Boden so glatt, dass man ihn nicht nutzen kann. Bei jenen Pässen, die ich kenne, werden nur die Seiten befestigt.«

»Ich vermute, dass es in diesem Land keinen wirklichen Winter gibt. Die heißen Quellen werden das verhindern.«

»Ja, das mag sein, meine Geliebte.«

Für einen flüchtigen Augenblick beugten sie sich zueinander und küssten sich. Hinter ihnen war der freundliche Spott einiger Schwertmänner zu hören, und Nedeam wandte sich halb um und grinste ihnen fröhlich zu. So waren sie, die Männer seiner Hochmark. Obwohl ihnen selbst die Ehe verwehrt war, gönnten sie ihm und Llaranya ihr Glück von ganzem Herzen. Wahrhaftig, er empfand es an der Zeit, mit der Tradition des Bindungsverbotes zu brechen. Diesen Männern das Glück eines Weibes zu verbieten, das war nicht Recht. Auch wenn mancher dieser Kämpfer sicher heimlich diesem Vergnügen nachging. Nedeam blinzelte Arkarim vergnügt zu. So wie sein Freund, der Scharführer. Der Erste Schwertmann seufzte leise und wandte seine Aufmerksamkeit wieder dem Pfad und der Umgebung zu.

»Ob man uns beobachtet?«

Nedeam zuckte die Schultern. »Ich hoffe, man tut es nicht und wir bleiben noch eine Weile unentdeckt, bis wir uns einen ersten Eindruck von diesem Land verschafft haben.«

»Dieses Blitzen und Blinken zwischen den Bäumen macht mich nervös«, gestand sie ein.

Nedeam wischte sich über die Stirn, auf welcher der Schweiß perlte. »Siehst du das, meine Geliebte? Schweiß. Er besteht aus Wasser.«

»Ich denke, Nedeam, damit wirst du einer Elfin keine überraschende Neuigkeit vermitteln.«

Er lachte. »Kannst du das Blitzen sehen, welches von der Oberfläche des Eten ausgeht? Wenn sich die Blätter eines

Baumes mit Wasser bedecken und im Wind drehen, können sie ebenso schimmern, als verberge sich dort ein Mann in metallener Rüstung.« Nedeam deutete vor sich. »Dort wo das Land von Dunst bedeckt ist und sich die heißen Quellen befinden müssen, dort sieht man dieses Blitzen nicht.«

»Dennoch könnten es Bewaffnete sein, die nach uns spähen.«

»Ja, das könnte sein«, räumte er ein. »Ein Grund mehr, diesen Pfad möglichst rasch hinter uns zu bringen. Hier sind wir zusammengedrängt und können uns nicht frei bewegen, wenn wir angegriffen werden. Aber wir werden bald unten angekommen sein.«

Alle waren erleichtert, als sich die Spitzen der Bäume endlich über die Köpfe der Reiter erhoben. Nur Maratuk wirkte auffällig bedrückt. Er sah Arkarim entschuldigend an und zog an einem seiner Zöpfe. »Es ist all dieses Grünzeug, Herr Pferdereiter. Ich bin dergleichen nicht gewohnt. Es ist nass, es stinkt, und es scheint undurchdringlich.«

»Verzagt nicht, guter Herr Zwerg.« Arkarim lächelte verständnisvoll. »Ihr Zwerge arbeitet euch durch den härtesten Fels, da kann euch ein Wald nicht aufhalten und sei er noch so dicht gewachsen.«

Maratuk nickte zögernd. »Ihr habt Recht, Pferdereiter Arkarim. Es gibt nur sehr wenig, was einen Zwerg aufhalten kann, und an der Mauer aus Grün werden wir nicht scheitern.«

Der Pfad endete am Saum eines riesigen Waldes. Es gab Bäume, die den Pferdelords aus ihren Marken bekannt waren, jedoch auch solche, deren Wuchs fremdartig anmutete.

Llaranya, deren elfisches Haus des Urbaums inmitten eines Waldes lag, sprang förmlich aus dem Sattel und ging mit leuchtenden Augen zu den riesigen Pflanzen hinüber.

»Sie gleichen den Farnen meiner Heimat«, rief sie fröhlich. »Seht euch diese feingliedrigen Wedel an. Das saftige Grün. Sie sind nur ungleich größer. Ich habe Nadel, Blatt und Farn noch nie so üppig wuchern sehen. Es muss ein sehr fruchtbares Land sein.«

»Das konnten wir von der Höhe des Wassersturzes aus sehen«, meinte einer der Schwertmänner. »Dieses Land ist mit dem Grün der Bäume bedeckt.«

»Ja«, brummte ein anderer, »es wird schwierig sein, sich seinen Weg hindurchzubahnen.«

Nedeam nickte. »Vor uns führt der Weg weiter. Eine breite und ebenfalls sorgfältig gepflasterte Straße. Ich denke, so wird es hier überall sein. Die Menschen, die dieses Land bewohnen, werden alle ihre Wege mit Steinen gedeckt haben, damit die Pflanzen sie nicht überwuchern.«

»So es Menschen sind«, gab Llaranya zu bedenken. »Und die Pflanzen holen sich die Wege zurück. Man kann sehen, wie Gras und Farne über die Steine hinwegwuchern. Diese Straße wird nur sehr selten genutzt und sicher nicht gepflegt.«

»Ein gutes Zeichen für uns«, sagte Arkarim.

»Mag sein.« Nedeam musterte den dichten Wald. »Wir haben von oben nur die beiden großen Städte gesehen. Doch es wird auch kleinere Siedlungen geben. So wie es unsere Gehöfte und Weiler gibt. Städte müssen versorgt werden, und wir konnten vom Wassersturz aus keine größeren Felder entdecken, die dazu geeignet sind.«

»Vielleicht kennen sie kein Getreide und kein Brot«, sinnierte Maratuk. »Wir Zwerge müssen es handeln, da es in unseren Gebirgen nicht gedeiht. Aber wir haben nahrhafte Pilze, aus denen unsere Frauen einen schmackhaften Brei zubereiten, und sie eignen sich hervorragend, um daraus den berauschenden Blor zu fertigen. Ah, ihr solltet einmal von unserem Blor kosten, es gibt nichts Vergleichbares.«

Nedeam nickte. Er hatte einige trübe Erfahrungen mit dem Getränk der Zwerge gemacht. »Ohne Zweifel, Freund Zwerg. Das Schädelhämmern nach seinem Genuss ist mir in Erinnerung.«

Maratuk lachte gutgelaunt. »Ein guter Schluck Blor täte mir beim Anblick von all dem Grün wohl.«

»Wie wollen wir vorgehen?« Arkarim strich sich über das bärtige Kinn.

Nedeam sah den Freund an. »Wie würdest du vorgehen, mein Freund?«

Arkarim erwiderte Nedeam Blick. Er wusste, dass der Erste Schwertmann bereits eine Entscheidung getroffen hatte. Aber Nedeam wollte in Erfahrung bringen, ob sich seine Gedanken mit dem des Freundes deckten. Was würde Arkarim vorschlagen, der als Scharführer den Beritt befehligte? Wie würde Arkarim handeln, wenn er erst einmal Nedeams Verantwortung trug? Es war eine wohlwollende Prüfung, wie der Scharführer sehr wohl erkannte.

»In diesem Land werden die Straßen alle Siedlungen miteinander verbinden. Folgen wir der Straße, stoßen wir zwangsweise auf jene, die hier leben. Doch Straßen lassen sich leicht überwachen, und wir sollten uns ein Bild von den Bewohnern des Landes verschaffen, bevor diese uns zu Gesicht bekommen. Wir brauchen Informationen über ihre Art, ihre Zahl und ihre Waffen.«

Nedeam nickte zustimmend. »Und wie würdest du also vorgehen?«, wiederholte er seine Frage.

»Ich würde ein Lager errichten. Hier, in der direkten Nähe des Passes, der uns als Rückzugsweg dient. Dann sollten wir die nähere Umgebung erkunden, um uns mit den Eigenschaften dieses Landes vertraut zu machen. Eine kleine Gruppe, nicht mehr als eine halbe Zehn, könnte sich entlang der Straße voranbewegen. Nicht auf ihr, aber an ihr entlang, du verstehst?«

Nedeam nickte abermals. »So finden wir eine Siedlung und können sie erkunden.«

»Es freut mich, deine Zustimmung zu finden.«

Die beiden Freunde lächelten sich an. Nedeam hatte schon viele Kämpfe bestanden und manches unbekannte Land erkundet, und er war beruhigt, dass Arkarim ein guter Anführer war, der nicht blindlings drauflos stürmte.

»Gib die Befehle, Scharführer Arkarim«, sagte er leise. »Llaranya und ich werden ein Stück des Waldrandes in beide Richtungen erkunden. Eine Hundertlänge werden wir in das Grün vordringen, nicht weiter.«

»Unterführer Herklund«, befahl Arkarim prompt, »zwei Zehnen zum Schutz an den Waldrand. Mit Bogen und Schwert. Unterführer Hendur, nimm zwei weitere Zehnen und suche einen guten Lagerplatz, den wir befestigen können. Die anderen versorgen die Tiere und halten sich kampfbereit.« Er sah Nedeam an. »Wir werden Wasser brauchen.«

Nedeam lächelte sanft. »Denk an den Eten. Er fließt kaum eine Hundertlänge von dieser Stelle.«

Arkarim reckte sich im Sattel. »Hendur, den Lagerplatz in der Nähe des Flusses wählen!«

Der Unterführer schlug mit der Faust gegen die Brust, zum Zeichen dafür, dass er den Befehl verstanden hatte, und um seinen Respekt zu bekunden. »So ist es gedacht, Scharführer.«

Die beiden Zehnen, welche als Posten eingeteilt waren, gingen in Zweiergruppen an den Waldrand und traten zwischen die vorderen Pflanzen. Jeweils ein Bogenschütze und ein Schwertkämpfer, die sich gegenseitig deckten und die erste Verteidigungslinie des Beritts bildeten. Unterführer Herklund trat weit genug zurück, um die fünf Posten gleichzeitig im Auge behalten zu können, stützte sich auf seine Stoßlanze und hatte die Hand am Schwertgriff.

Hendur eilte mit seinen Männern in Richtung des Flussufers.

Die Pferde wurden versorgt, blieben aber gesattelt, da man nicht wusste, ob und welche Gefahr drohen konnte.

Nedeam und Llaranya drangen ein Stück in den Wald ein. Die Bäume standen hier so dicht, dass die Elfin ihren geliebten Bogen auf den Rücken schob und wie Nedeam das Schwert zog.

»Ein reiches Land voller Leben«, sagte sie leise.

Nedeam spürte die leichte Wehmut in ihrer Stimme. »Es erinnert dich an den versteinerten Wald und das Haus Deshay, nicht wahr?«

»Nun, es ist anders. Das leuchtende Blau des magischen Dämmerlichtes fehlt, doch sieh dir die Vielfalt von Kleintieren und Insekten an. Wunderschön.«

»Wo es viele Kleintiere gibt, da gibt es auch Räuber, die sie fressen«, brummte Nedeam.

»Das ist der Kreislauf des Lebens«, erwiderte sie. »So sorgt die Natur für das Gleichgewicht der Arten.«

Llaranyas Schritte verursachten kaum ein Geräusch. Als Elfin des Waldes hatte sie es gelernt, jeglichen Lärm zu vermeiden, und sie setzte ihre Füße unbewusst auf jene Stellen, an denen sie keinen Zweig zerbrachen und kein Tier zertraten. Auch Nedeam hatte es gelernt, sich möglichst geräuschlos zu bewegen, doch die Fertigkeit seiner Elfin würde er wohl nie ganz erwerben.

»Wenn der Wald überall so dicht wuchert, dann wird es schwierig, gegen den Feind zu kämpfen«, sagte Nedeam leise. »Hier, zwischen all den Bäumen, werden wir unsere Pferde nicht nutzen können, und es gibt nicht genug freien

Raum für den Bogen. Es würde auf ein Handgemenge mit blanker Klinge hinauslaufen.«

»Ja, die Bewegungsfreiheit wird uns fehlen«, stimmte Llaranya zu. »Aber es mag sein, dass der Wald nicht überall so dicht wächst. Und es gibt Lichtungen, wie man sie auch in den Wäldern der Elfen findet.«

Sie drangen ungefähr eine Hundertlänge vor, blieben stehen und lauschten den Geräuschen des Waldes. Llaranya schob das Schwert in die Scheide, musterte einen der Blattbäume, die hier zwischen den riesigen Farnen wuchsen, und begann ohne Zögern, an ihm hinaufzuklettern. Nedeam beobachtete nervös, wie sie in den Wipfel hinaufstieg, der sich bedenklich durchbog. Die Elfin sah sich gründlich um, bevor sie sich wieder an den Abstieg machte.

»Der Wald ist tatsächlich wie eine Mauer«, sagte sie, als sie leichtfüßig auf den Boden sprang. »Du kannst dies wörtlich nehmen. Dieser enorm dichte Wuchs scheint nur am Rand zu herrschen. Als stünde eine grüne Wehrmauer um das Land. In seinem Inneren stehen die Bäume weiter auseinander.«

»Das konntest du von dort erkennen?«, zweifelte Nedeam.

»Nun, ich konnte etliche Wipfel sehen, und sie verraten mir die Dichte des Wuchses.«

»Na schön, das macht es uns etwas leichter. Konntest du eine Lichtung in unserer Nähe entdecken?«

»Ich bin mir nicht sicher, doch einige Tausendlängen den Eten entlang könnte es eine Siedlung geben.«

»Hast du den Rauch eines Feuers entdeckt?«

»Nein. Doch wenn die Bewohner des Landes Brennstein benutzen, wird ohnehin kaum Rauch entstehen.«

Sie zuckten zusammen, als hinter ihnen leises Knacken zu hören war. Sie wandten sich um und entdeckten ein bunt geschecktes Tier, welches sie erschrocken anstarrte und dann mit weiten Sätzen verschwand.

»Menschen«, murmelte Nedeam.

»Was?«

Nedeam lächelte. »Es ist erschrocken und hat in uns eine Gefahr gesehen. Das tun Tiere nur dann, wenn sie den Menschen als Feind erlebt haben.«

»Oder sie ohnehin sehr scheu sind.«

»Hm, mag sein. Jedenfalls ist dies kein Land für die Orks. Allein der Geruch der Pflanzen wäre ihnen schon unerträglich. Zwerge lieben das felsige Gebirge, und die Elfen haben das Land verlassen.«

»Es gibt Ausnahmen«, korrigierte sie ihn.

Er küsste sie zärtlich. »Wofür ich dir von Herzen danke.«

»Ich stimme dir zu, dass es wohl Menschen sind, die in diesem Land leben«, bekannte Llaranya, nachdem sie sich voneinander lösten. »Dieses Volk muss selbst uns Elfen unbekannt sein. Mein Vater, Jalan-olud-Deshay, hätte davon berichtet, bevor er zu den Neuen Ufern aufbrach. Er hätte uns nicht ungewarnt gelassen, falls er von einem möglichen Feind im Norden gewusst hätte.«

»Ja, dem stimme ich zu.« Er schob die elfische Klinge in ihre Scheide zurück. »Lass uns zu den anderen zurückgehen. Sobald das Lager errichtet ist, werden wir uns die Bewohner dieses geheimnisvollen Landes einmal etwas näher ansehen.«

Unterführer Hendur und seine Männer waren nicht untätig gewesen. Sie hatten einen geeigneten Lagerplatz gefunden und waren dabei, ihn behelfsmäßig zu befestigen.

»Das Ufer des Eten ist breit und frei von Steinen und Bewuchs«, erklärte er Nedeam seine Entscheidung. »Die Böschung steigt hier gut mannshoch an und bildet eine provisorische Brustwehr zum Wald hin. Zudem ein guter

Sichtschutz, Hoher Herr. Was sich hinter der Böschung am Fluss befindet, kann vom Waldrand aus nicht entdeckt werden. Ich würde nun einige starke und lange Hölzer aus dem Wald holen, sie an beiden Enden anspitzen und an der Oberkante der Böschung und den Seiten in den Boden rammen. In einem Winkel, der es einem Angreifer erschwert, sie zu überrennen. Wir werden uns bemühen, wenig Lärm zu machen, aber er wird sich nicht ganz vermeiden lassen.«

»Eine gute Idee«, stimmte Nedeam zu. »Sagt es dem Scharführer, und ich denke, er wird dies ebenso sehen.«

»Es ist warm genug, und wir werden auf Feuer verzichten können«, meinte Llaranya.

»Ja, wenn wir Glück haben, bleiben wir unentdeckt, bis wir uns den Bewohnern zeigen.«

»Einige Männer sollten, unter dem Gebot der Vorsicht, auf die Jagd gehen«, schlug Arkarim vor. »Frisches Fleisch würde unsere Vorräte auffüllen, und ein Braten käme wohl allen Recht.«

Nedeam blickte den Fluss entlang. Irgendwo lagen die Siedlungen der Mörder. »Nur eine Feuerstelle, Scharführer, und achte darauf, dass sie rauchlos brennt.«

Drei Männer, deren Talent als Jäger bekannt war, verschwanden zwischen den Bäumen.

Nedeam versammelte Arkarim und die Unterführer um sich, und es war selbstverständlich, dass sich Maratuk und Llaranya anschlossen. »Wir müssen über unser weiteres Vorgehen beraten. Wir sind nun im Land der Mörder und kennen ihre Stärke nicht, die es zu erkunden gilt.«

Arkarim ging in die Hocke und zog mit dem Finger ein paar Linien in den Sand. »Die Ebene, der Wassersturz des Eten und sein Verlauf, soweit wir es von oben erkennen konnten. Hier und hier liegen die beiden Städte, die wir sahen.«

»Eine diesseits des Flusses«, sagte Nedeam und musterte den Eten. »Er ist breit und hat eine starke Strömung. Ohne eine Furt werden wir ihn nicht überqueren können. Es sei denn, wir bauen ein Floss.«

»Ein Floss?« Maratuk runzelte die Stirn.

»Es ist weniger als ein Boot, doch besser als schwimmen.« Nedeam lächelte wehmütig. »Wir bauten solche Flöße, als wir Seite an Seite mit den Irghil und der Garde Alnoas die Insel der Magier erstürmten. Als Dorkemunt fiel.«

»Ein wahrhaftiger Pferdelord.« Arkarim legte tröstend die Hand an Nedeams Unterarm.

Llaranya schüttelte den Kopf. »Bei dieser Strömung wäre es sehr schwierig, die Flöße zu steuern. Zudem könnte man sie auf dem Fluss sehr leicht entdecken.«

»Dann müssen wir auf dieser Seite des Eten bleiben.« Arkarim sah die Elfin an. »Ihr meintet, es gäbe eine Siedlung der Fremden ein Stück den Fluss hinunter? Am diesseitigen Ufer?«

»Ich kann es nicht mit Sicherheit sagen«, räumte Llaranya ein.

»Am Ufer kämen wir gut voran, und es wird sicher von den Bewohnern dieses Landes nicht als Weg genutzt. Dafür haben sie ihre Straßen.« Nedeam deutete auf den Eten. »Große Städte brauchen viel Nahrung. Sie werden auch den Fisch des Eten nutzen. Also müssten wir auf ein Dorf stoßen, in dem sie Fische für die Städte fangen.«

»Gut«, stimmte der Scharführer zu. »Dann sollten wir morgen entlang des Ufers erkunden. Wer wird gehen?«

»Llaranya, ich und einer der Schwertmänner«, entschied Nedeam und sah den stummen Protest von Arkarim und Maratuk. »Du, Arkarim, musst die Männer führen, falls mir etwas zustößt. Und Euch, Maratuk, sollten wir noch im Verborgenen halten.«

Der alte Axtschläger nickte bedächtig. »Ich verstehe. Sie sollen nicht zu früh ahnen, welche Gefahr ihnen droht. Der Anblick eines Axtschlägers des Zwergenvolkes senkt Furcht in die Herzen der Feinde.«

»Zweifelsohne«, stimmte Nedeam zu. »Zudem könnte es hilfreich sein, wenn wir entdeckt werden und die Bewohner nicht sofort erfahren, dass wir Pferdelords mit den Zwergen im Bunde stehen.«

»Eine Kriegslist?« Maratuk lachte dröhnend. »Ja, hinterlistigen Mördern muss man auch mit List begegnen.«

Die Fremden hatten Zwerge ermordet, und Nedeam ging davon aus, dass sie mit der Rachsucht des kleinen Volkes rechneten. Falls die Fremden nicht wussten, dass die Pferdelords mit den Zwergen verbündet waren, konnte man sie vielleicht für eine Weile täuschen und mehr über sie erfahren.

Die Nacht begann sich zu senken, und im Lager wurde es ruhig. Arkarim hatte die Doppelposten eingeteilt, und die meisten der Männer schliefen, dankbar dafür, endlich genug Wärme für eine behagliche Nachtruhe zu finden. Andere hingen ihren Gedanken nach. Die Ungewissheit eines fremden Landes vor Augen, besann mancher sich dessen, was er mit der Heimat zurückgelassen hatte. Über ihnen wölbte sich ein beeindruckender Sternenhimmel, und man konnte in der Ferne eine schwache Andeutung von Dunst erkennen, der in der Luft hing und von einer der heißen Quellen stammen musste.

Nedeam und Llaranya hörten das zufriedene Schnarchen von Maratuk und die leisen Schritte, mit denen Arkarim durch das Lager streifte. Zwar hatte er die Lanze mit dem Berittwimpel an seinem Lager aufgestellt, doch er selbst fand wohl keine Ruhe. Langsam, um die Schläfer oder jene, die sich schlafend stellten, nicht zu stören, ging er umher.

»Es ist die Last der Verantwortung«, flüsterte Nedeam in Llaranyas Ohr. Die Elfin hatte ihm den Rücken gewandt, und er schmiegte sich von hinten an sie. »Ich kenne dieses Gefühl. In der Fremde und vor einem möglichen Kampf wird einem deutlich, dass das Leben all der Männer in den eigenen Händen liegen kann. Ihr Überleben kann davon abhängen, ob man sie gut oder schlecht führt. Und selbst ein guter Führer ist sich des Kriegsglücks nicht gewiss. Ich habe mir schon oft die Gesichter jener eingeprägt, die ich in die Schlacht führte. Damit ich sie niemals vergesse, wenn sie zurückbleiben.«

»Er nimmt es zu schwer«, raunte sie. »Sorge kann einem die klaren Gedanken rauben und Furcht in das Herz senken.«

»Arkarim gehört nicht zu jenen, die sich fürchten.« Nedeam wischte eine Strähne ihres Haares aus seinem Gesicht und schnaubte leise. »Wenigstens nicht über Gebühr. Etwas Furcht ist gut für einen Kämpfer. Sie verhindert, dass er zu leichtfertig mit seinem oder dem Leben anderer umgeht. Er darf sich nur nicht von der Angst leiten lassen. Sie ist ein guter Ratgeber, doch ein schlechter Herr.«

»Und warum kannst du nicht schlafen, mein Geliebter?«

»Maratuk schläft dafür umso besser«, murmelte er.

»Ja, man kann es hören.« Sie wusste, dass es nicht an Maratuk lag. Nedeam war von der gleichen Unruhe erfasst wie Arkarim. Doch die Jahre hatten ihn gelehrt, sie besser zu verbergen. »Fass mich noch ein wenig fester, mein Pferdelord. Ich habe nichts dagegen, wenn mein Gemahl sich an mich schmiegt.«

Vielleicht war es Llaranyas Nähe, die Nedeam schließlich doch einschlafen ließ.

Er erwachte, als einer der Unterführer in sachte berührte.

Nedeam blinzelte. Es war die Zeit, in welcher die Nacht in den Tag überging. Leichter Nebel lag über dem Fluss, aber die Böschung war deutlich zu sehen. Dort kauerten mehrere Schwertmänner und starrten zum Waldrand hinüber, den die Böschung verdeckte.

Er war sofort alarmiert. »Was ist geschehen? Wo ist der Scharführer?«

»Er wird gerade geweckt«, versicherte der Mann. »Ihr müsst euch das beide ansehen, Hoher Herr. Es ist grauenvoll.«

Der Erste Schwertmann ahnte Böses. »Einer der Posten?«

»Zwei. Tot. Alle beide. Doch wie es geschah und wer es tat …? Seht selbst.«

Auch Arkarim hatte offensichtlich noch etwas Schlaf gefunden. Er schloss seinen Waffengurt, während er heranhastete, und unterdrückte nur mühsam ein Gähnen. »Was ist los?«

»Zwei unserer Wachen wurden ermordet«, raunte Nedeam. »Wir sollen uns das ansehen.«

»Wann geschah es?«

Der Schwertmann antwortete an Nedeams Stelle. »Es kann kaum den vierten Teil eines Zehnteltages zurückliegen, ihr Herren. Wir wissen, wie sehr die Müdigkeit einen Mann befällt, der zu dieser Zeit auf Wache steht, daher lösen wir die Männer frühzeitig ab.«

»Dann sind die Übeltätet vielleicht noch in der Nähe«, vermutete der Scharführer. »Es heißt, Vorsicht walten zu lassen.«

Sie zogen ihre Schwerter und hasteten über die freie Fläche zum Waldrand hinüber, wo weitere Pferdelords bereitstanden, die angestrengt in die Dunkelheit des Waldes starrten und die Griffe ihrer Waffen umklammert hielten.

Einer von ihnen zeigte Nedeam und Arkarim die Richtung, und die beiden traten nahezu lautlos zwischen die Bäume. Hinter ihnen war ein leises Huschen zu vernehmen, und Nedeam erkannte Llaranya, die ihm zunickte und ihren elfischen Langbogen bereithielt.

Vor ihnen war Bewegung, doch sie stammte nicht von den beiden Pferdelords, die dort auf Wache gewesen waren, sondern von Schwertmännern, die den Neuankömmlingen nervös entgegensahen. Der Grund dafür wurde offensichtlich, als Nedeam und die anderen die Gruppe erreichten.

Trotz der Dunkelheit konnten sie gut erkennen, was hier geschehen war. Die beiden Schwertmänner der Wache lagen mit aufgerissenen Kehlen am Boden. Einer von ihnen hielt noch immer sein Schwert umklammert.

»Wir brauchen Licht, um die Spuren betrachten zu können«, sagte Nedeam leise und kniete bei den Toten nieder. »Zwei gute Männer, und sie starben, ohne uns warnen zu können. Sie müssen vollkommen überrascht worden sein.«

»Nicht vollkommen«, korrigierte Arkarim mit grimmiger Stimme. »Einer fand die Zeit, sein Schwert zu ziehen.«

»Und doch hat es ihm nicht gedient«, seufzte Nedeam, »denn es befindet sich kein Blut an der Klinge.«

Hinter ihnen war das Brechen von Ästen zu hören. Einige Männer wandten sich dem Geräusch zu, doch Nedeam wusste, dass von dort keine Gefahr drohte. Augenblicke später trat Maratuk zu ihnen. Er sah finster auf die Toten hinab.

»Ermordet wie meine tapferen Kameraden in der Miene der Öde. Auch sie wurden wohl im Schlaf überrumpelt.«

»Niemals«, zischte Arkarim und starrte den Zwerg wütend an. »Es waren gute Pferdelords und erfahrene Kämpfer. Sie haben nicht geschlafen. Aber der Feind kam schnell und lautlos heran, denn es gelang ihm, sie zu überwältigen, ohne dass sie einen Warnruf ausstoßen konnten.«

Einer der Schwertmänner räusperte sich. »Was auch immer sie überwältigt hat, es ist nicht nur schnell und tödlich. Enifas hält noch sein Schwert umklammert, und der Stahl der Hochmark hat nichts bewirkt.«

»Er wird nichts getroffen haben«, brummte der alte Axtschläger. Er sah den erneut aufflammenden Zorn in Arkarims Augen. »Schön, vielleicht haben die Mörder ihre Toten und Verwundeten auch mitgenommen.«

Llaranyas Augen waren weit schärfer, als die der Menschen. »Kein Blut, abgesehen von dem der Schwertmänner.«

Maratuk blickte in die langsam weichende Dunkelheit des Waldes und legte seine Bartzöpfe in den Nacken, um sie zu verknoten und sich auf einen Kampf vorzubereiten. »Jedenfalls ist dies der Beweis. Es ist das Land der Mörder.«

Nedeam richtete sich schwerfällig auf. »Mag sein. Doch die Zwerge in der Öde wurden mit scharfen Klingen getötet. Die Kehlen unserer Männer sind hingegen zerfetzt wie von der Pranke eines Raubtieres.«

»Ein Raubtier hätte sie nicht so leicht überwältigt«, sagte Arkarim.

Nedeam nickte. »Ja, das denke ich auch. Dennoch hoffe ich, dass es ein Tier war. Denn im anderen Fall müssen wir davon ausgehen, dass wir entdeckt wurden.«

»Was sollen wir also tun?«

»Mit dem Licht des Tages werden wir unsere toten Freunde zu den Goldenen Wolken begleiten. Dann gehe ich, wie geplant, auf Erkundung.«

»Ihr solltet eine kampfstarke Gruppe mitnehmen, Hoher Herr«, riet einer der Schwertmänner.

»Wenige können sich besser verborgen halten«, lehnte Nedeam ab.

Als sich das erste Sonnenlicht Bahn brach, hoben sie am Ufer des Eten eine Grube aus. Es war nicht die Erde der Heimat, doch viele Kämpfer des Pferdevolkes waren schon in fremden Marken bestattet worden und der Eten entsprang immerhin in der Hochmark.

Sie legten die Toten in die Grube, hüllten sie in die grünen Umhänge der Pferdelords und legten die Hände an die Waffen. So gerüstet würden sie ruhmreich zwischen den Goldenen Wolken reiten können.

Nedeam übernahm es, den Eid der Pferdelords zu sprechen. »In des Lebens Wonne und des Todes Not soll Eile sein stets das Gebot. In Treue fest dem Pferdevolk, der Hufschlag meines Rosses grollt, soll Lanze bersten, Schild zersplittern, so wird mein Mut doch nie erzittern. Ich stehe fest in jeder Not, mit schnellem Ritt und scharfem Tod."

Die Pferdelords zogen ihre Klingen und schlugen sie in langsamem Rhythmus an ihre Rundschilde. Der Takt wurde schneller, glich dem Hufschlag galoppierender Pferde, bis er unvermittelt mit einem letzten Schlag verstummte.

Nedeam schob seine elfische Klinge in die Scheide zurück. »Wohlan, nun lasst uns nach den Schuldigen suchen. Der Tod dieser Männer wird nicht ungesühnt bleiben.«

Maratuk hatte ein Stück abseits gestanden und den Toten mit gesenktem Haupt Respekt gezollt. Nun nickte er, und sein Gesicht war ebenso grimmig wie die Mienen der anderen. »Wahrhaftig, es ist an der Zeit, die Äxte in Blut zu tauchen.«

18

Herdur-Mann stand auf dem Turm, der sich über der ehemaligen Handelsstation von Sespiru erhob, und sah auf die Befestigungen seines Dorfes hinunter. In den Händen hielt er ein Kurzschwert, wie es von allen Männern getragen wurde. Dennoch unterschied es sich von den üblichen Waffen, denn seine gesamte Klinge war mit einer Schicht aus Gold überzogen.

Hinter ihm waren Schritte auf der Treppe zu hören und ein leiser Fluch. Herdur-Mann wandte sich kurz um und sah Borsik-Mann, der umständlich heraufkam, da er zwei Schalen mit dampfendem Inhalt trug.

»Du musst etwas essen«, knurrte sein Stellvertreter. »Schon seit Zehnteltagen stehst du hier oben und starrst in die Gegend. Hier, ich habe dir junge Farnwurzeln in Elgor-Saft mitgebracht und reichlich Fisch zugeben lassen.«

»Ich habe keinen Hunger.« Der narbige Krieger strich über das Schwert. »Die Männer haben viel geleistet, während ich in Ataraan beim Rat war. Und wie ich sehe, sind sie nun dabei, die Palisaden noch zu verstärken.«

»Es ist wegen der verfluchten Weiber.« Borsik-Mann trat neben seinen Freund und Anführer, hielt ihm die eine Schale entgegen und stellte sie dann seufzend auf die Brüstung, als Herdur-Mann den Kopf schüttelte. »Kann ich offen reden?«

»Wärst du sonst mein Stellvertreter?«

Borsik-Mann räusperte sich und nahm dann zuerst einen Löffel aus seiner Schale. Er schmatzte genüsslich, und etwas Saft sickerte seine Mundwinkel herab. Er wischte mit dem Handrücken darüber und sah Herdur-Mann dabei nachdenklich an.

»Also, was ist?«, fragte der irritiert. »Du bist doch sonst nicht so zögerlich.«

»Als du uns von der Gefahr durch die Nachtläufer berichtet hast und erzähltest, dass du einer der Kreaturen begegnet bist … Nun, es gab Zweifel, du verstehst? Und es gab auch einige Männer, die nicht begeistert waren, dass du die anderen nicht vor dieser Gefahr warnen wolltest. Sicher, es sind nur Frauen, doch die Vorstellung, dass solche Bestien über sie herfallen könnten …«

Sein Stellvertreter verstummte, und Herdur-Mann nickte bedächtig. »Ich verstehe. Einige haben mich für unnötig grausam gehalten, nicht wahr?«

Borsik-Mann errötete ein wenig. »Mag sein, dass dem so ist.«

»Obwohl du eine unvorstellbare Menge an Gold aus Rushaan heraufbrachtest, so reicht es doch nur für eine begrenzte Anzahl Waffen, mein Freund. Und wenn wir einem Rudel der Nachtwesen begegnen, so brauchen wir Kämpfer, die Schulter an Schulter stehen. Wenn wir die wenigen Waffen über das Land verteilen, werden ihre Träger einfach überrannt. Doch hier, in Sespiru, werden die Bestien einem Wall aus Gold begegnen.« Herdur-Mann legte dem Freund die Hand auf die Schulter. »Wir können nicht alle schützen. Wir können nur verteidigen, was sich in Sespiru befindet und sich in seinen Schutz begibt.«

Borsik-Mann blickte nach Osten, wo sich die Grenze des Eten befand. »Die Finsternis soll die verfluchten Weiber holen. Ja, Herdur-Mann, auch ich fand es grausam, sie den Nachtläufern auszuliefern, aber nun …«

»Der Mord an unseren San hat alles verändert«, murmelte Herdur-Mann mit finsterer Stimme. »So grauenhaft die

Schilderungen über die Nachtläufer auch sind, nichts kann grausamer sein, als hilflosen Säuglingen die Hälse zu durchschneiden.« Er schlug mit der geballten Faust auf die Brüstung, und die dampfende Schale, die ihm zugedacht war, neigte sich und fiel herunter. »Wahrhaftig, ich hoffe, diese Nachtläufer fallen über die Frauen her und bringen sie alle um.« Herdur-Mann atmete schwer und sah den Freund an. »Die Mörderinnen haben den Tod verdient.«

»Das haben sie.« Borsik-Mann sah bedauernd auf die zerbrochene Schale, bückte sich und löffelte ein paar der kostbaren Fischstücke heraus.

Hass sprach aus Herdur-Manns Augen. »Man darf die Bluttat nicht ungesühnt lassen, alter Freund. Vielleicht werden die Nachtläufer unsere Rache vollziehen, doch es wäre eine Rache ohne Ehre. Ohne den Genuss, die Frauen selber zu bestrafen. Es wäre an uns, hinauszuziehen und unsere Klingen in die Leiber der Mörderinnen zu senken.«

»Du sagtest, der Kronenträger wolle keinen Krieg, und Sespiru allein ist zu schwach dazu.«

Herdur-Mann schlug erneut auf die Brüstung. »Die Übereinkunft ist überaltert. Der Kronenträger ein alter Narr und der Rat zögerlich. Wir brauchen einen neuen Kronenträger, der die Herrschaft des Mannes wieder errichtet. Der die Weiber an ihren angestammten Platz verweist. Der die Männer in den Kampf führt.«

»Einen Mann, wie du es bist.«

Herdur-Mann schürzte die Lippen. »Ich würde mich dieser Verantwortung nicht entziehen.«

Borsik-Mann kannte den Ehrgeiz seines Freundes und unterstützte diesen darin. Er war selbst einmal als Bulle in Julinaar gewesen und abgewiesen worden. »Wir müssen den Hochmut der Frauen brechen, damit sie uns wieder zu Willen sind. Unter einem starken Kronenträger.«

»So ist es, alter Freund, so ist es.«

Borsik-Mann leckte sich über die Lippen. »Ein Krieg gegen die Frauen würde uns Männer schwächen. Die Kronenträgerin verfügt noch über einen Schatten der alten Macht.«

»Wie du selbst sagst, es ist nur ein Schatten. Wahrscheinlich ist es ohnehin nur ein Gerücht, dass die Kronenträgerin noch darüber verfügt. Du weißt, wie sehr die Frauen alles hassen, was mit dem alten Königreich verbunden ist. Ja, es mag sein, das ein Krieg das Blut von Männern fordern wird. Doch wenn wir schlau sind, wird es das Blut von Ataraan sein.«

Der Stellvertreter starrte Herdur-Mann betroffen an.

Der Anführer Sespirus strich über die goldene Klinge in seiner Hand und deutete dann mit ihr über das Land. »Ich weiß, es gefällt dir nicht, wenn wir Ataraan in den Krieg schicken und selber zurückstehen. Doch bedenke den Vorteil für uns. Für uns und die Zukunft von Julinaash. Sespiru muss in seiner Stärke bestehen, denn hier wird der Hort unseres neuen Reiches sein, das auch den Nachtläufern widerstehen wird. Nein, alter Freund, Ataraan muss kämpfen. Der Rat will das vergossene Blut unserer Kinder missachten, nur damit Bullen wieder zwischen die Schenkel der Weiber schlüpfen können. Das ist ohne Ehre. Ah, was ist nur aus dem einstigen Glanz von Julinaash geworden? Ein Königreich, welches seinesgleichen unter den sieben Königreichen suchte, duckt sich unter der Tyrannei der Frauen.«

»Und wenn der Kronenträger und die Kronenträgerin die Übereinkunft erneuern?«

Herdur-Manns Blick verfinsterte sich. »Das darf nicht geschehen.« Er lächelte kalt. »Jedenfalls nicht zu rasch.«

»Das verstehe ich nicht.«

Herdur-Mann schob das vergoldete Kurzschwert hinter seinen Leibgurt und legte beide Hände auf die Schultern des Freundes. Borsik-Mann war ein treuer Gefährte und ein guter Liebhaber, doch mit den Gedanken nicht der Schnellste. »Wenn Krieg zwischen den Geschlechtern herrscht, so wird sicher mehr Blut der Frauen fließen. Sie werden stärker geschwächt werden als wir Männer. Dann werden sie selbst nach einer neuen Übereinkunft streben, um nicht endgültig unterzugehen. Einer Übereinkunft, deren Bedingungen uns Männern mehr Rechte einräumen müssen. Ja, mein Freund, es muss erst Krieg herrschen, bevor wir eine gute Übereinkunft treffen können.« Er lächelte kalt. »Die Weiber werden dadurch geschwächt sein und wenn dann noch die Nachtläufer hinzukommen, wird es kaum noch Widerstand geben.«

»Das ist ein schlauer Plan«, erwiderte Borsik-Mann beklommen. »Doch er ist auch grausam, mein Freund.«

»Nicht doch, nicht doch. Im Gegenteil, so werden viele Frauen verschont werden.«

»Verschont?«

»Wenn der Krieg die Frauen geschwächt hat, werden sie rasch erkennen, dass sie sich nicht gegen die Nachtläufer wehren können. Umso schneller werden sie unseren Schutz suchen.«

»Ah, ich verstehe. Wie ich es sagte, das ist ein schlauer Plan.«

»Und er bringt uns Männern endlich Gerechtigkeit und die Herrschaft zurück. Wir …«

Herdur-Mann unterbrach sich, als ein Ruf zu ihnen heraufschallte. Er beugte sich über die Brüstung und sah einen Wächter, der zum Tor wies. »Scheinbar geht etwas am Tor vor sich. Wir sollten nachsehen, was da los ist.«

Die Beiden verließen die ehemalige Handelsstation, und als sie auf den Innenhof hinaustraten, erschien gerade eine kleine Gruppe von Dorfbewohnern, in deren Mitte ein alter Bekannter schritt.

»Ongors-Mann«, rief Herdur-Mann überrascht. »Was führt dich alten Krieger nach Sespiru?«

»Ich folgte dir, da der Kronenträger dies so wünschte«, erwiderte der Untersetzte und zeigte sein lückenhaftes Lächeln. »Du bist im Zorn aus Ataraan fort, und es sollte kein Zorn zwischen Männern bestehen.«

»Dann hat der Kronenträger sich anders entschieden?«

Ongors-Mann schüttelte den Kopf. »Nein. Er will die Übereinkunft bewahren. Du hingegen, du scheinst nicht diese Absicht zu haben.« Der erfahrene Krieger wies um sich. »Sespiru hat neue Befestigungen und die alten wurden verstärkt.« Sein Blick fiel auf das Schwert, welches hinter Herdur-Manns Leibgurt steckte. Seine Augen weiteten sich überrascht. »Und du hast ein neues Schwert.« Er sah die anderen an. »Ihr alle habt diese neuen Klingen.« Er hob den Blick und sah dem Führer Sespirus finster ins Gesicht. »Was geht hier vor sich, Herdur-Mann? Was hat das alles zu bedeuten?«

»Wir bereiten uns nur vor«, entgegnete dieser mit einem freundlichen Lächeln. »Nur für den Fall, dass die Frauen …«

»Erzähl mir nicht solchen Unsinn«, unterbrach Ongors-Mann grimmig. »Die neuen Palisaden, die neuen Klingen … Das alles braucht weit mehr Zeit, als verstrichen ist, seit die Kinder ermordet wurden. Als hättest du gewusst, was kommen würde.«

»Was du da sagst, gefällt mir nicht, Ongors-Mann«, knurrte Herdur-Mann. »Was ist schlecht daran, sich vorzubereiten?«

»Du bist auf Blut aus.« Der kinderfreundliche alte Kämpfer schüttelte den Kopf. »Ich mag die Frauen auch nicht besonders, das kannst du mir glauben, doch du, Herdur-Mann, du bist von Hass verblendet.«

»Verblendet?«, schrie Herdur-Mann auf. »Unsere Kinder wurden ermordet. Das weißt du doch wohl am besten. Du führtest die Eskorte, welche die San zu uns bringen sollte, und fandest ihre entseelten kleinen Leiber. Dein Herz müsste nach Rache schreien!«

»Das tut es«, gestand Ongors-Mann ein. »Doch ich bin nicht blind in meinem Rachedurst. Der Kronenträger hat Recht, denn ohne Übereinkunft mit den Frauen wird es nie wieder kleine Kinder geben und keine Zukunft für uns Männer.« Er sah die Umstehenden eindringlich an. »Bedenkt das, Männer von Sespiru. Wir brauchen die Frauen ebenso, wie sie uns brauchen. Bulle und Schenkel, das gehört zusammen, sonst gibt es keine San.«

»Dann nehmen wir uns, was wir an Schenkeln brauchen«, schrie Herdur-Mann wütend.

»Niemand darf sich nehmen, was ihm nicht gegeben wird«, schrie Ongors-Mann zurück. »Dies gilt für Mann und Mann, Mann und Frau und Frau und Frau. So steht es in der Übereinkunft.«

»Die Übereinkunft wurde von den Weibern gebrochen!« Herdur-Mann bebte vor Zorn. »Sie töteten unsere Knaben!«

»Wenn du die Männer in den Krieg treibst, dann wird es nie wieder Knaben geben«, brüllte Ongors-Mann in gleicher Lautstärke zurück. »Du bist dem Wahn und dem Hass verfallen, Herdur-Mann!«

»Willst du es austragen?«, keuchte der Anführer Sespirus. Seine Hand legte sich um den Griff des Schwertes. »Willst du wegen der Weiber gegen mich kämpfen?«

Ongors-Mann spuckte aus. »Nicht wegen der Weiber. Doch wenn du nicht einlenkst, dann werde ich es für die Zukunft unserer Kinder tun.«

»Dann magst du für ihre Zukunft sterben!«

Erschrockene Rufe waren zu hören, als Herdur-Mann das vergoldete Kurzschwert zückte und einen raschen Stoß gegen Ongors-Mann führte.

Doch dieser ließ sich nicht überrumpeln. Er sprang mit einem Satz zurück und zog die eigene Waffe. »Du willst einen Kampf, Mann gegen Mann? Du blutgieriger Narr! Kein Mann darf die Waffe gegen einen anderen Mann erheben. Lass dein Schwert sinken und uns Worte an Stelle von Hieben wechseln.«

»Du bist kein Mann«, stieß Herdur-Mann hervor. »Du bist ein Weib.«

Mit dieser Beleidigung drang er auch schon ungestüm auf Ongors-Mann ein.

Klirrend prallten die Klingen aufeinander. Es wurde sofort deutlich, dass sich hier zwei ebenbürtige Kämpfer gegenüberstanden. Ein rascher Wechsel von Hieben, Stößen und Paraden erfolgte, der keinem der Männer einen Vorteil brachte. Sich umkreisend und belauernd, tanzten sie förmlich durch den Innenhof und suchten nach der entscheidenden Lücke in der Deckung des Gegners.

Die anderen Männer wichen zurück. Die meisten waren noch immer über den plötzlichen Gewaltausbruch schokkiert. Sicherlich gab es Meinungsverschiedenheiten, die mit der Faust ausgetragen wurden, aber seit undenklichen Zeiten hatte kein Mann mehr eine Klinge gegen einen anderen Mann gezogen. Auch wenn die meisten der Dorfbewohner Herdur-Manns Meinung waren, so entsetzte sie doch der Anblick zweier aufs Blut kämpfender Männer.

»Verfluchter Weiberknecht«, keuchte Herdur-Mann, fing einen Stoß ab und spürte, wie die Klinge des Gegners gegen die Parierstange seines Schwertes prallte.

Ongors-Mann war älter als Herdur-Mann, doch er war keineswegs gebrechlich und zudem sehr erfahren. Auch wenn es keine Kämpfe und Kriege gab, es sei denn, die Grenzen wurden gegen die Übereinkunft verletzt, übte man sich mit den Waffen, und die Streifzüge durch den Dschungel schärften die Sinne.

Dann geriet Ongors-Mann ins Straucheln und Herdur-Mann nutzte die Gelegenheit, als die Aufmerksamkeit seines Widersachers für einen winzigen Augenblick darauf konzentriert war, auf den Beinen zu bleiben.

Der untersetzte Krieger starrte Herdur-Mann seltsam verwirrt an, als die goldene Klinge in seinen Leib stieß. Ein keuchender Laut drang über seine Lippen, dann sickerte Blut hervor. Beide Kämpfer standen wie erstarrt, bis die Beine des tödlich Getroffenen nachgaben. Mit einem leisen Schmatzen löste sich das Schwert aus dem Körper und Ongors-Manns entseelter Leib fiel mit einem dumpfen Laut zu Boden. Blut tropfte vom vergoldeten Schwert.

»Mann hat Mann getötet«, murmelte ein Dorfbewohner entsetzt. »Ein Mann hat das Blut eines anderen Mannes genommen. Das … ist nicht Recht.«

Unruhiges Gemurmel erhob sich, während Herdur-Mann noch immer wie erstarrt über dem Toten stand.

Borsik-Mann sah auf das vergoldete Schwert des Freundes. »Das war nicht Recht«, sagte auch er mit leiser Stimme. »Das war nicht Recht.«

Herdur-Mann schüttelte den Kopf. »Nein, das war es nicht«, gestand er ein. Er schien aus einem Rausch zu erwachen und sein Gesicht verzog sich voller Schmerz. »Es war Unrecht, doch er hat mich dazu gezwungen. Ihr alle habt es gesehen.«

»Du hast das Schwert zuerst gezogen«, rief einer der Männer.

»Er hat das Seine nur zu bereitwillig erhoben!«, schrie Herdur-Mann.

»Er musste sich wehren.«

»Das musste ich auch.« Herdur-Mann zuckte mit den Schultern. »Ein Wort gab das andere. Es ist geschehen und ich kann es nicht ungeschehen machen.«

»Er war ein guter Mann.« Ein Dorfbewohner trat an den Toten heran und kniete sich neben ihn. »Er war der Hüter der Kinder.«

»Es gibt keine Kinder mehr«, sagte Herdur-Mann leise. »Nicht, wenn wir die Frauen nicht in die Knie zwingen. Ihr seht ja, was ihre Bluttat bewirkt. Männer erheben die Klingen gegeneinander.« Er seufzte. »Das darf nie wieder geschehen.« Herdur-Mann reckte sich und zeigte den Anwesenden das blutige Schwert. »Wir müssen gegen die Frauen kämpfen, damit nie wieder ein Mann gegen einen Mann kämpfen muss.«

»Das ist wahr«, stimmte einer zu und andere fielen zögernd ein.

Borsik-Mann verspürte tiefe Trauer, als er auf den Leichnam hinuntersah. Das Blut eines Mannes war vergossen worden. Nun sollte das der Frauen folgen.

Zum ersten Mal verspürte er Zweifel, ob Herdur-Manns Plan ihnen den richtigen Weg wies.

19

Rot, Gelb, Grün, Braun … Der Dschungel von Julinaash strotzte vor Leben und Farbenvielfalt. Nur eine einzige Farbe schien sehr selten vorzukommen und wirkte daher ausgesprochen auffällig. Nedeam sah ein wenig bedauernd auf den Helm eines Schwertmanns, den er stets voller Stolz getragen hatte. Das Metall des Helmes war mit rotbraunem Leder überzogen, ein goldener Dorn ragte auf und an der Stirn prangte das Symbol des Pferdevolkes in ebenso massivem Gold. Alle Schwertmänner trugen einen Rosshaarschweif, der am Dorn des Helmes befestigt war, und jede der Marken des Pferdevolkes hatte ihre eigene Farbe. Die der Hochmark der Hohen Dame Larwyn war ein leuchtendes Blau. Ein Blau, wie es im Dschungel von Julinaash nicht vorzukommen schien.

»Du wirst in zurücklassen müssen«, bekräftigte Llaranya. »Er ist zu auffällig. Wir müssen uns im Verborgenen bewegen, um das Land zu erkunden.«

Nedeam stieß einen missmutigen Laut aus und warf die Kopfbedeckung seinem Freund Arkarim zu, der ihn geschickt auffing. »Ich sehe es ja ein, dennoch schmerzt es mich.« Er deutete auf ihren leuchtend blauen Umhang. »Du musst ihn ebenfalls ablegen. Er ist noch weit auffälliger als mein Rosshaarschweif.«

»Eben deswegen werde ich ihn behalten.« Sie lächelte ihn strahlend an. »Alle Aufmerksamkeit wird auf mich gerichtet sein. Umso leichter wird es dir fallen, mich zu schützen.«

Arkarim räusperte sich und sah das Paar besorgt an. »Ihr solltet nicht alleine gehen, Hoher Herr und Hohe Frau«, sagte er förmlich. »Es ist ein fremdes Land und voller Gefahr. Bedenkt unsere beiden toten Wachen.«

»Gerade deshalb werden wir nur zu zweit auf diese Erkundung gehen«, erwiderte Nedeam. »Ich kann deine Sorge verstehen, mein Freund, aber zwei können sich leichter verborgen halten als eine ganze Schar.«

»Mag sein«, brummte der treue Scharführer. »Doch wenn ihr in Schwierigkeiten geratet …«

»Lass es gut sein, Arkarim.« Der Erste Schwertmann legte dem Freund die Hand an den Arm. »Unser Schutz liegt hier nicht in der Anzahl unserer Stoßlanzen und Schwerter, sondern darin, noch verborgen zu bleiben, bis wir wissen, was in diesem Land vor sich geht und wer darin lebt.«

»Es sind Mörder, die hier leben«, meldete sich Maratuk zu Wort. »Sie erschlugen Zwerge und sie erschlugen Pferdereiter.«

»Das wissen wir nicht.« Nedeam sah den alten Axtschläger an und schüttelte den Kopf. »Unsere Freunde, die Zwerge, wurden mit Klingen erstochen, unsere Schwertmänner hingegen mit Krallen niedergestreckt. Zudem, Freund Maratuk, gebe ich dir etwas zu bedenken. Du kennst den Namen Garwins. Er ist der Sohn unserer Pferdefürstin und wurde zum Renegaten. Er und seine Abtrünnigen haben Pferdelords ermordet und Gardisten Alnoas erschlagen. Ist deswegen das Pferdevolk ein Volk von Mördern?«

Der Zwerg stieß ein leises Grummeln aus und zupfte an seinen Bartzöpfen. »Das ist etwas anderes.«

»Das können wir noch nicht wissen. Doch Llaranya und ich werden nun aufbrechen, um es in Erfahrung zu bringen.«

»Dann lasst mich mitkommen«, knurrte Maratuk.

»Wir sprachen schon darüber«, lehnte Nedeam ab. »Die Bewohner von Julinaash sollen nicht vor der Zeit erfahren, dass Pferdevolk und Zwerge im Bund stehen.«

»Obwohl ich ein großer Zwerg bin, so bin ich doch von kleiner Gestalt«, entgegnete der Alte störrisch. »Wenigstens, wenn man mich mit eurem hohen Wuchs vergleicht. Ich kann mich gut verborgen halten.«

»Du bist es nicht gewohnt, dich im Wald zu bewegen«, gab Llaranya zu bedenken. »Ich hingegen, ich bin im Hause Deshay, dem Hause des elfischen Urbaums, aufgewachsen. Der Wald ist meine Heimat.«

»Nicht dieser Wald«, brummelte Maratuk.

»Lasst es gut sein.« Arkarim seufzte vernehmlich. »Mir schmeckt es ebenso wenig, sie alleine ziehen zu lassen, doch so ist es beschlossen.«

Man merkte, dass der alte Zwerg erneut widersprechen wollte, doch schließlich ließ er ein leises Schnauben hören und nickte widerwillig.

Begleitet von den besten Wünschen und Ratschlägen der Zurückbleibenden, verschwanden Llaranya und Nedeam kurz darauf zwischen den Bäumen.

Sie waren schon oft gemeinsam auf der Jagd und auch im Krieg gewesen und aufeinander eingespielt. Kleine Gesten und Blicke reichten ihnen aus, um sich zu verständigen. Sie hielten einige Längen Abstand zueinander, was es einem Angreifer erschweren würde, sie beide gleichzeitig zu überraschen. Llaranyas Blicke glitten aufmerksam umher, während sie ihre Füße mit traumwandlerischer Sicherheit setzte. Nedeam hingegen musste seine Aufmerksamkeit teilen, denn obwohl er ein naturverbundenes Wesen war, fehlte ihm das Selbstverständnis der Elfen, mit dem diese sich in den Wäldern bewegen konnten. Im Gegensatz zu seiner Gemahlin löste er gelegentlich Geräusche aus und konnte sich dann gut vorstellen, wie ein mildes Lächeln über Llaranyas Gesicht glitt.

Der Pferdelord war schon in vielen Wäldern unterwegs gewesen. Die Vielfalt des Lebens war ihm nicht neu. Insekten schwirrten umher, kleine Tiere huschten über den Boden, auf der Jagd nach Käfern und Würmern. Größere Tiere stellten den kleinen hinterher. Es war der stete Kreislauf des Lebens, zu fressen oder gefressen zu werden, und doch hatte jede Art ihren Platz und gedieh auf ihre eigene Weise. Es gab dichtes Gras, doch meist war der Boden zwischen den Bäumen von Farnen bedeckt, die kaum an die Knöchel ragten. Nedeam wollte lieber nicht genau wissen, was wohl gelegentlich die Wedel bewegte, und hoffte, es sei kein giftiges Getier darunter. Immerhin waren seine Reitstiefel aus bestem Leder und sollten den Biss eines kleinen Räubers aushalten können.

Nedeam war die Nadelgewächse und Blattbäume seiner Heimat gewöhnt, doch er hatte nie zuvor Farne gesehen, die zu einer Höhe wuchsen, dass sie die anderen Bäume überragten. Die Wedel hingen oft bis dicht über den Boden herab und manchmal verbargen sie den Stamm, der sie trug. Zwischen den Wedeln gab es lange Schlingpflanzen, die Tentakeln ähnelten und mit feinen Haaren bedeckt waren. Nedeam konnte winzige Insekten sehen, die sich zwischen diesen Haaren bewegten, und entdeckte einige kleine Nagetiere, deren leblose Leiber an den Pflanzen zu haften schienen. Er nahm sich vor, den tentakelartigen Pflanzen fern zu bleiben, die sich vom Fleisch oder Blut der Nager ernährten. Es gab Pilze und Blumen in mannigfaltigen Formen und Farben, und der Erste Schwertmann seufzte unmerklich, als er einen entdeckte, der in kräftigem Blau leuchtete. Eine Vielzahl von Geräuschen erfüllte den

Dschungel. Das Summen der Insekten, die Laute der Tiere und hin und wieder war das Brechen eines Astes zu hören. Vielleicht zerbrach er unter der Last des Alters, vielleicht unter dem Druck eines Fußes oder einer Tatze. Jedes Mal, wenn ein solches Geräusch ertönte, verharrten die beiden für einen Moment und lauschten. Einmal war ein Tier zu hören, welches seine Todesnot hinausschrie, und ein fernes Fauchen, welches den Triumph des Jägers verkündete.

Nedeam schloss unwillkürlich zu Llaranya auf.

»Das war ein größerer Jäger«, raunte er. »Einer, der groß genug ist, sich auch mit einem Menschen anzulegen.«

Sie nickte und berührte flüchtig seine Hand. »Es klingt bösartig. Anders als das Gebrüll eines Pelzbeißers. Anders als alles, was ich je zuvor hörte.«

Nedeam erwiderte den Druck ihrer Hand. »Es klingt nach einem Wesen, das die Kehlen eines Schwertmanns zerfetzen könnte. Vielleicht jene Kreatur, die unsere Wachen tötete.«

»Vielleicht. Jedenfalls müssen wir auf der Hut sein.« Sie sah ihn kurz an. »Wir sollten uns näher am Fluss halten. Früher oder später müssen wir dort auf eine Siedlung stoßen, denn der Eten ist reich an Fischen, und die Bewohner dieses Landes werden ihn nutzen.«

Nedeam nickte. »In unseren Wäldern lässt sich die Himmelsrichtung am Moos an den Bäumen bestimmen oder am Anblick des Himmels.«

Sie lächelte. »Sag mir nicht, dass du dich verirrt hast.«

»Unsinn. Wir sind immer nach Norden gegangen. Mehr oder weniger.«

»Mehr oder weniger.« Sie deutete zur Seite. »Dort ist der Fluss.«

»Bist du sicher?«

»Ich bin eine Elfin des Waldes.«

»Schön, dann dort entlang.«

Obwohl es hell zwischen den Bäumen war, hatte man nur selten einen freien Blick auf den Himmel. Selbst der Stand der Sonne ließ sich nur schwer bestimmen. Nedeam vermutete, dass die Schatten erst unmittelbar vor dem Sonnenuntergang lang werden würden und die Nacht in diesem Urwald recht schnell hereinbrach.

»Wenn wir nicht bald etwas finden, werden wir umkehren oder ein Lager für die Nacht suchen müssen«, meinte er. »Ohne Ergebnis zu den anderen zurückzukehren, würde mir nicht sonderlich gefallen.«

Llaranya musterte die Bäume. »Wenn wir lagern, dann sollten wir in einen der Bäume hinaufsteigen. Dort wird es sicherer sein als am Boden.«

»In den Bäumen kann man nicht schlafen.«

»Oh, das kann man. Und keine Sorge, ich werde dir Halt geben, damit du nicht herunterfällst.« Sie lachte leise. »Und dich anrempeln, wenn du zu laut schnarchst.«

»Ich schnarche nicht«, knurrte er wider besseres Wissen. »Ich atme nur besonders tief, wenn ich fest schlafe.«

Sie hob die Hand. »Still. Etwas beschleicht uns.«

Die Elfin ließ ihren Bogen von der Schulter gleiten und zog einen Pfeil aus dem Köcher an ihrem Waffengurt. Nedeam zückte sein elfisches Schwert. Seine Klinge war länger als die der üblichen Schwerter des Pferdevolkes und leicht gekrümmt. Sie wirkte zierlich, doch sie durchtrennte selbst die dicken Panzer der orkschen Rundohren.

Llaranya deutete auf eine dichte Gruppe von Farnsträuchern, die in jener Richtung standen, aus der sie zuvor gekommen waren. Sie machte einige Fingerbewegungen in der lautlosen Jagdsprache ihres Volkes, und Nedeam wusste diese Gesten inzwischen zu deuten. Er nickte bestätigend, auch wenn ihm ihre Absicht nicht gefiel. Llaranya wollte das, was sie beide beschlich, nun ihrerseits beschleichen, und in ihrer lautlosen Behändigkeit war sie dazu sicherlich besser geeignet, als der vergleichsweise schwerfüßige Nedeam.

Der Pferdelord übernahm ihren Bogen, sodass die Elfin ihr eigenes Schwert nutzen konnte. Nedeam war ein guter Bogenschütze, auch wenn er niemals die Kunstfertigkeit eines Elfen erreichen würde. Doch er verstand sich auf den elfischen Langbogen, dessen Reichweite und Durchschlagskraft höher war, als die der kürzeren Bogen, welche das Pferdevolk benutzte. Er legte den Pfeil an die entspannte Sehne und verbarg sich halb hinter dem Stamm eines Farnbaums. Durch die mächtigen Wedel hindurch konnte er die Farngruppe sehen, der sich Llaranya nun näherte, indem sie einen Bogen schlug.

Lautlos verfluchte er die Tatsache, dass er die erworbene Fähigkeit des Grauen Wesens nicht kontrolliert einsetzen konnte. Es wäre ihm lieb gewesen, die Aura des unbekannten Wesens zu sehen und erkennen zu können, ob es feindlicher Natur war oder sich lediglich aus Vorsicht vor den beiden Fremden verborgen hielt.

Llaranya vertraute auf ihre elfischen Sinne und Fähigkeiten.

Auch wenn dieser Urwald ihr fremd war, so war er doch ein Wald. Vom Anfang ihres über fünfhundertjährigen Lebens an hatte sie gelernt, mit einem solchen zu leben, ja, förmlich mit ihm zu verschmelzen. Ihre Füße glitten über den Boden, den ihre Augen unter der Pflanzendecke nicht sehen konnten, mieden es instinktiv, Leben zu zerstören oder Äste zu zerdrücken. Ja, die Elfin genoss es, sich hier zu bewegen, denn, bei aller Fremdartigkeit, erinnerte die Umgebung sie an die unbeschwerten Jahre ihrer Kindheit.

Ihr Herz pochte, und sie fühlte jenen Rausch, den jeder Jäger kennt. Die Anspannung, sich an eine Beute heranzuschleichen, ohne dabei entdeckt zu werden. Sie behielt die Farngruppe im Auge, ohne dabei die Umgebung zu vernachlässigen. Raubtiere und auch Feinde waren oft in Rudeln unterwegs. Einer mochte die Aufmerksamkeit auf sich ziehen, um es den anderen zu ermöglichen, blitzartig aus dem Hinterhalt zuzuschlagen. Nein, Llaranya war auf der Hut und würde sich nicht überraschen lassen.

Sie schlich in einem Bogen an die Farne heran. Wer oder was sich dort auch verborgen hielt, er rührte sich nicht von der Stelle. Gelegentlich bewegten sich die Wedel schwach und verrieten, dass sie als Versteck genutzt wurden. Ein schwaches Knacken war zu hören, dem ein gedämpfter Laut folgte.

Ein Lächeln glitt über Llaranyas Gesicht.

Mit raschen Schritten überbrückte sie die Distanz und langte ohne zu zögern mitten zwischen die Farne. Ein kurzer Schrei ertönte, als sie an dem zog, was ihre Hand ergriffen hatte.

»Wahrhaftig, Elfenfrau, ich muss schon sagen«, protestierte Maratuk, »es wird Euch zur Gewohnheit, mich am Barte zu zupfen.« Er löste ihre Hand von seinem Bartzopf. »Wenn ich es nicht besser wüsste, so möchte ich fast meinen, Ihr hättet ernstliche Absichten.«

Llaranya lachte auf und Nedeam kam herbeigeeilt und sah den alten Zwerg finster an.

»Ich hätte es mir denken müssen«, knurrte der Pferdelord.

»Glaubt Ihr denn, ein wahrer Axtschläger könnte zurükkstehen, wenn seine Freunde das Land des Feindes erkunden?«, fragte der Zwerg mit treuherzigem Augenaufschlag.

»Ich hoffe nur, er hat nicht auch noch Arkarim und den Beritt hinter sich«, seufzte der Erste Schwertmann der Hochmark.

»Sie waren in Versuchung«, gestand Maratuk. »Doch ich konnte sie davon abhalten. Ein Zwerg versteht sich darauf, sich verborgen zu halten, wo es erforderlich ist. Doch euch großen Pferdereitern fällt dies naturgemäß ein wenig schwerer.« Er deutete auf das Farngebüsch. »Es reicht gerade für einen Zwerg, auch wenn er von solch stattlicher Statur ist wie ich.«

»Hm.« Nedeam strich sich über das Kinn. »Wir können ihn schwerlich alleine zurückschicken.«

»Zurückschicken?« Der Zwerg riss empört die Augen auf. »Im Angesicht der Gefahr soll ein Zwerg weichen? Niemals!«

»Er ist nun einmal hier und so sollten wir seine Begleitung akzeptieren«, sagte Llaranya pragmatisch.

Maratuk nickte. »Ich sagte schon immer, dass ihr Elfen ein vernünftiges Volk seid, auch wenn einige meiner Freunde dies bezweifeln.«

»Nun gut, Freund Maratuk, so seid nun der Dritte in unserem Bunde«, entschied Nedeam.

»Ha.« Der alte Axtschläger schlug ihnen erfreut gegen die Arme. »Dann lasst uns gehen.« Er blickte sich um. »Äh, in welche Richtung müssen wir uns wenden?«

»Die dort.« Llaranya wies in Richtung des Flusses.

»Gut.« Der Zwerg knotete seine Haarzöpfe auf den Rükken und sah die Elfin mit breitem Grinsen an. »Nur damit ihr nicht in Versuchung geratet, erneut an ihnen zu zupfen.«

»Ihr nehmt die Mitte«, sagte Nedeam und reichte seiner Gefährtin den Bogen zurück.

»Ein Zwerg sieht der Gefahr entgegen.« Maratuk schüttelte den Kopf. »Ich gehe voran. Zudem könnt ihr über mich hinweg sehen, ich hingegen kann schwerlich durch euch hindurch blicken.«

Nedeam musste lachen. »Aber Llaranya kann sich lautlos im Wald bewegen. Etwas, das wir beide nicht so gut beherrschen.«

Der Axtschläger legte den Kopf ein wenig schief und musterte die Elfin. »Ja, wir haben nicht den leichten Schritt der elfischen Wesen. Im Herumschleichen waren sie schon immer sehr begabt. Schön, dann gehe ich hinten.«

»Nicht zwischen uns?«

»Ein Zwerg mag sich in den Tiefen der Berge wohlfühlen, doch nicht zwischen zweien ihrer Spitzen«, brummte Maratuk. »Ah, Euer Elfenweib vor mir und Euch hinter mir … Wie soll ich da eine Gefahr sehen, bevor ihr in eurer Not aufschreit?«

»Er hat Recht.« Llaranya behielt den Bogen in Händen, statt ihn wieder auf die Schulter zu schieben. »Seine Äxte können uns den Rücken decken.«

»Eure Rücken werden sicher sein«, meinte der Zwerg nur und griff über die Schultern an die Stiele seiner beiden Kampfäxte. »Dafür werden ich und bester Zwergenstahl schon sorgen.«

»Gut, so ist es beschlossen und nun sollten wir uns endlich wieder auf den Weg machen«, brummte Nedeam.

Sie änderten auf Llaranyas Geheiß die Richtung, um sich wieder dem Eten zu nähern und sich, ein Stück entfernt von seinem Ufer, parallel zu ihm zu bewegen. Früher oder später mussten sie auf eine Siedlung stoßen, davon war Nedeam fest überzeugt. Die beiden großen Städte, die sie von der Höhe des Wasserfalls aus gesehen hatten, brauchten viel Nahrung, und man würde nicht auf den Fischreichtum des Flusses verzichten.

Diesmal hielten sie nicht so viel Abstand zueinander. Es gab keinen Pfad, und sie mussten sich ihren Weg suchen. Er konnte sich in diesem Dschungel nicht auf seinen Orientierungssinn verlassen, und dem des Zwerges vertraute er noch weit weniger. Maratuk konnte nicht einmal über die mittleren Farnbüsche hinweg sehen, und das grüne Pflanzendickicht war ihm ohnehin ungewohnt, ja fremd.

Nedeam sah sich gelegentlich nach dem kleinen Herrn um, obwohl dieser ohnehin genug Geräusche verursachte und so davon verkündete, dass er eifrig hinter Elfin und Mensch einherstapfte. »Das Laufen fällt Euch schwer, Freund Maratuk«, meinte er freundlich. »Wenn Ihr eine Rast wünscht, so sagt dies ruhig.«

Der leicht schnaufende Zwerg verhielt. »Ah, Ihr seid schon müde, Freund Pferdereiter? Nun, dies ist sicher etwas anderes, als den Rücken eines Pferdes zu bedecken, nicht wahr? Aber ich will gestehen, auch wenn mein Wille mich vorwärts drängt, so könnten meine Beine etwas Ruhe vertragen.«

Llaranya bemerkte, wie die beiden zurückblieben, lächelte verständnisvoll und kauerte sich, ein Stück vor ihnen, in die Deckung eines Farnbaums.

Der Zwerg ging zu einem der dichten Büsche, um sich dort zu erleichtern. Während er Nedeam den Rücken wandte und den Verschluss seiner Hose öffnete, musterte er die bunten Blüten, die zwischen den Farnen wucherten. Eine davon hatte es ihm besonders angetan. Eine intensiv rote Blüte mit einem gelben Punkt in der Mitte, der wunderschön gemasert war. Maratuk bemerkte eine gleichartige Blüte, die nur zwei Handbreit von der Ersten entfernt war.

Dann blinzelten die Blüten.

Maratuks Augen weiteten sich ebenso wie das zahnbewehrte Maul, das nun unterhalb der scheinbaren Blüten sichtbar wurde. Dolchartige Zähne blitzten auf, die gut einen Finger lang waren und ein vernehmliches Schnauben war zu hören, als die fremdartigen Augen den Axtschläger fixierten.

Nedeam missverstand das Geräusch und wandte dem Axtschläger ebenfalls den Rücken zu. »Ich kann Eure Erleichterung hören, Freund Maratuk«, sagte der Erste Schwertmann lächelnd. »Vielleicht sollte ich mich auch einmal an die Farne stellen.«

Gebiss und Augen gehörten unzweifelhaft zu einem Raubtier, doch es zögerte anzugreifen. Wahrscheinlich hatte es noch nie zuvor einen Zwerg gesehen und wusste nicht Recht, was es mit diesem anfangen sollte und ob die merkwürdige Kreatur eine Gefahr darstellte. Maratuk hingegen wusste, dass jede Bewegung oder jeder Laut den Angriff des Räubers auslösen würde. So starrten sie beide sich an, während der ahnungslose Nedeam an eine andere Farngruppe trat.

Augen und Zähne verlagerten sich, und nun konnte der Zwerg einen breiten und dabei lang gestreckten Schädel sehen, der mit vielen kleinen Schuppen bedeckt war. Ein unregelmäßiges Streifenmuster machte es schwer, das Tier zu erkennen.

Furchtbarer Gestank schlug dem Axtschläger aus dem halb geöffneten Maul entgegen, und er sah mit Schaudern den Körper eines kleinen Nagers, der zwischen zweien der beeindruckenden Zähne aufgespießt verweste. Maratuk hatte keinen Zweifel, dass diese Kreatur ihn ebenfalls mit Leichtigkeit verspeisen konnte, und in eben diesem Moment schien die Echse zum gleichen Schluss zu kommen.

Das Maul öffnete sich weiter, und instinktiv wich der Zwerg nach hinten zurück. Er stolperte und kippte aufschreiend nach hinten und dieser Sturz rettete sein Leben.

Von einem wilden Fauchen begleitet wurden die Farne auseinandergedrückt. Ein gedrungener Leib drängte nach vorne, mit gierig ausgestreckten Klauen und gefletschten Zähnen. Muskulöse Beine trieben die Echse voran, die ihren Körper mit einem kräftigen Schwanz ausbalancierte.

Maratuk lag auf dem Rücken und sah die Echse drohend über sich aufragen. Instinktiv rollte er sich zur Seite, und das zustoßende Maul verfehlte ihn nur knapp. Nedeam schrie heiser auf, schnellte herum und zog dabei sein elfisches Schwert. Noch schneller war Llaranya, deren Pfeil sich bereits von der Sehne löste.

Der Schakral war der gefürchtetste Räuber im Land Julinaash, und die Feindschaft zwischen den Echsen und den Menschen ging wohl auf uralte Instinkte zurück. Nedeams Schrei ließ den machtvollen Räuber aufblicken, und wegen dieser Bewegung ging der Pfeil der Elfin fehl. Statt den Schädel zu treffen, schlug das Geschoss in einen der schlanken Vorderläufe.

Der Räuber brüllte auf.

Und er erhielt Antwort.

Drohendes Fauchen drang aus dem Dschungel, und nicht weit entfernt war das Brechen von Ästen und Farnwedeln zu hören. Die Laute kamen aus zwei verschiedenen Richtungen.

Maratuk hatte sich weiter herumgerollt und schaffte es dabei, eine seiner Äxte aus dem Rückenfutteral zu ziehen. Er hieb blindlings nach dem Angreifer, und die fünfeckige Schneide des einen Axtblattes trieb eine blutige Furche durch eines der Laufbeine des Schakrals. Doch das bremste den Räuber nicht. Im Gegenteil, angestachelt von Schmerz und Wut, machte die Echse einen langen Satz. Sie schnappte nach dem funkelnden Ding in Maratuks Hand. Eher zufällig verkeilte sich die Waffe in dem aufgerissenen Maul und verhinderte, dass die Kreatur zubiss. Dennoch stöhnte der alte Axtschläger schmerzerfüllt, als sich einige der Zähne in seinen Unterarm bohrten. Doch er war nicht umsonst einer der erfahrensten Kämpfer seines Volkes. Im Angesicht des Todes handelte er instinktiv, zog mit gleitender Bewegung die zweite Kampfaxt aus ihrem Futteral und trieb sie mit dem Mut der Verzweiflung in den Schädel der Raubechse.

Die Kreatur richtete sich auf und riss den Zwerg dabei vom Boden hoch. Den Unterarm noch immer im Maul der Bestie und mit den Beinen strampelnd, zog Maratuk die Axt zurück und schlug erneut zu. Der Schakral brach so unvermittelt zusammen, dass er den Zwerg unter sich begrub.

Nedeam war endlich heran, aber in diesem Augenblick brach eine zweite Echse zwischen den Farnen hervor und stürmte auf ihn zu.

Nedeam warf sich auf den Boden, rollte sich, wie zuvor der Zwerg, ab und schlug dabei mit seinem Schwert nach den muskulösen Hinterläufen des Angreifers. Die Echse schrie, als die Sehnen des einen Beins durchtrennt wurden, und kippte zur Seite. Genau in diesem Moment schlug Llaranyas Pfeil in eines der Augen und tötete die Bestie auf der Stelle.

Neben Llaranya erschien der dritte Angreifer. Viel zu nahe und viel zu schnell, um noch einen Pfeil auf ihn zu lösen.

Die Elfin sprang in die Deckung des Farnbaums, an dem sie zuvor gekauert hatte.

Der Schakral war mitten im Angriffslauf und fauchte enttäuscht, da seine Beute so schnell reagiert hatte. Die Bestie bewies ihre Gewandtheit, als sie ihr Gewicht verlagerte, sich mit einem Bein abstieß und dann mit voller Wucht gegen den Farnbaum prallte. Dabei fand sie noch Zeit, nach der Elfin zu schnappen. Der Aufprall war so heftig, dass einige der Farnwedel aus der Krone des Baums brachen und auf den Boden fielen.

Der Echse hatte die Erschütterung nichts ausgemacht. Sie stand auf ihren Hinterbeinen und versuchte, ihre Beute zu fassen. Llaranya hingegen trachtete danach, den Stamm des Baums zwischen sich und den immer wieder vorschnellenden Kiefern zu halten. Mal rechts, mal links, als vollführten sie und die Echse einen tödlichen Tanz.

Llaranya musste nur genug Zeit finden, den Bogen fallen zu lassen und das Schwert zu ziehen. Eine Leichtigkeit, wie sie dachte, bis sie das Schnauben hinter sich hörte.

»Zwei sind einer zuviel«, dachte sie erschrocken. »Wenigstens, solange ich zwischen ihren Mäulern umhertanze.« Sie ergriff einen der unteren Farnwedel und wollte sich daran hinaufziehen, doch dieser gab nach und bog sich nach unten durch. »Nedeam!!«

Sie hing an der Pflanze, sah, wie der erste Angreifer nun den Stamm umrundete, um sich seine verdiente Mahlzeit zu holen. Den zweiten konnte sie nicht sehen, doch er würde sicherlich versuchen, seinem Gefährten den Leckerbissen streitig zu machen. Sie ließ los, prallte auf den Boden und hörte über sich das Zusammenschnappen der Kiefer.

Endlich kam ihr Schwert frei.

Mit einem erleichterten Aufschrei stieß sie es nach oben, direkt in den ungeschützten Unterleib der zweiten Echse. Der elfische Stahl durchtrennte Schuppenhaut, Muskeln und anderes Gewebe, und als die getroffene Kreatur zurückweichen wollte, schlitzte sie sich den Bauch weiter auf. Gedärme und Mageninhalt quollen hervor und verfehlten die Elfin nur knapp. Der Schakral brach zusammen, stieß in seinen Todeszuckungen mit den Läufen und sein Maul schnappte noch immer nach Llaranya, als wolle die Echse nicht begreifen, dass sie eigentlich schon tot war.

Nedeam war heran, sein Schwert blitzte auf und tötete zielsicher die letzte der Bestien.

Es war vorbei.

Nedeam und seine Elfin fielen sich erleichtert in die Arme, die bluttriefenden Schwerter noch in den Händen.

»Seht es mir nach, wenn ich eure Zweisamkeit ein wenig störe«, ließ sich Maratuk vernehmen, »doch ich bin hier unter ein wenig Echsenfleisch eingeklemmt, und es liegt mir doch ein wenig schwer auf dem Magen. Wenn ihr die Freundlichkeit hättet, ein paar Portionen herauszuschneiden, könnte ich den Rest selber bewältigen.«

Der alte Axtschläger war sicherlich ein wenig großspurig, doch er war es auf eine liebenswerte Art und Nedeam und Llaranya beeilten sich, seiner Aufforderung nachzukommen.

Maratuk hatte inzwischen den eingeklemmten Arm aus dem Maul befreien können, doch er war bis zu den Hüften von dem toten Reptil begraben worden. Seine Kraft reichte nicht aus, sich von dem Kadaver zu befreien, und selbst die vereinten Kräfte von Llaranya und Nedeam bewirkten nur wenig. Der gedrungene Leib in der Größe eines Pferdes war unglaublich schwer, und so blieb den Gefährten nichts anderes übrig, als Maratuks scherzhaft gemeinte Bemerkung in die Tat umzusetzen. Schließlich gelang es, den mit Blut besudelten kleinen Herrn zu befreien.

»Solche Biester gibt es bei uns nicht«, meinte Nedeam und trat missmutig gegen den Kadaver.

»Tückische Kreaturen.«

Llaranya versorgte den Unterarm des Zwerges, der es mit stoischem Gleichmut hinnahm, als sie einen klaffenden Riss nähte. »Diese Wesen wurden für das Töten geboren. Trotz ihrer Größe sind sie sehr schnell.«

»Und sie sind nicht dumm«, knurrte ihr Gemahl. »Eine der Echsen zog unsere Aufmerksamkeit auf sich, und die anderen griffen von der Seite an. Es hätte nicht viel gefehlt und sie hätten uns tatsächlich überwältigt.«

Llaranya verknotete den Faden und trennte die Enden ab. Maratuk schien zufrieden und versuchte den Arm probeweise zu bewegen. Es schmerzte, wie man an seinem Gesicht feststellen konnte, doch der alte Axtschläger nickte, spuckte verächtlich auf die tote Echse und betrachtete dann seine Äxte und Kleidung. Alles war mit dem Blut der Kreatur beschmiert. Doch am meisten grämte sich der Alte über seine Bartzöpfe. Obwohl er sie im Nacken verknotet hatte, um die Zierde eines Zwerges zu schützen, waren sie mit zerdrückten Pflanzen und tiefrotem Echsenblut verschmutzt.

»Ich muss mich säubern«, brummte er. »Nicht allein der Reinlichkeit wegen«, fügte er hinzu und schnupperte. »Das Blut dieser Kreaturen stinkt furchtbar. Selbst wenn ich mich verborgen halte, man würde mich über Tausendlängen hinweg am Geruch entdecken.«

»Der Eten ist nicht mehr weit entfernt.« Llaranya wies zur Seite. »Am Fluss können wir uns waschen.«

Nedeam kniete an dem Kadaver und betrachtete die Krallen der Vorderläufer und die Zähne im offenen Maul des Reptils. »Vielleicht hat eines dieser Wesen unsere Wachen überrascht und getötet.«

Die Elfin schüttelte sofort den Kopf. »Nein, mein Geliebter, das war nicht der Fall. Diese Kreaturen hier können durch Stahl getötet werden. Doch die Schwerter der Wachen waren nur von ihrem eigenen Blut bedeckt, obwohl einer sich noch zur Wehr setzen konnte. Was immer die Schwertmänner der Mark tötete, sein Panzer war zu stark, um ihn zu durchdringen.«

»Keine erfreulichen Aussichten«, stellte Nedeam fest. »Diese Biester hier sind schon gefährlich genug.«

»Gehen wir zum Fluss und erkunden wir weiter.« Maratuk schnüffelte erneut und rümpfte die Nase. »Wir müssen diesen Gestank loswerden. Wer weiß, wer von ihm angelockt werden könnte.«

Der Erste Schwertmann der Hochmark warf einen letzten Blick auf die toten Echsen. Die Bewohner dieses Landes mussten wehrhafte Wesen sein, wenn sie solchen Räubern widerstanden. Er war gespannt darauf, wer über diese Fremde herrschte.

20

Warum machen wir nicht einfach die Hüterinnen an der Brücke nieder?«

Herdur-Mann war gerade dabei, die letzten Farnwedel von dem versteckten Boot abzunehmen, und sah den Fragesteller nun an. »Weil es den Frauen weit mehr Angst machen wird, wenn wir in ihr Land eindringen und uns dort ein paar Dorfbewohnerinnen vornehmen. Dann erkennen sie, dass die Grenze des Eten sie nicht vor unserem Zorn schützen kann. Und jetzt pack mit an. Ich will vor Anbruch der Nacht wieder in Sespiru sein.«

Es war eines der üblichen kleinen Fischerboote, die man in Ataraan benutzte. Die beiden Fischer, denen es einmal gehört hatte, waren wohl von einem Dorm angegriffen worden. Jedenfalls hatte Herdur-Mann es beschädigt am Ufer des Eten gefunden und es geborgen. Damals hatte er noch nicht gewusst, welche guten Dienste es ihm vielleicht eines Tages leisten konnte, dennoch hatte er es ausgebessert und in Ufernähe versteckt.

Borsik-Mann sah die notdürftigen Reparaturstellen und schien skeptisch. Der Führer von Sespiru hatte die Risse zwischen den hölzernen Planken mit Farnkraut gestopft, und sein Stellvertreter hatte kein großes Vertrauen in das kleine Boot. Nicht, wenn das Wasser von Dorm beherrscht wurde.

»Es wurde für zwei Männer erbaut«, meinte er. »Es wird uns nicht alle tragen.«

Herdur-Mann schnaubte. »Es wurde für zwei Männer und eine Menge Fisch gebaut. Es wird uns tragen, Borsik-

Mann. Zudem ist es nur eine kurze Strecke. Der Eten ist hier nicht besonders breit.«

»Aber es gibt Dorm im Wasser«, gab einer der vier anderen Männer zu bedenken. »Das Boot wird unter unserem Gewicht tief im Wasser liegen, und diese Biester haben lange Maultentakel.«

Herdur-Mann warf den letzten Farnwedel zur Seite, richtete sich auf, und seine Augen funkelten böse. »Ah, ich sehe schon, wir sollten bequem über die Brücke marschieren, die Hüterinnen bitten, freundlich über uns hinwegzusehen und ...«

»Herdur-Mann hat Recht«, unterbrach Borsik-Mann seinen Anführer und Geliebten. »Wir müssen unentdeckt bleiben.« Er schlug gegen seine Umhängetasche. »Zudem sind wir vorbereitet. Ich habe frisches Fleisch dabei. Schön blutig, wie die Dorm es lieben. Die Köder werfen wir ein Stück flussab in den Eten, und wenn die Räuber mit ihnen beschäftigt sind, rudern wir über den Fluss. Niemand wird bemerken, was wir tun, nicht einmal die gierigen Dorm.«

Sie trugen das Boot zum Ufer und sahen sich vorsichtig um. Auch wenn die Fischfang betreibenden Dörfer ein gutes Stück flussabwärts lagen, so konnte sich einer der Fischer bis hierher begeben, falls ihn ein besonders reicher Fang lockte. Diese Stelle war bekannt für ihre zahlreichen Dorm, und diese Raubwesen waren nur dort so zahlreich, wo es fette Beute für sie gab.

Die sechs Männer stiegen in das Boot und zwei von ihnen nahmen die Ruder auf. Sie waren nicht geübt im Umgang mit einem Boot, doch schließlich gelang es der Gruppe, unbehelligt das andere Ufer zu erreichen.

Herdur-Mann war erleichtert, als sie das Wasserfahrzeug auf das Ufer hinaufzogen. »Diese verdammten Hüterinnen können überall herumschleichen. Wir müssen auf der Hut sein. Zwar bestreifen sie normalerweise nur die Straßen und Wege, aber sie begleiten auch Jagdtrupps in den Dschungel, um für Frischfleisch zu sorgen.«

»Dann müssen sie gut sein«, sagte einer. »Ich meine, wenn sich die Hüterinnen mit einem Schakral anlegen und gegen ihn bestehen.«

»Natürlich sind sie gut«, knurrte Herdur-Mann. »Sie sind zwar nur Weiber, aber wir sollten sie nicht unterschätzen. Im Kampf stehen die Hüterinnen fraglos ihren Mann.«

»Wir verstecken das Boot dort zwischen den Farnen.« Borsik-Mann fingerte nervös am Griff seines vergoldeten Schwertes. »Bist du sicher, dass eine der Frauensiedlungen in der Nähe ist?«

»Nein«, gestand ihr Anführer. »Schließlich ist dies nicht mehr unser Land, und wir können es nicht bestreifen. Aber die Brücke befindet sich zwei Tausendlängen von hier, hinter dieser Biegung des Eten. Dort zweigt ein Pfad von der Straße ab. Ungefähr in diese Richtung. Die Weiber würden keinen Pfad anlegen, wenn er nicht irgendwo hinführte.« Er grinste kalt. »Und da es nur ein Pfad und keine gepflasterte Straße ist, wird er auch nur zu einer kleinen Siedlung führen.«

»Wir wissen aber nicht, wie viele Frauen dort leben.«

»Wenn es zu viele sind und wir sie nicht überraschen können, dann ziehen wir uns wieder zurück«, entschied Herdur-Mann. »Sie dürfen keine Gelegenheit haben, die Hüterinnen zu rufen. Die Brückenwache ist ja in der Nähe und könnte uns sonst den Rückzugsweg blockieren. Nichts gegen ein kleines Gemetzel mit den Hüterinnen, meine Freunde, früher oder später wird es ohnehin dazu kommen. Doch jetzt wollen wir nur etwas Blut vergießen und Angst in die Herzen der Weiber senken. Ein Vorgeschmack der Rache, die sie bald spüren werden.«

»Falls Ataraan in den Krieg gegen die Frauen zieht.«

»Wenn wir ein paar Frauen massakriert haben, werden die Weiber von sich aus in den Krieg ziehen. Dann bleibt dem zaudernden Kronenträger keine Wahl, als das Schwert aufzunehmen.«

Sie schlichen durch den Dschungel und suchten nach der Ansiedlung der Frauen. Jeder der Männer war ein erfahrener Jäger und kannte die Gefahren, die auf sie lauern konnten. So achteten sie auf jede Bewegung und jeden Laut, doch kein Pelzbeißer, kein Schakral und auch keine Hüterin stellten sich ihnen in den Weg.

Borsik-Mann hatte die Spitze übernommen und hob unvermittelt die Hand.

Sofort hielt der Trupp an, und die Männer kauerten sich zusammen. Herdur-Mann schob sich an die Seite seines Stellvertreters. »Kannst du etwas sehen?«

Borsik-Mann schüttelte den Kopf. »Nein. Es ist nichts zu sehen und nichts zu hören, was auf eine Siedlung der Frauen hinweist. Aber ich kann sie riechen.«

»Ja«, brummte Herdur-Mann, »manchmal stinken sie furchtbar nach Blütenwasser.«

»Das meine ich nicht. Ich rieche Rauch und kalten Braten.«

Herdur-Mann lächelte. »Ich rieche gar nichts, aber mit Essen kennst du dich ja aus. In welche Richtung müssen wir uns halten?«

»Direkt geradeaus. Es kann nicht weit sein, sonst würden die Gerüche des Dschungels alles überdecken.«

»Dann geh weiter voraus. Deine Nase ist am empfindlichsten und so werden wir nicht überrascht, wenn die Siedlung vor uns auftaucht.«

Sie wussten nun, dass sich die Siedlung in der Nähe befinden musste. Hände, die zuvor nur genutzt worden waren, um störende Pflanzen geräuschlos zur Seite zu schieben, zogen die Kurzschwerter aus den Scheiden. Langsam gingen sie weiter.

Dann, unvermittelt, standen sie am Rand einer kleinen Lichtung. So plötzlich, dass Borsik-Mann gerade noch verhindern konnte, ins Freie zu treten. »Wir sind da«, flüsterte er überflüssigerweise. »Die Siedlung.«

Herdur-Mann war nicht beeindruckt und zugleich erfüllte ihn der Anblick der drei bescheidenen Häuser mit Freude. »Genau das, was ich erhofft hatte. Da leben sicher nicht mehr als eine Zehn an Frauen.«

Drei bescheidene, eingeschossige Holzhäuser, die von einem hohen Zaun umgeben waren, wie er zum Schutz gegen Räuber üblich war. Manchmal fragte sich Herdur-Mann, warum ein Schakral ein solch schwaches Hindernis nicht einfach über den Haufen rannte, doch aus einem unerfindlichen Grund hatten diese Bestien meist Respekt vor den hölzernen Stangen.

Borsik-Mann sah abschätzend in den Himmel. »Später Vormittag. Es ist viel zu ruhig. Die Frauen müssten längst auf dem Feld sein, das sie dort rechts angelegt haben.«

»Vielleicht bessern sie heute ihre Kleidung oder ihre Häuser aus«, erwiderte Herdur-Mann. »Ich hoffe nur, es sind keine Jägerinnen und sie sind nicht unterwegs, um Fleisch zu erlegen.«

Sein Freund leckte sich unruhig über die Lippen. »Riechst du es? Kalter Rauch und kalter Braten. Und dazu ein süßlicher Geruch.«

Herdur-Mann sog prüfend die Luft ein. »Jetzt rieche ich es auch. Das ist der Geruch von verwesendem Fleisch, mein Freund. Da stimmt etwas nicht.« Eher unbewusst glitten die Finger prüfend über die Schneide des Schwertes. »Wir sollten nachsehen und uns vergewissern.«

»Der Geruch ist sehr stark«, meinte Borsik-Mann. »Wir werden nichts Lebendes mehr vorfinden.«

Herdur-Mann wies drei Männer an, sich am Rand der Lichtung versteckt zu halten. Der vierte folgte ihm und seinem Stellvertreter, als sie mit raschen Schritten die freie Fläche überquerten, um den Zaun der Siedlung zu erreichen.

»Er ist unbeschädigt«, stellte der Anführer fest. »Sofern er nicht auf der uns abgewandten Seite niedergerissen wurde, hat ihn kein Räuber durchbrochen. Er schnüffelte abermals. »Ohne Zweifel, es riecht nach verwesendem Fleisch. Das ist keine Falle. Irgendetwas ist hier geschehen.«

Er schlug kurzerhand die Bindungen des Schutzzauns mit dem Schwert durch. Die Pflanzenseile lösten sich, und Herdur-Mann stieß zwei der Zaunpfähle mit einem kräftigen Tritt zu Boden. Die Schwerter in den Händen, rannten sie zum ersten Haus hinüber, doch keiner von ihnen erwartete Widerstand gegen ihr Eindringen.

Die Tür des Hauses stand offen, und der Gestank war bestialisch.

Herdur-Mann legte den Unterarm vor seine Nase und trat in die Öffnung. »Bei der Finsternis«, murmelte er, »wir kommen zu spät. Jemand hat uns die Arbeit abgenommen.«

Drei Frauen lagen in dem großen Wohnraum, und ihre Leiber waren furchtbar verstümmelt.

Borsik-Mann lehnte sich neben seinen Freund an den Türrahmen. Sein Gesicht war blass. »Es muss in der Nacht geschehen sein. Sieh, die Lampen brennen noch. Sie haben wohl versucht, sich zu wehren, doch es muss sehr schnell gegangen sein. Wahrhaftig, ich hoffe, dass es schnell gegangen ist. Sieh dir diese Verstümmelungen an.

Man hat ihnen die Kehlen und die Eingeweide herausgerissen.«

Herdur-Mann nickte wortlos. Er musste sich dazu zwingen, tiefer in den Raum und zwischen die Leichen zu treten. Der Anblick toter Frauen ließ ihn eher kalt, doch die Begleitumstände ihres Todes ließen ihn frösteln. »Kein Blut«, sagte er mit leiser Stimme. »Blut an den Möbeln, am Boden und den Wänden. Sogar bis zur Decke ist es gespritzt. Doch sieh dir ihre Leiber an, Borsik-Mann. In ihnen ist kein Blut mehr. Als sei jeder Tropfen aus ihnen herausgeflossen.«

»Dafür ist zu wenig Blut unter den Körpern«, stellte der Angesprochene nach einem kurzen Rundblick fest.

»So ist es.« Herdur-Manns Hand krampfte sich um den Griff des vergoldeten Schwertes. »Jemand hatte Verwendung für das Blut.«

»Verwendung?«

Der Anführer nickte mit düsterer Miene. »Es wurde getrunken. Es wurde den Frauen ausgesaugt.«

Borsik-Mann wandte sich zur Seite und übergab sich.

Herdur-Mann trat über eine Tote hinweg und warf einen kurzen Blick in eine der Schlafkammern. »Zwei weitere Frauen. Mit ihnen geschah dasselbe.«

Borsik-Mann hockte am Boden und rang nach Atem. »Ich denke nicht, dass wir in den übrigen Häusern etwas anderes finden werden. Wir sollten uns den Anblick ersparen.«

»Geh du mit Angurt-Mann zu den anderen zurück. Ich muss mir die anderen Häuser ansehen. Ich muss sicher sein.«

»Wie kannst du dich nur am Anblick der toten Weiber berauschen«, keuchte Borsik-Mann. »Wie tief muss dein Hass sein?«

»Unsinn.« Herdur-Mann schüttelte den Kopf. »Ja, ich hätte die Weiber ebenfalls getötet. Doch ich hätte sie nicht so zugerichtet und schon gar nicht ihr Blut getrunken. Nein, mein Freund, es gibt nur eine Art von Wesen, die solches tut.«

Borsik-Mann sah den Freund fassungslos an. »Du meinst die Nachtläufer des Todes?«

»Eben diese«, bestätigte Herdur-Mann. »Hier wurden sie ihrem Namen mehr als gerecht.«

»Bei den Kronen von Julinaash, du meinst, es geht schon los?«

»Dies war das Werk der Bestien. Ja, Borsik-Mann, die alten Schriften sind nur zu wahr. Die Rudel der Nacht strecken abermals ihre Krallen nach Julinaash aus. Und nun geh zu den anderen, ich folge dir, wenn ich alles gesehen habe.«

Borsik-Mann erhob sich und beeilte sich, mit dem anderen Mann zu den Wartenden zurückzukehren. Herdur-Mann hingegen vergewisserte sich, dass es in den anderen Häusern ähnlich aussah wie im ersten. Er hatte geglaubt, der Anblick toter Frauen sei ihm Genugtuung für die ermordeten Kinder, doch dem war nicht so. Die Verstümmelungen waren zu entsetzlich. Seine Vorstellung, die Frauen den Nachtläufern auszuliefern und so zu bewirken, dass die Überlebenden sich dem Schutz der Männer unterwarfen, geriet bei diesem Anblick ins Wanken.

Dann, im letzten der Häuser, fand er die eiserne Kralle.

Zunächst wusste er nichts damit anzufangen, bis er die Blutspuren an den Eisenzacken und die Verstümmelungen miteinander in Verbindung brachte. Dann, instinktiv, ahnte er, welche Bedeutung die Kralle haben musste.

Er beeilte sich, zu seinen Männern zu gelangen, und hielt ihnen die Kralle hin. »Wir sind nicht die einzigen Wesen, die einen klugen Plan ersinnen können. Könnt ihr die Bedeutung dieses Mordgerätes erkennen? Nein? So will ich sie euch nennen. Wenn die Hüterinnen die toten Frauen vorfinden, so hätten sie auch diese Kralle entdeckt. Sie hätten geglaubt, man hätte die ihren mit diesem Werkzeug ermordet, um es als Beutezug eines Raubtieres hinzustellen.« Er sah das Unverständnis in Borsik-Manns Augen. »Sie hätten geglaubt, dass Männer für diese Verstümmelungen verantwortlich sind.«

Ihre entsetzten Gesichter verrieten ihm, dass sie nun begriffen.

»Aber … aber war es nicht deine Absicht, dass es zum Krieg kommt?«

Herdur-Mann sah den Fragesteller an und schüttelte den Kopf. »Zu einem Krieg, ja. Doch wenn die Frauen uns für die Schuldigen dieser Tat hier halten, dann wird es keine Gnade geben. Keine Frau würde sich je unserem Schutz anvertrauen.«

»Dann müssen wir ihnen die Wahrheit sagen und von den Nachtläufern berichten.«

Herdur-Mann lachte freudlos. »Und ihnen eingestehen, dass wir sie beschlichen haben, um sie zu ermorden? Außerdem wird man dann die alten Schriften studieren, so wie ich es in Ataraan tat. Man wird alles lesen, was von den Nachtläufern des Todes überliefert ist. Man wird darauf stoßen, dass nur Gold ihre Haut verletzt. Man wird unser Gold haben wollen, um sich der Bestien zu erwehren. Aber das Gold reicht nicht zum Schutze aller, ihr versteht? Nein, ihr Männer von Sespiru, wir werden schleunigst über den Fluss in unser Land zurückkehren und diese Kralle mitnehmen. Mit ein wenig Glück glauben die Frauen vielleicht doch, dass dieses Gemetzel von einem Rudel Schakrale angerichtet wurde.«

Daran glaubte nicht einmal Borsik-Mann.

Aber Herdur-Mann hatte Recht. Dieses schaurige Geschehen konnte der Anlass dafür sein, dass es endgültig zum Krieg zwischen den Geschlechtern kam. Und die Männer von Sespiru waren die Einzigen, welche die Wahrheit kannten und nun von der Existenz der Nachtläufer überzeugt waren. Die Einzigen, welche sich der unheimlichen Kreaturen würden erwehren können.

21

Sie hatten sich im Fluss gesäubert, und die Wärme des Landes ließ ihre Kleidung rasch trocknen. Jeweils zwei von ihnen hatten Wache gehalten, während der Dritte im Wasser war. Maratuk glaubte, dabei einen riesigen Fisch gesehen zu haben, dessen Maul gewaltige Fangarme trug, doch weder Nedeam noch Llaranya hatten das Wesen entdekken können.

Danach hatten sie sich wieder auf Erkundung begeben, und endlich schienen sie gefunden zu haben, wonach sie suchten. Die drei standen zwischen den Farnen am Ufer des Eten und sahen vor sich einen kleinen Bootssteg und, versteckt zwischen den Bäumen, einige Gebäude, die unzweifelhaft von den Bewohnern des fremden Landes erbaut worden waren.

Nedeam atmete schwer und sein Gesicht war von Blässe überzogen.

Llaranya ahnte, was in ihrem Gemahl vor sich ging. »Du empfindest eine Aura?«

Nedeam konnte diese Gabe nicht kontrollieren. Doch gelegentlich hatte die Fähigkeit des Grauen Wesens, die bei dessen Tod auf den jungen Pferdelord übergegangen war, schon ihren Nutzen erwiesen. Er wandte den anderen den Kopf zu und zuckte die Schultern. »Alles wirkt so friedlich, und doch sah ich diese Ansiedlung für einen Moment im roten Schein der Gefahr.«

Maratuk konnte mit der Gabe wenig anfangen und zupfte an einem seiner Bartzöpfe, die er, nach sorgfältiger Reinigung, frisch geflochten hatte. »Dieses Land besteht nur aus Gefahr, denn es ist das Land der Mörder.«

»Dennoch ist es auch ein Reich der Schönheit«, wandte Llaranya ein. »Die Vielfalt des Lebens ist atemberaubend. Und seht euch diese Ansiedlung an. Die Häuser schmiegen sich zwischen die Bäume, und sie sind von kunstfertigen Händen errichtet worden. Es erinnert mich ein wenig an die Lebensweise der elfischen Häuser des Waldes.«

Maratuk schnaubte. »Bah, so kann nur ein elfisches Wesen reden. Die Vielfalt des Lebens in diesem Land besteht aus Krallen, Zähnen, Tentakeln und Mörderhänden. Ich kann daran nichts Berauschendes finden.«

»Auch bei uns gibt es Wesen mit Krallen und Zähnen, und es gibt die Mordbande des Verräters Garwin.« Nedeam lächelte den alten Zwerg an. »Und doch sind die Marken des Pferdevolkes voller Schönheit.«

»Nun, ich persönlich bevorzuge die Festigkeit von gutem Fels und das Funkeln eines schönen Kristalls«, brummte der Axtschläger. »Und«, er grinste breit, »von den Feuerbestien abgesehen, verbirgt sich nur wenig in den Tiefen unserer Höhlen und Gänge, was uns Zwerge überraschen könnte.«

»Nun, jeder hat wohl seine eigenen Vorlieben.« Nedeams Blick war wieder ungetrübt. Während die Siedlung zuvor in einen rötlichen Schein getaucht war, bot sie sich ihm nun wieder in der Farbenvielfalt dieses Landes dar. »Jedenfalls werden wir nichts über dieses Land erfahren, wenn wir nicht mit seinen Bewohnern sprechen. Ich hoffe nur, wir können uns verständlich machen.«

»Warum sollte das nicht der Fall sein?« Llaranya ergriff für einen Augenblick seine Hand und drückte sie. »Alle Völker sprechen dieselbe Sprache. Selbst die Orks des Schwarzen Lords. Einige Begriffe mögen sich unterscheiden, doch wir haben alle dieselben Wurzeln.«

»Ich habe sicher nichts mit den Orks gemeinsam«, knurrte Maratuk. »Und notfalls lasst mich mit den Bewohnern dieses Landes reden. Die Sprache der Äxte versteht ein jeder.«

Nedeams Gesicht verfinsterte sich. »Alles zu seiner Zeit. Eure Äxte mögt Ihr schwingen, wenn wir die Schuldigen gefunden haben, guter Herr Maratuk. Doch zuvor will ich ohne Zweifel sein, dass Euer Stahl die Richtigen trifft.«

Der Zwerg grummelte etwas Unverständliches und zukkte dann die Schultern. »In diesem Land werden wir nichts Freundliches vorfinden.«

»Mag sein, doch wir können dessen nicht sicher sein.« Nedeam sah den Zwerg mitfühlend an. »Ich kann Euren Zorn verstehen. Der heimtückische Überfall auf Eure Freunde in der geheimen Miene muss gerächt werden, und das so soll es auch geschehen. Doch zu oft entsteht Feindschaft durch ein vorschnelles Wort oder eine zu rasch gezückte Klinge. Vor einigen Jahreswenden zogen ich und Llaranya in das vergangene Reich von Jalanne, und wir begegneten dort den Irghil. Sie hatten gewaltige Scheren und gepanzerte Leiber und waren uns fremd. Wir hielten sie für bösartige Wesen, guter Herr Maratuk, doch sie erwiesen sich als wahrhaftige Freunde und Kampfgefährten. Nein, ich habe gelernt, dass das erste Urteil zu täuschen mag.«

»Vergossenes Blut täuscht nicht.«

»Es ist genug.« Der Grimm in Nedeams Stimme war unverkennbar. »Es ist besser, Herr Zwerg, wenn Ihr hier im Verborgenen wartet, während Llaranya und ich die Siedlung erkunden. Eure unverhohlene Feindschaft könnte vorschnell sein und uns zu einem Kampf zwingen, der nicht angemessen ist.«

Das Gesicht des gerügten Zwergs verdunkelte sich, und für ein paar Augenblicke schien es, als werde es zwischen dem Ersten Schwertmann und dem Axtschläger zu einem offenen Streit kommen.

Doch Maratuk war alt und erfahren genug, um einzulenken. »Ich gestehe, ich mag ein alter Zwerg sein, aber mein Blut ist noch heiß genug, um in Wallung zu geraten. Wir Zwerge sind ein aufrechtes Volk und Falschheit liegt uns nicht. Daher sage ich offen, dass ich Euer Verhalten für falsch halte, Nedeam von den Pferdereitern. Doch ich will mich Euch fügen und mich verborgen halten. Aber wenn ich ein Anzeichen der Gefahr für euch beide sehe, dann werden die Bewohner dieses Dorfes den wahren Zorn eines Zwerges kennenlernen.«

Nedeam legte ihm in einer versöhnlichen Geste die Hand auf die Schulter. »So mag es sein, mein Freund. Und glaubt mir, ich habe schon oft an der Seite der Zwerge gestanden und schätze die Tapferkeit ihrer Axtschläger. Ich kann mir keinen besseren Mann wünschen, der uns den Rücken deckt.«

Maratuk blinzelte und schien zu überlegen, ob Nedeam dies aufrichtig meinte. Ein Blick in dessen Augen ließ den alten Axtschläger ein verlegenes Knurren ausstoßen. »Schön, so soll es sein.«

Llaranya und Nedeam bewegten sich auf die kleine Ansiedlung zu. Sie machten dabei einen kleinen Bogen, um sich nicht aus der Richtung zu nähern, aus der sie gekommen waren und in der sich Maratuk bereithielt.

»Es sind temperamentvolle Wesen, die Herren Zwerge«, sagte Llaranya lächelnd.

»Und verlässliche Freunde«, fügte Nedeam hinzu. »Ich kann ihn wahrhaftig verstehen. Auch ich bin erzürnt über den Tod der Zwerge und unserer beiden Wachen.« Er deutete zur Seite. »Wir sollten von dort auf das Dorf zugehen. Zwischen diesen beiden Hügeln hindurch.«

»Es sind merkwürdige Hügel«, meinte die Elfin. »Sieh dir die gleichmäßige Form und Größe an. Sie sind nicht von der Natur erschaffen, sondern wurden durch Hände geformt. Ich kann ihre Zahl nicht erkennen, doch es sind wenigstens vier. Siehst du die Säulen auf ihren Kuppen?«

»Ja. Sie scheinen mit Zeichen bedeckt. Ob es Stätten sind, an denen sie einer Gottheit huldigen?«

»Dann müssten sie sehr viele Götter haben.« Die Elfin wischte eine Strähne ihrer langen schwarzen Haare aus dem Gesicht. »Ich glaube eher, dass sie dort ihre Toten zur letzten Ruhe geleiten.«

»Das wären aber eine Menge Tote für so ein kleines Dorf.«

»Vielleicht liegt auch nur einer unter jedem der Hügel. Jedenfalls müssen sie eine Bedeutung haben, und wir sollten respektvoll sein und uns zwischen ihnen bewegen und nicht einfach über einen von ihnen hinweg gehen. Wenn es eine zeremonielle Stätte ist, könnten die Dorfbewohner dies als Entweihung ansehen.«

Nedeam konnte verstehen, dass dieses Dorf Llaranya an die elfischen Häuser des Waldes erinnerte. Die Elfen errichteten ihre Behausungen auf den Ästen der Bäume und passten sie dabei dem natürlichen Wuchs der Pflanzen an. Die Bewohner dieses Ortes folgten ähnlichen Grundsätzen und hatten ihre Häuser harmonisch zwischen den Bäumen errichtet. Es waren nur wenige Gebäude, und Nedeam war überrascht, als er keine der Bewohner erkennen konnte.

»Das ist ungewöhnlich«, murmelte er Llaranya zu. »Man sollte doch meinen, dass hier einige Familien leben. Doch nichts rührt sich. Niemand ist zwischen den Gebäuden unterwegs, man hört keine Geräusche und kein Geschrei von Kindern. Als sei dies ein toter Ort.«

»Dazu ist alles zu gepflegt. Hast du bemerkt, dass es hier keine Felder gibt?«

»Bei diesem Dschungel wird es schwer sein, ihm Ackerland abzuringen. Aber vielleicht haben sie auch ein Feld abseits des Dorfes angelegt oder gehen dem Fischfang nach. Das könnte auch erklären, warum hier niemand zu sehen ist. Vielleicht sind sie alle zur Feldarbeit?«

»Oder sie haben uns bemerkt und verstecken sich aus Furcht. Wahrscheinlich sehen wir mit unseren Gewändern recht fremdartig aus, und da ist immer Vorsicht geboten. Über jenem Schornstein dort flimmert die Hitze eines Feuers. Dort immerhin muss jemand sein.« Llaranya deutete zu einem der Gebäude. »Lass uns hinübergehen und mach ein freundliches Gesicht. Du siehst ziemlich grimmig aus.«

Er verzog sein Gesicht zu einem übertriebenen Lächeln. »Dieser Ort bereitet mir Unwohlsein, auch wenn ich nicht sagen kann, warum das so ist.«

Sie sahen eine junge Frau aus der Tür des Hauses treten, die ihnen neugierig entgegenblickte.

»Sie wirkt nicht sonderlich überrascht, uns zu sehen«, stellte Nedeam fest. »Oder sie versteht sich darauf, dieses zu verbergen. Immerhin scheinen uns die Bewohner dieses Landes sehr zu ähneln. Es ist eine sehr schöne Frau.«

»Ah, wahrhaftig?« Llaranya warf ihm einen kurzen Blick zu.

Nedeam grinste. »Ja, das ist sie. Sie ähnelt dir im Wuchs und hat auch dein schönes langes Haar.«

»Hm.« Llaranya zog eine ihrer Augenbrauen hoch. »Findest du sie begehrenswert?«

»Fraglos«, gestand er ein. »Sie wäre die Zierde eines jeden Mannes.«

»Jeden Mannes?«

Er erwiderte ihren Blick. »Nicht jeden Mannes, meine Geliebte. Es gibt keine Frau, die sich mit dir vergleichen lässt.«

»Schön, das zu hören«, gestand sie ein. Die Elfin lächelte die fremde Frau an. »Ich bin gespannt, wie sie auf uns reagiert. Ob sie bereits erkannt hat, dass wir nicht von hier sind?«

»Sie weiß es«, murmelte er. »Du brauchst dir nur ihre Ohren anzusehen.«

»Ihre Ohren?«

»Sie sind rund wie bei allen Menschen. Deine sind spitz wie bei allen Elfen, mein Liebling.«

Llaranya seufzte. »Ich hätte daran denken sollen, sie zu bedecken.«

»Jetzt ist es zu spät. Und vielleicht ist es sogar hilfreich, wenn sie sofort sieht, dass wir von verschiedener Art sind.«

Sie erreichten die wartende Frau, die sie freundlich anlächelte. »Seid gegrüßt, Fremde. Ich heiße euch willkommen.« Sie deutete auf Llaranyas Ohren. »Ich habe in alten Legenden davon gehört. Du musst ein elfisches Wesen sein, nicht wahr?«

»Ich bin Llaranya-olud-Deshay aus dem elfischen Hause Deshay«, bestätigte Llaranya und deutete auf Nedeam. »Und dies ist mein Gemahl, Nedeam, der Erste Schwertmann aus der Hochmark des Pferdevolkes.«

Llaranya sprach etwas lauter, als es erforderlich gewesen wäre. Maratuks Versteck war nicht weit entfernt und vielleicht gelang es dem Zwerg, einiges von der Unterhaltung mitzuhören.

Die ausdrucksvollen Augen der Frau musterten sie aufmerksam. Nedeam bemerkte, dass die eine Hand der Frau dabei über einen kurzen Stab strich, der am Gürtel ihres langen Gewandes hing. Der Stab erinnerte ihn ein wenig an die verhängnisvollen »Stäbe der Macht«, mit denen die Magier von Lemaria so viel Unheil verbreitet hatten. Als die Frau Nedeams Blick bemerkte, löste sie ihre Hand von dem Stab und ihr Lächeln vertiefte sich auf geheimnisvolle Weise.

»Ihr müsst wahrhaftig von sehr weit her kommen«, stellte sie fest. »Die Legenden berichten von den Elfen, doch nichts vom Pferdevolk. Aber ihr seid sicher ein Volk von Reitern, Nedeam aus der Hochmark. Die alten Schriften berichten, dass auch Julinaash einst über Reiter verfügte.«

»Julinaash?«

»So nennt sich dieses Land. Wir haben schon seit den Kriegen des Ersten Bundes keinen Besuch aus fernen Reichen mehr gehabt. Sicherlich gibt es viel zu erzählen. Doch verzeiht, ihr seid sicherlich müde und hungrig. Tretet in mein bescheidenes Heim. Viel vermag ich euch nicht zu bieten, doch es wird Hunger und Durst stillen.«

Nedeam wollte der Einladung der freundlichen Frau bereitwillig folgen, doch Llaranya hielt ihn unmerklich zurück. »Verzeiht, gute Frau, doch wir sind weder müde, noch sind wir hungrig und wir haben noch einen weiten Weg vor uns. Wir sahen zwei große Städte und wollten eine von ihnen aufsuchen.«

»Ihr saht sie?« Die Frau nickte verstehend. »Ja, ihr müsst über den hohen Pass gekommen sein. Von dort hat man einen guten Überblick. Und ihr müsst sehr mutig sein, dass ihr eine weite Reise ganz alleine auf euch genommen habt. Was, wenn ich fragen darf, veranlasste euch dazu?«

Die Frau sah Llaranya an, und Nedeam ahnte, dass sie einiges über das elfische Volk wissen musste. So kannte sie wahrscheinlich auch das Unvermögen der Elfen, bewusst zu lügen. Elfen mochten einen Teil der Wahrheit verschweigen können, doch ihre Art ließ keine gezielte Lüge zu.

»Wir Elfen sind ein wissbegieriges Volk«, sagte Llaranya rasch. »Und wir sind auch nicht ganz alleine. Ein paar Begleiter ließen wir zurück, die sich von der Reise erholen.«

Wahrheit und Halbwahrheit vermischt, wie es nur den Elfen gelang, wenn sie etwas zu verbergen hatten. Nedeam hätte lieber darüber geschwiegen, dass sie nicht alleine waren, doch das hatte die gezielte Frage der Frau verhindert. Zudem musste er sich eingestehen, dass es sicherlich unglaubwürdig gewesen wäre, die Reise alleine bewältigt zu haben.

»War es nur eure Wissbegier?«

»Das Pferdevolk ist stets bereit neue Völker kennenzulernen«, warf Nedeam ein. »Seit die Legionen des Schwarzen Lords die freien Länder erneut mit Krieg überziehen …«

»Erneut?« Die Frau schien einen Moment zu erstarren. »Ich dachte, dieser Krieg läge nun schon viele Jahrtausendwenden in der Vergangenheit.«

»Es herrschte lange Zeit Frieden«, erklärte Nedeam. »Doch vor einigen Jahren schickte er seine Legionen von Orks erneut aus. Sie sind zahlreich, und die Grenzen sind hart umkämpft.«

»Doch das ist sicher nicht der Grund, weswegen ihr zu uns gekommen seid, nicht wahr? Wenn ihr Feinde der Orks seid und sie hier vermutet hättet, so wäret ihr mit großer Macht erschienen. Das ist die Art der Krieger, oder täusche ich mich?« Die Dorfbewohnerin lächelte sanft. »Was also treibt euch bis nach Julinaash herauf?« Sie sah, wie Nedeam zur Antwort ansetzte und schüttelte den Kopf. »Nein, lasst eure Elfenfrau antworten.«

Der Pferdelord erkannte, dass diese Frau klug war und sich nicht mit Halbwahrheiten abspeisen lassen wollte. Vielleicht war sie aufrichtig bereit, ihm und den anderen zu helfen, und wenn das nicht der Fall war, so würde sie ohnehin ahnen, dass sie beide nicht alleine und aus reiner Neugierde hierhergekommen waren. Es war vielleicht besser, das Risiko einzugehen und ihr die Wahrheit zu sagen. Wenigstens so viel von der Wahrheit, dass ihre Wissbegier vorerst gestillt war.

»Freunde von uns arbeiteten in einer kleinen Goldmiene in Rushaan.« Immerhin gab es keinen Grund, ihr alles zu eröffnen, und sie musste nicht unbedingt von den Zwergen erfahren. »Sie wurden heimtückisch überfallen und erschlagen. Die Spur der Täter führte uns hierher.«

»Ich verstehe. Ihr sucht jene, die eure Freunde töteten.« Die schöne Frau zuckte die Schultern. »Uns ist das Töten nicht fremd. Einst kämpften die Männer dieses Landes in einem fernen Krieg, doch nun herrscht Frieden oder doch wenigstens keine offene Gewalt. Ich wüsste nicht, wer eine so weite Reise, bis nach Rushaan hinunter, unternehmen sollte, nur um fremde Menschen zu töten und ihr Gold zu rauben.«

»Ich sagte nicht, dass es geraubt wurde.«

Ein unbeschwertes Lachen ertönte. »Haltet ihr mich für eine Närrin? Die Lust am Töten ließe sich auch hier befriedigen, Mann des Pferdevolkes. Doch Gold ist in Julinaash ein sehr seltenes Metall.« Sie deutete über das Land. »Findet jene, die Gold besitzen, und ihr habt wohl auch jene gefunden, die eure Freunde töteten.«

»Da du uns keinen Hinweis geben kannst … An wen könnten wir uns wenden?«

Die Frau lächelte erneut. »Wenn ihr ein Gespräch sucht, so müsst ihr euch entscheiden, ob ihr mit dem Kronenträger oder der Kronenträgerin reden wollt.«

»Kronenträger? Kronenträgerin?«

Das Gesicht der Frau wurde ernst. »Ihr versteht das nicht. Eine Elfenfrau und ein Menschenmann im ehelichen Bund …«, sinnierte sie. »Mann und Frau. Ich hörte nie zuvor von solch einer Bindung.«

»Wir lieben einander«, sagte Nedeam schlicht. »So haben wir auch zueinander gefunden.«

Die Dorfbewohnerin nickte bedächtig. »Dergleichen werdet ihr in Julinaash nicht finden. Mann und Frau binden sich nicht untereinander.« Sie deutete zum Fluss. »Dies ist die Grenze. Das diesseitige Ufer gehört zum Reich der Männer, das jenseitige zu dem der Frauen. Keiner betritt das Land des anderen ohne triftigen Grund.« Sie sah die beiden eindringlich an. »Es herrscht eine Art von Feindschaft zwischen den Arten, ihr versteht?«

Nedeam verstand überhaupt nicht.

»Feindschaft zwischen Mann und Frau? Aber das ist unsinnig. Sie gehören zusammen. Das ist die Natur der Dinge.«

»Nicht in Julinaash.« Die Stimme wurde kalt. »Das solltet ihr bedenken, wenn ihr mit Mann oder Frau sprecht.«

»Du bist unzweifelhaft eine Frau und lebst im Land der Männer«, stellte Llaranya fest. »Wie kann das sein, wenn Feindschaft herrscht?«

»Ich und die meinen haben der Übereinkunft entsagt«, erklärte die schöne Frau. »Wir leben zurückgezogen und wollen keinen Kontakt mit den anderen.« Sie zuckte kurz mit den Schultern. »Sie haben uns vergessen, und so soll es auch bleiben.«

»Ich verstehe«, murmelte Nedeam. »Ihr wollt unter euch bleiben. Diese Übereinkunft, welche Bedeutung hat sie?«

»Liebe gibt es nur innerhalb eines Geschlechts«, sagte die schöne Frau leise. »Doch um Kinder zu bekommen, müssen sich die Geschlechter mischen. So gibt es zwischen dem Reich der Männer und dem Reich der Frauen eine Übereinkunft. Zweimal in jeder Jahreswende besucht eine Gruppe von Bullen die Stadt der Frauen, Julinaar. Einmal, um die Frauen zu befruchten und ein zweites Mal, um die männlichen Säuglinge abzuholen.«

Nedeam und Llaranya sahen sich an und verstanden sich ohne Worte. Eher unbewusst legten sie ihre Hände ineinander. Die Frau sah die kleine Geste der Vertrautheit und Liebe. »In fernen Ländern mag es andere Gebräuche geben, doch hier in Julinaash müsst ihr euch der Übereinkunft fügen. Gleich, ob ihr in die Stadt der Männer oder die der Frauen geht, man wird euch trennen. Ich denke, in Ataraan wird man euch, Elfin, ohne Umschweife töten.«

Nedeams Hand legte sich an den Griff des Schwertes. »Warum sollte man das tun?«

»Oh, du bist sicher ein erfahrener Krieger, nicht wahr? Doch gegen all die Männer Ataraans würdest du niemals bestehen können. Nun, Ataraan ist die Stadt der Männer. In der Übereinkunft steht geschrieben, dass keine Frau den Fuß über den Fluss setzen darf, ohne getötet zu werden. Daher müssen die Bullen ja auch in die Stadt der Frauen hinüber.«

»Doch du lebst«, warf Llaranya ein.

»Dies ist ein heiliger und geheimer Ort, fern der Siedlungen der Männer und der Frauen«, kam die scharfe Erwiderung. »Und nichts soll sich daran ändern.«

»Wir werden darüber schweigen«, versicherte Nedeam.

Die Frau sah Llaranya an. »Die Elfin soll mir dies bestätigen.«

»So sei es«, sagte diese leise.

Die Dorfbewohnerin schien zufrieden. »Wenn ihr gemeinsam in eine Stadt wollt, dann bleibt euch nur der Weg nach Julinaar. In der Stadt der Frauen wird man einen

Mann vielleicht nicht sofort töten. Immerhin lassen sie die Bullen zu. Allerdings ist jetzt keine Brunft, und außerhalb der Zeit der Übereinkunft vermag ich nicht zu sagen, wie die Bewohnerinnen Julinaars auf den Anblick eines Mannes reagieren werden. In jedem Fall werden sie keinen Krieger bei sich dulden.« Sie deutete auf Nedeams Schwert. »Wenn du die Stadt lebend betreten willst, musst du dein Schwert ablegen. Dann mag man dich, vielleicht, als Bulle Llaranyas ansehen. Ob ihr die Stadt jemals wieder verlassen könnt, hängt von der Entscheidung der Kronenträgerin ab und liegt in den Händen ihrer Hüterinnen.«

Die Frau strich geistesabwesend über den Stab an ihrer Hüfte. »Ihr kommt aus fernen Reichen, und so will ich euch einen Rat und etwas Hilfe geben. Benutzt keine der Brücken. Sie werden auf beiden Seiten bewacht. Man würde euch nicht passieren lassen. Ich werde euch ein kleines Boot geben, mit dem ihr den Fluss überqueren könnt.«

»Dafür danken wir dir«, sagte Nedeam. Er hatte ein ausgesprochen unbehagliches Gefühl. »Du sprachst vorhin von den deinen. Arbeiten sie auf dem Feld?«

Das Gesicht der Frau war einen Augenblick ausdruckslos. »Sie halten sich verborgen. Sie … schätzen deine Art nicht.«

»Diese Hügel, ich kann nun sehen, dass es sieben sind …« Llaranya deutete um sich. »Haben sie eine besondere Bedeutung?«

»Für euch sind sie ohne Belang.« Die schöne Frau schien es plötzlich eilig zu haben, ihre Besucher wieder loszuwerden. »Ihr findet das Boot am Steg. Rudert zum anderen Ufer und versteckt es dort unter den Bäumen.«

»Wir danken für deine Hilfe und deinen Rat«, sagte Llaranya freundlich und zog kurz an Nedeams Arm.

Sie wandten sich dem Steg zu und hofften darauf, dass die Frau wieder in das Haus zurücktrete.

»Diese Frau jagt mir einen Schauder über den Rücken«, bekannte Llaranya. »Etwas Unheimliches geht von ihr aus.«

»Von diesem ganzen Land«, bekräftigte Nedeam. »Was sie uns über dieses Julinaash erzählte und von dieser Übereinkunft zwischen den Geschlechtern, es macht mir Angst. Wie kann es sein, dass Mann und Frau sich auf solche Weise gegenüberstehen, statt Seite an Seite zu treten?«

»Ich weiß es nicht, und es gefällt mir ebenso wenig. Wir werden uns nach ihrem Rat richten müssen. Vielleicht erfahren wir in dieser Stadt Julinaar, wie es dazu gekommen ist. Sag, beobachtet sie uns noch?«

Nedeam brauchte sich nicht umzuwenden, um das zu wissen. »Das tut sie sicherlich. Ich habe Zweifel an dem, was sie uns sagte. Wenn Feindschaft zwischen Mann und Frau besteht, wie kann sie mit ihren anderen Frauen im Land der Männer leben? Sie sagte doch, die Männer würden die Frauen sofort umbringen, nicht wahr?«

»Sie sagte viel und zugleich sehr wenig.« Llaranya betrat den Steg und sah das kleine Boot, das dort vertäut war. »Und ich würde nur wenigen ihrer Worte vertrauen. Wir sollten sehr vorsichtig sein.«

Nedeam trat neben sie und half ihr, in das kleine Wasserfahrzeug zu steigen. Dabei blickte er zu dem Haus hinüber. »Sie steht noch immer in der Tür.«

»Verdammt.« Llaranya biss sich auf die Lippen. »Dann wird sie uns auch beobachten, wenn wir mit diesem Boot zum anderen Ufer übersetzen.«

»Davon bin ich überzeugt.«

»So werden wir Maratuk nicht einsteigen lassen können.«

Nedeam stieß einen leisen Fluch aus. »Du hast Recht. Sie würde es sehen und erkennen, dass er ein Zwerg ist. Es missfällt mir, doch wir müssen den kleinen Herrn zurükklassen.«

»Ich hoffe, er kommt alleine zurecht«, seufzte Llaranya, »und findet den Weg zurück zu den anderen.«

»Ich hoffe eher, er kommt nicht auf die Idee, uns folgen zu wollen.«

Llaranya kannte sich mit Booten weit besser aus als Nedeam und übernahm die beiden Ruder. »Warum? Weil er ein männliches Wesen ist und im Land der Frauen in Gefahr schwebt?«

»Nicht nur.« Nedeam deutete ins Wasser. »Maratuk hatte Recht. Das Wasser ist ziemlich belebt, und seine Bewohner wirken nicht freundlich. Der kleine Herr sollte besser nicht versuchen, hinter uns her zu schwimmen.«

22

Nein, einen Kampf gegen die Frauen durfte es unter keinen Umständen geben.

Sebor-Mann war von den fruchtbaren Folgen einer solchen Auseinandersetzung überzeugt, doch das war nicht das Einzige, was ihn bewog, den Auftrag des Kronenträgers von Ataraan bereitwillig auszuführen. Er dachte an die Frau, die er entgegen der Übereinkunft liebte, und an die gemeinsame Tochter. Eine Liebe zwischen den Geschlechtern war möglich, auch wenn dies für die meisten Männer und Frauen schier unvorstellbar gewesen wäre. Man mochte sich nicht und wollte voreinander seine Ruhe haben, aber man hielt den Frieden. Ein erneuter Kampf der Geschlechter, wie er vor so vielen Jahren getobt hatte …? Nein, das konnte und durfte nicht sein.

Was man den San angetan hatte, war ein entsetzliches Verbrechen. Sebor-Mann war überzeugt, dass es die Tat von Frauen war, doch das mussten verbrecherische Außenseiterinnen gewesen sein, die sich außerhalb des Gesetzes der Übereinkunft begeben hatten. Von jenem Hass auf Männer getrieben, den Herdur-Mann offensichtlich gegenüber den Frauen empfand.

Sebor-Mann war schockiert über das Verhalten Herdur-Manns. Dieser war mehrmals mit den Bullen in der Stadt der Frauen gewesen und hatte nie zuvor diesen offenen Hass gezeigt. Der Botschafter des Kronenträgers verstand nun einige der Bemerkungen, die Herdur-Mann in all den Jahren gemacht hatte, auf ganz andere Weise. Er hatte sie stets als Spitzfindigkeiten gedeutet, und nun begriff er, dass der Führer des Dorfes Sespiru die Übereinkunft wohl nur genutzt hatte, um sich im Land der Frauen umsehen zu können. Die Bereitwilligkeit, mit der Herdur-Mann vom Krieg gegen die Frauen sprach, ja, ihn forderte, war ebenso erschreckend, wie die Bereitschaft einiger Männer, ihm zu folgen.

Nein, es durfte nicht dazu kommen.

Sebor-Mann hatte die Brücke und damit die Grenze überquert, und die Hüterinnen hatten bei seinem Anblick die Hände an die Langmesser gelegt. Er kam außerhalb der Zeit der Übereinkunft, und sie hatten das Recht, ihn zu töten, doch er gab sich als Bote zu erkennen und zeigte zum Beweis das Schriftstück, welches der Kronenträger mit zittriger Hand selbst geschrieben hatte.

Drei der Hüterinnen der Brückenwache eskortierten ihn, damit er bei der Reise durch das Land der Frauen keinen Schaden erlitt. Sie waren neugierig, was ihn außerhalb der Zeit hierher trieb. Das Schriftstück hatte darauf keinen Hinweis enthalten, und Sebor-Mann hütete sich, über den Grund seines Kommens zu berichten. Nein, er musste vorsichtig sein. Die Kinder waren mit Langmessern ermordet worden, und die Hüterinnen waren die einzigen, welche solche Waffen trugen. Sebor-Mann war überzeugt, dass die Mörderinnen unter ihnen zu finden waren. Ja, er war ebenso überzeugt, dass es mehrere Frauen gewesen sein mussten, welche die Bluttat begangen hatten. Wenn sie im Auftrag der Kronenträgerin gehandelt hatten, dann war der Frieden verloren. Doch die Kronenträgerin war eine verantwortungsvolle Führerin der Frauen, so wie der Kronenträger ein verantwortungsvoller Führer der Männer war. Sebor-Mann konnte sich nicht vorstellen, dass sie eine solche Tat gutheißen würde.

Die Torwache der Stadt Julinaar war sichtlich überrascht, als Sebor-Mann mit seiner Eskorte auftauchte.

»Was hat der Bulle hier zu suchen?«, fragte die Unterführerin. »Es ist nicht die Zeit der Übereinkunft.«

Die Anführerin der Eskorte zog das Schreiben des Kronenträgers aus ihrem Gewand. »Das weiß ich selbst, und er wird es wohl auch wissen. Ich kenne den Mann. Er war schon als Bulle bei uns. Hier, er kommt als Bote ihres Kronenträgers und hat ein versiegeltes Schreiben bei sich.«

Die Unterführerin der Torwache betastete das rote Siegel, hütete sich aber, es zu brechen. »Ein versiegeltes Schreiben des Kronenträgers?«

»Du kannst es doch sehen oder nicht?« Die Hüterinnen der Eskorte hatten es eilig, zu ihrem Posten zurückzukehren.

Die Wachführerin sah Sebor-Mann mit einer Mischung aus Neugierde und Misstrauen an. »Ich habe von solchen Schreiben gehört, aber es ist sehr lange her, dass ein Mann mit einer direkten Botschaft des Kronenträgers nach Julinaar kam. Es muss von Bedeutung sein.«

»Dann solltest du sehen, dass du ihn zur Kronenträgerin bringst.« Die Führerin der Eskorte wippte leicht auf den Fersen. »Wir haben anderes zu tun. Die Grenze ist geschwächt, während wir hier herumstehen.«

Die Wachführerin nickte und schob das Schreiben hinter ihren Waffengurt. »Ich bestätige dir die Übernahme des Bullen. Du und deine Hüterinnen können zur Grenze zurück. Wir kümmern uns um diesen Mann.«

Zwei Frauen nahmen Sebor-Mann zwischen sich, die Unterführerin schritt voran, als sie vom Tor durch die Straßen gingen. Neugierige Bewohnerinnen traten zur Seite und starrten ihn an. Sie alle fragten sich, was er hier zu suchen habe. Ob eine von ihnen ahnte, dass das Schwert des Krieges alles zu verschlingen drohte? Sebor-Mann wäre gerne durch jene Straße gegangen, in der seine geliebte Elian-Frau und seine Tochter Sia-san-Frau lebten, doch der Weg zum Palast führte dort nicht vorbei. Die Hüterinnen gingen rasch und auf dem kürzesten Weg, denn ein Mann mit einem Schreiben des Kronenträgers war von Wichtigkeit und würde wohl nichts Gutes zu bedeuten haben.

Die Eskorte der Torwache übergab Schreiben und Überbringer an eine Eskorte der Palastwache.

Sebor-Mann war zum ersten Mal in jenem Palast, der dem alten König und dessen Gemahlin als Regierungssitz gedient hatte und zum Symbol des Niedergangs von Julinaash geworden war. Die Größe der steinernen Gänge und Räume war beeindruckend. Er sah farbige Wandmalereien und verzierte Säulen, welche die Decke abstützten. Einiges war übermalt worden und zeigte Szenen aus dem Leben der Frauen. Einige der Darstellungen waren sehr freizügig und eindeutiger Art. Sebor-Mann fühlte sich seltsam berührt, als er Frauen beim Liebesspiel sah, doch warum sollten sie weniger Lust empfinden als Männer? Ob zu den Zeiten des alten Königs hier das Liebesspiel von Männern und Frauen abgebracht gewesen war? Wohl eher nicht. In dem kleineren Palast in Ataraan waren die alten Gemälde noch erhalten, und sie zeigten edle Kämpfer und Könige.

»Halte dich nicht mit Starren auf«, knurrte eine Hüterin der Palastwache. »Hier geht es entlang.«

Sie deutete mit der Schriftrolle in einen weiteren Gang. »Wir werden nun gleich vor die Kronenträgerin treten. Ich rate dir, zeige ihr deinen Respekt, wie es ihr zukommt. Und sei dir sicher, dass wir in der Nähe sind.«

Er sah die Wachen empört an. »Glaubt ihr etwa, ich würde die Hand gegen sie erheben?«

»Wer weiß schon, wie Männer reagieren?«, erwiderte die Frau. »Ihr seid grob und gewalttätig, das ist allgemein bekannt.«

»Ich bin ein Bote des Kronenträgers.«

»Benehme dich entsprechend, und du wirst auch in dein eigenes Land zurückkehren können«, mahnte die Hüterin.

»Ein Bote steht unter dem Schutz beider Kronen.« Sebor-Mann unterdrückte seinen aufkommenden Ärger. »Und ein Bote respektiert beide Kronen. So steht es in der Übereinkunft.«

»Ich wollte mich dessen nur vergewissern«, versicherte die Hüterin und lächelte dann unerwartet.

Dieses Lächeln ließ seinen Zorn schwinden und er bemühte sich, der Frau freundlich zuzunicken. Immerhin tat sie nur ihre Pflicht als Hüterin der Kronenträgerin.

Sie hielten vor einem Portal, welches von vier streng blickenden Hüterinnen bewacht wurde. Nach wenigen Worten schlüpfte eine von ihnen in den dahinter liegenden Raum und kam nach wenigen Augenblicken zurück. »Die Kronenträgerin bittet dich einzutreten.«

Ungewöhnlich höfliche Worte von einer Frau, und doch hatte Sebor-Mann sie erwartet. Wenigstens der Respekt vor den alten Kronen hatte Bestand. Die Wachen ließen ihn passieren, und er trat ohne ihre Begleitung ein. Allerdings stellte er schnell fest, dass sie ohnehin keinen Grund gehabt hätten, zu befürchten, er könne der Kronenträgerin ein Leid zufügen.

In dem ehemaligen Thronsaal hielten sich mehrere Frauen auf, und einige von ihnen, darunter die Kronenträgerin, ordneten rasch ihre Gewänder. Sebor-Mann musste ein verständiges Lächeln unterdrücken und trat mit raschen, doch nicht zu hastigen Schritten auf die Repräsentantin der Frauen zu. Wie es dem Stand der Krone gebührte, verharrte er in respektvollem Abstand und verneigte sich kurz.

Julara-Alecia-Frau gebot ihm, sich wieder aufzurichten und näher zu treten. Sie hielt das Schreiben des Kronenträgers in Händen und hatte das Siegel noch nicht geöffnet. »Es ist ungewöhnlich, dass ein Bote des Kronenträgers unser Land betritt«, sagte sie durchaus freundlich. »Es muss von hoher Wichtigkeit sein, wenn du den Besuch in Julinaar auf dich nimmst.«

»Das ist es in der Tat, Kronenträgerin.«

Sie musterte ihn mit einem skeptischen Blick, brach das Siegel und entrollte das Schreiben. Sofort verfinsterte sich ihre Miene. »Was soll dieser Unfug? Dort steht nichts geschrieben! Erkläre mir diesen üblen Scherz!«

»Kein übler Scherz, Kronenträgerin, sondern eine Notwendigkeit«, versicherte er hastig, denn ihr Unmut war unverkennbar und konnte, trotz seines Status als Bote, sehr unangenehme Folgen haben.

»Erkläre mir das.«

Er bemerkte, wie einige der anwesenden Hüterinnen die Hände an die Langmesser legten. Der Anblick machte ihn nervös, und er leckte sich über die Lippen, um Zeit für die richtigen Worte zu finden. »Der Kronenträger wollte die Nachricht nicht dem Schreiben anvertrauen. Ein Siegel kann von Jedermann geöffnet und das Schreiben von unbefugten Augen gelesen werden.«

»Wie kannst du es wagen, so etwas zu behaupten? Nur die Hüterinnen und eure Wächter sind befugt, das Schreiben eines Boten an sich zu nehmen, um es zu übergeben.«

»So ist es.«

Der Blick in seine Augen schien Julara-Alecia-Frau unsicher zu machen. Die ihren verengten sich für einen Lidschlag. »Hat dein Kronenträger Zweifel an der Verlässlichkeit seiner eigenen Wachen oder an der meiner Hüterinnen?«

»Er vertraut auf die Kronenträgerin, und ich tue das auch.«

»Ich verstehe.« Sie war eine Frau von hoher Entschlusskraft und raschem Verständnis, das musste Sebor-Mann neidlos anerkennen. »Verlasst den Raum, Gefährtinnen der Krone. Ruft mir Helen-Frau. Ich will die Kommandantin der Hüterinnen an meiner Seite.« Sie bemerkte sein kurzes Zusammenzucken und sah ihn erneut abschätzend an. »Wenn du der Kronenträgerin vertraust, Bote, so wirst du auch ihrer Kommandantin vertrauen müssen. Wir sind die Hände eines Leibes.«

Die anderen Frauen verließen den Thronsaal, und die Kronenträgerin lehnte sich entspannt zurück, als sei es völlig normal, sich alleine mit einem männlichen Wesen im selben Raum aufzuhalten. Sebor-Mann war nicht in der Lage zu beurteilen, ob sie tatsächlich so unbesorgt war, wie sie wirkte. Aber Jular-Gerot-Mann wäre in dieser Situation sicherlich nervös auf und ab geschritten.

Als Helen-Frau eintrat, warf sie ihm einen kalten Blick zu. Sicher hatte eine der anderen Frauen ihr von den Worten des Boten berichtet, und so war ihr deutlich geworden, dass der Bote, ein männliches Wesen, an der Zuverlässigkeit ihrer Kämpferinnen zweifelte. Die Kommandantin trat an die Seite der Kronenträgerin, und diese gab Sebor-Mann einen Wink. »Sprich nun, Bote des Kronenträgers. Ich bin gespannt, welche geheimnisvolle Botschaft du mit dir trägst.«

Sebor-Mann sah die Kommandantin der Hüterinnen kurz an, bevor er sich an die Kronenträgerin wandte. »Die Gruppe der Männer, die unsere männlichen San vom üblichen Platz abholen wollte, fand unsere Säuglinge ermordet vor.

Dreiunddreißig Knaben, deren Kehlen mit den Langmessern der Hüterinnen durchschnitten wurden.«

Die Kronenträgerin saß wie erstarrt, während ihre Kommandantin einen Schritt vortrat und instinktiv das Langmesser ein Stück aus dem Futteral zog. »Das ist eine Lüge«, stieß sie hervor.

Julara-Alecia-Frau hob die Hand und gebot ihr zu schweigen. »Nein, es ist keine Lüge, Helen-Frau. Er wäre nicht hier, wenn es nicht wahr wäre.« Die Kronenträgerin wirkte schockiert und ein wenig blass. Sebor-Mann war sich sicher, dass sie keine Ahnung von dem schrecklichen Morden gehabt hatte. »Berichte mir, was ihr über diese furchtbare Bluttat wisst, Bote.«

Also erzählte Sebor-Mann, was die Gruppe unter Ongors-Mann vorgefunden hatte. Er hütete sich davor, den Bericht auszuschmücken, sondern nannte an Fakten, was ihm bekannt war. Mit tonloser Stimme schilderte er die Einzelheiten und was Ongors-Mann erkundet hatte.

Als er geendet hatte, sah ihn die Kronenträgerin düster an. »Langmesser. Dieser … Ongors-Mann, er war sich absolut sicher, dass es Langmesser waren?«

»Er trägt eine Narbe, die von einer dieser Klingen stammt. Sie sind unverwechselbar.«

Die Kronenträgerin sah ihre Kommandantin an. Diese verstand die unausgesprochene Frage. »Niemand außer den Hüterinnen führt solche Klingen. Kein anderes Messer in unserem Reich hat diese Länge und Form.« Sie biss sich auf die Unterlippe und sah Sebor-Mann drohend an. »Doch keine Hüterin würde die Übereinkunft verletzen und einem San ein Leid zufügen. Einem Mann, mag sein, doch niemals einem wehrlosen Knaben.«

»Ich kann es mir auch nicht vorstellen«, gestand die Kronenträgerin. »Die Hüterinnen sind auserwählte Frauen. Sie schützen die Grenze und die Einhaltung der Übereinkunft. Sie würden sie nicht verletzen.«

»Dennoch sind die San tot«, erwiderte Sebor-Mann schlicht.

»Die Kinder stehen außerhalb jeder Feindschaft«, sinnierte Julara-Alecia-Frau. »Ihnen willentlich ein Leid zuzufügen, das ist unvorstellbar. Welche Missachtung des Lebens, welcher gnadenlose Hass, muss hinter so einer Mordtat stehen?«

»Nur Männer können auf solche Weise hassen«, knurrte die Kommandantin.

»Du gehst zu weit«, rügte die Kronenträgerin mit scharfer Stimme und sah Sebor-Mann entschuldigend an. »Ich muss dich für diese dumme Bemerkung um Verzeihung bitten.«

Sebor-Mann war um Versöhnung bemüht. Er wusste, es würde an Helen-Frau liegen, den Massenmord aufzuklären und die Täterinnen zu fassen. Wenn es denn jemals gelang. »Wäre ich Kommandant unserer Wachen und würden meine Männer verdächtigt, so würde ich wohl ebenso reagieren.«

Die Kommandantin nickte. »Danke für diese freimütigen Worte.«

»Helen-Frau, ist es vorstellbar, dass eine unserer Hüterinnen …?«

»Nein.«

Sebor-Mann räusperte sich. »Es war die Tat von mehreren Klingen. Nicht nur einer einzelnen.«

»Ich sage nochmals Nein«, bekräftigte Helen-Frau kalt.

»Es waren Klingen der Hüterinnen, daran besteht für den Kronenträger von Ataraan kein Zweifel.« Sebor-Mann deutete auf das leere Schriftstück. »Er hat mich als Bote zu euch geschickt, denn die Seelen der Ermordeten rufen nach

Rache. Er fordert Gerechtigkeit und die Bestrafung der Mörderinnen.«

»Dem wird entsprochen werden«, versicherte die Kronenträgerin. »Eine solche Tat bleibt nicht ungesühnt. Ich hatte gehofft, der Hass zwischen uns werde sich langsam legen. Nun muss ich fürchten, dass er aufs Neue entbrennt.« Sie sah Sebor-Mann an, und in diesem Augenblick erinnerten ihre Augen ihn an den müden Blick des Kronenträgers. »Dieser Ruf der ermordeten San nach Rache … Es gibt sicherlich Männer, die ihn sehr laut vernehmen, nicht wahr?«

Er nickte wortlos, und die Kronenträgerin seufzte. »Das habe ich befürchtet. So ist dies also ein Versuch des Kronenträgers, einen Krieg zu verhindern oder täusche ich mich?«

»Nein, Kronenträgerin, du täuschst dich nicht.« Es gab nichts zu beschönigen. Die Stimmen vor der Ratshalle in Ataraan gellten Sebor-Mann noch in den Ohren.

»Wenn die verdammten Männer einen Krieg wollen, so können sie ihn haben«, zischte die Kommandantin erregt.

»Helen-Frau, du wurdest meine Kommandantin, weil ich deinem Urteil vertraue und du eine fähige Kämpferin bist, die von den Hüterinnen geachtet und geliebt wird. Lass deine Worte auf dich einwirken. Frage dich, ob daraus nicht eine so intensive Abneigung gegen die Männer spricht, die, bedenke meine Worte, zu Hass und Mord führen könnte?«

Die Kommandantin erbleichte. »Ich kenne meine Pflichten und achte die Übereinkunft.«

»Das weiß ich, und ich vertraue dir.« Die Kronenträgerin legte der anderen die Hand an den Waffenarm. »Denke an die San und begrabe deine Abneigung gegen die Bullen. Wir müssen die Tat aufklären, und es muss rasch geschehen. Dieser Mord muss gesühnt werden. Stelle dir vor, es wären unsere San gewesen. Ich weiß, dein Herz würde nach Blut schreien.«

»Mag sein«, brummte Helen-Frau. Sie schien für einen Moment in Gedanken versunken. »Wir Frauen haben lange unter den Männern gelitten. Es ist mir einfach schwer vorstellbar, dass Frauen zu Gleichem fähig sein könnten.«

»Als ihr Frauen euch gegen den König und das Reich erhoben habt, da hattet ihr keine Probleme damit, viel Blut zu vergießen«, warf Sebor-Mann ein. Er deutete auf das Langmesser an Helen-Fraus Hüfte. »Und viele Hälse habt ihr in der Nacht durchschnitten, als die Männer arglos schliefen.«

Die Kronenträgerin hielt Helen-Frau von einer Reaktion ab. »Das mag sein«, räumte sie ein. »Doch geht es hier nicht um alte Zeiten, sondern um frisch vergossenes Blut. Helen-Frau, du stehst mir dafür ein, dass man die Mörder findet.«

»Mörderinnen«, hätte Sebor-Mann nun fast instinktiv korrigiert, doch das wäre für Helen-Frau wohl jenes Quäntchen gewesen, bei dem sie doch noch zur Klinge gegriffen hätte.

»Überbringe deinem Kronenträger die Botschaft, dass wir jene bestrafen werden, die für diese Tat verantwortlich sind. Darauf hat er mein Wort.« Julara-Alecia-Frau verzichtete auf ein unangemessenes Lächeln, als sie sich erhob. »Genügt dies, um den Frieden zu bewahren?«

»Mir und dem Kronenträger genügt es«, bestätigte Sebor-Mann.

Die Herrin Julinaars lächelte nun doch. »Ich verstehe. Anderen wird es nicht genügen, nicht wahr?«

»Ich wollte, wir würden mehr Vertrauen füreinander empfinden«, seufzte er. »Das würde es leichter machen.«

»Und die Bluttat wäre vielleicht nie geschehen. Doch nun gehe zurück nach Ataraan. Ich sende Botin und Siegel, wenn wir mehr wissen.«

Sebor-Mann verneigte sich und verließ den Thronraum.

Die Kronenträgerin trat in den Raum hinein und sah nachdenklich auf die geschlossene Tür. »Wir stehen am Rande eines Krieges, Helen-Frau. Ich weiß nicht, ob wir ihn gewinnen könnten. Doch selbst wenn das der Fall wäre, so würde es keine Übereinkunft mehr geben. Du musst das verhindern, Helen-Frau, und die Verantwortlichen strafen.«

»Ich werde tun, was in meiner Macht steht«, bestätigte die Kommandantin. »Doch eine solche Bluttat kam schon lange Zeit nicht mehr vor. Ich kann in jedem offenen Kampf bestehen, das weißt du, Kronenträgerin, doch nach einem Mordwesen suchen, welches sich sicherlich verborgen halten will, ist etwas völlig anderes.«

»Tue dein Bestes.« Die Kronenträgerin senkte den Kopf und sah auf das alte Wappen Julinaashs, welches als Mosaik in den Boden eingelegt war. »Denn wenn es nicht gelingt, so wird unser Land erneut mit Blut getränkt werden.«

23

»Sisira?« Die Erntearbeiterin blickte zur Straße und ließ die Hacke fallen. Dann breitete sie auflachend die Arme aus und begann zu laufen. »Sisira!!!«

Andere vernahmen die lauten Schreie der Freude.

Arbeiterinnen ließen die Werkzeuge fallen und rannten über das Feld. Aus dem Tor des Dorfes eilten andere hervor und blickten der Gruppe entgegen, die sich auf der Straße näherte.

»Sisira-Frau kommt zurück«, riefen sie sich zu. »Sisira-Frau ist wieder da!«

Die Dorfälteste drängte sich durch die aufgeregte Schar hindurch und versuchte, bei all ihrer eigenen Freude, ein gewisses Maß an Würde zu bewahren. Aber selbst ihr fiel es schwer, denn sie sah, was sich ihrem Dorf näherte.

Es war eine kleine Gruppe Hüterinnen, vor denen eine junge Frau schritt, in deren Armen ein kleines Stoffbündel lag. Ein Stoffbündel, welches sich bewegte und nun, da das Geschrei der anderen Frauen an seine Ohren drang, protestierend zu Krähen begann.

Mindaza-Frau wandte sich den anderen zu. »Seid still, Schwestern. Ihr erschreckt ja das Kleine. Schließlich wollen wir es willkommen heißen und ihm keine Furcht einjagen.«

»Ein Kind«, hauchte eine der Frauen. »Ein richtiges kleines Mädchen.«

»Was denn sonst?«, meinte eine andere. »Dafür war die arme Sisira-Frau ja zur Zeit der Übereinkunft in Julinaar. Das arme Mädchen hat viel erduldet, damit wir nun unsere kleine San begrüßen können.«

Schließlich hatte die Gruppe um Sisira-Frau die Dorfbewohnerinnen erreicht und hielt an. Sisira-Frau trat einen letzten Schritt vor.

Mindaza-Frau verbeugte sich aus der Hüfte und die anderen Dorfbewohnerinnen taten es ihr gleich. »Die Zeit deines Leidens in Julinaar ist vorbei, Schwester Sisira-Frau. Wir heißen dich im Schoß des Dorfes willkommen, und unsere Freude mag mildern, was du erduldet hast.«

Sisira-Frau trat nun näher und schlug das Tuch zurück, welches das Gesicht des Säuglings vor der Sonne schützte. »Dies ist meine Gabe an unsere Gemeinschaft und die Frucht der Übereinkunft.« Das förmliche Gehabe fiel von der jungen Mutter ab und sie lächelte glücklich. »Sie heißt Orea-san-Frau.«

Jetzt drängten alle heran, um einen Blick auf das Kleine zu werfen. Zarte Liebkosungen wurden geflüstert, unsichere Hände versuchten, das winzige Wesen für einen flüchtigen Augenblick zu berühren.

Die Hüterinnen hatten der Begrüßung lächelnd und mit eigener Freude zugesehen. Es war immer ein großes Ereignis, wenn eine neue San in ihr Dorf einkehrte.

Mindaza-Frau hob achtunggebietend die Arme. »Genug jetzt, Schwestern. Es gibt noch immer eine Tagwerk zu verrichten, und der Tisch füllt sich nicht von alleine. Also, an die Arbeit, ihr Frauen. Und ihr, Hüterinnen, ihr seid uns willkommen. Es war ein weiter Weg von Julinaar bis zu uns. Seid unsere Schwestern und teilt unser Heim, bis ihr euch morgen auf den Heimweg macht.«

Die Hüterinnen nahmen das Angebot dankend an, und die Dorfälteste und einige der anderen Frauen begleiteten Mutter und Kind zum Haus der Ältesten. Die anderen gingen wieder an ihre Arbeiten, doch in den nächsten Stunden würden sie alle von einem ungewöhnlichen Ausmaß an

Vergesslichkeit und Dummheit geplagt werden. Kein Vorwand war zu schade, um das Haus der Ältesten aufzusuchen, nach Rat zu fragen und dabei einen Blick auf die kleine San zu werfen. Die Hüterinnen sahen dies mit Belustigung, denn es war nicht das erste Kind, welches sie in sein Dorf brachten, und die Neugierde und Begeisterung der Dorfbewohnerinnen war verständlich.

Schließlich sprach Mindaza-Frau ein energisches Machtwort, damit Mutter und Kind ein wenig Ruhe erhielten. Um dies zu gewährleisten, nahm sie sich einen Schemel und setzte sich demonstrativ vor die geschlossene Tür.

Gegen Abend waren die Feldarbeiten des Tages beendet, und das Dorf bereitete sich die Nacht vor. Die Zeit vor dem Sonnenuntergang galt dem Beisammensein. Zur Feier des Tages wurden Tische, Bänke und Schemel aus den Häusern getragen und auf dem Dorfplatz aufgestellt. Geschirr, Krüge und Körbe kamen hinzu. Blumen schmückten die Tische.

Sisira-Frau und die kleine Orea-san-Frau nahmen den Ehrenplatz ein, der sonst der Ältesten gebührte. Während sich die Frauen stärkten und ausgelassen miteinander plauderten, glitten ihre Blicke immer wieder zu dem kleinen Mädchen. Es war unverkennbar, wie sehr sich alle über den Zuwachs des Dorfes freuten.

»Es war sicherlich ein furchtbares Erlebnis für dich«, meinte eine Dorfbewohnerin mitfühlend. »Sich von einem Mann berühren zu lassen, das muss entsetzlich sein.«

Mindaza-Frau warf der Frau einen strafenden Blick zu. »Das ist vorbei und wird vergessen, Schwester. Doch die Freude über Orea-san-Frau wird uns begleiten und vor allem Sisira-Frau für das Erduldete entschädigen.«

Natürlich war Orea-san-Frau nicht das erste Kind, welches in die Dorfgemeinschaft aufgenommen wurde. Aber ein solches Ereignis war nicht besonders häufig, und so gestattete die Älteste ihren Schwestern, an diesem Abend auch etwas Wein zu trinken.

»Trinkt in Maßen«, ermahnte die Älteste lächelnd. »Ich weiß, wie sehr wir alle uns freuen, und ich weiß auch, wie gerne manche von euch Schwestern Lobgesänge anstimmen, wenn sie etwas Wein getrunken haben. Doch in dieser Nacht wollen wir Mutter und Kind die erforderliche Ruhe gönnen.«

»Ja«, lachte eine der Frauen, »vor allem Schwester Hilat-Frau hat eine solch kräftige Stimme, dass sich selbst die Schakrale nicht zu uns trauen.«

Fröhliches Gelächter erklang und schließlich, als sich die Baumwipfel rötlich färbten, klatschte Mindaza-Frau leise in die Hände. »Es ist spät, Schwestern. Bereitet euch auf die Nachtruhe vor. Morgen ist ein langer Tag. Die dritte Saat muss ausgebracht werden und manche Furche ist dafür noch zu ziehen.«

Es war Tradition, dass eine junge Mutter und ihr Kind in den ersten Wochen im Haus der Dorfältesten lebten. Mindaza-Frau hatte ihre eigene Kammer dafür vorbereitet, und die Frauen des Dorfes hatten es sich nicht nehmen lassen, eine Wiege anzufertigen, die mit wundervollen Schnitzarbeiten verziert war. Jede der Schnitzereien war mit buntem Pflanzensaft bemalt worden. Die beiden besten Näherinnen des Dorfes hatten Wäsche und Bettzeug vorbereitet, und die Pflanzenfasern waren tagelang gekaut und gewalkt worden, bis sie so weich und anschmiegsam geworden waren, wie man es sich nur wünschen konnte.

Die Dorfälteste sah Sisira-Frau zu, als diese das Kleine in seine Wiege legte. »Ich frage mich bei einem solchen Anblick immer wieder, wie aus der Übereinkunft zwischen Mann und Frau etwas derart Schönes hervorgehen kann«, sinnierte sie. »Wie erstaunlich ist doch die Schöpfung, dass sogar aus hässlichem noch Schönheit erwächst.« Mindaza-Frau schrak aus ihren Gedanken. »Verzeih, Schwester, ich wollte dich nicht verletzen. Es war gedankenlos von mir.«

»Ach, eigentlich war es gar nicht so furchtbar«, murmelte die junge Mutter und strich zärtlich über den Kopf des Säuglings, der im Schlaf zufrieden schmatzte.

»Wie meinst du das?«, fragte Mindaza-Frau irritiert.

Sisira-Frau richtete sich von der Wiege auf und errötete.

Die Älteste sah sie abschätzend an und ergriff ihre Hand. »Du kannst es mir ruhig anvertrauen, Schwester. Ich weiß, wie lange ein solches Ereignis in der Erinnerung bleibt und böse Albträume verursachen kann.«

»Es war gar nicht so schrecklich.« Sisira-Frau lächelte unsicher. »Ich meine, das mit dem Bullen. Ich hatte es mir viel schlimmer vorgestellt. Ich glaube, er hatte Angst vor mir. Vor mir oder unserer Vereinigung.«

»Oh.« Mindaza-Frau runzelte die Stirn. »Er … er fiel nicht über dich her? Begierig, die Übereinkunft zu erfüllen?«

»Nein, ich musste ihn berühren, bevor er sich das getraute.«

»Du hast ihn … angefasst?« Mindaza-Frau legte erschrocken die Hand vor den Mund, doch dann lächelte sie unvermittelt. »Komm, erzähl es mir. Ich bin noch nie einem Bullen begegnet, wie du weißt, und kenne nur, was man sich von ihnen erzählt.«

Die Älteste zog die junge Mutter zu einem bequemen Polster und legte den Arm um sie. »Du brauchst keine Bedenken zu haben. Wenn du es nicht willst, werde ich niemandem davon erzählen. Manchmal befreit es die Seele, wenn man über ein unangenehmes Ereignis sprechen kann.«

»Er war jung.« Sisira-Frau lächelte erneut. »Wohl in meinem Alter, und er kam zum ersten Mal als Bulle nach Julinaar. Ich hatte noch nie einen Mann gesehen. Ich meine, aus solcher Nähe. Und er wohl nie zuvor eine Frau.«

»Sie sind sehr grob und haarig, nicht wahr?«

»Vor allem im Gesicht«, bestätigte Sisira-Frau. »Aber er war nicht grob. Weder in seiner Statur, noch in seinem Wesen.«

»Dann hast du wirklich großes Glück gehabt«, seufzte die Älteste.

»Ja, wahrscheinlich, denn er war … anders als das, was man mir berichtet hatte«, sagte Sisira-Frau mit leiser Stimme. »Er war sehr sanft, Schwester.«

»Na, das wollte ich ihm auch geraten haben«, knurrte Mindaza-Frau. »Die Hüterinnen hätten ihn sonst in der Luft zerrissen.«

»Vor mir hatte er sicher mehr Angst, als vor den Hüterinnen.« Sisira-Frau lachte. »Sicher, die Vereinigung war zunächst schmerzhaft und doch war sie auf seltsame Weise auch schön.«

»Mein Kind, du musst sehr gelitten haben und bist sehr verwirrt.«

»Nein, ich habe nicht gelitten und bin auch nicht verwirrt.« Die junge Mutter schüttelte den Kopf. »Du weißt, ich musste nach der Übereinkunft viele Monde in Julinaar verbleiben, bis Orea-san-Frau geboren und kräftig genug für die Reise war. In dieser Zeit habe ich viel nachgedacht. Auch über jenen Bullen. Orea-san-Frau hat seine Augen. Sie sind schön und voller Güte.«

Mindaza-Frau strich sanft über die Haare der Jüngeren. »Ach, Kind, das klingt fast, als wolltest du ihn wiedersehen.«

Die junge Mutter erwiderte den Blick der besorgten Ältesten. »Ja, vielleicht würde mich das wirklich freuen.«

Mindaza-Frau seufzte und schloss die Jüngere in die Arme.

Es war, wie die Älteste befürchtet hatte.

Männer brachten Unfrieden in die Seelen der Frauen.

Aber Sisira-Frau war stark und würde sicher über das Erlebte hinwegkommen.

24

Sie hatten den Rat der freundlichen Frau in dem einsamen Dorf notgedrungen befolgt und das kleine Boot am anderen Ufer des Eten zwischen großen Sträuchern versteckt. Aus der Deckung der Pflanzen heraus hatten Nedeam und Llaranya die kleine Siedlung betrachtet und dabei festgestellt, dass die einsam wirkende Dorfbewohnerin noch immer in ihre Richtung sah. Es bereitete ihnen Unbehagen, denn diese Frau und vor allem das, was sie über ihr Land gesagt hatte, waren ihnen unheimlich.

»Das gefällt mir nicht.« Nedeam hatte den Arm um Llaranya gelegt, und sie gaben sich einen Moment dem Gefühl ihrer Nähe hin. »Mit der Überquerung des Eten haben wir Maratuk und unsere Freunde hinter uns gelassen. Wir sind nun auf uns alleine gestellt.«

»Das geschieht nicht zum ersten Mal. Ich glaube, in diesem Fall ist es sogar wünschenswert. Arkarim und die anderen Männer würden im Land der Frauen sicherlich Aufregung verursachen.« Sie löste sich von ihrem Mann und löste ihren Waffengurt. »Auch wenn es mir nicht gefällt, wir sollten unsere Waffen ablegen. Die elfischen Klingen würden zu sehr auffallen. Ich denke, die Dolche können wir behalten. Sie lassen sich in der Kleidung verbergen. Gut, dass wir unsere nicht dem Pfad unter dem Wassersprung opfern mussten.«

»Die Waffen zurücklassen?« Nein, das gefiel dem Ersten Schwertmann überhaupt nicht. »Und wenn wir wieder solchen Echsen begegnen?«

Sie lächelte ihn an und trat vor ihn, um seinen Gurt zu öffnen. »Nun, die Dolche sind gegen diese Wesen nur bescheidene Waffen, und den Bogen werde ich ebenfalls hier lassen. Ich denke, wir werden uns für einige Zeit auf unsere Schläue und Schnelligkeit verlassen müssen.«

Sie vollführte einige Bewegungen, die bei ihm sichtliches Wohlbehagen auslösten. Er zog sie an sich. »Hier und jetzt?«

»Hier und jetzt.«

»Dies ist fremdes und feindliches Land«, zögerte er.

»Ein guter Grund, sich einander zuzuwenden.«

Vielleicht war es leichtfertig, denn sie konnten nicht wissen, ob sich ihnen eine Gefahr nähern würde. Doch Nedeam und Llaranya kannten diese Empfindung, welche die Geschlechter auf besondere Weise zueinander führte, wenn der Tod in der Nähe zu lauern schien, und sie vertrauten darauf, rechtzeitig zu reagieren.

Als sie ihre Gewänder wieder anlegten, schnitt die Elfin einen schmalen Streifen Stoff aus ihrem Wams und band ihn um ihre Stirn. »Elfische Klingen, elfischer Bogen und elfische Ohren«, sagte sie lächelnd. »Das alles müssen wir verborgen halten.«

Er sah das kurze Funkeln an ihrem Hals. »Du solltest auch die goldene Kette verbergen. Diese Frau sagte, Gold sei hier sehr selten. Mein Geschenk könnte Begehrlichkeiten wecken.«

»Befürchtest du, dass man mir die Kette abnimmt?«

»Sie gingen bis nach Rushaan hinunter, um Gold zu rauben. Bis wir wissen, wer dafür verantwortlich ist, sollten wir die Mörder nicht in Versuchung führen.«

»Schön, ich werde sie dicht über meinem Herzen tragen, so wie ich sie darin eingeschlossen habe.«

Ihre Lippen berührten sich in einem Kuss.

Sie entfernten sich vom Flussufer und drangen in den Dschungel ein. Diesmal waren sie womöglich noch vorsichtiger als zuvor, denn jetzt führten sie nur noch ihre Messer mit sich. Klägliche Waffen, falls sie erneut einer Raubechse oder anderen Feinden begegneten.

»Ein Pfad«, stellte Nedeam überrascht fest, als sie zwischen Farnsträuchern hervortraten und unvermittelt auf einen gepflasterten Weg stießen.

»Schon eher eine Straße«, korrigierte Llaranya. Sie bükkte sich und strich mit den Fingern über einige der quadratischen Steine. »Sie sind sehr gleichförmig und sorgfältig verlegt. Und sie sehen alt und abgenutzt aus.«

Nedeam nickte. »Ich kenne unsere eigenen Handelsstraßen zu Genüge. Fällt es dir auf?«

»Ja. Sie benutzen keine Wagen. Wenn sich Fuhrwerke auf diesen Straßen bewegten, so müsste der Druck ihrer Räder die Steine in zwei Furchen gesenkt haben. Das ist nicht der Fall.«

»Dann haben sie nicht viel zu transportieren. Ohne Wagen lassen sich keine großen Warenmengen bewegen.«

»Viele Füße ersetzen durchaus ein paar Räder, mein Geliebter.«

»Mag sein, obwohl ich bezweifle, dass es hier sehr viele Füße gibt. In diesem Dorf war nur eine einzige Frau.«

»Die anderen hielten sich verborgen. Aber du hast Recht, wenn ihre Häuser unseren Bedürfnissen entsprechen, leben in jenem Ort keine zwei Zehnen. Vielleicht leben die meisten Bewohner von Julinaash in diesen beiden großen Städten.«

»Ohne große Ackerflächen oder Nähe zum Fluss? All diese Menschen müssen schließlich ernährt werden. Ein merkwürdiges Land.«

»Dem stimme ich zu.«

Nedeam strich sich über den Bart. »Ich denke, wir müssen uns nach links wenden. In dieser Richtung müssten wir die Stadt der Frauen erreichen, von der die Dorfbewohnerin sprach.«

»Die Stadt liegt in jener Richtung«, deutete die Elfin. »Aber wir werden dieser Straße nach links folgen. Dort muss die Brücke über den Eten liegen, und von dort wird ein Weg zur Stadt führen. Sollen wir uns verborgen halten?«

Nedeam überlegte kurz. »Besser, wir benutzen die Straße. Ohne unsere Waffen wird das sicherer sein, als zwischen den Bewohnern des Dschungels umherzuschleichen.«

Sie waren zwei volle Tage unterwegs, immer auf der Hut vor einer Gefahr, wobei sich Llaranya immer wieder begeistert über die Fülle des Lebens zeigte. In den Nächten verbargen sie sich im Schutz dichter Farne und hielten abwechselnd Wache. Dann erreichten sie die Stelle, an welcher der Pfad auf die große Straße traf.

»Ebenso alt, jedoch häufiger genutzt.« Llaranya blickte beide Richtungen entlang. »Doch auch hier keine Anzeichen für Fuhrwerke.«

»Nicht einmal für Reittiere oder solche, die Lasten tragen«, stellte Nedeam fest. »Irgendwo müssten sich sonst Spuren ihres Dungs zeigen. Nun, es hat keinen Sinn, darüber zu rätseln. Ich hoffe, wir werden in diesem Julinaash einige Antworten finden.«

»Julinaar. Julinaash ist das Land und Julinaar ist die Stadt der Frauen.«

»Ich fürchte, beides wird mir nicht sonderlich gefallen.«

»Weil es die Stadt der Frauen ist?«

»Nein, weil sie keine Männer mögen.«

»Ah, dich werden sie mögen«, versicherte die Elfin.

Sie folgten der breiten Straße und fanden zwei weitere Abzweigungen, hielten sich jedoch in Richtung der große Stadt. Niemand begegnete ihnen, und für beide, die das lebhafte Treiben auf den Straßen in den heimatlichen Marken kannten, war dies sehr ungewohnt.

»Als lebten die Menschen hier in Angst und würden ihre Siedlungen nicht ohne Not verlassen«, vermutete Nedeam. »Vielleicht gibt es hier sehr viele dieser Raubechsen, und die Bewohner Julinaashs wagen sich nur in größeren Gruppen auf die Straßen.«

»Es braucht viel Beute, um einen großen Räuber satt zu bekommen«, erwiderte Llaranya. »Ich denke nicht, dass es wirklich viele dieser Bestien gibt. Zudem kennen die Bewohner Waffen und haben sicher Kenntnis, wie man die Echsen töten kann.«

»Ja, und Zwerge und Pferdelords«, stieß er grimmig hervor.

»Denk an den Renegaten Garwin. Nicht alle Menschen von Julinaash müssen schuldig sein.«

»Entschuldige, du hast Recht.«

Als sie auf die riesige Lichtung hinaustraten, auf der sich Julinaar erhob, blieben sie stehen und nahmen das Bild der Stadt in sich auf. Sie kannten die Weiler und Städte in den Marken des Pferdevolkes und hatten auch manche Siedlung des Reiches Alnoa gesehen. So fiel ihnen sofort auf, dass die Wehrmauer hier äußerst bescheiden wirkte.

»Sie mag gut geeignet sein, die Raubechsen fernzuhalten, doch kriegstauglich ist sie nicht. Ein Zeichen dafür, dass Männer und Frauen sich nicht in größerem Umfang mit Waffengewalt begegnen.«

»Das ist wenig tröstlich, Llaranya. Mann und Frau sollten sich überhaupt nicht in Feindschaft begegnen.«

»Ach, ein gelegentlicher Streit kann wie ein reinigendes Gewitter wirken«, erwiderte sie lächelnd.

Nedeam vermied eine Antwort. Er deutete zum Tor der Stadt, wo Bewegung zu erkennen war. »Sie haben uns gesehen. Dort treten Bewaffnete hervor. Ich glaube, es sind Frauen.«

»Wie klug du dies beobachtest, mein Gemahl. Von wem sollte die Stadt der Frauen wohl sonst bewacht werden?«

»Ich glaube es nicht«, knurrte eine der Torwachen. »Schon wieder zwei Bullen außerhalb der Übereinkunft. Und es sind keine Boten dieses Kronenträgers. Verdammt, wieso hat die Brückenwache die Kerle ohne Eskorte durchgelassen?«

Eine der anderen Hüterinnen schüttelte den Kopf. »Keine zwei Bullen. Bist du blind? Wenigstens der eine ist eine Frau.«

»Eine Frau?« Die Erste schnaubte leise. »Ja, du hast Recht. Aber sie trägt Beinkleider. Wieso tragen beide Beinkleider. Was hat das zu bedeuten?«

»Dummerchen«, wurde sie gescholten. »Die sind nicht von hier. Das sind zwei Fremde. Sieh dir diese langen Mäntel an. Niemand in Julinaash würde solche Sachen tragen. Immerhin, der Blaue hat eine sehr hübsche Farbe.« Die Sprecherin wandte sich einer der anderen Frauen zu. »Verständige die Kommandantin. Da kommen zwei Fremde zu uns. Fremde von … außerhalb.«

Als Nedeam und Llaranya das Haupttor Julinaars erreichten, hatte sich die dortige Wachmannschaft mehr als verdoppelt. Kritische Blicke trafen sie und, zwei der Hüterinnen traten ihnen mit entschlossenen Gesichtern in den Weg, die Hände an den Griffen der Langmesser. Dennoch waren die Gesichter eher neugierig, als feindselig.

»Ihr seid Fremde in Julinaash«, stellte die Anführerin fest. »Wir sehen es an euerer Kleidung. Wir lesen in den alten Schriften von fernen Ländern, doch es ist sehr lange her, dass wir leibhaftige Fremde zu Gesicht bekamen. Wir wollen euch nicht in Feindschaft begegnen, doch es ist bei uns ungebührlich, dass Frau und Bulle Seite an Seite schreiten.« Die Frau strich sich nachdenklich über das Gesicht. »Ich vermag nicht zu sagen, wer von euch wen begleitet. Ein Bulle müsste sich zwei Schritte hinter der Frau halten, doch ihr steht nebeneinander und zeigt sogar Einvernehmen.«

Hätte die Bewohnerin des einsamen Dorfes sie nicht ein wenig vorbereitet, so wären Nedeam und Llaranya über diese Worte sehr befremdet gewesen. Doch so konnten sie ihren Hintergrund erahnen. Diesen Frauen musste es unheimlich sein, dass hier ein Mann und eine Frau vor ihnen standen, die so offensichtlich zueinander gehörten, denn Llaranya legte ihre Hand nun in einer selbstverständlichen Geste in die ihres Gemahls.

Raunen war zu hören, während die Elfin antwortete. »Ja, wir kommen aus einem fernen Land, und auch uns liegt nichts an Feindschaft. Doch der Grund, warum wir eure Stadt aufsuchen, ist schwerwiegend.« Sie sah Nedeam fragend an und der nickte. Alle Vorsätze, die Absicht ihres Besuches noch verborgen zu halten, waren dahin. In dieser merkwürdigen Gesellschaft konnte ihnen nur Offenheit weiterhelfen. »Im südlichen Land von Rushaan wurden Freunde von uns ermordet und ihr Gold geraubt. Wir folgten den Spuren der Täter bis in euer Land.«

Bevor eine der Hüterinnen darauf antworten konnte, näherten sich hastige Schritte und eine stattliche Frau kam in Begleitung mehrerer weiterer Bewaffneter heran.

»Das ist Helen-Frau, die Kommandantin der Hüterinnen Julinaars«, erklärte eine der Torwächterinnen. »Sie ist die Vertraute der Kronenträgerin.«

Helen-Frau sah die Besucher ebenso skeptisch an, wie die meisten der anderen. »Ihr kleidet euch fremd«, gestand sie ein, »und ihr steht Seite an Seite. Das würdet ihr nicht tun, wenn ihr mit den Gebräuchen Julinaars vertraut wärt. Dennoch, ihr könntet ein Paar sein, welches abartiger Zuneigung folgt und sich verkleidet hat, um sich Zutritt in die Stadt zu verschaffen, damit ihr dort falsche Lehren verbreiten könnt.«

War es Misstrauen oder schlichter Verfolgungswahn der Kommandantin? Llaranya seufzte leise und löste den Tuchstreifen, der ihre Ohren bedeckte. Überraschte Schreie waren zu hören. Helen-Frau brachte sie mit einem raschen Wink zum verstummen.

»Ich las ein altes Buch, in dem davon die Rede ist«, sagte sie leise. Sie trat vor Llaranya, und diese ließ es zu, dass die Frau ihre Ohren mit behutsamen Bewegungen betastete. »Die Ohren eines elfischen Wesens«, fügte die Kommandantin nachdenklich hinzu. »Wahrhaftig, ihr müsst von sehr weit her kommen und aus einer lange vergangenen Zeit.«

Die Kommandeurin zögerte nicht lange, sondern klatschte in die Hände. »Ich werde die Fremden zur Kronenträgerin bringen. Eine Abteilung begleitet uns, die anderen hüten das Tor. Und ihr, Bewohnerinnen Julinaars, geht wieder eurem Tagwerk nach. Hier gibt es nichts zu sehen.« Sie wandte sich Nedeam zu und senkte ihre Stimme. »Du wirst dich hinter deiner Begleiterin und mir halten, männliches Wesen. Ich will nicht mehr Aufmerksamkeit in der Stadt erregen, als ohnehin schon entstanden ist.«

Ein ebenso guter wie absurder Vorsatz, denn die Neuigkeit von der Ankunft einer Elfin, die sich in Begleitung eines

Mannes befand, verbreitete sich wie ein Sturm in der Stadt. Überall eilten Frauen herbei und betrachteten die Fremden.

»Diese Dorfbewohnerin hatte Recht«, flüsterte Nedeam. Er sah einzelne Frauen, die guter Hoffnung waren, und lenkte Llaranyas Aufmerksamkeit auf die gerundeten Leiber. »So ganz ohne Männer kommen die Frauen Julinaars nicht aus. Das ist der Sinn dieser geheimnisvollen Übereinkunft.«

»Spotte nicht über das Schicksal, welches diese tapferen Frauen auf sich nehmen«, knurrte eine Hüterin verärgert.

»Ruhe.« Helen-Frau sah die Untergebende mahnend an. »Sie sind fremd und wissen nicht, welche Bedeutung dies alles hat. Bei ihnen mag noch das Joch der Unterdrückung gelten, welches wir abgeschüttelt haben.«

»Entsetzlich.« Die Gescholtene sah Nedeam angewidert an. »Doch vielleicht hat ja auch die Elfin das Sagen.«

»Du wirst es wie die anderen erfahren, wenn die Zeit gekommen ist.« Helen-Fraus Stimme war ärgerlich, denn Nedeam und Llaranya verursachten weit mehr Aufsehen, als sich die Kommandantin gewünscht hätte. Sie winkte eine Unterführerin heran. »Das hier ist weit schlimmer, als beim Auftrieb der Bullen zur Übereinkunft. Eile voraus und lass eine zusätzliche Abteilung den Palast absichern. Die Neugierigen rennen uns sonst noch das Tor ein.«

Die Unterführerin rannte los, und als sie den Palast der Kronenträgerin erreichte, waren die dortigen Hüterinnen schon alarmiert. Der ungewohnte Lärm in der Stadt und die wachsende Unruhe waren längst bis hierher gedrungen. Auf die Befehle der Unterführerin hin, bildeten die Bewaffneten einen schützenden Kordon vor dem Tor.

Helen-Frau und die Eskorte waren sichtlich erleichtert, als sie mit Nedeam und Llaranya den Palast betraten. »Wartet einen Augenblick. Ich werde euch der Kronenträgerin ankündigen.«

Nedeam fühlte sich sichtlich unwohl. Er wurde noch weit mehr angestarrt, als seine geliebte Llaranya, welche die neugierigen Blicke mit freundlichem Lächeln erwiderte. Schließlich kehrte Helen-Frau zurück und führte die Besucher in den Thronsaal.

»Seid uns willkommen in Julinaar«, grüßte die Herrin der Stadt. »Ich bin Julara-Alecia-Frau und die Kronenträgerin von Julinaash. Mein Atem sei eure Wärme und mein Arm euer Schild.«

Es war die alte, seit den Zeiten des Ersten Bundes überlieferte Formel, die einen Gast begrüßte und unter den Schutz des Hauses stellte.

Llaranya wollte den Gruß erwidern, doch Nedeam trat einen Schritt vor. Er wollte deutlich machen, dass er gleichberechtigt an ihrer Seite stand. »Ich bin Nedeam vom Pferdevolk und der Erste Schwertmann der Hochmark. Dies ist Llaranya, aus dem elfischen Hause Deshay.« Er machte eine kurze Pause und war sich dessen bewusst, was seine kommenden Worte auslösen mochten. »Sie ist meine Gefährtin und mein geliebtes Weib.«

Eine der Frauen, die hinter der Herrscherin standen, verdrehte die Augen und wäre zu Boden gestürzt, wenn zwei andere sie nicht gestützt hätten. Stöhnen und ungläubige Ausrufe waren zu hören.

Das Gesicht von Helen-Frau verfinsterte sich. »Es war unhöflich, dies so zu betonen«, zischte sie in Nedeams Ohr. »In unserem Land kommt dies einer Beleidigung gleich.«

Das Gesicht der Kronenträgerin war für einen Moment ausdruckslos. Ihr danach folgendes Lächeln wirkte ein wenig gequält. »Ihr seid uns dennoch willkommen. Ich kann mir vorstellen, dass in fernen Ländern auch fremde Gebräuche herrschen. Ich weiß, du hast deine Worte nicht in böser Absicht ausgesprochen, Nedeam-Mann vom Pferdevolk.«

Die Kronenträgerin machte eine unmerkliche Geste, und mehrere Frauen eilten herbei, die Sitzpolster und kleine Tabletts mit Erfrischungen brachten. »Wir hörten lange nichts von fernen Ländern, und es wird sicherlich interessant sein, von ihnen zu erfahren. Und ihr, so kann ich mir vorstellen, habt sicherlich einen guten Grund, der euch die weite Reise machen ließ.«

»Ein sehr unerfreulicher Grund, Kronenträgerin. Freunde von uns wurden im Land Rushaan erschlagen und ihr Gold geraubt.«

Die Kronenträgerin schwieg für einen kurzen Moment. »Ich verstehe. Die Spur der Täter führte zu uns?«

»Bis in dieses ferne Land«, bestätigte Nedeam.

»Ich glaube deinen Worten, Nedeam-Mann. Niemand würde sonst die beschwerliche Reise auf sich nehmen.« Die Kronenträgerin sah die Unruhe von Helen-Frau und nickte ihr zu. »Sprich.«

»Niemand macht eine so weite und gefahrvolle Reise, ohne an seinen Schutz zu denken.«

»Nun, ich würde es jedenfalls nicht tun.« Julara-Alecia-Frau sah ihre Gäste fragend an.

»Wir sind in Begleitung«, bekannte Nedeam. »Doch die Männer sind nicht in den Grenzen eures Landes, Kronenträgerin.«

»Männer?«, flüsterte eine Hüterin. »Bewaffnete Männer?«

»Böten sie sonst Schutz?« Die Herrin der Stadt seufzte leise. »Nun, Nedeam vom Pferdevolk, Llaranya und du, ihr seid mir willkommen, wie ich es sagte. Doch euren Kriegern ist der Zutritt zu unserem Land verwehrt.«

»Ich werde zwei Kohorten entsenden, welche die Grenzen zusätzlich sichern«, stieß Helen-Frau hervor.

»Wird das erforderlich sein?« Die Kronenträgerin musterte Nedeam. »Nein, ich denke nicht, obwohl man sich bei einem männlichen Wesen natürlich niemals sicher sein kann, ob man ihm trauen darf.«

Nedeams Hand fuhr unwillkürlich dorthin, wo sich normalerweise der Griff seines elfischen Schwertes befand.

Llaranya legte ihm rasch die Hand an den Arm. »Mein Gemahl ist ein Mann von großer Ehre, Herrin der Stadt.«

»Ehre ...« Die Kronenträgerin ließ das Wort nachklingen, und in ihrer Stimme schwang ein trauriger Tonfall mit. »Wie viel Blut ist für dieses Wort geflossen ...« Sie schien sich einen Ruck zu geben. »Ich sehe, ihr solltet einiges über uns erfahren, damit ihr besser versteht, was uns Julinaar bedeutet.«

Sie deutete auf die Sitzpolster und die Erfrischungen. »Esst, trinkt und lasst uns reden. Und ihr anderen schweigt. Ich will unseren Gästen aus alten Zeiten erzählen.«

Nedeam nippte an dem Getränk. Es war ein Saft aus gepressten Beeren, und man schmeckte sofort die leicht berauschende Wirkung. Vielleicht hatte man dieses Getränk mit der Absicht gebracht, dass sein Genuss die Zungen der Gäste löste und ihre Aufmerksamkeit einlullte? Er wusste, dass Llaranya kaum auf solche Rauschmittel ansprach, und nahm sich vor, ihr das Sprechen zu überlassen.

Die Kronenträgerin hatte den Blick bemerkt, mit dem er den goldenen Pokal musterte. »Ja, er ist aus reinem Gold. Ein sehr seltenes und kostbares Metall in Julinaar, ja, in ganz Julinaash. Es mag sein, dass man seinetwegen eure Freunde erschlug. Doch es waren sicher keine Frauen. Habgier ist eine Eigenschaft, die nur die Männer befällt.«

»Es gibt auch Frauen, die den Besitz von Gold zu schätzen wissen«, erwiderte Nedeam gereizt. Er atmete tief durch. »Verzeiht, Kronenträgerin, doch gute und schlechte Eigenschaften lassen sich in beiden Geschlechtern finden.«

Julara-Alecia-Frau ignorierte den vernehmlichen Protest einer anderen Frau. »Das kann ich nicht leugnen. Auch wenn dies bei uns Frauen selten ist. Unsere Art zu leben, lässt dies nicht zu.«

»Die Toten von Rushaan sprechen eine andere Sprache.«

»Sie sprechen die Sprache der Männer«, warf die Kommandantin grimmig ein. »Bei ihnen magst du die Schuldigen suchen und finden.«

»Bedenke, meine Kommandantin«, wandte die Kronenträgerin mit sanfter Stimme ein, »dass es auch bei uns Morde gegeben hat, und ich befürchte die Schuldigen diesseits des Flusses.«

»Morde?« Nedeam hob interessiert den Kopf.

Julara-Alecia-Frau lächelte erneut. »Wir mögen später darüber reden, Mann des Pferdevolkes. Pferde. Ah, ich habe in den alten Büchern davon gelesen und auch Bilder gesehen. Einst gab es sie auch in Julinaash. Doch das war vor dem Krieg.«

»Dem Krieg des Ersten Bundes?«

»Vor jenem Krieg, der alles veränderte. Mit dem alles begann und der mit Julinaar und der Übereinkunft endete.« Die Herrin der Stadt ließ sich einen eigenen Pokal reichen und nippte daran. »Du hast Rushaan erwähnt, Nedeam vom Pferdevolk. Es war Rushaan, mit dem es anfing.«

»Wir sind durch Rushaan gezogen«, bekannte Llaranya. »Wir nennen es die nördliche Öde, denn dort gibt es kein Leben mehr und die meisten der Siedlungen sind zerstört.«

»Wir standen Seite an Seite mit Rushaans Paladinen im Kampf gegen die Orks des schwarzen Lords«, fügte Nedeam hinzu. »Wir waren Feinde und wurden zu Freunden. Doch nun sind auch die letzten der Paladine vergangen.«

»Die Paladine mit ihren furchtbaren Lichtlanzen.« Die Kronenträgerin nickte. »Ja, ich las auch von diesen metallenen Kriegern, die ihren Schöpfern über den Tod hinaus treu sein sollen. Doch lasst mich erzählen, denn die Schiksale von Rushaan und Julinaash sind eng miteinander verknüpft.«

Julara-Alecia-Frau trat zu Nedeam und Llaranya, ließ sich ein weiteres Sitzpolster bringen und nahm ihnen gegenüber Platz. »Alles, was ich euch nun sage, kenne ich nur aus den alten Büchern der Vorfahren. Einst gab es die sieben Reiche der Menschen. Sie waren einander verbunden und standen dem Reich der Finsternis des Schwarzen Lords gegenüber. Die Reiche waren stark und viel zu mächtig, als dass der dunkle Herrscher sie hätte mit Gewalt nehmen können. Doch der Schwarze Lord ist ein schlaues Wesen, denn er erkannte die Gier und Machtsucht der Männer. Er säte Zwietracht zwischen den Reichen. Das ferne Land der Magier, Jalanne, wandte sich im Krieg gegen das Land des Wissens, Rushaan. Alle Reiche versanken im Krieg, denn die Legionen des Schwarzen Lords begannen zu marschieren. Doch nur Rushaan und Jalanne sind von Bedeutung. Die Magier Jalannes warfen Sonnenfeuer aus dem Himmel auf das Reich von Rushaan. Doch die Wissenden Rushaans entsandten ihre Metallvögel, und der Kampf tobte hin und her. Zu jener Zeit war Julinaash ein Königreich. Der Tyrann Hewmilkar regierte es mit eiserner Faust und unterdrückte die Frauen. Selbst die Königin war machtlos gegen ihn. Hewmilkar stand im Bündnis mit Rushaan. So schickte der König seine Ritter und seine Metallpferde, damit sie an Rushaans Seite traten. Oh, ja, Nedeam vom Pferdevolk, damals war oft von Ruhm und von Ehre die Rede. Die meisten Männer zogen hinaus und ließen Frauen und Kinder zurück.«

Die Kronenträgerin nahm einen langen Schluck und sah Nedeam und Llaranya bedeutungsvoll an. »Keiner dieser

Männer kehrte jemals wieder nach Julinaash zurück. Trauer herrschte unter den Frauen und San, denn sie waren die Sklaverei so gewöhnt, dass sie ihre Unterdrücker tatsächlich vermissten. So gelang es Hewmilkar und seiner Königin, weiter zu herrschen, während alles andere im Krieg versank. Doch dann kam die Beschwörerin.«

»Die Beschwörerin? Eine Priesterin?«

»Nein, keine Frau, welche den Göttern huldigte. Gajath beschwor die neue Zeit. Die Zeit, in der wir Frauen die Knechtschaft des Königs und der wenigen Männer abschütteln würden. Am Anfang hörten nicht viele auf sie. Doch es wurden immer mehr Frauen, die auf ihre Freiheit hofften. Dem König blieb das nicht verborgen. Er schickte gedungene Mörder aus, die sich durch die Nacht schlichen und Gajath und ihre Anhängerinnen töten sollten. Doch Gajath entkam, eine wundersame Fügung des Schicksals. Und im Angesicht der Morde, durch Männerhand verursacht, gewann Gajaths Stimme an Macht. Dann kam endlich der Tag der Freiheit. Die Frauen erhoben sich und töteten viele der Unterdrücker.« Sie bemerkte Nedeams Stirnrunzeln. »Bedenke, die meisten der Männer waren im fernen Krieg gefallen, und es gab sehr viele Frauen, die ihre Freiheit erlangen wollten. Natürlich gab es noch keine Hüterinnen, und die Frauen kannten sich mit Waffen nicht aus. So nutzten die Freiheitsliebenden die Nacht und schnitten die Hälse der Unterdrücker durch.«

Nedeam war blass geworden. »Die Männer wurden heimtückisch ermordet? Im Schlaf?«

»Das Joch der Knechtschaft wurde abgeworfen«, umschrieb die Kronenträgerin, der die damaligen Ereignisse vielleicht ein wenig peinlich waren. »Dennoch überlebten viele der Männer. Sie hatten ja ihre Waffen und ihre Rüstungen.«

»Versuchten die Männer, sich zu rächen?«, fragte Llaranya.

Die Kronenträgerin nickte. »Gajath fiel ihnen zum Opfer. In ihrem grenzenlosen Hass haben die Männer ihren Leib zerstückelt und in den Fluss geworfen. Natürlich leugneten sie diese ruchlose Tat.« Die Kronenträgerin beugte sich vor und schenkte persönlich nach. »Dennoch blieb den Männern nichts anderes übrig, als eine Übereinkunft mit den Frauen zu treffen.«

»Ich verstehe.« Nedeam strich sanft über Llaranyas Hand und der Kronenträgerin gelang es, ihren Widerwillen zu unterdrücken. »So entstand der Hass zwischen den Geschlechtern, und so wurde das Land geteilt.«

»Und so wurde jener Frieden bewahrt, der nun schon so viele Jahreswenden besteht«, ergänzte die Kronenträgerin.

»Diese Übereinkunft und das, was sie herbeiführte, macht mir Angst«, gestand Nedeam. »Bei uns gibt es keinen solchen Hass zwischen Mann und Frau.«

»Sicher«, murmelte Helen-Frau aus dem Hintergrund. »Bei euch lieben sich Mann und Frau sogar.« Der Ekel in ihrer Stimme war unverkennbar.

»Was ist dagegen zu sagen.« Llaranya wandte sich der Kommandantin zu. »Nedeam und ich sind glücklich miteinander und das gilt auch für andere Männer und Frauen des Pferdevolkes.«

»Nun, die Männer werden schon ausreichend die Peitsche schwingen, damit es so bleibt.«

»Keine Kette hält eine Elfin an der Seite eines Mannes.« Llaranyas Stimme war leidenschaftlich. »Es gibt nur eine Bindung, die für Mann und Frau gültig sein kann, und das ist die Bindung der Herzen.«

»Schöne Worte«, brummte die Kommandantin.

»Es ist die Wahrheit«, entgegnete Nedeam leise. »Und niemand hat das Recht, dies zu bezweifeln.«

Helen-Frau sah ihn abschätzend an und zögerte mit der Antwort. Sie spürte die Aufrichtigkeit des Ersten Schwertmanns und plötzlich fiel es ihr schwer, ihn zu verurteilen. »Mag sein. Doch deine Llaranya ist eine Elfin.«

»Ja, ich bin eine Elfin«, sagte diese voller Stolz. »Und zugleich eine Frau.«

Die Kronenträgerin nickte. »Ja, das bist du. Nun, es fällt uns schwer, euch beide in dieser Vertrautheit zu sehen. Vielleicht solltet ihr von eurem Leben erzählen. Es mag sein, dass wir dann besser verstehen können.«

Llaranya und Nedeam begannen abwechselnd zu erzählen. Von den Marken des Pferdevolkes und seinen Menschen, von den Abenteuern, die sie erlebt hatten. Einige mochten an ihren Worten zweifeln, doch dann wies die Kronenträgerin auf Llaranyas elfische Abstammung hin. »Elfen können nicht lügen. Ihre Worte sind wahr. Auch wenn es mir schwer fällt, dies zu begreifen.«

Als beide geendet hatten, begannen aufgeregte Stimmen durch den Thronsaal zu schwirren. Julara-Alecia-Frau schwieg eine ganze Weile, bevor sie sich von ihrem Sitzpolster erhob. Sofort herrschte angespannte Stille.

»Es gibt vieles, was ich zu bedenken habe. Llaranya aus dem elfischen Hause Deshay und du, Nedeam aus dem Pferdevolk, ihr werdet mir noch manche Frage beantworten müssen und manche Frage zu stellen haben. Ich schlage vor, dass Llaranya in Begleitung von Helen-Frau Julinaar erkundet, um uns und unsere Stadt besser kennenzulernen. Nedeam hingegen mag hier im Palast bleiben.« Sie zeigte wieder einmal ihr Lächeln. »Als unser Gast.«

Er deutete eine Verbeugung an. »Gleichwohl, Kronenträgerin, sicher auch als Faustpfand.«

Sie lachte auf, und es klang vollkommen unbeschwert.

»Nun, Nedeam vom Pferdevolk, einigen wir uns auf eine Geste des guten Willens.«

25

Zunächst hatte Maratuk den aufwallenden Zorn eines wahren Axtschlägers empfunden, als er beobachten musste, wie Nedeam und Llaranya über den Fluss setzten und ihn zurückließen. Doch als er die Frau bemerkte, deren Blicke dem kleinen Boot folgten, begriff er, dass es keine andere Wahl gegeben hatte. Auch wenn es ihm nicht gefiel, der Pferdelord und dessen Elfin waren nun auf sich alleine gestellt. Doch das galt erst Recht für ihn selbst.

Der alte Zwerg stand in der Deckung der Farne und überlegte. Er hatte tatsächlich einiges von dem Gespräch belauschen können, wenn auch nicht alles. Immerhin hatte er einige wichtige Hinweise erhalten. Das fremde Land weiter zu erkunden, erschien ihm zu gefährlich. Seine Größe mochte es ihm leichter machen, sich verborgen zu halten, andererseits erschwerte sie es ihm, einen Feind frühzeitig zu sehen, der durch dieses grüne Dickicht schlich. Als erfahrener Axtschläger war er nie abgeneigt, sich auf einen zünftigen Kampf einzulassen, aber er begriff, dass es sinnvoller war, den zurückgebliebenen Pferdelords von den bisherigen Ereignissen zu berichten.

Maratuk seufzte unbehaglich. Er würde sich am Flussufer entlang bewegen müssen, damit er die Orientierung nicht verlor. In den heimischen Bergen könnte er sich niemals verirren, selbst wenn er einen neuen Felsspalt erkundete, doch all dieses wuchernde Grünzeug war nicht nach seinem Geschmack, zumal es von Leben wimmelte. Stets schwirrten irgendwelche Insekten um ihn herum oder huschten über den Boden. Einige hingen gar an hauchzarten Fäden von den Bäumen herab. Nein, ein solches Land war nicht nach Maratuks Geschmack.

Er bemühte sich, möglichst leise zu sein. Als Zwerg hatte er gelernt, sich zwischen Stein und Fels lautlos zu bewegen, sicheren Stand für seinen Fuß zu suchen und das Abrutschen losen Gerölls zu vermeiden. Aber wie sollte man geräuschlos durch einem Wald gehen, in dem der Fuß unentwegt gegen Blätter oder herabgefallene Äste stieß? Wie schaffte es diese Elfin nur, sich gleich einem Schatten zu bewegen? Ja, wahrhaftig, es war wirklich etwas Unheimliches an den elfischen Wesen.

Maratuk war auf alles vorbereitet. Die bis zu den Knien reichenden Bartzöpfe waren ordentlich im Nakken verknotet und hingen über den Rücken herab, eine seiner Äxte hielt er kampfbereit, und die andere Hand nutzte er, um störende Zweige oder Farnwedel aus dem Weg zu schieben. Seine Blicke huschten zwischen dem Flussufer, dem Boden und dem Dschungel hin und her, und er war versucht, direkt am Strand zu gehen, statt sich am Waldrand zu bewegen. Aber am Ufer hätte man ihn zu leicht erkennen können, und wer konnte schon sagen, was sich in diesem Land alles verbarg?

Es war ein weiter Weg, und die Nacht verbrachte Maratuk zwischen den großen Wurzeln eines Baumes, wobei er kaum Schlaf fand, denn selbst in der Nacht schien der Dschungel kaum zu ruhen. So entschloss er sich, ohne weitere Rast zum Lager zu marschieren. Er mochte ein alter Zwerg sein, dennoch hatte er noch Kraft und eine zähe Ausdauer. Das Licht der Sterne war hell genug, um dem Verlauf des Eten folgen zu können, doch die Dunkelheit zwischen den Pflanzen schien undurchdringlich, und Maratuk war erleichtert, als es wieder Tag wurde.

Der alte Axtschläger erstarrte, als vor ihm unvermittelt eine drohende Gestalt aus dem Boden zu wachsen schien. Er holte bereits zum Schlag aus, als er ein erleichtertes Schnaufen ausstieß. »Wahrhaftig, Pferdereiter, Ihr hattet Glück, dass ich Euch rechtzeitig erkannte.«

Der Pferdelord grinste gutmütig. »Wir hören schon eine Weile das Brechen von Ästen und wussten, dass sich uns etwas Gefährliches nähert. Wir ahnten nur nicht, dass es die furchterregende Gestalt eines braven Axtschlägers ist.«

Maratuk blinzelte und überlegte, ob der Mensch ihn verspotten wollte. Dieser legte ihm eine Hand an die Schulter. »Nehmt es mir nicht übel, kleiner Herr. Ich kämpfte mit Euresgleichen an der alten Wache von Rushaan und weiß einen Axtschläger wohl zu schätzen.«

»Hm.« Maratuk nickte würdevoll. »Ihr Pferdereiter kämpft auch nicht schlecht. Wo ist euer Wimpelträger, der brave Herr Arkarim?«

»Geht weiter am Ufer entlang, dann seht Ihr den Wimpel unseres Beritts. Dort findet Ihr den Scharführer.« Der Pferdelord zögerte kurz. »Wo sind der Erste Schwertmann und die Elfin?«

»Sie erkunden das andere Ufer. Doch zunächst will ich mich mit Arkarim besprechen. Übrigens«, der alte Axtschläger deutete mit seinem kräftigen Daumen über die Schulter zurück, »es gibt ein paar sehr unfreundliche Bewohner in diesem wuchernden Grünzeug. Wir hatten einen heftigen Meinungsaustausch mit vier gewaltigen Echsen. Haltet also Augen und Ohren offen.«

»Das tun wir, guter Herr. War es ein guter Kampf?«

»Ah, stünde ich sonst vor Euch? Wir haben die stinkenden Kreaturen in die finsteren Abgründe geworfen. Aber es wird mehr von ihnen geben. Wahrhaftig, selbst die kleinsten Bewohner dieses Landes zeigen sich als Bestien. Ich bin übel zerstochen und verspüre Bewegung unter meinem Wams.«

»Jetzt, am Tage, haben wir ein kleines Feuer. Nach einem Bad könnt Ihr euer Wams ausräuchern. Das bringt Euch wieder Ruhe, Herr Zwerg.«

Maratuk hasste Flugstecher und andere krabbelnde Insekten. Im unterirdischen Reich der Zwerge gab es solche Wesen nicht, und in der kalten Öde von Rushaan waren sie selten. Doch jetzt war seine Haut zerstochen und juckte furchtbar. Er sehnte sich wahrhaftig nach den heimatlichen Bergen zurück. Doch erst musste das Blut seiner Freunde vergolten werden.

Er fand Arkarim an der aufgestellten Lanze, von welcher der grüne Dreieckswimpel lustlos herabhing. Der Scharführer winkte die beiden Unterführer des Beritts heran, damit sie hören konnte, was der Zwerg zu berichten hatte. Maratuk schilderte den Kampf gegen die Reptilien und die Begegnung mit der Frau in jenem einsamen Dorf. Arkarim hörte zu, nickte hin und wieder und verzichtete auf Zwischenfragen. Erst als der Axtschläger geendet hatte, räusperte er sich und nahm einen Stock, um ein paar Linien in den Boden zu ziehen. »Unser Lager, der Verlauf des Flusses, die beiden Städte, welche wir sehen konnten und dies ist das Dorf?«

»So ist es, guter Herr. Dort setzten der Erste Schwertmann und die Elfin über den Fluss.«

»Das missfällt mir. Es wird schwierig, ihnen zur Seite zu stehen, wenn sie unsere Hilfe benötigen.«

»Es soll eine Brücke geben, ein gutes Stück flussabwärts des Dorfes. Angeblich wird sie bewacht.«

»Eine Furt zu benutzen, wäre unauffälliger.«

»Gäbe es hier eine Furt, bräuchte man keine Brücke«, brummte der Zwerg. »Zudem ist das Wasser recht belebt.

Jede Menge Fische, und ich konnte vom Ufer aus einige große Kreaturen erkennen, die lange Arme um das Maul herum haben.«

Arkarim sah den Zwerg geistesabwesend an. »Keine Furt und nur diese Brücke. Nein, das missfällt mir. Notfalls werden wir sie nehmen müssen.«

Maratuk deutete auf den Punkt der provisorischen Karte, welcher das Dorf markierte. »Sie sprachen mit dieser Frau. Es gab offensichtlich keine Unfreundlichkeiten, denn diese Frau verhalf ihnen zu dem Boot. Aber vielleicht schickte sie Nedeam und die Elfin auch in eine tödliche Falle.«

»Malt mir den Schwarzen Lord nicht an die Wand«, knurrte Arkarim verdrießlich. »Sie würde es büßen müssen, dafür würde ich schon Sorge tragen. Mir scheint, uns bleibt nichts übrig, als auf die Rückkehr oder eine Nachricht des Ersten Schwertmanns zu warten.«

»Wenn er dazu in der Lage ist«, stimmte Maratuk zu. »Doch was, wenn das nicht der Fall ist? Wie lange werden wir warten, bis wir unsere Äxte ziehen?«

»Wie soll ich das beurteilen? Sie könnten bereits tot oder in der Hand des Feindes sein. Oder sie bewegen sich unbeschwert in der fremden Stadt. Ich weiß es nicht, mein Freund. Wir müssen abwarten, ob es uns gefällt oder nicht. Blind voranzustürmen, richtet meist mehr Schaden als Gutes an.«

Der alte Axtschläger löste endlich den Knoten seiner Zöpfe und legte sie sorgfältig vor seine Brust. »Dennoch, Freund Pferdereiter, wir werden nicht ewig abwarten können.«

Arkarims Stock stieß in die Karte. »Wenn die Entfernungen halbwegs stimmen, dann würde ich schätzen, dass sie vom Fluss aus zwei oder drei Tageswenden bis zur Stadt benötigen. Geben wir ihnen eine Tageswende zur Erkundung und die erforderliche Zeit für die Rückkehr, dann müssten wir in spätesten sieben Tageswenden von ihnen hören.«

»Und wenn nicht?«

Arkarims Gesicht wurde hart. »Dann werden wir mit der gebührenden Höflichkeit an die Pforten der Stadt klopfen.«

»Und mit der gebührenden Nachdrücklichkeit«, knurrte Maratuk.

»So habe ich es mir gedacht«, bestätigte der Scharführer lächelnd.

Keiner von ihnen war mit der Situation zufrieden.

Bei einer Erkundung im fremden Land entfernte man sich eigentlich nie weit von der Hauptgruppe, um notfalls rasch deren Hilfe zu erhalten oder sie schnell warnen zu können. Schon der Weg zum Dorf der Frau war, nach Meinung vieler der Pferdelords, viel zu weit gewesen. Dass Nedeam und Llaranya nun sogar durch den Fluss vom Beritt getrennt waren, gefiel keinem.

Maratuk stillte seinen Durst und Hunger, und machte sich dann auf, um im Eten ein Bad zu nehmen und seine Kleidung von dem lästigen Ungeziefer zu säubern. Er würde nur kurz ins Wasser gehen und zudem im flachen Bereich bleiben, denn was er im Fluss gesehen hatte, gefiel ihm ebenso wenig, wie der Rest des Landes.

Er hatte seine Kleidung gerade abgelegt, als mehrere der Pferdelords zu ihm traten. Er nickte dankbar, da sie Bogen und Pfeile bereithielten und über seine Sicherheit wachen würden. Scheinbar hatten die Pferdelords schon einige Erfahrung mit den Flussbewohnern gemacht, denn einer der Männer wies auf einen pferdegroßen Kadaver, der ein Stück flussabwärts angetrieben worden war. Selbst im Tode wirkten das zahnbewehrte Maul und die langen Tentakel noch bedrohlich, und die Pfeile zeigten, wie die Kreatur ihr Ende gefunden hatte.

Schließlich dämmerte die Nacht herein, und Maratuk war erleichtert, nun, in der Sicherheit des Lagers, wieder einen ungestörten Schlaf zu finden.

Irgendwann erwachte er, da er ein drängendes Bedürfnis verspürte.

Vielleicht hätte er sich im Fluss erleichtern können, doch in der Nacht war kaum zu erkennen, was sich unter der Wasseroberfläche bewegte. Also machte sich der alte Axtschläger daran, die Böschung zu erklimmen, sagte der Wache der Pferdelords, wohin er sich wenden würde, und schritt dann in angemessener Eile zum Rand des Pflanzendickichts.

Schon nach zwei, drei Schritten war er vom dichten Grün umgeben. In der Tiefe der Nacht war nur am Rand des Dschungels noch genug zu erkennen, um sich orientieren zu können. Aber Maratuk hatte auch nicht vor, sich weiter zwischen die Pflanzen zu schieben. Er suchte eine geeignete Stelle, tastete mit dem Fuß und glitt prompt aus.

Einen Schrei unterdrückend, versuchte er, sich an irgendetwas festzuhalten. Umsonst. Es raschelte vernehmlich, als er zwischen die Zweige eines Busches stürzte. Maratuk spürte Feuchtigkeit, und ein süßlicher Geruch drang in seine Nase. Einen lautlosen Fluch murmelnd, richtete er sich wieder auf und tastete sich ab. Alles war in Ordnung, wenn man davon absah, dass die Vorderteile seines Beinkleides und seines Wamses mit zerdrückten Beeren beschmiert waren, die diesen Geruch verströmten.

Verstimmt trat er ein Stück zur Seite und konnte endlich seine Notdurft verrichten.

Er wollte sich gerade wieder aufrichten, als er den Schatten vor sich sah.

Einer der Pferdelords, der wohl dieselbe Absicht wie Maratuk hatte und versehentlich dasselbe Gebüsch erwählte.

Der alte Axtschläger wollte den Mann gerade ansprechen, als er erstarrte.

Das war kein Pferdelord.

Nicht einmal ein Mann.

Die Gestalt hob sich nur schwach am Rand des Dschungels ab und ähnelte einem Menschen, dennoch waren die Unterschiede auffällig. Die Arme und vor allem Beine waren viel zu lang, und das Wesen schien auch keine Kleidung zu tragen.

Maratuk wagte nicht, sich zu rühren. Er erinnerte sich sehr wohl an die beiden Wachen, die vor Tagen getötet worden waren. Auf seinen Fersen balancierend, tastete er nach einer der Äxte, die er für seinen kurzen Weg nur hinter den Gürtel geschoben hatte.

Das Wesen wandte ihm die Seite zu, und die Silhouette des Schädels wirkte bedrohlich. Lange Reißzähne waren zu erkennen, bis sich die Kreatur weiter drehte. Sie musste nun genau in Maratuks Richtung blicken, und dieser wagte kaum noch zu atmen.

Dann schob sich das Wesen näher.

Immer näher.

Maratuk konnte nicht sagen, ob die Kreatur einen eigenen Geruch hatte, denn der der Beeren überdeckte alles andere. Vielleicht war es gut so, denn das Wesen schnüffelte vernehmlich, beugte sich vor, als nehme es Witterung auf. Doch es schien den alten Zwerg nicht riechen zu können. Vielleicht ahnte es auch nicht, wie klein sich ein Zwerg machen konnte, wenn er sich gebückt hielt. Von diesem Ding ging eine intensive Drohung aus, die Maratuk frösteln ließ.

Der alte Zwerg war sicherlich kein Feigling und hatte schon oft seinen Mut im Kampf bewiesen. Aber die beiden toten Wachen hatten das Wesen mit ihrem Stahl nicht verletzen können, und Maratuk kannte die Qualität der Waffen, welche das Pferdevolk schmiedete. Wo ihre Schwerter versagten, konnte auch seine Axt nichts bewirken.

Oder sollte er es darauf ankommen lassen?

Vielleicht hatten die Pferdereiter das Wesen ja gar nicht getroffen …?

Doch bevor Maratuk die Schärfe seiner Axt an der Haut der Kreatur prüfen konnte, wandte diese sich ab. Mit wenigen huschenden Bewegungen verschwand sie inmitten des Urwalds.

Der alte Zwerg seufzte erleichtert und beeilte sich, zum Lager zurück zu kehren.

Als er den Wachen von dem Wesen berichtete, erntete er ungläubige Blicke.

»Direkt am Rand des Waldes, unter den vorderen Bäumen?«, zweifelte einer der Schwertmänner. »Wahrhaftig, guter Herr Zwerg, wir haben unsere Augen offen gehalten, doch da war nichts.«

Maratuk machte erbost einen Größenvergleich zwischen den Augen eines Menschen und denen eines Pferdes, mit dem Rat, den Pferden künftig die Wache zu überlassen. »Wenn ihr mir nicht glaubt, ihr Pferdereiter, dann geht zu der Stelle und seht nach. Das Wesen muss Spuren hinterlassen haben.«

Der kurze Disput hatte die Aufmerksamkeit Arkarims erregt, der nun, sein Schwert gürtend, herankam. Er ließ sich den Vorfall von Maratuk schildern, zögerte kurz und forderte dann einen Mann auf, ihm eine Fackel zu bringen.

Mehrere Bewaffnete gruppierten sich um den Scharführer und den alten Zwerg, als dieser sie zu der Stelle führte. Maratuk sah die skeptische Wache triumphierend an, als Arkarims Fackelschein auf einige deutliche Abdrücke fiel.

»Groß wie ein Mann?«, fragte der Scharführer. »Und ein Schädel, der an ein Pferd erinnert, mit einem Gebiss voller langer Zähne?«

»Und wahrhaftig großen Krallen an den Füßen«, brummte Maratuk, der neben den Abdrücken hockte. Er strich mit den Fingerspitzen daran entlang. »Größer als ein menschlicher Fuß. Hier, da könnt Ihr sehen, wie sich die Krallen in den Boden gedrückt haben. Ein Glück, dass der Boden hier weich ist.«

Arkarim nickte. »Ein Glück, dass diese Bestie Euch verschmähte, mein Freund.« Er lächelte halbherzig. »Zwerge scheinen nicht nach ihrem Geschmack zu sein.«

Maratuk zuckte mit den Schultern. »Vielleicht war sie auch nur ausreichend gesättigt. Jedenfalls hat dieses Ding unser Lager beobachtet, und ich bin davon überzeugt, dass sie oder einer ihrer Art eure Pferdereiter getötet hat.«

Arkarim stieß die Fackel in den Waldboden und erstikkte sie. »Dann hattet Ihr doppeltes Glück, Herr Zwerg, denn guter Stahl scheint ihr nicht viel auszumachen.«

Maratuk ließ ein leises Seufzen hören.

Wahrhaftig, dieses ferne Land hatte nur wenig Gutes zu bieten.

26

Nirindo genoss es, in langen Sätzen durch den Urwald zu huschen. Immer wieder legte er einen schnellen, befreienden Spurt ein, bevor er verharrte und lauschte. Er war einer der jungen Rüden seines Rudels und erst seit kurzer Zeit ein Jäger. Bis dahin hatte er, wie die meisten Nachtläufer, sein Leben innerhalb des Hügelbaus verbracht und ihn nur selten verlassen dürfen.

Nirindo war glücklich. Er gehörte zu den Auserwählten. Nicht nur, weil er nun ein Jäger war und sich in der Nacht frei bewegen durfte, sondern auch, weil er die Auferstehung der Macht erleben würde. Viele Generationen von Nachtläufern waren geboren worden, hatten sehnsüchtig der Zeit entgegengefiebert, zu der sich die Rudel endlich erheben würden, und waren wieder vergangen, ohne die ruhmvolle Auferstehung ihrer Art erleben zu können. Nirindo hingegen würde dabei sein, wenn sich die Finsternis ausbreitete, wenn sich die Rudel erhoben und die Lebensform Mensch hinwegfegten.

Nirindo war glücklich, denn er würde seinen Teil dazu beitragen.

Er war noch kein Späher, der die Siedlungen der Glatthäuter erkundete, denn dies war den älteren und erfahreneren Nachtläufern vorbehalten, dennoch erfüllte er eine wichtige Aufgabe. Die Rudel brauchten Futter und jetzt, da sie so stark geworden waren, brauchten sie sehr viel davon. So reich der Fluss Eten auch an Fisch war und obwohl sich die Nachtläufer gelegentlich auch mit pflanzlicher Kost begnügten – sie brauchten Fleisch und den frischen Geschmack von Blut, um sich zu entwickeln.

In der Ferne hörte er den Ruf eines anderen Nachtläufers. Ein Späher? Ein Jäger, wie er selbst? Nirindo wusste es nicht. Er richtete sich auf seinen überlangen Beinen auf, hob den Kopf nach oben und stieß einen lauten Pfiff aus. Kein anderes Wesen konnte ihn vernehmen. Er hörte die Antwort. Eine fein modulierte Folge von Tönen, die ihm verriet, dass es ein anderer Jäger war. Weit genug entfernt, damit sie sich ihre Beute nicht gegenseitig abjagen würden.

Er schnupperte, sog die Luft in tiefen Atemzügen ein. Seine Sinne trennten die Duftstoffe und wiesen sie den verschiedenen Pflanzen und Lebensformen zu. Ein Knochensäbler war in der Nähe. Fleisch, doch zu wenig, um mehr als eine Zwischenmahlzeit zu ergeben. Nirindo verspürte keinen Hunger und sparte sich die Mühe der Jagd.

Er brauchte Wildrinder oder die plumpen Wurzelwühler. Zwei oder drei von ihnen wären eine wertvolle Beute. Er konnte sie schlagen, sich den ersten Bissen nehmen und danach die Schlepper des Rudels herbeipfeifen, welche die Kadaver in den Bau bringen und dort zerlegen würden. Mit etwas Glück lockte der Geruch frischen Blutes sogar einige der großen Räuber an. Schakrale waren nahrhaft, und es machte Spaß, sie zu jagen, denn sie waren keine wehrlose Beute. Zwar konnten ihre Krallen und Zähne das Fell eines Nachtläufers nicht durchdringen, doch mit ihrer Größe und ihrem Gewicht konnten sie selbst einem Jäger der Rudel gefährlich werden. So widerstandsfähig der Körper eines Nachtläufers auch sein mochte, selbst seine Knochen konnten zerbrechen.

Nirindo bevorzugte es, auf seinen Beinen zu laufen und sich nicht auf alle Viere niederzulassen. Das hielt die Krallen der Arme lang und scharf. Seine Ohren lauschten, während er witterte und seine Augen die Dunkelheit durchdrangen. Das wenige Licht, welches vom Sternenhimmel zwischen die Bäume fiel, reichte ihm, um alles in Klarheit zu erkennen. Selbst in vollkommener Dunkelheit konnte er sehen, was um ihn herum geschah. Dann verschwammen die scharfen Konturen zu farbigen Strukturen. Deutlich genug, die Dinge zu erkennen und eine Beute zu erlegen.

Er federte auf seinen langen Hinterbeinen. Wenn man lange Zeit im Hügelbau verbringen musste und nicht genug Auslauf hatte, dann erhielt dies die Muskeln der Beine stark. Ja, Nirindo war ein glücklicher Nachtläufer, denn er gehörte endlich zu den Jägern und hatte jetzt genug Bewegungsfreiheit.

Wieder schnellte er zwischen den Bäumen hindurch. Elegant wich er Hindernissen aus, sprang gegen die Stämme einzelner Bäume, um den Aufprall für einen Richtungswechsel zu nutzen. Einige Waldbewohner schreckten auf, als sie ihn unvermittelt vor sich sahen. Keine Beute.

Erneut blieb er stehen. Er konnte keine lohnende Witterung aufnehmen. Im dichten Urwald herrschte nur wenig Wind. Nirindo musste sich meist mit jenen Gerüchen begnügen, die von den Fährten oder Duftmarken einer Beute aufstiegen. In der Nähe musste ein Weißbeerenbusch stehen. Der widerlich süße Gestank ließ den Nachtläufer erschauern. Der Geruch verursachte ihm selbst auf diese Entfernung Übelkeit.

Er stieß einen Pfiff aus und hörte keine Antwort. Der andere Nachtläufer war inzwischen zu weit entfernt. Nirindo war alleine, doch das beunruhigte ihn nicht. Er war der Jäger und nicht die Beute.

Halt, da war ein Duft. Schwach, sehr schwach.

Er atmete tief ein. Ja, ein kaum wahrnehmbarer Geruch. Der Geruch eines Schakrals.

Der Jäger ließ sich auf alle Viere nieder, und seine Schnauze glitt dicht über den Boden. Zwei Schakrale. Ein

Weibchen und sein Junges. Nirindo konnte die Milch der Mutterechse riechen. Der Geruch war nicht sehr ausgeprägt. Vielleicht hatten die Schakrale Nirindos Jagdrevier längst verlassen. Immerhin war diese Duftspur die beste Aussicht auf Beute, die sich in dieser Nacht bislang geboten hatte.

Schakrale. Diese Raubechsen waren geschickte Jäger und doch waren sie dumm. Nirindo hatte keinen Zweifel, mit ihnen fertig zu werden. Die Mutterechse würde darauf bedacht sein, ihr Junges zu schützen. Das machte sie reizbar und blind vor Sorge, wenn Nirindo richtig vorging. Ah, die Jagd auf Schakrale gefiel ihm. Schade, dass es nicht mehr so viele in der Umgebung der sieben Hügel gab. Scheinbar hatten die Echsen gemerkt, dass es nicht sehr gesund war, dort umherzustreifen.

Wie würde es wohl sein, wenn er seinen ersten Glatthäuter erlegte?

Wahrscheinlich weit weniger befriedigend, als die Jagd auf einen Schakral. Menschen waren schwach und ihre metallenen Waffen nutzlos. Beute. Zu leichte Beute, um den Jagdinstinkt eines richtigen Jägers zu befriedigen. Dennoch waren diese Glatthäuter die Herren Julinaashs. Wie hatten sie das mit ihren schwachen Leibern geschafft? Es war sicher so wie Gajath, die Dienerin des Volkes und Gebieterin der Rudel, dies immer sagte … Es war ihre große Zahl, welche die Menschen stark machte. Nirindo blickte auf eine seiner Klauen. Eine Zahl, die sich mühelos verringern ließ.

Mitten im Sprung roch er es.

Die Schakrale. Ganz in der Nähe.

Er prallte gegen den Baum, schlug die Krallen in die Rinde und landete leichtfüßig auf dem Boden. Unter seinem Gewicht zerbrach ein Ast, und der Jäger ärgerte sich darüber. Die Beute war in der Nähe, und er durfte nun nicht mehr springen. Er konnte nicht vorhersehen, ob seine Füße auf einem zerbrechlichen Stück Holz landeten, welches seine Anwesenheit verriet. Nein, nun musste er laufen. Mit jenem leichten, gleitenden Schritt, bei dem der Fuß und die Zehen unbewusst und zielsicher nach festem Untergrund tasteten. Als Jäger beherrschte Nirindo den lautlosen Gang.

Er prüfte die Witterung.

Ja, ganz in der Nähe.

Seine Blicke glitten umher, suchten nach jenen regelmäßigen Umrissen zwischen den Pflanzen, die ihm den Standort der Schakrale verraten mussten. Die Echsen verbargen sich während der Nacht gerne im Sichtschutz großer Bäume. Das Mutterreptil würde dies erst recht tun, denn es musste auf die Sicherheit des Jungen achten.

Nirindos Ohren stellten sich auf.

Ein Schnauben. Leise, kaum zu hören, selbst für seine ausgezeichneten Ohren.

Er konzentrierte sich stärker. Ja, das waren die Atemzüge eines ausgewachsenen Exemplars. Ein Weibchen. Größer und stärker als ein männlicher Schakral und doch nur Beute. Nirindo musste nur darauf achten, dass ihn die Echse nicht überrannte oder mit zu großer Wucht gegen einen Baum schmetterte. Ein geringes Risiko, und es gab der Jagd die richtige Würze.

Er schnupperte erneut.

Jene Richtung. Dort, wo sich die dichte Baumgruppe befand. Ja, jetzt konnte er auch die glatten Umrisse des Körpers erkennen. Das Jungtier wurde wohl von seiner Mutter verdeckt. Der Kopf der großen Echse bewegte sich unmerklich. Auch wenn sie Nirindo noch nicht bemerkt hatte, so schien sie instinktiv zu spüren, dass Gefahr drohte.

Der Nachtläufer schob sich zur Seite. Er würde die Baumgruppe umrunden, bis er das Jungtier zwischen sich und der Mutter hatte. Die direkte Bedrohung ihres Nachwuchses würde die Mutter unvorsichtiger machen. Gegen ihre Urinstinkte konnte sie nicht ankämpfen. Ja, Schakrale mochten groß und stark sein, doch die vielen Zähne in ihrem Schädel ließen wohl nicht viel Raum für das Gehirn.

Nirindo wollte nicht unvorsichtig sein und doch war er sich seiner Beute gewiss. Er spürte, wie sich Säfte in seinem Mund sammelten und etwas davon zwischen seinen Fängen hervor sickerte. Sein Herz schlug schneller, nun, da das Reißen der Beute so unmittelbar bevorstand.

Die Berührung war sanft und kaum zu spüren.

Nirindo bemerkte sie eigentlich erst, als sich die Fangwurzel des Kegelbaums um seinen Fuß legte und dann rukkartig straffte. Blitzartig erkannte der Nachtläufer die Gefahr und schlug mit der Klaue nach der Wurzel, doch da wurde er schon vom Boden gehoben und in die Luft gerissen.

Eine weitere Wurzel schnellte heran, legte sich ebenfalls um den Fuß.

Nirindos Klauen fassten die erste Wurzel und zerfetzten sie. Er spürte den zähen Pflanzensaft, der über seine Hand sickerte, schwang seinen Körper, damit er nun die zweite Wurzel zu packen bekam.

Eine dritte Wurzel schnellte hervor. Eine vierte.

Sie packten einen seiner Arme, schlangen sich darum, und schon glitten andere heran.

Nirindo konnte eine weitere Wurzel ergreifen, und seine Klauen gruben sich durch die Fasern und zerrissen sie. Ein Kegelbaum. Ausgerechnet einer der Raubbäume des Waldes. Sie fesselten ihre Opfer mit ihren langen Fangwurzeln, zogen sie in die Kronen hinauf und begannen sie dann mit ihren Säften zu zersetzen. Diese Bäume waren noch dümmer, als die Schakrale und begriffen nicht, dass die Nachtläufer für sie ungenießbar waren. Die ätzenden Säfte der Pflanze schadeten der Haut der Nachtläufer nicht, und die Wurzeln waren zu schwach, ihre Knochen zu zerbrechen.

Dennoch … Nirindo wusste, in welch tödlicher Gefahr er sich befand. Der Baum vermochte ihm nicht selbst zu schaden, doch er konnte den Nachtläufer festhalten.

So lange, bis die Sonne aufging.

Nirindo kämpfte einen verzweifelten Kampf.

Mit Zähnen und Klauen und der Kraft seines Leibes versuchte er, sich aus dem Griff der Pflanze zu befreien. Aber immer mehr Wurzeln schnellten heran, umhüllten ihn, fesselten ihn.

Nirindo pfiff um Hilfe, doch kein Nachtläufer erwiderte seinen Ruf.

Schließlich erlahmte sein Widerstand, und er sah die Ausweglosigkeit seiner Lage ein.

Wütend hing er im Griff der Wurzeln und sah unter sich das Schakralweibchen, welches mit seinem Jungen zwischen den Bäumen hervorgetreten war und den Kampf aus sicherer Entfernung beobachtete.

Dann ging die Sonne auf.

Ein sanfter rötlicher Schimmer am Horizont, der Nirindo den Tod verhieß.

Er pfiff verzweifelt, als er das erste Brennen auf der Haut spürte.

Wie betäubt sah er auf den tödlichen Feuerball, der sich in den Himmel erhob.

Nirindo schrie, als sein Fell versengt wurde. Blasen entstanden auf seiner Haut, wuchsen rasend schnell aufeinander zu. Es stank nach verbranntem Fleisch, als das Gewebe aufbrach. Der Nachtläufer schrie noch immer, obwohl seine Augen bereits verkochten und sein Leib im Griff der Pflanze im Todeskampf zuckte.

Fleisch verbrannte und versengte die Pflanzenfasern.

Der Kegelbaum pumpte Saft in seine Fangwurzeln, um sie zu kühlen, doch die Hitze war zu groß, und so gab der Baum den Kadaver des Nachtläufers frei.

Ein verschmorter Klumpen stürzte auf den Boden.

Das Schakralweibchen trat näher, schnupperte.

Dann wandte es sich ab.

Schakrale schätzten kein verbranntes Fleisch.

27

Der Gesang war sanft und schwermütig. Die Melodie schien über dem Dorf und dem Fluss zu schweben, als webe sie ein Netz der Harmonie zwischen den Sängern und der umgebenden Natur. Es waren keine menschliche Kehlen, welche diese Schönheit formten, sondern die eines Rudels der Nachtläufer, welches auf dem mittleren Hügel stand und seine Stimmen erhob.

Gajath hatte sich ans Flussufer begeben und sah sinnend auf das nächtliche Wasser hinaus. Mond und Sterne warfen glitzernde Reflexe über die Wellen. Ein Fisch sprang aus ihnen hervor. Vielleicht ein Ausdruck seiner Lebensfreude, vielleicht war jedoch auch ein Dorm auf sein Fleisch aus. Gajath bemerkte es nicht, denn ihr Blick war in weite Ferne gerichtet. Dorthin, wo sich am anderen Ufer die Stadt Julinaar befand. Sie wandte sich nicht um, als sie die Schritte hinter sich hörte. Sie wusste, dass es sich um Schewar handelte, die sich ihr näherte.

Die Rudelführerin hatte auf ihrem Weg einen der flinken Sechsläufer gefangen. Die hinteren vier Beine zuckten noch immer im Griff Schewars, obwohl diese bereits den vorderen Leib des Wesens verspeist hatte. Blut schimmerte an den Reißzähnen der Nachtläuferin, als sie neben ihre Gebieterin trat.

»Ich mag ihren Gesang«, sagte Gajath leise. »Ich habe ihn lange vermisst. Es ist schön, dass die Rudel wieder ihre Stimmen erheben.«

»Nicht mehr lange, und ihr Gesang wird in ganz Julinaash ertönen«, stimmte Schewar zu. Sie hielt Gajath die

Reste des Sechsläufers entgegen, und die Herrin nickte und nahm das freundschaftliche Angebot gerne an. Schewar wartete höflich, bis die Hinterbeine des Sechsläufers im Schlund der schönen Frau verschwunden waren. »Es ist nicht so süß wie Blut und Fleisch der Menschen, doch es kommt ihm sehr nahe.«

Gajath nickte und schluckte genüsslich. »Ich kenne Fleisch und Blut der Menschen. Ich habe beides oft gekostet.«

»Haben sie nie gemerkt, dass du dich zwischen ihnen bewegtest?«

»Damals floss viel Blut, meine Freundin, und ich war eine der ihren. Wenigstens haben sie dies immer geglaubt.« Gajath lächelte wehmütig. »Auch der Magier des Königs hat dies einst geglaubt, sonst hätte er mich nie in sein Bett geholt. Als er bemerkte, welche Gefahr ihm drohte, war es längst zu spät. Doch bevor ich sein Leben und sein Blut nahm, konnte er noch seinen Zauber über mich sprechen. Das lange Leben sollte sein Fluch sein, Schewar, doch es wurde zu unserem Segen.«

»Du sahst die Rudel schwinden, Dienerin des Volkes und Gebieterin der Rudel, doch nun siehst du auch ihre neue Macht.«

Gajath nickte erneut. »Und doch ist uns diese neue Macht noch nicht gewiss. Gefahr droht von jenen Fremden, die nach Julinaash gekommen sind.«

Schewar schnaubte leise. »Sie sind leicht zu töten.«

»Aber sie haben Gold, Rudelführerin.«

»Nicht an den Klingen ihrer Waffen.« Die Nachtläuferin säuberte sorgfältig ihre Krallen und Reißzähne von den Rückständen der kleinen Mahlzeit. »Sie tragen es an ihren Metallhauben und ihrer Kleidung und kennen seinen wahren Wert nicht. Es ist ihnen nur Zierde und keine Waffe.«

»Ja, weil sie nichts von uns wissen, Schewar. Doch andere scheinen zu ahnen, dass wir erneut erstarkt sind.«

»Jene, die über den Fluss gegangen sind?«

»Nein, jene, die ihnen den Grund lieferten, nach Julinaash zu kommen.« Gajath wandte sich der treuen Gefährtin zu. »Jemand ging nach Rushaan und stahl dort Gold. Dafür kann es nur einen einzigen Grund geben. Dieser Jemand weiß von uns.«

»Die Nächte gehören uns«, knurrte Schewar. »Wer uns in der Nacht begegnet, ist des Todes, und am Tag halten wir uns verborgen. Kein Lebender kann von uns Kenntnis haben.«

Gajath leckte sich über die sanft geschwungenen Lippen. »Vielleicht hast du Recht. Dennoch können wir nicht ausschließen, dass uns jemand in der Nacht gesehen hat. Oder von uns in den alten Schriften las.«

»Wir hätten die Bibliotheken der Menschen verbrennen sollen.« Schewar schnaubte erneut. »Ja, ich stimme dir zu. Jemand raubte Gold aus Rushaan, und wir müssen der Grund dafür sein. Jemand weiß von der Macht der goldenen Klingen.«

Der Gesang, der über Dorf und Fluss geschwebt hatte, verstummte. Die Rudel der Nacht würden sich auf die Jagd begeben, denn sie mussten fressen. Noch galt diese Jagd nicht den Menschen, obwohl alle Nachtläufer jener Nacht entgegenfieberten, an dem Gajath es ihnen endlich erlauben würde.

»Es kann nur eine kleine Gruppe sein, die von uns ahnt.« Gajath lächelte wissend. »Ich kenne die Eigensucht der Menschen. Sie können nicht viel Gold aus Rushaan heraufgeholt haben. Es wird nicht für viele Waffen ausreichen. Diejenigen, welche in seinem Besitz sind, werden es nicht hergeben wollen, denn sie werden zuerst ihr eigenes Leben schützen wollen.«

Die Nachtläuferin bleckte ihre Fänge. »Dann sollten wir diese wenigen finden und vernichten, ihnen das Gold nehmen und es verstecken. Dann sind die anderen Menschen leichte Beute.«

Gajaths Lächeln vertiefte sich. »Das ist mein Plan.«

Schewar wippte leicht auf ihren langen Beinen und deutete den Fluss hinauf. »Was ist mit jenen anderen? Den Pferdemenschen. Auch sie haben Gold.«

»Wie du erwähntest, treue Schewar, sie wissen es nicht zu nutzen. Wir sollten sie im Auge behalten und vorläufig noch verschonen. Sie sind Fremde in Julinaash. Wenn diese Fremden sich den Frauen oder den Männern zuneigen, wird die andere Seite sich bedroht fühlen. Dann ist der offene Krieg da, der es uns leicht machen wird.«

»Diese Fremden sind Männer. Sie werden sich auf die Seite der anderen Männer stellen.« Schewar zögerte kurz. »Doch da ist etwas, was mich beunruhigt.«

»Ich kann mir kaum vorstellen, dass dich etwas beunruhigt.«

»Du verlässt dich sehr auf die Eigenheiten der Menschen«, erwiderte Schewar.

Diesmal lachte die schöne Frau unbeschwert. »Ich habe lange genug unter ihnen gelebt.« Sie deutete zu den Hügeln. »Wenn die Jägerinnen zurück sind, teile ihnen meinen Wunsch mit. Findet jene, die das Gold stahlen, und tötet sie.«

»So mag es geschehen.«

28

Selena-Frau hatte die Aufgabe übernommen, Llaranya durch die Stadt zu begleiten. Die Unterführerin der Hüterinnen sollte der Elfin nicht nur Erklärungen geben, sondern vor allem darauf achten, dass die fremde Besucherin nicht zu viel Unruhe hervorrief. Zu diesem Zweck hatte man Llaranya eines der Gewänder gegeben, die in der Stadt der Frauen üblich waren. Die Elfin hatte dies freimütig akzeptiert, denn auch sie hoffte darauf, sich möglichst unauffällig bewegen zu können. Sie wusste, dass viele Menschen Fremden gegenüber reserviert waren und nicht so freimütig sprachen, wie unter ihresgleichen. So war sie in die Uniform einer Hüterin gekleidet, ohne jedoch deren Langmesser am Gürtel zu tragen, und die Hüterinnen hatten einen passenden Stoffstreifen gebracht, der die verräterischen Spitzohren wieder verdeckte.

Sie hatte den Wunsch geäußert, einen Markt aufzusuchen, und Selena-Frau hatte bereitwillig genickt. Der Weg führte eine Straße entlang, an der einige eiförmige Bauten und kastenförmige Häuser standen. Die eiförmigen Bauwerke erinnerten Llaranya unwillkürlich an die typischen Häuser der verstorbenen Rushaan. Diese hier besaßen im unteren Bereich kleine Sichtfenster und eine zweiflügelige Tür. Das obere Drittel wies ein gitterartiges Muster auf, bei dem sich das Baumaterial des »Eis« und Segmente aus Klarstein abwechselten. Im Gegensatz zu den kastenförmigen Häusern schienen die »Eier« jedoch ungenutzt. Llaranya bemerkte die stumpfe Blindheit der Sichtfenster und den Schmutz, der sich vor den Türen gesammelt hatte.

»Häuser des Wissens«, beantwortete Selena-Frau die Frage der Elfin. Das letzte der Worte schien sie förmlich auszuspucken. »Hier arbeiteten Magier daran, das Wissen des Königs zu vermehren. Zum Wohle von Julinaash, wie sie behaupteten.« Diesmal spuckte die Hüterin tatsächlich aus. »Hier schufen sie auch die Metallpferde, mit denen die Ritter des Königs nach Rushaan aufbrachen.«

»Metallpferde?«

Selena-Frau zuckte die Schultern. »So steht es in den alten Schriften.«

»Und diese Wissenshäuser werden nicht mehr genutzt?«

»Wozu? Wir wissen, was wir zum Leben benötigen. Der Drang der Magier, immer mehr Wissen anzuhäufen, hat doch dazu geführt, dass der König die Männer in den Tod trieb.« Sie sah Llaranya forschend an. »Habt ihr Elfen Magier, welche nach Wissen forschen?«

»Nein«, erwiderte Llaranya. Dazu brauchten die Elfen keine Magier, doch dies musste die Hüterin nicht unbedingt erfahren. Die Liste dessen, was die Frauen Julinaars ablehnten, wurde allmählich länger. Männer im Allgemeinen, Magier, Gelehrte … Llaranya dachte an den elfischen Gelehrten Mionas, durch dessen Wissen die alnoischen Schiffe nun nicht mehr mit Schaufelrädern, sondern einer Antriebsschnecke fuhren. Er war einer der ältesten Elfen und verfügte über geheime Kenntnisse, die selbst den Büchern der Häuser nicht anvertraut wurden. Er kannte furchtbare Waffen, doch er missbrauchte sein Wissen nicht. Erst als die Ältesten der elfischen Häuser in die Gefangenschaft der Schwärme der See geraten waren, hatte er den Alnoern das Wissen um den neuen Antrieb anvertraut. Das Geheimnis der Flammen der See hatte er jedoch weiterhin gehütet.

Als sie den Markplatz erreichten, erinnerte dieser die Elfin sofort an die typischen Märkte der Hochmark des Pferdevolkes. Stimmen wirbelten durcheinander und versuchten sich gegenseitig zu übertönen. Händlerinnen priesen ihre Waren an, Käuferinnen feilschten um die Preise. Manchmal genügte eine ausgebreitete Decke als Verkaufsstand, meist waren es jedoch kleine Zelte aus bunten Tüchern, in denen die Waren ausgebreitet wurden. Das Angebot war überraschend vielfältig.

Wie Llaranya schon erwartet hatte, gab es reichlich Fisch und nur wenig Brot oder Getreide. Doch das Angebot an Fleisch, Pilzen und essbaren Pflanzen war überreichlich. Das meiste davon war gesalzen, gewürzt, getrocknet oder angebraten. Die Witterung von Julinaash ließ es nicht zu, rohes Fleisch lange liegen zu lassen.

Selena-Frau sprach kurz mit einer der Händlerinnen und ließ sich zwei Bratenstücke geben. »Schakral«, erklärte sie lächelnd. »Sehr gutes Fleisch.«

Llaranya kostete und nickte. Es war gut gewürzt und sehr schmackhaft. »Ist Schakral eine Art von Hornvieh?«

»Hornvieh?«

Die Elfin erzählte von den Rindern der Hochmark, und die Hüterin schüttelte den Kopf. Sie begann ein Schakral zu beschreiben, und Llaranya nickte verstehend. »Ja, wir sind mehreren dieser großen Raubechsen begegnet.«

Die Unterführerin riss die Augen auf. »Mehrere Schakrale? Ein ganzes Rudel? Und ihr habt es überlebt?«

»Offensichtlich.«

»Du musst eine sehr gute Kämpferin sein. Schakrale sind sehr gefährlich, und es ist nicht einfach, sie zu jagen. Wir Hüterinnen gehen dann nur in starken Gruppen und mit unseren Blasrohren. Diese Biester sind schlau, und manchmal wissen wir nicht, wer wen jagt. Wir legen auch Fallgruben an, mit angespitzten Pfählen an ihrem Boden, aber meistens erkennen die Schakrale die Fallen und meiden sie.«

»Nun, ich kämpfte nicht alleine«, gestand die Elfin. »Nedeam war durchaus hilfreich.«

»Nedeam? Ah, ja, dein Bulle.«

»Er ist kein Bulle. Er ist mein Mann.«

Selena-Frau lächelte. »Eine seltsame Vorstellung, dass sich eine Frau einen eigenen Mann hält.«

»Er ist nicht mein Eigentum. Wir lieben einander.«

Die Hüterin biss erneut in ihr Bratenstück. »Die Kronenträgerin hat mir eingeschärft, dich mit Höflichkeit zu behandeln, Elfin. Dennoch, was du da sagst …«

»Ja, ich weiß«, seufzte Llaranya. »Ihr Frauen von Julinaar seid da wohl ebenso verklemmt, wie eure Männer.«

»Es sind nicht unsere Männer«, brummte Selena-Frau.

»Ich wollte dich nicht beleidigen. Für mich ist es ebenso schwer, eure Lebensart zu verstehen, wie es für euch ist, die unsere zu akzeptieren.«

»Jedenfalls ist ein Schakral schwer zu erlegen«, wechselte die Hüterin das Thema. »In den meisten Dörfern gibt es Jägerinnen, welche kleineres Wild jagen. Die Sammlerinnen hingegen ernten die Pilze und essbaren Pflanzen. Es ist niemals ganz ungefährlich, und die Frauen verlassen die Dörfer nur bei Tageslicht. In der Nacht könnte sich ein Räuber zu leicht anschleichen. Manche streichen in der Nacht um die Dörfer herum.« Selena-Frau lächelte halbherzig. »So, wie wir das Fleisch der Schakrale schätzen, so schätzen diese auch das unsere.«

Sie schlenderten weiter zwischen den Verkaufsständen hindurch. Das Angebot beschränkte sich keineswegs auf Nahrungsmittel. Es gab Stoffe, Schmuck und Kunstgegenstände und natürlich die Hilfsmittel, die das tägliche Leben erleichterten. An einem Stand waren mehrere Frauen dabei, Stoffe nach den Wünschen der Kundinnen zu färben. Eine Reihe von Bottichen stand dafür bereit, in denen sich verschieden gefärbte Flüssigkeiten befanden.

»Wir gewinnen alles aus den Pflanzen des Dschungels«, antwortete eine der Färberinnen auf Llaranyas Frage hin. »Unser Dorf ist für seine feinen Stoffe bekannt. In seiner Nähe wachsen Wurzeln, welche sehr feingliedrig sind. Die eignen sich am besten für ein weiches Tuch. Wir waschen die Wurzeln, zerfasern sie und formen aus ihnen feine Stränge. Die werden zwischen hölzernen Rollen gepresst. Daraus lässt sich dann ein schöner Stoff weben.« Die Frau deutete mit sichtlichem Stolz auf die Bottiche. »Pflanzensaft zum Färben. Wir können die verschiedensten Farbtöne erzeugen, und unsere Stoffe sind für ihre leuchtenden Farben bekannt. Und für die Haltbarkeit der Färbung«, fügte sie lächelnd hinzu. »Wir fügen dem Pflanzensaft etwas Besonderes hinzu«, verriet sie augenzwinkernd. »Doch das bleibt das Geheimnis unseres Dorfes, du verstehst?«

Die meisten Stoffe wurden in breiten Bahnen in die Bottiche gesenkte, der Färbstoff wirkte ein und anschließend hängte man den gefärbten Stoff zum trocknen auf. Llaranya fielen einige Stoffe mit sehr unregelmäßigen, aber zugleich hübschen Mustern auf.

Auch hier gab die Färberin bereitwillig Auskunft. »Man muss den Stoff ganz fest zusammendrehen, wenn man ihn färbt. Einige Stellen nehmen dann viel Farbe auf, andere weniger. So entstehen die schönen Muster.«

Eine Schmiedin fertigte Zangen, Kämme oder kurze Messer. Es waren gute Arbeiten, doch sie ließen die Fertigkeit der Schmiede der Hochmark missen, und mit der elfischen Handwerkskunst ließen sie sich schon gar nicht vergleichen. Es lag jedoch wohl nicht am Geschick der

Schmiedin, sondern vielmehr an der niedrigen Temperatur des Feuers.

»Es gibt nicht viel Brennstein bei uns«, erklärte Selena-Frau. »Für die täglichen Arbeiten reicht diese Qualität aus.« Sie griff an ihren Gürtel und zog das Langmesser hervor. »Das hier ist eine andere Handwerkskunst.«

Llaranya sah zum ersten Mal eines der Langmesser aus nächster Nähe. Es hatte die Länge eines Unterarms und war leicht gekrümmt. Die Spitze war beidseitig geschliffen, ansonsten zog sich eine Schneide an der Unterseite entlang, die kurz vor dem Handgriff endete, der aus poliertem Holz bestand. Es gab keine Parierstange oder ein Gefäß, wie Llaranya es von anderen Waffen her kannte.

»Benutzen die Männer ebensolche Messer?«

»Nein. Männer benutzen Kurzschwerter. Sie haben die gleiche Länge, sind aber gerade und viel breiter. Plumpe Dinger, darauf angelegt zu töten. Wie es der Art der Männer entspricht.«

»Nun, ich denke, ihr führt diese Langmesser ebenfalls, um damit Leben zu nehmen.«

»Wir müssen uns wehren können«, knurrte die Hüterin.

»Gilt dies nicht ebenso für Männer?«

»Nun, Schakrale gibt es fast überall«, räumte Selena-Frau ein.

Llaranya warf einen Blick in eine der Seitenstraßen. Auch dort standen die typischen, kastenartigen Wohnhäuser Julinaars. Der Anblick der unschönen, zweckmäßigen Grundkonstruktionen, wurde allerdings durch die geschwungenen Dächer und zierlichen Säulen, welche diese zusätzlich stützten, gemildert. Doch die Häuser in der Seitenstraße wirkten ebenso ungenutzt wie die eiförmigen Häuser des Wissens, die Llaranya zuvor gesehen hatte.

Der Hüterin schien das Thema etwas unangenehm zu sein. »Wir benötigen diese Häuser nicht«, murmelte sie. »Warum sollten wir sie also erhalten?«

Llaranyas Respekt vor der Baukunst der Julinaash stieg gewaltig. Früher hatte die Stadt sicher eine höhere Bevölkerung aufgewiesen und Männer und Frauen hatten sie gemeinsam bewohnt. Vermutlich hatte man die nicht benötigten Häuser einfach leer stehen lassen, nachdem der Zwist zwischen den Geschlechtern ausgebrochen war. Es musste schon viele Jahrhunderte her sein, wenn nicht sogar Jahrtausende. Wer immer die Häuser einst errichtet hatte, er hatte dies wohl für die Ewigkeit getan. Die Elfin erinnerte sich daran, dass auch viele Gebäude der toten Rushaan noch standen, sofern der Krieg oder der zerstörerische Eisregen sie nicht beschädigt hatten. Die Häuser des Pferdevolkes mussten hingegen immer wieder ausgebessert werden.

Sie verließen den Markplatz und betraten eine der Wohnstraßen. Hier gab es zwei kleine Läden, in denen Lebensmittel und Waren angeboten wurden, doch deren Händlerinnen hatten im Augenblick das Nachsehen, so lange der große Markt abgehalten wurde.

»Jeden Mond kommen die Frauen aus den Dörfern und bringen ihre Waren nach Julinaar«, erläuterte Selena-Frau. »Auf dem Rückweg nehmen sie mit, was bei ihnen benötigt wird. Alles ist im Gleichgewicht und so, wie es sein sollte.«

Alles war im Gleichgewicht und so, wie es sein sollte.

Llaranya dachte über diese Worte nach und über das, was sie bislang in der Stadt gesehen hatte. Unvermittelt begriff sie, in welch fatalem Kreis sich hier alles zu drehen schien. Es gab nichts Neues. Sicher, es wurden neue Waren hergestellt, doch es gab keine neuen Erkenntnisse. Kein Wissen, welches zu neuen Entwicklungen geführt hätte. Alles schien erstarrt und darum bemüht, nur ja nichts zu verändern, um jenen Status zu erhalten, mit dem man zufrieden war.

Llaranya dachte an das Pferdevolk. Inzwischen wurden dort viele Errungenschaften genutzt, die man aus dem Reich Alnoa übernommen hatte. Brennsteinmaschinen stampften, komplizierte Konstruktionen ersetzten die alten Signalfeuer, die Fensterbespannungen der Häuser waren durch Klarstein ersetzt… Natürlich waren nicht alle Menschen des Pferdevolkes über diese Entwicklungen glüklich, doch Llaranya wusste, dass Stillstand zu einem Verharren führte, das verhängnisvoll sein konnte. Vor allem, wenn man sich im Krieg gegen den Schwarzen Lord und seine Orks befand. Julinaash hingegen wirkte wie eine Insel inmitten eines stürmischen Sees, abgeschirmt von den umgebenden Bergen des Eislandes.

Auch das elfische Volk hatte sich nach außen kaum weiterentwickelt. Es lebte im Einklang mit der Natur und hatte das, was es zum Leben brauchte, zur Perfektion entwickelt. Dennoch waren die Häuser des Waldes und die Häuser der See nicht in ihren Traditionen erstarrt. Sie hatten ein ungeheures Wissen angesammelt und bewahrten dies in ihren Büchern, ohne es praktisch zu nutzen. Warum sollte man ein Schiff von Maschinen antreiben lassen, wenn Segel und Wind diesen Zweck ebenso erfüllten? Es mochte eine Flaute geben, es mochte langsamer sein, doch was bedeutete Zeit für ein unsterbliches Wesen?

Die Julinaash hingegen waren sterbliche Wesen, und Llaranya begriff, dass diese Menschen auf dem Weg waren, einen sehr langsamen Tod zu sterben. In Feindschaft lebend und ohne den Drang zur Änderung, mussten die Bewohner des Landes untergehen.

29

Man behandelte Nedeam höflich und fürsorglich und gab sich redliche Mühe, das Unbehagen zu unterdrücken, was man beim Umgang mit ihm empfand. Immerhin stieß der Pferdelord auf keine wirkliche Feindseligkeit. Es schein eher eine ungläubige Neugierde zu sein, welche die meisten Frauen empfanden.

Man hatte ihm und Llaranya ein Zimmer im Obergeschoss des Palastes zur Verfügung gestellt. Das ursprüngliche Doppelbett hatte man entfernt und durch zwei Einzelbetten ersetzt, zwischen denen eine Trennwand aus farbigem Tuch aufgestellt war. Alles war geschehen, bevor Nedeam den Raum betrat, doch die Veränderung der Einrichtung war offensichtlich, da das ursprüngliche Bett Abdrücke auf dem Bodenbelag hinterlassen hatte. Nedeam schluckte eine bissige Bemerkung hinunter, denn immerhin gab man sich Mühe mit ihm. Eine solche Behandlung wäre in Julinaar sicher keinem anderen Mann widerfahren.

Der Raum war groß, von Licht durchflutet und überladen mit Gemütlichkeit. Nedeam schätzte eher die bescheidene Zierde in den Heimen des Pferdevolkes, doch Llaranya hatte ihren eigenen Sinn bei der Einrichtung der gemeinsamen Räume in der Hochmark walten lassen. Feinsinnige Dinge, die dem Handwerk und dem Schönheitsempfinden der Elfen entsprachen. Nedeam fand sie durchaus hübsch, wenn auch recht unpraktisch. Llaranya liebte kleine geschnitzte Statuen oder grüne Pflanzen im Raum, die sie an die Häuser des Waldes erinnerten. Nedeam hingegen fand sie eher hinderlich, wenn es galt, die Räume sauber zu halten.

Die Frauen Julinaars schienen eher dem Geschmack Llaranyas zu folgen, als dem eines schlichten Pferdelords. An den Wänden hingen Bilder aus Stoff, welcher auf Rahmen gespannt und mit Pflanzensäften bemalt war. Blumen und Farne wucherten in verzierten Kübeln, und es gab sogar einen kleinen, muschelförmigen Brunnen. Nedeam war sich nicht sicher, ob er als Trinkwasserquelle diente, zur persönlichen Reinlichkeit genutzt wurde oder reiner Zierrat war. Jedenfalls nahm er sich vor, nur aus ihm zu trinken, wenn keine der Frauen dabei zusah.

Die Möbel waren aus soliden Hölzern, wundervoll verarbeitet und verziert. In diesem Handwerk schienen die Julinaash den Elfen nur sehr wenig nachzustehen. Es gab eine ganze Reihe von Sitzpolstern und einen niedrigen Tisch, auf dem Obst und zwei kristallene Karaffen standen. Nedeam schnupperte an ihnen und fand einen milden Wein und ein scharf riechendes Gebräu, welches sicher eine stark berauschende Wirkung hatte. Nicht das Blor des Zwergenvolkes, doch wohl von ähnlich furchtbarer Wirkung.

Gelegentlich hörte Nedeam leise Stimmen und Scharren vor der geschlossenen Tür. Er fragte sich, wie viele Hüterinnen dort wohl bereitstanden, die männliche Bestie zu bändigen, wenn sie denn einen Ausbruch wagte. Er trat an eines der Fenster und bewunderte kurz die Größe der Klarsteinscheibe und ihre Reinheit. Solche Ausführungen waren im Land des Pferdevolkes unbekannt, auch hier mussten die Julinaash über hervorragende Kenntnisse und die entsprechenden Rohstoffe verfügen. Nedeam kannte sich mit der Herstellung von Klarstein nicht aus, aber er hatte gehört, dass man sehr feinen Sand, Salz und sehr viele Feuer benötigte, um dieses durchsichtige Wunder zu vollbringen. Er blickte hinunter und sah unterhalb des Fensters zwei Hüterinnen, die dem Treiben anderer Frauen zusahen. Vielleicht beaufsichtigten sie nur die Arbeit im Innenhof des Palastes, doch Nedeam vermutete, dass ihre Pflicht eher seinem »Wohl« galt. Wollte man ihn vor der Neugier oder möglicher Feindseligkeit anderer Frauen schützen? Oder wollte man verhindern, dass die Frauen Julinaars etwas anderes als die potenzielle Bestie in ihm erblickten?

Nedeam wandte sich vom Fenster ab. Dieses Land missfiel ihm, und er würde froh sein, wenn er ihm den Rücken kehren konnte.

Es klopfte leise an der Tür, und auf seinen Ruf hin, wurde sie geöffnet. Nedeam runzelte überrascht die Stirn, als die Kronenträgerin mit einer ganzen Schar von Frauen eintrat. Einige von ihnen trugen Musikinstrumente und traten rasch in den Hintergrund, wo sie sofort begannen, eine sanfte Melodie zu spielen.

»Darf ich Euer Begehr erfahren?«, wandte er sich an die Kronenträgerin, die ihn nachdenklich ansah.

»Lausche einfach der Musik, Nedeam vom Pferdevolk«, erwiderte Julara-Alecia-Frau. »Du bist seit vielen Jahrhundertwenden das erste männliche Wesen, welches diese Melodie zu hören bekommt. Es soll dir eine Ehre sein.« Sie deutete auf eines der Sitzpolster. »Nimm Platz und lausche.«

Sie wartete, bis sich der verwirrte Nedeam auf eines der Polster sinken ließ, und setzte sich dann ihm gegenüber. Die Kronenträgerin tat, als lausche sie selber fasziniert der Musik und beobachte das virtuose Spiel der Musikantinnen. Aber Nedeam bemerkte die verstohlenen Blicke, mit denen sie ihn immer wieder forschend beobachtete.

Llaranya und die elfischen Freunde Lotaras und Leoryn hatten schon einige Male miteinander musiziert und gesungen, und die getragenen Weisen der Elfen wirkten auf ihre eigene Art leicht und doch schwermütig. Nedeam bevorzugte die schnellen Rhythmen jener Lieder, die das Pferdevolk sang. Die Melodie, welche die Frauen spielten, sog ihn fast gegen seinen Willen in ihren Bann. Es war nicht so, dass ihn die sanften Töne schläfrig machten. Seine Sinne blieben wach, wurden sogar auf eine Weise aufgepeitscht, die Nedeam verwirrte.

Eine der Frauen trat vor. Ihr Gesicht war konzentriert, und sie bewegte sich in voller Übereinstimmung mit den Tönen. Kopf und Gesicht schienen dabei stets an derselben Stelle zu verharren, während der Rest ihres Leibes in steter Bewegung war.

Die Frau war von großer Schönheit und vollendeten Proportionen. Das starre und konzentrierte Gesicht hätte Nedeam nicht gefallen, wenn die beeindruckenden stahlgrauen Augen nicht gewesen wären. Ihre Größe war durch feine Farbstriche verstärkt und betont worden. Es waren Augen, die einen anderen Menschen in ihren Bann ziehen konnten.

Nedeam nahm die Musik in sich auf und den Blick dieser Augen. Nur am Rande nahm er wahr, dass sich der Körper der Frau bewegte.

Die Musik wurde eindringlicher, fordernder.

Der Pferdelord sah den Schimmer nackter Haut und wie das Gewand der Tänzerin von ihren Schultern glitt, ihre Brüste entblößte und schließlich zu Boden sank.

»Du kannst sie dir nehmen«, drang die leise Stimme der Kronenträgerin an sein Ohr.

Nedeam begriff zunächst nicht, was sie damit meinte, obwohl sich ihm das Sinnbild entblößter Schönheit näherte. Mit wiegenden Schritten, die personifizierte Verlockung.

»Nimm sie dir«, sagte Julara-Alecia-Frau erneut.

Nedeam fühlte eine merkwürdige Lähmung, und zugleich drängte es ihn, sich der nackten Schönheit zu nähern. Für einen Moment, einen winzigen Augenblick, legten sich Llaranyas Züge über die der fremden Frau.

Nedeam hatte die Empfindung, aus einem Traum zu erwachen. Doch alles war real. Die Musik drang an sein Ohr, die nackte Frau stand nun unmittelbar vor ihm. Er wandte den Kopf und sah den erwartungsvollen Blick der Kronenträgerin.

»Nein.«

Alles schien auf seltsame Weise zu erstarren, obwohl die Musik noch immer ertönte.

Die Kronenträgerin sah ihn sichtlich überrascht an. »Du willst sie nicht?«

»Warum sollte ich sie wollen?«

Die Herrin Julinaars klatschte leise in die Hände. Die Musik verstummte abrupt, und die Tänzerin trat zurück und bückte sich, um ihr Gewand aufzuheben. »Du bist ein Bulle, Nedeam vom Pferdevolk. Kein Bulle würde ein solches Angebot ablehnen.«

»Ich mag das sein, was ihr Frauen von Julinaash als Bulle bezeichnet. Doch die Bullen des Pferdevolkes folgen nur dem Gebot der Liebe. Llaranya hat mein Herz, so wie ich das ihre habe. Ich werde weder ihr Herz, noch das meine verletzen.«

»Du sprichst von einer Art Liebe, die es nur unter Frauen geben kann.«

»Meine Llaranya ist eine Frau, und ich bin ein Mann. Wenn Ihr zu wissen glaubt, was Liebe ist, Kronenträgerin von Julinaar, dann müsst Ihr auch wissen, wie wir beide füreinander empfinden.«

Julara-Alecia-Frau erhob sich und wirkte sehr nachdenklich. »Ihr seid sehr ungewöhnliche Wesen, du und Llaranya. Ich werde über vieles nachdenken müssen.«

Sie gab den anderen Frauen einen Wink, die den Raum rasch verließen. Die Kronenträgerin folgte ihnen und blieb in der Tür kurz stehen. »In einer sehr alten Schrift las ich, dass es einst auch in Julinaash eure Art der Liebe gegeben haben soll. Ich habe nicht daran geglaubt. Bücher können ebenso lügen wie die Zunge eines Mannes. Ja, Nedeam vom Pferdevolk, ich muss viel nachdenken.«

Die Tür glitt in ihre Bettung, und Nedeam saß auf dem Sitzpolster und spürte, wie sich seine Gedanken überschlugen. Dann griff er zu einer der Karaffen. Wahrhaftig, er hätte nun einen Blor des Zwergenvolkes vertragen können.

30

Die Weisung des Ersten Schwertmannes ist eindeutig«, knurrte Arkarim missmutig. »Wir haben auf Nachricht zu warten. Wenigstens noch drei Tageswenden. Erst dann werden wir an das Tor der Stadt klopfen. In aller gebotenen Höflichkeit und mit dem erforderlichen Nachdruck.«

»Bis dahin kann es zu spät sein«, erwiderte Maratuk grimmig. »Dieses Land ist gefährlich, die Bewohner des Dschungels sind gefährlich und die der Stadt sind es sicher ebenso. Zudem müssen euer Erster Schwertmann und die Elfin von dem fremden Wesen erfahren, welches ich beobachtet habe.«

Der Scharführer nickte. »Wir kennen ihre Zahl und ihre Absicht nicht. Wir wissen nur, dass es tödliche Kreaturen sind. Vielleicht waren sie es, die nach Rushaan vordrangen.«

Maratuk zupfte nachdenklich an seinen Zöpfen. »Nein, die Wunden, die man meinen Freunden zufügte, stammten von scharfen Klingen und nicht von Klauen oder Zähnen. Das waren nicht die Kreaturen. Diese sind vielleicht nur Tiere, aber es gibt mir zu denken, dass sie auf diese Weise um unser Lager herumschleichen. Ein Rudel Raubtiere hätte längst zugeschlagen oder sich zurückgezogen. Doch diese Biester beobachten uns. Die haben etwas vor, Scharführer. Und es ist nichts Angenehmes.«

»Ja, ich spüre, dass sie uns belauern, und ich glaube nicht, dass die Kreaturen im Bund mit den anderen Bewohnern dieses Landes sind.«

»Ein Grund mehr, dass wir Nedeam und Llaranya von ihnen berichten. Möglicherweise ist es auch für die Bewohner der Stadt von Belang, zu der sie gehen wollten.«

»Am sichersten wäre es, mit dem gesamten Beritt aufzubrechen«, schlug Unterführer Herklund vor.

»Wenn wir auch nur ein Stück von dem Weg abweichen, denn der Erste Schwertmann und die Elfin nehmen, dann können wir uns leicht verfehlen«, lehnte Arkarim ab. »Dann könnten wir ihnen keine Hilfe bringen.«

»Nun, dann nehmen wir nicht den ganzen Beritt, aber doch wenigstens einen starken Erkundungstrupp. Zwei oder drei Zehnen an Männern.« Hendur war ebenso besorgt wie der andere Unterführer.

Der Scharführer seufzte vernehmlich. »In dieser Lage die Kräfte zu teilen, könnte ein schwerer Fehler sein.«

»Gut«, knurrte Maratuk bissig. »Dann wird es eben ein Ein-Mann-Erkundungstrupp.«

Arkarim begriff sofort, worauf der Axtschläger hinauswollte. »Ihr meint wohl eher einen Ein-Zwerg-Erkundungstrupp.«

»Was sonst? Ich bin ohnehin am besten geeignet, nach den beiden zu suchen. Ich kenne die Gegend bereits.«

»Nicht das andere Ufer, und dort müsst Ihr hinüber.«

»Werdet nicht kleinlich. Ich bin nicht groß, und niemand wird mich zu Gesicht bekommen.«

»Dafür kann man Euch hören.«

»Verdammt!«, brüllte Maratuk. »Ich werde dennoch gehen!«

Arkarim nickte. »Ich weiß, ich kenne die Beharrlichkeit der Zwerge. Doch allein ist es zu gefährlich. Also gut, ich werde zwei Zehnen abstellen und sie selber führen.«

»Unsinn.« Der alte Zwerg stapfte mit dem Fuß auf. »Es ist, wie Nedeam Euch sagte. Ihr werdet benötigt, um den

Beritt zu führen. Und wenn ich es recht bedenke, zwei Zehnen werden sicherlich mehr Lärm machen als meine beiden Füße. Außerdem bin ich nicht allein. Ich habe meine beiden Äxte bei mir. Es sind gute Freunde, die mich nie im Stich gelassen haben.«

»Ihr müsstet den Fluss überqueren, guter Herr Zwerg«, wandte Hendur besorgt ein.

Der Axtschläger blickte auf den glitzernden Strom. »Das ist wohl wahr, und es behagt mir nicht. Man kann es mit der Reinlichkeit auch übertreiben«, scherzte er, »doch es dient einem guten Zweck.«

»Das Wasser ist hier tief und die Strömung stark«, überlegte Arkarim. »Zudem gibt es gefährliche Wasserbewohner. Wir haben zwar kein Boot, aber wir könnten aus ein paar Farnstämmen ein Floss bauen.«

Maratuk behagte es überhaupt nicht, sich einem so unsicheren Wasserfahrzeug anzuvertrauen. Die Aussicht, im Magen eines großen Raubfisches zu enden, gefiel ihm jedoch noch weit weniger, und so stimmte er zu.

Einige Männer aus Arkarims Beritt waren einst beim Kampf gegen die bösen Magier der Insel Lemaria dabei gewesen und wussten, wie man ein kleines Floss baute. Da Maratuk zur Eile drängte, fällten sie vier schlanke Stämme, kürzten sie und banden sie mit Lederriemen zusammen.

»Versucht nicht, gegen die Strömung zu kämpfen«, riet Arkarim. »Nutzt sie aus und lasst Euch mit ihr treiben. Haltet nur ein wenig dagegen, sodass sie Euch allmählich ans andere Ufer bringt. Das wird etwas Zeit brauchen, aber es schont Eure Kräfte.«

Von den besten Wünschen der Pferdelords begleitet und mit einem brettartigen Paddel versehen, setzte Maratuk sich auf die wankende Konstruktion. Das Auf und Ab der Wellen ließ ihn seinen Entschluss rasch bereuen, doch es gab kein Zurück. So ließ er sich von einigen Männern abstoßen und in die Strömung treiben. Das Floss wurde von ihr erfasst, und Maratuk erschrak darüber, wie schnell es sich nun flussabwärts bewegte. Er hatte alle Mühe, sich auf dem nassen Holz zu halten und warf besorgte Blicke auf die Lederriemen, welche die Konstruktion zusammenhielten.

Der alte Zwerg versuchte, mit dem behelfsmäßigen Paddel Einfluss auf die Richtung seines Wasserfahrzeuges zu nehmen, und fand schnell heraus, dass er gut daran tat, Arkarims Rat zu folgen. Immerhin schien sich das Floss, wenn auch nur unmerklich, dem anderen Ufer zu nähern. Maratuk hoffte, es zu erreichen, bevor der Eten irgendwo ins Meer mündete.

Eines seiner Beine hing über die Farnstämme ins Wasser, und der alte Zwerg zuckte zusammen, als er eine Berührung spürte. Er blickte nach unten und sah einen gedrungenen Körper, vor dessen Kopf sich lange Tentakel bewegten. Hastig zog er das Bein zurück und nahm eine seiner Äxte aus ihrem Rückenfutteral. Ein Ruck ging durch das Floss, als die Kreatur von unten dagegen rammte. Maratuk stieß mit dem Paddel ins Wasser, fühlte aber keinen Widerstand. Besorgt sah er sich um, ob er die Silhouette des Wesens irgendwo unter der Wasseroberfläche erkennen konnte.

Der Dorm kam direkt von vorne und schwamm so dicht an der Oberfläche, dass der obere Teil seines Maules und ein Teil der Tentakel über das Wasser hinausragten. Die schlanken und doch muskulös wirkenden Fangarme waren Maratuk entgegengestreckt. Schaudernd sah der Zwerg eine mehrfache Reihe von kleinen, jedoch ausnehmend spitzen Zähnen im Kiefer des Angreifers.

Durch die Fangarme hatte der Dorm eine weitaus größere Reichweite als der Zwerg mit seinen Armen. Er würde

Maratuk ergreifen können, bevor der nahe genug war, um seine Axt in den Schädel der Kreatur zu treiben. Der Zwerg hätte sie werfen können, doch er war sich nicht sicher, gut zu treffen, und wollte die wertvolle Waffe nicht sinnlos aufs Spiel setzen.

Nur wenige Längen trennten sie noch voneinander, und die Entfernung nahm rasend schnell ab.

Maratuk erhob sich auf dem wankenden Untergrund und hielt mühsam die Balance. Mit einem grimmigen Fluch warf er der Bestie das Paddel entgegen und zog nun auch die andere Axt. Er sah nur eine Möglichkeit, es mit der wesentlich größeren Kreatur aufzunehmen. Auf die Art der Zwerge. Er ging in die Hocke und wartete, bis die Tentakel ihn fast berührten, dann stieß er sich mit aller Kraft ab.

Der Sprung verlief nicht ganz so, wie Maratuk dies erhofft hatte. Vielleicht lag es am schwankenden Floss, einer Bewegung der Kreatur, oder er hatte seine Kraft falsch eingeschätzt.

Statt auf dem Kopf des Dorm zu landen, sprang er direkt vor dessen gierig aufgerissenes Maul. Maratuk ging sofort unter und schluckte Wasser, schlug jedoch wild mit seinen Äxten um sich. Das Wasser nahm seinen Hieben die Wucht, und doch hatte der Zwerg Glück. Die Kreatur war davon überrascht worden, dass ihr die Beute so bereitwillig entgegen kam, und konnte ihren Angriff nicht mehr korrigieren. Die Tentakel versuchten noch, den Zwerg zu ergreifen, verfehlten ihn aber, und der Leib glitt über den alten Axtschläger hinweg.

Genau in diesem Augenblick glitt das kleine Floss direkt gegen das aufgerissene Maul des Ungeheuers, welches in seiner Gier instinktiv zuschnappte. Zähne gruben sich in hartes Holz und verhakten sich. Der Raubfisch peitschte das Wasser mit seinem Leib, um den ungenießbaren Bissen wieder loszuwerden.

Maratuk wurde derweil von der Strömung erfasst und mitgerissen. Sein Körper drehte sich, und er versuchte verzweifelt, an die Wasseroberfläche zu gelangen. Die Luft wurde ihm knapp, dennoch ließ er keine seiner Äxte los.

Er schluckte Wasser, fühlte Widerstand unter seinen Füßen und stieß sich abermals ab. Dann, unvermittelt, durchbrach sein Kopf die Oberfläche. Maratuk schnappte gierig nach Luft, da sank er auch schon wieder nach unten.

Erneut spürte er festen Untergrund. Er blickte sich um und war überrascht, wie gut er in dem klaren Wasser sehen konnte. Von der Bestie war nichts zu erkennen, und Maratuk konnte auch gut auf ihren Anblick verzichten. Neben ihm stieg der Boden an. Es musste das Ufer sein. Er war sich nicht sicher, welches der Ufer, doch im Augenblick war es ihm gleichgültig. Nur ja wieder guten Boden unter den Füßen und gute Luft in den Lungen.

Klatschnass und keuchend gelangte er an Land und sank auf die Knie. Er rang nach Atem, und in diesen Momenten wäre er leichte Beute für jeden Räuber gewesen. Erst als Maratuk sich ein wenig erholt hatte, schaffte er es wieder auf die stämmigen Beine.

»Als junger Hüpfling hat mich meine Mutter immer vor dem Wasser gewarnt. Zu viel Wasser ist schädlich, hat sie gesagt. Ah, wahrhaftig, ich hätte auf sie hören sollen.« Er ignorierte die nasse Kleidung, legte die Äxte griffbereit neben sich und wrang das Wasser aus seinen Bartzöpfen, bevor er sie auf dem Rücken verknotete und die Waffen wieder aufnahm.

Dann sah er sich um.

Immerhin war er auf der richtigen Seite des Flusses angekommen.

Er tastete nach der Tasche, die an seinem Gürtel hing. Was er an Nahrung mitgenommen hatte, konnte er getrost vergessen. Falls er nichts Essbares aufspüren konnte, würde er den Gurt ein wenig enger schnallen. Wichtig war nur, dass er den Pferdelord und die Elfin fand.

So machte sich der alte Axtschläger auf den Weg.

Seine Füße bewegten sich sicherlich nicht so lautlos, wie er sich das gewünscht hätte, und das vernehmliche Knurren seines Magens war auch nicht hilfreich, sich verborgen zu halten. Schließlich gestand sich Maratuk ein, dass ein Zwerg einfach nicht dafür geschaffen war, sich in solchem Dickicht lautlos zu bewegen.

»Na schön«, brummte er schließlich, »sollen sie ruhig wissen, dass hier ein Axtschläger des Zwergenvolkes kommt. Wer etwas dagegen einzuwenden hat, soll sich mir in den Weg stellen.«

So stapfte er, allzeit kampfbereit, durch den Dschungel. Nach zwei Tagen erreichte er, eher durch eine glückliche Fügung des Schicksals als mithilfe seines Orientierungssinns, die große Lichtung, auf der sich Julinaar erhob. Maratuk hatte keine der Straßen vorgefunden und sich durch das Grünzeug gekämpft. Nun war er erleichtert, als er sein Ziel vor sich sah.

Die Ausdehnung der Stadt beeindruckte ihn.

Er schlich am Rand der Lichtung entlang, entdeckte ein gut bewachtes Tor und überlegte, ob er sich einfach bemerkbar machen und nach Nedeam und Llaranya fragen sollte. Doch wenn man den beiden mit Feindschaft begegnet war, würde Maratuk es den Gegnern zu leicht machen. Es war sicher besser, erst einmal zu erkunden, was in der Stadt vor sich ging. Wenn der Pferdelord und die Elfin dort erschienen waren, dann mussten sie Aufmerksamkeit erregt haben und waren sicher das Stadtgespräch. Maratuk hoffte, dies am Verhalten der Bewohner zu bemerken und sie vielleicht sogar belauschen und etwas Interessantes erfahren zu können.

Er schlich weiter und betrachtete dabei die Stadtmauer, die ihn weit weniger beeindruckte. Dennoch stellte sie für ihn ein unüberwindliches Hindernis dar, da er kein Hilfsmittel hatte, um sie zu übersteigen. Die Mauer schien zu gut gefügt, um in den Spalten der Steine Halt zu finden. Er sah einige Stellen, an denen sie beschädigt war, doch diese schienen gut bewacht.

Schließlich erreichte er einen Abschnitt der Mauer, den der Dschungel überwunden hatte, um einen Teil der Stadt zurückzuerobern. Mächtige Wurzeln hatten sich im Verlauf vieler Jahre unter die Mauer geschoben und ihr festes Gefüge auseinandergedrückt. Dann waren andere Pflanzen über sie hinweggewuchert. Maratuk konnte nicht begreifen, warum die Stadtbewohner nichts dagegen unternommen hatten, aber er nahm die Einladung dankbar an.

Das üppige Pflanzenwachstum gab ihm genug Deckung, sich unbemerkt der Bresche zu nähern. Er stieg über Pflanzen und Steine hinweg und stand auf einem Trümmerkegel, der ihm guten Ausblick bot. Die Pflanzen hatten eine ganze Reihe von Gebäuden überwuchert und teilweise zum Einsturz gebracht. Maratuk erkannte eine zweite Wehrmauer, die man innerhalb der Stadt errichtet hatte, um die weitere Ausbreitung der Pflanzen zu verhindern oder wilde Tiere fernzuhalten. Diese zweite Mauer war eine grobe Konstruktion aus Holz und Steinen, die man wohl von den zusammengebrochenen Gebäuden genommen hatte.

Der alte Axtschläger warf einen abschätzenden Blick in den Himmel hinauf. Es war spät geworden und würde sehr bald dunkeln. Er würde warten, bis die Nacht hereingebrochen war, und dann eine Stelle suchen, an der er die behelfsmäßige Mauer überwinden konnte. Nachdem das geschafft war, würde er sich praktisch inmitten der Stadt befinden.

Er suchte die zweite Mauer ab, bis er eine Stelle fand, die er gut überwinden konnte, und prägte sich diese ein. Dann verbarg Maratuk sich im Schutz eines halb eingestürzten Hauses. Mit dem Kennerblick des Zwerges schätzte er das Gemäuer ein und nickte zufrieden. Es würde halten und nicht über ihm zusammenfallen. Sein Magen knurrte, und der alte Zwerg unterdrückte das Hungergefühl. Vielleicht hätte er doch ein paar Beeren essen sollen, doch er verstand nicht genug davon, um die Essbaren von den Gefährlichen zu unterscheiden.

Eher unbewusst packte er einen kleinen Stein, spuckte darauf und begann die Schneiden seiner Äxte mit langsamen Bewegungen nachzuschärfen.

Was war mit dieser Stadt los?

Am Tor hatte er nur Frauen gesehen und dies galt auch für jenen Bereich der Stadt, den er hatte einsehen können. Wo waren die Männer? Rüsteten sie sich in diesem Moment, um gegen ihn und die Pferdelords zu ziehen oder waren sie sogar schon ausgerückt? Das erschien ihm die plausibelste und zugleich unangenehmste Erklärung zu sein. Aber warum standen dann Frauen am Tor Wache? Ein paar Soldaten hätten zurückbleiben müssen, um die Frauen zu schützen. Kein Krieger ließ die Frauen und Hüpflinge vollkommen schutzlos zurück.

Die Schatten wurden länger, und die Dunkelheit brach an.

Maratuk wollte sich gerade auf den Weg machen, als er ein leises Geräusch hörte. Es kam nicht aus der Richtung der noch bewohnten Gebäude oder der zweiten Mauer. Nein, es war von der Stelle gekommen, an der auch er selbst die Bresche in der ersten Wehrmauer überwunden hatte.

Er lauschte angestrengt, doch das Geräusch wiederholte sich nicht. Es war nicht ganz dunkel, denn die Vielzahl der Sterne und der abnehmende Mond erhellten das Areal ausreichend. So hockte er in der Deckung der Trümmer und versuchte zu erkennen, ob jemand oder etwas seinem Beispiel folgte.

Da. Eine kaum wahrnehmbare huschende Bewegung. Maratuk glaubte eine Gestalt mit überlangen Beinen zu erkennen, die blitzartig über die überwucherten Trümmer rannte. Mit langen Sätzen und einer traumwandlerischen Sicherheit, die keinen Fehltritt zuließ. Der Zwerg war sich sicher, dass es eine der Bestien war, die in der Nacht umherstreiften.

Er kauerte sich noch stärker zusammen. Seine Äxte würden nur wenig ausrichten, doch kampflos würde er sich nicht überwältigen lassen.

Aber die Kreatur bemerkte ihn nicht und verschwand im Schatten der zweiten Wehrmauer.

Maratuk wartete. Es würde schwer genug sein, sich heimlich durch die fremde Stadt zu bewegen und dort nach einem neuen Versteck zu suchen, da musste er nicht noch unabsichtlich den Weg dieser Bestie kreuzen. Ja, er brauchte ein gutes Versteck in der Nähe einer belebten Straße. Wenn der Tag anbrach, würde er so vielleicht die Gelegenheit haben, die Bewohner der Stadt zu beobachten und ihren Gesprächen zu lauschen.

Ein kleiner Nager lief auf Maratuks Versteck zu, erkannte ihn im letzten Augenblick und erstarrte erschrocken. Dann verschwand er blitzartig zwischen einigen Steinen.

Der alte Zwerg prüfte, ob der Knoten im Nacken gut saß und seine Bartzöpfe so lagen, wie es einem kampfbereiten Axtschläger des Volkes gebührte. Alles hatte seine Richtigkeit, und die Äxte waren scharf. Er war bereit, sich der Herausforderung dieser Stadt zu stellen.

Maratuk richtete sich auf, lauschte und sah sich aufmerksam um.

Nirgends war eine Bewegung zu sehen, und über den Häusern lag eine tiefe Stille.

Eine seltsame Stadt. Nirgends brannte ein Brennsteinbecken in den Straßen, nirgends war ein Licht hinter einem der Fenster zu sehen. Als habe das Leben dieser großen Siedlung mit dem Anbruch der Nacht geendet. Maratuk fühlte einen leisen Schauder. Wo waren die Schänken, deren Zecher die Nacht zum Tage machten? Wo die Axtschläger, welche durch die Straßen streiften und über die Sicherheit der Schläfer wachten?

Er schlich zur zweiten Wehrmauer, zögerte kurz und zog sich dann auf das Hindernis hinauf. Es war leicht, da hier die Trümmer eines Hauses angeschichtet waren. Sein Blick fiel auf die dahinter liegende Straße und die Häuser, die ihm am nächsten waren. Alles war ruhig. Viel zu ruhig für seinen Geschmack. Nein, dies war kein Ort zum Leben, das spürte der alte Zwerg in jedem seiner Knochen. Aber die gepflasterte Straße und die umliegenden Häuser wirkten allesamt gut instand gehalten. Eines fiel ihm sofort ins Auge. Es war ein wenig kleiner als die anderen, und ein Schild hing von einem eisernen Halter und warf seinen nächtlichen Schatten auf den Eingang. Eine Schänke war es sicher nicht, dergleichen schien man in diesem Land nicht zu kennen. Also musste es der Laden eines Handwerkers oder Händlers sein.

Maratuk überlegte. Händler und Handwerker waren geschwätzige Leute. Darin waren sie sich überall gleich. Sie redeten unentwegt auf ihre Kunden ein, um ihnen die goldenen Schüsselchen aus dem Beutel zu locken. Wenn er dort ein gutes Versteck fand, würde er sicher ein paar Gesprächen lauschen können. Dann konnte er entscheiden, ob er sich den Stadtbewohnern zeigte oder dies aufschob, bis die Pferdelords ihm den Rücken decken konnten. Ah, wahrhaftig, wenn Nedeam und Llaranya in der Stadt waren, würde man in einem Laden sicherlich darüber reden. Vor allem die Weiber waren ja stets geschwätzige Wesen, und von ihnen schien es in dieser Stadt reichlich zu geben.

Maratuk schnupperte. Kein Rauch. Weder der Geruch von Brennstein noch der eines Holzfeuers lag in der Luft. Aber Brennstein brannte ohne Rauch, und bei diesen Temperaturen würde es kaum Hitzeflimmern über einem Schornstein geben.

Er löste sich von der Mauer und sah abermals eine Bewegung. Sofort duckte er sich. Scheinbar schliefen doch nicht alle Stadtbewohner. Er konnte zwei Frauen erkennen, die nebeneinander in der Straßenmitte gingen und an den Hüften Gegenstände trugen, die an schmale Schwerter erinnerten. Frauen als Axtschläger? Unmöglich. Dennoch, wenn die bewaffneten Frauen ihn entdeckten, konnte es ungemütlich werden.

Sie hatten ihn noch nicht gesehen, und so rannte Maratuk über die Straße auf das Gebäude zu, welches er für einen Laden hielt. Seine Blicke glitten umher, abermals lauschte er. Er glaubte, aus dem Haus ein leises Geräusch zu hören. Ein Scharren, als werde ein Stuhl verschoben, dann war wieder Stille.

Die beiden bewaffneten Frauen kamen langsam näher. Maratuk verfluchte die Beharrlichkeit, mit der sich die Wachen auf ihn zu bewegten. Hier, außen an der Wand des Hauses, fand er keine richtige Deckung, und es war zu hell, als dass sie ihn hätten übersehen können. Es musste ihm rasch etwas einfallen, wenn er unentdeckt bleiben wollte. Es gab nur eine Möglichkeit. In das Haus einzudringen. Jetzt, in der Nacht, würden Laden oder Werkstatt ungenutzt sein und der Besitzer friedlich schlafen. So hoffte der alte Axtschläger wenigstens.

Er warf einen hastigen Blick auf das Schild, welches über dem Eingang hing. Hammer und Amboss. Diese Symbole waren doch überall gleich. Ein Schmied. Viel schien der Mann nicht zu tun zu haben, sonst hätte Maratuk wenigstens den Geruch der erkalteten Esse wahrnehmen können. Ah, eine feurige Esse, erhitztes Eisen, Hammer und Meißel … Wie sehr vermisste er die Brüder und Schwestern seiner Stadt.

Er drückte leicht gegen die Tür und spürte kaum Widerstand. Scheinbar lag nicht einmal ein Riegel vor. Das war eher ungewöhnlich. Gab es in dieser Stadt keinen Wind, der sie ungewollt hätte aufdrücken können? Ein rascher Blick zur Straße. Es war höchste Zeit.

Maratuk schob die Tür gerade weit genug auf, damit er hindurch schlüpfen konnte. Während er sie mit einer Hand zudrückte, sah er sich hastig um. Durch die Fenster fiel genug Licht ein, sodass er sich gut orientieren konnte. Ein kleiner Verkaufsraum mit einem Tresen und einer Vitrine, deren Abdeckung wohl aus Klarstein oder Weißkristall bestand. Welcher Schmied legte Werkzeug in einen solchen Behälter, um ihn zur Schau zu stellen? Der Käufer musste es prüfen können, das Gewicht in der Hand spüren, mit den Fingern den Verarbeitungsspuren folgen.

Maratuk trat an die Vitrine und blickte hinein. Er stieß ein verächtliches Knurren aus.

Nutzloser Tand lag dort, wie ihn sich die Frauen des Pferdevolkes und die des Reiches Alnoa um die Hälse hängten oder um die Handgelenke legten. Armreifen und Ketten in verschiedensten Größen und aus verschiedensten Materialien. Das meiste war wohl Eisen, und es schien auch reichlich Schmucksteine zu geben. Zwei oder Drei der Stücke schienen aus Silber zu bestehen. Nur eines bestand aus Gold. Sein Schimmer war unverkennbar. Nein, das war keine Handwerkskunst, die ein Zwerg bevorzugte, obwohl alles, wie Maratuk anerkennen musste, sehr sorgfältig und feingliedrig gearbeitet war.

Ein Scharren war zu hören.

Maratuks Blick glitt zu einer Türöffnung, die mit einem bunten Tuch verhangen war. Dort ging es wohl zur Werkstatt des Kunstschmiedes. Etwas bewegte sich hinter dem Tuch.

Hatte sich der Schmied dort zur Nachtruhe begeben und war nun aufgewacht, um in seinem Laden nach dem Rechten zu sehen? Er würde wenig erfreut sein, einen Zwerg dort vorzufinden. Zumal dieser zwei beeindruckende Kampfäxte in den Händen hielt.

Maratuk schob die Waffen in die Rückenfutterale und besann sich auf ein möglichst freundliches Gesicht, als das Tuch zur Seite geschoben wurde.

Der lippenlose Mund schien zu einem höhnischen Grinsen verzogen und entblößte die Reißzähne. Sie waren ebenso wie die Schnauze der Kreatur mit Blut befleckt. Ob das Wesen ebenso überrascht war wie Maratuk, konnte dieser nicht sagen, denn es reagierte augenblicklich und sprang ihn mit einem langen Satz an.

Maratuk sah die Zähne im aufgerissenen Maul und die langen Krallen der Hände, ließ sich nach hinten fallen und griff dabei nach seinen Äxten. Seine schnelle Reaktion rettete ihm das Leben. Die Kreatur konnte ihren Sprung nicht mehr korrigieren und segelte über den alten Zwerg hinweg.

Maratuk hatte seine Äxte frei und nutzte die günstige Gelegenheit.

Die fünfeckigen Schneiden trafen die ungeschützte Bauchseite der Kreatur.

Maratuk hatte erwartet, dass die Äxte das Bauchfell durchschnitten und die Innereien der Kreatur aus den klaffenden Wunden hervorquollen. Stattdessen stieß das Wesen ein ärgerlich klingendes Fauchen aus, und Maratuks Arme fühlten sich an, als habe er seine Waffen in hartes Holz getrieben.

Der Zwerg wälzte sich herum, während die Kreatur auf den langen Beinen landete und sich ihm erneut zuwandte. Maratuk bemerkte nun ein kleines Säckchen, welches das Wesen in einer der Klauen hielt. Doch schon war die Kreatur wieder im Sprung.

Der Zwerg schnellte zur Seite, entkam wie durch ein Wunder einer der Klauen und hieb seine Äxte diesmal in die Flanke des Angreifers. Der Doppelschlag war so wuchtig, dass er die Kreatur aus der Bahn warf und gegen die Vitrine schleuderte. Klarstein zerbarst klirrend und es schepperte vernehmlich, als das Möbelstück und das Wesen zu Boden gingen.

»Bei den finsteren Abgründen«, keuchte Maratuk. »Was für ein Wesen bist du, das guter Zwergenstahl dir das Fell nicht ritzt?«

Von der Straße drangen laute Rufe herein.

Das Wesen starrte Maratuk bedrohlich an und schien zu zögern. Unvermittelt wandte es sich ab und sprang gerade in dem Augenblick durch eines der Fenster nach draußen, als sich die Tür öffnete und die bewaffneten Frauen herein stürmten.

Die langen Messer in den Händen, sahen sie den Zwerg erstaunt an, der auf das zerborstene Fenster sah und befürchtete, die Kreatur könne sich anders besinnen und zurückkehren.

»Wer oder was immer du bist, lass sofort deine Beile fallen«, rief ihm eine der Frauen zu. »Mache ja keine schnelle Bewegung, sonst schneiden wir dich auf.«

Sie waren nervös und meinten es ernst, daran gab es keinen Zweifel. Maratuk war sich sicher, sie überwältigen zu können, aber ein Axtschläger konnte seine Äxte doch nicht in Frauen hineinschlagen. Darin lag keine Ehre, wahrhaftig nicht.

»Ich bin Maratuk, Axtschläger der gelben Kristallstadt Nal´t´hanas«, sagte er würdevoll und senkte seine Waffen. »Und dies sind Äxte und keine Beile.«

»Das ist mir gleich«, zischte die eine Frau. »Lass sie fallen, oder ich probiere die Schärfe meiner Klinge an deinem dicken Bauch.«

»Wir Zwerge sind recht kräftig, das will ich zugeben«, knurrte Maratuk, um Höflichkeit bemüht. »Aber meine stattliche Rundung zeugt nicht von übermäßigem Genuss, ihr guten Frauen. Im Gegenteil, ich wäre Euch durchaus dankbar, wenn ich die Gelegenheit erhielte, ein Stück Braten oder dergleichen …«

»Lass sie endlich fallen.« Die Stimme war nun kalt und unpersönlich.

Maratuk fühlte die Gefahr, in der er sich befand, nickte und wollte die Waffen in die Rückenfutterale schieben, doch die Frau schüttelte den Kopf. Seufzend legte er sie auf den Boden. Dabei sah er unterhalb des Fensters, durch welches die Bestie entkommen war, den Beutel, der ihm zuvor aufgefallen war.

»Sagt, ihr guten Frauen, ihr habt nicht zufällig eine haarige Kreatur gesehen, die gerade durch das Fenster sprang, als ihr hereinkamt?«

»Nein«, sagte die Wortführerin. »Wir sehen nur die haarige Kreatur, die hier den Laden zerschlagen hat. Du hast wohl das Fenster eingeworfen, weil du entkommen wolltest, als du uns hörtest, nicht wahr?« Die Frau blickte auf den Boden und sah den Beutel. Während die andere Maratuk im Auge behielt, bückte sie sich und öffnete ihn. »Gold. Ah, nun kann ich mir vorstellen, was dich zur Schmiedin getrieben hat. Nun, Maratuk vom gelben Kristallvolk, du scheinst Gold sehr zu lieben. Auch jenes, welches dir nicht gehört.«

»Ich bin ein Zwerg«, korrigierte Maratuk. »Ein Zwerg aus der gelben Kristallstadt Nal…«

»Schon gut, das kannst du nachher der Unterführerin erklären.« Die eine Frau trat an die Türöffnung, durch welche die Bestie auf Maratuk zugesprungen war. Trotz des Dämmerlichtes der Nacht war zu erkennen, dass die Frau unvermittelt blass wurde. Mit kreidebleichem Gesicht wandte sie sich Maratuk zu. »Und, Fremder, ganz offensichtlich bist du nicht nur ein Dieb, sondern auch ein heimtückischer Mörder.«

Auf der Straße waren Kommandos und das Trappeln vieler Füße zu hören.

Maratuk runzelte die Stirn und trat vorsichtig näher, achtete darauf, die Bewaffneten nicht zu reizen. Als er in den Raum hinter dem Laden sehen konnte, begriff er, was die Frau meinte. Ganz offensichtlich hielt sie ihn für den Mörder der Frau, die hier am Boden lag und deren Leib bis zur Unkenntlichkeit verstümmelt war.

31

Das Leben in der Stadt der Männer schien in normalen Bahnen zu verlaufen. Es war Markt, und es herrschte das übliche hektische Treiben. Die meisten Gespräche galten wieder den täglichen Sorgen, und es wurde wieder gescherzt und gelacht. Doch unter der dünnen Decke der Normalität brodelte es. Die ermordeten Kinder waren nicht vergessen. Vor allem bei den Schmieden und den Schleifern herrschte reger Betrieb, und es waren keine Nägel oder Messer, die dort gefertigt oder geschärft wurden. Die Wächter sahen dies mit einer Mischung aus Sorge und Genugtuung. Sorge, da ein Funke genügen konnte, um den Krieg gegen die Frauen zu entfachen, und Genugtuung, weil Ataraan jeder Heimtücke Julinaars mit geballter Macht entgegentreten würde. Noch hielten sich die Stimmen, die sich für den Kampf oder für die Besonnenheit erhoben, die Waage, doch es würde nicht viel brauchen, damit sich die Waagschalen des Schicksals in die eine oder andere Richtung neigten.

Der Rat Ataraans hatte sich beim Kronenträger versammelt, denn am Tag des Marktes galt es, die Belange von Stadt und Dörfern zu besprechen. Hier wurde besprochen, welcher Warenausgleich erforderlich war oder auf welche Weise man sich gegenseitig helfen musste.

»Zwei Schakrale haben das Dorf Harandru angegriffen«, berichtete eines der Ratsmitglieder. »Einer der Wächter erlitt schwere Verletzungen, die er wohl nicht überleben wird, und vier Männer wurden getötet. Die Wehrpalisade ist stark beschädigt. Einer der Schakrale konnte erlegt werden, der andere verschwand im Dschungel. Die Bestie ist verletzt, und ihr alle wisst, wie gefährlich ein verletzter Schakral ist. Er muss getötet werden, und das Dorf bittet um eine Gruppe Wächter, die dabei helfen.«

Jular-Gerot-Mann sah zum Kommandeur der Stadtwache hinüber. »Schicke zwei Zehnen nach Harandru. Wähle Kämpfer aus, die sich mit der Jagd auf einen Schakral auskennen.«

Zustimmendes Gemurmel ertönte, während der Kommandeur bestätigte und einen seiner Männer ausschickte, um eine Gruppe zusammenzurufen.

»Die Schmiede melden, dass die Erzgrube im Gebirge bald erschöpft ist. Die Männer graben nur noch minderwertiges Erz aus dem Boden«

Sebor-Mann meldete sich zu Wort. »Es gibt noch viel Eisen in Ataraan, welches nicht mehr genutzt wird. Gutes Eisen, welches man einschmelzen und neu formen kann.«

»Ein guter Vorschlag«, stimmte ein Ratsmitglied zu. »Ich füge hinzu, dass man die Durchsuchung der leerstehenden Häuser nutzen sollte, um ihren Zustand zu überprüfen. Wir sollten unsere Stadt nicht so verkommen lassen, wie die Weiber dies bei der Königsstadt zulassen.«

»Gibt es Neuigkeiten aus Julinaar?«, kam prompt die Frage.

Alle Blicke richteten sich auf den Kronenträger. Diese Frage hatte allen auf der Zunge gebrannt, und doch hatte jeder sie bisher vermieden.

»Keine Nachricht der Kronenträgerin«, bekannte der Kronenträger. »Keine Botin hat die Brücke überschritten.«

»Das ist kein gutes Zeichen«, meinte einer.

»Ich zweifle am Willen der Kronenträgerin, die Mörderinnen ausfindig zu machen.« Der Sprecher schlug mit der flachen Hand auf sein Sitzpolster. »Die Weiber stecken doch immer unter einer Decke.«

»Tun wir dies nicht ebenso?«, warf Sebor-Mann ein. »Sie brauchen Zeit, die Mörderinnen zu finden. Diese furchtbare Tat wird nicht ungesühnt bleiben. Das hat die Kronenträgerin zugesichert.«

»Bah, die Kronenträgerin ist auch nur eine Frau«, ereiferte sich ein anderer.

»Genug.« Jular-Gerot-Mann hob beschwichtigend die Hand. »Die Aufrichtigkeit der Kronenträgerin steht außer Zweifel.«

»Schön, mag sein.« Imburs-Mann, der Älteste und Sprecher der Fischer Ataraans, wiegte zweifelnd den Kopf. »Doch dies gilt sicher nicht für die Hüterinnen. Einige von ihnen haben die ruchlose Tat begangen und die anderen werden sie schützen. Ein Schakral kratzt dem anderen kein Auge aus.«

»Schakrale leben in Rudeln. Eine kranke Raubechse wird von den anderen getötet.« Der Kronenträger lächelte halbherzig. »Die Mörderinnen sind kranke Wesen und werden ihre Strafen finden.«

»Frauen sind keine Schakrale«, knurrte Imburs-Mann. »Wahrhaftig, an Heimtücke sind sie den Biestern noch überlegen.«

»Ich sagte, dass es genug ist.« Die Stimme des Kronenträgers war ein wenig schärfer.

»Herdur-Mann würde nicht zögern, selber nach den Mörderinnen zu suchen«, knurrte ein anderes Ratsmitglied.

»Herdur-Mann wäre jeder Vorwand Recht, einen Krieg zu entfachen«, sagte Sebor-Mann mit lauter Stimme.

»Wo steckt er überhaupt?«, fragte ein Ratsmitglied. »Sonst lässt er doch keine Gelegenheit aus, seine Stimme im Rat zu erheben.«

Der Kommandeur der Wache trat einen Schritt vor und zog die Aufmerksamkeit auf sich. »Bislang wurde er noch nicht in der Stadt gesehen. Es sind auch keine Männer aus Sespiru zum Markt gekommen.«

»Das ist höchst ungewöhnlich«, seufzte der Kronenträger.

»Hat sich Ongors-Mann zurückgemeldet? Er sollte doch beschwichtigend auf Herdur-Mann einwirken.«

Der Kronenträger schüttelte den Kopf. »Nein, Ongors-Mann ist noch nicht aus Sespiru zurück. Doch es wird lange dauern, Herdur-Mann zu besänftigen. Geben wir Ongors-Mann die erforderliche Zeit.«

Sebor-Mann beschlich ein ungutes Gefühl. Er dachte an seine geliebte Elian-Frau und die kleine Sia-san-Frau. Finsternis hing über dem Land Julinaash. Wenn ein offener Konflikt ausbrach, würde es nur wenig Schonung geben.

»Heimtücke ist die Stärke der Weiber, Hass die Stärke der Männer«, murmelte er.

»Was sagtest du?«

Sebor-Mann schüttelte den Kopf. »Nichts von Belang.«

Hass war eine starke Triebkraft. Sebor-Mann hatte keinen Zweifel, dass die Wächter der Männer die Hüterinnen der Frauen besiegen würden, wenn es doch zum Krieg kam. Und der Hass der Männer würde bei den Hüterinnen nicht enden. Er würde wie eine Woge über die Stadt Julinaar und ihre Frauen hereinbrechen.

Noch gab es genug vernünftige Männer, welche die anderen zurückhielten. Doch wenn ihre Stimmen im Aufschrei des Krieges untergingen? Nein, Elian-Frau und die kleine Sia-san-Frau waren in Julinaar nicht mehr sicher. Natürlich konnte er beim Kampf versuchen, als Erster bei ihnen zu sein und sie zu schützen, doch wenn er zuvor fiel? Nein und nochmals Nein. Er musste sie aus Julinaar herausholen. Vielleicht konnte er sich mit ihnen irgendwo verstecken, bis sich alles beruhigt hatte und die Schuldigen gefunden waren. Das würde die aufgebrachten Gemüter wieder besänftigen.

Jedenfalls würde er nicht zulassen, dass seine geliebte Frau und sein Kind zwischen die Fronten der Geschlechter gerieten.

32

Der verdammte Kerl sagt, dass er ein Zwerg ist«, berichtete die Hüterin. Sie stand in ehrerbietiger Haltung vor der Kronenträgerin. »Ich weiß nicht, ob das stimmt, denn ich kenne keine Zwerge. In jedem Fall ist er ein Mann. Und er ist ein Mörder«, fügte sie anklagend hinzu. »Daran besteht ebenso kein Zweifel.«

Die Kronenträgerin nippte an ihrem Pokal. »Kein Zweifel möglich?«

»Wir haben diese haarige Bestie auf frischer Tat erwischt. Sie wollte nach der blutigen Tat durch das Fenster entkommen, doch die Hüterinnen der Nachtstreife waren schnell genug und konnten sie stellen.«

»Ein Zwerg«, sinnierte Julara-Alecia-Frau. »Welch seltsame Fügung. Ein Mann des fremden Pferdevolkes, eine Elfin und nun auch noch ein Zwerg.«

»Wie ich es sagte, der Bursche behauptet es wenigstens.« Die berichtende Hüterin zuckte die Schultern. »Es könnte stimmen. Er hat die Größe eines Knaben, ist aber ein ausgewachsenes Exemplar. Sein Bart ist … ungeheuerlich, Kronenträgerin. Und das gilt auch für seine Waffen. Die Beile einer Schlachterin.«

Kommandantin Helen-Frau winkte die Hüterin näher und ließ sich eine der Äxte Maratuks reichen. »Habt ihr sie gesäubert? Ich kann kein Blut an ihr erkennen.«

»Der Mörder muss sie abgewischt haben, bevor er zu entkommen versuchte«, meinte die Hüterin. »Wohl um die Tat leugnen zu können, falls er gestellt wird. Und er leugnet den Mord mit aller Macht. Nur zu verständlich. Wahrhaftig, Kommandantin, du hättest den Ruheraum der Goldschmiedin sehen sollen. Es sah aus wie in einer Schlachterei.«

»So etwas hast du schon angedeutet«, seufzte die Kronenträgerin. »Ein Pferdemensch, eine Elfin und nun noch ein Zwerg.« Sie erhob sich und begann unruhig auf und ab zu schreiten. »Der Zwerg ein brutaler Mörder … Was mögen dann Llaranya und dieser Nedeam in Wahrheit sein, die sich als Gäste bei uns befinden?«

Helen-Frau sah die Herrin Julinaars düster an. »Die grausamen Morde an den Kindern, welche die Männer uns Hüterinnen vorwerfen … Ich könnte mir vorstellen, dass die Fremden bereits in unserem Land waren, als die Untat geschah.«

Die Kronenträgerin fuhr herum und sah ihre Kommandantin an. »Du meinst, diese entsetzliche Tat wurde von Llaranya und Nedeam begangen?«

»Immerhin wurde der Zwerg bei seinem Mordopfer gestellt, und er sagt, er sei ein Gefährte von Elfin und Pferdereiter.« Helen-Fraus Gesicht wurde hart. »Es sind Fremde, Kronenträgerin. Und wenigstens Nedeam und der Zwerg sind männliche Wesen. Ich will sie nicht fälschlich beschuldigen, doch die Schuld des Zwerges steht fest und er ist ihrer beider Freund.«

»So sagt er wenigstens.« Die Kronenträgerin schritt erneut auf und ab. »Llaranya ist eine Elfin. Ihre Ohren lassen daran keinen Zweifel. Somit ist sie der Wahrheit verpflichtet.« Sie blieb stehen. »Wir werden alle drei zusammenführen und sehen, was geschieht. Wir werden besonders auf Llaranya achten.« Die Kronenträgerin sah die Hüterin an. »Geht und bringt Llaranya, diesen Nedeam und den Zwerg hierher. Auf der Stelle.«

»Und führt zuvor eine ausgesuchte Zehn der Hüterinnen herein«, fügte die Kommandantin hinzu. »Ich werde nicht dulden, dass das Leben der Kronenträgerin in Gefahr gerät.« Sie wandte sich der Herrin der Stadt zu. »Mit deiner Erlaubnis. Immerhin sind es nicht nur Fremde, sondern offensichtlich auch mörderische Wesen, die mit Heimtücke unser Vertrauen erschlichen haben.«

Julara-Alecia-Frau hob beschwichtigend die Hand. »Es entspräche nicht der Art der Elfen. Nein, meine Freundin, ich empfinde Zweifel. Zuerst will ich hören, was sie zu ihrer Verteidigung zu sagen habe, bevor ich vorschnell urteile.«

Die Kommandantin trat zu dem kleinen Tisch neben dem Sitz der Kronenträgerin, nahm sich ebenfalls einen Pokal und schenkte ihnen beiden ein. »Ein Zwerg. Hast du jemals von Zwergen gehört?«

Julara-Alecia-Frau prostete der Freundin zu. »Nein. Doch in jenem Buch, in dem ich von den Elfen las, stand auch etwas über das Volk der Zwerge. Nicht sehr viel, wie ich nun mit Bedauern feststellen muss. Sie sind klein, stämmig, tragen lange Bärte und leben im Inneren der Berge, wo sie nach Gold und Edelsteinen suchen.«

»Nun, der hier hat wohl auch nach Gold gesucht.«

Die Kronenträgerin zog ärgerlich eine Augenbraue hoch, da Helen-Fraus Einwurf sie aus dem Konzept gebracht hatte. »Sie sollen ein scheues Volk sein und kaum Kontakt mit anderen Völkern haben.«

»Und ihr Wesen?«

»Sie werden als streitbar bezeichnet.«

»Also kriegerisch?«

»Das weiß ich nicht. Das Buch ist sehr alt und stammt aus der Zeit des verfluchten Königs. Viele Jahreswenden sind vergangen, und manches mag sich verändert haben. Jedenfalls scheinen mir Zwerge, Pferdemenschen und Elfen im Bund zu stehen. Das müssen wir wohl bedenken, Helen-Frau, denn ein solcher Bund ist sicher stark.«

»Und gefährlich«, fügte die Kommandantin hinzu. »Ich könnte mir nun einen Grund für die Morde denken. Vielleicht geschahen sie, um uns in einen Krieg gegen die Männer zu treiben. Dann würden wir Julinaash uns gegenseitig schwächen und wären eine leichte Beute für einen Feind, der von Außen kommt.«

»Das wäre ein wirklich heimtückischer Plan«, bekannte die Kronenträgerin. Es pochte an der Tür. Sie nippte an ihrem Glas und seufzte leise. »Nun gut, lass uns hören, was die Fremden zu sagen haben.«

Eine Gruppe Hüterinnen trat ein, machte eine kurze Ehrenbezeugung und verteilte sich dann im Raum. Vier von ihnen postierten sich in der Nähe der Kronenträgerin.

Dann kamen vier weitere und brachten Maratuk.

Der alte Zwerg siedete vor Zorn. Seinen Unschuldbeteuerungen schenkte man keinen Glauben und seine Hinweise, dass weder seine Kleidung, noch seine Waffen, vom Blut des Opfers befleckt worden waren, beachtete man nicht. Zudem hatten die Frauen ihm seine Äxte genommen und seine Hände auf den Rücken gebunden. Wären es Männer gewesen oder Orks, die ihm das antaten, so hätte er ihnen die richtige Antwort gegeben. Aber Frauen, auch wenn es so widerliche Geschöpfe wie die Julinaash waren, gehörten zu den Wesen, die ein wahrer Axtschläger hütete und nicht erschlug. Dennoch fand er zunehmend Gefallen an der Vorstellung, sie um einen Kopf zu kürzen. Ja, Maratuk war äußerst verstimmt und ließ daran auch keinen Zweifel.

»Ich bin ein Zwerg und ein Zwerg mordet keine weiblichen Wesen«, stieß er wütend hervor, als sie ihn vor die Kronenträgerin zerrten. »Ich habe kein Blut an den Händen oder den Schneiden meiner Äxte, und wenn Ihr nicht ebenso mit Blindheit beschlagen seid, wie diese anderen Weiber hier, so werdet Ihr erkennen, dass ich unschuldig bin.«

»Zeige Respekt, Zwerg«, erwiderte Helen-Frau ebenso erregt. »Du stehst vor der Kronenträgerin von Julinaar.«

»Respekt?« Maratuk schien das Wort auszuspucken. »Ah, wahrhaftig, in meinem Volk muss man sich den Respekt verdienen. Er wird nicht mit einer Krone aufs Haupt gedrückt und entsteht auch nicht durch das Herumfuchteln mit langen Messern. Er kommt durch Fleiß und Mut, durch Treue und Weisheit. Ah, solches scheint euch fremd zu sein. Ich ...«

»Schweig!« Helen-Frau trat mit zwei langen Schritten vor und zog dabei ihr Langmesser. Die Spitze drückte sich zwischen den wuchernden Barthaaren gegen Maratuks Kehle. »Du magst ein Zwerg sein, doch du bist verschlagen wie alle Männer. Ich sollte dir die Zunge aus dem Hals lösen.«

»Maratuk?«

Die ungläubige Stimme gehörte zu Nedeam, der gerade mit Llaranya in den Raum geführt wurde.

Der alte Zwerg löste sich von der Klinge und wandte den Kopf. »Ah, endlich ein paar freundliche Gesichter. Wahrhaftig, Pferdelord, so lebhaft es im Grünzeug dieses Landes auch zugeht, in den Köpfen seiner Bewohner herrscht bedrohliche Leere. Man beschuldigt mich des Mordes! Mich, einen Axtschläger der ...«

Er verstummte abrupt, da Helen-Frau das Messer erneut an seine Kehle presste. Maratuk hätte sich davon nicht aufhalten lassen, wenn die Schneide nicht bedrohlich gegen einen seiner Bartzöpfe gedrückt hätte.

»Ihr Männer seid allesamt Lügner und verschlagene Wesen«, zischte Helen-Frau.

»Beruhige dich.« Die Kronenträgerin winkte Nedeam und Llaranya heran. »Und lass die Klinge sinken. Noch sehe ich die Schuld der Fremden nicht bewiesen, und du wirst deinen Unmut dämpfen, Helen-Frau. Ich dulde kein Männergehabe in meinem Palast.«

Die Kommandantin atmete mehrmals tief durch, bevor sie zögernd das Langmesser senkte und zurücktrat. »Na schön, obwohl ich es für Zeitverschwendung halte, den Worten dieser …«

»Kommandantin!« Julara-Alecia-Fraus Stimme klang kalt. »Hass macht blind. Muss ich dich erst von deinem Kommando ablösen?«

Helen-Frau versteifte sich und wirkte überrascht. Mit zusammengebissenen Zähnen wandte sie sich der Kronenträgerin zu, machte einen Ehrensalut und trat in grimmigem Schweigen zur Seite.

»Llaranya vom Volk der Elfen und Nedeam vom Pferdevolk, wie ich sehe, kennt ihr diesen kleinen Mann. Man erhebt schwere Vorwürfe gegen ihn.« Die Kronenträgerin schilderte, was man Maratuk anlastete und sah schließlich Llaranya an. »Nun, elfisches Wesen, was ist deine Meinung?«

»Der gute Herr Maratuk ist ein aufrechter Zwerg, Kronenträgerin. Er mag heißes Blut haben, denn in der Öde von Rushaan wurden seine Freunde ermordet. Aber er würde niemals eine heimtückische Tat begehen. Ein Axtschläger des Zwergenvolkes würde dadurch seine Ehre verlieren, und die Ehre gilt viel bei den kleinen Herren.«

Die Kronenträgerin runzelte die Stirn. »So waren es keine Menschen, die in Rushaan ermordet wurden, sondern Zwerge wie dieser hier?«

»So ist es.«

»Dann hätte dieser Zwerg einen guten Grund, nach Rache zu suchen, nicht wahr?« Die Kronenträgerin legte nachdenklich einen Finger vor die Lippen und ihre Blicke glitten von einem zum anderen. »Und du, elfisches Wesen, hast nicht die Wahrheit gesprochen. Nicht die ganze Wahrheit.«

Nedeam schaltete sich ein. »Wir sagten, dass unsere Freunde in Rushaan erschlagen wurden und daran ist nichts Falsches. Wir sind hier, um Gerechtigkeit zu üben.«

»Und Rache zu nehmen«, sinnierte die Kronenträgerin. »Ja, ich kenne das Streben nach Rache. Es wird vom Hass geleitet, der uns zu schrecklichen Taten verführt.« Sie seufzte schwer. »Ich hatte begonnen, euch zu vertrauen. Doch nun hat einer von euch eine schreckliche Untat begangen. Vielleicht geschah dies nicht mit eurem Wissen, doch es ist geschehen. Erneut muss ich sehen, dass Männer zu schrecklichen Dingen fähig sind.«

Helen-Frau nickte zu den Worten der Herrin Julinaars, und ein leichtes Lächeln spielte um ihre Lippen.

»Hört, Kronenträgerin«, meldete sich Maratuk zu Wort. »Wie ich es euren Wachen schon sagte, die Tat wurde von einem fremden Wesen begangen. Ein Wesen, welches durch den Stahl unserer Waffen nicht bezwungen werden kann.«

»Ein Wesen, welches durch Stahl nicht verletzt wird?« Helen-Frau lachte auf. »Solche Wesen gibt es nicht.«

»Zwei unserer Pferdelords wurden von ihnen getötet«, warf Nedeam ein.

Die Kronenträgerin sah Llaranya an. »Hast du ein solches Wesen gesehen, Elfin?«

»Nein, doch die Spuren …«

»Wie könnte sie ein Wesen sehen, welches es gar nicht gibt?« Helen-Fraus Stimme klang ärgerlich. »Es gab keine Spuren eines anderen Wesens in der Goldschmiede. Nur die des Zwerges.«

»Zwei unserer Männer wurden getötet«, beharrte Nedeam, »und ihre Waffen haben ihnen nichts genutzt.«

»Männer und Waffen. Eine gefährliche Kombination.« Helen-Frau sah die Kronenträgerin beschwörend an. »Morde sind in unserem Land geschehen, Julara-Alecia-Frau, und zwar erst, seitdem diese Fremden bei uns eingefallen sind. Ja, vielleicht sind sie wirklich unschuldig, doch können wir es riskieren, eine Horde bewaffneter Männer in unserem Reich umherstreifen zu lassen? Kronenträgerin, du weißt, wozu Männer fähig sind.«

Die Kronenträgerin sah Llaranya und Nedeam an. »Vielleicht wäre es gut, wenn eure Männer die Waffen ablegten und sich in unseren Schutz begeben würden. Es wäre ein Zeichen des guten Willens.«

Maratuk drehte sich und zeigte seinen Freunden die gefesselten Hände. »In diesem Land gibt es nichts Gutes. Hier die Waffen abzulegen wäre …« Er verstummte. Eine der Hüterinnen hatte ihr Messer gezogen und an seinen Hals gesetzt.

Nedeam hatte sich versteift. »Er ist ein aufrechter Mann und ein guter Freund. Es gibt keinen Grund, ihn so zu behandeln. Wenn er sagt, dass er unschuldig ist, so gilt sein Wort.«

»Wir können kein Risiko eingehen«, drängte Helen-Frau. »Zu viel Blut wurde schon vergossen.«

»Wir kennen den oder die Täter nicht«, gab Julara-Alecia-Frau zu bedenken.

»Wenn sie unschuldig sind, werden sie ihre Waffen ablegen. Denke an die Übereinkunft, Kronenträgerin. Selbst die Kämpfer der Männer legen ihre Waffen ab, wenn sie unser Land betreten.«

»Nedeam, vom Pferdevolk, werden deine Männer die Waffen niederlegen?«

Der Erste Schwertmann der Hochmark schüttelte den Kopf. »Nein, das werden sie nicht. Nicht, wenn Gefahr droht.«

»Da hörst du es, Kronenträgerin.« Helen-Frau reckte sich triumphierend. »Willst du zulassen, dass ihre bewaffnete Horde umherstreift? Das weitere Morde geschehen?«

»Wie könnt Ihr es wagen?«, stieß Nedeam wütend hervor. »Ein Pferdelord mordet nicht.«

»Ah, in eurem Land gibt es keine solchen Taten?«

»Nein. Wir sind ein Volk von Ehre.«

Die Kronenträgerin sah Llaranya an. »Es gibt keine Heimtücke im Land des Pferdevolkes?«

Die Elfin musste in diesem Moment an den Verräter Garwin denken. »Doch, die gibt es.«

»Llaranya!«

Sie sah den empörten Blick ihres geliebten Mannes. »Denke an Garwin und seinen Verrat. An die Männer und Frauen, die durch seine Taten starben.«

»Das sind keine Pferdelords«, erwiderte er empört.

»Doch sie waren es einst«, sagte sie leise. »Bis sie sich mit ihren Taten vom Pferdevolk lösten.«

Julara-Alecia-Frau straffte sich. »Ich werde nicht zulassen, dass bewaffnete Männer durch das Land streifen.«

»Sie sind nicht in eurem Land«, knurrte Nedeam. »Und sie würden es nicht ohne Not betreten.«

»Dann sind sie noch auf der anderen Seite des Flusses«, stellte Helen-Frau fest.

»Und somit keinerlei Bedrohung für euch«, sagte Llaranya rasch.

»Schwerbewaffnete Männer aus der Fremde sind im Land der Männer.« Helen-Frau sah die Kronenträgerin eindringlich an. »Was, wenn sie sich gegen uns verbünden?«

»Was könnten wir dagegen tun?« Die Kronenträgerin neigte sich der Kommandantin zu.

»Wir überwältigen sie und nehmen sie gefangen, bevor sie zu einer ernsten Gefahr werden.«

»Das ist nicht möglich, Helen-Frau. Wenn wir ins Land der Männer hinübergehen, so bedeutet das Krieg.«

»Sie müssen es ja nicht bemerken. Diese drei hier kamen ja auch nicht über die Brücke. Sie kamen heimlich über den Fluss. Wie Diebe«, sagte Helen-Frau und sah Maratuk scharf an. »Oder wie Mörder. Auch wir könnten über den Fluss setzen.«

»Wir wüssten nicht, wo sich die Pferdereiter verbergen.«

»Oh, das wissen wir. Sieh dir den Zwerg genauer an. Auch wenn er heimlich über den Fluss kam, so haben sich die Flecken doch erhalten. Es gibt nur eine Beere, die solche Flecken verursacht, die sich auch im Wasser nicht lösen. Die weiße Nishua, und es gibt nur eine Stelle, an der sie wächst. Im Wald unterhalb des Wassersprungs.«

Llaranya spürte, dass die Kronenträgerin nach einer Lösung suchte. »Wir sind in dieses Land gekommen, um nach den Mördern unserer kleinen Freunde zu suchen. Wir kamen nicht in Feindschaft, sondern auf der Suche nach Gerechtigkeit. Wir wollen keinen Krieg, Kronenträgerin. Ich kenne das Pferdevolk, denn ich lebe bei ihm. Es ist ein friedfertiges Volk, welches nur kämpft, wenn ein Feind ihm den Kampf aufzwingt. Doch es ist auch ein wehrhaftes Volk, welches seine Waffen niemals aus der Hand gibt, wenn noch Gefahr droht. So, wie ihr Frauen befürchtet, dass die Männer des Beritts zu einer Gefahr werden könnten, so würden die Pferdelords euch Frauen als Bedrohung sehen, wenn ihr sie zwingen wolltet, Schwert und Lanzen abzugeben.«

»Das Risiko ist zu groß«, drängte Helen-Frau. »Morde wurden begangen, und die Männer Ataraans rüsten zum Krieg. Wenn sie sich mit den Pferdereitern verbünden, können wir ihnen nicht widerstehen.«

Julara-Alecia-Frau nickte mit düsterer Miene. »Ja, ich fürchte, du hast Recht, Kommandantin. Nimm dir drei Hundertschaften und genug Boote und bringe die Fremden nach Julinaar. Und, Helen-Frau, keiner der Männer Ataraans darf dies bemerken.«

»Dann werden wir in der Nacht marschieren.«

»In der Nacht?«

Helen-Frau lächelte kalt. »Seit langer Zeit herrscht der Frieden der Nacht, Kronenträgerin. Wir werden ihn nun nutzen. Niemand wird damit rechnen, und so werden wir uns unentdeckt bewegen, über den Fluss setzen und die Fremden überraschen.«

»Ihr begeht einen Fehler«, rief Nedeam.

Julara-Alecia-Frau nickte langsam. »Das mag sein, Mann des Pferdevolkes. Doch so wird es geschehen.«

33

Unterführer Herklund duckte sich in den Schatten der vorderen Farnbäume und starrte angestrengt in die Dunkelheit des Waldes. Das Sternenlicht erhellte den Bereich des Ufers und der freien Fläche zwischen seiner Böschung und dem Waldrand, aber zwischen den Bäumen war kaum etwas zu erkennen.

Nervös umklammerte der Unterführer den Griff seines Schwertes. Die Konturen des goldenen Symbols des Pferdevolkes, welches als Parierstange diente, drückten gegen seine Hand. Herklund hatte schon manchen Kampf bestanden und immer auf sein Schwert vertrauen können, doch wenn dort eine der unheimlichen Kreaturen durch die Nacht schlich, würde ihm der gute Stahl aus den Schmieden Eternas wenig nutzen.

Er fühlte Erleichterung, als er die Schritte von Arkarim vernahm. Der Scharführer hatte auf seine Wimpellanze verzichtet, obwohl die Tradition eigentlich verlangte, dass er sie stets mit sich führte, damit man seine Position erkannte. Doch im Angesicht der drohenden Gefahr verzichtete Arkarim auf das auffällige Zeichen seines Ranges. Wenn sich die Mordkreaturen näherten, so war es besser, möglichst lange unentdeckt zu bleiben.

»Du hast mich rufen lassen, mein Freund«, stellte Arkarim fest und ging neben Herklund in die Hocke. »So berichte mir, was du gesehen hast.«

»Nicht gesehen, aber gehört«, raunte der Unterführer. Er biss sich auf die Unterlippe. »Da drin im Wald, da bewegt sich etwas.«

»Im Wald bewegt sich immer etwas.«

»Du weiß genau, was ich meine«, knurrte Herklund.

Arkarim nickte. »Meinst du, es ist eine der Bestien?«

»Eher viele der Bestien.« Herklund strich sich eine Strähne seines blonden Haares aus dem Gesicht. Er fühlte Schweißtropfen an ihrer Spitze. »Hin und wieder ein leises Knacken, als bräche ein Ast unter dem Gewicht eines Fußes. Viel zu häufig für ein einzelnes Wesen, und es kommt von verschiedenen Stellen. Jemand schleicht sich an uns heran, Scharführer Arkarim, und er kommt in stattlicher Zahl.«

»Bist du dir sicher?«

Arkarim lauschte. Tatsächlich, hier und da war ein leises Knacken zu hören.

»Wie erwähnt, es ist nichts zu sehen, aber mein Gefühl sagt mir, dass da jemand kommt und keine freundlichen Absichten hat.«

Der Scharführer legte seinem Untergebenen und Freund die Hand auf die Schulter. »Ich stimme dir zu.«

Arkarim sah sich rasch um. Eine Handvoll Schwertmänner kauerte in einer dünnen Linie am Waldrand. Sie bewegten sich kaum, und ihre Haltung war angespannt. Die Pferdelords spürten, dass etwas vor sich ging.

»Hier am Waldrand werden wir sie nicht aufhalten können«, entschied er. »Und beim Rückzug über die freie Fläche könnten unsere Männer leicht zum Opfer von Pfeilen oder Speeren werden. Wir ziehen uns zurück, bevor der Feind heran ist, und bereiten uns an der Böschung auf die Verteidigung vor.«

»Ein weiser Entschluss«, murmelte Herklund.

Arkarim lächelte kalt. »Sollen sie über die freie Fläche auf uns einstürmen. Wir werden sie mit einem Pfeilhagel willkommen heißen und ihnen dann den blanken Stahl der Hochmark zu kosten geben.«

»Wenn es diese Bestien sind, werden ihnen unsere Pfeile und Klingen nicht schaden.«

»Wir werden sehen«, brummte Arkarim.

Die Männer würden vor keinem sterblichen Wesen zurückscheuen. Gleich ob Orks oder andere Kreaturen, sie waren bereit, für das Pferdevolk und ihre Freunde zu kämpfen und nötigenfalls zu sterben. Aber die Aussicht auf den Kampf gegen unverwundbare Kreaturen erfüllte sie mit Unbehagen und sogar Furcht. Arkarim konnte es an ihren Gesichtern erkennen, als er mit den anderen Vorposten auf die Böschung des Ufers zueilte.

Unterführer Hendur hatte die Schläfer bereits geweckt. Bewaffnete eilten an die Böschung und nahmen Deckung, andere hasteten zu den Pferden, um die Tiere ruhig und bereit zu halten. Wenn man die sich nähernden Bestien tatsächlich nicht töten konnte, dann war der Kampf zwecklos und der Tod der Männer ein sinnloses Opfer. Dann boten die Pferde die einzige Möglichkeit, dem noch zu entkommen.

Oberhalb der Böschung ragten die angespitzten Pfähle drohend gegen den noch unsichtbaren Feind. Die Hälfte der kampfbereiten Schwertmänner hielt Bogen und Pfeile bereit, die anderen hatten die Stoßlanzen in Händen. Alle hielten sich noch verborgen, nur die Köpfe von Arkarim und den Unterführern ragten über die Kante der Böschung empor.

Zwischen den vorderen Bäumen war eine undeutliche Bewegung zu erkennen.

»Sie kommen«, raunte Arkarim.

Handzeichen galten den wartenden Pferdelords und hielten sie weiter in Deckung. Sie sollten sich erst zeigen, wenn der Feind nahe genug war, so dass kein Pfeil fehlgehen konnte.

»Wenn der erste Pfeilhagel gut trifft, nehmen wir ihnen vielleicht den Mut«, meinte Herklund.

»Wären es Spitzohren der Orks, so würde ich dir Recht geben«, erwiderte Arkarim. »Wären es ihre Rundohren, so würde sie das nur anspornen. Wir müssen abwarten, was geschieht, und nehmen, was kommt.«

Schemen bewegten sich vor den Bäumen. Immer mehr.

»Sie formieren sich. Ich denke nicht, dass es die Bestien sind«, vermutete Herklund.

»Das kann man nicht wissen.«

Die unbekannten Wesen hatten sich zu drei Gruppen formiert, die sich nun langsam in Bewegung setzten. Sie verließen den Schatten der Bäume und traten ins Sternenlicht hinaus.

»Bei den finsteren Abgründen«, raunte Herklund überrascht. »Mir scheint, das sind Frauen.«

Arkarim war ebenso erstaunt. »Ohne Zweifel, es sind wirklich Frauen.«

Einer der wartenden Bogenschützen hatte die Worte vernommen und sah Arkarim fragend an. »Frauen, guter Herr? Was sollen wir machen?«

»Haltet die Pfeile zurück«, knurrte der Scharführer. Er sah seine Unterführer hilflos an. »Frauen. Verdammt, wir können doch nicht gegen Frauen kämpfen.«

»Aber die können gegen uns kämpfen.« Hendur deutete vor sich. »Sieh dir ihre Klingen an. Sie sind auf Blut aus.«

»Frauen kämpfen nicht«, sagte Arkarim zögernd.

»Ich kenne da eine Schuhmacherin aus der Hochmark, Esyne heißt sie wohl, die schon manchen Mann bezwungen hat«, warf ein Schwertmann ein. »Die langt ordentlich hin, ihr Herren, und dabei sieht sie prachtvoll aus.«

»Wartet, sie halten.« Arkarim richtete sich unmerklich auf, denn die Formation hielt an und eine der Frauen trat vor.

»Wir wissen, dass ihr euch dort verborgen haltet«, ertönte ihre Stimme. »Und wir wissen, dass ihr Männer des Pferdevolkes seid. Legt eure Waffen nieder und gebt euch in unsere Obhut.«

»Hört sich so an, als hätte Nedeam von uns berichtet«, sagte Arkarim leise. »Und er scheint ihnen gesagt zu haben, wo wir uns befinden.«

»Aber warum sollen wir dann unsere Waffen ablegen? Wenn der Erste Schwertmann mit ihnen gesprochen hat …« Herklund unterbrach sich. »Verdammt, Arkarim, diese Weiber werden ihn dazu gezwungen haben.«

»Wer seid ihr?«, rief der Scharführer zu der Frau hinüber.

»Wir sind die Hüterinnen Julinaars, und ich fordere euch nochmals auf, die Waffen abzulegen. Tretet vor und begebt euch in die Obhut der Kronenträgerin.«

»Was immer sie auch sagt, sie will uns gefangen nehmen«, stieß Herklund hervor. »Das können wir nicht zulassen, Scharführer.«

»Schön, und was sollen wir tun? Unsere Klingen in das Blut der Frauen senken?«

Trotz der Dunkelheit konnte man erkennen, dass der Unterführer errötete. »Natürlich nicht. Kein Pferdelord erhebt die Waffe gegen eine Frau.«

Ein anderer Mann nickte. »Es bringt keine Ehre, gegen Frauen zu kämpfen.«

Arkarim seufzte. »Es bringt auch keine Ehre, sich in ihre Gefangenschaft zu begeben.«

Herklund leckte sich über die Lippen. In diesem Augenblick war er mehr als froh, nicht die Verantwortung tragen zu müssen. »Wie lautet dein Befehl, Scharführer Arkarim?«

Der Scharführer erhob sich und packte sein Schwert an der Spitze, um es deutlich sichtbar hochzuhalten.

»Wir ergeben uns.«

34

Er war geschwommen.

Er hatte es tatsächlich gewagt, durch den Fluss zu schwimmen, obwohl er wusste, welche Gefahren im Wasser lauern konnten. Sebor-Mann hatte Angst empfunden. Angst um Frau und Kind, und Angst, einem Dorm in die Tentakel zu geraten. Doch er fand keine Möglichkeit ein Boot zu nehmen, und die bewachte Brücke musste er meiden. Selbst wenn ihn die männlichen Wächter durchgelassen hätten, die Hüterinnen wären mit ihren Langmessern über ihn hergefallen. Diesmal hatte er kein Dokument des Kronenträgers bei sich, welches ihm freies Geleit gewährte. So hatte er die Zähne zusammengebissen und war durch den Eten geschwommen.

Sebor-Mann hatte das andere Ufer unversehrt erreicht, sich in die Deckung des Waldes begeben und seine Kleidung abgelegt, um sie notdürftig zu trocknen. Verpflegung führte er nicht mit sich. Er war oft genug im Urwald gewesen und kannte jede der essbaren Pflanzen. Auf eine Waffe hatte er verzichtet. Da er alleine war, konnte ihm auch ein Kurzschwert kaum nützen, wenn er einem der großen Räuber begegnete. Im Gegenteil, eine Waffe hätte ihm vielleicht ein falsches Gefühl der Sicherheit vermittelt. So war er schutzlos und darauf angewiesen, unentdeckt zu bleiben. Stieß er auf Frauen, würde ihm die Waffe, trotz seiner friedlichen Absichten, sogar zur tödlichen Gefahr.

So bewegte sich Sebor-Mann mit aller Vorsicht durch den Dschungel. Seine Erfahrung als Jäger kam ihm dabei zugute. Er verursachte kaum ein Geräusch und schritt zielsicher in die Richtung, in der Julinaar lag. Er kannte die Stadt ein wenig und wusste von der beschädigten Stelle der Wehrmauer. Dort, wo die Pflanzen einen Teil der Stadt zurückerobert hatten, würde auch er eindringen. Am besten im Schutz der Dunkelheit. Dann waren nur die Streifen der Hüterinnen unterwegs, und er würde, mit etwas Glück, unerkannt das Haus seiner kleinen Familie erreichen.

Familie.

Wie sehr sehnte er sich nach dem gemeinsamen Leben mit Elian-Frau und der kleinen Sia-san-Frau. Sie immer um sich zu haben, füreinander zu sorgen und miteinander zu lachen … Wie er dies vermisste und wie schön es sein musste, es zu erleben. Und Sebor-Mann wusste, dass Elian-Frau diese Empfindungen teilte. Doch kein anderer Mann, keine andere Frau in Julinaash, würden dies verstehen. Oder doch?

Er erinnerte sich an den jungen Gelbat-Mann. Auch er hatte sanfte Empfindungen für eine Frau verspürt, und es mochte noch weitere geben, die nicht durch den langen Hass und die Übereinkunft verblendet waren. Konnte ihre Liebe eines Tages dazu führen, dass Männer und Frauen sich in Respekt und vielleicht sogar Freundschaft begegneten? Freundschaft, aus der Liebe entstand?

Sebor-Mann seufzte. Mit solchen Phantastereien war niemandem geholfen. Er musste Elian-Frau erreichen und sie und die Tochter in Sicherheit bringen, bis sich all die Aufregung gelegt hatte. Nichts anderes war wichtig.

Er gönnte sich kaum eine Pause und erreichte die Stadt kurz vor Sonnenuntergang. Sebor-Mann wandte sich nach rechts und kam schließlich zu dem überwucherten Teil der beschädigten Wehrmauer. Die Nacht senkte sich, als er auf die Trümmer stieg.

Es war noch hell genug, um alle Einzelheiten erkennen zu können. Rotgoldener Schein schimmerte auf den Muschelförmigen Dächern und suggerierte eine Schönheit und einen Frieden, der rasch der Besorgnis wich, als Sebor-Mann die Hüterinnen erkannte, die hinter der zweiten Mauer patrouillierten. Er wusste nicht, wie viele der Bewaffneten mit dieser Aufgabe betraut waren und ob es die übliche Zahl war. Ihm kamen die Wachen ungewöhnlich stark vor. So, als befürchteten die Frauen einen Angriff. Vielleicht trieben sich Schakrale in der Gegend herum. Jedenfalls verhinderten die Hüterinnen, dass er von hier aus in die Stadt schlich.

Sebor-Mann zog sich an den Rand des Dschungels zurück und überlegte fieberhaft.

Er hatte fest damit gerechnet, über die zweite Behelfsmauer vordringen zu können, und nun war ihm dieser Weg versperrt. Hätte er das geahnt, so hätte er sich ein Seil und einen Haken mitgebracht. Dann hätte er die Wehrmauer an jeder beliebigen Stelle überwinden können.

Nein, ihm blieb nur der Weg durch das Tor.

Sich als Bote des Kronenträgers auszugeben, kam nicht in Frage, und jetzt, außerhalb der Zeit der Übereinkunft, würden die Hüterinnen jeden Bullen augenblicklich töten.

Missmutig und voller Sorgen ging er in der Deckung der Pflanzen zurück und näherte sich dem Haupttor Julinaars. Am Rand der Straße hockte er sich nieder. Es war Nacht, und kein vernünftiger Bewohner von Julinaash würde in der Zeit der Dunkelheit unterwegs sein. Aber er war ja auch kein vernünftiger Bewohner, denn er war ein Mann und liebte eine Frau.

Abermals sah er sich um.

Sein Blick fiel auf einen ungewöhnlich regelmäßigen Gegenstand, der ein Stück entfernt am Straßenrand lag. Sebor-Mann schlich hinüber.

Ein Korb.

Ein Korb, wie er überall in Julinaash zum Transport von Waren genutzt wurde. Natürlich, es musste Markt in Julinaar sein, und die Dorfbewohnerinnen trafen sich zum Warenhandel in der Stadt. Er untersuchte den Korb. Dieser war beschädigt. Seine Besitzerin musste gestürzt sein, hatte den Korb dabei zerdrückt und die darin befindlichen Waren beschädigt. Früchte, die, zum Schutz gegen Insekten, mit einem Tuch abgedeckt gewesen waren.

Sebor-Mann überlegte. Seine Gedanken rasten. Dieser Korb konnte die Rettung bedeuten. Er spürte es, wusste nur noch nicht, wie er seinen Fund nutzen konnte, um in die Stadt zu gelangen. Aber es würde ihm noch einfallen. Es musste ihm einfach einfallen.

Es war zwei Zehnteltage nach Sonnenaufgang, als sich der Stadt eine kleine Karawane von Frauen näherte. Sie wurde von drei bewaffneten Jägerinnen begleitet, die während des langen Weges für ihren Schutz gesorgt hatten.

Die Führerin der Torwache grüßte die Ankömmlinge. Eine Kontrolle gab es nicht. »Ihr seid spät, Schwestern. Der Markt hat seinen Höhepunkt schon überschritten. Die besten Plätze, die besten Waren und die besten Käuferinnen sind schon vergeben.« Die Hüterin sah die Dorfbewohnerinnen mitfühlend an. »Es war wohl ein weiter Weg, und ihr wurdet aufgehalten.«

»Kurz bevor wir nach Julinaar aufbrechen wollten, rannte ein durchgehender Senkhornbulle unseren Schutzzaun nieder. Wir mussten erst alles richten, bevor wir endlich losmarschieren konnten. Wenigstens haben wir keine verderbliche Ware. Gesponnene Fasern für feine Stoffe, Kristalle aus unserer Schürfgrube und etwas Brennstein für die Schmieden.«

»Das wird hochwillkommen sein.« Die Hüterin deutete ins Stadtinnere. »Dennoch solltet ihr euch eilen, Schwestern.«

Die Frauen waren gerade verschwunden, als eine Nachzüglerin über die Straße rannte. Sie hatte es eilig, den Anschluss zu finden, und der Korb auf ihrer Schulter war verrutscht. Das Tuch war halb über das Gesicht geglitten.

»Bestimmt eine der Schürferinnen«, murmelte eine der Wachen und registrierte den muskulösen Körperbau. »Die Arbeit in den Gruben ist anstrengend und macht starke Muskeln. Wirklich, ich respektiere diese Schwestern, aber ich möchte keine von ihnen in meinem Bett haben.«

Die Anführerin lächelte freundlich, als die keuchende Trägerin endlich heran war. »Geh nur weiter. Deine Schwestern sind gerade gekommen. Wenn du dich eilst, wirst du sie noch vor dem Marktplatz einholen.«

Die Frau nickte dankbar und hastete weiter.

»Habt ihr die Beine gesehen?« Die Hüterin, der bereits die Muskeln der Frau aufgefallen waren, schüttelte sich. »Behaart wie bei einem Mann. Ich glaube nicht, dass die arme Schwester eine Gefährtin hat.«

Eine der anderen lachte. »Nun, bei diesen Dörflerinnen weiß man nie. Die sind ja in manchen Dingen ein wenig seltsam.«

Die Korbträgerin mäßigte ihre Schritte.

Sebor-Mann konnte es kaum fassen. Er hatte eigentlich kaum damit gerechnet, dass seine List gelingen würde, und doch war er nun innerhalb der Mauern Julinaars.

Jetzt durfte er nur nicht auffallen.

Nicht zu schnell gehen und nicht zu langsam. In der gebotenen Eile, die Zielstrebigkeit verriet und zugleich verhinderte, dass eine gelangweilte Stadtbewohnerin auf den Gedanken kam, ein paar Fragen zu stellen.

Er kannte den Weg, den er nehmen musste. Dreimal war er ihn als Bulle gegangen, stets in Begleitung einer wachsamen Hüterin. Nun musste er ihren Blicken entgehen.

Sebor-Mann war froh, dass Markt war. Überall liefen Gruppen von Frauen geschäftig umher, und er versuchte, jenen dichtauf zu folgen, welche in die Richtung gingen, die er selbst nehmen musste. Stets zwei oder drei Schritte entfernt, weit genug, um von ihnen nicht angesprochen zu werden, und nahe genug, um für die anderen Frauen als Nachzügler zu gelten.

Er hielt den Korb so auf der linken Schulter, dass er die eine Hälfte seines Gesichtes verdeckte und nutzte den rechten Arm, den Korb ungeschickt abzustützen und so den Rest seines Gesichts vor neugierigen Blicken zu schützen. Die Furcht, entdeckt zu werden, ließ sein Herz rasen und Schweiß über sein Gesicht rinnen.

Endlich tauchte die Straße auf, in der das Haus von Elian-Frau lag. Erleichtert trat er an den Eingang, zögerte kurz und klopfte dann. Hoffentlich war keine Nachbarin zu Besuch. Hoffentlich erschrak Elian-Frau nicht bei seinem unerwarteten Anblick.

Die Tür wurde geöffnet.

Elian-Fraus Augen weiteten sich, als sie ihn erkannte.

Sebor-Mann drängte sich an ihr vorbei und drückte die Tür mit dem Fuß zu.

Achtlos fiel der Korb zu Boden.

Die nächsten Augenblicke galten nur ihrer Liebe.

35

»Wahrscheinlich haben sich die Fischer getäuscht.« Schwertmeister Haransu-Mann stieß missmutig einen Stein von der Straße. »Die Frauen würden ein solches Wagnis niemals auf sich nehmen.«

»Ja, es fehlt ihnen an Mut«, fand Kir-Mann. »Doch sie sind heimtückische Kreaturen. Es würde zu ihnen passen. Sich heimlich in unser Land zu schleichen. Der Fischer war sich sicher, dass er Boote gesehen hat, die an unser Ufer übersetzten.«

»Während sich die Nacht senkte?«, knurrte der Schwertmeister. »Vielleicht hat er einen Schwarm Dorm gesehen, der dicht an der Oberfläche schwamm.«

»Herdur-Mann sagt, wir könnten es nicht riskieren, dass Frauen in unserem Land herumschleichen.« Kir-Mann hob lauschend den Kopf. Die anderen bemerkten seine angespannte Aufmerksamkeit, und die kleine Gruppe verharrte. »Wir müssen uns vergewissern.«

Haransu-Mann spuckte aus. »Aber nicht mitten in der Nacht, verdammt. Niemand verlässt Dorf oder Stadt in der Nacht.«

»Ja, in der Nacht ist es nicht sicher«, murmelte Laudar-Mann, der nervös sein vergoldetes Schwert umklammerte. »Schakrale lauern in der Finsternis.«

»Unsinn. Die Biester schlafen in der Nacht. So, wie es auch ein anständiger Mann tun sollte. Sofern er keine Wache hat, versteht sich.« Der Schwertmeister spuckte erneut aus.

»Dennoch heißt es, dass unheimliche Wesen die Nacht beherrschen. Mein Großvater erzählte mir Geschichten …«

Haransu-Mann sah den Sprecher eindringlich an. »Sie sind wahr, diese Geschichten. Sie erzählen von den Nachtläufern, du Narr. Was meinst du denn, warum wir alle im Dorf vergoldete Klingen haben?«

»Meinst du, diese Bestien schleichen jetzt durch die Nacht?«

»Irgendwo werden sie wohl sein.«

Laudar-Mann fröstelte plötzlich. »Wir sollten nach Sespiru zurückkehren. Dort sind wir sicher.«

Der Schwertmeister wollte abermals ausspucken, ließ es dann sein und starrte Laudar-Mann grimmig an. »Das sind wir nicht. Nur die goldenen Klingen geben uns Sicherheit. Verdammt, ich sagte Herdur-Mann, er solle mir erfahrene Kämpfer mit auf den Weg geben. Stattdessen plage ich mich mit euch Narren herum.«

Nicht jeder Mann war im Kampf ausgebildet. Herdur-Mann hatte alle Bewohner Sespirus einberufen, und jeder von ihnen musste sich nun im Umgang mit dem Kurzschwert üben. Laudar-Mann fehlte es an Geschick, was der Schwertmeister noch hingenommen hätte, doch es fehlte ihm offensichtlich auch an Mut und das weckte Haransu-Manns Zorn.

»Mag sein, wir sind keine geborenen Kämpfer«, sagte Kir-Mann beschwichtigend. »Doch wir sind die besten Spurenleser und Jäger von ganz Sespiru. Herdur-Mann hat richtig entschieden, dass wir dich begleiten. Wir sollen ja nicht kämpfen. Wir sollen nur herausfinden, ob sich hier Weiber herumtreiben.«

»Ja«, stimmte Laudar-Mann hastig zu, »und wenn die Hüterinnen wirklich über den Fluss gekommen sind, dann, sagt Herdur-Mann, sollen wir nicht gegen sie kämpfen. Sespirus Blut soll geschont werden. Wir schicken einen Booten nach Ataraan, und die anderen sollen sich dann darum kümmern.«

Der Schwertmeister stieß ein verächtliches Knurren aus. Dieser Plan gefiel ihm nicht. Sicher, es war gut, wenn die goldenen Klingen Sespirus geheim blieben und man seine Männer für den Kampf gegen die Nachtläufer schonte. Aber es schmeckte ihm überhaupt nicht, einem Kampf auszuweichen. Das ganze Leben hatte er sich geübt, um endlich Schwertmeister zu werden, und auf den Tag gewartet, an dem seine Fertigkeiten gebraucht würden. Und nun, da sich ein Kampf abzeichnete, sollte er ihn anderen überlassen.

»Ja, Herdur-Mann hat einen guten Plan«, brummte er. »Der hat ja immer einen guten Plan. Trotzdem gefällt er mir nicht.«

»Wir sind an der Abzweigung zur Brücke, Haransu-Mann.« Kir-Mann deutete in die Dunkelheit. »Wir müssen rechts entlang. In jener Richtung will der Fischer die Boote gesehen haben.«

»Ich will euch einmal sagen, was ich von Fischern und der Schärfe ihres Blickes halte«, sagte der Schwertmeister und seine Augen funkelten zornig. »Fischer …«

Der Schwertmeister verstummte, und seine Augen weiteten sich.

Kir-Mann, der ihm direkt gegenüber stand, wurde von einem schattenhaften Wesen angesprungen. Groß wie ein Mann, doch mit ungewöhnlich langen Armen und Beinen. Haransu-Mann erkannte einen langen Schädel mit spitzer Schnauze. Sie öffnete sich und entblößte dabei scharfe Reißzähne. Dies alles sah er in der Zeit, die ein Auge zum Blinzeln benötigte, dann waren Kreatur und Kir-Mann in der Finsternis verschwunden.

Laudar-Mann war nicht der schnellste Denker, doch er spürte instinktiv, welche Gefahr drohte. Mit einem entsetzten Aufschrei warf er sich herum und begann zu rennen.

Während er um sein Leben lief, sprang der Schwertmeister mit gezogenem Schwert zu einem Baum, damit dieser ihm den Rücken deckte.

»Nachtläufer«, keuchte er schockiert und atmete mehrmals tief durch, damit er seine Ruhe zurückgewann. Er konnte Laudar-Mann sehen, der im Sternenlicht auf der Straße entlanglief. Sie mochte der leichteste Weg sein, doch sie bot keinen Schutz.

Die Kreatur sprang auf die Straße, mitten in Laudar-Manns Weg. Der panische Jäger dachte nicht einmal an das Schwert, sondern blieb stehen und starrte das Wesen schockiert an. Der Schwertmeister sah eine flüchtige Bewegung. Laudar-Manns Kopf fiel zu Boden.

Der Nachtläufer stieß ein leises Schnauben aus.

Der Schwertmeister wusste, dass die Kreatur ihn sehen konnte.

Sie musste sich sicher fühlen, denn sie machte keine Anstalten, sich erneut in der Finsternis des Dschungels zu verbergen und ihr Opfer aus dem Hinterhalt anzugreifen. Nein, sie kam direkt auf Haransu-Mann zu. Die Schritte waren seltsam schwingend, als habe der Nachtläufer mehr als nur ein Kniegelenk. Es war etwas Gleitendes, etwas Tödliches in den Bewegungen.

»Mich bekommst du nicht, du Bestie«, knurrte der Schwertmeister. »Ich habe von deiner Art gehört, Nachtläufer, und ich bin kein wehrloses Opfer.« Er hob die im Sternenlicht aufblitzende goldene Klinge an. »Ich bin der Schwertmeister Sespirus, und wir kennen euer Geheimnis. Du willst mein Blut, Wesen der Nacht? Dann komm und lass meine Klinge das deine kosten.«

Noschur sah die schimmernde Klinge und wusste um die Gefahr, die von ihr ausging. Doch es war ein theoretisches Wissen, denn kein Nachtläufer der Rudel war in den vergangenen Jahrtausenden mit einer solch tödlichen Waffe konfrontiert worden. Vielleicht war dies der Grund, warum er das vergoldete Schwert unterschätzte, und vielleicht unterschätzte er auch die Fertigkeiten des Schwertmeisters. Er ließ sich Zeit und kostete die Gewissheit aus, dass dieser Mensch ebenso sterben würde, wie die anderen Männer.

Haransu-Mann hingegen wusste, dass er einer tödlichen Bestie gegenüberstand. Er wusste, wie schnell sie war. Als erfahrener Schwertkämpfer reckte er ihr sein Schwert nicht am ausgestreckten Arm entgegen. Ein unerfahrener Kämpfer mochte dies tun, um den Feind auf Distanz zu halten, und darüber vergessen, wie leicht es für den Gegner sein konnte, die Waffe aus der Hand zu schlagen.

Der Schwertmeister war oft auf der Jagd nach Schakralen gewesen und spürte instinktiv, wie der Nachtläufer die Muskeln anspannte und zum Sprung ansetzte. Blitzschnell bückte er sich, und seine Klinge fuhr in einem Halbkreis durch die Luft.

Noschur war sich zu sicher gewesen.

Der Nachtläufer spürte, wie der vergoldete Stahl durch seine Seite schnitt, und stieß ein Fauchen aus, in dem sich Schmerz und Überraschung mischten. Er verfehlte den Menschen, landete auf seinen Beinen und federte sofort herum. Die Wunde war nicht tief, mehr ärgerlich als hinderlich. Sie mahnte Noschur, dass dieser Mensch tatsächlich eine Gefahr darstellte. Er ärgerte sich über seinen Leichtsinn, doch beim nächsten Angriff würde er es besser machen.

Der Schwertmeister stand auf den Beinen, und die Gegner belauerten sich.

»Es ist also alles wahr, was Herdur-Mann behauptet hat«, murmelte Haransu-Mann. »Es gibt euch, und ihr seid verletzlich.«

»Du wirst keine Gelegenheit haben, davon zu erzählen.«

Haransu-Mann war überrascht, als er die Worte hörte. Der Nachtläufer trug keine Kleidung oder Waffen, und der Schwertmeister hatte die Kreatur für eine wilde Bestie gehalten, so wie es die Schakrale waren. Die Worte verrieten, dass der Nachtläufer kein instinktgeleitetes Wesen war, sondern mit Bedacht vorging. Dies ließ den Schwertmeister noch vorsichtiger werden.

Noschur sprang, und erneut reagierte Haransu-Mann unerwartet schnell. Doch diesmal hatte der Nachtläufer den Schwertmeister getäuscht. Es war kein kraftvoller Sprung gewesen. Nur ein kurzer Satz, sodass die Füße Noschurs schon wieder den Boden berührten und ihm einen abrupten Richtungswechsel erlaubten. Darauf war Haransu-Mann nicht vorbereitet.

Das Schwert fuhr nutzlos durch die Luft, doch Noschurs Klaue zerfetzte die Kehle des Schwertmeisters. Blut sprühte in die Nacht, während der tödlich Verletzte nach seinem Hals griff und gleichzeitig versuchte, doch noch einen Schwertstreich zu führen. Aber Noschur war schon zu weit entfernt, wandte sich nun wieder dem Sterbenden zu und beobachtete mit gebleckten Fängen, wie das Schwert aus der kraftlosen Hand glitt. Haransu-Mann sank auf die Knie, starrte den Nachtläufer mit brechenden Augen an und fiel dann leblos vornüber.

Noschur legte eine Hand auf die Wunde in seiner Seite. Er spürte warme Flüssigkeit, die zwischen seinem Fell hervorsickerte. Ungläubig sah er seine Klauen an, die mit seinem Blut bedeckt waren. Es war eine schockierende Erfahrung für ihn. Nie zuvor hatte er eine Verletzung erlitten. Selbst die Schakrale vermochten einem Nachtläufer nicht auf diese Weise zuzusetzen. Sicher, es hatte Kämpfe mit den Reptilien gegeben, bei denen Nachtläufer gestorben waren, weil ihre Knochen zerschmettert wurden. Doch niemals hatten Zähne oder Krallen ihre Haut verletzt. Nie war eine Klinge in den Leib eines Rudelmitgliedes eingedrungen. Und nun blutete er. Verletzt durch eine vergoldete Klinge.

Noschur ging langsam zu dem Toten hinüber und bückte sich zu dem vergoldeten Schwert. Vorsichtig hob er es auf. Eine Waffe der Menschen, die einem Nachtläufer zu schaden vermochte. Gajaths Befürchtungen bewahrheiteten sich. Es gab Menschen, die sich Gold verschafft hatten und eine Gefahr für die Rudel darstellten.

Noschur hielt die Waffe fest und huschte, einem Schatten gleich, durch die Nacht.

Als er das einsame Dorf der sieben Hügel und sieben Säulen erreichte, wurde er sofort von Wachläufern bemerkt. Einige von ihnen kamen näher, schnupperten und betasteten ungläubig die Wunde an Noschurs Flanke. Sie entblößten ihre Fänge, als Noschur berichtete, was sich ereignet hatte. Ihre Krallen glitten über die vergoldete Klinge.

»Die Dienerin des Volkes und Gebieterin der Rudel muss davon erfahren«, meinte einer der Wachläufer.

»Was meinst du, warum ich meinen Streiflauf beendete und sofort hierher kam?« Noschur nahm die Waffe wieder an sich. »Wo ist Gajath?«

»Am Fluss«, kam die Antwort. »Sie sammelt Kräfte für die große Beschwörung, welche die ewige Nacht rufen wird.«

»Seid wachsam«, schärfte Noschur den Wachläufern ein. »Menschen durchstreifen das Land, die noch mehr von diesen goldenen Waffen besitzen. Sie können uns verletzen. Sie können uns töten.«

»Das wird nicht geschehen«, versicherte der Führer der kleinen Gruppe.

Noschur lief zwischen dem zweiten und dritten Hügel hindurch, erreichte die Häuser des einsamen Dorfes. Am

Ufer des Eten, neben dem kleinen Bootssteg, sah er die einsame Gestalt Gajaths. Ihr Körper schien im Licht der Sterne und des halben Mondes sanft zu schimmern.

»Dienerin des Volkes und Gebieterin der Rudel, Menschen mit goldenen Waffen bestreifen das Land.« Er ging ehrerbietig in die Hocke und reckte ihr vorsichtig das Kurzschwert entgegen.

Gajath wandte sich ihm zu und sah ihn mitfühlend an. »Du bist verletzt, Noschur.«

»Der Mensch war schnell, und ich war zu langsam.«

»Du hast ihn und die Waffe unterschätzt.«

»Ja. Es wird nicht wieder geschehen.«

»Zeig mir die Wunde, Noschur.«

Gajath beugte sich vor und betastete den Schnitt. »Du hattest großes Glück. Die Klinge hat kaum mehr als dein Fell und etwas Fleisch geschnitten. Halte still.«

Etwas von Gajaths Magie begann durch ihre Hand zu fließen. Der Schmerz verschwand, und als die schöne Frau ihre Hand löste, war nichts mehr von der Verletzung geblieben. Noschur verspürte ein selten empfundenes Glücksgefühl.

Gajath blickte zwischen die Schenkel des Rüden und lächelte. »Wie ich sehe, bleibt meine Magie nicht ohne Wirkung auf dich. Willst du dich paaren?«

Die schöne Frau wartete seine Erwiderung nicht ab. Sie wandte Noschur den Rücken, kniete sich nieder und streifte ihr Kleid nach oben, bevor sie sich auf alle Viere niederließ. Der große Nachtläufer ließ sich nicht lange bitten.

Als Noschur sich aus ihr zurückzog, fühlte er sich ausgelaugt und schwach.

Gajath erhob sich in ihrer strahlenden Schönheit und ordnete ihre Kleidung. »Es ist der Fluch des Zauberers«, sagte sie leise. »Ich paarte mich mit ihm, als ich ihn tötete, denn ein Mann denkt nicht mit dem Verstand, wenn er mit einer Frau zusammen ist.« Sie seufzte. »Dennoch konnte er mich noch verfluchen. Vielleicht verspüre ich deswegen immer solche Lust, wenn ich meine Magie anwende.«

Noschur erwiderte nichts. Gajath paarte sich des Öfteren mit den stärksten Rüden, und nun gehörte auch er zu diesem auserwählten Kreis der Bevorzugten.

Gajath nahm das vergoldete Schwert auf. »Weiß du, woher es stammt?«

»Sespiru«, erwiderte Noschur prompt. »Der Mann, der es führte, sagte, er sei der Schwertmeister von Sespiru.«

»Das Dorf Sespiru ist es also.« Gajath nickte langsam. »Ich hätte es mir denken sollen. Seine Männer zogen also aus, um das Gold zu rauben und damit ihre Waffen zu vergolden. Waren alle Männer aus Sespiru?«

»Ich glaube ja, sie waren wohl alle aus demselben Dorf.«

»Das ist gut.« Gajath lächelte zufrieden. »Sie können nicht besonders viel Gold geraubt haben. Es ist ein schweres Metall.« Sie betrachtete das Schwert genauer. »Es ist in einer dicken Schicht aufgetragen. Die Männer können nicht viele Waffen hergestellt haben.« Sie hob den Kopf und stieß einen tremolierenden Pfiff aus.

Es dauerte nicht lange und die Rudelführerin Schewar trabte heran. Sie schnupperte kurz, sah Noschur und Gajath wissend an und verzog den lippenlosen Mund zu einem Lächeln. »Was ist dein Wunsch, Dienerin des Volkes und Gebieterin der Rudel?«

»Wir wissen nun, in welchem Dorf sich das Gold befindet.« Gajath reichte ihrer Freundin das Schwert. »Es ist Sespiru.«

Schewar blickte in den Nahthimmel hinauf. »In dieser Nacht können wir es nicht mehr erreichen. Es wird bald Tag. Oder kannst du deine Magie bereits entfachen?«

»Bald. Sehr bald. Doch noch reicht meine Kraft nicht aus«, erwiderte Gajath bedauernd.

»Dann also die kommende Nacht«, meinte Schewar.

Gajath nickte. »Ja. Die kommende Nacht. Dann wird Sespiru sterben.«

36

Sie hatten die Pferde zurücklassen müssen, und das gefiel den Männern noch weit weniger, als die Gefangenschaft durch die Frauen. Aber es waren gute Pferde der Hochmark des Pferdevolkes, und sie würden für sich sorgen können, bis die Männer zurückkehrten.

Falls sie jemals zurückkehrten.

Die Stimmung unter den Pferdelords war schlecht. Alle Waffen waren ihnen abgenommen worden, und nur Arkarim durfte die Lanze mit dem Berittwimpel führen. Wahrscheinlich duldeten die Frauen sie, weil sie so Arkarim leichter zwischen den anderen Männern erkennen konnten. Der Scharführer war ständig woanders zu finden und unermüdlich dabei, den Pferdelords Zuversicht einzuflößen.

Immerhin behandelte man die Pferdelords mit einem gewissen Respekt. Die Hüterinnen zeigten kaum Feindseligkeit, allerdings auch keine freundlichen Blicke. Die Anführerin der Frauen, die Unterkommandantin Kanara-Frau, schien sich nicht sicher zu sein, was sie von den fremden Männern halten sollte.

Eine Gruppe der Frauen mühte sich mit den Schwertern der Pferdelords ab, die anderen Waffen hatte man bei den Pferden zurückgelassen. Auf die Frage Unterführer Herklunds, warum die Frauen die Schwerter mit sich trugen, hatte man ihm geantwortet, Schwerter dieser Qualität gäbe es in Julinaash nicht und man wolle sie nicht in die Hände der Männer Ataraans fallen lassen.

Die Männer des Beritts waren zwischen einer starken Vorhut und Nachhut gefangen, und auch an den Flanken marschierten Frauen. Die Gefangenen waren nicht gefesselt worden, dennoch wäre es ihnen schwergefallen, in den Dschungel zu entkommen. Zu dicht war der Kordon der Hüterinnen und zu aufmerksam die Blicke der Frauen. Zudem waren ihre Langmesser durchaus respekteinflößend, zumindest, wenn man ihnen waffenlos gegenüberstand.

»Wir sollten es dennoch versuchen«, flüsterte Unterführer Herklund Arkarim zu. »Wir könnten einen Streit vom Zaum brechen, der die Aufmerksamkeit der Frauen auf sich zieht. Dann könnten ein paar von uns in den Dschungel entkommen.«

»Und wozu?« Arkarim schüttelte entschlossen den Kopf. »Wir kennen dieses Land nicht, und der Dschungel steckt voller Gefahren, denen wir wehrlos gegenübertreten müssten.«

»Es ließen sich Äste finden, die wir als Keulen nutzen könnten. Sicher wären wir auch in der Lage, ein paar Speere anfertigen.«

»Und unsere Gefährten, die wir zurücklassen müssten, würden darunter leiden.« Einer der Pferdelords spuckte aus. »Von diesen Weibern ist nichts Gutes zu erwarten. Ich kenne da eine Schuhmacherin in der Hochmark, die würde gut hierher passen.«

Sie bewegten sich auf einer gepflasterten Straße, einhundert Pferdelords und die dreifache Anzahl bewaffneter Frauen. Arkarim hatte aufmerksam zugehört, als die Anführerin mit ihren Unterführerinnen gesprochen hatte, und wusste, dass die Hüterinnen mit Booten über den Fluss gelangt waren. Scheinbar wollten sie diese auch für die Rückkehr nutzen, doch ihre Späherinnen hatten fremde Gestalten am Liegeplatz der Boote gesichtet. Man befürchtete nun einen Hinterhalt der Männer.

»Auf der Brücke werden sie nicht mit uns rechnen«, hatte die Anführerin gesagt. »Wir werden die Handvoll Wächter überwältigen, und dann sind wir praktisch auch schon in Sicherheit.«

»Wenn wir die Brückenwache töten, bedeutet das endgültig Krieg mit den Männern. Das wird der Kronenträgerin nicht gefallen.«

»Mir auch nicht. Aber die Kronenträgerin ist nicht hier, im Land der Bullen. Wir schon, und wir haben eine Menge fremder Männer am Hals, die wir nach Julinaar bringen sollen. Vielleicht geht es ohne Kampf ab, wenn sie unsere Übermacht sehen.«

Diese Worte hatten Scharführer Arkarim nachdenklich gestimmt. Trotz ihres kriegerischen Gehabes schienen es die Frauen nicht unbedingt darauf anzulegen, Blut zu vergießen. Sollte es dennoch zum Äußersten kommen, würden die Pferdelords ihre Haut sicherlich teuer verkaufen. Schwertmänner der Hochmark ließen sich nicht ohne Gegenwehr abschlachten. Diese Langmesser mochten den Frauen dienen, doch sie lagen sicherlich auch gut in der Hand eines Pferdelords. Wenigstens so lange, bis sich die Männer ihre eigenen Schwerter zurückgeholt hatten.

Die Marschkolonne aus Pferdelords und Hüterinnen war nun schon seit Tagen unterwegs, und die dritte Nacht der Gefangenschaft war angebrochen. Es gab nur wenige Pausen, denn die Frauen wollten das Gebiet der Männer möglichst schnell wieder verlassen. Sie fürchteten einen Hinterhalt, und Arkarim konnte ihre Besorgnis gut verstehen. Nachdem die Hüterinnen die Boote aufgegeben hatten, mussten sie über die Brücke. War ihnen dieser Weg versperrt, waren sie abgeschnitten. Arkarim konnte nicht einschätzen, wie erfahren die Hüterinnen oder die Männer von Julinaash im Kampf waren, aber er glaubte nicht, dass diese Frauen einer großen Übermacht widerstehen konnten. Zudem mussten sie befürchten, dass sich die Pferdelords auf die Seite der Männer schlugen.

Arkarim hatte schon mehrfach versucht, Unterkommandantin Kanara-Frau davon zu überzeugen, dass ihr und den anderen Frauen keine Gefahr von den Pferdelords drohte. Bislang zeigten seine Beteuerungen keine Wirkung, aber solange man miteinander sprach, konnte man wenigstens aufkeimender Feindschaft entgegenwirken. Der Scharführer musste dies in doppelter Weise tun. Die Frauen von der relativen Harmlosigkeit der Pferdelords überzeugen und seine frustrierten Männer von jeder Feindseligkeit abhalten.

Arkarim vermutete, dass sie sich nun der Brücke näherten, denn bei den Frauen war zunehmende Nervosität zu spüren. So suchte er wieder einmal das Gespräch mit der Unterkommandantin, die sich an der Spitze der Marschkolonne befand.

»Sagt, gute Frau«, begann er höflich, »haben Eure Hüterinnen viel Kriegserfahrung?« Er spürte, wie sie sofort misstrauisch wurde und lächelte entwaffnend. »Versteht mich da Recht, Unterkommandantin, wir sind ohne Waffen und in eurer Obhut. Falls wir angegriffen werden …«

»Empfindest du Furcht?«

»Nein, obwohl ich dieses Gefühl durchaus kenne. Jeder, der schon in der Schlacht gestanden hat, kennt die Angst. Sie ist gut, wenn man sie beherrscht, denn dann wird man nicht zu wagemutig. Man darf sich ihr nur nicht ergeben.«

Kanara-Frau zögerte mit der Antwort. »Nein, Pferdemann, wir haben keine Kriegserfahrung. Oh, wir können kämpfen, unterschätze uns nicht. Aber in den Jahrhundertwenden der Übereinkunft gab es nur kleinere Auseinandersetzungen. Einzelne Männer, die mit finsteren Gedanken und gezückten Schwertern in unser Land schlichen und die wir töteten. Ich habe selbst getötet und auch einige meiner Hüterinnen, doch den meisten blieb dies erspart.« Sie lächelte halbherzig.

»Ich verstehe. Dann gilt dies umgekehrt ebenso für die Männer, nicht wahr?«

»Ja.«

»Nun, dann gleicht sich das also aus.« Er deutete vor sich. »Ich vermute, wir sind nahe der Brücke. Du und deine Hüterinnen, ihr seid sehr unruhig.«

»Es ist Nacht, Pferdemann. Niemand sollte in der Nacht unterwegs sein.«

»Eine Nacht wie diese hat auch ihre schönen Seiten«, seufzte Arkarim. »Wahrhaftig, Unterkommandantin, Ihr solltet einmal die Nächte der Hochmark erleben. Wenn der Wind über die Berge streicht und das Licht der Sterne die Nacht erhellt.«

»Die Nacht birgt Gefahren. So war es schon immer in Julinaash und so wird es auch immer sein. Niemand geht ohne Not in der Nacht aus seiner Siedlung.«

»Nun, ihr seid in der Nacht unterwegs.«

»Weil wir euch zur Kronenträgerin geleiten«, erwiderte Kanara-Frau. »Und für keine von uns ist es vergnüglich, in der Nacht und in der Begleitung von Männern zu marschieren.«

»Warum begegnet ihr Frauen Julinaars uns Pferdelords mit solcher Feindseligkeit? Wir sind euch nicht in Feindschaft begegnet. Wir haben uns ohne Widerstand in euren Schutz begeben. Wahrhaftig, man sollte ein Mindestmaß an Höflichkeit und Respekt erwarten können.«

Die Unterkommandantin der Hüterinnen Julinaars verzog das Gesicht. »Ihr Pferdemänner habt euch wie Diebe in unser Land geschlichen. Einer der euren hat einen brutalen

Mord begangen, und es sind auch andere Bluttaten geschehen. Erwarte keinen Respekt und schon gar keine Höflichkeit von mir.«

»Was ihr uns vorwerft, ist falsch. Kein Pferdelord würde eine unehrenhafte Tat begehen«, sagte Arkarim stolz. »Und dies gilt ebenso für unseren Freund, den Axtschläger Maratuk.«

»Seine Äxte haben eine andere Sprache gesprochen«, knurrte Kanara-Frau. »Er erschlug eine der unseren, um sich in den Besitz ihres Goldes zu bringen.«

»Sie sind ein sehr reiches Volk«, warf eine Hüterin ein, die dem Gespräch lauschte. »Sie tragen Gold an ihren Helmen und auch, um ihre Umhänge zu verschließen.«

»Was hat Gold mit Reichtum zu tun?«, warf Unterführer Herklund ein. »Es glänzt sehr hübsch, und es rostet nicht. Ansonsten hat es kaum einen Nutzen.«

»Nun, sein Nutzen mehrt sich«, gestand Arkarim ein. »Denk an die goldenen Schüsselchen, die sich auch bei uns ausbreiten.«

»Der Wert eines Mannes liegt in seinem Wesen und der Kraft seiner Arme«, brummte Herklund, »und nicht in der Zahl der Schüsselchen, die er im Beutel hat.«

Die Hüterin, die sich bereits zu Wort gemeldet hatte, sah die Unterkommandantin an. »Sie nutzen Gold für alltägliche Dinge. Es erscheint mir seltsam, dass sie dann wegen Gold morden sollten. Vielleicht ist der Zwerg doch unschuldig.«

»Wenn Gold für sie keinen Wert besitzt, warum kamen sie dann bis in unser Land hinauf, um sich geraubtes Gold zurükzuholen?« Die Stimme der Unterkommandantin war skeptisch.

»Ihr könnt es behalten«, giftete Herklund. »Meint ihr, wir wollten uns mit dem Zeug abschleppen, wenn wir heimwärts reiten?«

»Uns geht es um Gerechtigkeit für den Mord an unseren kleinen Freunden«, betonte Arkarim. »Selbst für die Zwerge ist Gold von geringem Wert. Sie tauschen es gegen wertvolle Dinge, wie Fleisch und Brot.«

»Vielleicht sprecht ihr die Wahrheit«, gestand Kanara-Frau ein. »Vielleicht spricht auch der Zwerg die Wahrheit. Aber ich kann das nicht entscheiden. Das ist Sache der Kronenträgerin und unserer Kommandantin Helen-Frau. Daher muss ich euch nach Julinaar bringen.«

Eine Hüterin kam über die Straße heran. Sie war mit anderen der Gruppe vorausgeeilt. »Dort vorne ist die Abzweigung zur Brücke. Aber etwas ist nicht in Ordnung, Kanara-Frau. Wir fanden zwei Tote.«

»Männer?«

Die Hüterin nickte. »Dies ist das Land der Männer, und wir sind die einzigen Frauen hier. Von uns fehlt keine, und ich vermute, dass die Toten Männer sind. Oder vielmehr, solche waren. Sie wurden furchtbar verstümmelt. Es sieht ganz so aus, als sei ein Schakral in der Nähe oder sogar mehrere der Raubechsen.«

»Dann müssen wir noch vorsichtiger sein. Diese Raubechsen sind unberechenbar, wenn sie erst einmal Blut geleckt haben.«

Arkarim räusperte sich. »Zwei unserer Wachen wurden eines Nachts ermordet, und wir beobachteten merkwürdige Wesen, die durch die Nacht schlichen. Keine der Echsen, Frauen Julinaars, sondern Kreaturen, die uns Menschen gleichen und doch auf furchtbare Weise anders sind.«

Kanara-Frau biss sich auf die Unterlippe. »Ich muss mir die Toten ansehen. Erst danach kann ich entscheiden, wie wir weiter vorgehen. Vielleicht hat während unserer Abwesenheit ein Kampf um die Brücke stattgefunden, und das Land versinkt bereits im Krieg. Ich muss mich vergewissern, was die Männer getötet hat.«

Arkarim räusperte sich. »Ich habe schon manche Kriegswunde gesehen. Vielleicht vermag ich Euch hilfreich zu sein.«

Sie überlegte kurz und nickte zögernd. »Vielleicht vermagst du wirklich hilfreich zu sein. Gut, du kannst mich begleiten.«

Im Schutz mehrerer Hüterinnen gingen sie die Straße entlang, bis sie auf den Spähtrupp der Frauen stießen. Der intensive Geruch der Verwesung stieg von zwei Leichen auf. Beide lagen auf der Straße und waren verstümmelt. Arkarim hatte ähnliches schon gesehen, die Frauen hingegen hatten Mühe, sich das Grauen anzusehen.

»Dem hier wurde der Kopf abgerissen«, stellte der Scharführer fest und drehte den Toten auf den Rücken. »Er muss schon seit zwei Tageswenden tot sein. Nein, eher eine. Euer Land ist sehr warm, und Fleisch verrottet schnell.«

Er ging zu der zweiten Leiche hinüber, der die Kehle herausgerissen war. Dabei bemerkte er ein Glitzern am Rand der Strasse. Als er nähertrat, erkannte er ein kurzes Schwert. Der Scharführer war einen Moment versucht, es unbemerkt an sich zu nehmen, doch dann rief er Kanara-Frau und die anderen heran.

»Ein goldenes Schwert«, hauchte eine der Frauen andächtig. »Wer besitzt so viel Gold, um es für eine Waffe zu verschwenden?«

»Es ist kein Schwert der Pferdemänner«, meinte die Unterkommandantin. »Ihre Klingen sind sehr viel länger. Nein, dies ist ein Schwert der Männer aus Ataraan.«

Arkarim hatte noch mehr entdeckt. »Dort, unter den ersten Bäumen, liegt eine dritte Leiche.« Er kam zu der

Gruppe um Kanara-Frau. »Darf ich mir das Schwert ansehen?«

Eine der Frauen legte unruhig die Hand an das Langmesser, doch ein scharfer Blick der Anführerin mahnte sie zur Ruhe. Kanara-Frau nickte und reichte die Klinge an Arkarim.

»Das Schwert ist nicht aus Gold«, murmelte er und betastete es mit den kundigen Fingern eines Schwertmannes. »Die Klinge wurde nachträglich in Gold getaucht und dann geglättet. Eine hastige und grobe Arbeit. Hier, Ihr könnt es am Übergang zwischen Heft und Klinge erkennen.«

»Sagtet ihr Pferdereiter nicht, ihr wäret nach Julinaash gekommen, weil Mörder euer Gold raubten?«

»Nicht unser Gold«, knurrte Arkarim, »aber ich weiß, worauf Ihr hinauswollt, gute Frau. Jemand brauchte viel Gold, um seine Waffen damit zu überziehen. Auch wenn es mir ein Rätsel ist, warum jemand so etwas tun sollte. Es könnte sein, dass wir die Schuldigen gefunden haben.« Er räusperte sich. »Wenigstens einige Teile von ihnen.«

Eine der Hüterinnen untersuchte die Toten genauer. »Den einen hier, den kenne ich. Er ist ein Jäger aus Sespiru und war schon als Bulle in der Stadt.«

»Dann sind sie alle aus Sespiru?«

»Ich denke schon«, murmelte die Hüterin. »Es war nur eine kleine Gruppe und die sind gewöhnlich aus ein und demselben Ort.«

»Wie viele Leute leben in Sespiru?«, fragte Arkarim.

Kanara-Frau überlegte kurz. »Ich kann es nicht sagen. Einer der Bullen, der die Stadt während der Übereinkunft besuchte, sagte einmal, Sespiru wäre ein großes Dorf mit hundert oder mehr Männern. Aber er war ein Bulle und den Worten eines Mannes …«

»Ja, ja«, knurrte Arkarim, »ich weiß. Ihnen ist nicht zu trauen.«

Die Unterkommandantin lächelte. »Nun, es mag Ausnahmen geben.«

»Ist das Dorf weit?«

»Ein guter Tagesmarsch.« Sie runzelte die Stirn. »Du willst doch nicht vorschlagen, nach Sespiru zu marschieren, Pferdemensch?«

Arkarim lächelte sanft. »In jener Richtung liegt die Brücke. Wenn sie noch bewacht wird und ihr euch gewaltsam Übergang verschaffen müsst … Was meint Ihr, wie gut sind eure Aussichten, später erneut über sie zu marschieren und in Sespiru nach den Mördern zu suchen, Unterkommandantin?«

»Wenn wir uns gewaltsam Übergang verschaffen, werden wir später das Heer Ataraans an der Brücke vorfinden.«

»Ja, so habe ich mir das vorgestellt. Wäre es nicht sinnvoller, zuvor einen kleinen Abstecher nach Sespiru zu machen? Vielleicht stellen wir dort die Mörder der Zwerge und finden den Rest des geraubten Goldes. Dann könnten wir auch gleich nach dem Zweck der vergoldeten Klingen fragen.« Arkarim sah die Unterkommandantin eindringlich an. »Wer die Zwerge ermordete, um an ihr Gold zu gelangen, der könnte auch das Gold einer Goldschmiedin gebrauchen, nicht wahr?«

Kanara-Frau betrachtete die vergoldete Klinge. »Ja, das mag sein.«

»Es wäre gut für den Frieden, wenn wir die Mörder stellen könnten und dabei auch den oder die wahren Mörder eurer Goldschmiedin ausfindig machen. Wer das Gold raubte und dafür Blut vergoss, muss seinen Grund gehabt haben.«

»Dergleichen hast du schon angedeutet, Pferdemann.«

»All diese vergoldeten Schwerter sind aus einem Dorf«, fügte Arkarim hinzu. »Gold taugt nicht viel als Waffe. Es ist viel weicher als guter Stahl. Wozu also guten Stahl mit Gold bedecken?«

Kanara-Frau nickte. »Ja, das ergibt keinen Sinn.«

»Ihr, Unterkommandantin Kanara-Frau, Ihr könnt dieses Rätsel lösen.«

»Wenn ich nach Sespiru marschiere?«

»Ja, wenn wir nach Sespiru marschieren.«

»Wir? Ihr Pferdemenschen seid unbewaffnet, und wir Hüterinnen müssten gegen die Männer Sespirus kämpfen und euch zugleich schützen.«

»Ihr seid dreihundert bewaffnete Frauen. Ich nehme an, die Männer Sespirus hätten keine Zeit, ihre Aufmerksamkeit uns Pferdelords zu widmen.« Arkarim straffte sich. »Ich verpfände Euch mein Wort, Unterkommandantin, dass wir Pferdelords nicht gegen euch kämpfen würden und auch keinen Fluchtversuch unternehmen.«

»Er ist ein Mann«, gab eine Hüterin zu bedenken.

Kanara-Frau sah Arkarim forschend an. »Unzweifelhaft. Doch ich glaube, man kann seinem Wort dennoch vertrauen.«

37

Borsik-Mann lehnte am Pfosten des offenen Eingangs und schirmte die Augen ab, als der Gehilfe das geschmolzene Gold in die Form goss. Sofort eilte der Schmied herbei und tauchte ein Schwert in die Flüssigkeit, nur um es Augenblicke später wieder hervorzuziehen. Geschickt schwenkte er die Waffe langsam hin und her, sodass sich das Gold möglichst gleichmäßig verteilte.

»Für ein oder zwei Klingen könnte es noch reichen«, schätzte der Gehilfe, nachdem er das Gießgefäß abgestellt hatte und einen abschätzenden Blick in die Form warf.

Der Schmied musterte die erkaltende Beschichtung des Schwertes und schüttelte den Kopf. »Höchstens für eines, Barut-Mann. Die Schicht muss relativ dick sein, damit wir sie ausreichend glätten können. Mag ja sein, dass es das Gold ist, welches das Fell der Ungeheuer durchdringt, doch ohne die Kraft des guten Stahls darunter, würde es wohl wenig nützen. Wir wollen die Biester ja nicht kratzen, sondern umbringen.« Der kräftige Schmied sah zu Borsik-Mann hinüber. »Es sei denn, du kannst noch mehr Gold besorgen.«

Der Stellvertreter Herdur-Manns schüttelte den Kopf. »Es war ein Glücksfall, dass wir nach dem weiten Weg auf die Zwerge stießen, und wir haben alles mitgenommen, was sie aus dem Boden Rushaans gekratzt haben.«

»Es wird dort sicherlich noch mehr geben.«

»Mag sein.« Borsik-Mann stieß sich vom Pfosten ab und trat näher, um das Schwert zu begutachten. »Aber es ist ein verdammt langer Weg, Schmied, und das nächste Mal werden die Zwerge sicherlich vorsichtiger sein und sich nicht so leicht überrumpeln lassen.«

»Es wundert mich, dass es überhaupt Zwerge in Rushaan gibt.«

»Mich auch. Es war ein Glücksfall, dass sie uns die Arbeit abnahmen. Nun, wer weiß, was sich nach dem großen Krieg alles verändert hat. Unsere Brüder, die Rushaan, leben nicht mehr, und wir haben auch keine Spur der Paladine gefunden. Ein totes Land, und es sieht so aus, als hätten es sich die Zwerge nun angeeignet.«

»Mir soll es egal sein«, brummte der Schmied. »Solange niemand seinen Fuß auf Julinaashs Boden setzt.«

Auf dem Dorfplatz war Bewegung, als eine Gruppe mit Herdur-Mann zum Haupttor eilte. Borsik-Mann wandte interessiert den Kopf. Die Männer verdeckten, was sich am Tor tat, aber nach kurzer Zeit kehrten sie schon wieder zurück.

»Was war los?«, fragte Borsik-Mann.

»Ein Läufer aus Ataraan.« Herdur-Mann nahm das vergoldete Schwert aus den Händen des Freundes und nickte zufrieden. »Gute Arbeit«, lobte er den Schmied. »Du brauchst es kaum zu glätten.«

»Es ist das letzte, welches ich fertigen konnte«, erwiderte der Stämmige. Schweiß glänzte auf seiner nackten Haut, und er griff ein Tuch, um ihn abzuwischen. »Das restliche Gold reicht nicht mehr für eine weitere Klinge.«

»Wir haben genug«, meinte Herdur-Mann.

»Für uns, ja«, brummte der Schmied. »Doch für die anderen Dörfer und Ataraan bleibt nichts.«

»Sie können sich ja selber etwas besorgen.« Herdur-Mann lächelte kalt. »Würden sie die alten Legenden ernster nehmen, dann hätten sie vorgesorgt.«

»Was wollte der Läufer?«

Der Älteste sah seinen Freund, an und das Lächeln hatte etwas Raubtierhaftes an sich. »Man macht sich Sorgen um Ongors-Mann. Ich habe dem Boten des Kronenträgers versichert, dass er schon lange fort ist.«

Borsik-Mann nickte. »Nun, in gewisser Weise stimmt das ja auch.« Man hatte die Leiche des alten Kinderhüters hinter dem Dorf verscharrt. »Was hat er sonst gesagt?«

Herdur-Mann spuckte verächtlich auf den Boden. »Dass sie abwarten. Ah, diese zögerlichen Narren des Rates. Sie vertrauen auf die Kronenträgerin. Und die verdammten Weiber halten sich auch zurück, dabei haben sie schon Tote zu beklagen.«

»Daran tragen wir keine Schuld«, murmelte Borsik-Mann. »Es waren die Nachtläufer.«

»Von denen die Frauen aber nichts wissen. Sie müssen denken, es wären Männer gewesen, und dennoch schlagen sie nicht los. Das ist nicht gut, Borsik-Mann.«

»Warum nicht?«

»Wie oft muss ich es dir erklären? Ein Krieg zwischen Männern und Frauen macht es uns leichter.«

»Ich weiß nicht.« Borsik-Mann hatte zunehmend Zweifel an den Plänen seines Freundes. »Er macht es auch den Nachtläufern leichter.«

»Niemand außer uns weiß von den Nachtläufern, mein Freund. Während die anderen Dörfer und die Städte geschwächt werden, bleiben wir stark. Mit uns werden die Nachtläufer kein leichtes Spiel haben.«

»Wir kennen die Stärke dieser Kreaturen nicht«, gab Borsik-Mann zu bedenken. »Dein schöner Plan gelingt nur, wenn die Zahl dieser Wesen gering ist. Wenn es viele sind, dann sind wir es vielleicht, die bald Hilfe benötigen.«

Herdur-Manns Gesicht rötete sich. »Ich habe alles wohl bedacht.«

»Ach ja?« Borsik-Mann straffte seine Gestalt. »Wenn die anderen von deinem Plan erfahren, werden sie die Schwerter gegen uns ziehen. Wir sind nur wenige, Herdur-Mann, das solltest du bedenken.«

Herdur-Manns Hand legte sich an den Griff des Schwertes. »Du fängst an, wie Ongors-Mann zu reden.«

»Vielleicht hatte er nicht ganz unrecht.«

Herdur-Mann war versucht, die Waffe zu ziehen, doch er bezwang seinen aufkeimenden Zorn. »Lass jetzt keinen Streit zwischen uns aufkommen, Borsik-Mann. Dazu ist unser Plan schon zu weit gediehen. Zudem sind wir für die toten Weiber nicht verantwortlich. Du weißt selbst, dass es die Nachtläufer waren und dass sie nun beginnen, das Land zu bestreifen. Wir dürfen uns jetzt nicht entzweien, mein Freund. Wir müssen uns einig sein.«

Sein Stellvertreter biss sich auf die Unterlippe und nickte zögernd. »Das müssen wir wohl. Du hast Recht, es ist ohnehin zu spät, die Bestien durchstreifen die Nacht.«

Herdur-Mann legte ihm erleichtert die Hand auf die Schulter. »Wie ich es sagte, mein Freund, wie ich es sagte.«

»Dann sollten wir die drei Späher zurückrufen, die du zur Brücke geschickt hast«, schlug Borsik-Mann vor. »Sie sollten ja beobachten, ob die Brückenwache verstärkt wird. Wenn kein Krieg droht, wird das nicht geschehen und unsere Männer wären nur unnötig in Gefahr.«

»Ich glaube nicht, dass sich die Nachtläufer auf unserer Seite des Flusses befinden.« Herdur-Mann reichte das Schwert an den Schmied zurück, damit dieser mit den Feinarbeiten beginnen konnte. »Wir fanden tote Frauen in einem ihrer Dörfer, doch es gibt keine Kunde davon, dass es Tote in einer unserer Siedlungen gegeben hat.« Er lächelte aufmunternd. »Es ist genau so, wie ich es dir gesagt habe. Die Bestien werden den Frauen zusetzen, bis diese unseren Schutz suchen.«

»Dann brauchen wir auch keinen Krieg zwischen Ataraan und Julinaar.«

»Wir werden sehen«, murmelte Herdur-Mann, »wir werden sehen.«

Die beiden Freunde verließen die Schmiede, und sie beide wussten, dass sie sich zum ersten Mal seit vielen Jahren uneinig waren. Borsik-Manns Zweifel waren zu deutlich, und nur seine Freundschaft zum Ältesten bewog ihn, dessen Plan weiter zu unterstützen. Auch bei anderen Dorfbewohnern war diese Unsicherheit zu spüren. Der Fund der abgeschlachteten Frauen am jenseitigen Ufer hatte den Männern Sespirus vor Augen geführt, dass aus alten Legenden und dem Plan des Ältesten nun blutiger Ernst geworden war. Auch wenn man keinerlei Freundschaft für die Frauen empfand, so überlegten doch viele heimlich, ob das ihnen zugedachte Schicksal zu rechtfertigen war. Über Blutvergießen ließ sich leicht reden, doch es wirklich fließen zu sehen, das war etwas vollkommen anderes.

Herdur-Mann und sein Stellvertreter schritten nebeneinander, um eine Einigkeit zu demonstrieren, die sie im Grunde nicht mehr empfanden. Doch der Zusammenhalt war wichtig. In diesen Zeiten, da sich die Nachtläufer regten, konnte das Überleben von Sespiru von dieser Einigkeit abhängen.

Sie gingen zu einer der hölzernen Leitern, die auf den Wehrgang des Dorfes hinaufführten. Herdur-Mann war sehr zufrieden mit allem, was inzwischen geleistet worden war. Aus dem schlichten Zaun war eine stabile Palisade geworden, die auf der Innenseite von Streben gestützt wurde. Sie konnte wohl auch dem Ansturm eines Schakrals standhalten. Niemand würde in der Lage sein, die Palisade ohne Hilfsmittel zu übersteigen, und wenn der Wehrgang besetzt war, konnten sich die Dorfbewohner gegen jeden Angreifer durchsetzen. Neben den vergoldeten Schwertern, die jedermann in Sespiru am Gurt trug, standen auf dem umlaufenden Wehrgang Körbe mit Steinen, die als Wurfgeschosse dienen sollten. Borsik-Mann hatte auch dafür gesorgt, dass brennbare Bündel bereitlagen, um das Vorfeld der Palisade zu erleuchten, falls ein Angriff in der Nacht erfolgte. Bei dem Wesen der Nachtläufer würde dies sicherlich der Fall sein. Eimer und Bottiche waren mit Wasser gefüllt, um einen Brand löschen zu können.

Ja, Sespiru war bereit, so gut man sich auf so unheimliche Kreaturen wie die Nachtläufer nur vorbereiten konnte.

»Ich will, dass wir in der Nacht die Wachen verstärken.« Herdur-Mann prüfte die Festigkeit einiger Stämme, indem er dagegen trat. Nichts gab nach, nur ein leises Knarren der Verankerungen war zu hören. »Wenigstens sechs Männer auf jeder Seite.«

»Das ist die doppelte Zahl. Es wird den Männern nicht gefallen.«

»Es ist mir gleich, ob es ihnen gefällt. Es wird ihnen auch nicht behagen, wenn ihnen im Schlaf die Kehle aufgerissen wird.«

Borsik-Mann strich sich über das Kinn. »Du sagtest, die Nachtläufer seien am anderen Ufer.«

»Ja, doch ich will kein Risiko eingehen. Vielleicht schwimmt eine der Kreaturen durch den Fluss. Denk daran, ich selbst wurde vor Jahreswenden von einer angegriffen. Hier, auf unserer Seite.«

»Schon gut, also doppelte Wachen.«

»Und zwei Mann auf dem Turm der alten Herberge.«

»Es wird geschehen.«

»Ich spüre deinen Unwillen, Borsik-Mann.«

»Verwundert dich das wirklich?«

»Du warst mit allem einverstanden.«

»Ich habe nicht geahnt, welch grausame Wesen die Nachtläufer sind«, murmelte Borsik-Mann. »Sie werden keinen Unterschied zwischen Frauen und Männern machen.«

»Sicher nicht. Deswegen haben wir die goldenen Schwerter.«

»Die nur Sespiru dienen. Die anderen Dörfer und Ataraan sind ohne Schutz. Ihr Blut wird fließen. Das Blut von Männern.«

»Das stand von vorneherein fest, mein Freund.«

»Ich will nicht das Blut von Männern an meinen Händen haben.«

»Du vergießt es ja nicht. Zudem hast du Zwerge erschlagen, und das waren ebenfalls Männer.«

»Es waren Zwerge. Das ist etwas anderes.«

Herdur-Mann stemmte die Arme in die Hüften. »Was willst du, Borsik-Mann?«

Sie starrten sich an, und keiner von ihnen schien gewillt, dem sich anbahnenden Streit auszuweichen.

»Ich will kein Blutvergießen in unseren Dörfern oder Ataraan«, knurrte Borsik-Mann. »Wir dürfen ihnen unsere Hilfe nicht verweigern.«

»Du Narr, sie werden uns unsere Klingen abnehmen, um sich selbst damit zu verteidigen. Dann haben wir keine Chance mehr gegen die Nachtwesen.«

»So sind es Ataraan und die anderen, die keine Chance haben!«, brüllte Borsik-Mann. »Dann klebt ihr Blut an unseren Händen!«

Herdur-Mann sah Männer, die interessiert zum Wehrgang heraufblickten. Mancher von ihnen nickte nun zustimmend. Er biss sich auf die Lippen. Sein Plan war so einfach, doch nun, da sich der Erfolg abzeichnete, bekamen die Männer Skrupel.

»Wenn wir Schwerter an die Dörfer und Ataraan abgeben, dann wird unser eigenes Blut fließen«, schrie er hinunter. »Wollt ihr deren Blut schonen, um unser eigenes zu vergeuden?«

»Ist unser Blut mehr wert, als das der anderen?« Es war der Schmied, der vor seine Werkstatt getreten war.

Zustimmendes Gemurmel war zu hören.

»Männer stehen einander bei!«, rief einer der anderen Dorfbewohner. »Frauen mögen untereinander streiten, doch Männer müssen zusammenstehen!«

»Es war nicht Recht, Ongors-Mann zu töten!« Einer der Kämpfer Sespirus trat vor und erwiderte trotzig Herdur-Manns Blick. »Ein Mann hat das Blut eines Mannes vergossen. Und nun soll das Blut anderer Männer fließen.«

»Diese Narren«, ächzte Herdur-Mann, überrascht von dem Protest, der nun überall zu hören war. »Verfluchte Narren, ich handle doch nur zu ihrem Schutz.«

»Mach dir nichts vor«, knurrte Borsik-Mann. »Dir geht es nur um die Macht, das erkenne ich nun.«

Herdur-Mann spürte, dass er dabei war, den Rückhalt im Dorf zu verlieren. Mit einem derartigen Stimmungsumschwung hatte er nicht gerechnet. Und Borsik-Mann hatte nicht ganz unrecht, denn Herdur-Mann hatte sich als künftiger Kronenträger gesehen. Nun musste er einlenken, um nicht auch die letzte Unterstützung zu verlieren.

»Schön, wie ihr wollt!«, rief er hinunter und breitete theatralisch die Arme aus. »Ihr wollt, dass die Dörfer und Ataraan von den Nachtläufern erfahren? Gut, sollen sie es erfahren. Ihr wollt, dass sie goldene Schwerter erhalten? Gut, sie sollen sie haben. Doch beschwert euch nicht, wenn nun unser Blut vergossen wird.«

»Wenigstens wird es in Ehre geschehen«, rief einer. »Das Blut von aufrechten Männern und nicht von solchen, die sich wie heimtückische Weiber aufführen.«

»Nun gut, ihr wollt es nicht anders.« Herdur-Manns Stimme war kalt. »Morgen schicke ich Boten in die Dörfer und nach Ataraan.«

»Und Schwerter!«

»Auch das, ihr Narren. Die Dörfer sollen sie erhalten. Einen gerechten Anteil«, schränkte Herdur-Mann ein. »Doch Ataraan kann sich selber welche fertigen. Der Kronenträger hat genug Gold, um es für die Waffen einzuschmelzen.«

»So soll es geschehen«, erwiderte der Schmied, und zustimmende Rufe waren zu hören.

Herdur-Mann sah Borsik-Mann kalt an. »Bist du nun zufrieden? Nun, da wir unser Schicksal aus unseren Händen geben?«

Borsik-Manns Blick war ebenso unversöhnlich. »Wenn das Schicksal unser Blut will, so soll es geschehen. Aber dann sterben wir als aufrechte Männer, und nicht als Feiglinge, die andere für sich in den Tod gehen lassen.«

»Narren seid ihr«, fluchte der Älteste. »Allesamt Narren.«

Herdur-Mann wandte sich ab und starrte düster auf das freie Land zwischen dem Urwald und der Palisade. Er spürte, dass Borsik-Mann noch etwas sagen wollte, doch dann wandte sich der Freund ab und verließ den Wehrgang. Vielleicht war aus dem Freund inzwischen auch ein Feind geworden. Borsik-Mann hatte ihn immer unterstützt und ihm beigestanden, hatte bereitwillig vierzig Männer nach

Rushaan geführt, um das Gold zu holen, und nun, da sie so dicht vor dem Ziel waren, fiel der alte Freund ihm in den Rücken. Herdur-Mann verspürte Wut in sich. Wut und Enttäuschung. Aber er konnte sich nicht gegen das ganze Dorf durchsetzen. Nicht ohne Borsik-Mann. Nun, diese Dummköpfe würden bald erfahren, wie falsch ihr Entschluss war.

Plötzlich lag eine gedrückte Stimmung über Sespiru. Sie war nicht in der Furcht vor einer drohenden Gefahr begründet, sondern in dem Schatten, der sich durch den Streit über die Gemeinschaft der Männer legte. Wo sonst Lachen und scherzhafte Worte zu hören gewesen waren, wurde nun geflüstert, und manche Stimme verstummte, wenn Herdur-Mann sich näherte.

Grollend verschwand der Älteste in der alten Herberge.

Es begann zu dunkeln, und Borsik-Mann übernahm es an diesem Abend, die Vorbereitungen zur Nacht zu überprüfen.

Die Vorräte an Wurfsteinen standen bereit, ebenso die Löschwasserbehälter. Das Tor war fest verschlossen, und die Wachen zogen auf dem Wehrgang auf. Auch wenn Borsik-Mann in manchen Dingen nicht Herdur-Manns Meinung war, er wollte nicht leichtfertig werden und die Warnungen vor den Nachtläufern auf die leichte Schulter nehmen.

Der erfahrene Kämpfer war zufrieden, schärfte den Wachen auf einem letzten Rundgang nochmals Aufmerksamkeit ein und begab sich dann mit dem beruhigenden Gefühl zu Bett, alles ihm Mögliche getan zu haben, um Sespirus Sicherheit zu gewährleisten.

Nicht alle nahmen die Vorsichtsmaßnahmen ernst.

Lereanus-Mann und sein Freund Pintak-Mann waren Bauern und bestellten sonst das kleine Feld Sespirus. Auch wenn sie, wie die meisten Männer von Julinaash, ein

Schwert führten, so war diese Waffe für sie doch eher ein zeremonieller Gegenstand und ein Symbol der Zugehörigkeit zur Gemeinschaft. Sie waren beide als Wache auf der Ostpalisade eingeteilt, in der sich auch das Haupttor von Sespiru befand. Ihre Aufmerksamkeit sollte dem Vorfeld gelten. Das Tor selbst war fest verschlossen, und an einem kleinen Feuer auf dem Dorfplatz saß eine Gruppe von Männern, die bereit waren, überall hinzueilen, wo Gefahr drohte.

Lereanus-Mann hatte das ihm ausgehändigte vergoldete Schwert heimlich gegen eine der alten Klingen ausgetauscht. Als er mit seinem Freund über den Wehrgang der Palisade schritt, zog dieser gerade ein Tuch aus seiner Kleidung hervor und begann, das schimmernde Metall zu polieren.

»Du solltest nicht so fest reiben«, riet Lereanus-Mann. »Die Schicht ist nur dünn, und wenn du zu kräftig reibst, dann leidet sie.«

Pintak-Mann lächelte. »Ach lass nur, die Schicht ist dick genug.« Er hauchte auf das Gold und polierte erneut. »Hast du dir einmal überlegt, welchen Wert diese Schwerter haben? Wir sind sicherlich das reichste Dorf in ganz Julinaash. Ah, sogar reicher als die Städte. Ein Jammer, das schöne Gold für eine Waffe verwenden zu müssen.«

Lereanus-Mann grinste und zog sein eigenes Schwert ein Stück aus der Scheide. »Ich habe mein goldenes Schwert zu Hause gelassen und durch ein altes ersetzt. Meinem Gold wird nichts geschehen.«

Der Freund schüttelte zweifelnd den Kopf. »Ich weiß nicht, ob das eine gute Idee war. Du hast doch gehört, was Herdur-Mann uns eingeschärft hat. Nur Gold kann die Nachtläufer verletzen.«

Lereanus-Mann zuckte die Schultern. »Weißt du, was ich glaube, mein Freund? Dass das mit den Nachtläufern nur eine List unseres Ältesten ist.«

»Eine List?«

»Aber ja.« Lereanus-Mann legte dem Freund die Hand auf die Schulter. »Ich habe mir das wohl überlegt, das kannst du mir glauben. Keiner hat jemals einen dieser Nachtläufer gesehen. Nur Herdur-Mann. Also, die Wunden, die er zum Beweis anführte, die können ebenso gut von einem Schakral stammen.«

»Unsinn. Warum sollte der Älteste auf solche Weise lügen?«

»Wie ich es dir sagte, es ist eine List. Er ist schon ein schlauer Mann, unser Ältester, das muss man ihm lassen. Auf diese Weise konnte er uns dazu überreden, nach Rushaan hinunterzugehen und Gold zu besorgen. Du weißt doch selbst, wie kostbar Gold ist. Alle zeremoniellen Gegenstände und die Krone des Kronenträgers bestehen aus Gold. Herdur-Mann wollte nur, dass wir ihm Gold beschaffen.« Er sah sich rasch um, ob sie auch niemand belauschte, denn er hatte ein leises Geräusch gehört. »Nur des Besitzes von Goldes wegen wäre niemand nach Rushaan gegangen. Aber die Geschichte von den Nachtläufern war geschickt. Jetzt ist Sespiru die reichste Siedlung in ganz Julinaash.«

»Schön, und was soll uns dieser Reichtum bringen?«

»Herdur-Mann hat Ehrgeiz. Ich wette mit dir, er will Kronenträger werden. Und all das Gold, das wird viele Männer beeindrucken und ihm ihre Stimmen zutragen.«

Pintak-Mann kratzte sich nachdenklich im Nacken. »Ich weiß nicht. Ein paar von uns waren doch drüben, im Land der Frauen, und du weißt, was sie dort vorgefunden haben. All diese verstümmelten Weiber. Das muss furchtbar gewesen sein.«

»Schakrale«, meinte Lereanus-Mann im Brustton der Überzeugung. »Ein Rudel blutgieriger Schakrale, und Herdur-Mann hat den Fund der Toten geschickt in seine List von den Nachtläufern eingebaut.«

Pintak-Mann kratzte sich erneut und wollte gerade etwas erwidern, als aus dem Dunkel der Nacht eine Schlinge geflogen kam. Wahrscheinlich war es eher Zufall, dass sie sich über seinen Kopf und die Hand senkte. In jedem Fall wurde sie so blitzartig zugezogen, dass Pintak-Mann nicht einmal mehr schreien konnte. Der Ruck an der Schlinge zog ihn nach vorne, direkt auf die angespitzten Pfähle der Palisade zu.

Lereanus-Mann starrte mit offenem Mund, während sich ein Pfahl durch die Kehle des Freundes bohrte. Der Körper des Aufgespießten begann zu rucken. Lereanus-Mann beugte sich schockiert vor und sah außerhalb der Palisade ein Seil, welches vom Hals des toten Freundes nach unten hing. Und am Ende dieses Seiles stand eine Gestalt, die prüfend daran zog und dann behände begann, daran hinaufzuklettern. Sie wirkte wie aus einem Albtraum entsprungen und überzeugte den Bauern davon, dass Herdur-Manns Geschichten auf Wahrheit beruhten.

Lereanus-Mann wollte einen lauten Warnruf ausstoßen, doch er war wie gelähmt. Er sah dem Wesen entgegen, welches in Augenblicken die Spitze der Palisade erreichte, sich auf dem Schädel des toten Pintak-Mann abstützte und mit einem Satz auf dem Wehrgang stand. Lereanus-Manns Mund stand noch immer weit offen, als der Hieb der scharfen Krallen seinen Schädel vom Rumpf trennte. Der Schwung schleuderte den Kopf in die Nacht hinaus, während das mörderische Wesen den Rumpf des Toten auffing und langsam zu Boden gleiten ließ.

Leicht gebückt stand die Kreatur da und sah sich um.

Sespiru lag im Dunkel der Nacht. Nur in der großen Anlage der alten Herberge waren zwei schwache Lichter zu erkennen, und in der Esse der Schmiede das schwache Nachglühen verlöschenden Feuers. Auf dem Dorfplatz brannte das Feuer herunter, an dem eine handvoll Wachen saß, die leise miteinander sprachen. Das Feuer diente nicht der Wärme, denn dergleichen benötigte man im Lande Julinaash nicht. Doch die Nacht war den Menschen unheimlich, und der flackernde Feuerstein vermittelte den Männern ein Gefühl der Geborgenheit.

In der sternklaren Nacht war die Tarnung des Nachtläufers perfekt. Sein graubraunes Fell verschmolz mit der Umgebung. Wäre es schwarz gewesen, so hätte es sich vom Hintergrund abgehoben, doch so war es schwierig, die Kreatur zu erkennen. Das Wesen stand geduckt und ragte nicht über die Palisade hinaus, sodass es sich nicht vor dem Sternenhintergrund abhob. Die Wachen auf den Wehrgängen Sespirus hingegen ragten über die Palisade auf, und einige von ihnen bewegten sich, um gegen die Müdigkeit anzukämpfen. Es fiel dem Wesen der Nacht leicht, die Anzahl und Position der Wächter festzustellen.

Ein zweiter Nachtläufer schwang sich über die Palisade. Er trug ein Bündel geflochtener Pflanzenseile über der Schulter. Die beiden Wesen verständigten sich mit wenigen Gesten. Gemeinsam legten sie die Schlingen der Seile über eine Reihe nebeneinander stehender Pfähle der Palisade. Dann teilten sie sich und huschten in verschiedenen Richtungen den Wehrgang entlang.

Die Doppelwache auf dem südlichen Wehrgang hatte kaum Zeit zu begreifen, was mit ihr geschah. Die beiden Männer waren müde und blickten auf das Vorfeld Sespirus. Viel zu spät bemerkten sie den Schatten, der von der Seite heraneilte. Krallen bohrten sich vom Unterkiefer in den

Schädel des einen Postens, dem anderen wurde fast im gleichen Augenblick die Kehle herausgefetzt. Die Männer starben schweigend, und doch hätte ihr Tod die anderen beinahe gewarnt. Es gelang dem Nachtläufer nicht, den Sterbenden mit der zerfetzten Kehle festzuhalten, und der Mann sackte nach hinten, prallte auf den Wehrgang, rollte zur Seite und stürzte dann in das Innere des Dorfes. Mit vernehmlichem Klatschen schlug er in einen der bereitgestellten Löschwasserbehälter.

Einer der Männer, die am Feuer auf dem Dorfplatz saßen, hob lauschend den Kopf und blickte zu der Stelle, an der gerade zwei der Wachen gestorben waren. Der Nachtläufer hielt den einen Toten noch immer aufrecht und wusste, dass er auf die Entfernung einem Menschen glich. Für den Mann am Feuer musste es so aussehen, als stünden hier noch immer zwei Wachen. Das Wesen der Nacht hob einen Arm und winkte, und der Mann am Feuer winkte zurück und wandte sich beruhigt wieder den anderen zu.

Das andere Nachtwesen war den östlichen Wehrgang entlanggeeilt, um sich der beiden Wachen der Nordseite anzunehmen. Doch diese Männer hatten sich getrennt. Einer von ihnen lehnte an der Palisade und spähte auf das Vorfeld hinaus, der andere hatte sich etliche Schritte entfernt. Vielleicht, weil er müde war und sich die Beine vertreten wollte. In jedem Fall war der zunehmende Abstand zwischen den Wachen ein Ärgernis für den Nachtläufer. Er musste schnell handeln, solange sich der Abstand zwischen beiden noch vergrößerte und der eine Posten ihm den Rücken zuwandte. Denn wenn dieser sich umdrehte und erkannte, was seinem Kameraden geschah, dann würde er auch die Zeit finden, einen Warnschrei auszustoßen.

Der Nachtläufer zögerte nicht, ließ sich auf alle Viere nieder. So war er schlechter zu erkennen und konnte doch seine volle Geschwindigkeit nutzen. Wieder verschmolzen seine Konturen mit der Nacht, und der erste Posten der Ostwache bemerkte die Kreatur erst, als sich ihre Krallen in seinen Schädel bohrten.

Gajath hatte ihre Rudel gut geschult. Sie hatte ihnen eingeschärft, ihrem Blutdurst nicht nachzugeben, wenn es galt, die Wachen der Glatthäuter schnell und lautlos zu töten. Später würde genug Gelegenheit sein, sich dem Rausch frischen warmen Blutes hinzugeben.

Es kam, was der Nachtläufer befürchtet hatte.

Gerade, als er den ersten Posten getötet hatte, wandte sich der andere um, damit er zu seinem Kameraden zurükkehren konnte. Noch in der Drehbewegung erkannte der Mann, was da vor sich ging, und reagierte sofort. Sein Warnschrei gellte über das nächtliche Dorf, während er zugleich das vergoldete Kurzschwert zückte, um dem Nachtläufer mutig entgegenzutreten.

Dieser Schrei war der Auftakt zum blutigen Kampf um Sespiru.

Das wartende Rudel unterhalb der Palisade hörte ihn ebenso, wie die Wachen am Feuer. Die Wesen der Nacht strafften die Seile, und ihre übermenschliche Kraft riss die Pfähle der Ostpassage aus der Verankerung. Sie neigten sich nach außen, rissen sich los oder brachen. Ein Teil des Wehrgangs, mit dem toten Pintak-Mann und dessen Freund darauf, stürzte zusammen, und ein Stück neben dem Haupttor des Dorfes öffnete sich eine große Bresche. Mit triumphierendem Fauchen und Bellen stürmte das Rudel los, um durch diese hindurch in das erwachende Sespiru auszuschwärmen.

Die Männer am Feuer reagierten als Erste. Es dauerte nur Augenblicke, die Müdigkeit abzuschütteln, aber die Augen der Männer waren das Licht des Feuers gewöhnt und mussten sich erst an die Dunkelheit jenseits anpassen. Es war nur ein kurzer Zeitraum, doch der genügte den vorderen Bestien, den Dorfplatz zu erreichen.

Zwei, dann drei der Männer wurden einfach überrannt, die anderen zogen die vergoldeten Schwerter und versuchten, dem Ansturm der Nachtläufer standzuhalten. Sie mussten den erwachenden Dorfbewohner die Zeit verschaffen, sich zum Widerstand zu formieren. Die Wachen waren im Schwertkampf trainiert worden, doch hier standen sie Klauen und Zähnen gegenüber. Der Anblick der nächtlichen Wesen und ihrer gefletschten Fänge, sowie der drohend vorgereckten Klauen, erschreckte die Männer Sespirus bis ins Mark. Ungezielte Schwerthiebe austeilend, schlugen und stachen sie nach den Nächtlichen. Die meisten Wächter blieben erfolglos und starben, während sie ihr Entsetzen laut hinausschrieen.

Zwei von ihnen waren geschickter und behielten die Nerven.

Sie stellten sich Rücken an Rücken, um sich gegenseitig zu schützen, und versuchten, die Angreifer auf Abstand zu halten. Sie hatten sofort erkannt, dass sie verloren waren, wenn sie sich trennten und zwischen die Bestien gerieten.

Die Nachtläufer hatten keine Erfahrung mit vergoldeten Klingen. Sie wussten, dass Stahl ihnen nicht schaden konnte, und unterschätzten zunächst die Gefahr. Einer sprang vor, um seine Krallen in einen der Kämpfer zu schlagen, doch dieser bog den Oberkörper zur Seite und stieß das Kurzschwert mit gestrecktem Arm vor. Die Kreatur der Nacht spießte sich selbst auf. Rotes, von blauen Schlieren durchsetztes Blut sprühte hervor, und das Wesen machte einen Buckel, als könne es sich noch von der Klinge zurükkziehen. Der Wächter zog die Waffe zurück, und der Nachtläufer stand einen Augenblick starr, bevor er leblos vornüberstürzte und seine Krallen den Menschen knapp verfehlten.

Es war ein Glückstreffer, begünstigt durch den Leichtsinn des Angreifers. Er gab den Verteidigern Mut und flößte den Nachtwesen Respekt ein. Sie waren überrascht und wurden vorsichtiger, begannen die beiden Männer am Feuer zu umkreisen. Klauen zuckten vor, dann Schwerter, eine tödliche Suche nach der Lücke, die dem Feind den Untergang brachte.

Der Arm eines Nachtläufers griff nach dem eines Wächters, konnte ihn packen, doch der andere Mann hatte aufgepasst. Seine goldene Klinge zuckte heran, und das Wesen fauchte, als ihm der Unterarm abgetrennt wurde. Der angegriffene Wächter warf seinem Kameraden einen dankbaren Blick zu und versuchte hastig, den Griff der Klauen zu lösen, die sich in seiner Kleidung verhakt hatten.

Eine andere Kreatur schnellte heran, augenblicklich gefolgt von einer zweiten. Der eine Wächter stieß zu und verfehlte, und eines der Wesen prallte gegen seine Brust, warf ihn um und schlug die Fänge in die Kehle des schreienden Mannes. Der andere Kämpfer verletzte einen weiteren Nachtläufer tödlich, doch nun war sein Rücken ungedeckt und binnen Augenblicken war auch er überwältigt.

Doch so kurz der Kampf am Feuer auch gewesen war, er verschaffte den anderen Dorfbewohnern Zeit. Herdur-Mann und Borsik-Mann hatten ihnen eingeschärft, nicht blindlings aus den Häusern zu stürmen, doch alle guten Vorsätze waren dahin, als die Männer die Bestien sahen, die bereits zwischen den Häusern ausschwärmten.

An der Ostpalisade stürzte die letzte Wache leblos vom Wehrgang, als die ersten Männer aus den Häusern rannten. Sie schrien, um sich Mut zu machen, und stürmten auf die

Eindringlinge los. Die Nachtläufer hingegen warfen sich ihrerseits dem Feind entgegen, und diesmal unterschätzten sie die Wirkung der vergoldeten Klingen nicht.

Borsik-Mann war aus dem Tor der Herberge getreten und versuchte, sich einen Überblick zu verschaffen. Er kochte vor Zorn, als er die toten Männer erblickte, doch diese Wut half ihm, wieder zu sich selbst zu finden. Er stürmte nicht blindlings voran, sondern fasste sich und versuchte, die Verteidigung zu organisieren.

»Sammelt euch an den Häuserfronten!«, brüllte er aus Leibeskräften. »Stürmt nicht blind ins Dunkel! Bildet Gruppen vor den Häusern!«

Er hatte den Männern eingeschärft, sich gegenseitig zu decken und nötigenfalls in den Schutz eines Hauses zurükkzuziehen, wenn der Feind zu stark war. Doch jetzt folgten nur wenige Männer diesen Anweisungen. Zwei oder drei kleine Gruppe bildeten sich um ihn, vor einem der Häuser und der Schmiede. Die anderen Männer hingegen hatten fast alles vergessen, was ihnen helfen sollte.

Einzeln oder auch zu dritt drangen die Verteidiger aus den Eingängen der Häuser, ungeachtet der Tatsache, dass die Nachtläufer bereits um diese herumschwärmten. Einige Dorfbewohner hatten kaum das Haus verlassen, als sie auch schon angesprungen und vom Tod ereilt wurden. Einer von ihnen konnte blitzschnell in das Haus zurükkweichen, aber der Nachtläufer folgte ihm mit einem langen Satz.

Zwei oder drei der nächtlichen Wesen wurden tödlich getroffen, andere von den Klingen verletzt. Doch unbestreitbar waren es die Nachtläufer, welche die Oberhand hatten.

Fünf Männer waren in Richtung des Tores geeilt und hatten dabei gesehen, wie noch immer Bestien durch die Bresche drangen. Zwei von ihnen rannten zu einem der Körbe mit den Steinen und begannen sie auf die Eindringlinge zu werfen. Doch so hart die Wurfgeschosse auch treffen mochten, die Nächtlichen wurden nicht ernsthaft verletzt. Die Steine blieben wirkungslos, wenn man davon absah, dass sie die Aufmerksamkeit der Bestien auf die Gruppe der Steinewerfer lenkte. Zurück zu den Häusern konnten die Männer nicht, dieser Weg war ihnen inzwischen versperrt. Sie taten das einzig Mögliche und rannten die wenigen Meter zum Tor, um sich, mit ihm im Rücken, dem Feind zu stellen.

Nachtläufer stürzten sich auf sie, und ein wilder Wirbel an Bewegung entstand. Fauchen, Bellen und Schreie waren zu hören, bis letztere verstummten. Zwischen den Leichen der Männer lag der Kadaver eines Nachtläufers. Eine weitere Kreatur taumelte blind umher, da ein Schwerthieb ihr den Schädel aufgeschlitzt hatte.

Schmied und Gehilfe waren vor ihre Werkstatt getreten, und statt sich mit den vergoldeten Klingen zu bewaffnen, ließ der stämmige Schmied den schweren Hammer wirbeln und sein Gehilfe beeilte sich, die Essen neu zu entfachen. Etwas Glut war noch vorhanden, und das Gesicht des Gehilfen war schweißüberströmt, während er hastig den Luftbalg betätigte. Er musste sich auf diese Arbeit konzentrieren, und dies war sicher nicht angenehm, während er das Toben der Nachtwesen hörte.

Borsik-Mann teilte seine Gruppe auf und ließ einen Teil davon das Tor der Herberge schützen. Mit den anderen Männern eilte er zur Schmiede hinüber. »Verdammt, es ist zu spät, um noch Schwerter zu schmieden«, schrie er dem Handwerker zu. »Nimm dir eine vernünftige Waffe und schließ dich mit deinem Gehilfen meiner Gruppe an.«

»Dies ist eine vernünftige Waffe!«, brüllte der Schmied.

Wie zur Bestätigung dieser Worte sprang ein Nachtläufer aus dem Dunkel hervor, und der schwere Hammer schlug gegen den Schädel der Kreatur und warf sie aus ihrer Bahn. Das Wesen überschlug sich mehrfach und blieb einen Moment benommen liegen, bevor es sich kopfschüttelnd erhob und in die Dunkelheit zurücktaumelte.

»Es bringt sie nicht um«, knurrte der Schmied, »doch es gibt ihrem Eifer einen ordentlichen Dämpfer.«

»Mag sein.« Borsik-Mann und seine Begleiter standen nun am Tor der Schmiede. »Doch das ist nur ein Aufschub. Um sie zu besiegen, müssen wir sie töten.«

»Du hast gut reden. Sieh dir unsere Männer an.« Der Schmied deutete mit dem Hammer hinaus. »Sie haben alles vergessen, was du ihnen an Worten gabst. Sie schlagen wild um sich und versuchen, am Leben zu bleiben. Oh ja, ich weiß, was du sagen willst. Die goldenen Klingen sind wirksam. Doch was nützt dies, wenn ihre Träger rascher sterben, als sie ihre Schwerter nutzen können? Nein, Borsik-Mann, ich glaube es gibt nur eines, mit dem wir die Kreaturen noch vertreiben können, und das ist Feuer.«

»Bist du wahnsinnig? Willst du etwa das Dorf in Brand setzen?«

Der Schmied langte zur Seite und zog eine Metallstange heran. »Hier, du Narr. Wenn wir ihre Spitzen zum Glühen bringen, werden sie sich durch das Fell der Bestien brennen.«

»Vielleicht«, brummte Borsik-Mann zweifelnd. »Doch selbst wenn dem so wäre, die Spitzen würden rasch erkalten.«

»Deswegen die Glut der Esse. Wir werden sie in jenen kleinen Karren werfen.« Der Schmied deutete auf ein vierrädriges Gefährt. »Keine Sorge, darin ist eine Metallwanne, die der Glut eine Weile standhalten wird. Auf diese

Weise können wir die Glut mit uns führen und die Metallstangen abwechselnd erhitzen.«

»Das mag für eine Handvoll Männer hilfreich ein.« Borsik-Mann spuckte aus. »Doch wie viele dieser Karren und Stangen kannst du in die Schlacht führen?«

»Was soll ich denn tun«, brüllte der Schmied verzweifelt. »Sollen wir den Tod einfach hinnehmen? Wir müssen durchhalten, Borsik-Mann. Nur eine Weile durchhalten.«

»Wenn du auf Hilfe hoffst, so ist das vergebens. Niemand wird uns zu Hilfe kommen.« Borsik-Mann wirbelte herum und konnte gerade noch den Angriff eines Nachtläufers abwehren. Seine Klinge drang in die Seite der Kreatur, die maunzend in die Schmiede stürzte. Im Todeskampf zukkten ihre Glieder, und die Krallen rissen Furchen in den gestampften Boden. Der Gehilfe sprang entsetzt zur Seite, bis der Schmied heran war und seinen Hammer mehrmals mit Wucht auf den Schädel der Kreatur schlug. Schließlich lag diese still.

»Sie sind zäh«, murmelte der Schmied. »Wahrhaftig zäh.« Er sah seinen Gehilfen an. »Und du mach weiter. Die Glut kommt nicht von selbst.«

Der Schmied trat wieder neben Borsik-Mann. Dieser wischte sein Schwert ab und fluchte vernehmlich, während er die Hand hastig zurückzog. »Verflucht, es brennt.«

Die Finger waren dort, wo sie mit dem Blut der Bestie in Berührung gekommen waren, gerötet und die Haut warf Blasen.

Der Schmied drängte Borsik-Mann zu einem Bottich mit Wasser, und dieser seufzte erleichtert, als die Hand in das Nass eintauchte.

»Es sind üble Kreaturen, wie ich schon sagte«, meinte der Schmied. »Nun, ich hoffe, wir werden noch ein wenig durchhalten.«

»Was soll das nutzen?«

»Denk an das, was uns Herdur-Mann erzählt hat. Es sind nächtliche Wesen. Mit Anbruch des Tages müssen sie verschwinden.« Der Schmied grinste. »Und die Sonne wird bald aufgehen, Borsik-Mann.«

Dieser nickte zustimmend. »Das ist gut. Ja, du hast recht. Davon sprach der Älteste. Aber die Sonne wird die Bestien nicht auf Dauer vertreiben.«

»Nein, doch sie verschafft uns Zeit.«

Dicht neben der Schmiede gellte ein Todesschrei, der abrupt endete. Einer von Borsik-Manns Begleitern trat aus dem Tor, und schon griff eine Klaue zu und riss ihn in die Dunkelheit.

»Sie sind direkt am Tor«, keuchte einer der Männer. »Direkt am Tor.«

»Bleibt drin«, rief Borsik-Mann. »Geht nicht hinaus. Verfluchte Kreaturen der Nacht.«

»Wo steckt eigentlich Herdur-Man?«, fragte der Schmied.

»Irgendwo in der Herberge.« Borsik-Manns Gesicht verfinsterte sich. Er hatte erwartet, dass der Älteste die Abwehr organisierte, doch von ihm war nichts zu sehen oder zu hören.

Vier Männer rannten vor der Schmiede vorbei, dicht gefolgt von einer Gruppe Nachtläufer.

»Hierher«, brüllte Borsik-Mann aus Leibeskräften. »Hierher, in die Schmiede.«

Zwei der Fliehenden hörten ihn und wechselten sofort die Richtung. Nackte Angst stand in ihren Gesichtern, während sie auf die Schmiede zu rannten. Die beiden anderen hatten den Ruf nicht gehört und liefen weiter, in der Hoffnung, dadurch ihr Leben zu retten.

Die Gruppe der Nachtläufer teilte sich, und die beiden Männer, welche dem Ruf nicht gefolgt waren, starben. Die beiden anderen hasteten heran. Borsik-Mann konnte nicht einfach zusehen, er stürmte aus der Schmiede, und seine Begleiter schlossen sich an.

Heißer Zorn erfüllte die Männer. Klingen stachen zu, Krallen glitten durch die Luft, und scharfe Fänge gruben sich in menschliches Fleisch.

Nur Borsik-Mann und zwei seiner Kämpfer schafften es in die Schmiede zurück, dicht verfolgt von den unheimlichen Wesen.

Der Schmied ließ seinen Hammer wirbeln, traf eine der Kreaturen und schmetterte sie zur Seite. Doch eine andere tauchte unter seiner Waffe hindurch, und die Krallen zerfetzten den Brustkorb des Mannes. Mit einem schmerzerfüllten Schrei drehte er sich um die eigene Achse und stürzte dann vornüber.

Der Gehilfe riss eine Metallstange aus der Esse, deren Spitze grell glühte. Instinktiv stach er nach der Bestie. Der Geruch von verbranntem Fell und Fleisch stieg auf, und die Bestie wich fauchend zurück, riss dem Gehilfen dabei die Stange aus den Händen. Der Nachtläufer torkelte nach hinten, bis er gegen die Wand der Schmiede stieß, und zerrte dabei an dem Gegenstand, der aus seiner Brust ragte.

»Verfluchte Kreatur der Finsternis.« Borsik-Mann machte einen Ausfall und sein Schwert beendete das Leben der Bestie.

Zwei andere waren ebenfalls eingedrungen. Einer von Borsik-Manns Begleitern war tot, der andere kämpfte nun gegen zwei Gegner an.

Borsik-Mann sprang hinzu, stach nach der einen Bestie mit dem Schwert und schlug mit der Faust nach der anderen. Die von der Faust getroffene wurde zur Seite gestoßen und stürzte gegen die glühende Esse. Das Schwert steckte im Rücken des ersten Nachtläufers, und so trat Borsik-

Mann mit aller Kraft zu. Das Nachtwesen fiel endgültig in die glutende Schale. Es stank nach verbranntem Gewebe, und das sterbende Wesen strampelte mit seinen Beinen. Schließlich wälzte es sich sterbend herum und riss dabei die Schale mit sich, in der die Glut loderte. Glutstücke fielen auf den Boden, rollten umher, und der Dorfbewohner, dem Borsik-Mann beigestanden hatte, fluchte erbittert, als ein Stück der Glut sein Bein verbrannte.

Borsik-Mann befreite seine Klinge aus dem Kadaver. Diesmal hütete er sich davor, sie mit den Fingern abzuwischen. Seine Augen verengten sich, als er die neue Gefahr erkannte.

»Feuer!«

38

Sie standen und lauschten.

Dreihundert Frauen und einhundert Männer in schweigender Eintracht. Nur gelegentlich war das leise Scharren eines Fußes zu hören. Wind rauschte in den Farnwedeln, und die nächtlichen Geräusche des Dschungels waren zu hören. Doch die Menschen konzentrierten sich auf andere Laute, die ihnen der schwache Wind entgegentrug.

»Nein, Unterkommandantin, dies sind gewiss keine Freudenschreie«, raunte Scharführer Arkarim. »Dies sind Schreie der höchsten Not.«

»Es kann nicht sein«, erwiderte Kanara-Frau ebenso leise. »Außer uns sind keine Frauen im Land der Männer, und wegen ein paar Schakralen machen nicht einmal die Männer solches Geschrei.«

»Dort findet ein Kampf auf Leben und Tod statt«, beharrte Arkarim. »Glaubt mir, dergleichen habe ich oft genug gehört.«

»In Sespiru gibt es wenigstens hundert Männer.« Kanara-Fraus Stimme verriet Unsicherheit, denn sie war mit einer Situation konfrontiert, die sie nicht einschätzen konnte. »Was könnte so viele Männer in solche Aufregung versetzen?«

»Dreihundert Frauen«, warf Unterführer Herklund trokken ein. »Hört, gute Frau, dort in Sespiru sterben Menschen. Wer oder was auch immer dafür verantwortlich ist, es ist weder Mann noch Frau. Hört Euch dieses Bellen und Fauchen an. Das sind andere Kehlen.«

Eine Unterführerin der Hüterinnen schnaubte verächtlich. »Es ist nicht unsere Sorge, wenn die Männer Probleme haben.«

»Schweig«, zischte Kanara-Frau. »Wenn jene bellenden und fauchenden Wesen mit den Männern fertig sind, können sie rasch zu unserem Problem werden.«

»Ein weiser Gedanke«, lobte Arkarim. »Daher sollten wir nach Sespiru eilen. Dem Geschrei nach kann es nicht mehr weit sein.«

»Den Männern helfen?«, fragte eine der Bewaffneten ungläubig.

»Einen Feind bekämpfen«, korrigierte Arkarim, der langsam an der Sturheit der Frauen zu verzweifeln begann. »Ich glaube nicht, dass jene Wesen zwischen dem Blut von Männern oder Frauen unterscheiden.«

»Der Pferdemann hat Recht«, entschied die Unterkommandantin.

»Im Angesicht eines unbekannten und, wie ich betonen möchte, durchaus blutrünstigen Feindes, würde ich es begrüßen, wenn wir Pferdelords unsere Waffen zurückerhielten.« Arkarim lächelte gewinnend. »Auf meinen Eid als Pferdelord, wir werden sie nur zur Verteidigung ziehen.«

»Flammenschein!«, rief eine der vordersten Hüterinnen. »Von dort, wo Sespiru liegt!«

Ein sanfter rötlicher Schimmer war über den Kronen der Farnbäume zu erkennen.

»Dann muss es schlecht um die Männer stehen«, murmelte Kanara-Frau und straffte sich. »Gut, gebt den Pferdemännern ihre Waffen zurück.«

»Aber die Kronenträgerin …«, protestierte eine der Hüterinnen.

»Sie ist nicht hier, und wir müssen kämpfen, Jirada-Frau. Da zählt jedes Langmesser, und mir ist jedes Schwert willkommen.« Sie sah Arkarim an. »Ich verlasse mich auf dein Wort. Gilt dies auch für deine Männer?«

»Es gilt.«

»Jirada-Frau, du kennst meinen Befehl. Die Nachhut soll die Breitmesser der Pferdemänner herausgeben. Und rasch, Unterführerin. Was auch immer in Sespiru vorgeht, es neigt sich dem Ende zu.«

Begeisterte Rufe ertönten von den Männern des Beritts, als die Waffen an sie ausgehändigt wurden. Rasch gürteten die Pferdelords die Schwerter. Die meisten Hüterinnen sahen ihnen mit gemischten Gefühlen zu, doch einige der Gesichter verrieten auch Erleichterung.

»Eile sei nun das Gebot«, sagte Unterführer Herklund, dessen Stimmung sich sprunghaft gebessert hatte.

Die Kolonne setzte sich wieder in Bewegung, und Arkarim drängte sich neben Kanara-Frau an die Spitze. Der Wimpel des Beritts flatterte in einer leichten Brise über seinem Helm.

»Wart Ihr zuvor schon einmal in Sespiru?«

Die Unterkommandantin schüttelte den Kopf. »Natürlich nicht. Es ist ein Dorf der Männer.«

»Unterscheiden sich die Dörfer der Männer von euren?«

»Selbstverständlich. Es sind Männer, die darin leben.«

»Das meinte ich nicht«, brummte Arkarim. »Gibt es Verteidigungsanlagen? Türme und Mauern? Gibt es freies Feld um die Dörfer?«

»Jede Siedlung hat einen Zaun oder eine Mauer, um das Eindringen von Raubwild zu verhindern«, erwiderte sie. »Mehr vermag ich nicht zu sagen. Und, ja, es gibt immer freies Feld um die Dörfer. So sieht man, wenn sich ein Feind nähert.«

»Gut.«

»Warum ist das gut?«

Arkarim seufzte leise. Diese Hüterinnen schienen tatsächlich über keinerlei Erfahrung in der Kriegskunst zu verfügen. »Wenn die Straße direkt am Tor des Dorfes mündet, so können wir uns nicht entwickeln. Unsere Marschkolonne würde sich vor dem Tor stauen, und nur die vorderen Reihen könnten kämpfen. Dann könnten uns auch wenige Feinde aufhalten.«

»Ich verstehe. Aber wir können auch zur Seite in den Dschungel ausweichen. Als wir gegen euch Pferdemenschen vorgingen, haben wir das ebenfalls getan.«

»Zwischen all diesem Grünzeug fehlt uns Bewegungsfreiheit.« Arkarim seufzte erneut. »Wahrhaftig, ich wollte, wir hätten ein freies Feld und unsere Pferde dabei. Ihr solltet einmal einen Beritt sehen, wenn er im vollen Galopp angreift. Kein Feind vermag es, uns dann zu widerstehen.«

»Ich will eure nette Plauderei ja nicht stören«, knurrte Unterführer Hendur, »doch wir sollten wirklich eilen. Unsere vielen Füße mögen Lärm machen und manches übertönen, doch mir scheint, es gibt nicht mehr viele Schreie in dem Dorf. Wenigstens keine menschlichen.«

Hendur hatte Recht.

Ohne Kommando begannen Männer und Frauen zu laufen. Arkarim gefiel das nicht. Es würde die Kämpfer viel Kraft kosten, und eigentlich sollten sie ausgeruht sein, wenn sie auf den Feind trafen. Doch Sespiru hatte keine Zeit mehr. Sie mussten sich beeilen, wenn sie den Männern dort noch Hilfe bringen wollten.

»Mit Eurer Erlaubnis, Unterkommandantin, will ich zwei Zehnen meiner Männer an die Spitze führen«, schlug Arkarim vor. »Wir Pferdelords sind den Kampf gewohnt, und jeder meiner Männer hat schon das Grauen einer Schlacht erlebt.«

Kanara-Frau verstand, worauf der Scharführer hinauswollte. Sie war klug genug, seinen Hinweis zu akzeptieren, und nickte rasch.

Es war selbstverständlich, dass Arkarim bei jenen zwei Zehnen war, die nun an der Spitze eilten. Es war ein kräftezehrender Lauf, auch wenn die Pferdelords einen anstrengenden Fußmarsch gewöhnt waren. Auf den langen Streifritten durch die Marken des Pferdevolkes saßen sie alle zwei Stunden ab und führten die Pferde für eine weitere, damit diese ausgeruht genug waren, wenn ihre Schnelligkeit benötigt wurde.

Arkarim konnte den beginnenden Schmerz in seinen Beinen und die knapp werdende Luft nicht ignorieren. Er verlangsamte das Tempo. Die Männer und Frauen brauchten noch genug Atem und Kraft für den Kampf. Das wurde nun zunehmend seine größte Sorge, je näher sie Sespiru kamen. Und dass sie sich der Siedlung näherten, war nicht zu verkennen.

Ein Fauchen und Bellen lag in der Luft, nur noch vereinzelt von menschlichen Schreien unterbrochen. Über den Bäumen war der Feuerschein nun sehr deutlich zu sehen. Ebenso der Rauch, der sich damit mischte.

Dann, fast übergangslos, mündete der breite gepflasterte Weg in die Lichtung, auf der das Dorf lag.

Arkarim hob die Hand, und die Kolonne hinter ihm hielt an. Alle rangen nach Atem, während die vorderen das Bild in sich aufnahmen, das sich ihnen bot. Sespiru kämpfte noch, doch es stand dicht vor dem Fall.

Sie blickten von der Straße auf das noch immer geschlossene Tor des Dorfes. Doch daneben war die Palisade eingestürzt. Im Inneren der Anlage brannten wohl mehrere der Häuser. Schattenhafte Gestalten huschten auf dem Vorfeld umher. Im Licht der Sterne und vor dem Hintergrund der Flammen waren sie gut zu erkennen.

»Bei allen finsteren Abgründen, was für Kreaturen sind das?«, hauchte Herklund.

»Ich weiß es nicht«, bekannte Kanara-Frau.

»In jedem Fall sind es Feinde«, stellte Arkarim pragmatisch fest. »Herklund, Hendur, wir müssen über die Bresche in der Palisade eindringen. Ihr nehmt jeweils zwei Zehnen zur rechten und linken Flanke. Der Rest und die Frauen stoßen in der Mitte vor. Schärft den Männern ein, dicht beieinander zu bleiben. Ich kann keine Waffen bei diesen Wesen erkennen. Es müssen jene Kreaturen sein, die auch unsere Wachen töteten und von denen Maratuk berichtete. Also, gebt ihnen den Stahl der Hochmark und jagt sie in die Abgründe, in die sie gehören.«

Die Pferdelords ordneten sich rasch, und die Frauen fügten sich bereitwillig. Kanara-Frau hatte ihr Langmesser gezückt und trat an Arkarims Seite. »Frau und Mann gemeinsam, Seite an Seite«, murmelte sie. »Ein seltsames Gefühl.«

Arkarim nickte. »Das ist es auch für uns. Auch wenn unsere Frauen zu kämpfen verstehen, so ziehen sie doch nicht mit uns in den Krieg.« Er hob die Wimpellanze und neigte sie dann nach vorne.

Die Rudel der Nacht hatten überraschende Verluste durch die vergoldeten Klingen hinnehmen müssen, doch der letzte Widerstand war fast gebrochen. Sie schwärmten bereits zwischen die Häuser und über den Dorfplatz. Nur in der Schmiede und der alten Herberge leisteten die Bewohner Sespirus noch Gegenwehr.

Die Nachtläufer hatten die Ankunft der Menschen noch nicht bemerkt, die nun in fest gefügter Formation ihren Angriff begannen. Die Schwertmänner des Pferdevolkes rannten in grimmigem Schweigen auf den Feind zu und vielleicht hätten sie diesen tatsächlich überraschen können, da dessen Aufmerksamkeit ausschließlich den Vorgängen im Dorf galt. Aber die Hüterinnen begaben sich zum ersten Mal in einen großen Kampf, und ihre Anspannung entlud sich nun in wildem Geschrei.

Die mit feinem Fell bedeckten Leiber der Nachtläufer schienen in Bewegung zu explodieren. Selbst die kampferprobten Pferdelords waren überrascht, wie schnell der Feind reagierte und nun seinerseits auf sie zu rannte. Kaum zwanzig der Wesen, die nicht einen Augenblick zögerten, den Kampf mit dem weit überlegenen Gegner aufzunehmen.

Einem scheinbar weit überlegenen Gegner, denn dies galt nur für das zahlenmäßige Verhältnis. Die Menschen merkten es schnell, als die Front der Menschen auf die nächtlichen Wesen prallte.

Arkarim hatte befürchtet, dass die Schwerter nicht ihre volle Wirkung zeigten, denn der Tod der beiden Wachen und ihre erfolglose Gegenwehr waren ihm eine Warnung gewesen. Doch was er nun erlebte, ließ ihn in hilfloser Wut aufschreien.

Zwei der Schwertmänner nahmen einen ihnen entgegen hastenden Nachtläufer frontal. Das Wesen machte keine Anstalten, ihnen auszuweichen und die beiden Männer rammten ihre Klingen in den Leib der Kreatur. Sie taumelte zur Seite. Die Pferdelords wähnten den Feind tödlich verletzt und bezwungen und so rannten sie weiter. Doch sie hatten kaum zwei Schritte gemacht, als die hinter ihnen rennenden Männer warnend aufschrien.

Der eine hatte dies nicht gehört, der andere wandte sich um, nur um in den letzten Augenblicken seines Lebens die tot geglaubte Kreatur zu sehen, die sich mit einem unglaublichen Satz auf ihn warf und ihre Fangzähne in seinen Hals schlug. Der Schwertmann kippte sterbend nach hinten, und der Nachtläufer nutzte den Schwung aus, um auf den zweiten Mann zuzuschnellen, der noch ahnungslos war. Dieser spürte wahrscheinlich nicht einmal, wie er starb, denn die Kralle zerfetzte sein Genick und riss mehrere der Wirbel heraus.

Arkarim sah, wie mehrere Männer und Frauen auf die Kreatur eindrangen. Er konnte nicht stehen bleiben oder hinübereilen, um zu helfen. Die nachdrängenden Schwertmänner und Hüterinnen rissen ihn mit sich. Die Bresche in der Palisade kam näher, und der Weg dorthin war frei. Die Handvoll der Kreaturen, die sich auf dem Vorfeld bewegt hatten, befanden sich nun irgendwo zwischen all den hastenden Männern und Frauen.

Dann hatten sie die Bresche erreicht. Arkarim erkannte Seile oder lange Riemen, die man über die Spitzen der Pfähle geworfen hatte, um sie nach außen umzureißen. Mehrere Dorfbewohner lagen hier, grauenhaft zugerichtet, aber auch eines der Monster.

»Man kann sie töten«, keuchte Scharführer Herklund, der irgendwie an Arkarims Seite gelangt war. »Man kann sie töten.«

Zwei Frauen überholten sie und kletterten über das Wirrwarr aus Pfählen und Leichen. Sofort sprang ihnen von Innen eine der Bestien entgegen. Arkarim schrie in grenzenloser Wut, als die Kreatur die Frauen tötete. Ihre Langmesser schienen dem Wesen nichts anhaben zu können. Schon sprang der Nachtläufer auf Arkarim selbst zu.

Instinktiv fällte dieser die Lanze des Berittwimpels. Der Angreifer spießte sich selber auf, und trotz des harten Aufpralls spürte der Scharführer, wie sich die goldene Spitze durch den Leib des Wesens bohrte. Als benutze sie einen

Stab, um ihren Sprung zu verlängern, segelte die Kreatur über Arkarim hinweg, fauchte und zappelte mit den Gliedmaßen, bevor sie am Boden aufschlug.

Dieses Mal war das Wesen der Nacht tot.

Verwirrt trat Arkarim gegen den Kadaver und hatte Mühe, die Spitze der Wimpellanze zu befreien. Blut schimmerte auf dem Gold und tropfte zäh auf den Boden.

»Sie kommen heraus!«

Der Warnschrei ließ Männer und Frauen entsetzt auf die Bresche starren.

Ein ganzes Rudel der unheimlichen Wesen sprang aus dem Dorf hervor.

Pferdelords und Hüterinnen drängten sich zusammen, doch etliche der Frauen wandten sich entsetzt ab und flohen über das freie Feld.

Kanara-Frau trat an die Seite des Scharführers, ihre Hand umklammerte das Langmesser. Eher unbewusst schob er die Frau hinter sich und stellte sich mit der Lanze schützend vor sie. »Die Lanze tötet sie«, rief er ihr zu. »Auch wenn ich nicht zu sagen vermag, warum das so ist.«

Eine Hüterin hob ihre Waffe, und Arkarim erkannte eines der vergoldeten Kurzschwerter, die man bei den Leichen an der Kreuzung gefunden hatte. Die kurze Klinge war mit Blut verschmiert. »Das Gold!«, schrie die Frau. »Es ist das Gold an den Klingen!«

Arkarim stieß ein grimmiges Knurren aus. Zwei dieser Schwerter und seine Wimpellanze waren die einzigen goldenen Waffen, über die sie verfügten. Alle anderen waren nutzlos. Es würde ein Blutbad geben, denn die meisten der Männer und Frauen waren vollkommen wehrlos.

Schon waren die Wesen der Nacht heran.

Es mussten an die Hundert sein, die aus Sespiru hervorgekommen waren.

Schattengleich huschten sie heran, erreichten die Front der Menschen …

… und liefen zwischen ihren Reihen hindurch.

Arkarim hatte erfolglos mit der Lanze nach einem Nachtläufer gestoßen, wandte sich nun wie die anderen um und sah fassungslos zu, wie die Angreifer durch die Reihen der Menschen hindurchrannten, ohne das befürchtete Blutbad anzurichten. Stattdessen verschwanden sie in wenigen Augenblicken im Dickicht des Urwalds.

»Wir … wir haben sie geschlagen«, ertönte der Ruf eines Pferdelords.

»Blödsinn«, knurrte Unterführer Herklund. »Wir haben überlebt. Das ist alles.«

Auf dem freien Feld zwischen Urwald und Sespiru waren Schreie und Stöhnen zu hören. Manche machten ihrer Erleichterung Luft, dass sie noch am Leben waren, andere gaben ihrem Schmerz Ausdruck.

»Es ist noch nicht vorbei«, keuchte Arkarim. »Was auch immer diese Bestien veranlasst hat, uns für den Augenblick zu verschonen, es ist noch nicht vorbei.«

Kanara-Frau nickte. Blut einer anderen Hüterin haftete an ihrem Gewand. »Was sollen wir tun, wenn sie zurükkehren? Wir können ihnen nicht widerstehen.«

Arkarim blinzelte, als Licht seine Augen traf. Hinter dem Wald war rötlicher Schein zu erkennen, doch dieses Mal stammte er nicht von einem Feuer.

»Die Sonne geht auf«, stellte er fest. »Nutzen wir ihr Licht.« Er rammte die Lanze in den Boden und legte die Hände an den Mund. »Sammelt euch zu festen Formationen!«, rief er über das Feld. »Kümmert euch um die Verwundeten und achtet auf den Waldrand. Diese Kreaturen werden zurückkehren!«

Die kampferprobten Schwertmänner des Pferdevolks waren ebenso erschüttert wie die unerfahrenen Hüterinnen. Nie zuvor hatten sie gegen einen Feind antreten müssen, der gegen ihre Waffen immun schien. Nie zuvor war ein so einseitiger Blutzoll gefordert worden.

Arkarim war erschüttert, da er erfahrene Männer sah, die einfach am Boden saßen und in hilfloser Wut oder Trauer ihre Tränen vergossen.

Einer hieb sein Schwert immer wieder gegen den Boden. »Nutzlos«, hörte der Scharführer den Mann murmeln. »Bester Stahl der Hochmark und völlig nutzlos. Nutzlos.«

Einige Gruppen formierten sich, und zwischen diesen lagen die reglosen Körper der Toten. Andere schrien ihren Schmerz heraus. Einige waren zu sehr geschwächt, um noch nach Hilfe rufen zu können. Männer und Frauen eilten umher, um nach Verwundeten zu suchen und sie zu versorgen.

Unterführer Herklund wankte heran, die Lippen aufeinandergepresst. Der Schwertarm hing schlaff herab, und der Pferdelord versuchte, das strömende Blut mit der anderen Hand zurückzuhalten. »Der Beritt hat fünfzehn Tote und einige, die dem Tode näher, als dem Leben sind. Diese Bestien verursachen mit ihren Zähnen und Krallen furchtbare Wunden, Freund Arkarim.«

»Und bei den Hüterinnen?«, fragte Kanara-Frau besorgt.

Herklund sah sie mitfühlend an. »Wenigstens die dreifache Zahl.«

Die Unterkommandantin stieß einen undefinierbaren Laut aus. »Wie ist das möglich? Als wir antraten, war es nur eine Handvoll der Wesen, die sich uns entgegenstellte.«

»Ja, eine Handvoll«, bestätigte der verletzte Unterführer. »Doch wo unser Stahl versagte, verrichteten ihre Zähne und Klauen ihr blutiges Handwerk.«

»Wie viele tote Kreaturen?«

Eine Hüterin kam heran. »Drei.«

»Drei«, wiederholte Kanara-Frau schockiert. »Es kamen noch über hundert aus dem Dorf gerannt.«

»Keiner von uns hätte überlebt, wenn die Wesen nicht geflohen wären«, stellte Arkarim fest.

»Jedenfalls flohen sie nicht vor uns«, murmelte Herklund mit zusammengepressten Zähnen. »Obwohl ich mir das gewünscht hätte.«

»Die drei toten Wesen sind durch die beiden erbeuteten Schwerter und meine Lanze gefällt worden«, meinte Arkarim. »Ja, es ist fraglos das Gold, was ihnen zusetzt. Wir brauchen ebenfalls vergoldete Waffen, wenn wir eine Chance haben wollen.«

»Und wir müssen in Erfahrung bringen, warum die Kreaturen so plötzlich verschwanden. Zu einem Zeitpunkt, da ihnen ihr Sieg gewiss war«, keuchte Herklund.

Arkarim sah Bewegung an der Palisade, und dieses Mal waren es keine der unheimlichen Wesen. Eine Handvoll der Dorfbewohner schien doch überlebt zu haben. Er deutete zu den Männern hinüber. »Jene dort werden uns vielleicht sagen können, was es mit den Kreaturen auf sich hat. Doch zuvorderst, Freund Herklund, zeige mir deinen Arm. Du verlierst reichlich Blut.«

»Ein Kratzer«, ächzte der Unterführer.

»Du hast wahrhaftig ein bescheidenes Wesen«, seufzte Arkarim.

Der Oberarm war von der Schulter bis zum Ellbogen aufgerissen. Eine böse und gezackte Wunde, die von einer Kralle hervorgerufen worden war.

Kanara-Frau trat heran und winkte einer Hüterin. »Wir brauchen Isua-Nüsse und Lam-Blätter. Es wird viele solcher Wunden geben, und sie dürfen sich nicht entzünden.« Sie sah Herklund an. »Wir werden sie vernähen müssen.«

»Es ist nicht meine erste Naht«, ächzte der Unterführer und sackte nun in die Knie.

»Aber es wird sicherlich deine längste sein, mein Freund.« Arkarim sah die Unterkommandantin an. »Kann ich euch Hüterinnen die Wundversorgung anvertrauen? Ihr kennt euch aus mit den Pflanzen, die in diesem Land hilfreich sind.«

Kanara-Frau nickte. »Und du?«

Arkarim deutete zum Dorf. »Ich habe vor, ein paar Fragen zu stellen und Antworten zu erhalten.«

»Und wenn sie Schwierigkeiten machen?«

»Das glaube ich nicht.« Arkarims Stimme wurde kalt. »Und wenn, so sind ihre Leiber sicherlich nicht immun gegen den Stahl der Hochmark.«

Während die Toten zusammengetragen und die Verwundeten versorgt wurden, schritten die beiden mit einer kleinen Gruppe aus Hüterinnen und Pferdelords auf das Dorf zu.

Sie brauchten die Bresche in den Palisaden nicht zu benutzen. Als sie sich Sespiru näherten, schwang das unbeschädigte Tor auf und eine kleine Gruppe von Männern erschien, die den Ankömmlingen entgegenstarrten.

Durch das offene Tor konnte Arkarim tote Dorfbewohner erkennen. Diesen Anblick hatte er erwartet, doch es lag auch eine ganze Reihe der nächtlichen Kreaturen am Boden.

»Wahrhaftig«, murmelte Arkarim, »sie werden uns einige Fragen zu beantworten haben.«

39

Der Beritt mit seiner Eskorte an Hüterinnen hätte längst in Julinaar eintreffen müssen.

»Vielleicht wurde Blut vergossen.« Llaranya stand an dem großen Fenster, welches Ausblick auf den Innenhof des Palastes bot.

Nedeam trat zu ihr und legte den Arm um ihre Schultern. »Nicht von unseren Pferdelords. Ich kann mir nicht denken, dass sie ihre Schwerter gegen Frauen erhoben hätten.«

»Nicht gegen normale Frauen«, räumte sie ein. »Doch diese Hüterinnen sind bewaffnet und nur zu bereit, ihre Langmesser auch zu benutzen.«

»Arkarim ist ein kluger Scharführer. Er hat sicher dafür Sorge getragen, dass keiner der Männer sein Schwert zog.« Er küsste sie sanft in den Nacken. Sie trug ihre Hose und das Wams. Die Uniform der Hüterin hatte man ihr wieder abgenommen. Sie alle konnten sich denken, warum das geschehen war. Llaranyas Kleidung würde in Julinaar sofort auffallen. »Und er hat den Hüterinnen sicher auch keinen Anlass gegeben, die ihren zu ziehen.«

»Wir sollten hier verschwinden«, meldete sich Maratuk zu Wort, der auf einem der Sitzpolster kauerte und an einem Stück kalten Bratenfleisch nagte. »Diese Frauen sind allesamt ein wenig verrückt und guten Worten kaum zugänglich.«

Nedeam sah den alten Zwerg an und nickte. »Ja, da ist viel Wahres dran.«

»Wir sollten abwarten, bis der Beritt in der Stadt ist.« Llaranya wandte sich nun von dem Fenster ab. »Dann wird sich alles klären lassen.«

»Nichts wird sich klären lassen«, knurrte Maratuk. »Ich habe auf die Sauberkeit meines Gewandes hingewiesen und auf die Reinheit meiner Äxte. Nirgends war Blut, und dennoch behaupten diese Verrückten, ich hätte das Blut dieser Goldschmiedin vergossen.«

»Die Kronenträgerin zweifelt an deiner Schuld, mein Freund.«

Maratuk erwiderte Nedeams Blick. »Nun, sie zweifelt sehr leise. Die Schritte ihrer Hüterinnen sind hingegen überall zu hören.«

»Es mag gut sein, dass wir uns in einer Falle befinden, wenn erst der Beritt eingetroffen ist«, murmelte Nedeam. »Dann sind wir alle in den Händen der Julinaar und auf ihren guten Willen angewiesen.«

»Oh, sie wollen sicher nur unser Bestes«, giftete Maratuk. »Zum Beispiel die Messer schwingen, um unsere Leidenszeit zu verkürzen.«

»Genug.« Llaranya sah den Axtschläger scharf an. »Ich kann Eure Verstimmung gut verstehen, guter Herr Maratuk. Doch ich glaube, Ihr tut den Frauen Julinaars unrecht.«

Die plötzliche Förmlichkeit seiner Frau zeigte Nedeam, dass sie verärgert war. Ob über die Beharrlichkeit des Zwerges oder ihre Situation ließ sich nicht sagen.

Der Zwerg war allerdings nicht bereit nachzugeben. »Und wenn nicht? Wenn sie nur danach trachten, uns alle in ihre Hände zu bekommen? Solange einige von uns in Freiheit sind, ist der Kampf noch nicht verloren.«

»Wir sind nicht hier, um zu kämpfen.«

»Wir suchen nach den Mördern meiner Brüder, und gegen diese werden wir wohl kämpfen müssen.« Maratuk schlug mit der Faust auf den Tisch, und eine der Karaffen verrutschte. Eher unbewusst fing er sie auf. »Und wenn diese Weiber hier in Julinaar nicht bald vernünftigen Worten zugänglich werden, dann bleibt uns keine Wahl, als uns die Freiheit mit Gewalt zurückzuholen.«

»Offen gesagt, ich bin mir nicht mehr sicher, wie wir uns verhalten sollen«, gestand Nedeam ein. »Wenn wir bleiben, kann dies dazu führen, dass die Frauen uns eine Schuld zuweisen, mit der wir nicht behaftet sind. Wenn wir fliehen, so könnten sie dies als Eingeständnis ansehen.«

»Fliehen.« Maratuk breitete theatralisch die Arme aus. »Lasst euch dieses Wort auf der Zunge zergehen, meine Freunde. Fliehen. Man flieht nur vor einer Gefahr, und genau so ist es auch. Ich sage euch nochmals, diese Weiber hier, die sind gefährlich.«

»Schattenwesen schleichen durch die Nacht«, sagte Llaranya mit leiser Stimme. »Sie morden und scheinen, so wie Maratuk es erlebt hat, unverletzlich zu sein. Auch die toten Wachen des Pferdevolkes sprechen dafür. Doch niemand in Julinaar will diese Gefahr erkennen. Ein Schatten legt sich über dieses Land und seine Bewohner. Ein tödlicher Schatten.«

»Wie ich es schon mehrfach erwähnte«, sagte der alte Zwerg und stellte nun die Karaffe zurück. »Wir sollten zusehen, dass wir von hier verschwinden.«

»Und die Bewohner dieses Landes in der Gefahr zurükklassen?«

Maratuk sah Nedeam an und nickte entschlossen. »Es ist nicht unser Land. Und es ist auch nicht das Land des Pferdevolkes. Ich sage, wir verschwinden.«

»Der Schatten könnte sich auch bis zu uns ausbreiten.« Nedeam trat an den Tisch und schenkte sich etwas Wein ein. »Noch mag er auf dieses Land begrenzt sein, Freund Maratuk, doch was ist, wenn er sich ganz darüber gelegt hat? Wird er sich damit begnügen oder wird er zu einer fernen Tageswende bis zu uns vorstoßen?«

»Zu einer sehr fernen Tageswende, vielleicht«, räumte Maratuk zögernd ein.

»Denk an unsere ermordeten Freunde in Rushaan, Maratuk«, gab Nedeam zu bedenken. »Vielleicht waren das dieselben Mordwesen, die auch hier durch die Nacht schleichen.«

Maratuks Gesicht wurde nachdenklich, und er begann unruhig an seinen Bartzöpfen zu ziehen. »Es waren andere Wunden«, sagte er widerwillig. Er straffte sich. »Hier, in diesen Mauern, werden wir die Mordwesen kaum finden, und ich glaube, die Frauen werden das erst recht nicht schaffen. Sie sind zu sehr geneigt, den Männern oder einem braven Zwerg die Schuld zuzuweisen.«

»Ihr seid erregt über die Ungerechtigkeit, die Euch widerfährt«, meinte Llaranya besänftigend. »So fällt Ihr ein ebenso rasches Urteil über die Bewohnerinnen Julinaars, wie diese es über Euch fällten.«

»Sag, Nedeam, mein Freund, dein Weib scheint ergrimmt. Wird sie dann immer so förmlich?«

»Oh, du solltest erleben, wie formvollendet sie erst ist, wenn sie den Brustpanzer eines Rundohrs aufschlitzt«, entgegnete der Erste Schwertmann.

»Ich hätte nichts gegen ein wenig aufschlitzen einzuwenden.« Maratuk erhob sich und begann auf und ab zu marschieren.

»Wenn nicht bald etwas geschieht, wird er es wahrhaftig tun«, seufzte Nedeam.

Llaranya stimmte in seinen Seufzer ein. »Dann sollten wir besser fliehen, bevor ein Unglück geschieht.«

»Ah, endlich kommt du zur Vernunft.« Maratuk strahlte und breitete die Arme aus, als wolle er die Elfin umfangen. »Nun denn, lasst uns verschwinden.«

»Und wie stellst du dir das vor, mein Freund?«, fragte Nedeam, den der Eifer des alten Axtschlägers trotz ihrer Situation amüsierte.

Maratuk reckte sich. »Wir rufen die Wachen herein, schlagen sie nieder, und schon sind wir draußen.«

Nedeam lächelte. »Ein recht einfacher Plan, wie mir scheint.«

Der alte Zwerg nickte. »Die einfachen Pläne sind stets die besten. Warum soll man das Vergnügen einer schönen Schlacht durch einen komplizierten Plan schmälern? Wahrhaftig, mein Freund, jeder Plan ist zunichte, wenn man dem Feind begegnet. Wie ich es meinen Axtschlägern immer sage: Ein kurzer Anlauf, ein kräftiger Sprung und der sichere Hieb der Äxte – das fällt jedes Rundohr.«

»Wir müssen Blutvergießen vermeiden«, wandte Llaranya ein.

»Richtig«, stimmte Nedeam zu. »Die Frauen mögen verblendet sein, doch sie sind nicht bösartig.«

»Kein Blutvergießen?« Maratuk zuckte die Schultern. »Nun, ein wenig Schädelschlagen wird aber wohl notwendig sein, oder? Schließlich müssen wir die Wachen ja überwältigen.«

»Nur ein leichtes Schädelschlagen, und es muss leise geschehen.« Die Elfin schritt zur Tür. »Ich brauche die Gewänder. Wenigstens eines davon.«

Maratuk runzelte die Stirn. »Du magst dich darin verbergen können, doch für mich und deinen Gemahl ist das nicht möglich. Uns fehlen gewisse, äh, Drüsen, und mein Bart wäre schwer zu verbergen.« Er sah die Elfin an, und sein Gesicht wurde finster. »Und spielt nicht mit dem Gedanken, mir die Zierde eines Axtschlägers nehmen zu wollen. Ein Axtschläger mag in den Tod gehen, doch er tut dies aufrecht und mit seinen Bartzöpfen.«

»Deinem Bart soll nichts geschehen«, beruhigte Nedeam. »Ich denke, Llaranya will sich als Hüterin ausgeben, die uns ‚Gefangene' begleitet.«

»Ah.« Maratuk grinste breit. »Eine Kriegslist? Ha, das gefällt mir. Erwähnte ich schon einmal, dass ihr Elfen sehr hinterlistige Wesen seid?«

Llaranya lächelte den Axtschläger verschwörerisch an. »Die List einer Elfin und die Stärke eines Axtschlägers mögen uns nützlich sein.«

»Das will ich meinen.« Maratuk lachte dröhnend und legte erschrocken die Hand vor den Mund.

»List und Stärke«, brummte Nedeam. »Und was hat mein geliebtes Weib mir dabei zugedacht?«

»Nun, du verfügst natürlich über beides.« Sie lächelte strahlend. »Wenn auch in beschränkten Maßen.«

Er trat zu ihr, küsste sie und gab ihr einen Klaps auf das Gesäß. »Noch ein paar dieser Worte, und ich verdinge mich in Ataraan.«

Maratuk grinste vergnügt. Nun, da die Zeit des hilflosen Wartens vorüber war, hatte sich seine Laune beträchtlich verbessert. »Wie machen wir es? Einer von euch ruft, und ich schlage die Hereinstürmenden nieder?«

Llaranya lächelte, doch in diesem Lächeln lag nun keine Freundlichkeit mehr. »Setzt euch einfach auf die Polster. Es ist an mir, die Hüterinnen zu überwältigen. Sie sind vorsichtig euch Männern gegenüber. Wenn sie einen von euch nicht sehen, könnten sie Verdacht schöpfen. Ich bin eine Frau, und ich denke, mich werden sie näher herankommen lassen.«

Maratuks Schultern sanken nach unten. »Ich soll nur zusehen? Warten, während ein elfisches Wesen, noch dazu ein Weib, um das Leben eines wahren Zwerges kämpft?«

»Genau so ist es.«

»Schön«, murmelte der Alte. »Wo soll ich mich setzen?«

»Warte, zuvor müssen wir ein paar Vorbereitungen treffen.«

Die Elfin erläuterte ihren Plan.

Wenig später saßen Maratuk und Nedeam nebeneinander auf den Sitzpolstern. Eigentlich saßen sie nicht. Maratuk lag auf der Seite, und Nedeam hing halb über dem kleinen Tisch, den Kopf zur Tür gewandt und die Augen so weit geschlossen, dass er noch ein wenig von dem erkennen konnte, was an der Tür geschah.

Llaranya trat an die Tür und pochte leicht dagegen.

Nur Augenblicke später wurde sie geöffnet, und eine der Hüterinnen blickte herein.

»Die beiden Männer haben zu viel von dem Wein getrunken, und es ist ihnen nicht bekommen«, behauptete Llaranya mit einem Seufzer.

Die Wache sah zur Sitzgruppe und nickte. »Männer«, murmelte sie. »Maßlos beim Trinken wie auch in allen anderen Dingen.« Sie sah die Elfin an. »Lass sie schlafen, elfisches Wesen. In einigen Zehnteltagen werden sie aufwachen und ordentliches Schädelhämmern verspüren. Das schadet ihnen nicht.«

»Ihr habt Recht, gute Hüterin der Stadt. Doch mich stört ihr Anblick und das schreckliche Schnarchen.«

Nedeam zuckte zusammen und gab sofort ein paar leise Schnarchlaute von sich. Mit dem Fuß stieß er gegen Maratuk.

Der blinzelte. »Geht es los?«

»Nein«, hauchte Nedeam zurück. »Du sollst Schnarchen.«

Maratuk meinte es gut. Er war ein kräftiger Zwerg und ein solcher musste demnach auch kräftig Schnarchen. Nedeam war froh, dass der alte Axtschläger sich ein wenig herumwälzte. Dies machte es vielleicht verständlich, warum nun die intensiven Laute ertönten.

»Furchtbar«, seufzte die Hüterin. »Wir haben eine Schwester in meiner Abteilung, die hört sich fast ebenso an. Gut, wenn du willst, Elfin, werden wir sie wecken.«

»Jetzt wird man sie nicht wach bekommen. Aber wenn ein paar hilfreiche Hände zupacken, könnten wir sie in das Schlafgemach bringen.«

Da nun, neben Nedeam und Llaranya, die immerhin ein Paar waren, auch Maratuk als »Gast« im Palast war, hatte man für die Männer eine Schlafkammer eingerichtet. Niemand wollte einer Frau, auch keiner Elfin, zumuten, mit zwei männlichen Wesen im gleichen Raum zu nächtigen.

Die Hüterin verzog angewidert das Gesicht. »Das wird nicht leicht. Der kleine Dicke da, der ist sicher ziemlich schwer. Ich werde die Schwestern rufen.«

Die Hüterin verschwand für einen Moment.

»Dick? Hat sie behauptet, ich sei dick?«, ertönte Maratuks kaum hörbare Frage.

Nedeam hatte die Tür im Blick und nickte. »Hat sie.«

»So, aha. Na gut, die lässt du mir, Freund Nedeam.«

»So soll es sein, und nun sei still, da sind Schritte im Gang.«

Die Hüterin trat in Begleitung dreier anderer ein. Nedeam gefiel das überhaupt nicht. Ob man diese Schar ohne großen Lärm überwältigen konnte, erschien ihm mehr als fraglich. Zudem waren die Wachen nicht dumm. Mit Sicherheit waren weitere Frauen im Gang postiert.

»Schön, packen wir uns die Kerle und schleifen wir sie in ihr Gemach«, meinte eine robust gebaute Hüterin. Sie schien das Kommando zu haben, denn auf ihren Wink hin traten alle an die Sitzgruppe heran. Llaranya warf einen Blick in den Gang und folgte dann rasch.

»Den da zuerst«, entschied die Wortführerin. »Der ist am lautesten.«

Maratuk machte sich schwer, und da ein Zwerg ohnehin kompakt und kräftig gebaut war, konnte er das sehr gut. Zwei der Frauen packten seine Arme und schnauften. Die beiden anderen traten zögernd hinzu, um zu helfen. Für einen kurzen Moment war die Aufmerksamkeit aller Wachen auf den kleinen Zwerg gerichtet.

Nedeam hatte die Karaffe mit Stoff aus dem Sitzpolster umwickelt. Zum einen, damit die provisorische Waffe keinen zu großen Schaden anrichtete, und zum anderen, damit sie ihn nicht selbst erlitt. Das gepolsterte Kristallgefäß traf zielsicher die Schläfe einer Hüterin und diese sank vornüber.

Maratuk hatte keine Karaffe nötig. Er griff nach oben, packte zwei völlig verdutzte Frauen und schlug sie mit den Köpfen gegeneinander. Unglücklicherweise fielen sie genau auf ihn, sodass er unter ihrem Gewicht begraben wurde.

Die Vierte trat blitzschnell zurück, griff an ihr Langmesser und öffnete den Mund zu einem lauten Warnschrei. Doch Llaranya war direkt hinter ihr, legte Daumen und Zeigefinger in einem elfischen Kampfgriff an ihren Hals und hielt ihr dabei den Mund zu. Die Frau zappelte einen Moment im Griff der Elfin, bevor sie übergangslos erschlaffte. Llaranya ließ sie behutsam zu Boden sinken.

Alle vier Hüterinnen waren überraschend leicht überwältigt worden. Nedeam vermutete, dass man sich ihnen nicht oft widersetzte und sie keine wirkliche Erfahrung im Umgang mit Gefangenen hatten.

Llaranya nickte Nedeam zu, der rasch zur Tür ging und lauschte, ob die anderen Wachen etwas Verdächtiges gehört hatten. In jedem Fall würden sie nicht viel Zeit haben, bis andere Hüterinnen nach dem Rechten sahen. Die Tür stand offen. Vielleicht eine Nachlässigkeit der Wachen, vielleicht aber auch Absicht, damit andere hören konnten, was im Raum geschah. Jedenfalls konnten sie es nicht riskieren, die Tür zu schließen. Die Hüterinnen im Gang hätten dies sicher registriert. Als ihr Gemahl nickte, ging sie zu einer der Bewusstlosen, die ihre Figur und Größe hatte, und begann sie rasch zu entkleiden.

Maratuk zog das vorbereitete Seil hinter den Sitzpolstern hervor. Ein sehr provisorisches Seil, welches nicht viel Vertrauen einflößte. Es bestand aus Tuchstreifen, die sie aus den Rückseiten der Polster herausgerissen und sorgfältig verknotet hatten. Der Zwerg eilte zu einem der Fenster, die zur Straßenseite wiesen. Ein wenig hilflos starrte er auf den Fensterrahmen, der für seine Größe in unangenehmer Höhe lag. In seiner Not riss er Farne aus einem der Zierkübel und schob das große Gefäß als Leiter unter die Fensteröffnung. Während er das Seil an einem Haken befestigte, der zum Verschluss der Sturmläden diente, wechselte Llaranya die Kleidung und rollte die ihre zu einem Bündel zusammen. Zwei Langmesser waren darin verborgen und ein drittes steckte im Waffengurt an ihrer Taille.

»Fertig«, raunte sie Nedeam zu, der erleichtert nickte.

Sie liefen zum Fenster, wo Maratuk auf sie wartete. Nedeam warf einen Blick nach draußen. Unterhalb des Fensters lag ein breiter Grünstreifen mit Blumen und Farnen. Dann kamen ein Zaun und dahinter endlich die Straße. Es handelte sich um eine Nebenstraße, und der Pferdelord war erleichtert, als er dort niemanden entdeckte. Doch dies konnte sich rasch ändern.

»Llaranya sollte zuerst hinunter. Sie ist die leichteste von uns.«

»Gut, dann folge ich. Ich bin der Kleinste«, meinte Maratuk.

Llaranya verschwand durch das Fenster, und Nedeam war sich nicht sicher, ob sie kletterte oder einfach an dem Seil entlanglief, so schnell war sie unten. Maratuk folgte und gelangte fast genauso schnell auf den Boden. Allerdings nur, weil die provisorische Kletterhilfe in der Mitte auseinander riss. Der Zwerg schlug schwer auf, hatte sich aber wohl nicht verletzt, denn er winkte Nedeam eifrig zu.

Diesem blieb keine Wahl. Der Erste Schwertmann setzte sich auf die Brüstung, packte den verknoteten Tuchstreifen und gab sein Schicksal in die Hände einer höheren Macht. Die Knoten in der provisorischen Leine verschafften einen guten Halt, doch der Stoff war glatt, und als er abermals belastet wurde, rutschten die Tuchstreifen endgültig auseinander.

Nedeam spürte einen brutalen Schlag, als er rücklings auf den Boden stürzte. Für einen Moment nahm ihm der Aufprall den Atem. Llaranya beugte sich besorgt über ihn und half ihm auf die Beine. Maratuk stand bereits am Zaun und spähte nach Gefahr.

Noch immer war es ruhig. Niemand schien die Flucht bemerkt zu haben.

Llaranya stieg auf das Hindernis und half Maratuk. Dann folgte Nedeam.

Gerade, als dieser seine Füße auf die Straße setzte, ertönten über ihnen laute Schreie. Oben am Fenster standen zwei Wachen.

Maratuk drohte ihnen mit der Faust. »Schön, wir sind draußen. Wohin wenden wir uns?«

Nedeam deutete in eine Richtung. »Dorthin.«

»Auf den großen Platz? Zum Markt?«

»Nur zum Schein. Sie werden beobachten, wohin wir uns wenden. Aber vor dem Platz ist noch eine Gasse. Dort wechseln wir die Richtung.«

Maratuk zog vergnügt an seinen Bartzöpfen. »Eine erneute Kriegslist? Sag, Freund Nedeam, erwähnte ich schon einmal, dass ihr Pferdelords sehr hinterlistige Wesen seid?«

Sie rannten los. Sobald sie aus dem Blickfeld des Palastes verschwunden waren, würden sie ihre Schritte mäßigen müssen, damit sie in ihrer Hast nicht zu sehr auffielen.

Immerhin waren sie aus dem Palast entkommen.

Jetzt galt es, die Stadt zu verlassen.

40

Die Anspannung im Dorf von Sespiru war deutlich spürbar. Dorfbewohner, Pferdelords und Hüterinnen bildeten ein ungewöhnliches Bündnis. Die alten Feindschaften mussten zurückstehen, wenn es um das gemeinsame Überleben ging. Doch die Uneinigkeit der Männer und Frauen von Julinaash drohte das fragile Bündnis schon im Ansatz zu zerstören.

Die Dorfbewohner waren deutlich in der Unterzahl, dennoch wollte ihr Ältester, Herdur-Mann, nicht einlenken. »Dies ist ein Dorf der Männer, und Frauen haben hier nichts zu bestimmen!«

Sie saßen dort, wo in der Nacht das kleine Feuer gebrannt hatte. Der Älteste und sein Vertreter Borsik-Mann, Kanara-Frau und vier ihrer Unterführerinnen sowie Scharführer Arkarim mit seinen Unterführern Herklund und Hendur.

Den Pferdelords missfiel der Disput, und ihnen missfiel ebenso, dass während dieses Streits jegliche Arbeit im Dorf ruhte. Überall standen Männer und Frauen und lauschten. Aber Arkarim hatte den Schwertmännern eingeschärft, dass sie den Hüterinnen gegenüber im Wort standen und sich zurückhalten mussten.

Kanara-Frau wies um sich. »Sieh dich um, Ältester. Die meisten deiner Männer sind tot. Du wirst dem Gebot der Hüterinnen Folge leisten.«

»Nicht in Sespiru.« Herdur-Mann stampfte mit dem Fuß auf. »Nicht im Land der Männer.«

»Wo sind denn die Männer?«, schrie eine der Unterführerinnen spöttisch. »Es sind wir Frauen, die euch nun Schutz gewähren.«

»Schutz?« Borsik-Mann erhob sich und sah die Sprecherin wütend an. »Ihr seid gelaufen wie die Wildläufer! Nur das hat euch gerettet.«

»Sag das noch einmal«, sagte Kanara-Frau gefährlich leise. Die Unterkommandantin erhob sich ebenfalls, und ihre Hand legte sich an den Griff des vergoldeten Beuteschwertes.

»Wir alle haben unseren Blutzoll entrichtet.« Arkarims Stimme war scharf. »Und es wird noch weit mehr Blut fließen, wenn wir unseren Streit nicht begraben und dem Feind gemeinsam entgegen treten.«

»Jederzeit«, knurrte Borsik-Mann. »Herdur-Mann ist sicherlich bereit, das Kommando auf sich zu nehmen.«

»Ein Mann soll Frauen befehligen?« Kanara-Frau spuckte demonstrativ aus. »Ganz so, wie in den Tagen des alten Königs, nicht wahr? Ha, das könnte euch Bullen so passen.«

Arkarim stieß den Schaft der Wimpellanze hart in den Boden und erhob sich nun ebenfalls. »Ich weiß nicht, ob Dummheit in diesem Land als Fähigkeit gilt«, sagte er bissig. »Doch in jedem Fall habt ihr sie zu einer Meisterschaft entwickelt.« Er hob die Hand, als Kanara-Frau und Borsik-Mann gleichzeitig widersprechen wollten. »Seht euch doch um, ihr Narren. Das Dorf und wir alle sind dem Untergang geweiht, denn diese Bestien werden wiederkommen. Glaubt ihr, dass wir vor ihnen fliehen können?«

»Nein«, sagte Herdur-Mann leise. »Auch wenn sie sich am Tag verbergen müssen, so sind sie in der Nacht die Herren des Landes. Wir könnten ihnen nicht davonlaufen, sie würden uns einholen.«

»So bleibt uns nur, dieses Dorf hier zu verteidigen und sie hier aufzuhalten.« Arkarim wies um sich. »Es gäbe wahrhaftig genug zu tun, um sich vorzubereiten, doch ihr vergeudet eure und unsere Zeit und streitet lieber miteinander.«

Borsik-Mann wollte erneut widersprechen, doch Herdur-Mann hob seine Hand. »Es ist wahr, was der Fremde sagt. Die Nachtläufer sind furchtbare Feinde. Nur das Licht des Tages oder goldene Klingen können diese Kreaturen bezwingen.«

Herklund hatte noch immer starke Schmerzen, und sein Schwertarm hing schlaff herab. Mit der gesunden Hand deutete er auf das Schwert, welches an Kanara-Fraus Waffengurt hing. »Solche goldene Klingen wie diese dort?« Er sah Herdur-Mann forschend an. »Ihr wart es, die in die Öde kamen und unsere Freunde erschlugen, nicht wahr?«

»Wir brauchten das Gold«, murmelte Borsik-Mann bestätigend.

Arkarims Gesicht rötete sich vor Zorn. »Ihr seid Mörder. Ebenso mörderische und heimtückische Wesen wie jene, die durch die Nacht streifen.«

»Ohne das Gold wären wir alle tot.« Borsik-Mann wies auf den Ältesten. »Herdur-Mann hat uns gewarnt. Er überlebte die Begegnung mit einem Nachtläufer und forschte in den alten Büchern Ataraans. Wir brauchten das Gold. Wir haben es nicht in solchem Übermaß wie ihr. Ihr tragt es ja sogar als Zierrat an euren Helmen und Schulterdecken.«

»Die Zwerge sind ehrenhaft«, fauchte Arkarim. »Wenn sie von eurer Not erfahren hätten, so hätten sie euch das Gold gegeben. Es gab keinen Grund, sie heimtückisch zu erschlagen.«

»Mag sein, doch es ist geschehen.« Borsik-Mann erwiderte Arkarims Blick. »Ich bin nicht stolz darauf, auch wenn es nur Zwerge waren.«

»Nur Zwerge?« Herklunds Stimme wurde gefährlich kalt. Es zeigte Arkarim, welch maßloser Zorn in dem Unterführer toben musste. »Wie könnt Ihr es wagen? Warum sollte das Leben eines Zwerges weniger wert sein, als das eines eurer Männer oder das eines Pferdelords? Wahrhaftig, wir vom Pferdevolk haben gelernt, dass der Wert eines Mannes nicht in seinem Äußeren oder seiner Größe begründet liegt. Wenn ich meinen Arm noch verwenden könnte, so würde ich Euch die passende Antwort erteilen!«

Borsik-Mann sah den Unterführer trotzig an. »Dann warten wir, bis dein Arm wieder geheilt ist, und tragen es dann aus.«

»So soll es sein«, sagte Herklund.

»Nun, ich denke, da wird unser Freund Maratuk noch ein Wörtchen mitreden wollen«, wandte Arkarim ein. »Als Axtschläger des Zwergenvolkes wird er es sich nicht nehmen lasen wollen, persönlich Gerechtigkeit zu fordern.« Er sah Borsik-Mann mit kaltem Lächeln an. »Die Liste deiner persönlichen Anhänger wird stetig länger.«

»Mir ist es gleich, welchen Streit ihr auszutragen habt«, meldete sich Kanara-Frau zu Wort. »Hier geht es nicht um irgendwelche Zwerge, sondern um unser Überleben.«

»Sespiru wird sich nie dem Befehl der Frauen beugen«, stellte Herdur-Mann prompt fest.

»Du wirst dich beugen«, fauchte die Unterkommandantin. »Wir Hüterinnen sind in der Überzahl, vergiss das nicht.«

»Genug.« Arkarim schüttelte den Kopf. »So kommen wir nicht weiter. Die Zeit verrinnt, und es gäbe viel zu tun.«

Herdur-Mann strich sich nachdenklich über das Kinn. »Du bist ein Fremder und hast Erfahrung im Krieg. Deinem Befehl würden wir uns fügen.« Er warf einen herausfordernden Blick auf Unterkommandantin Kanara-Frau.

Diese überlegte kurz und nickte dann zögernd. »Gut. Wenn die Pferdereiter sich nach dem Kampf wieder meinem Befehl fügen.«

»Wir stehen noch immer im Wort«, erinnerte der Scharführer.

»Dann ist es so beschlossen«, bestätigte die Hüterin mit leiser Stimme.

Arkarim seufzte erleichtert. »Herklund und Hendur werden meine Stellvertreter sein.« Er sah Kanara-Frau an. »Es wäre gut, wenn Eure Unterführer sie auf jeden Schritt begleiten würden. So wissen sie, was zu tun ist, falls …«

Er verstummte kurz, doch jeder wusste, was er andeuten wollte und nicht auszusprechen wagte.

Der Scharführer sah nachdenklich auf den dreieckigen Wimpel des Beritts, der träge von der Lanze hing. An dem grünen Tuch mit der blauen Einfassung haftete noch immer Blut des Nachtläufers, welcher der goldenen Spitze zum Opfer gefallen war.

»Das Dorf hat nur noch eine Zehn an Männern«, zählte er auf. »Dazu kommen zwanzig Zehnen der Hüterinnen, die noch kampffähig sind, und sieben Zehnen des Beritts. Wie viele der vergoldeten Schwerter gibt es?«

»Zehn mal Zehn«, brummte Herdur-Mann. »Einige gingen verloren. Vielleicht haben die Nachtläufer sie mitgenommen.«

»Wir werden die Spangen unserer Umhänge und die Wappen unserer Helme nehmen und sie einschmelzen. Dann haben wir mehr Gold«, entschied der Scharführer.

»Der Schmied ist tot.« Borsik-Mann wies zu der rauchenden Ruine, deren Feuer inzwischen gelöscht war. »Wir können das Gold schmelzen, dazu gehört keine große Fertigkeit, aber wir können es nicht auf die Klingen bringen.«

»Darum sorgt euch nicht.« Unterführer Herklund bewegte seinen verletzten Arm und verzog dann das Gesicht. »Mein Arm taugt nicht, aber wir sind vom Pferdevolk und viele unserer Schwertmänner können zumindest ein Hufeisen anpassen. Es werden sich ein paar Männer finden lassen, die das Gold auf die Klingen bringen.« Er machte eine herausfordernde Bewegung mit der gesunden Hand und Borsik-Mann reichte ihm sein Kurzschwert. »Die Schicht braucht nicht so dick zu sein«, überlegte Herklund. »Wir wollen kein Gold verschwenden. Ich denke, wir werden die gleiche Anzahl an neuen Waffen fertigen können.«

»Gut. Dann hätte jeder Mann des Beritts eine geeignete Waffe.«

Kanara-Frau räusperte sich.

Arkarim erwiderte ihren Blick. »Gut, wir teilen. Die Hälfte des Goldes für unsere Schwerter und die andere für die Langmesser der Frauen.«

Die Unterkommandantin lächelte zufrieden. »Was machen wir mit jenen, die keine vergoldeten Klingen erhalten?«

»Sie werden in die zweite Reihe treten.« Arkarim zuckte mit den Schultern. »Es werden rasch genug Schwerter frei werden, die von anderen erhoben werden können.«

»Du klingst nicht sehr hoffnungsvoll«, knurrte Herdur-Mann.

»Ich habe schon zu oft im Kampf gestanden, um ein Übermaß an Zuversicht zu empfinden. Doch solange wir die Kraft haben, unsere Klingen zu führen, solange haben wir auch die Hoffnung, zu bestehen.« Arkarim sah sich um. »Den Wehrgang auszubessern, macht wenig Sinn. Er würde die Bestien nicht aufhalten. Und trotz unserer Zahl werden wir nicht in der Lage sein, ihn zu halten.«

»Es sind nur hundert Bestien«, meinte Kanara-Frau. »Mit den Goldklingen müssten wir sie aufhalten können.«

»Sie werden weitere Kräfte heranführen«, vermutete Arkarim. »Wenigstens müssen wir das befürchten. Selbst wenn es nicht der Fall ist, so müssten wir uns auf dem Wehrgang verteilen, denn sie könnten an jeder Stelle angreifen und dort ihre Kräfte konzentrieren. Bis wir die angegriffene Stelle verstärkt hätten, wäre deren Besatzung schon überwunden. Nein, wir halten sie nicht an der Palisade auf.«

»Gut, dann verbergen wir uns in den Häusern und befestigen jedes von ihnen, sodass die Nachtläufer nicht eindringen können.«

Hendur lächelte. »Ein wenig Feuer, und wir müssten unsere Festungen verlassen.«

»Verdammt, was sollen wir denn dann tun? Ihnen auf dem Dorfplatz entgegentreten?«

»Das ist mein Plan.«

Borsik-Mann spuckte aus. »Du bist ein noch größerer Narr, als die Weiber es sind.«

Kanara-Frau zog ihr Schwert ein Stück hervor, doch Arkarim hielt ihre Hand fest. »Hört euch erst an, wie ich es mir denke, bevor ihr ein Urteil darüber fällt. Jeder Vorschlag von euch ist mir willkommen, wenn er für unseren Kampf von nutzen ist.«

»Ich finde, wir sollten Verstärkungen aus Julinaar anfordern«, warf eine Unterführerin der Frauen ein. »Dort sind noch viele von uns.«

»Mag sein, doch sie haben keine geeigneten Waffen oder müssten sie erst herstellen«, wandte die Unterkommandantin ein. »Und ich fürchte, eine Botin käme nicht nach Julinaar durch. Selbst wenn sie unentwegt laufen könnte, so würden die Wesen der Nacht sie einholen.«

Arkarim nickte. »Ich vermute, sie haben das auch schon bedacht und werden einem Boten den Weg versperren.«

»Schilde«, sagte Hendur plötzlich. Die anderen sahen ihn fragend an. »Wenn wir in den Kampf reiten, dann führen wir unsere Schilde.«

»Wir haben weder unsere Pferde, noch unsere Schilde, alter Freund«, murmelte Herklund.

»Aber es gibt Holz.« Hendur zog Arkarims Wimpellanze aus dem Boden und drehte sie, sodass alle den Schaft sehen konnten. »Denkt an die großen Schilde der Rundohren. Wir könnten hölzerne Stangen schneiden und sie miteinander verbinden. Das Ergebnis wäre nicht so fest wie unsere Rundschilde, doch es wäre ein Hindernis für die Bestien.«

»Eine bewegliche Palisade«, überlegte Arkarim. »Ah, das könnte hilfreich sein. Ein guter Gedanke, Hendur. Wir können die Schilde vor uns stellen, in einer engen Formation. Dann gleichen sie einem hölzernen Wall, aus dessen Schutz heraus wir unsere Klingen in den Feind stechen können.«

Borsik-Mann wies zur Palisade Sespirus. »Es gibt genug Holz und auch Langwurzeln, um es zu binden. Ich schlage vor, für die Innenseiten der Schilde Stützen zu fertigen. Auf diese Weise haben wir auch die Palisade verstärkt.«

»Das hat nichts genutzt«, warf eine Hüterin ein.

Borsik-Mann sah die Frau giftig an. »Weil die Bestien sie mit ihren Seilen nach außen gezogen haben. Doch wenn sie gegen die Schilde stürmen, dann wird sich ihr Druck nach innen richten.«

»Also fertigen wir Streben für die Schilde«, beschloss Arkarim.

Borsik-Mann strich nachdenklich über die Lanze des Wimpels. »Kann man sie werfen?«

»Selbstverständlich. Doch wir können keine Wurfspeere gebrauchen«, schränkte Arkarim ein. »Geht der Wurf fehl, so ist das Gold verschwendet und die Bestien werden den geworfenen Speer nicht freiwillig zurückgeben, damit wir es erneut versuchen können.«

»Aber ein Spieß wäre hilfreich.« Herklund grinste breit. »Denkt an die Rundohren. Mit ihren langen Spießen wollen sie verhindern, dass wir ihre Reihen auf unseren Pferden durchbrechen.«

Hendur lachte. »Ja, und dennoch durchbrechen wir ihre Reihen.«

»Die Bestien sind keine Pferdelords, und sie sitzen auch nicht auf Pferden«, knurrte Herklund beleidigt.

Arkarim sah die Unterkommandantin abschätzend an. »Kennt ihr Spieße in Julinaash?«

Man kannte sie nicht, und Arkarim demonstrierte mit seiner Wimpellanze, was ein Spieß bezweckte. Kanara-Frau nickte begeistert. »Damit könnten wir die Kreaturen der Nacht auf Abstand halten. Sie aus der Deckung der Schilde heraus aufspießen.«

»Das gefällt mir mehr, als den Biestern mit dem Messer entgegenzutreten«, bekannte eine Hüterin.

»Könnten wir unsere Blasrohre verwenden?«

Eine der Frauen reichte Arkarim die Fernwaffe der Hüterinnen. Das hohle Rohr maß knapp eine dreiviertel Länge. Er schüttelte bedauernd den Kopf. »Eine Länge zu kurz für einen guten Spieß.«

Herklund nahm Borsik-Manns Schwert auf und reichte es dem Mann zurück. »Dann sollten wir die vorhandenen Goldklingen gerecht aufteilen und aus dem anderen Gold Spitzen für Spieße formen. Ich fürchte, die Langmesser sind zu schwach, um als Spitze zu taugen. Wenn sie brechen, ist der Spieß nutzlos.«

»Kannst du eine Form herstellen?«

»Selbst mit einem Arm«, behauptete Herklund. »Sie muss ja nicht schön sein. Nur spitz und scharf. Eine Gussform kann ich aus fester Erde oder Lehm machen, und der Rest ist Arbeit für eine Feile. So etwas wird es hier ja wohl geben.«

»Ihr Pferdereiter mögt tapfere und gute Kämpfer sein, und wir Männer Sespirus sind auch nicht feige.« Borsik-Mann warf einen abschätzenden Blick auf Kanara-Frau. »Und ich will einräumen, dass die Weiber ihren Teil beitragen. Doch ihr habt selbst erlebt, mit welcher Wucht die Nachtläufer angreifen. Wenn euer Schildwall zerbricht, dann sind wir auf dem offenen Dorfplatz Futter für die Bestien.«

»Was schlägst du also vor?«

»Die alte Herberge. Stabile Gebäude in einem Geviert und von einer kleinen Wehrmauer umgeben. Wir sollten sie verstärken und als letzte Zuflucht nutzen.« Borsik-Mann wies auf Herklunds Arm. »Zudem brauchen wir einen Ort, an dem die Verwundeten geschützt werden können.«

»Das habe ich nicht bedacht«, gab Arkarim zu. »Gibt es weitere Vorschläge? Nicht? Dann sollten wir ans Werk gehen. Es ist später Vormittag, und wir haben viel zu tun. Einen Angriff der Nachtläufer brauchen wir erst mit Sonnenuntergang zu fürchten, dennoch sollten wir vorsichtig sein, es gibt ja auch andere Raubwesen. Eine Gruppe muss losziehen und Holzstangen und diese, äh, Langwurzeln besorgen. Je mehr, desto besser. Eine Gruppe kümmert sich um die Verstärkung der Herberge und die Unterbringung der Verwundeten. Du, Herklund, und du, Borsik-Mann, ihr sammelt alles Gold von den Schwertmännern ein und kümmert euch darum, dass wir Goldspitzen für die Spieße bekommen.«

»Wie lang sollen die Spieße werden?«, fragte ein Schwertmann. »Die der Rundohren sind sehr lang und schwer.«

»Anderthalb Längen«, meinte Arkarim. »Das lässt sich gut handhaben. Etwas weniger als die doppelte Länge eines ausgewachsenen Mannes«, erklärte er Kanara-Frau. »Ah, da fällt mir ein, die Spieße müssen vorne gekerbt werden, damit die …«

»… damit die Spitzen eingepasst und dann mit diesem Wurzelzeug gut festgebunden werden können«, brummte Herklund. »Sei beruhigt und verlasse dich auf mich. Ich weiß schon, was zu tun ist.«

»Wir müssen Wasser und Proviant ergänzen«, schlug eine Unterführerin vor. »Und Verbandzeug vorbereiten. Diese Krallen reißen schreckliche Wunden.«

Herklund betastete unwillkürlich seinen Arm und nickte bestätigend.

»Eine Gruppe soll sich darum kümmern.« Arkarim seufzte. »Die Einteilung der Gruppen überlasse ich den Unterführern. Oh, bevor ich es vergesse. Sobald sich die Sonne über den Mittag erhebt, wird die Hälfte der Männer und Frauen etwas Schlaf suchen.«

Hendur lächelte. »Sie werden keinen finden. Nicht, solange diese Kreaturen da draußen sind. Wo stecken sie überhaupt, was meint ihr?«

»In irgendwelchen Erdlöchern oder tief zwischen den Wurzeln der Bäume«, sagte Herdur-Mann. »Das Licht der Sonne verbrennt sie. Doch sobald sie versinkt, kommen sie hervor.«

»Wer Schlaf findet, soll ihn nutzen«, meinte Kanara-Frau. »In der Nacht wird es keinen Schlaf geben. Nur den Tod.«

Eher unbewusst blickte sie zum Waldrand hinüber.

Dort, irgendwo versteckt, lauerte der Tod und wartete auf die Nacht.

41

Es war Nedeam, Llaranya und Maratuk klar, dass sie sich in der Stadt der Frauen nicht unauffällig bewegen konnten. Llaranya mochte dies im Gewand einer Hüterin gelingen, aber der Pferdelord und vor allem Maratuk, waren nicht zu übersehen. Was bei dem Zwerg nicht an seiner Größe, sondern dem üppigen Bart und den knielangen Zöpfen lag. Nedeam wusste, dass sie auf diese Weise keine Chance hatten, die Stadt zu verlassen.

Sie hatten mit Mühe eine Seitenstraße erreicht und sich in die Lücke zwischen zwei Häusern begeben. Eine Stadtbewohnerin hatte sie hier gesehen und war durch Llaranyas grimmiges Auftreten getäuscht worden, welche ihre »Gefangenen« mit der blanken Klinge bedrohte.

»Entferne dich«, hatte sie die verdutzte Frau angeherrscht. »Diese Kreaturen sind gefährlich, und ich will sie nicht durch die Straßen führen, bevor meine Verstärkung eingetroffen ist.«

Maratuk hatte ein bisschen die Zähne gefletscht, und die Frau hatte sich hastig abgewandt.

»Sie wird wiederkommen«, knurrte Nedeam, »und ich wette, mit einem ganzen Beritt an neugierigen Weibern und Hüterinnen. Wir müssen verschwinden. Aber so, wie wir im Augenblick auftreten, wird uns das nicht gelingen.« Er deutete auf Maratuk. »Dein Bart ist zu auffällig, mein Freund.«

Der riss die Augen empört auf und trat einen Schritt zurück. »Wage es nicht, auch nur daran zu denken, die Zierde eines wahren Axtschlägers anzurühren.«

»Ich weiß, ein Axtschläger stirbt aufrecht und mit seinen Zöpfen.«

»So ist es.«

»Aber du kannst deinen stolzen Bart wenigstens verbergen.« Der Pferdelord entrollte das Bündel, in dem sich Llaranyas Kleidung und die Umhänge der Elfin und des Pferdelords befanden. »Lege deine Zöpfe in den Nacken und verknote sie so, dass sie wenigstens auf einen flüchtigen Blick wie lange Haare wirken, die dir über den Rücken fallen. Und die Zierde deines Gesichts stecke dir in dein Wams.«

Der alte Zwerg ließ ein missmutiges Knurren hören, tat aber, wie Nedeam ihm gesagt hatte, während der seinen grünen Umhang auswählte und die anderen Sachen erneut bündelte.

Wenig später traten sie wieder in die Seitenstraße. Nedeam und Maratuk dicht beieinander, wobei der Pferdelord sich ein wenig bückte. Sie beide wurden vom grünen Umhang eingehüllt, den sie so zusammenhielten, dass er ihre Gesichter größtenteils verbarg.

Llaranya ging dicht vor ihnen und verstellte so den Blick auf die Gesichtszüge der Männer.

»Zur Seite, es ist sehr ansteckend«, sagte sie mit besorgter Miene, wenn ihnen eine Frau zu nahe kam. »Tretet zur Seite, wir sind auf dem Weg zur Heilerin.«

Sie hatten keinerlei Ahnung, ob es im Land der Frauen ansteckende Erkrankungen gab und wo die Heilerin ihre Stube hatte, doch die kleine List schien zu funktionieren. Llaranyas Worte hielten die Frauen, denen sie begegneten, auf Distanz und aus der Entfernung konnte man Nedeam und Maratuk für Mutter und Kind halten, die von einer besorgten Hüterin zur Heilerin begleitet wurden.

»Ich habe keinerlei Ahnung, wo wir uns befinden«, murmelte Nedeam. »Diese Stadt gleicht einem Dschungel.«

»Wir nähern uns der nördlichen Stadtmauer«, versicherte Llaranya. »Und wir brauchen ein gutes Versteck, damit wir uns bis zur Nacht verbergen können.«

»Notfalls müssen wir in ein Haus eindringen, seine Bewohner überwältigen und dort die Zeit der Dunkelheit abwarten«, schlug Nedeam vor.

Als sei dies das Stichwort gewesen, öffnete sich rechts von ihnen eine Tür, und eine Frau blickte heraus, deren Augen sich erschrocken weiteten. Sie schien beim Anblick des seltsamen Gespanns sofort misstrauisch geworden zu sein und trat hastig zurück, um die Tür zu schließen.

Nedeam handelte instinktiv, streifte den Umhang ab und warf sich gegen die Tür. Man hörte einen klagenden Aufschrei, als sich das Hindernis wieder öffnete und die Frau dahinter zu Boden geworfen wurde. Schon war Nedeam in einem kleinen Raum und sah sich einer zweiten Frau gegenüber, die sich ohne Zögern auf ihn stürzte.

Maratuk wollte ihm folgen, doch er hatte sich in dem Umhang des Pferdelords verfangen und stürzte mit einem wilden Fluch. Llaranya packte ihn und stieß ihn durch die offene Tür, sprang hinterher und warf diese zu. Klackend schlug der Riegel in sein Widerlager.

Nedeam war von der überraschend kräftigen Frau zur Seite gedrückt worden, konnte nun aber ihren Arm packen und zur Seite drehen. Er hörte einen Laut des Schmerzes.

»Wartet«, forderte der Pferdelord hastig. »Hört auf, zu kämpfen. Ihr seid ein Mann.«

»Du ebenso«, kam die überraschte Erwiderung.

Llaranyas Langmesser schwang zwischen der Frau am Boden und jener Person hin und her, die auf den ersten Blick einer Frau glich. »Was geht hier vor sich?«

»Du kannst keine Hüterin sein«, seufzte die am Boden sitzende Frau, und ihre Erleichterung war offensichtlich.

»Wir dachten, wir wären entdeckt, aber du bist in Begleitung eines Mannes. Keine Hüterin ist außerhalb der Übereinkunft in Begleitung eines Mannes.«

»Eines Mannes?« Maratuk schleuderte missmutig den Umhang zur Seite. »Ha, hier steht sogar ein Zwerg.«

»Ihr seid die Fremden, von denen man sich in der Stadt erzählt.« Die Frau erhob sich und trat an die Seite des Mannes, mit dem Nedeam gekämpft hatte.

Dieser schlug das Tuch zurück, welches einen Großteil seines Gesichtes verborgen hatte. »Ich bin Sebor-Mann aus der Stadt Ataraan. Und dies ist Elian-Frau.«

Die Art, wie die Frau nun ihre Hand in die des Mannes legte, verriet Zärtlichkeit.

Maratuk schnaufte. »Fürwahr, wenn ich diese beiden sehe, so glaube ich fast, für dieses Land besteht noch ein Funke der Hoffnung.«

Eine Tür glitt einen Spalt auf, und Elian-Frau trat hastig hinüber und ergriff die Hand eines kleinen Mädchens, welches die Eindringlinge mit großen Augen ansah und das Gesicht verzog, als wolle es in Tränen ausbrechen. »Dies ist unsere Sia-san-Frau.«

Llaranya ging in die Hocke und legte das Langmesser rasch zur Seite. »Zwei Jahreswenden alt, nicht wahr?«

»Ja«, bestätigte Sebor-Mann mit sichtlichem Stolz. »Sie ist die Blüte unserer Liebe.«

»Eine seltsame Fügung des Schicksals, dass wir aufeinandergetroffen sind«, meinte Nedeam lächelnd. Er wollte der Kleinen über den lockigen Haarschopf streicheln, doch das Kind verbarg sich ängstlich hinter seinen Eltern. »Ich denke, es gibt einiges zu bereden. Llaranya ist meine Gemahlin und Maratuk ist unser Freund. Wir alle drei sind auf der Flucht aus dieser merkwürdigen Stadt der Frauen.«

»Auch wir wollen ihr entfliehen«, seufzte Elian-Frau.

»Obwohl es eine gute Stadt ist und wirklich gute Menschen in ihr wohnen. Doch Mann und Frau können hier nicht zusammen leben.«

»Und die Stadt ist bedroht«, fügte Sebor-Mann hinzu. »Gefahr überzieht das Land. Ein Krieg zwischen Männern und Frauen droht.«

»Mehr als das«, sagte Nedeam leise. »Wir stießen auf Kreaturen, an denen nichts Menschliches haftete und die durch die Nacht schleichen und wahllos morden. Eine von ihnen drang in diese Stadt ein und tötete eine Bewohnerin. Dies hat man Maratuk zu Unrecht angelastet. Ich vermute, diese Wesen sind der Grund, warum Männer und Frauen gegeneinander ziehen wollen.«

»Man ermordete unsere männlichen Neugeborenen«, berichtete Sebor-Mann traurig. »Man lastet es den Hüterinnen an.«

»Dann schüren diese nächtlichen Kreaturen den Krieg, der die Menschen ins Verderben stürzen soll.« Nedeam blickte grimmig. »Man muss die Schuld dieser Wesen enthüllen, um den unseligen Kampf gegeneinander zu verhindern.«

»Doch zuerst müssen wir Julinaar verlassen.« Llaranya lächelte, als das Mädchen sich von seinen Eltern löste und in die Arme der Elfin lief.

»Der Stadt zu entfliehen ist nicht so schwer, wie in sie einzudringen.« Elian-Frau machte eine einladende Bewegung zu den Sitzpolstern des angrenzenden Raums. »Man kann die Mauern von innen leicht überwinden, denn sie sollen nur gegen das Eindringen der Schakrale schützen. Sie werden bewacht, und Hüterinnen streifen auf dem Wehrgang, doch da die Mauern hoch sind, sind sie ein wenig nachlässig. Man kann leicht eine Lücke finden, um hindurchzuschlüpfen.«

»Aber wir müssen die Nacht abwarten«, schränkte Sebor-Mann ein.

Maratuk seufzte. »Die Nacht hat in diesem Land wahrhaftig eine besondere Bedeutung.«

»Wir wollten es in dieser Nacht versuchen und haben Vorbereitungen getroffen«, bekannte Sebor-Mann.

»Dann werden wir gemeinsam gehen.« Nedeam sah das Paar freundlich an. »Hattet ihr eine Zuflucht, zu der ihr euch wenden wolltet?«

»Nein«, bekannte Sebor-Mann. »Vielleicht der Platz, an dem die männlichen Kinder übergeben werden. Dort gibt es ein paar Hütten und auch Wasser.«

»Ein grausiger Ort«, wehrte Elian-Frau ab.

»Ich denke, es gibt eine bessere Möglichkeit.« Nedeam überlegte kurz und nickte dann. »Es gibt ein Dorf, auf der anderen Seite des Flusses, welches sich verborgen hält. Dort leben Frauen, die dem Zwist der Geschlechter abgeschworen haben. Sie scheinen freundlich zu sein, und ich glaube, sie werden uns Schutz gewähren, denn sie sind jeglicher Gewalt überdrüssig.«

»Das Boot müsste noch am Ufer liegen«, meinte Llaranya.

»Dann ist es so beschlossen. In dieser Nacht überwinden wir die Mauer und begeben uns zum einsamen Dorf. Und danach«, fügte Nedeam entschlossen hinzu, »danach sehen wir nach den Männern des Beritts und suchen die Schuldigen für all das sinnlose Morden.«

42

Julara-Alecia-Frau sah die vier Hüterinnen mitfühlend an. »Ihr habt euer Leben riskiert, damit die Wahrheit ans Licht kommt. Ich bin froh, dass euch nichts Ernstliches geschah und die Fremden euch nicht ermordeten, wie wir es befürchten mussten.«

Eine der Hüterinnen, die beachtliche Kopfschmerzen hatte und sich ein feuchtes Tuch an den Schädel hielt, nikkte mit schmerzverzerrtem Gesicht. »Wir haben uns freiwillig gemeldet und waren bereit, in den Tod zu gehen, Kronenträgerin. Wir mussten wissen, ob die Fremden entfliehen würden, und wir durften es ihnen nicht zu schwer machen.«

»Ihr wart sehr tapfer«, stimmte Kommandantin Helen-Frau zu. »Wir wissen nun endlich um die Schuld der Fremden.«

»Nein, meine Schwester, das tun wir nicht«, wehrte die Kronenträgerin ab. »Ich würde dir zustimmen, Kommandantin, wenn sie bei ihrer Flucht keine Rücksicht auf das Leben der Wachen genommen hätten, aber sie waren bemüht, es zu schonen.«

Die Hüterin, welche die Kopfschmerzen hatte, ließ ein leises Schnauben hören.

Julara-Alecia-Frau sah die Kommandantin der Hüterinnen an. »Es kommt alles darauf an, wie die Fliehenden sich nun verhalten. Entweder schließen sie sich den Mördern an oder sie sind unschuldig und werden die Mörder suchen, um ihre Unschuld zu beweisen. In jedem Fall werden sie uns zu den Schuldigen führen.« Die Kronenträgerin blickte nachdenklich aus dem Fenster. Die Nacht begann sich zu senken. »Die Schwestern haben sie im Auge?«

Helen-Frau nickte. »Überall in der Stadt waren Hüterinnen postiert, welche ihre Uniformen abgelegt hatten. Wir haben die Fremden beobachtet, wie sie ein Haus im dritten Nordquadranten betraten. Vermutlich werden sie noch diese Nacht versuchen, über die Mauer zu entkommen.«

»Gut. Schreitet nicht ein, beobachtet und macht es den Fliehenden nicht zu schwer.« Die Kronenträgerin lächelte. »Aber auch nicht zu leicht. Sie sind nicht dumm, diese Fremden.«

»Ich habe gute Jägerinnen im Land postiert. Sie werden es melden, wenn sie die Fremden sehen oder etwas anderes ungewöhnliches bemerken. Die Hüterinnen stehen bereit, Kronenträgerin. Aber ich gebe zu bedenken, dass wir die Verteidigung Julinaars empfindlich schwächen, wenn wir ausrücken. Ein einzelnes Bataillon ist bedenklich wenig, wenn es gilt, Mauer und Tor zu verteidigen.«

»Ja, du hast Recht.« Die Kronenträgerin seufzte schwer. »Ich habe mich daher dazu entschlossen, das alte Arsenal zu öffnen.«

Die Kommandantin erbleichte. »Das Arsenal des vergangenen Königs?«

»Ich weiß, welche Bedenken dich dabei quälen«, räumte Julara-Alecia-Frau ein. »Und glaube mir, es fällt mir nicht leicht, dies zu tun. Aber ich spüre, dass Julinaar vor einem Kampf steht, der über seine Existenz entscheidet. Die Männer drohen mit Krieg, Fremde sind im Land, und Mörder schleichen durch die Nacht. Unsere Hüterinnen sind tapfer, doch sie sind im blutigen Kampf nur wenig geübt. Nein, meine Schwester, wir müssen auf die Mittel des alten Arsenals zurückgreifen.«

Helen-Frau biss sich auf die Unterlippe. »Verfügen auch die Männer Ataraans über die alten Waffen?«

»Ich habe die Bücher sorgfältig studiert. Es war das Arsenal des Königs und stand unter seinem ausschließlichen Befehl. Nein, Ataraan verfügt nicht über diese Macht.«

»Bist du dir sicher, dass die alten Mittel der Unterdrükkung noch funktionieren?«

»Nicht alle, aber einige werden es tun.« Die Kronenträgerin wandte sich vom Fenster ab und sah ihre Freundin ernst an. »Der König und seine Wissenden verfügten über grauenhafte Macht. Es verwundert mich nicht, dass sie diese Macht missbrauchten. Dennoch liegt auch etwas Gutes in ihrem abscheulichen Werk. Was sie erschufen, hatte Bestand. Ich bin mir sicher, dass einiges davon, trotz all der Jahrtausendwenden, noch brauchbar ist.«

»Wir sollten uns dessen vergewissern, bevor wir uns auf eine Macht stützen, die nicht mehr existiert.«

»Dann begleite mich.«

Zusammen mit einer kleinen Gruppe Hüterinnen verließen sie den Raum, der Nedeam, Llaranya und Maratuk als Unterkunft gedient hatte. Der Weg führte sie tief hinab in jene Räume des Palastes, die seit Jahrtausenden unter Verschluss lagen und nur sehr selten aufgesucht wurden. Hier lag die alte Bibliothek, und hier lagen die versiegelten Räume, in denen sich die letzten Waffen des alten Königreiches befanden.

»Wenn die Metallpferde noch funktionieren, so ist ihre Handhabung sehr einfach«, erläuterte die Kronenträgerin. »Es gibt Schriften mit Darstellungen, wie die Hebel zu bedienen sind und was sie auslösen.«

Sie erreichten ein metallverstärktes Tor, vor dem eine Gruppe von Hüterinnen aufschreckte und Haltung annahm. Rasch wurden Fackeln entzündet, dann entfernte man die Riegel des Tores. Knarrend schwang es auf, und ein dunkler Gang wurde sichtbar. Ein Strom kühler und abgestanden schmeckender Luft schlug den Frauen entgegen. Sie waren Wärme gewohnt und fröstelten unwillkürlich.

»Nehmt ein paar Metallstangen mit«, befahl die Herrin Julinaars. »Wir werden sie brauchen.«

Ihre Schritte hallten von den glatten Wänden des Ganges wider. Er war aus Steinquadern errichtet, die fast fugenlos ineinandergriffen. Die Decke hatte die Form steinerner Bögen. Die Zeit schien an diesem Gewölbe spurlos vorbeigezogen zu sein.

Am Ende des kurzen Ganges tauchte eine weitere Tür auf, die jedoch aus Metall bestand. Sie hatte die Form eines gleichförmigen Siebenecks und wurde von sieben Riegeln verschlossen. Der siebenzackige Stern, das alte Symbol des Königreiches, war in reinem Gold in das Metall eingelegt.

Die Kronenträgerin hatte diesen Weg schon einige Male zurückgelegt, um die Bücher der alten Bibliothek zu studieren. Sie gab den Hüterinnen einen Wink, und die metallenen Riegel fuhren mit leisem Quietschen in ihre Bettungen zurück. Als zwei der Frauen gegen die Tür drückten, schwang sie um ihre Mittelachse auf. Im flackernden Schein der Fackeln wurde die Bibliothek sichtbar. Ein großer Raum, beherrscht von Regalen mit Büchern, Schriftrollen und Dingen, deren Bedeutung im Verlauf all der Jahre in Vergessenheit geraten war.

»Wir müssen zur Rückseite der Bibliothek.« Julara-Alecia-Frau wies in die Dunkelheit.

Der Fackelschein wanderte mit der Gruppe die Regale entlang, bis sie vor einer Wand standen. Man konnte sehen, wo nachträglich Steine eingefügt worden waren.

»Hier hat man einst die Steine gesetzt, um die Macht des vergangenen Königs für immer von Julinaash zu verbannen«, seufzte die Kronenträgerin. »Nun werden wir sie brechen, damit die alte Macht zum Wohle Julinaars aufersteht.«

Es war nicht leicht, die Steine aus der zugemauerten Öffnung herauszubrechen. Mühsam lockerte man den ersten Stein. Nachdem er endlich aus der Wand gelöst war, ging es leichter. Dennoch nahm es Zeit in Anspruch, bis die dahinter verborgene Tür frei lag. Sie glich der, welche man zuvor geöffnet hatte.

»Die Bücher sagen, dass es einen Sturm geben wird, wenn man diese Tür öffnet«, warnte die Kronenträgerin. »Ich weiß nicht, was es damit auf sich hat, doch wir müssen uns auf Gefahr vorbereiten.«

Während zwei Frauen an den Riegeln hantierten, zogen andere Hüterinnen ihre Waffen und hielten sich bereit.

»Es geht sehr schwer, Kronenträgerin«, meinte eine der Frauen seufzend. »Diese Riegel sitzen fest.«

»Dann nehmt die Stangen, um sie zu lösen«, riet eine Unterführerin.

»Glaubst du, dass sie sich wirklich dort befinden?« Helen-Frau sah zweifelnd auf die Tür.

Julara-Alecia-Frau nickte. »Die Schriften sagen es.«

»Und du glaubst, sie bewegen sich noch?«

»Ich hoffe es. Einige werden es tun.«

»Aber sie werden nicht durch diese Tür passen.«

Julara-Alecia-Frau lächelte wissend. »Nein. Aber die Schriften nennen einen anderen Weg.«

Die Tür war relativ klein und ließ nicht viel Raum. Mehr als zwei Frauen konnten dort nicht arbeiten. Die beiden Hüterinnen mühten sich damit ab, die Riegel nacheinander mit einer Metallstange zu bewegen. Knarren und Ächzen von protestierendem Metall war zu hören. Dann, als die Hüterinnen am letzten Riegel arbeiteten, geschah es.

Mit einem vernehmlichen Bersten brach der Riegel ab, und die siebeneckige Tür wurde förmlich aufgerissen. Sie schwang so rasch herum, dass die Metallplatte eine der

Frauen erschlug und die andere in den dahinter liegenden Raum schleuderte. Ein sturmartiger Wind traf die Frauen, der sie erfasste und in die Finsternis des Arsenals zu saugen schien. Der Sturm tobte nur für Augenblicke, doch Julara-Alecia-Frau hatte Mühe, sich an dem Regal festzuhalten, welches sie instinktiv umklammert hatte. Sie spürte entsetzt, wie sich ihre Beine vom Boden lösten. Helen-Frau hing mit verzerrtem Gesicht an der Metallplatte der Tür und krallte ihre Hände verzweifelt in zwei der geöffneten Riegel. Eine andere Hüterin umklammerte ihre Beine. Die Fackeln flammten grell auf und schienen dann zu verlöschen, bevor sich ihr flackernder Schein beruhigte.

Dann war der furchtbare Sog vorüber.

Die Frauen sackten zu Boden und rangen nach Atem.

»Ein Werk der Finsternis«, keuchte eine der Hüterinnen.

»Wir sollten die verfluchte Tür wieder versiegeln«, stimmte Helen-Frau zu. Die Kommandantin massierte ihre Handgelenke. »Das ist kein gutes Zeichen, Kronenträgerin. Kein gutes Zeichen.«

»Es ist geschehen, und es ist vorbei.« Julara-Alecia-Frau nahm die Fackel aus der Hand einer Hüterin und trat in die Öffnung. »Nun lasst euch zeigen, worin des Königs besondere Macht bestand. Ich bin mir sicher, die Bücher und ihre Abbildungen haben nicht gelogen.«

Auch dieser Raum lag in tiefer Dunkelheit, und er war so groß, dass die Fackel nur den unmittelbaren Bereich um die Tür erhellte. Schaudernd sah die Kronenträgerin den reglosen Körper der Hüterin, die in den Raum hineingeschleudert worden war. Ihr Genick war gebrochen, und die toten Augen schienen die Herrin Julinaars anklagend anzusehen.

»Es tut mir leid, Schwester«, murmelte Julara-Alecia-Frau und hob bedrückt den Blick, um den Raum zu erkunden. »Sie müssen hier sein«, murmelte sie und hob ihre Stimme. »Ich brauche mehr Licht.«

Die anderen folgten ihr zögernd und verteilten sich.

Dann fiel das Licht auf eine metallene Wand.

»Hierher«, rief Julara-Alecia-Frau und eilte hinüber.

Nun rissen die Fackeln eine stählerne Kontur aus der Dunkelheit.

Ein großer Kasten, der auf dem Boden aufzusitzen schien. Es gab Vorsprünge und Schrägen, die den plumpen Eindruck milderten. Grelle Farben stachen in die Augen. Auf der Oberseite des Kastens befand sich eine halbrunde Kuppel, aus der ein Rohr herausragte.

Julara-Alecia-Frau schwenkte die Fackel zur Seite, und ihr Licht riss ein weiteres Metallungetüm aus dem Dunkel.

»Die Metallpferde des Königs«, murmelte sie andächtig. »Hier haben sie überdauert.«

43

Die Zeit drängte, und Gajath hatte den mittleren der sieben Hügel erreicht. Sie löste den Stab vom Gürtel, strich über die Runensäule und sprach die alten Worte. Die Luft begann zu flimmern, und für einen Moment verschwamm die Welt um die schöne Frau. Unvermittelt stand sie im Inneren des Hügels.

Es war eine große Höhle, angefüllt mit Leben, welches sich hier vor der tödlichen Sonne verborgen hielt.

Über die Runensäule auf dem Hügel fiel gefiltertes Licht ein, welches von geschliffenen Kristallen gleichmäßig verteilt wurde und ausreichte, alles in angenehm dämmeriges Licht zu hüllen. Das Innere war durch stützende Säulen und Kristallelemente unterteilt. Gajath kannte die Höhlen der Rudel und wusste, dass es Bereiche gab, in denen Vorräte gelagert waren, die Jungen aufgezogen wurden oder die Heranwachsenden ihre Unterweisungen fanden. Ein Bereich galt den Schriftsteinen. Dort bewahrten die Rudel ihr Wissen, eingraviert in polierte Kristallscheiben.

Die Höhle wimmelte von Nachtläufern, und sie sprangen respektvoll auf, als sie Gajath so unvermittelt unter sich sahen.

Schewar eilte herbei. »Gajath, Dienerin des Volkes und Gebieterin der Rudel, was kann deine treue Gefährtin für dich tun?«

»Du kamst spät von der Erkundung Sespirus zurück, und die Sonne ging auf. Du konntest mir nicht berichten, doch ich muss um die Vorgänge im Dorf der Männer wissen.«

»Fünfzehn fanden den Tod«, sagte Schewar bedrückt.

»Fünfzehn!« Gajath war erschrocken. »Wie konnte das nur geschehen?«

»In diesem Dorf stellen sie goldene Schwerter her«, berichtete Schewar. »Es sind gefährliche Waffen und wir haben ihre Wirkung unterschätzt. Dennoch hätten wir Sespiru ausgelöscht, wenn die Sonne nicht aufgegangen wäre.«

»Dann habt ihr zu lange mit dem Angriff gewartet.«

Schewar nickte. »Es war mein Fehler, Dienerin des Volkes und Gebieterin der Rudel.«

»Es war der meine«, seufzte Gajath. »Ich hätte euch begleiten sollen, dann wäre das nicht geschehen.«

»Du kannst uns nicht begleiten, Gajath.« Schewar wippte auf ihren langen Beinen. »Du musst über das Dorf der sieben Hügel und seine sieben Rudel wachen, wenn der tödliche Schein den Himmel beherrscht.«

»So steht nun mit Sicherheit fest, dass es Sespirus Männer sind, die von uns wissen und goldene Klingen besitzen.« Gajath nickte nachdenklich. »Aus keinem anderen Dorf wurde Ähnliches berichtet. So ist Sespiru die eigentliche Gefahr. Ist Sespiru ausgelöscht, können wir sein Gold an uns nehmen. Der Rest der Glatthäuter ist leichte Beute.«

»Ich habe bereits Verstärkungen nach Sespiru geschickt. Sie liegen im Schutz der Dunkelheit verborgen und warten auf die Nacht.« Schewar zögerte kurz. »Die Fremden haben sich mit den Männern Sespirus vereinigt, und es sind auch Hüterinnen dort.«

»Bullen und Stuten der Glatthäuter kämpfen gemeinsam?«

»Die Gefahr vereinigt sie.«

»Wenn dies in ganz Julinaash geschieht, könnten die Menschen doch noch zu einer Gefahr werden«, sinnierte Gajath. »Wir können nicht alle in einer Nacht auslöschen, und am Tage wären wir ihnen ausgeliefert. Sie bräuchten die Rüden nur ans Tageslicht zu zerren und sie müssten vergehen.«

»Am Tage sind wir gut verborgen, und die Nacht gehört uns.«

»Wir haben weniger Zeit, als ich es dachte«, räumte Gajath ein. »Nun gut, es ist nicht mehr zu ändern. Schewar, ich muss einige Wünsche an dich und alle unsere Rudel richten.«

»Wir werden sie erfüllen, Dienerin des Volkes und Gebieterin der Rudel.«

Gajath strich zärtlich über das Gesichtsfell Schewars. »Das weiß ich.«

Die schöne Frau schloss für einen Moment die Augen. Sie hörte das unmerkliche Scharren von Füßen und wusste, dass jeder des Rudels sie nun andächtig ansah. Sie gab sich ihren Gedanken hin, versuchte ihre Möglichkeiten abzuwägen. Schließlich öffnete sie die Augen.

»Vielleicht haben die Männer Sespirus ihr Wissen doch weitergegeben, auch wenn wir dafür keine Anzeichen fanden. Aber selbst wenn Frauen und Männer in diesem Dorf zueinander stehen, so wissen wir zugleich, dass in den übrigen Siedlungen die alte Feindschaft zwischen ihnen besteht. Also werden die Männer Sespirus ihr Wissen allenfalls an die Siedlungen der Männer weitergegeben haben. Wir werden unsere Pläne ändern, Wesen der Nacht.«

Gajath spürte die Erwartung der Nachtläufer und ihren Eifer. »Noch in dieser Nacht werden die Rudel ausschwärmen. Das Land der Frauen bleibt nun verschont. Sie sind leichte Beute, wenn die Männer erst bezwungen sind. Schewar, dein ganzes Rudel wird sich nach Sespiru begeben. Die anderen Rudel werden die übrigen Dörfer der

Männer auslöschen. Sind die Dörfer bezwungen, wenden wir uns mit aller Macht Ataraan zu.«

»In Sespiru stehen Männer und Frauen der Glatthäuter Seite an Seite«, erinnerte Schewar. »Und sie kennen die Macht der goldenen Klingen.«

»Ich habe es nicht vergessen. Bevor dein Rudel Sespiru überrennt, werdet ihr die Brücke zerstören. Sag einem der anderen Rudelführer Bescheid, dass sein Rudel sich um die ungenutzte Nordbrücke kümmern soll. Dann sind die Länder der Männer und Frauen endgültig geteilt, und keiner kann dem anderen zu Hilfe eilen.«

Schewar entblößte seine Fangzähne. »Der Fluss ist für uns nie ein Hindernis gewesen. Die Dorm kennen uns und weichen vor uns zurück. Doch die Glatthäuter brauchen die Brücken oder Boote. Was, wenn sie Boote benutzen?«

»So viele Boote gibt es nicht, und sie könnten nur in kleinen Gruppen übersetzen.«

»Sie könnten den Tag nutzen.«

Gajath nickte. »Noch könnten sie das. Doch ich werde schon bald meine ganze Macht entfalten können.«

Schewar leckte sich über die Schnauze. »Dann wird der Tag zur Nacht werden.«

Gajath lachte leise. »Ja, dann gibt es für die Menschen kein Entkommen mehr.«

44

Sie hatten drei der Langmesser der Hüterinnen. Keine wirklich beeindruckenden Waffen, wenn sie einem oder mehreren Schakralen begegnen sollten. Doch bisher war ihre Flucht überraschend leicht gewesen. Sie hatten die Lücke zwischen den streifenden Hüterinnen nutzen und die Wehrmauer Julinaars überwinden können. Nach einem schnellen Spurt war die kleine Gruppe dann im Dickicht des Urwalds verschwunden. Selbst die kleine Sia-san-Frau hatte wohl gespürt, dass es auf Schnelligkeit und Lautlosigkeit ankam, und hatte sich ruhig verhalten.

Llaranya hatte das Gewand der Hüterin abgelegt und trug wieder ihre gewohnte Kleidung. Erleichtert hatte sie den elfischen Umhang in seinem typischen Blau um die Schultern gelegt. »Vielleicht solltest du ihn dennoch nicht tragen«, hatte der Erste Schwertmann eingewandt. »Dieses Blau ist sehr intensiv und fällt in all den Farben dieses Urwaldes auf. Dagegen ist mein eigener Umhang eher unauffällig.«

»Schön, sollen wir tauschen?«, hatte sie treuherzig gefragt.

Damit hatte sich die Frage erledigt, und Nedeam musste akzeptieren, dass sie ihren Umhang mit dem gleichen Stolz trug, wie er selbst den grünen der Pferdelords.

Immer auf der Hut vor gefährlichen Tieren oder einer Begegnung mit Frauen, war die Gruppe entlang der Straße gezogen. Auf ihr kamen sie schneller voran und waren weniger gefährdet, als wenn sie sich ihren Weg durch das Pflanzendickicht gebahnt hätten.

Nun hatten sie den Eten erreicht und bewegten sich an seinem Ufer entlang nach Süden.

»Wir kommen nur langsam voran«, brummte Maratuk. »Der Hüpfling hält uns auf.«

»Sollen wir ihn zurücklassen?«, fragte Nedeam spöttisch

Maratuk sah ihn empört an. »Einen Hüpfling? Bist du des Wahnsinns? Kinder sind die Zukunft eines Volkes. Ein Axtschläger mag für einen Hüpfling sterben, doch er lässt ihn niemals zurück.«

»Ich weiß, mein Freund.« Nedeam sah zu Sebor-Mann und Elian-Frau, die mit ihrer Kleinen zusammen am Boden saßen und erleichtert über die Rast waren.

»Wie steht es mit deinen Hüpflingen?«, fragte der alte Zwerg.

»Ich habe keine Kinder.«

»Hm.« Der Zwerg grinste und zog an seinen Zöpfen. »Es mag aber nicht mehr lange dauern, mein Freund.«

»Wie meinst du das?«

»Sieh dir die Blicke an, mit denen dein Weib das Kleine betrachtet. Ah, ich sage dir, mein Freund, ich kenne diese Blicke. Da sind sich alle Frauen gleich. Ob Zwerg oder Pferdevolk oder diese Julinaash.«

Nedeam sah den kleinen Freund überrascht an. »Llaranya ist eine Kriegerin.«

Maratuk lachte auf. »Gewiss. Aber sie ist zugleich eine Frau. Sie hat jene Rundungen, die das eindeutig belegen, mein Freund. Wir Zwerge nennen das Brüste.«

»Wir vom Pferdevolk ebenfalls«, murmelte Nedeam.

»Ah, wie ich es sagte, Frauen sind sich gleich, nicht wahr? Menschelt ihr?«

»Menscheln?« Nedeam sah den kleinen Freund verwirrt an.

Maratuk zog an seinen Zöpfen. »Nun, wir Zwerge zwergeln, und ihr Menschen menschelt. Ich weiß nicht, was die Elfen machen, doch es ist etwas, was zwischen Mann und Frau geschieht, du verstehst?«

»Hm, ja, äh, Llaranya und ich, wir menscheln.«

Maratuk klopfte Nedeam aufmunternd an den Arm. »Nun, so ist es nur eine Frage der Zeit. Du solltest dich ernstlich mit dieser Vorstellung befassen.«

Nedeam warf einen nachdenklichen Blick zu seiner geliebten Elfin. Eher zufällig wandte sie sich in diesem Augenblick um, und ihr Lächeln wurde noch tiefer.

»Ja, ich kenne diesen Blick«, murmelte Maratuk. »Sie sind sich alle gleich.«

Nedeam räusperte sich verlegen. »Wir, äh, sollten nach dem Boot sehen. Es müsste hier in der Nähe versteckt sein.«

Der alte Zwerg sah den Pferdelord treuherzig an. »Gut, dass unsere Schar noch so klein ist.«

»Klein?«

»Hüpflinge.« Der Alte lachte vergnügt und schlug Nedeam erneut gegen den Arm. »Hüpflinge, Hüpflinge.«

Nedeams Gesicht rötete sich.

Es war höchste Zeit, dass sie das Boot fanden und zum einsamen Dorf der schönen Gajath übersetzten.

45

Ich weiß nicht, ob die Metallpferde dem Feind Furcht einflößen«, flüsterte Helen-Frau und sah die Kronenträgerin an, die es sich nicht nehmen ließ, die Kampftruppe zu begleiten. »Mir jedenfalls machen sie Angst.«

Drei volle Bataillone der Hüterinnen führte die Kronenträgerin unter Helen-Fraus Kommando aus der Stadt, zusammen mit dreien der Metallpferde, die sich quietschend und rumpelnd, aber beständig bewegten.

Jeder der Kolosse maß zwei Längen in der Höhe und das Fünffache von vorne bis hinten. Die gepflasterte Straße war gerade breit genug, damit die Fahrzeuge sie nutzen konnten. Die Metallpferde bewegten sich auf einer eisernen Raupe, die vorne auftauchte, sich unter dem Rumpf entlang bewegte und dann im Heck wieder verschwand.

»Ich frage mich, was diese Metallpferde fressen, damit sie sich bewegen«, meinte Helen Frau. Sie stand neben der Herrin Julinaars in der Kuppel des vorderen Fahrzeuges und hatte so einen guten Überblick über das vorausmarschierende Bataillon der Hüterinnen.

»Ich fand darüber nur wenig in den Schriften«, antwortete Julara-Alecia-Frau. »Es war von der Sonne die Rede, und dass diese Sonne auch durch die langen Rohre gleitet. Sie sollen die Kraft der Sonne bündeln und den Feind verbrennen. So wie es auch die Paladine Rushaans mit ihren Lichtlanzen taten.«

»Im Arsenal war keine Sonne, welche diese Bestien hätte füttern können.« Helen-Frau konnte sich mit den Metallungeheuern nicht anfreunden.

»Vielleicht bewegten sich aus dem Grunde auch nur noch diese drei, die wir jetzt mit uns führen. Die anderen waren tot.«

Die Kommandantin beugte sich ein wenig nach unten und konnte vor sich, unterhalb des langen Rohres, den Kopf der Steuerfrau erkennen, die das Metallpferd mit einem Hebel lenkte. »Wenigstens lässt es sich leicht handhaben. Den Hebel nach vorne, und es bewegt sich nach vorne. Den Hebel zurück, und es fährt rückwärts. Den Hebel nach rechts …«

»Ich kenne die Hebel, Helen-Frau. Ich las in den Büchern über sie und habe sie euch erklärt.«

»Und dieser andere Hebel, hier neben mir, der ist für die Sonnenmacht des Rohres?«

»Das ist er. Er funktioniert ebenso wie der andere, nur dass er diese Kuppel mit dem Rohr bewegt. Der kleine Hebel hebt und senkt das Rohr der Sonnenmacht, und der Knopf löst sie aus.«

»So sie noch funktioniert.«

»Die Metallpferde des vergangenen Königs bewegen sich, also wird ihre Sonnemacht wohl auch noch funktionieren.«

»Wenn sie es tut, so ist dieser Krieg beendet, bevor er richtig begonnen hat«, meinte die Kommandantin. »Die Männer haben den Metallpferden nichts entgegen zu setzen.«

»Nein, das haben sie wohl nicht«, seufzte die Kronenträgerin. »Doch warten wir erst ab, wer sich wirklich als Feind offenbart.«

»Ich kann deine Zweifel an der Schuld der Männern und der Fremden nicht verstehen.«

»Unsinn, Helen-Frau. Du bist klug genug, um selbst daran zu zweifeln.«

Die Kommandantin errötete. »Mag sein. Ja, ich will es zugeben, dass ich zweifle. Doch um an ihre Unschuld zu glauben, will ich Beweise sehen.«

»Deswegen ziehen wir mit unseren Bataillonen und den Metallpferden durch das Land.«

»Warum direkt ins Land der Männer?« Die Kommandantin reckte sich ein wenig vor. »Langsamer mit dem Metallpferd. Sonst rollt es über das vordere Bataillon!«

»Weil unsere Späher berichten, dass die Fliehenden am Ufer des Eten entlangziehen. Dort im Süden gibt es keine Brücke und keine Furt und auch keine Siedlung mehr, wo sie Zuflucht finden könnten.«

»Vielleicht ist dort das Versteck der Mordwesen.«

»Mag sein. Doch die meisten Morde geschahen im Norden Julinaars. Ich zweifle daran, dass die Mörder stets unentdeckt geblieben wären, wenn sie an unseren Streifen vorbeimussten.«

»Du hast mir nicht geantwortet, Kronenträgerin.«

»Ich bin überzeugt, dass die Gefahr vom Land der Männer ausgeht, Kommandantin, aber ich bin nicht überzeugt, dass die Männer dafür verantwortlich sind.«

»Hm.«

»Dort vorne ist die Brücke, Kommandantin«, meldete eine Hüterin, die von der Spitze kam.

»Der einzige Weg, den wir mit den Metallpferden nehmen können«, brummte Helen-Frau. »Die Wachen der Männer werden die Augen aufreißen, wenn wir auf sie zu kommen.«

»Wir haben noch einen Zehnteltag Tageslicht«, schätzte die Kronenträgerin. »Vielleicht sollten wir an diesem Ufer übernachten und mit dem ersten Morgenlicht übersetzen. Ich weiß nicht, ob diese Metallpferde auch in der Dunkelheit fahren und Sonnenmacht werfen können.«

»Sie kamen über die Rampe aus dem Arsenal heraus.«

»Nur mit Mühe. Erst in der Sonne erwachten sie zu vollem Leben.«

»Du hast Recht, Kronenträgerin. Dann sollten wir außer Sichtweite des Ufers bleiben und am Morgen vorstoßen.«

»Dem stimme ich zu. Gib die Befehle.«

Helen-Frau nickte und winkte eine Hüterin herbei, welche den Befehl zur Vorhut bringen sollte. Noch bevor das geschah, kam eine andere Melderin von den Spähern des ersten Bataillons zurück.

Die Frau war gerannt und rang nach Atem, bevor sie die verheerende Botschaft überbrachte. »Die Hüterinnen der Brücke sind tot, Kommandantin. Grausam geschlachtet. Doch das ist nicht Alles. Die Brücke, sie würde zerstört.«

Helen-Frau ließ die Kolonne halten und sprang mit der Kronenträgerin vom Metallpferd herunter. Gemeinsam hasteten sie zu den Frauen der Vorhut, die am Aufgang der Brücke standen.

In stummem Zorn sahen sie die Leichen der niedergemetzelten Brückenwache.

»Verfluchte Männer«, stieß Helen-Frau schließlich hervor. »Dafür werden sie ihr eigenes Blut vergießen.«

Die Kronenträgerin schüttelte den Kopf und wies zum anderen Ufer. »Das haben sie schon. Sieh dort hinüber, meine Freundin. Seht alle dort hinüber.«

Es gab keinen Zweifel, auch wenn die Entfernung das Bild milderte. Die Brückenwache der Männer war auf die gleiche grauenhafte Weise getötet worden.

Helen-Frau sah die Kronenträgerin mit blasser Miene an und ihre Lippen zitterten. »Du hattest die ganze Zeit Recht in deinem Zweifel. Jene Männer starben auf die gleiche Art wie unsere Schwestern.«

»Die Frage ist nur, auf welcher Seite des Flusses die Mordwesen nun ihr Unwesen treiben.«

Helen-Frau lächelte freudlos. »Auf der anderen Seite, der Seite der Männer.«

»Warum bist du dir da so sicher.«

»Es erscheint mir richtig. Sie kommen nicht aus unserem Land, auch wenn sie hier gemordet haben. Wir hätten ihr Versteck längst finden müssen. Nein, sie kommen vom jenseitigen Ufer des Eten, und dort werden wir sie finden.« Die Kommandantin fingerte nervös am Griff ihres Langmessers. »Es kann nicht anders sein. Wenn man sich zum Feind begibt, dann schneidet man sich nicht den einzigen Rükkzugsweg ab. Die zerstörte Brücke beweist, dass sie drüben sind.«

»Und dass sie verhindern wollen, dass wir den Männern zu Hilfe kommen.«

»Ja, ich stimme dir zu«, räumte die Kommandantin ein. »Auch wenn es mir ungewohnt ist, Männern zu Hilfe zu eilen, doch es scheint der einzige Weg.«

»Es freut mich, dass wir uns wieder so einig sind, meine Schwester.«

Für einen kurzen Moment reichten sie sich die Hände und fühlten ihre Verbundenheit. Dann traten sie näher an das Ufer und betrachteten die Schäden an der Brücke.

»Sie waren nicht sehr sorgfältig«, meinte die Kommandantin abschätzend. »Entweder verstehen sie nichts von Brücken oder sie waren in großer Eile. Sie haben die Stützen des Mittelteils zerstört, und dieses hat sich abgesenkt und ist ins Wasser gestürzt. Mit viel Zeit, genügend Händen, Holz und Seilen, können wir es wieder heraufziehen und neu verankern. Es wird nur ein Behelf sein, nicht mehr, doch mit zusätzlichen Balken verstärkt, müsste es haltbar genug sein, damit auch die Metallpferde übersetzen können.«

»Ich glaube, die Mordwesen wollten nur Zeit gewinnen. Ein Zeichen dafür, dass sie losgeschlagen haben, was auch immer ihre unheilvollen Absichten sind. Aber vielleicht können wir ihren Plan zunichte machen, wenn wir die Brücke schneller reparieren, als sie es vermuten.«

»Wir haben genug Hände, doch die Brücke ist schmal. Nur wenige können an der Bruchstelle arbeiten«, gab Helen-Frau zu bedenken.

Die Kronenträgerin legte die Hand auf die Schulter der Freundin. Sie sah zu den Metallpferden zurück. »Vielleicht sind wir stärker, als du in diesem Augenblick denkst.«

46

»Warum kommen sie nicht?« Der Schwertmann spähte nervös über die Palisade auf die freie Fläche hinaus, die am Waldrand endete. »Dieses verdammte Warten zerrt an meinen Nerven.«

Arkarim legte dem Pferdelord die Hand an den Arm. »Wir alle sind unruhig. Es gibt nur einen Grund, warum sie es noch nicht versucht haben.«

»Sie warten auf Verstärkung.« Der Schwertmann spuckte über die Palisade.

Arkarim nickte. »Eigentlich ist es ein gutes Zeichen.«

»Ah, wahrhaftig?« Der Schwertmann hob zweifelnd die Augenbrauen.

»Sie sind sich nicht sicher, ob sie uns überwältigen können.« Arkarim grinste. »Natürlich wird es schwerer, wenn sie Verstärkungen heranführen, doch es zeigt, dass sie Respekt vor uns haben und die goldenen Klingen fürchten.«

»Ja, da habt Ihr sicher Recht, guter Herr Arkarim.«

Eine der anderen Wachen trat näher. »Wie geht es dem Arm des guten Herrn Herklund?«

»Eine böse Wunde«, seufzte Arkarim. »Sie hat sich nicht entzündet, aber ich fürchte, der Arm wird nicht wieder vollständig heilen.«

»Verdammt, Herklund ist ein hervorragender Schwertkämpfer und versteht sich ebenso auf die Stoßlanze.«

»Mir gefällt es ebenso wenig, ihn als Scharführer zu verlieren.« Arkarim legte die Hand auf die Palisade. »Doch vielleicht haben wir Glück und alles heilt zufriedenstellend. Wollen wir es für Herklund hoffen. Ich glaube, es wird wohl gleich Tag werden.«

»Ja«, bestätigte der andere Schwertmann. »Dann haben wir eine ganze Nacht umsonst gewartet.«

»Am Tag können wir ausruhen. Dann sind diese Nachtläufer nicht gefährlich.« Arkarim sah vom Wehrgang auf den Dorfplatz hinunter. Männer und Frauen waren die ganze Nacht bereit gewesen. Zwar standen sie nicht in Kampfformation, hätten diese aber sehr schnell einnehmen können. Niemand hatte während der Dunkelheit Schlaf gefunden, selbst viele der Verwundeten nicht, die unter ihren Schmerzen und ihrer Hilflosigkeit litten.

Eine der Hüterinnen kam herbei. »Werden sie in der nächsten Nacht kommen?«

»Ich weiß es nicht«, bekannte der Scharführer. »Doch wenn sie auftreten, dann wird das mit Macht geschehen.«

»Ich hoffe, dass wir am Tag unseren Schlaf finden«, seufzte die Frau.

»Ich weiß, wir alle können ihn gebrauchen.«

Arkarim starrte hinüber zum Wald. Die Spitzen der Farnbäume begannen sich rötlich zu färben. Der Tag dämmerte herauf.

Der Scharführer löste sich von der Palisade und griff nach seiner Wimpellanze, die neben ihm lehnte.

Warum hatten die Bestien nicht angegriffen?

Die Aussicht, dass die Wesen der Nacht tatsächlich Verstärkungen heranführten, bereitete ihm Sorge, ja, sie bereitete ihm Furcht. Auch wenn die Männer und Frauen in Sespiru alles getan hatten, um sich darauf vorzubereiten, sie würden nur schwerlich bestehen können.

Der Scharführer dachte an den Ersten Schwertmann, Llaranya und den alten Maratuk. Wo immer sie auch sein mochten, Arkarim hoffte, dass sie zusammen waren.

Gemeinsam in den Tod zu gehen, machte das Sterben ein wenig leichter.

Seine Gedanken eilten zu seiner Geliebten Etana. Welche Sorgen mochte sie in den Tagen seiner Abwesenheit verspüren? Ungewiss, ob ihr geliebter Arkarim jemals zu ihr zurückkehrte. Hilflos auf seine Heimkehr wartend und in der steten Furcht vor der Nachricht seines Todes.

Er seufzte schwer.

Wahrscheinlich hatte er das leichtere Los. Er wusste, was ihm und den anderen bevorstand, und vielleicht hatten sie ja auch die Kraft, sich ihrem Schicksal entgegenzustemmen.

Der Scharführer straffte sich und zog die Wimpellanze in die Armbeuge, eng an den Körper und hoch aufgerichtet. Eine Morgenbrise ließ das grüne Tuch munter flattern.

Ja, solange sie noch Kraft in ihren Armen hatten, solange waren sie auch nicht verloren.

47

Alles in Ordnung, es ist noch da.« Nedeam zog die Farnwedel zur Seite, unter denen das Boot versteckt gewesen war.

»Gut«, seufzte Maratuk. »Es wird Zeit dieses unfreundliche Land der Frauen zu verlassen. Als ich es betrat, da musste ich durch den Fluss schwimmen.«

»Schwimmen?« Sebor-Mann sah den Zwerg mit offenem Mund an. »Und du lebst noch?«

»Ah, welche Frage«, seufzte der Alte. »Würde ich sonst vor dir stehen? Selbstverständlich lebe ich noch.«

»Dann hattest du großes Glück keinem Dorm zu begegnen.«

»Diese großen Ungeheuer mit den vielen Armen um den Kopf?« Maratuk blickte auf den nächtlichen Eten hinaus. Das Wasser begann sich sanft rötlich zu färben. Die Sonne würde bald aufgehen. »Nun, es gibt wahrlich leichteres Futter für so eine Bestie als einen Axtschläger der Zwerge. Ich will dir gerne sagen, was … «

»Es ist sicherlich eine spannende Geschichte«, räumte Llaranya ein, die aufmerksam um sich spähte, »doch wir sollten endlich das Boot nehmen und übersetzen. Im Dorf der einsamen Frauen können wir uns ausruhen. Es liegt direkt auf der anderen Flussseite.«

»Ja, ihr habt davon erzählt. Wartet, ich helfe euch.« Sebor-Mann half Nedeam und Maratuk, das Boot zum Ufer hinunter zu tragen. Er räusperte sich und sah sich um, ob Elian-Frau seine Worte hören konnte. »Sag, Pferdereiter Nedeam, es ist wirklich ein Dorf?«

»Ja, wir fanden es, als wir das Land erkunden wollten.«

»Am anderen Ufer? Und es leben nur Frauen darin?«

»Nun, wir haben nur eine einzige gesehen«, räumte der Erste Schwertmann ein. »Die anderen fürchteten sich wohl vor uns. Nur zu verständlich«, sagte er mit einem scharfen Blick auf Sebor-Mann. »Sie sind der dummen Streitereien zwischen euch Männern und ihnen überdrüssig. Sie wollen in Frieden leben, ohne die Zwänge der Übereinkunft.«

»Ja, ich weiß, auch das sagtest du schon.« Sie hatten das Ufer erreicht, Wasser umspielte ihre Beine, als sie das Boot hineinsetzten und festhielten. Sebor-Mann winkte Llaranya und Elian-Frau zu, die rasch herankamen. »Es ist nur seltsam, dass ich nie zuvor von diesem Dorf hörte.«

»Keineswegs«, erwiderte Maratuk. »Wenn sie ihren Frieden haben wollen, dann werden sie sich hüten, die Lage ihres Dorfes kundzutun.«

»Aber unsere Jäger durchstreifen das Land seit Jahrtausendwenden und nie hörten wir von einem Dorf an diesem Ort.« Sebor-Mann blickte zum anderen Ufer und senkte die Stimme, da die Frauen fast heran waren. »Direkt am Ufer? Ich kann nichts erkennen.«

»Die Häuser stehen zwischen den Bäumen. Aber dort vorne kannst du den kleinen Steg erkennen, von dem dieses Boot stammt.«

»Oh, das ist ein Steg?«

»Nun ja«, murmelte Nedeam, »er ist klein, aber es ist dennoch ein Steg.«

»Und die Häuser? Ich sehe keine Häuser.«

»Sie stehen zwischen den Bäumen.«

»Niemand baut Häuser zwischen die Bäume.«

Nedeam verdrehte die Augen. »Sie haben es wohl genau deshalb getan. Damit die Häuser besser verborgen bleiben.« Er sah Sebor-Mann an. »Verdammt, guter Herr, ich kann Eure Sorge verstehen. Doch dort drüben seid Ihr und eure Familie sicher vor den Feindseligkeiten, die in Julinaash herrschen. Denkt an Euer kleines Mädchen. Ihm wird dort Schutz gewährt.«

»Ja, du hast sicher Recht«, murmelte Sebor-Mann. »Ich bin wohl nur übermäßig nervös.«

Maratuk prustete vernehmlich. Während Nedeam und Sebor-Mann das Wasser erst zur Hüfte reichte, stand der alte Axtschläger schon bis zum Hals im Eten. Er sah die beiden anderen entschuldigend an. »An dieser Stelle ist es besonders tief, aber keine Sorge, ich kann mich notfalls auf die Zehenspitzen stellen.«

Das Boot wankte, als die Elfin und Elian-Frau einstiegen. Anschließend zog Maratuk sich hinauf. Die kompakte Gestalt des Zwerges drückte das kleine Wasserfahrzeug auf einer Seite stark nach unten, und Nedeam und Sebor-Mann hielten dagegen. Schließlich saß der kleine Mann im Trokkenen.

»Wir müssen darauf achten, dass die Frauen vorne sitzen«, meinte Sebor-Mann. »Es ist ein Dorf der Frauen. Da ist es besser, wenn diese zunächst keine Männer sehen. Unser Anblick könnte sie beunruhigen.«

Als werde ein Vorhang zur Seite gezogen, breitete sich Sonnenschein aus. Nur am Dorf der Frauen hielt sich ein rötlicher Schimmer, wie Nedeam überrascht feststellte, doch auch dieser wich schließlich dem Tageslicht.

Nedeam und Sebor-Mann übernahmen die Ruder, während Maratuk das Boot steuerte. Ein wenig schlingernd kämpfte das kleine Wasserfahrzeug gegen die Strömung des Eten an und Maratuk und Sebor-Mann starrten immer wieder aufmerksam ins Wasser hinab. Doch kein Dorm ließ sich blicken, der nach den Insassen des Bootes gegriffen hätte.

Am anderen Ufer wurde eine einsame Gestalt sichtbar.

»Das wird die Älteste sein«, meinte Nedeam.

»Wie heißt sie?«

Nedeam runzelte die Stirn. »Sie hat uns ihren Namen nicht genannt.«

Sebor-Mann musterte die Gestalt, die langsam größer wurde. »Das ist seltsam. Jeder Mann und jede Frau hat einen Namen. Den Namen und die Art seines Geschlechts, die dem Namen beigefügt ist.«

»Wahrscheinlich nannte sie uns deshalb ihren Namen nicht«, vermutete Nedeam.

»Ja, zum Zeichen, dass sie sich keinem Geschlecht zugehörig fühlen«, meinte Llaranya.

»In diesem Land erscheint mir das sehr vernünftig«, ließ sich Maratuk vernehmen. »Hier bedeutet die Zugehörigkeit zu dem einen Geschlecht ja gleich die Feindschaft des anderen.«

»Nicht immer.« Elian-Frau wandte sich halb um und ergriff für einen Moment die Hand Sebor-Manns.

Maratuk nickte ernst. »Wie ich es erwähnte, es gibt noch Hoffnung für dieses Land.«

Das Boot stieß unsanft an den Steg, und Maratuk zuckte entschuldigend mit den Schultern. Während Nedeam und Sebor-Mann das Boot an der hölzernen Konstruktion festhielten, stiegen die Frauen mit der kleinen Sia-san-Frau an Land. Maratuk warf ihnen die Leine zu, die im Boot lag, und Nedeam band sie an einem der Pfosten des Steges fest.

Llaranya schritt inzwischen auf die einsame Frauengestalt zu.

»Ich grüße Euch, Älteste. Wir kommen in Frieden und bitten um Euren Schutz.« Die Elfin wandte sich halb um und deutete auf die kleine Familie. »So wie Ihr und die anderen Frauen dieses Ortes der Zwistigkeiten müde seid, so gilt dies auch für Sebor-Mann und sein Weib Elian-Frau. Sie erbitten euren Schutz, für sich und ihre Tochter.«

»Ein Mann Ataraans und eine Frau Julinaars in Gemeinschaft?« Gajath trat näher und ihre schlanke Hand schien sich einen Moment nach den beiden auszustrecken. »Wir kann dies sein?«

Elian-Frau trat vor, die Kleine auf dem Arm und berichtete Gajath, wie sie Sebor-Man kennen und lieben gelernt hatte. »Ich bitte dich, uns deinen Schutz und den deiner Schwestern zu gewähren«, fügte sie hinzu und lächelte. »Würdest du mir deinen Namen nennen, Älteste, und den eures Dorfes?«

»Du kannst mich Gajath nennen, und das Dorf trägt keinen Namen.«

»Gajath?« Elian-Frau runzelte die Stirn. »Irgendwo habe ich diesen Namen schon einmal gehört, ich weiß nur nicht mehr, wo das war.«

Nedeam blinzelte. Erneut legte sich rötlicher Schein über das Dorf, und er konnte nicht von der Sonne hervorgerufen werden, die schon viel zu hoch gestiegen war. Er blinzelte abermals, doch der Schimmer blieb.

Seine Augen verengten sich, als er die Wahrheit begriff.

Vielleicht viel zu spät begriff.

Er konnte die Fähigkeit der Aura, die er einst von dem Grauen Wesen übernommen hatte, noch immer nicht kontrollieren, aber er verstand nun, dass es diese Eigenschaft war, die ihn vor dem Dorf und seinen Bewohnern warnte.

Gefahr.

Die kleine Familie der Julinaash stand nun mit Llaranya zwischen ihm und Gajath. Er konnte sie nicht warnen, ohne dass die schöne Dorfbewohnerin darauf aufmerksam wurde.

Nedeam spürte, wie Maratuk neben ihn trat.

Der Erste Schwertmann tat, als wolle er sich über das Kinn streichen, sodass seine Lippen verdeckt waren. »Halte dich bereit, Maratuk«, flüsterte er. »Wir sind in höchster Gefahr.«

Der alte Zwerg zuckte nicht einmal zusammen. Freundlich grinsend ergriff er seine Bartzöpfe und legte sie in den Nacken, um sie dort sorgfältig zu verknoten. »Von wo?«, raunte er. »Lauern Feinde im Gebüsch?«

»Es sind Gajath und ihr Dorf«, hauchte Nedeam und hüstelte unterdrückt. »Vor allem die Frau. Ich sehe sie in rotem Schein.«

»Ah, wahrhaftig? Die Abgründe mögen sie verschlingen. Ausgerechnet jetzt, da ich meine guten Äxte nicht bei mir habe. Aber mit der werden wir auch so fertig.« Maratuk wippte unmerklich auf den Zehen. »Gib mir ein Zeichen, und ich springe ihr an die Kehle.«

»Wir müssen zuvorderst die Frauen und das Kind schützen.«

»Dann sollten wir uns nach vorne drängen«, murmelte der Axtschläger. »Möglichst unauffällig. Lächle ein wenig und sei froh. Dann wird sie überrascht. Ich springe ihr an den Hals, und du wirfst die anderen ins Boot. Sebor-Man kann sie in Sicherheit rudern, während wir uns diese heimtückische Gajath vornehmen.«

Das ganze Dorf lag im Schein der warnenden Aura, und Nedeam konnte sich nicht vorstellen, dass die Gefahr ausschließlich von Gajath ausging. Doch die schöne Dorfbewohnerin war zumindest der greifbare Bestandteil dessen, was ihre kleine Gruppe bedrohte. Nedeam zweifelte keinen Augenblick an der Richtigkeit des Gefahrensignals.

Er bewegte sich mit Maratuk auf die Frauen zu. Llaranya schien trotz ihrer ausgeprägten elfischen Sinne keinerlei Gefahr zu spüren, doch Nedeam wusste, wie er sie warnen konnte. Sie hatte ihm einen guten Teil der Fingersprache und der Pfeiflaute vermittelt, mit denen sich die Elfen verständigen konnten. Auch wenn er den tremolierenden Dreiklang eines elfischen Warnpfiffs nicht genau wiedergeben konnte, es würde seine Frau warnen.

Sie waren nahe genug.

Nedeam stieß den Pfiff aus.

Dann schien alles gleichzeitig zu geschehen.

Llaranya handelte instinktiv und mit den Reflexen elfischer Krieger. Mit einer gleitenden Bewegung kam das erbeutete Langmesser aus seinem Futteral frei. Gleichzeitig trat die Elfin mit einem raschen Schritt zur Seite und stellte sich schützend vor Sebor-Mann und dessen Familie.

Nedeams Langmesser lag schon in dessen Hand, und Maratuk spannte die Muskeln und sprang mit einem Satz auf Gajath zu, den niemand dem kleinen Herren zugetraut hätte.

Gajaths Reaktion war ebenso schnell und zielstrebig.

Ihre linke Hand schnellte vor, packte Llaranya am Wams und schleuderte sie zur Seite. Die rechte Hand ergriff Maratuk, der sie fast erreicht hatte, und warf ihn aus der Bahn. Doch noch während der Zwerg ächzend auf den Boden prallte, rammte Nedeam ihr das Langmesser in die Brust.

Gajath wich nicht. Die dünne Spitze traf sie genau zwischen den Brüsten, bog sich unter der Wucht des Stoßes durch … und brach.

Noch bevor Nedeam diese Tatsache verinnerlicht hatte, lag eine von Gajaths Händen um den Hals der kleinen Siasan-Frau. Das Lächeln der Ältesten war überaus freundlich, als ihre Blicke über die kleine Gruppe wanderte.

»Nun, ich werde euch die Gastfreundschaft der sieben Hügel gewähren. Und ich glaube, ihr werdet meiner Einladung Folge leisten.« Das schöne Gesicht verlor nichts an seiner Freundlichkeit, als sie die nächsten Worte sprach. »Ich weiß, wie sehr ihr Menschen an euren Welpen hängt. Sie sind so verletzlich. So leicht zu töten.«

Llaranya stand wieder auf den Beinen, mit gezogenem Langmesser, und war bereit, es zu versuchen, doch Nedeam hob hastig die Hand. »Nein. Dein Stahl kann sie nicht verletzen, Llaranya.«

Gajaths Lächeln vertiefte sich noch. »Kein Stahl und auch kein Stein. Du kannst diesen also fallen lassen, kleiner Zwerg.«

Maratuk hatte gehofft, Gajath werde nicht bemerken, wie er einen faustgroßen Stein aufnahm, da er nun hinter ihr stand, doch diese Frau schien selbst im Hinterkopf über Augen zu verfügen. Und sie schien sich ihrer Sache absolut sicher zu sein, denn sie wandte dem Axtschläger weiterhin den Rücken.

»Ich empfinde kein besonderes Vergnügen daran zu töten«, sagte Gajath leise. »Ich habe es schon zu oft getan. Aber ich scheue auch nicht davor zurück. Wenn ihr tut, was ich sage, so wird euch vorerst nichts geschehen. Wenn ihr euch widersetzt, werde ich zunächst den Welpen töten, dann euch Frauen. Ihr Männer seid mir eine willkommene Zugabe.«

Llaranya versuchte es dennoch.

Gajath packte die zustoßende Klinge mit der freien Hand, lächelte die Elfin an und zerbrach den Stahl mit einer Leichtigkeit, die Nedeam erblassen ließ.

»Soll ich mich nun euren Hälsen zuwenden?«

»Das ist nicht erforderlich«, erwiderte Nedeam mit tonloser Stimme. »Wir werden tun, was du von uns verlangst.«

Maratuk war beim Sprung gegen den ausgestreckten Arm Gajaths geprallt. Allein dieser Aufprall hätte jeden Kämpfer zu Boden geschleudert, doch Gajath hatte kaum gewankt. Nein, Nedeam begriff, dass sie im Augenblick keine Chance gegen die Älteste hatten. Wer oder was Gajath auch immer sein mochte, sie war kein menschliches Wesen.

»Und seid so freundlich und legt eure Umhänge ab. Euch ist sicher ohnehin zu warm in diesem Land.« Gajaths Lächeln veränderte sich nicht, als sie mit einer einladenden Handbewegung zu ihrem Haus deutete.

48

Karnadu lag nördlichöstlich der Stadt Ataraan. Ein großes Dorf, dessen Bewohner mit dem Fischfang und der Bewachung der zweiten Brücke befasst waren. Der hohe Norden von Julinaash war nie besiedelt worden. Dort, wo sich der Eten in ein weites Flussdelta teilte, dort war das Land der heißen Sümpfe. Sie bildeten einen natürlichen Schutzwall zwischen dem eisigen Nordmeer und dem Reich Julinaash, und keines der seefahrenden Völker war jemals an der Nordküste gelandet.

Selbst die Bewachung der Nordbrücke war eher symbolischer Natur. Seit den Zeiten des vergangenen Königs wurde sie nicht mehr genutzt, und die Straßen und Wege, die hier mündeten, führten zu Dörfern, die seit dem Untergang des Königreiches verwaist waren. Der Urwald hatte sich längst zurückgeholt, was der Mensch ihm einst genommen hatte.

So war Karnadu die nördlichste Ansiedlung der Männer, und keinen von ihnen interessierte es, ob die Frauen der anderen Flussseite wagemutig genug gewesen waren, noch weiter im Norden zu siedeln. Die Brückenwache beschränkte sich darauf, den Fischern bei der Arbeit zuzusehen und sie auf Dorme hinzuweisen, die man von der erhöhten Position aus leichter im klaren Wasser erkennen konnte.

Es war nicht weit vom Dorf bis zu Brücke, und in dieser Nacht hatten Filgur-Mann und sechs andere die Wache.

Sie hatten ein kleines Feuer entzündet, um das sie sich scharrten. Immer wieder glitten ihre Blicke über den Fluss hinweg.

»Meinst du wirklich, es ist etwas an den Gerüchten, die man sich erzählt?« Der Fragesteller sah Filgur-Mann und deutete dann mit einer unbestimmten Geste zum anderen Ufer. »Ich meine, an diesem Gerücht, dass es einen Krieg geben könnte.«

»Ich weiß es nicht. Ich kann mir nicht vorstellen, dass die Frauen so dumm sind, gegen uns die Waffen zu ziehen.«

»Und wenn sie es doch tun?«

»Deswegen wurde unsere Brückenwache ja auch verdoppelt.« Filgur-Mann steckte ein Stück Fangwurzel auf einen Stock. Dann begann er das weiche Holz über dem Feuer zu drehen. Saft quoll hervor, und die Wurzel erinnerte nun an ein frisches Stück Bratenfleisch. Im Grunde war sie auch nichts anderes, denn der Kegelbaum, zu dem die Wurzel ursprünglich gehörte, war eine fleischfressende Pflanze. Die Männer Karnadus kannte die Tücke seiner Schlingäste, und meist gelang es ihnen, die Wurzeln des Baums unbeschadet zu erbeuten.

Filgur-Mann schnupperte an dem Wurzelstück, schüttelte den Kopf und hielt es noch etwas über das Feuer. »Falls sie so verrückt sind, gegen uns kämpfen zu wollen, dann sind sie vielleicht auch so verrückt, bis zu dieser Brücke zu marschieren. Weiber sind ja bekanntlich heimtückisch, und sie könnten auf eine solche List verfallen.«

»Mit unseren paar Schwertern werden wir sie nicht aufhalten.«

»Bah.« Filgur-Mann schnupperte erneut und leckte sich über die Lippen. »Unser Dorf ist nur einen Steinwurf entfernt. Bevor die Weiber über die Brücke wären, stünden hier schon dreihundert Kämpfer bereit. Und ihr wisst selbst, dass unsere Kämpfer nicht gut auf die Weiber zu sprechen sind.«

»Also, ich habe eigentlich nichts gegen die Weiber«, murmelte einer aus der Runde.

»Nun, ich eigentlich auch nicht«, bekannte Filgur-Mann und schlug die Zähne in die Farsa-Wurzel. Durch die Hitze verflüssigtes Harz trat aus, und er leckte es rasch auf. »Aber ihr wisst ja, das hört man nicht gerne. Bei der letzten Übereinkunft hat der Rat keine Bullen aus Karnadu zugelassen. Denkt mal darüber nach, warum das so ist. Der Rat schätzt es nicht, wenn jemand freundlich über die Weiber denkt.«

»Ich glaube eher, es hängt damit zusammen, dass wir eine stattliche Zahl von Knaben in unserem Dorf haben«, wandte einer ein. »Da waren jetzt erstmal die anderen Siedlungen an der Reihe.«

»Hm, ja, vielleicht«, räumte Filgur-Mann ein. Er biss ein Stück aus der Wurzel und schmatzte vernehmlich. »Ah, junge Fangwurzel. Ich sage ja immer, die alten Bäume sind zwar schon etwas langsam in ihren Bewegungen und daher leichter zu fällen, aber nichts geht über die Wurzeln und den Saft eines jungen Baums.«

»Ich habe noch nie eine Frau gesehen«, brummte ein Wächter missmutig. »Ich weiß nicht, wie sie aussehen, und ich weiß auch nicht, warum ich etwas gegen sie haben soll. Nur das, was man sich halt so erzählt.«

»Ach, du hast nichts versäumt.« Filgur-Mann drehte den Rest der Wurzel am Stock, um ihn ebenfalls abzunagen. »Sie sind anders als wir«, nuschelte er mit vollem Mund, bevor er schluckte. »Ein verbeulter Brustkorb und keine Haare im Gesicht.« Er lachte dröhnend. »Es heißt, dafür hätten sie welche auf den Zähnen.«

Einige stimmten in das Gelächter ein. Filgur-Mann musterte einen, der mit offenem Mund dasaß. »Was denn? Ich kenne einen Bullen, der …«

»Es brennt.« Der Mann deutete mit geweiteten Augen hinter Filgur-Mann. »Da. Unser Dorf! Es brennt!«

Alle blickten in die Richtung, in der Karnadu hinter den Bäumen lag.

»Bei den Finsteren Abgründen«, keuchte Filgur-Mann entsetzt. »Du hast Recht. Das muss ein Feuer sein. Aber wie …?«

»Das ist jetzt gleichgültig«, meinte einer der anderen und erhob sich. Die anderen taten es ihm gleich. »Wir müssen hin und helfen.«

»Du und du«, Filgur-Mann deutete auf zwei der Männer, »ihr bleibt als Wache hier. Ihr anderen kommt mit.«

Sie rannten den Weg entlang, der nach Karnadu führte. Es war nicht weit. Ein kurzes Stück der gepflasterten Straße, und sie erreichten die Stelle, an welcher der Weg zum Dorf abzweigte. Hier wurde der Urwald schon lichter, und man konnte die Siedlung bereits aus großer Entfernung sehen.«

»Bei den Finsteren Abgründen«, stammelte Filgur-Mann erneut. »Fast ganz Karnadu steht in Flammen.«

Sie liefen, so schnell sie nur irgend konnten. Rasch wurde deutlicher, was sich vor ihren Augen abspielte, und das Entsetzen der Männer war fast körperlich spürbar.

»Sie kämpfen«, schrie einer schockiert. »Ich höre Schreie der Not. Und dort, seht, rechts am Dorf … Was sind das für Wesen?«

Das Tor Karnadus stand weit offen, und im Inneren des Wehrzauns brannten mehrere der Häuser lichterloh. Ihr flackernder Schein erhellte das Grauen, was sich im Dorf abspielte. Die Gestalten von Männern und einigen Knaben waren zu erkennen, die dort gegen fremdartige Wesen kämpften. Keiner der Männer hatte jemals zuvor eine solche Kreatur erblickt, doch niemand aus Filgur-Manns kleiner Gruppe zögerte, das Schwert zu ziehen und dem Feind entgegenzustürzen.

Sie hatten das offene Tor noch nicht erreicht, als sie von einem der Wesen erspäht wurden. Mit seltsam schaukelnden und springenden Bewegungen hastete es ihnen entgegen.

Filgur-Mann passte den rechten Augenblick ab und rammte der Kreatur das Kurzschwert in den Leib. Wie er es gelernt hatte, wollte er die Klinge nun leicht drehen, damit er sie aus dem Fleisch des Gegners lösen konnte, doch zu seinem blanken Entsetzen hatte der Stahl keinerlei Schaden verursacht. Im Gegenteil, der wuchtige Schwertstoß hatte lediglich die Wut des Angreifers angestachelt. Er schwang herum, sprang Filgur-Mann erneut an, und seine klauenbewehrten Hände krallten sich in die Arme des Kämpfers. Das Gewicht der Bestie warf ihn um, und er schrie seine Todesfurcht hinaus, bis sich der Rachen der Kreatur öffnete und sich die scharfen Zähne in seinen Hals gruben. Das triumphierende Funkeln der bösartigen Augen war das Letzte, was Filgur-Mann in seinem Leben sah.

Die Menschen Karnadus wurden ein Opfer der Angreifer und der Ort brannte zu Ruinen nieder.

Die Nächte von Julinaash gehörten wieder den Nachtläufern.

49

Tiefe Nacht lag über dem einsamen Dorf der schönen Gajath.

Ihre Gefangenen saßen im Haus, und Gajath machte sich keinerlei Sorgen darüber, dass einer von ihnen einen Fluchtversuch unternehmen könnte. Mit Beginn der Dunkelheit hatten sich die Nachtläufer aus den Hügeln begeben, und eine Handvoll von ihnen umringte das Haus. Obwohl die meisten Rudel inzwischen längst durch das Land streiften, war doch eine ansehnliche Zahl zurückgeblieben, um die sieben Hügel und Gajath zu schützen.

Gajath hingegen war inzwischen zum mittleren der sieben Hügel gegangen. Jetzt, da ihre Zeit gekommen war, musste sie beenden, was die Nacht begonnen hatte. Die Finsternis sollte sich auf Julinaash senken und den Nachtläufern die unumschränkte Herrschaft schenken. Nichts würde den Rudeln noch widerstehen können. Nichts würde mehr Bestand haben.

Das war der Grund, warum sie die kleine Gruppe noch am Leben ließ. Sie wollte in die Augen dieser Wesen sehen, wenn sie begriffen, dass die Zeit anbrach, in der ihre Arten vergehen würden. Diesen Triumph wollte sie sich gönnen, denn sie durfte das Dorf der sieben Hügel nicht verlassen, damit ihre Magie bewahrt blieb.

So stand die Dienerin des Volkes und Gebieterin der Rudel an der mittleren Säule und blickte forschend in den Nachthimmel hinauf. Die Sterne erstrahlten in ihrem Glanz, doch das Licht des Mondes war fast verschwunden. Bald, zur Mitte der Nacht, würde es ganz erloschen sein, um nie wieder über Julinaash zu erstrahlen.

Die Angehörigen des Rudels im Dorf der sieben Hügel konnten es kaum erwarten. In angespannter Aufmerksamkeit standen sie da, schwiegen andächtig und wippten nur unmerklich auf ihren langen Beinen. Einige konnten sich nicht mehr beherrschen und stimmten die alten Gesänge an. Andere fielen ein. Der Klang ihrer Stimmen erhob sich sehnsüchtig zu den Sternen empor.

Gajath ließ sie gewähren. Die Schönheit des Gesanges gab ihr innere Kraft.

Auch Nedeam und die anderen hörten den Gesang. »Was, bei den Finsteren Abgründen, ist das?«

Llaranya zuckte die Schultern. »Ich nehme an, sie singen.«

Sie saßen in dem Haus Gajaths, welches auf so vertraute Weise eingerichtet war, dass die schöne Frau eigentlich nur ein menschliches Wesen sein konnte. Doch sie alle hatten längst begriffen, dass an dem äußerlich so ansprechenden Wesen nichts Menschliches war.

Es gab eine Kombination aus Sitz- und Liegemöbel, die jener grazilen Handwerkskunst der Elfen glich. Weiche Polster luden zum Verweilen ein. Da stand ein niedriger Tisch, in dessen hölzerne Platte ein siebenzackiger Stern aus verschiedenartigen Steinen eingelegt war. Dort waren Regale mit Büchern und Schriftrollen, andere mit Töpfen, Krügen und Karaffen, deren Inhalt meist nicht zu bestimmen war. An einer Seite des Raumes befand sich eine quadratische Mulde im Boden. Dort fehlten die Fußbodenbretter und waren durch Polster ersetzt worden.

An den Wänden hingen verschiedenartige Gegenstände. Getrocknete Pflanzen, bunte Tücher und sogar verschiedene Waffen. Darunter auch Schwerter, die denen des

Pferdevolkes ähnelten, und eine schwere Axt, die sofort Maratuks Entzücken hervorrief.

Die Gefangenen hätten diese Waffen an sich nehmen können, doch sie taten es nicht. Sie hätten ihnen gegen Gajath und ihre Nachtläufer nicht genutzt. Auch Maratuk musste das anerkennen, obwohl er immer wieder begehrlich zu der Axt schielte.

Sie alle empfanden Furcht, mit Ausnahme der kleinen Sia-san-Frau, die zu ihrem Glück nicht begriff, in welcher Todesgefahr sie alle schwebten. Vielleicht wäre das anders gewesen, wenn das Kind einen der Nachtläufer zu Gesicht bekommen hätte, doch die Wesen betraten das Haus nicht.

Gajath hatte ihnen sogar Früchte und Fleisch gebracht, sowie einen Krug mit Wasser. Dabei hatte sie wieder dieses Lächeln gezeigt, welches jeden von ihnen erschauern ließ.

»Der Gesang ist wunderschön«, sagte Llaranya leise. »Er erinnert mich an die Lieder des elfischen Volkes.«

Maratuk schnaubte leise. »Ein auf und ab von Tönen, liebe Elfin, die ineinander übergehen. Ah, da fehlt der Takt, der in die Füße geht und sie zum stampfen bringt. Nichts gegen die Gesänge deines Volkes, werte Freundin, doch um die Schönheit eines Gesanges zu hören, musst du eine Schänke der Zwerge aufsuchen. Nichts ölt die Kehlen besser, als ein Becher Blor. Nun, abgesehen von zwei Bechern Blor, natürlich.«

»Dennoch ist es schön«, beharrte Llaranya und lauschte ergriffen.

»Gajath«, murmelte Elian-Frau plötzlich. »Nun fällt mir ein, wo ich den Namen schon hörte. Meine Mutter erzählte mir oft von den alten Legenden des vergangenen Königreiches.«

Nedeam hob interessiert den Kopf. »Was für Legenden?«

»Geschichten, in denen auch von Gajath die Rede war. Von der einstigen Königin und zugleich Bettgespielin des letzten Zauberers.« Elian-Frau strich über die Haare Sia-san-Fraus und nickte, ganz in Gedanken versunken. »Ja, und auch von ihnen war die Rede. Den unaussprechlichen Wesen der Nacht, die jetzt vor diesem Haus sitzen.«

»Erzähle von diesen Legenden«, forderte Nedeam sie auf. Er bemerkte, wie Maratuk zum Sprechen ansetzte, und warf ihm einen beschwörerischen Blick zu. »Versuche dich zu erinnern, gute Frau. Jedes Wort könnte von Bedeutung sein.«

Viele der alten Legenden beinhalteten auch eine gute Portion Wahrheit. Vielleicht enthielten die alten Geschichten einen Hinweis darauf, wie man Gajath und die unheilvolle Brut der Nachtläufer vernichten konnte.

Gajath hingegen stand neben der Säule des mittleren der sieben Hügel. Der Augenblick der Mondfinsternis war gekommen. Die Dienerin des Volkes und Gebieterin der Rudel löste den kurzen Runenstab vom Gürtel ihres Gewandes und strich sanft über jede der sieben Seiten der Säule. Ein silbriges Licht, dem des Mondes ähnlich, schien von Gajaths Hand auf den Stab und die Säule überzugehen. Die Runen der Säule glühten auf. Gleichzeitig geschah dies bei den sechs Säulen der anderen Hügel. Das sanfte Glühen strahlte zu den Seiten aus, wanderte zwischen den Säulen aufeinander zu und verschmolz miteinander. Der silbrige Glanz wurde heller, wandelte sich zu einem stechenden Weiß, in welches sich schwarze Schlieren mischten.

Gajath richtete den Runenstab in den Himmel. Dorthin, wo sich der Mond befinden musste. Ihre Lippen begannen Worte zu murmeln. Leise Beschwörungen in einer Sprache, deren Bedeutung niemand mehr kannte. Niemand außer Gajath wusste noch von der Kraft, die in diesen Silben verborgen lag.

Die schwarzen Schlieren im weißen Licht breiteten sich aus, und beide Farben schienen miteinander zu ringen. Der Tag kämpfte gegen die Nacht an, und einer von ihnen musste unterliegen, so wollte es die Macht der Runensäulen und ihrer Beschwörerin.

Der helle Glanz wich der Dunkelheit.

Gajath seufzte, und ihre Schultern sanken herab. Sie spürte die Erschöpfung und auch die Zufriedenheit, die sie gleichermaßen erfüllten.

Die Nachtläufer hatten atemlos zugesehen, und nun hielt es einer von ihnen nicht mehr aus. In demütiger Haltung trat er vor. »Gajath, Dienerin des Volkes und Gebieterin der Rudel, ist es gelungen?«

Gajath schien aus einem Traum zu erwachen. Sie sah den Nachtläufer an und strich sanft über seinen Schädel. »Am Morgen wird sich die Sonne erheben, um dann für immer zu versinken.«

Schweigen lag über den Nachtläufern und dem einsamen Dorf.

Und die Gewissheit, dass ihre Art nun für immer Bestand haben würde.

50

Der Schakral hatte sicher in der Nähe der Marschkolonne gedöst um die Nacht zu verbringen. Aber der Lärm und der Geruch der vielen Menschen weckten seine Sinne. Immer bereit, schnelle Beute zu machen, hatte sich die Raubechse der Straße genähert. Als das Reptil so unvermittelt auftauchte, waren Frauen und Schakral sicherlich gleichermaßen überrascht. Die Frauen, da sie die Annäherung der Bestie nicht vorher bemerkt hatten, und der Schakral, weil ihn die unerwartet hohe Anzahl an Hüterinnen erschreckte und zur Vorsicht mahnte.

Warnschreie liefen die Kolonne der wartenden Frauen entlang, und jene, die in der Nähe der Echse waren, rannten hektisch auseinander. Der Schakral blinzelte zögernd und riss das Maul auf. Er schien unsicher, ob er angreifen und sich ein paar fette Happen holen sollte oder ob es besser war, den Rückzug anzutreten. Schließlich siegte der Hunger über die Vernunft. Die Echse duckte sich auf ihren muskulösen Sprungbeinen und griff an.

Selbst jene Frauen, die eigentlich in Sicherheit waren, hatten instinktiv nach ihren Langmessern gegriffen, andere schoben hastig Pfeile in ihre Blasrohre.

Unter anderen Umständen wäre es der Raubechse leichtgefallen, eine Hüterin zu reißen und mit ihrer Beute im Dunkel des Urwalds zu verschwinden, doch das hektische Durcheinander so vieler verlockender Fleischportionen verwirrte sie. Schon halb im Sprung nach einer schreienden Hüterin, geriet eine andere in ihr Blickfeld und die Bestie wechselte das Sprungbein, um sich der neuen Beute zuzuwenden. Sie musste sehr hungrig sein und war nie zuvor einem so reichen Angebot an Nahrung begegnet. Dies wurde ihr zum Verhängnis.

Voller Gier nach der entsetzt kreischenden Frau, wandte der Schakral einer starken Gruppe der Hüterinnen die Flanke zu, die nur auf diese Gelegenheit gewartet hatten. Einem Schwarm wütender Stechflügler gleich schwirrten die Pfeile aus den Blasrohren. Ein einzelner von ihnen hätte die Echse kaum geärgert, doch die handspannenlangen Geschosse bohrten sich auf diese kurze Entfernung bis zu ihren gefiederten Schäften in das Fleisch des Räubers.

Vor Schmerz und Wut fauchend, fuhr das Reptil herum und wischte in der Drehbewegung eine Frau von der Straße, die von dem muskulösen Schwanz in den Wald geschleudert wurde.

Trotz der Gefahr, die von der Bestie ausging, stellten sich fünf Hüterinnen in den Weg der Kreatur, und nun zeigte sich, dass ihre Langmesser durchaus ernstzunehmende und tödliche Waffen für eine so große Echse waren. Die dünnen Klingen fuhren durch Muskeln und Sehnen, und helles Blut spritzte hervor. Eine Kralle schlitzte den Leib einer Hüterin auf, doch dies war der letzte Erfolg des Schakrals. Zwei mutige Frauen hatten sich seinen Hinterläufen genähert und durchtrennten mit zielsicheren Hieben die Sehnen der Sprunggelenke. Fauchend stürzte das Reptil nach vorne, versuchte, sich auf den Vorderläufen zu bewegen und schnappte dabei wütend um sich. Mehrere Geschosse flogen heran und bohrten sich in das offene Maul. Zwei der Pfeile durchstießen die Gaumenplatte und drangen ins Gehirn des Räubers. Bei den Bewegungen des Schädels und der vorherrschenden Dunkelheit waren das eher glückliche Treffer.

Frauen rannten an der toten Bestie vorbei in den Wald, um nach der Gefährtin zu suchen, die dorthin geschleudert worden war.

»Verdammt.« Eine Unterführerin kam die Straße entlang. »Wie konnte das geschehen? Warum haben die Wachen die Bestie nicht frühzeitig entdeckt?«

Eine Bataillonskommandantin trat vor. »Es war meine Schuld. Ich hatte keinen Flankenschutz als Wache in den Wald geschickt. Ich glaubte nicht, dass jemand es wagen würde, uns anzugreifen.«

»Ja, niemand, der bei Verstand ist, würde das tun«, stimmte die Unterführerin zu. »Doch der Verstand dieser Schakrale ist nicht sonderlich ausgeprägt. Ihr Leben besteht aus Fressen und Vermehren.« Sie sah die Bataillonsführerin mahnend an. »Du hättest das bedenken müssen, Schwester des Messers.«

»Mein Fehler«, stimmte die Ermahnte zu. »Ich werde sofort Wachen aufstellen.«

»Und du wirst dich selbst zu diesen Wachen begeben«, sagte die Unterführerin mit kalter Stimme. »Helen-Frau ist der Überzeugung, dass du es dir so am besten merken kannst.«

Die Bataillonskommandantin biss sich auf die Unterlippe und nickte. »So wird es geschehen, richte es der Kommandantin aus.« Als die Unterführerin, die zu den Meldern der Kronenträgerin gehörte, sich abwandte, hielt die Frau sie rasch zurück. »Warte. Sag uns, wie weit die Arbeiten an der Brücke gediehen sind.«

»Wir kommen voran«, meinte die Hüterin zögernd. »Doch ich fürchte, wir werden das abgesenkte Brückenteil nicht wieder aufrichten können. Es ist einfach zu schwer und hat sich unten verhakt. Es ist zu dunkel, um alles gut sehen zu können, und wir können nicht bis zum Tageslicht warten.«

»Was habt ihr vor?« Die Bataillonskommandantin deutete nach hinten, wo eines der Metallpferde stand. »Die Dinger sind sehr schwer und können nicht schwimmen. Wenn die Reparatur der Brücke nichts taugt, gehen sie uns verloren.«

»Das ist uns bewusst«, erwiderte die Unterführerin. »Lass das die Sorge der Kommandantin sein. Du erhältst Nachricht, wenn es weitergeht.«

Die Antwort war nicht sonderlich befriedigend, und die Bataillonskommandantin folgte der Unterführerin mit den Blicken, bis diese verschwunden war. Dann seufzte sie schwer, wandte sich den Hüterinnen ihrer Einheit zu und klatschte in die Hände. »Formiert das Bataillon neu. Die ersten vier Zehnen nach rechts und links in den Wald. Dreißig Schritte vor. Ihr findet mich auf der linken Flanke. Unterführerin Gilia-Frau führt in meiner Abwesenheit den Befehl. Und ich will sofort Nachricht, wenn sich etwas an der Brücke tut.«

51

Ich verdammter Dummkopf.« Nedeam starrte vor sich hin und empfand Wut über sich selbst. »Die Lösung lag vor meinen Augen, und ich habe sie nicht erkannt.«

Maratuk zuckte die Schultern. »Nun ich will gestehen, ich habe es auch nicht bedacht, obwohl es auf der Hand lag. Der Beutel hätte mir zu denken geben müssen.«

Llaranya sah den alten Zwerg fragend an. »Welcher Beutel?«

»Ah, vergaß ich, dies zu erwähnen? Jene Bestie, welche die Goldschmiedin in Julinaar tötete, entwendete einen Beutel mit Gold. Er fiel der Kreatur aus den Klauen, als sie flüchtete.« Maratuk zuckte abermals mit den Schultern. »Ich habe nicht mehr daran gedacht, obwohl die Hüterinnen mir ja vorwarfen, die arme Frau wegen des Glanzmetalls ermordet zu haben. Ich glaube nun, das Gold war der Grund, warum die Kreatur bei der Goldschmiedin einbrach und sie tötete.«

»Immerhin fügt sich jetzt ein Teil zum anderen«, meinte Sebor-Mann und streichelte sanft die Hand seiner Elian-Frau. Sie sprachen leise und bemühten sich, das schlafende Kind in ihren Armen nicht zu wecken. So aufschlussreich die Geschichten der Mutter für die anderen auch gewesen waren, das Mädchen hatte darüber den Schlaf gefunden.

»Gold ist das Einzige, was diese Wesen töten kann.« Nedeam strich sich nachdenklich über das Kinn.

»Auch Sonnenlicht tötet sie«, warf Elian-Frau ein. »Es soll sie verbrennen.«

»Ah, ein passendes Ende für solche Bestien«, knurrte Maratuk. »Leider sind sie zu schlau, um sich in die Sonne zu wagen.«

»Und wir sind auch keine Magier, die mit Sonnenmacht um sich werfen können.« Nedeam runzelte die Stirn. »Der gute Graue Marnalf in Enderonas könnte es vielleicht.«

»Schön, rufen wir ihn her«, spottete Llaranya. »Nedeam, Liebster, solches Wunschdenken hilft uns nicht.«

»Ich weiß. Was wir bräuchten, wäre Gold, um daraus Waffen zu fertigen.«

Maratuk zupfte missmutig an seinen Zöpfen, die er wieder vor der Brust trug. »Deswegen nahm diese Gajath euch auch die Umhänge. Ihre Spangen sind aus Gold.«

»Richtig.« Llaranya sah Nedeam an, und ein hintergründiges Lächeln glitt über ihr Gesicht. »Die Kette.«

»Welche Kette.«

»Ah, so erinnerst du dich an die Geschenke, die du mir machst?«

Nedeam errötete. »Ich bin wahrhaftig ein Narr. Du hast Recht, Liebste. Hast du sie noch?«

»Direkt über meinem Herzen«, versicherte sie. Zum ersten Mal seit Stunden lachte sie unbeschwert auf. »Daran hat dieses Wesen der Nacht nicht gedacht.« Sie griff unter ihr Wams und zog die goldene Kette mit dem Symbol des Pferdevolkes hervor. »Hier ist sie. Nedeam fertigte sie als Liebesgabe für mich.«

Sebor-Mann lächelte. »Sehr hübsch.«

Maratuk beäugte Nedeam und die Kette und schüttelte dann den Kopf. »Deine Wahl, Schwertmann zu werden, war gut, mein Freund. Als Schmied würdest du des Hungers leiden.«

Llaranya sah den kleinen Axtschläger erbost an. »Es ist die Liebe, die in der Arbeit zu dieser Kette steckt. Sie zählt für mich mehr, als die Fertigkeit der Hände.«

»Oh.« Maratuk errötete und machte eine entschuldigende Geste. »Verzeih, Nedeam, guter Freund, ich sah es zu sehr mit den Augen eines Zwerges. Für einen Schwertschwinger der Menschen hast du dich bei der Kette wacker geschlagen. Nichts für ungut. Doch erlaube mir nun die Bemerkung, dass es gut gewesen wäre, wenn du dem Zeichen deiner Liebe mehr, äh, Größe, verliehen hättest.«

Llaranya nickte. »Ja, es ist nicht viel Gold. Wenigstens nicht, wenn man eine Waffe daraus fertigen will.«

Maratuk schielte begehrlich auf die Axt, die an der Wand hing. »Nun, vielleicht reicht es, um die Schneide der Axt damit zu überziehen.« Er reckte sich. »Ich würde es schon wagen, sie der verfluchten Gajath in den Schädel zu schlagen.«

»Es reicht nicht für die Axt und ohne Gold nutzt die uns nichts.«

»Dann muss uns etwas anderes einfallen«, seufzte der Alte enttäuscht.

»Gold ist ein weiches Metall, und man kann es leicht formen«, murmelte Nedeam. »Dennoch bräuchten wir ein Feuer, um es zu schmelzen, und eine Form, um es hineinzugießen.«

Maratuk nickte. »Oder einen guten Hammer, um es in die passende Form zu schlagen.«

»Wir haben hier kein Feuer, und großen Lärm können wir auch nicht machen.« Llaranya drehte das Schmukkstück nachdenklich. »Es ist nicht genug Gold, um ein vernünftiges Messer daraus zu fertigen. Eine Pfeilspitze könnte gehen.«

Nedeam musterte die Waffen, die an der Wand von Gajaths Haus hingen. »Ein Blasrohr. Vielleicht könnte man einen geeigneten Pfeil für … Nein, wir können die Form des Pfeils nicht gießen und nicht feilen.«

»Wir können das Gold schneiden«, wandte der alte Zwerg ein. Erneut deutete er auf die Axt. »Eine gute Klinge aus solidem Stahl. Ein wenig schartig, will mir scheinen, und das könnte hilfreich sein. Ich traue mir durchaus zu, dass Gold damit zu schneiden.« Er überlegte und winkte mit der Hand. Llaranya nahm die Kette ab und hielt sie vor seine Augen. »Natürlich nur, wenn nicht zu viel davon geschnitten werden muss.«

Erneut blickten sie auf Gajaths Sammlung. Wer mochte sein Leben eingebüßt haben, damit seine Waffen die Wand des Hauses schmückten? Den meisten sah man die Gebrauchsspuren an, und kein wirklicher Kämpfer trennte sich freiwillig von einer guten Waffe. Welche von ihnen konnte der Gruppe nun von Nutzen sein?

»Pfeilspitze«, murmelte Nedeam und sah seine Elfin an. »Natürlich, das ist die Lösung.«

»Ja, mein Liebster, aber hier hängt kein Bogen. Hier ist nicht einmal ein Speer, an dem man eine Spitze befestigen könnte.«

»Doch, wir haben einen Speer«, versicherte Nedeam. »Oder doch wenigstens etwas, dass wir als solchen verwenden können. Das Blasrohr dort.«

»Ein hohler Stock in der Länge eines Zwerges«, murmelte Maratuk nachdenklich. »Nun, eines nicht sonderlich großen Zwerges noch dazu. Keine gute Länge, doch das wäre nicht das Problem. Dieser Stock ist hohl, Nedeam, mein Freund. Er wird rasch zerbrechen.«

»Warte.« Nedeam beugte sich zur Seite und sah an der Unterseite der Tischplatte einen kurzen Span. Er beugte sich hinüber, brach ihn ab und hielt ihn vor die Augen der anderen. »Seht ihr das kleine Holzstück?«

Maratuk blickte ihn mitleidig an.

Nedeam grinste. »Hast du dich schon einmal an einem solchen Splitter gestochen, mein Freund?«

»Der Wald hier ist voll von solch hässlichen Dingern«, brummte der alte Axtschläger. »Zudem kenne wir Zwerge uns in der Bearbeitung von Steinen, Metallen und auch Holz aus. Was soll also diese Frage?«

»Könntest du dich an dem hier stechen?«

»Wenn ich mich besonders dumm anstelle, wird es schon gehen.«

»Trotzdem könntest du ihn leicht zerbrechen.«

»Ohne jegliche Mühe«, bestätigte Maratuk und stutzte. »Ah, wahrhaftig, mein Freund, heute sind wir beide nicht die Klügsten, nicht wahr? Ein rascher, gerade geführter Stoß ...« Maratuk musterte das Blasrohr. »Ja, das müsste gehen. Aber wir werden nur einen einzigen führen können, bevor diese Gajath ihn zerbricht. Der Stoß muss also richtig treffen.« Der Axtschläger seufzte. »Wirklich, gebt mir eine gute Axt, und kein Hieb wird fehlgehen, aber Dinge zum Stechen, die sind nichts für mich.«

»Ich werde es tun«, warf Llaranya ein. »Ich habe die sichere Hand und die Schnelligkeit der elfischen Wesen.«

»Dann ist das beschlossen«, stimmte Nedeam zu.

Der alte Zwerg nickte ebenfalls. »Und wie machen wir jetzt aus dem Blasedings und dem Schmuckstück eine Waffe?« Er nahm Llaranya die Kette aus den Händen.

Das Symbol des Pferdevolkes hatte die Grundform eines kreisförmigen Hufeisens. Seine Enden waren zwei Pferdeköpfe, die in entgegengesetzte Richtungen blickten. Der oben offene Kreis symbolisierte die Einigkeit des Pferdevolkes und die beiden Pferdeköpfe seine Wehrhaftigkeit. Maratuk drehte das kleine Schmuckstück hin und her.

»Die Kette stört nur«, murmelte er. »Aber ich weiß, was wir tun. Der Holzstab muss eingeschnitten werden. Wir brauchen einen Schlitz, in den wir das Schmuckstück hineinstecken können. Nicht zu tief, denn das Gold muss weit genug vorne herausragen. Um die Hälse der Pferde und den Stock wickeln wir ein gutes Stück Schnur oder Leder. Das presst das Holz wieder zusammen und verleiht dem Schmuckstück Halt. Die Rundung des Schmuckstücks muss natürlich spitz zulaufen und ein wenig geschärft werden.«

Der alte Zwerg deutete an die Wand und grinste breit. »Jene Axt dort, ist alles, was ich brauche. Damit schlitze ich den Stock, schneide das Schmuckstück und schärfe seine Kanten.«

»Ah«, seufzte Nedeam entsagungsvoll, »Ein Zwerg ohne Axt ist einfach kein Zwerg. Doch gib sie ihm, und er ist in der Lage, das Reich der Finsternis zu erobern.«

»Das will ich meinen.« Maratuk strahlte, als Llaranya ihm die schwere Kampfaxt reichte. »Nicht gut ausgewogen«, murmelte er, »und der Stiel ist unhandlich. Nichtsdestoweniger, es ist fraglos eine Axt.«

Der alte Zwerg setzte sich vergnügt auf den Boden und ließ sich auch das Blasrohr reichen. »Ich hoffe, diese Gajath kommt nicht vor der Zeit. Oh, ich brauche noch einen guten Riemen.«

Nedeam griff an die Verschnürung seines Wamses und löste einen Lederriemen. »Wir legen ihn in den Wasserkrug. Dann ist er feucht, wenn wir ihn um Schmuckstück und Blasrohr wickeln. Beim Trocknen zieht er sich zusammen und erhöht die Festigkeit.«

Maratuk grinste fröhlich. »Speer, guter Freund. Was hier unter den kunstfertigen Händen eines Zwerges entsteht, ist ein Speer.« Er zwinkerte Llaranya zu. »Und wie ich unsere brave Elfin kenne, wird sie ihn sicher ins Ziel befördern.«

Ein einziger Stoß, mehr würde das Provisorium nicht aushalten.

Aber sie hatten immerhin eine Chance.

52

Scharführer Arkarim hatte die Wimpellanze vor sich auf den Boden gestellt und stützte sich mit beiden Händen an ihrem Schaft ab. Er war müde und erleichtert, dass die lange Anspannung der Nacht nun von ihm abfiel. So wie ihm erging es wohl den meisten Männern und Frauen in Sespiru.

Wieder war der Morgen angebrochen, und warmes Sonnenlicht überflutete das Land. Wieder war die Nacht ereignislos verstrichen. Diese Ereignislosigkeit zerrte an den Nerven aller. Man hatte auf die huschenden Gestalten der Nachtläufer gewartet, die den Tod herantrugen, doch nichts war geschehen. Jeder Schatten war zu einem drohenden Feind geworden, und es hatte eine Reihe von Alarmschreien gegeben, welche die Kämpfer umsonst nach den Waffen greifen ließen.

Arkarim sah sich um und löste eine Hand von der Lanze, um sich den Schlaf aus den Augen zu reiben. Überall waren Männer und Frauen zu sehen, die nun ihre Kampfpositionen verließen und sich mit müden Bewegungen zum Dorfplatz begaben, um sich dort mit etwas Wasser zu erfrischen und einen Bissen Nahrung zu sich zu nehmen. Manche gingen direkt zu den Häusern, um dort Schlaf zu suchen, wieder andere sanken einfach dort zu Boden, wo sie in der Nacht ausgeharrt hatten.

Herdur-Mann erkannte Arkarim an dessen Wimpel und kam langsam herbei. Der Älteste von Sespiru wirkte vollkommen ausgeruht. Arkarim vermutete, dass der Mann in der Nacht tatsächlich geschlafen hatte. Entweder hatte er längst mit dem Leben abgeschlossen oder er hatte Nerven aus elfischem Stahl. Jedenfalls kümmerte er sich nur wenig um die Verteidigung seines Dorfes.

Borsik-Mann war da von anderer Art. Obwohl Arkarim ihm den Mord an den Zwergen nicht verzieh, musste er anerkennen, dass dieser Mann in seinem Wesen einem Pferdelord ähnelte. Schier unermüdlich versuchte er, den Männern und Frauen Mut einzuflößen. Ja, auch den Frauen.

Die Tage des gemeinsamen Wartens auf den Kampf hatten Hüterinnen und Männer zu einer Gemeinschaft zusammenwachsen lassen. Es mochte eine brüchige Gemeinsamkeit sein, die sie verband, kaum mehr als ein respektvoller Waffenstillstand zwischen den Geschlechtern, aber Arkarim registrierte sehr wohl, dass es kaum noch Spott oder gar Anfeindungen untereinander gab.

Ein Pferdelord des Beritts kam zu Arkarim herüber. »Guter Herr Arkarim, Ihr solltet noch einmal mit den Hüterinnen reden. Wir sollten ihre Toten endlich bestatten, wie es sich gebührt. Der, äh, Geruch wird jeden Aasfresser in großem Umkreis anlocken.«

Arkarim sah den Mann verständnisvoll an. Die toten Männer Sespirus und des Beritts hatten sie bereits bestattet. Hastig und in einem gemeinsamen Grab, dennoch mit der möglichen Würde. Die Pferdelords eingehüllt in ihre grünen Umhänge und die Hand an ihrem Schwert, die Männer Sespirus in hockender Stellung, mit dem Blick nach Norden. Borsik-Mann hatte erklärt, die Tradition verlange es, denn angeblich sei das Volk einst aus dem Norden über das Meer nach Julinaash gekommen. Was auch immer der Grund für diese ungewöhnliche Bestattung war, das Pferdevolk hatte stets die Eigenheiten anderer Völker respektiert und die Toten Julinaashs ebenso zu den Goldenen

Wolken begleitet wie die eigenen. Arkarim hatte den Eid der Pferdelords gesprochen, und die Schwerter der Männer hämmerten im Takt von Hufschlag gegen die hölzernen Schilde, bis das Schlagen nach einem rasenden Höhepunkt schlagartig verstummte.

»Ihr wisst, guter Schwertmann, was Kanara-Frau und ihre Gefährtinnen hierzu sagten«, erinnerte Arkarim. »Sie wollen ihre gefallenen Schwestern nach Julinaar zurükkbringen und nicht im Land der Männer zurücklassen. Wir hätten dies mit unseren Männer wohl ebenso getan, wenn der Weg nicht so weit wäre.«

Der Schwertmann nickte zögernd und gab seinem Befehlshaber einen verstohlenen Wink. »Der Älteste, guter Herr Arkarim. Sieht aus, als brächte er Ärger zu uns.«

Herdur-Mann hatte Arkarim nun erreicht und lächelte. Es war ein unpersönliches und wenig aufrichtiges Lächeln. »Nun, Pferdereiter, die Nacht ist verstrichen und wieder hat sich keiner der Nachtläufer blicken lassen.« Scheinbar erwartete der Älteste eine Reaktion Arkarims, doch als keine erfolgte, fuhr er fort. »Ich denke, die Bestien sind abgezogen. Sie werden keine Neigung verspüren, sich das Fell von unseren goldenen Klingen durchbohren zu lassen. Die Nachtläufer werden sich leichtere Beute suchen.«

»So?« Arkarim gähnte herzhaft und stützte sich weiter auf die Lanze. Er war müde, rechtschaffen müde, und wollte nun selbst etwas Schlaf finden. »Mag sein, aber ich bin mir dessen nicht sicher.«

Ein Knarren war zu hören. Das Haupttor schwang auf, und eine größere Gruppe aus Hüterinnen und Schwertmännern formierte sich, um das Dorf zu verlassen.

»Ich bin mir dessen sicher«, fügte Herdur-Mann hinzu. »Ich war in der Nacht auf dem Turm und habe nach Norden gespäht.«

»Und? Was gab es zu sehen?«

»Der Himmel im Norden war rot vom Flammenschein.«

Das erregte Arkarims Aufmerksamkeit. Er runzelte die Stirn.

Herdur-Mann nickte, um seine Worte zu bekräftigen. »Kein Brand des Waldes, Pferdereiter. Ich kenne die Lage unserer Dörfer, und einige von ihnen haben gebrannt. Die Nachtläufer durchschwärmen nun das Land, und sie morden und brennen alles nieder.«

Borsik-Mann hatte das Gespräch zwischen seinem ehemaligen Freund und dem Scharführer bemerkt und kam gemeinsam mit Kanara-Frau heran. »Was geht vor sich?«

»Herdur-Mann behauptet, die Bestien würden die anderen Dörfer niederbrennen.«

Der Älteste spuckte aus. »Ich behaupte es nicht, Pferdereiter, ich habe den Flammenschein im Norden gesehen.«

»Nur im Norden?«, fragte Kanara-Frau besorgt. Allen war klar, um was sich die Unterkommandantin sorgte.

Herdur-Mann sah sie spöttisch an. »Kein Flammenschein jenseits des Eten.«

Die Anführerin der Hüterinnen schloss für einen Moment dankbar die Augen.

Unterführer Hendur kam mit einer Unterführerin herbei. »Sie führt nun das Beutekommando hinaus, Scharführer Arkarim. Alles ist ruhig, wie nicht anders zu erwarten.«

Der nickte und sah die Bewaffnete an. »Seid dennoch vorsichtig, gute Frau. Es gibt ja auch anderes Raubzeug in den Wäldern.«

Die Männer und Frauen, welche nun hinausgingen, waren allesamt bewaffnet und trugen zusätzlich Körbe, Taschen und alles, was als Transportmittel geeignet sein mochte. Selbst ein löcheriger Eimer war dabei. Sespiru hatte über hundertzwanzig Dorfbewohnern ein Heim geboten und sie gut ernährt. Die meisten seiner Bewohner waren nun tot, aber das wurde durch die Männer des Beritts und die Hüterinnen mehr als ausgeglichen. Die Vorräte des Dorfes würden für eine solch große Anzahl an Menschen nur wenige Tage reichen, und niemand wusste, wie lange man hier aushalten musste. So hatte Arkarim sich mit Kanara-Frau und den Unterführern besprochen und beschlossen, am Tage Männer und Frauen in den umliegenden Urwald zu schicken, die dort alles sammeln oder erlegen sollten, was als Nahrung dienen konnte. Immerhin brauchte man sich um Wasser keine Sorgen zu machen. Die beiden Brunnen Sespirus gaben reichlich davon.

Es gab auch erste Anfänge, die Bresche in der Palisade zu reparieren. Jetzt, nachdem der Angriff der Nachtläufer auf sich warten ließ, musste man jene beschäftigt halten, die keine Ruhe fanden.

»Was sollen wir tun?«, fragte Borsik-Mann leise. »Was … können wir tun?«

»Wegen der anderen Siedlungen?«

Borsik-Mann sah Arkarim müde an. »Sie werden sterben. Sie wissen nicht, was wir wissen.«

»Und sie haben kein Gold«, fügte der Scharführer hinzu. Das kalte Lächeln Herdur-Manns reizte ihn sehr, dem Mann die Faust ins Gesicht zu schlagen. Die Menschen von Julinaash starben, und es schien den Ältesten nicht zu kümmern.

»Sie haben Gold«, wandte Kanara-Frau ein. »Wenigstens in Ataraan, der Stadt der Männer, und ebenso in Julinaar. Sie müssen dort welches haben. Als das Land geteilt wurde, da wurde auch der einstige Schatz des Königs geteilt. So, wie auch die Krone des Königs geteilt wurde.«

Borsik-Mann sah den fragenden Blick des Scharführers. »Sie wurde in zwei Hälften zerbrochen. Kronenträger und Kronenträgerin tragen sie nun an der Stirn, gehalten von einem goldenen Reif.«

»Dieser ehemalige Schatz des Königs, würde er reichen, um daraus Waffen zu fertigen?«

Kanara-Frau nickte. »Für einige Waffen reicht es sicher. Und wenige Waffen bewirken mehr, als gar keine.«

Arkarim musste lächeln. »Das sehe ich ebenso.«

Scharführer Herklund war hinter seinen Freund getreten und hatte die ganze Zeit geschwiegen. Nun sah er Herdur-Mann grimmig an. »Wir hätten Boten in die Siedlungen schicken sollen. Die Menschen warnen und ihnen Gelegenheit geben, goldene Klingen zu fertigen.«

»Die Boten wären nicht durchgekommen«, sagte Herdur-Mann kalt.

»Sie hätten im Sonnenlicht eilen können, um sich zum Nachtdunkel gut zu verbergen.« Herklund sah Arkarim an. »Ja, vielleicht wären sie wirklich nicht durchgekommen, aber wir hätten es wenigstens versuchen müssen.«

»Es war ein Fehler«, gestand der Scharführer ein. »Nun ist es zu spät.«

Borsik-Mann starrte Herdur-Mann grimmig an. Plötzlich sprang er vor den früheren Freund und packte ihn am Gewand. »Du verfluchter Schakral, es ist deine Schuld. Nur wegen dir blieben sie alle ungewarnt und konnten sich nicht vorbereiten. Jetzt sterben sie, nur für deinen elenden Ehrgeiz.«

Herdur-Mann schlug gegen die Hand des einstigen Gefährten. »Du warst selbst dafür und hast zugestimmt. Du gingst nach Rushaan und erschlugst die Zwerge, um uns ihr Gold zu bringen. Denk nach, du dummer Narr. Ohne das Gold wären wir alle längst tot.«

»Hört auf!« Arkarim trat wutentbrannt vor und stieß die Lanze mit einer zielsicheren Bewegung zwischen die beiden Streitenden, sodass sie durch die Spitze getrennt wurden. »Ihr habt beide Schuld auf euch geladen, und ich denke, wenn wir dies hier überleben, dann werden die Männer und Frauen von Julinaash eine Menge Fragen an euch haben.«

Kanara-Frau lächelte unvermittelt auf jene Weise, die Arkarim zuvor an Herdur-Mann missfallen war. »Ja, ich denke auch, dass die Kronenträgerin einige Antworten haben will. Und dies wird wohl ebenso für den Kronenträger gelten.«

»Ich sehe keinen Grund, mich vor jemandem zu rechtfertigen«, zischte Herdur-Mann. »Was ich tat, das tat ich zum Wohle von Sespiru und zum Wohle Ataraans.«

Borsik-Mann griff an sein Schwert, aber Arkarims herzförmige Lanzenspitze fuhr herum und saß plötzlich an seiner Kehle. »Schon gut«, murmelte der narbige Kämpfer. »Ich weiß, es ist jetzt nicht die Zeit zu streiten.«

»Wir sollten ihnen die Waffen nehmen«, empfahl Herklund. Sein verwundeter Arm war nicht zu gebrauchen, doch er hielt ein Schwert in der gesunden Hand. Er war nicht besonders geschickt mit der Linken, doch er wollte unter keinen Umständen kampflos in den Tod gehen. »Sie werden noch übereinander herfallen.« Herklund spuckte aus. »Obwohl uns das die Mühe ersparen würde, sie zu richten.«

Arkarim schüttelte den Kopf. »Das ist nicht unsere Aufgabe. Sie haben sich gegen Julinaash vergangen. Hier müssen sie gerichtet werden.«

»Unser Freund Maratuk wird auch noch ein Wort mitreden wollen.« Herklund deutete auf Borsik-Mann. »Wenigstens mit jenem da.«

»Seht!« Eine Hüterin drängte sich durch die Umstehenden heran und deutete aufgeregt nach Osten. »Seht in den Himmel! Finsternis erwächst und droht die Sonne zu verschlingen.«

Sie alle blickten in die angegebene Richtung.

»Kann das ein Gewittersturm sein?«, raunte ein Schwertmann.

»Was ist ein Gewittersturm?«, fragte Kanara-Frau prompt, und Scharführer Herklund erklärte es rasch. Die Unterkommandantin schüttelte den Kopf. »Nein, wir haben starke Regenfälle in Julinaar, doch niemals solche Stürme und schon gar keine Blitze, die durch den Himmel fahren.«

An einer Stelle im Osten hatten sich sieben Wolken gebildet. Die Pferdelords hatten schon oft Wolken gesehen, doch diese unterschieden sich von allen, welche die ihnen bekannte Stürme oder Regenfälle begleiteten. Sie waren tiefschwarz und hoben sich überdeutlich am hellen Himmel ab. Zudem waren ihre Konturen ungewöhnlich regelmäßig.

»Sie stehen an einer bestimmten Stelle über dem Land«, stellte einer der überlebenden Dorfbewohner unsicher fest. »In Richtung auf Julinaar. Vielleicht ein Zauberwerk der Kronenträgerin.«

Kanara-Frau sah die fragenden Blicke der anderen. »Ich kann euch versichern, dass die Kronenträgerin über keinen Zauber verfügt.«

»Sie werden größer.« Arkarim schirmte die Augen gegen das helle Sonnenlicht ab, um die Einzelheiten besser erkennen zu können. »Und sie wachsen aufeinander zu.«

Tatsächlich wurden die dunklen Gebilde größer und begannen sich zu vereinigen. Nun stand eine riesige Wolke über einem Teil des Landes. Sie dehnte sich langsam aus. Langsam, jedoch stetig.

»Sie wächst nur zu den Seiten, guter Herr«, rief ein Schwertmann. »Sie wächst nicht in die Höhe. Ich sage euch, es droht Gefahr von dieser Finsternis.«

Als habe der Pferdelord ein Stichwort gegeben, breitete sich die Wolke immer schneller nach allen Seiten aus.

Unvermittelt begriff Arkarim die drohende Gefahr. »Sie wird die Sonne verdecken! Sie wird die Tageswende zur Nachtzeit machen!« Er stieß die nach oben starrende Unterkommandantin an. »Rasch, sende Melder zu der Gruppe im Wald. Sie muss schnellstens zurückkehren und sich nach Sespiru in Sicherheit bringen.«

Nun begriff auch Kanara-Frau. »Du hast recht, Arkarim von den Pferdereitern. Die Nachtläufer können aus ihren Verstecken kommen, und es wird dann keine Sonne geben, die sie davon abhält.« Sie wirbelte herum und stieß nun ihrerseits zwei der Hüterinnen an. »Ihr habt es gehört, Schwestern. Beeilt euch, die Gruppe der Sammlerinnen ist in höchster Gefahr!«

Die beiden Frauen rannten los. Arkarim atmete tief durch. »Darauf haben sie gewartet, die Bestien. Sie wussten, dass dies geschehen wird.«

Die Blicke zur Wolke waren nun unsicher und sogar ängstlich. Ihr Schatten wuchs rasend schnell heran und begann das Land zunehmend in Dunkelheit zu tauchen.

»Worauf wartet ihr?«, brüllte Unterführer Herklund. »Auf Kampfpositionen! Ihr Wachen auf dem Wehrgang, haltet scharf Ausguck! Ihr anderen, sammelt euch auf dem Dorfplatz und bereitet den hölzernen Schildwall vor!«

Männer und Frauen zuckten zusammen, als sich der Schatten auf Sespiru legte. Die schwarze Wolke verdekkte nun bereits die Sonne, doch noch fiel genug Licht auf das Land von Julinaash, um es in Halbdunkel zu tauchen.

Arkarim erbleichte, als er das Ausmaß der Bedrohung erkannte. »Wenn die Wolke das Land bedeckt, wird es nicht einmal das Licht der Sterne geben«, keuchte er. »Wir werden in vollkommene Finsternis gehüllt sein.«

Borsik-Mann klatschte in die Hände. »Schnell, nehmt an Fackeln und Feuerholz, was ihr greifen könnt, und bildet Feuerstellen um den Dorfplatz herum!« Er sah Arkarim an. »Mit deinem Einverständnis natürlich, Pferdereiter.«

Arkarim nickte. »Ohne Licht können wir nicht kämpfen. Vorwärts, Leute, ihr habt gehört, was er gesagt hat!«

Panik machte sich für einen Moment breit, als nun auch die anderen erkannten, was vor sich ging. Stets hatten die Sterne genug Licht gespendet, um auch in der Nacht etwas sehen zu können. Niemand hatte mit einer solch vollkommenen Dunkelheit gerechnet, wie sie sich nun über das Land legte. Keines Menschen Blick würde sie ohne Hilfsmittel durchdringen können, nur die Wesen der Nacht würden ihren Feind erkennen.

Man hatte nur wenig Holzvorrat angelegt. Arkarim hatte den Menschen erklärt, welchen Nachteil es bedeutete, im Feuerschein zu kämpfen, wenn der Feind aus dem Dunkel heranschnellte. Wie groß die Gefahr der Blendung war. Aber nun brauchten sie Feuer, um überhaupt etwas erkennen zu können.

»Eilt!«, brüllte Arkarim. »Eilt euch!«

Niemand brauchte noch einen Ansporn. Zu schnell senkten sich die Schatten und wurde es finster. Männer und Frauen rissen und schlugen Bretter und Stützen aus den Vorbauten der Häuser, andere fällten einen Teil des Wehrgangs. Drei Schwertmänner hatten ihre Umhänge abgelegt und fachten damit die Flammen des kleinen Feuers an, welches auf dem Dorfplatz brannte. Weitere Männer und Frauen rannten herbei, um es mit frischem Holz zu füttern und brennende Scheite zu jenen Stellen zu bringen, wo man in aller Hast zusätzliche Feuerstellen errichtete.

Arkarim zuckte zusammen, als er fernes Bellen und Fauchen hörte.

»Sie kommen!«, schrie ein Schwertmann entsetzt.

Erneut mahnte Arkarim zur Eile, obwohl es eine sinnlose Aufforderung war. Jeder in Sespiru wusste, dass es um das nackte Leben ging.

»Sie werden nicht lange brauchen, um die Sammlerinnen zu töten«, hauchte Kanara-Frau. Ihr war bewusst, dass die Gruppe, die in den Wald gegangen war, keine Chance mehr hatte. Selbst wenn sie Fackeln dabei gehabt hätte, im Urwald standen die Bäume zu dicht beieinander und boten den Nachtläufern zu gute Gelegenheit, sich ohne Vorwarnung auf die Menschen zu stürzen.

Ein paar Männer und Frauen waren zum offenen Tor gerannt. Nicht, um dieses zu schließen, sondern in der Hoffnung, dass die Bestien den leichtesten Weg wählen würden. In größter Eile wurde ein Holzhaufen aufgeschichtet, und zwei Frauen stießen brennende Scheite hinein. Die ersten Flammen begannen zögernd zu züngeln.

Ein paar Leute rannten von Gebäude zu Gebäude, um die darin befindlichen Kochstellen anzufachen, an der alten Herberge wurde Lichtschein hinter den Fenstern sichtbar.

In der Mitte des Dorfplatzes, umgeben von den nur zögernd brennenden Feuern, formierten sich die Verteidiger Sespirus und bildeten den hölzernen Schildwall. Ein ungleichmäßiger Kreis, dessen vorderste Reihe von Schwertmännern gebildet wurde. Sie stellten die großen rechteckigen Holzschilde vor sich auf den Boden. Stützen wurden unter die Oberkanten geklemmt und mit raschen Tritten im Boden festgerammt. Eine Hand am Schild, warteten die Männer mit gezogenen Schwertern auf den Feind.

Sie standen dicht an dicht, und die Spießträgerinnen der Frauen quetschten sich förmlich zwischen sie und hielten die Stoßlanzen mit den goldenen Spitzen bereit.

»Haltet die goldenen Spitzen noch verdeckt«, rief Arkarim. »Die Bestien kennen die Spieße noch nicht, und sie sollen ihnen eine unangenehme Überraschung bereiten.«

Im Inneren des Verteidigungskreises drängten sich andere Männer und Frauen, um jene schnell zu ersetzen, die den Bestien zum Opfer fallen würden.

Herklund stieß Arkarim mit der gesunden Hand an. »Es wird höchste Zeit, mein Freund. Wir müssen in den Kreis.«

Arkarim legte die Hand an den Arm des Unterführers. »Nimm dir Hendur und ein paar Männer und Frauen und lauft zur Herberge, um ihre Verteidigung zu verstärken.«

»Die Herberge? Wir wollten die Bestien hier aufhalten.«

»Sie werden rasch erkennen, welche Bedeutung die Feuer für uns haben und sie auseinanderreißen.« Der Scharführer deutete zur alten Herberge. »Wenn die Feuer erlöschen, sind wir auf dem Dorfplatz verloren. Dann ist die Herberge unsere letzte Zuflucht. Sie ist gut gebaut. Ihre Feuerstellen können die Nachtläufer nicht einfach auseinanderreißen. Nicht, ohne uns zuvor zu bezwingen.«

»Sie werden uns überrennen, mein Freund.«

Arkarim lächelte schwermütig. »Das wird wohl geschehen. Aber wir werden ihnen einen guten Kampf liefern.«

Herklund fasste sein Schwert mit der gesunden Hand fester. »Es war mir immer eine Ehre, an deiner Seite zu reiten, mein Freund.«

Arkarim presste die Lippen aufeinander.

Für einen Augenblick fehlten ihm die Worte. »Zeigen wir den Bestien, wie wahre Pferdelords kämpfen, Herklund. Schneller Ritt …«

Herklund grinste verzerrt und hob die Klinge zum Ehrensalut. »… und scharfer Tod«, vervollständigte er die Kampflosung des Pferdevolkes.

»Sie kommen!!«

Die Gruppe am Haupttor wurde förmlich überrannt, und von einem Augenblick zum nächsten drangen die Nachtläufer ein. Da nur noch die Feuer Licht spendeten und ihr Schein unstet war und auch nicht besonders weit reichte, war die Anzahl der Angreifer nur schwer zu schätzen. In jedem Fall war sie höher als beim ersten Angriff.

Zugleich erschienen andere Bestien in stattlicher Zahl in der notdürftig reparierten Bresche. Die wenigen Wachen, die sich nicht rechtzeitig vom Wehrgang zurückzogen, wurden nahezu beiläufig getötet.

Arkarim und Kanara-Frau standen mit Borsik-Mann im Verteidigungskreis. Wo Herdur-Mann war, ließ sich in der Hektik nicht feststellen. Arkarim vermutete ihn wieder in der alten Herberge.

»Fackeln!«, brüllte Arkarim. »Fertigt Fackeln aus den Umhängen, ihr Schwertmänner der Mark. So viele als möglich!«

Die ersten Angreifer prallten gegen den hölzernen Schildwall. Die Wucht ließ die Verteidiger erzittern. Füße und Schultern stemmten sich gegen die Schilde, Spieße zuckten vor. Die ersten Bestien fauchten getroffen auf und starben. Doch es waren viele Bestien, und sie waren in Bewegung und nicht leicht zu treffen. Zwei von ihnen packten eines der Schilde an der Oberkante und rissen es nach außen, der Schwertmann, der es hielt, stürzte hinterher und wurde blitzschnell getötet. Ein Schwert und zwei Spieße stießen die Angreifer zurück. Einer wurde tödlich getroffen, der andere nur verwundet, doch er wich mit wütendem Fauchen. Schon waren andere da, um die Lücke in der Verteidigung zu nutzen.

»Schließt die Lücke!«, schrie Arkarim. »Schließt die Lücke!«

Klauen und Fänge standen gegen Klingen und Spitzen. Der Spieß einer Hüterin bohrte sich in einen der Nachtläufer. Die Kreatur stürzte nach hinten und hielt ihn fest, riss ihn der Frau aus den Händen. Ein anderer Nachtläufer sprang über seinen sterbenden Gefährten hinweg, direkt gegen die Brust einer anderen Spießträgerin, und schlug die Fänge in ihren Hals. Der Schwertstreich eines Pferdelords tötete ihn um Augenblicke zu spät.

Die Schildträger versuchten verzweifelt, die Lücke zu schließen, schoben sich seitlich aufeinander zu. Eines der wenigen Reserveschilde wurden nach vorne gereicht. Ein Pferdelord starb, im Tode vereint mit der Kreatur, die er auf seine Klinge gespießt hatte. Dann war die Lücke geschlossen. Männer und Frauen ersetzten die Toten, und so wie hier geschah es gleichzeitig an mehreren Stellen des Schildwalls, der in steter Bewegung schien.

»Wir brauchen Fackeln!«, brüllte Arkarim erneut.

Es trat genau das ein, was er befürchtet hatte. Die ersten der Feuerstellen schienen von den Wesen der Nacht auseinandergerissen zu werden, denn ihr Licht wurde schwächer.

An der großen Feuerstelle inmitten des Verteidigungsrings hatte man grüne Umhänge in lange Streifen gerissen und um Stöcke und Scheite gewickelt. Niemand hatte an Öl oder Fett gedacht, um sie damit zu tränken. Zwei der Pferdelords hatten Dosen mit der Pferdesalbe bei sich und strichen sie hastig über eine Handvoll der Fackeln. Stinkend und knisternd flammten sie endlich auf.

Keinen Augenblick zu früh.

Die Feuer außerhalb des Schildwalls waren nun alle erloschen, und man spürte die Angriffe des Feindes, ohne diesen sehen zu können. Die Verluste der Verteidiger stiegen sofort an. Fackeln wurden nach vorne gereicht, von verzweifelten Trägern hochgehalten, damit man etwas von dem sah, was sich vor den Schilden tat.

Das war wenig genug, und den Bewaffneten bleib kaum Zeit, auf einen Angriff zu reagieren.

Dann kamen die ersten Bestien in den Kreis der Verteidiger geflogen.

Ob sie von anderen geworfen wurden oder die enorme Sprungkraft ihrer überlangen Beine nutzten, ließ sich nicht ergründen. Sie segelten über die Schilde und die drohenden Spieße hinweg und prallten in die verblüfften Verteidiger, die sich in relativer Sicherheit wähnten. Der Blutzoll der ersten Angriffe war dementsprechend hoch.

Eine Hüterin hatte ihren Angreifer mitten im Flug aufgespießt, und für einen Lidschlag hing die Bestie über der Frau, bevor sie erschlaffte. Dann ließ die Hüterin entsetzt schreiend ihre Waffe los, schlug die Hände vor das Gesicht und rannte blind und vor Schmerzen wimmernd, zwischen den anderen umher.

»Gebt Acht auf das Blut!«, rief Borsik-Mann. »Es verbrennt die Haut, wenn man es berührt!«

»Widerliche Kreaturen der Finsternis«, fauchte Kanara-Frau und griff sich den Spieß einer sterbenden Hüterin. »Als wären ihre Klauen und Fänge nicht schon schlimm genug. Selbst ihr Blut ist eine tödliche Waffe.«

Ein Nachtläufer segelte auf Arkarim zu. Es war ein seltsamer Anblick, denn der Rücken des Wesens war stark gebogen und so reckte es gleichzeitig die Klauen von Händen und Füßen nach dem Scharführer. Arkarim reagierte zu langsam und bekam die Lanze nicht schnell genug herum. Ein Schwertmann sprang hinzu, und der wuchtige Hieb trennte der Kreatur einen Arm und den Kopf gleichzeitig ab.

Im unsteten Schein der Fackeln war nur wildes Getümmel zu sehen. Längst war jeder Überblick verloren. Aber Arkarim hatte das Gefühl, dass der Verteidigungskreis immer kleiner wurde. Aufstöhnend sah er sich um. Immer weniger Menschen standen bereit, die Lücken zu füllen.

Etwas rammte seine Schulter, und er sprang zur Seite, doch es war Borsik-Mann, der ihn angestoßen hatte und laut gegen den Lärm des Kampfes anschrie. »Wir müssen zur Herberge, Pferdereiter! Wir haben zu wenige Fackeln, und sie werden zu schnell erlöschen! Wir müssen zur Herberge und uns dort verschanzen!«

Arkarim war entsetzt. Er konnte sich nur zu gut vorstellen, was geschehen würde, ja geschehen musste, wenn der Schildwall zerbrach und alles in Richtung auf die Herberge flüchtete. Er schüttelte verzweifelt den Kopf. »Wir müssen halten!«, erwiderte er. »Haltet stand, Männer der Hochmark!«, schrie er mit heiserer Stimme. »Haltet sie auf!«

Sie versuchten es. Männer und Frauen standen Schulter an Schulter, dann Rücken an Rücken, um dem gnadenlosen Feind zu widerstehen. Sie teilten den Tod aus und empfingen ihn. Manche schrien ihren Schmerz oder ihre Wut hinaus, andere kämpften oder starben in grimmigem Schweigen.

Fackeln begannen zu erlöschen. Weil sie aufgebraucht waren oder ihre Träger starben und die Bestien sie erstickten. Die Dunkelheit breitete sich aus und mit ihr das Sterben der Menschen. Wie sollte man sich auch gegen einen Feind wehren, denn man nicht sehen konnte? Den man nur hörte und erst spürte, wenn sich seine Zähne oder Klauen in menschliches Gewebe gruben?

»Löst den Schildwall!« Arkarim hatte die Lanze in die Armbeuge gelegt und die Hände am Mund, um sich verständlich machen zu können. »Lauft zur Herberge, so schnell ihr könnt! Lauft um euer Leben.«

Er tat es selbst.

Es kam dem Scharführer wie eine feige Flucht vor, doch welche Wahl hatten sie noch? Der Schildwall musste zerbrechen, und dann war jeder darin dem Tod preisgegeben. So wie der Tod sich auch jene nehmen würde, die in wilder Hast zur Herberge rannten. Doch auf dem Dorfplatz fanden sie alle den sicheren Tod. Jene, welche die Herberge doch noch erreichten, hatten immerhin noch eine Chance.

Arkarim wurde von anderen mitgerissen, und das war vielleicht sein Glück.

Männer und Frauen stürmten zur Herberge. Der flackernde Feuerschein hinter ihrer Mauer und die erleuchteten Fenster waren die Wegweiser. Doch die Flüchtenden mussten durch die Finsternis, und sie waren umgeben von triumphierenden Nachtläufern, denen es nun ein Leichtes war, sich ihre Beute zu nehmen. Jene Menschen, die an den Außenseiten und hinten rannten, waren ihre ersten Opfer. Jene, die in der Mitte und an der Spitze rannten, blieben etwas länger am Leben. Zu diesen gehörte auch Arkarim. Er hörte die Schreie und das Wimmern in der Dunkelheit, erbitterte Flüche, die vom triumphierenden Gebell der Nachtläufer übertönt wurden.

Seine Schulter rammte schmerzhaft gegen etwas Hartes, und er hätte beinahe die Wimpellanze verloren. Es gab kaum noch eine Fackel, die etwas Licht gespendet hätte, und vielleicht war es gut, dass all das Grauen vor den Blikken der Menschen verborgen blieb.

Dann riss die Dunkelheit auseinander.

Vor Arkarim wurden Schilde und Menschen sichtbar, von hinten durch das Feuer im Innenhof der Herberge angestrahlt. Das Tor stand offen, und die Schar der Überlebenden wurde förmlich hineingespült. In ihrer Panik rissen sie einige derjenigen zu Boden, die zu ihrem Schutz und dem des geöffneten Tores angetreten waren. Es glich einem Wunder, dass es dennoch wieder geschlossen werden konnte.

Von draußen drang das wütende Fauchen und Bellen der Nachtläufer herein, während die Menschen im Inneren der kleinen Anlage kaum fassen konnten, dass sie noch am Leben waren.

Borsik-Mann und Kanara-Frau gehörten zu dieser Schar, wie Arkarim erleichtert feststellte. Ein dunkler Schatten baute sich vor ihm auf. »Geht es, mein Freund?«, fragte Unterführer Herklund mitfühlend. »Wir konnten nicht viel erkennen, aber es muss wohl furchtbar gewesen sein. Sind das alle?«

Arkarim nickte. »Mehr kommen nicht.«

»Verfluchte Brut der Finsternis.« Herklund strich sich über den Bart. »Der da wollte nicht, dass wir euch hereinlassen.« Er deutete auf eine stöhnende Gestalt am Boden, in der Arkarim den Ältesten Herdur-Mann erkannte. »Ich habe ihm den Schwertgriff gegen den Schädel geschlagen. Er wird etwas Schädelbrummen haben, wenn er zu sich kommt. Unser Freund Hendur ist oben im Turm der Herberge. Wir haben Feuerbündel hergestellt, die wir nach draußen werfen können. Dann sehen wir wenigstens, was vor sich geht.«

»Hebt sie auf, bis die Kreaturen ernsthaft angreifen«, keuchte Arkarim. »Es wird nicht lange auf sich warten lassen.«

»Nein, das wird es nicht.«

Ein dumpfer Schlag hallte durch die Nacht. Staub wirbelte vom Torflügel empor.

Arkarim zuckte zusammen, als ein neuer Stoß gegen das Tor schmetterte.

»Das Ende«, flüsterte er.

53

Glaubst du wirklich, dass Gajaths Tod Einfluss auf diese Nachtläufer haben wird?« Maratuks Frage ließ erkennen, dass er keinen Zweifel daran hatte, dass Llaranya es schaffen würde, die Herrin des Dorfes zu töten.

Nedeam zuckte die Schultern. »Ich weiß es nicht. Aber ein Gefühl sagt mir, dass es so sein wird.«

Maratuk leckte sich über die Lippen. »Wollen wir es hoffen. Wir haben nur diesen provisorischen Spieß und nur einen einzigen Stoß. Mehr wird das Ding nicht aushalten. Wenn der Tod Gajaths die Nachtläufer nicht aufhält, dann werden sie nur noch wütender werden. Und du weißt, Freund Nedeam, ich kann sie mit meiner Axt nicht verletzen.«

Seine Axt. Seitdem Maratuk die alte Waffe aus Gajaths Sammlung in Händen hielt, fühlte er sich endlich wieder wie ein richtiger Axtschläger seines Volkes.

»Ich wünschte nur, sie würde endlich kommen.« Llaranya stand an einem der Fenster und blickte hinaus. »Es ist nichts zu sehen.«

»Diese Nachtläufer meiden ja auch die Sonne«, murmelte Nedeam, »und an dieser Tageswende meint die Sonne es wahrhaftig gut mit uns.«

»Wir sollten versuchen, von hier zu fliehen«, warf Sebor-Mann ein.

Nedeam schüttelte den Kopf. »Mit Anbruch der Dunkelheit würden die Nachtläufer die Verfolgung aufnehmen. Diese Wesen der Finsternis würden uns aufspüren, Sebor-Mann. Wir hätten keine Chance.«

»Und wenn ihr Gajath tötet und das keine Auswirkung auf diese Ungeheuer hat, sind wir ebenso tot.«

Maratuk warf dem Julinaash einen missbilligenden Blick zu. »Das müssen wir hinnehmen. Uns bleibt keine Wahl. Wenigstens wird diese Gajath dann niemanden mehr täuschen und in die Falle locken können. Sie scheint die einzige dieser Brut zu sein, die sich in der Sonne bewegen kann.«

»Sie ist keine von ihnen«, brummte Sebor-Mann.

»Aber sie ist ihnen verbunden«, flüsterte Elian-Frau. Siasan-Frau hatte sich in die Arme der Mutter gekuschelt und schien sich dort geborgen zu fühlen. Ahnungslos, was ihnen allen bevorstehen mochte. Das Mädchen spürte zwar die Unruhe der Erwachsenen, doch seine Mutter hatte es bislang zu beruhigen vermocht. »Ja, diese Gajath ist den Nachtläufern verbunden. Auf eine geheimnisvolle Weise. Nicht von ihrer Art und doch von ihrer Art.«

Maratuk knurrte leise. »Klare Worte, wie ein Zwerg sie zu schätzen weiß. Gehört sie nun zu ihnen oder tut sie das nicht?«

»Sie hören auf sie«, sagte Nedeam leise. »Also gehört sie auch zu ihnen. Auf welche Weise auch immer. Jedenfalls hoffe ich, dass ihr Tod die Nachtläufer entmutigt.«

Maratuk prüfte die Schneide der alten Axt zum wiederholten Mal. »Ja, gewiss wird er das.«

Es war klar, dass der alte Zwerg nicht daran glaubte. Auch für Nedeam war es nur eine schwache Hoffnung. Er befürchtete wie Llaranya und der Axtschläger, dass Gajaths Tod die Feinde nur zur Rache anstacheln würde. Doch es war ihre einzige Möglichkeit, dem Feind wenigstens einen kleinen Schlag zu versetzen. Nichts zu tun, hätte nur bedeutet, den Tod ohne Gegenwehr hinzunehmen. Denn, dass Gajath sie alle töten wollte, daran zweifelte keiner von ihnen.

Llaranya zuckte zusammen. »Es wird dunkel.«

Maratuk hob den Kopf. »Unmöglich. Die Sonne ist erst vor Kurzem aufgegangen.«

»Seht selbst.«

Noch bevor Nedeam und Maratuk sich erhoben hatten, schien sich ein Schatten über den Raum zu legen.

»Bei den Feuerschlünden der Tiefe«, raunte Maratuk, »was geht da vor sich?«

»Ein Zauber«, antwortete Llaranya. »Es kann nichts anderes sein. Seht nur, wie schnell es dunkel wird und wie undurchdringlich diese Finsternis ist. Sie kann nicht natürlichen Ursprungs sein.«

»Wir brauchen Licht«, stieß Nedeam hervor. »Und das schnell, bevor wir nichts mehr erkennen können.«

»Zu spät«, stellte Maratuk trocken fest.

Absolute Dunkelheit lag über dem Land, und innerhalb des Hauses sah man die Hand selbst dann nicht, wenn man sie direkt vor die Augen führte.

»Keiner rührt sich«, befahl Nedeam. »Nicht, dass noch ein Unglück geschieht.«

Sie warteten darauf, dass sich etwas ereignete, doch alles blieb ruhig. Es war gespenstisch, in völliger Finsternis zu sitzen und nur die Atemzüge der anderen zu hören. Siasan-Frau schien fest zu schlafen. Das Zeitgefühl ging verloren und es war schwer einzuschätzen, wie lange sie so da saßen, während sie angestrengt auf jeden Laut achteten.

Nedeam spürte, wie seine Knochen zu schmerzen begannen. So konnte es nicht weitergehen. Es machte keinen Sinn einfach abzuwarten. »Kann sich jemand erinnern, ob hier irgendwo eine Lampe steht?«

»Ich habe nicht darauf geachtet«, gestand Sebor-Mann.

»Es wird keine geben«, vermutete Llaranya. »Diese Wesen brauchen in der Nacht kein Licht.«

»Ah, in dieser elenden Finsternis müssen selbst diese erbärmlichen Nachtläufer ein wenig Licht haben«, sagte Maratuk.

»Ich glaube nicht.« Nedeam seufzte. »Aber auf diese Gajath könnte es zutreffen. Auch wenn sie mir kein Mensch zu sein scheint, so hat sie doch menschliche Merkmale.«

»Ich glaube, ich habe eine Lampe gesehen«, erklang Elian-Fraus Stimme aus dem Dunkel. »Dort, wo das kleine Regal mit den Schriften steht.«

Man hörte ein Pochen, als Maratuk sich bewegte. »Wunderbar, gute Frau. Wenn Ihr mir jetzt noch sagen könntet, wo ich dieses Regal finde?«

»Ha.« Nedeam zuckte zusammen. »Warst du das?«

»Ich weiß nicht«, brummte der alte Zwerg. »Jedenfalls hat sich etwas bewegt, als ich es berührte.«

»Das war mein Fuß.«

»Nun, ich dachte mir schon, dass das Regal nicht zur Seite springt.«

»Wartet, ich habe Zündmaterial in meinem Beutel«, erinnerte sich Sebor-Mann.

»Ah, das vernehme ich gerne.« Maratuks Stimme klang erleichtert und wurde sofort wieder besorgt. »Denkt daran, guter Herr, es ist finster. Steckt nicht dieses Haus in Brand. Könnt Ihr die Lampe finden?«

»Ich will es versuchen.«

Sia-san-Frau begann zu weinen und Elian-Fraus Stimme war zu hören, die das Kind beruhigte.

Etwas rumpelte vernehmlich. »Ich glaube, ich habe das Regal gefunden.«

»Sehr schön«, lobte Maratuk. »Aber verarbeitet es nicht gleich zu Kleinholz. Uns reicht es, wenn Ihr die Lampe findet.«

Ein paar Gegenstände fielen zu Boden und Sebor-Mann stieß ein paar leise Flüche aus. »Ich denke, ich habe sie. Ja, das muss sie sein. Wartet, bis ich sie entzündet habe.«

»Nun, ich habe nicht vor, mir die Beine zu vertreten«, bekannte Nedeam. »Nehmt Euch nur Zeit, guter Herr Sebor-Mann. Äh, Liebste, ist von draußen etwas zu hören?«

»Nein, alles ist ruhig.« Llaranyas Stimme klang angespannt.

Ein Funke blitzte auf, und so klein er auch war, blendete er die Anwesenden. »Ich habe es gleich«, versicherte Sebor-Mann.

Er hatte Feuersteine und etwas trockene Baumrinde als Zunder in seiner Proviantasche. Gajath hatte ihnen nur die Umhänge und die Waffen genommen, ihnen die anderen Sachen jedoch gelassen.

Nedeam konnte sich gut vorstellen, wie schwierig es war, in völliger Finsternis eine Lampe zu entzünden. Es begann nach Fischöl zu riechen.

»Ist die Lampe umgestürzt?«, fragte der Erste Schwertmann besorgt.

»Nein, ich habe etwas von ihrem Öl auf den Zunder gegeben. Jetzt müsste es … Ah.«

Eine kleine Flamme sprang auf, blendete sie, bis ihre Augen sich daran gewöhnt hatten. Sebor-Manns Hände und ein Teil seines Unterleibes waren zu sehen. Er hockte am Boden, die Lampe zwischen den Beinen. Sie war wie ein kleiner Krug mit einem seitlichen Schnabel geformt. Nun hielt der Julinaash etwas von dem brennenden Zunder an die Spitze des Schnabels. Eine weitere Flamme loderte auf, diesmal weit heller.

Maratuk war sichtlich zufrieden. »Gut. Ich will erkennen, wohin ich meine Axt bewege. Wir sollten sehen, ob wir noch eine weitere Lampe finden.«

Nedeam plagte eine andere Sorge. »Ist sie voller Öl?«

Sebor-Mann nickte. »Ja, sie ist voll.« Er erhob sich vorsichtig und leuchtete um sich. »Und dort an der Wand steht ein Krug. Wartet, ich will sehen, ob er Brennöl enthält.«

Der Krug enthielt Öl, allerdings nur noch wenig.

Llaranya wandte sich vom Fenster ab und sah sie an. Selbst im schwachen Schein der kleinen Lampe war zu erkennen, wie ernst ihr Gesicht war. »Ich höre Tappen und Schritte. Ich glaube, die Nachtläufer kommen und stellen sich wieder um das Haus herum auf.«

»Ich kann mir angenehmere Gesellschaft vorstellen.« Maratuks Daumen glitt wieder einmal über die Schneide seiner Waffe. »Und ich hoffe, diese Gajath taucht auf, bevor wir wieder im Dunkeln sitzen.«

»Dein Wunsch scheint in Erfüllung zu gehen«, stellte Llaranya fest. »Ich kann ihre Stimme hören und wie sie mit den Nachtläufern spricht.«

»Dann wird sie hoffentlich auch mit uns sprechen wollen«, sagte Nedeam grimmig. »Maratuk, fuchtele nicht mit der Axt herum, sondern hänge sie wieder an die Wand.«

»Was?

»Gajath wird sofort sehen, dass die Waffe fehlt, wenn sie dort nicht hängt, und dann weiß sie auch, dass wir etwas planen.«

»Verdammt, du hast Recht, mein Freund«, räumte Maratuk ein. »Schön, aber ich werde mich in ihrer Nähe halten, damit ich sie rasch ergreifen kann.« Er warf einen entsagungsvollen Blick auf die Halterungen an der Wand. »Ich fürchte, ich werde jemanden brauchen, der sie hinaufhängt und mir auch wieder hinunterreicht.«

»Ich bin dir gerne zu Diensten«, versicherte Nedeam. »Llaranya?«

»Ich weiß.«

Die Elfin trat rasch an Nedeams Seite und setzte sich. Sie streckte eines der Beine aus, als mache sie es sich bequem und schob den provisorischen Spieß darunter.

»Du musst sie mit dem ersten Stoß treffen«, murmelte Nedeam.

»Ich weiß.«

»Ein Stoß ins Herz ist tödlich«, flüsterte Maratuk. »Ich bin mir allerdings nicht sicher, ob dieses Wesen eines hat und wo es sich befindet.«

»Sehr ermutigend«, versicherte Llaranya. »Still jetzt, sie ist an der Tür.«

Die Tür wurde geöffnet, und im schwachen Schein der Lampe war Gajath zu erkennen. Wieder zeigte ihr Gesicht das sanfte Lächeln, während sie in den Raum trat.

Sie deutete auf die Lampe. »Ihr Menschen scheut die Dunkelheit. Sie macht euch schwach, während sie die Rudel der Nacht stärkt. Ihr scharrt euch um die Feuer und starrt ängstlich in die Finsternis, die euer Verderben bringt. Oder ihr verbergt euch in euren Siedlungen und wähnt euch dort sicher.« Sie lachte leise. »Doch es gibt keine Sicherheit. Nirgends.« Die schöne Frau sah einen nach dem anderen an. »Und zu keiner Zeit. Denn nun ist die Zeit der Finsternis gekommen.«

»Diese Zeit der Finsternis …« Nedeam deutete zur Tür. »Ihr habt das bewirkt?«

»Erschreckt dich das, Menschenwesen?«

Nedeam nickte. »Ja, es erschreckt mich, Gajath. Und doch ist es nur ein Zauber, und kein Zauber hat Bestand.«

Gajath sah ihn abschätzend an. »Was versteht ihr Pferdereiter denn von Zauber? Ihr seid keine magischen Wesen. Ihr glaubt an die Macht der Faust und die Kraft von Stahl. Zu leicht vergesst ihr, welche Magie in Worten verborgen liegt und was sie bewirken kann.«

»Ich sah in Jalanne eine Stadt, die sich durch die Kraft der Magie aus dem Wasser erhob«, sagte Nedeam leise. »Und ich sah, wie sie wieder versank, als der Zauber erlosch.«

Gajath trat näher zu Nedeam und beugte sich leicht vor. »Mein Zauber wird nicht vergehen, Pferdereiter. Und die Rudel der Nacht werden ihn jetzt nutzen, um alle Glatthäuter auszulöschen. Männer, Frauen und ihre ganze Brut.«

Es war die Gelegenheit für Llaranya.

Sie hielt das umgearbeitete Blasrohr in der Hand und nun, da Gajath sich neben ihr zu Nedeam hinunterbeugte, stieß sie die Hand mit der Waffe schräg nach oben, die goldene Spitze dorthin gerichtet, wo sich das Herz eines Menschen befand.

Gajath sah die huschende Bewegung und warf sich in unglaublicher Schnelligkeit zurück, um der Gefahr auszuweichen. Sie verlor dabei den Halt und stürzte. Llaranya besaß die Reflexe ihres elfischen Volkes. Schon war sie auf den Beinen, setzte nach und stieß zu.

Gajaths Arm schnellte empor, und ihre Hand packte den Speer mitten im Stoß. Knapp vor ihrem Leib verharrte die Spitze, und die Kräfte Gajaths und Llaranyas rangen gegeneinander. Ein Kräftemessen, welches die Elfin nur verlieren konnte. Mit einer ungeheuren Anspannung ihres Körpers schleuderte die Herrin des Dorfes die Angreiferin nach hinten, und man hörte das trockene Knacken, mit dem das Blasrohr zerbrach.

»Die Axt zu mir!«, brüllte Maratuk.

Nedeam war jetzt ebenfalls aufgesprungen, war mit zwei Schritten an der Wand und zog die Axt aus ihrer Halterung. Das Lachen Gajaths ließ ihn frösteln, während er die Axt packte, sich umwandte und die Waffe dem ausgestreckten Arm Maratuks entgegenwarf.

Llaranya war gegen die Wand geprallt, kam auf die Füße und sprang dorthin, wo sie im schwachen Lichtschein den Schimmer von Gold erkannte.

Der Raum war nicht besonders groß. Sebor-Mann und Elian-Frau drückten sich hastig in jene Ecke, in der das umgestürzte Regal gestanden hatte, und versuchten, ihre Tochter zu schützen. Nedeam und Maratuk hechteten auf Gajath zu, während Llaranya verzweifelt nach der goldenen Speerspitze tastete.

Für Gajath stellte die goldene Spitze die größere Gefahr dar. Mit einer beiläufig wirkenden Fußbewegung kickte sie den kläglichen Überrest der Waffe in die Dunkelheit, traf die Elfin mit einem Tritt an der Schulter und fing Maratuks Axthieb mit ausgestrecktem Arm ab.

Die Wucht des Aufpralls erschütterte den kleinen Axtschläger, doch auch Gajath kam ins Wanken. Nedeam prallte gegen sie, und erneut stürzte das unheimliche Wesen zu Boden. Der Pferdelord wusste, dass er diese Kreatur nicht verletzen konnte, und er versuchte verzweifelt, sie wenigstens so zu umklammern, dass ihre Bewegungsfreiheit eingeschränkt war. Vielleicht konnten die Freunde die Gelegenheit nutzen, diese Kreatur irgendwie zu bezwingen.

Maratuk ließ die Axt nicht los. Es war wohl der Instinkt des Zwerges, der die Waffe einfach nicht hergeben wollte. Er wurde beim Sturz mitgerissen, und das Gewicht beider Männer hielt Gajath für einen Moment am Boden. Llaranya richtete sich auf, aber ihre Bewegung war langsam und es war offensichtlich, dass der kräftige Tritt ihr zugesetzt hatte.

Keiner hatte auf Elian-Frau geachtet, deren Sorge um die Tochter ihr den Mut der Verzweiflung gab. Ihre Hand fand die goldene Spitze, und ungeachtet des jämmerlich aufschreienden Kindes stürzte sie nach vorne und stach blindlings zu.

Nedeam hatte die Arme um Gajath geschlungen, umklammerte die sich wehrende Kreatur. Nun spürte er einen brennenden Schmerz, als etwas Scharfes an seinem Arm entlangglitt.

Gajath schrie auf.

Ein Schrei, der aus keiner menschlichen Kehle kam.

Ihr Körper bäumte sich auf, und die Kraft dieser Bewegung war so groß, dass Nedeams Umklammerung versagte. Gajath schlug blindlings um sich. Maratuk, der sich förmlich in den Axtstiel krallte, wurde mitsamt der Waffe durch den Raum geschleudert, prallte gegen eines der Fenster und stürzte, begleitet von dessen Bruchstücken, nach draußen.

Nedeam sah, wie die Herrin des Dorfes auf die Beine kam und wankte. Sie drehte sich ein wenig, und der Pferdelord erkannte ein Stück des Blasrohrs, das aus der Brust der Kreatur ragte. Die goldene Spitze war in den Leib eingedrungen, aber die Wunde konnte nicht tief sein.

Gajaths Gesicht war verzerrt. Die Verletzung war nicht tödlich, wahrscheinlich nicht einmal gefährlich, denn das Wesen nahm sich nicht die Zeit, die Reste der Waffe zu entfernen, sondern sah Llaranya und Nedeam auf eine Weise an, die blanken Hass verriet.

Da schlug die Tür mit lautem Krachen auf. Mit einem wütenden Schrei stürmte Maratuk wieder herein, die Axt zum Schlag erhoben.

Gajath stieß ein unmenschliches Fauchen aus, und ihre Hand zuckte vor, um die Schneide der Axt aufzuhalten. Doch dieses Mal täuschte der alte Zwerg den Schlag nur an, warf sich zur Seite und ließ die schwere Waffe in einer kreisenden Bewegung gegen Gajaths Brust prallen.

Genau auf jene Stelle, an der die golden Spitze eingedrungen war.

Die stählerne Klinge hätte Gajath keinen Schaden zufügen können, aber die Schneide spaltete das Holz des Blasrohrs, traf das angespitzte Schmückstück und trieb das Symbol des Pferdevolkes in ihr Herz hinein.

Die Herrin des Dorfes wurde nach hinten geworfen, prallte gegen die Wand mit den Waffen und stand dann wie erstarrt. Ihre hasserfüllten Augen starrten die Freunde an. Gajath schien etwas sagen zu wollen. Ein Schwall rotblauen Blutes drang aus ihrem Mund, dann brachen ihre Augen, und der leblose Körper stürzte haltlos vornüber.

Gajath, Dienerin des Volkes und Gebieterin der Rudel, war tot.

Maratuk stützte sich schwer atmend auf den Stiel der Axt. »Wie ich … wie ich es angelegentlich erwähnte … Es geht doch nichts über eine solide Axt.«

Nedeam hielt sich den schmerzenden Arm und trat neben den kleinen Freund. »Und einen braven Zwerg, der sie vortrefflich zu schwingen versteht.«

Sebor-Mann hielt Frau und Kind schützend umklammert. »Ist sie … Ist sie tot?«

Maratuk stieß den leblosen Körper mit der Axt an. »Hm, ja, das ist sie wohl.«

Von draußen war ein lauten Heulen zu vernehmen.

Maratuk seufzte schwer. »Ich glaube, sie haben gerade begriffen, dass ihre Herrin tot ist.«

Nedeam und Llaranya stellten sich schützend vor Sebor-Manns kleine Familie. Ein nur symbolischer Schutz, denn die Nachtläufer würden keine Mühe haben, jedes Leben im Haus auszulöschen.

»Ich frage mich, warum sie ihrer Herrin nicht sofort zu Hilfe eilten«, knurrte der alte Zwerg. »Sitzen draußen herum und haben mich dumm angeglotzt, als ich herausgeflogen kam und wieder hineingerannt bin.«

»Weil sie, genau wie Gajath, nicht glaubten, dass sie Hilfe benötigen würde.«

»Schön, und worauf warten sie dann noch?«, brüllte Maratuk, dessen Nerven sich nun bemerkbar machten. »Worauf wartet ihr, ihr Bestien der Nacht? Kommt her, ich bin gerade erst warm geworden.«

Nedeam legte ihm beruhigend die Hand auf die Schulter. »Lass es gut sein, mein Freund. Sie werden nicht kommen.«

»Sie werden nicht kommen?« Der alte Axtschläger sah den Pferdelord verdutzt an. »Wieso werden sie nicht kommen?«

»Siehst du es denn nicht?« Nedeam lachte befreit auf. »Könnt ihr es den wirklich nicht sehen?«

Die Finsternis riss auseinander.

Goldenen Speeren gleich zuckten Lichtstrahlen durch die Dunkelheit. Erst vereinzelt, doch dann wich die Dunkelheit, als habe man einen Vorhang zur Seite gezogen, und helles Tageslicht überflutete das Land.

54

Sie waren zu fünft gewesen.
Schwertmänner der Hochmark, die auf dem Dach der alten Herberge standen, es irgendwie schafften, sich auf der Schräge zu halten und dabei noch in jeder Hand ein Schwert zu führen. Einer von ihnen lag inzwischen auf seinem Gesicht, und sein Kopf hing über die Dachkante hinab. Der Zweite beging den Fehler, der Kante zu nahe zu kommen. Ein Arm zuckte aus dem Dunkel, die Klaue umklammerte den Fuß des Kämpfers. In grimmigem Schweigen schlug er um sich, während er in die Finsternis gezerrt wurde und verschwand. So kämpften sie nun zu dritt. Müde, erschöpft und den Tod vor Augen, und doch bereit, ihr Leben so teuer wie möglich zu verkaufen.

Den anderen Männern und Frauen in der alten Herberge ging es nicht besser. Ihre Zahl war deutlich geschrumpft, und wo sie zuvor Schulter an Schulter gestanden hatten bildeten sich zunehmend Lücken, die nicht mehr gefüllt werden konnten. Zu viele waren tot, zu viele verwundet. Die Verletzten lagen, wo sie zusammengebrochen waren oder schleppten sich in den Hof oder das Haus, um ihre Wunden zu versorgen, so gut es ging. Sie waren auf sich selbst oder die Hilfe anderer Verwundeter angewiesen, denn wer noch kämpfen konnte, hielt Schwert oder Spieß.

»Haltet ihnen stand!«

Arkarim war längst heiser, und wahrscheinlich hörten ihn nicht einmal diejenigen, die fast unmittelbar neben ihm standen. Überall mischten sich Schreie von Menschen mit dem Fauchen und Bellen der Nachtläufer. Die Verteidiger versuchten, sich gegenseitig auf die Gefahr aufmerksam zu machen, wenn einer der Angreifer in den begrenzten Raum geriet, der von Fackeln oder Feuerbündeln erhellt wurde.

Mit ihrer enormen Sprungkraft und den langen Krallen an Händen und Füßen gelang es den Wesen der Nacht immer wieder, die Einfassungsmauer oder die Wand eines Gebäudes zu erklimmen. Die meisten Angreifer wurden rechtzeitig entdeckt und konnten zurückgestoßen werden, andere gelangten jedoch zwischen die Menschen und töteten sie gnadenlos, bis sie selbst den Tod empfingen.

»Verfluchte Brut der Finsternis!« Der Scharführer stieß die Lanze des Berittwimpels nach vorne, und die herzförmige Spitze durchbohrte den Rachen eines Nachtläufers. Im Todeskampf fuhren die Krallen der Bestie durch das blutbefleckte Tuch und rissen es entzwei. Arkarim konnte die Lanze drehen und bekam sie frei, als die sterbende Kreatur nach hinten stürzte.

Borsik-Mann war neben ihm und hatte zusätzlich eines der längeren Schwerter der Pferdelords ergriffen. So kämpfte er gleichzeitig mit der kurzen Klinge der Julinaash und der langen des Pferdevolkes. Von seinem Arm stieg Rauch auf, wo ein Spritzer Nachtläuferblut ihn getroffen hatte, doch der stämmige Kämpfer ignorierte den Schmerz.

»Ich hatte gehofft, wir würden hier etwas Ruhe finden«, schrie er Arkarim zu und bleckte die Zähne zu einem Grinsen. »Ich hoffte, sie scheuten vor der hohen Mauer und den Wänden zurück und würden uns Zeit geben.«

Viele der Männer und Frauen hatten gehofft, in der Herberge etwas Schutz zu finden, denn die Mauer war verstärkt worden und die Wände waren hoch. Sie waren davon ausgegangen, dass die Nachtläufer eine Art von

Belagerung durchführen würden, wie es Menschen in dieser Lage wahrscheinlich getan hätten. Doch die unheimlichen Kreaturen wollten nicht warten.

»Sie wollen unser Blut!«, brüllte Arkarim. »Sie werden nicht ruhen, bis sie es vergossen haben.«

»Lange wird es nicht mehr dauern«, stellte Borsik-Mann fest. »Wir haben keine Reserven mehr, und unsere Kräfte erlahmen.«

Er hatte recht. Es sah ganz danach aus, als werde die Verteidigung der alten Herberge bald endgültig zusammenbrechen.

Die Anlage war nicht besonders groß, und das täuschte im ersten Augenblick darüber hinweg, wie wenige Männer und Frauen hier nur noch um ihr eigenes Leben und das der Verwundeten kämpften. Es waren kaum hundert Pferdelords und Hüterinnen, und von den Bewohnern Sespirus lebten nur noch Borsik-Mann und der Älteste.

Die Nachtläufer hatten zuvor versucht, das Tor zu durchbrechen, und es auch beinahe geschafft. Männer und Frauen hatten sich dagegen gestemmt, bis andere Verteidiger neue Balken aus dem kleinen Stall rissen, die das Tor stützten. Der kleine Stall, der schon so lange kein Pferd mehr beherbergt hatte, diente als letzte Quelle für Brennholz. Drei der leichter Verwundeten und zwei Hüterinnen rissen die Bretter aus den Boxen und zertrümmerten sie. In fliegender Hast wurden brennbare Bündel gefertigt, die man zum Turm hinauf oder zur Mauer trug.

Unterführer Hendur leitete die Verteidigung des Dachs, sein Freund Herklund stand auf dem Turm. Von dort dirigierte letzterer den Einsatz der Feuerbündel. Er hatte auch den besten Überblick nach draußen, doch das half ihm wenig. Die Feuerbündel brannten nur kurze Zeit, bis sie von den Nachtläufern gelöscht oder so weit auseinandergerissen wurden, dass sie nicht mehr genug Licht abgaben. Herklund sah weit mehr von den Bestien, als er sich gewünscht hätte. Sie hasteten hin und her, und ihre Zahl war dadurch nur schwer zu schätzen. Es mussten Hunderte sein, welche die Herberge berannten. Ohne die hohe Mauer und die steil aufragenden Wände wäre den Wesen ein massierter Sturm gelungen. Vielleicht versuchten sie das aber gar nicht und begnügten sich mit Einzelaktionen, da sie wussten, dass das Ende der Menschen nahe war.

Kanara-Frau kämpfte mit einigen Pferdelords und Hüterinnen an der Rückseite, und Arkarim musste ihnen Respekt zollen. Dies war der erste Kampf der Hüterinnen, ihre erste Schlacht, und sie standen auf verlorenem Posten. Dennoch kämpften sie mit dem Grimm und Mut der Pferdelords und gaben nicht auf.

»Du Narr!«, war ein Schrei zu vernehmen. »Du verfluchter dummer Narr! Hättest du nur auf mich gehört! Hättet ihr alle auf mich gehört!« Die Stimme überschlug sich, und sie gehörte unverkennbar zu Herdur-Mann.

Arkarim wandte sich halb um und sah den Ältesten unten am Tor stehen. Er hielt eines der Schwerter und deutete mit der blutigen Spitze zu Borsik-Mann hinauf.

»Hättet ihr meinen Plan befolgt, so wäre dies alles nicht geschehen«, kreischte Herdur-Mann. Wahnsinn stand ihm ins Gesicht geschrieben. »Sespiru wäre verschont worden, Borsik-Mann! Verschont! Wir wären der Keim des neuen Julinaash geworden! Wir, Borsik-Mann! Du verfluchter Narr hast alles zerstört!«

Borsik-Mann hörte ein Fauchen hinter sich und konnte gerade noch einen Nachtläufer von der Mauer stoßen. »Du bist der Narr, Herdur-Mann! Hättest du die anderen gewarnt, wären viele Leben gerettet worden!«

Arkarims Augen verengten sich. Das Blut am Schwert Herdur-Manns war rot. Es handelte sich nicht um das Blut eines

Nachtläufers. Sein Blick fiel zur Seite, und er sah die beiden Hüterinnen, welche über die Festigkeit des Tores wachen sollten. Sie lagen in ihrem Blut, und es gab nur einen, der es vergossen haben konnte.

Der Scharführer begriff, was der Älteste beabsichtigte. »Haltet ihn auf, er will das Tor öffnen!«

Eine verletzte Hüterin humpelte auf Herdur-Mann zu, und er rammte ihr mit irrem Gelächter die Klinge in den Leib. Er ließ sie stecken, drehte sich und begann an dem ersten der Stützbalken zu zerren.

»Haltet …!« Arkarim verstummte. Niemand war in der Nähe, der den wahnsinnig Gewordenen noch rechtzeitig aufhalten konnte. Borsik-Mann und die angrenzenden Männer und Frauen hatten alle Hände voll zu tun, um einen erneuten Ansturm der Bestien aufzuhalten.

Er schätzte die Entfernung ein und holte aus, dann schleuderte er die Wimpellanze von oben herab. Sie flog schräg über den Hof, und im letzten Augenblick schien Herdur-Mann die Gefahr zu spüren, denn er wandte sich um.

Das Wurfgeschoss durchbohrte seine Brust, und die Spitze schob sich in Höhe der Hüfte aus dem Leib. Die Wucht des Aufpralls schleuderte den Toten gegen den Stützbalken, den er hatte lösen wollen und nagelte ihn an das Holz.

Arkarim stieß einen erbitterten Fluch aus und zog sein Schwert aus dem Waffengurt.

Er hörte Schreie an der Rückseite der kleinen Anlage. Kanara-Frau war in ernsten Schwierigkeiten. Vielleicht hatten sich die Nachtläufer nun doch dazu entschlossen, einen massierten Ansturm zu unternehmen. Dort kamen nun gleich mehrere der Bestien über die Mauer.

Es war hoffnungslos, und doch wollte sich Arkarim die sichere Niederlage nicht eingestehen. »Jeder dritte …« Die Stimme versagte und er musste mehrmals durchatmen. »Jeder dritte Mann mit mir zur Rückseite! Wir müssen die Bestien werfen!«

Etwas Grelles stach nach seinen Augen. Arkarim schrie entsetzt auf und wäre beinahe von der Mauer gestürzt, wenn eine Hüterin ihn nicht festgehalten hätte. Dann schrien auch andere.

Goldene Pfeile stießen vom Himmel.

Die Finsternis riss auseinander.

55

Es stank nach verbranntem Fleisch und versengtem Fell. Überall im Dorf lagen die schwelenden Kadaver der Nachtläufer. Ihre Zahl war schwer zu schätzen, es mochten um die Hundert sein. Keiner hatte das Verlangen, ihre Anzahl genau festzustellen.

»Nehmen wir uns, was wir brauchen können, und dann lasst uns diesen verfluchten Ort verlassen.« Nedeam hatte mit Llaranya das Umfeld erkundet, während die Familie Sebor-Manns direkt vor Gajaths Haus wartete und immer wieder Blicke auf die rauchenden Überreste der Nachtläufer warf. Maratuk lehnte auf der großen Axt und spähte um sich, aber er schien den nervösen Julinaash kein Vertrauen einzuflößen. Zu groß war ihr Entsetzen über die Ereignisse der letzten Tage.

Maratuk nickte zu Nedeams Worten. Er klopfte mit einer Hand gegen den Axtstiel. »Ich habe, was ein Zwerg braucht.«

Nedeam und Llaranya hatten sich ebenfalls alte Waffen gegriffen. Gegen die unheimlichen Wesen der Nacht waren sie damit zwar hilflos, aber der Urwald beherbergte auch andere Gefahren.

»Ich fasse hier nichts an«, flüsterte Sebor-Mann. »Dies ist ein verfluchter Ort.«

»Zweifellos ist er das.« Llaranya stieß gegen einen der Nachtläufer.

»Dennoch, wir nehmen von dem Wasser und den Nahrungsmitteln, die Gajath uns gebracht hatte. Wir haben von ihnen gekostet, und sie sind einwandfrei.« Nedeam schob

Sebor-Mann zur Seite und trat in Gajaths Haus. »Wir wissen nicht, wie lange wir unterwegs sein werden, bis wir wieder auf freundliche Wesen stoßen.«

»Freundliche Wesen? Hier, in diesem Land?« Maratuk sah die kleine Familie entschuldigend an. »Nichts gegen euch, doch in diesem Land scheint Freundlichkeit eine seltene Ware.«

Llaranya folgte ihrem Gemahl, und sie hoben Sebor-Manns Provianttasche auf und stopften hinein, was noch brauchbar erschien.

Missmutig sah Nedeam auf Gajaths Leiche. »Sie ist nicht verbrannt.«

»Nein, an ihr war vielleicht doch noch zu viel Menschliches.« Die Elfin kniete sich neben die Tote und betrachtete die tödliche Wunde aus der Nähe. »Gib mir ein Messer. Ich will das Gold aus ihrer Brust schneiden.«

Nedeam verzog das Gesicht. »Lass es stecken. Ich mache dir ein neues Schmuckstück.«

Sie hob den Kopf und lächelte ihn an. »Dieses hier ist mir besonders wertvoll. Zudem können wir die Goldspitze brauchen. Wir wissen nicht, ob alle Kreaturen der Finsternis tot sind.«

Nedeam gab ihr, was sie verlangte. »Ich denke schon. Die Sonne kam sehr überraschend zurück, als die Finsternis verdrängt wurde. Du siehst, was hier geschehen ist. Ich glaube nicht, dass die Nachtläufer an anderer Stelle überlebt haben.«

»Aber wir können uns dessen nicht sicher sein.« Die Elfin arbeitete geschickt und seufzte erleichtert. »Jetzt, im Tode, ist ihre Haut verletzlich. Ich kann die Spitze herauslösen. Und was diese Kreaturen angeht, mein Geliebter, so könnten einige durch Zufall geschützt gewesen sein. Im Schatten des Waldes.«

»Du hast Recht«, bestätigte er missmutig. »Ein paar von ihnen könnten noch leben.«

»Hier ist sie.« Llaranya hielt lächelnd die blutverschmierte Goldspitze hoch.

»Gut, ich habe, was wir ansonsten brauchen. Nur unsere Umhänge kann ich nirgends finden.«

Die Elfin nickte betrübt. »So werde ich künftig wohl den des Pferdevolkes tragen müssen.«

Nedeam nahm sie für einen Augenblick tröstend in den Arm. Da die Elfen das Land verlassen hatten, würde seine Llaranya keine Möglichkeit haben, sich Ersatz zu besorgen. Kein anderes Volk hatte die Kenntnisse, diesen speziellen Stoff anzufertigen, der jede Art von Schmutz von sich wies.

»Was macht dein Arm?«, fragte die Elfin besorgt. »Es ist ein langer und tiefer Schnitt. Ich sollte ihn wirklich vernähen.«

Nedeam lächelte. »Der Schmerz hat schon stark nachgelassen, meine Liebste. Hier«, er schob den zerrissenen Ärmel zurück, »ich glaube, die Wunde beginnt bereits zu heilen.«

Der Pferdelord hatte sich geweigert, die Verletzung durch eine Naht schließen zu lassen. Llaranya hatte sie verbunden, so gut es ging, und angesichts des tiefen Schnittes Zweifel gehabt. Sie nahm sich die Zeit, die Binde zu lösen, und betrachtete dann den Arm.

»Unglaublich, wie schnell es heilt.«

Nedeam nickte. »Es ist etwas von der Macht des Grauen Wesens, Liebste. Du weißt, ein Teil seiner Gaben ging auf mich über, als wir bei seinem Tod verbunden waren.«

»Dennoch ist es unheimlich«, seufzte sie. »Warte, ich werde eine neue Binde darüberlegen.«

Rasch tat sie, was sie angekündigt hatte. Die Verletzung begann sich bereits sichtlich zu schließen und blutete auch nicht mehr. Als Llaranya fertig war, schmiegten sie sich aneinander, küssten sich kurz und verließen dann das Haus.

»Wohin sollen wir uns wenden?«, fragte Maratuk.

»Zurück nach Julinaar«, sagte Elian-Frau. »Dort sind wir in Sicherheit.«

»Wenn es in diesem Land so etwas gibt. Auch Sicherheit ist hier eine seltene Ware«, stellte Maratuk fest. »Aber ich finde, Ihr habt Recht, gute Frau. Ihr müsst an euren Hüpfling denken.«

»Ich fürchte, das wird nicht so einfach.« Nedeam wies zu dem kleinen Bootssteg des Dorfes. »Das Boot ist fort. Vielleicht löste sich die Leine, vielleicht hat Gajath es zerstört, um uns jede Fluchtmöglichkeit zu nehmen.«

»Dann bleibt nur der Weg zur alten Handelsstraße und zur Brücke«, meinte Sebor-Mann.

»Ja, so sehe ich das auch.« Der Erste Schwertmann sah sich um. »An mehreren Stellen steigen Rauchsäulen in den Himmel. Ich fürchte, die Nachtläufer haben die Siedlungen angegriffen.«

»Auch auf der anderen Seite des Eten?«, fragte Elian-Frau besorgt.

Nedeam schüttelte den Kopf. »Das Land der Frauen scheint verschont.«

»Ich hoffe, Arkarim und die anderen leben noch«, seufzte die Elfin. »Sie müssten ebenfalls die Brücke passieren, um zum Land der Frauen zu gelangen. Ja, vielleicht treffen wir sie auf unserem Weg.«

Nedeams Gesicht verfinsterte sich. Die Pferdelords hatten sich sicherlich den Hüterinnen ergeben, was bedeutete, dass sie ihre Waffen abgelegt hatten, um Frieden zu halten. Aber selbst eine große Anzahl von Hüterinnen konnte die Waffenlosen nicht gegen die Nachtläufer schützen. Vielleicht waren all die guten Männer und Freunde bereits tot. Kummer überzog Nedeams Gesicht, als er zögernd nickte.

Kurz darauf hatten sie das Dorf der sieben Hügel hinter sich gelassen und bewegten sich vorsichtig auf der gepflasterten Handelsstraße in Richtung auf die Brücke.

Als sie sich der Stelle näherten, wo sich die Straße mit dem Pfad nach Sespiru traf, hörten sie das gleichmäßige Stampfen vieler Schritte.

»Kein Beritt, jedoch eine Menge Füße, die sich im Gleichklang bewegen«, sinnierte Nedeam. »Eine große Zahl Soldaten, und sie kommen aus der Richtung der Brükke.«

Llaranya lauschte. »Ich kann noch etwas anderes hören. Ein seltsames Rumpeln und Mahlen. Als würde ein sehr schwerer Karren über den Weg geschoben. Mit schlecht gefetteten Achsen.«

Sie hatten die Hände an den Waffen, als vor ihnen Gestalten auf der Straße sichtbar wurden.

»Hüterinnen!«, rief Elian-Frau erleichtert. »Es sind Hüterinnen aus Julinaar.« Sie sah ihren geliebten Sebor-Mann an und legte ihm die Hand an den Arm. »Sie werden uns nichts tun, mein Geliebter. Nicht zu dieser Zeit.«

Maratuk wippte auf seinen Fersen. »Wenn sie sich an dem Hüpfling vergreifen wollen, dann spüren sie meine Axt.«

Als die vordersten Hüterinnen die Fremden erkannten, die aus Julinaar entflohen waren, wurden die Gesichter unfreundlich. Nervös fingerten die Frauen an ihren Waffen. Man sah Unsicherheit, ja Angst, in vielen Gesichtern. Nedeam hob beschwichtigend die Arme. Er konnte sich gut vorstellen, was in diesen Frauen vor sich ging. Sie mussten während ihres Marsches von der Finsternis überrascht worden sein, vollkommen ahnungslos, was es damit auf sich gehabt hatte. In absoluter Dunkelheit und in einem feindlichen Land musste sich Panik unter ihnen ausgebreitet haben. Es sprach für die Zähigkeit dieser Hüterinnen, dass sie dennoch wieder auf dem Marsch waren.

Ein lautes Rumpeln wurde deutlich, und die vorderen Abteilungen der Hüterinnen teilten sich, als ein riesiges Metallungetüm auf Nedeam und seine überraschte Gruppe zurollte.

»Bei allen feurigen Schlünden der Tiefe«, ächzte Maratuk, und sein Blick pendelte zweifelnd zwischen seiner erbeuteten Axt und dem Metallmonstrum. »Ich werde mehr als diese eine Axt brauchen, um das Ungeheuer zu bezwingen. Ah, wenn ich nur meine guten Kampfäxte in Händen hielte.«

»Ein Kampfwagen!«, rief Llaranya entzückt.

Nedeam und die anderen sahen fassungslos, wie die Elfin jegliche Vorsicht außer Acht ließ, zwischen den Hüterinnen hindurcheilte und das Metallgefährt erreichte. Dessen Fahrerin hielt verdutzt an und starrte mit offenem Mund auf Llaranya, die sich ohne Zögern auf den hohen Aufbau des Fahrzeugs begab.

»Ja, ein Kampfwagen«, rief sie erneut, und ihre Hände glitten über das bunt bemalte Metall. Sie nickte der überraschten Kronenträgerin und der Kommandantin der Hüterinnen freundlich zu und ignorierte deren überraschte Gesichter. »Mionas hat mir von solchen Wagen erzählt, Nedeam. Du erinnerst dich noch an Mionas? Er gab den Alnoern den Schneckenantrieb für ihre Dampfschiffe.«

Ja, Nedeam konnte sich an den uralten Gelehrten der Elfen erinnern. Sein Wissen hatte sicher entscheidend dazu beigetragen, dass es möglich gewesen war, den Korsaren von Um'Briel entgegenzutreten und einen Seefrieden mit den Schwärmen der See zu schließen.

»Was geht hier vor sich?« Die Kronenträgerin verließ die Kuppel des Fahrzeuges. »Wieso kennst du die Metallpferde, elfisches Wesen?«

»Und was geht in diesem verwunschenen Land vor sich?«, fügte Kommandantin Helen-Frau hinzu. »Finsternis überfiel uns, und wir sehen den Rauch brennender Dörfer.«

»Die Finsternis wird nicht zurückkehren«, versicherte Nedeam rasch. »Und ich glaube, ich kann euch sagen, was es mit den Geschehnissen auf sich hat.«

Rasch begann er zu erklären und berichtete von Gajath und den Nachtläufern. Sebor-Mann, den die Anwesenheit der Frauen ausgesprochen nervös machte, fügte hinzu, was er wusste.

Kommandantin Helen-Frau und die anderen lauschten interessiert, wobei ihre Blicke vor allem auf Sebor-Mann und Elian-Frau ruhten, die Hand in Hand vor ihnen standen und zwischen denen die kleine Sia-san-Frau mit großen Augen auf das Metallmonster starrte. Die Kronenträgerin sprang von ihrem Metallpferd herunter, ging in die Hocke und lächelte das kleine Mädchen an. Als die Herrin Julinaars die Arme ausbreitete, kam die Kleine bereitwillig näher.

Nachdem die Frauen gehört hatten, was Nedeam und die anderen wussten oder vermuteten, seufzte die Kronenträgerin und richtete sich auf. »Ich glaube euch, denn die Zeichen sprechen für sich. So wird es unsere Pflicht sein, den Männern beizustehen.« Sie warf einen Blick auf ihre Kommandantin. »Stimmst du mir zu, Helen-Frau?«

Die Kommandantin der Hüterinnen schien einen Kloß hinunterzuwürgen. Dann nickte sie entschlossen. »Ja, ich stimme zu. Selbst wenn die Bestien bezwungen sein sollten, werden die Bullen unsere Hilfe brauchen.« Sie lächelte halbherzig. »Wir können sie ihnen nicht verweigern.«

»Das sehe ich ebenso«, meinte Julara-Alecia-Frau. »Doch wir können nicht sicher sein, dass alle Nachtläufer vergangen sind, daher müssen wir uns vorbereiten.«

Helen-Frau überlegte nicht lange.

»Ich schlage folgendes vor, Kronenträgerin. Läuferinnen in alle unsere Dörfer. Sie müssen geräumt werden, und alle Bewohnerinnen müssen sich nach Julinaar begeben. Sie dürfen nur mitnehmen, was sie unbedingt benötigen, und bringen, was in ihrem Dorf an Gold vorhanden ist.«

Die Kronenträgerin nickte. »Und Läuferinnen nach Julinaar. Die Schatzkammer ist zu öffnen. Alles Gold muss eingeschmolzen werden. Alle Schmiedinnen fertigen vergoldete Waffen.«

»Und wir sollten ein Bataillon mit einem Metallpferd an der Brücke postieren«, schlug Helen-Frau vor. »Die Nachtläufer scheinen nur hier ihr Unwesen zu treiben. Das Bataillon kann sie vielleicht daran hindern, in unser Land einzufallen.«

»Dann gib die notwendigen Befehle.« Die Kronenträgerin strich sich über das Gesicht. »Doch wohin sollen wir uns nun wenden? Nach Ataraan?«

»Nach Sespiru«, sagte Sebor-Mann sofort. »Es ist der nächste Ort, und man kann von hier aus Rauch erkennen, der dort aufsteigt.«

Nedeam nickte. »Dort werden wir am schnellsten erfahren, was sich ereignete, als die Nachtläufer die Finsternis nutzten.«

»Dann ist auch das beschlossen.«

Elian-Frau sprach kurz mit ihrem Geliebten und wandte sich dann an die Kronenträgerin, die zustimmend nickte. Die kleine Familie würde mit dem dritten Bataillon und einem Metallpferd zur Brücke marschieren und dann weiter nach Julinaar reisen. In eine Stadt, die ihnen hoffentlich die erforderliche Sicherheit bieten konnte.

Nedeam, Llaranya und Maratuk blieben hingegen bei der Kolonne, die sich wieder in Bewegung setzte und nun Sespiru näherte.

56

Als Arkarim und Nedeam sich in die Arme fielen, konnten sie beide ihre Tränen nicht unterdrükken.

»Ich hatte kaum gehofft, dich wiederzusehen, mein Freund«, gestand Nedeam ein.

»Auch ich hielt dich und die anderen für tot.« Arkarim schniefte vernehmlich. »Und wahrhaftig, es hat nicht viel daran gefehlt.«

Sie standen vor dem Tor des Dorfes Sespiru.

Die Palisade war schwer beschädigt. Nur wenige der Häuser schienen relativ unversehrt. Vier von ihnen, die dicht beieinander gestanden hatten, waren vollständig niedergebrannt. Überall in Sespiru und auf dem Vorfeld schwelten die Kadaver von Nachtläufern. Im Ort lagen die Überreste der Menschen, die im Kampf gegen die Bestien gefallen waren. Die Toten auf dem Dorfplatz, auf dem Weg zur Herberge sowie deren tote Verteidiger erzählten die Geschichte der verzweifelten Schlacht.

Die beiden Metallpferde Julinaars standen auf der freien Fläche zwischen Straße und Tor, und überall waren Hüterinnen dabei, sich zu vergewissern, dass keine der Bestien mehr lebte. Eigentlich war es überflüssig, doch die Furcht vor den Nachtläufern saß tief, und es würde lange dauern, bis sie überwunden war.

Andere Frauen kümmerten sich im Dorf um die Toten und die Verwundeten. Es war eine grausame Arbeit, die verstümmelten Leiber zusammenzutragen, doch sie musste getan werden. Die Überlebenden des Kampfes saßen und lagen außen vor dem Tor. Die meisten von ihnen schliefen den Schlaf totaler Erschöpfung.

Kronenträgerin Julara-Alecia-Frau und Kommandantin Helen-Frau gingen mit ernsten Gesichtern umher und sprachen leise miteinander.

»Wie viele?«, fragte Nedeam beklommen.

»Siebzehn, die am Leben sind.« Arkarims Stimme war kaum zu verstehen. »Auch Herklund und Hendur leben noch.«

»Alle anderen … tot?«

»Bis auf eine Handvoll Hüterinnen unter Kanara-Frau.« Arkarim wies hinter sich. »Und auf jenen dort. Borsik-Mann.«

Borsik-Mann.

Der letzte Überlebende der Bewohner Sespirus.

Der Zwergenmörder.

Er war ohne Waffe und wurde von vier grimmigen Hüterinnen bewacht.

»Ah, jener dort?« Maratuk, der alte Axtschläger des Zwergenvolkes, legte seine Bartzöpfe mit grimmiger Entschlossenheit in den Nacken und verknotete sie. »Wohlan, dann werde ich ein paar Worte mit ihm wechseln.«

Der Alte schulterte die fremde Axt und stapfte zu Borsik-Mann hinüber.

Arkarim stieß seinen Freund an, und so folgten sie dem Zwerg.

»Ihr seid also der Zwergenmörder«, sagte Maratuk gefährlich leise. »Ihr seid der Grund für all das Blut, das vergossen wurde. Ein Wesen, dessen Heimtücke jener der Nachtwesen kaum nachsteht.«

»Wir brauchten das Gold«, erwiderte Borsik-Mann. Sein Gesicht war unbewegt, und er wusste, wie nahe er erneut dem Tode war. »Ich nahm es, um uns zu retten.«

»Wohl nicht sehr erfolgreich«, knurrte Maratuk und deutete über das Dorf. »Das Erschlagen von Zwergen fiel Euch wohl leichter, nicht wahr?«

»Unser Ältester sagte, es sei notwendig, um uns zu schützen.« Borsik-Mann zuckte mit den Schultern. »Er sagte vieles, das nicht stimmte.«

»Verfluchter Kerl, warum habt ihr nicht gefragt?«, brüllte Maratuk, und sein Gesicht wurde tiefrot vor Zorn. »Wir sind ein ehrenhaftes Volk, und kein Axtschläger hätte euch das Gold verweigert, wenn er von eurer Not erfahren hätte. Aber nein, ihr seid in der Nacht herangeschlichen und habt meine Freunde im Schlaf erschlagen! Die Finsteren Abgründe mögen Euch verschlingen, verfluchter Mörder!«

»Mir blieb keine Wahl.« Borsik-Mann starrte auf Maratuk hinunter. »Was, wenn ich gefragt hätte und man hätte uns das Gold verweigert? Dann hättet ihr es verteidigt, nicht wahr?«

»Selbstverständlich. Meint Ihr, wir Zwerge ließen uns einfach berauben?«

»Wir waren nicht viele«, knurrte Borsik-Mann. »Wir hätten Verluste gehabt.«

»Das will ich meinen.« Maratuk wippte auf seinen Fersen. »Und sicher schwere Verluste. Wir Zwerge sind nicht leicht zu bezwingen. Es sei denn, wir werden im Schlaf erschlagen!«

Die letzten Worte schrie er, und für einen Augenblick schien es, als wolle er mit der Axt zuschlagen. Die Hüterinnen fingerten an ihren Langmessern, machten aber keine Anstalten einzugreifen. Sie hegten keine Sympathien für den Dorfbewohner. Ihre Aufgabe war es, seine Flucht zu verhindern, und nicht, sein Leben zu schützen. Auch in ihren Augen war es verwirkt, denn Sespiru und seine Bewohner trugen die Schuld an viel Elend im Land von Julinaash.

»Wenn es zum Kampf gekommen wäre, hätten wir das Gold nicht nach Sespiru bringen können«, brummte Borsik-Mann. »Es hätte für uns keine Möglichkeit gegeben, sich den Nachtläufern zu widersetzen.«

Maratuk spuckte demonstrativ aus. »Hättet ihr Ataraan und Julinaar gewarnt, dann hätte man das dortige Gold eingeschmolzen.«

»Wir handelten falsch«, gestand Borsik-Mann ein. »Ich hörte auf Herdur-Manns falschen Rat und habe Schuld auf mich geladen, Zwerg. Das will ich nicht leugnen. Doch ich kann es nicht ungeschehen machen. Wenn du also deine Rache nehmen willst, dann bringe es hinter dich.«

Der alte Zwerg biss sich auf die Unterlippe. Mit leisem Klatschen schlug die Schneide der Axt gegen seine freie Handfläche. »Ich bin kein Mörder, wie Ihr es seid.«

»Dann gib mir ein Schwert, und wir tragen es aus.«

»Ah, Ihr bringt mich wahrhaftig in große Versuchung.« Maratuk starrte Borsik-Mann in die Augen und dann, vollkommen unerwartet, senkte er die Waffe. »Aber ich werde Euch nicht töten, obwohl Ihr es eigentlich verdient.«

Die Anwesenden sahen den alten Zwerg überrascht an.

Maratuk schwang die Axt auf seine Schulter. »Wir Zwerge sind ein Volk von Stolz und Ehre. Ihr habt heimtückisch gehandelt, Borsik-Mann. Aber es war keine Gier oder Heimtücke, die Euch dazu antrieb, das muss ich anerkennen. Ihr habt aus Sorge um Eure Freunde gehandelt, auch das muss ich anerkennen. Ich verfluche Eure Mordtat, Borsik-Mann, und dass das Blut meiner Freunde ungesühnt bleibt, aber ich kann Euch das Leben nicht nehmen.« Maratuk seufzte vernehmlich. »Wer weiß, wenn es um mein eigenes Volk gegangen wäre, hätte ich vielleicht ebenso gehandelt.«

Der alte Zwerg wandte sich abrupt von Borsik-Mann ab, der ebenso verblüfft war wie die anderen.

»Seht mich nicht so an«, knurrte der Axtschläger. »Es war eine unehrenhafte Tat, doch aus einem ehrenhaften Grund. Ich kann meine Ehre nicht mit seinem Blut beflekken. Mögen andere nun über ihn richten.«

Nedeam legte seinem kleinen Freund die Hand auf die Schulter. Ihm fehlten die richtigen Worte, und er konnte sich vorstellen, was Maratuk nun empfinden musste.

»Er wird sich verantworten müssen«, sagte die Kronenträgerin, die den Wortwechsel gehört hatte. »Vor den Frauen und den Männern von Julinaash. Dafür werde ich Sorge tragen.«

»Dann ist es also vorbei?«, fragte Arkarim leise.

Nedeam schüttelte den Kopf. »Nein, mein Freund, es ist noch nicht vorbei. Noch nicht ganz. Eine Kleinigkeit bleibt noch zu tun.«

57

Das einsame Dorf der sieben Hügel lag in strahlendem Sonnenschein.

Die Kadaver der toten Nachtläufer waren erkaltet. Der Geruch verbrannten Fleisches wurde nun zunehmend von dem der Verwesung überdeckt.

Hastiges Getrappel von vielen Füßen war zu hören und das Rumpeln der Metallpferde. Kommandos ertönten, und anderthalb Bataillone der Hüterinnen formierten sich in Kampfformation.

Arkarim und Maratuk hatten es sich nicht nehmen lassen, mit Nedeam zum einsamen Dorf zu marschieren. Llaranya war mit der Kronenträgerin, Borsik-Mann und einer Eskorte auf dem Weg nach Ataraan, einige der Goldklingen im Gepäck. Auch die Hüterinnen, die sich nun zum Kampf aufgestellt hatten, waren mit vergoldeten Waffen ausgerüstet, für welche die einstigen Verteidiger Sespirus keine Verwendung mehr hatten.

Nedeam sah nachdenklich auf die sieben Hügel, die sich gleichförmig im Halbkreis erstrecken und eine Art Wall um das Dorf bildeten. »Es hätte mir früher auffallen müssen«, gestand er ein. »Wir hatten die Hügel stets vor Augen und haben ihre Bedeutung nicht erkannt. Sie sind viel zu gleichförmig, um natürlichen Ursprungs zu sein. Nein, dies sind die Brutstätten der Nachtläufer. Sie müssen es sein.«

»Und nun werden wir sie endgültig auslöschen.« Helen-Fraus Stimme war kalt.

Maratuk strich prüfend mit dem Daumen über die Schneide der Axt. »Sie scheinen keinen Zugang zu haben.

Wir werden uns hineingraben müssen. Eine Aufgabe für Zwerge, will ich meinen. Ah, wahrhaftig, jetzt ein Bataillon grimmiger Axtschläger, und diese Brut ist für immer getilgt.«

»Wir werden ohne Axtschläger auskommen müssen.« Nedeam warf einen zweifelnden Blick auf die beiden Metallmonstren. »Ich hoffe nur, diese Dinger halten, was die Kronenträgerin versprochen hat.«

»Es stand in den alten Schriften des Königs«, meinte Helen-Frau. »Und wir werden es ohnehin gleich erfahren.«

Die Kuppel ihres Metallpferdes schwenkte herum, und das Rohr richtete sich auf den mittleren Hügel. Unvermittelt zuckte ein gleißender Lichtbalken zu der Erhebung hinüber. Trotz des hellen Sonnenlichts schlossen einige geblendet die Augen. Der Lichtstrahl traf auf Pflanzen, Erde und Stein und verdampfte alles. Rauchschwaden stiegen auf, verflüssigtes Gestein sprühte umher und ließ einige Hüterinnen blitzartig die Flucht ergreifen.

Als der Strahl erlosch, klaffte eine Öffnung.

Ein Tunnel aus glühender Materie, der in die Dunkelheit dahinter führte.

»Eine furchtbare Waffe«, hauchte Maratuk.

Nedeam nickte. »Ich habe dergleichen schon gesehen.«

»Wo?«

»In Rushaan, mein Freund. Die großen Lichtlanzen der Wachen, in denen die Paladine lebten, sie wirkten ebenso. Ihr Licht war etwas anders, dennoch waren es diese Waffen.«

»So etwas missfällt mir«, gestand der alte Zwerg ein. »Wie soll ein braver Axtschläger gegen solches Feuer bestehen können?«

»Niemand kann dagegen bestehen.« Nedeam sah, wie die Kuppel mit dem Rohr zum nächsten Hügel schwenkte.

»Ich bin froh, dass die Kronenträgerin beschlossen hat, die Metallpferde im Eten zu versenken.«

»Nun, gelegentlich könnten diese Dinger durchaus von Nutzen sein«, murmelte Maratuk. »Auch wenn sie wenig ehrenhaft sind, ich wette, diese Dinger verbrennen jedem Nachtläufer das Fell.«

»Wenn die Hügel und ihre Brut vernichtet sind, wird es nur noch wenige Nachtläufer geben, die durch Zufall überlebt haben. Selbst wenn diese sich wieder vermehren – Julinaash wird die Gefahr nicht mehr vergessen und gerüstet sein. Zudem ist Gajath tot und wird nicht wieder auferstehen.«

Der alte Zwerg nickte. »Ich will es hoffen, mein Freund.«

Vielleicht schaffte der Kampf gegen die Nachtläufer es tatsächlich, dass sich die Männer und Frauen in Julinaash mit größerem Verständnis begegneten. Die Absicht der Kronenträgerin, die Metallpferde zu versenken, war ein gutes Zeichen dafür, dass sie die Macht dieser Waffen nicht nutzen wollte, um endgültig die Herrschaft über die Männer an sich zu reißen. Die Männer hingegen waren sicher zu schwach, ihrerseits einen Versuch zu unternehmen. Nedeam konnte sich gut vorstellen, welche Verluste die Dörfer hatten hinnehmen müssen, als sie von den Wesen der Nacht angegriffen worden waren.

Schließlich waren Tunnel in alle sieben Hügel gebrannt. Gruppen von Hüterinnen standen bereit und warteten darauf, dass sich das glühende Erdreich und der Fels abkühlten, sodass man die großen Höhlen betreten konnte.

Schließlich drang die erste Gruppe ein, und Nedeam war an Maratuks Seite. Sie wollten es sich nicht nehmen lassen, das endgültige Ende der Nachtwesen zu erleben. In der Höhle, die sie betraten, stank es nach verbranntem Fleisch. Die Lichtlanze musste das Innere mit enormer Hitze angefüllt haben, als sie in den Hohlraum vorstieß. Fast alles war verbrannt.

Es waren nur wenige Nachtläufer, die hier den Tod gefunden hatten. Einer von ihnen bewegte sich noch schwach, und der Spieß einer Hüterin stach ohne Gnade zu.

»Hier sind noch welche«, rief eine Frau und winkte. »Ganz kleine.«

Sie gingen hinüber. Aus einem unerfindlichen Grund war eine Höhlung vom Lichttod verschont worden. Fünf kleine Welpen lagen dort auf ihrem Lager und starrten ihren Feinden mit aufgerissenen Augen und leisem Fiepen entgegen.

»Wartet.« Nedeams Stimme hielt die Hüterinnen zurück.

»Worauf?« Helen-Frau hatte das Metallpferd verlassen und war ihnen in den Hügel gefolgt. »Es sind die Letzten ihrer Art. Töten wir sie, dann ist es wirklich zu Ende.«

Nedeam nickte. »Ja, es sind die letzten ihrer Art.« Er sah die Anführerin der Hüterinnen an und überlegte, bevor er fortfuhr. »Darf ich Euch etwas fragen, Kommandantin?«

Helen-Frau runzelte die Stirn. »Frag.«

»Ihr Frauen empfindet dieselbe Feindseligkeit gegenüber den Männern, wie dies umgekehrt der Fall ist.«

Sie nickte. »Das mag sich nun ändern. Manches mag sich nun ändern, Nedeam vom Pferdevolk.«

Er lächelte. »Viele Frauen haben diese Feindseligkeit empfunden, obwohl sie nie einem Mann begegnet sind. Und umgekehrt gilt dies für die Männer.«

»Ja, mag sein. Wozu einen Mann kennenlernen, wenn man ohnehin weiß, wie seine Art ist.«

»Genau das meine ich.« Der Erste Schwertmann der Hochmark leckte sich über die Lippen. Er wusste nicht, ob er richtig handelte, er wusste nur, dass er auf diese Weise handeln musste.

»Ihr habt Feindseligkeit empfunden, weil es euch so gesagt

wurde. Haben die San Feindschaft empfunden?«

»Natürlich nicht. Sie sind noch zu klein, um das Wesen eines Mannes zu erkennen.« Helen-Frau errötete. »Ich verstehe nun, worauf du hinauswillst.«

Nedeam nickte. »Diese Welpen sind alles, was von der Art der Nachtläufer geblieben ist. Vielleicht liegt ihnen der Hass gegen die Menschen im Wesen, Helen-Frau. Ich weiß, dass diese Gefahr besteht. Doch vielleicht wird ihnen der Hass auch nur von den Erwachsenen vermittelt.« Sein Lächeln vertiefte sich. »Die Erwachsenen sind nun tot. Dies hier sind neugeborene Wesen. Kleine San der Nachtläufer. Unschuldige Kreaturen, die kein Blut vergossen haben.«

»Wenn sie wachsen, fällt es ihnen leicht, Blut zu vergießen«, wandte eine Hüterin ein.

»Ihr könntet sie dann immer noch töten«, entgegnete Nedeam. »Doch vielleicht wachsen sie auch zu euren Freunden heran, wenn ihr sie ohne Hass aufzieht.«

»Freunde?« Die Skepsis der Frauen war überdeutlich zu spüren.

»Dies ist euer Land.« Nedeam seufzte. »Ich kann euch nicht sagen, wie ihr es führen müsst. Doch ich bitte euch darum zu überlegen, ob ihr San auslöschen wollt, die unschuldig sind und die vielleicht zu friedlichen Wesen heranwachsen werden.«

Nedeam wandte sich ohne weitere Worte ab. Die Frauen mussten selbst über ihr Land entscheiden. Maratuk folgte ihm und legte ihm die Hand an den Arm. »Du hast Recht getan, Nedeam, mein Freund.«

Sie warteten vor dem Hügel, bis Helen-Frau mit den anderen herauskam.

Sie warf dem Pferdelord einen nachdenklichen Blick zu und nickte. »Sie bleiben am Leben. Mag die Zeit zeigen, ob wir richtig entschieden haben.«

58

Die Öde Rushaans.

Eine staubbedeckte Kolonne müder Reiter, die sich ihren Weg suchte. Sie waren gezeichnet von Entbehrungen und Kämpfen, und doch hatten sie jene Zuversicht in ihren Gesichtern, die allen Menschen zu eigen ist, die nach langer Zeit nach Hause zurückkehren.

Wie sehr sie gelitten hatten, war offensichtlich. Der Wimpel des Beritts war ebenso geflickt wie die grünen Umhänge. Einige Reiter waren ohne dieses Symbol der Pferdelords. Ein einzelnes blaues Stück Stoff hob sich in strahlender Sauberkeit von den anderen ab. Man hatte Llaranyas Umhang im Dorf gefunden, nur der Nedeams war für immer verloren. Der Erste Schwertmann und seine Elfin trugen ihre eigenen Schwerter wieder und Maratuk seine geliebten Äxte. Allerdings hatte der Axtschläger es sich nicht nehmen lassen, auch jene Waffe mitzuführen, die ihm in Julinaash so gute Dienste geleistet hatte.

Letztlich waren sie siegreich geblieben, und dennoch war es eine bittere Heimkehr. Von den hundert Männern des Beritts kehrten nur zwölf zurück. Ein schrecklicher Blutzoll, und doch war er nicht umsonst entrichtet worden. Hinter ihnen lag ein Land, in dem die alte Feindseligkeit erlosch und neuer Hoffnung wich.

»Woran denkst du?«, fragte Llaranya leise und ritt dicht an Nedeam heran. Ihre Hand legte sich sanft auf seinen Schenkel. »Es scheinen sorgenvolle Gedanken zu sein, dabei tragen uns die Pferde unserem Heim entgegen. Schon bald werden wir die Nordfeste sehen können.«

Er erwiderte ihren Blick. »Es geht um die Metallpferde. Ich bin froh, dass sie in den Wassern des Eten versunken sind. Es sind grauenvolle Waffen.«

Nedeam erinnerte sich nur zu gut, welche Begeisterung der Anblick dieser unheimlichen Metallwagen in der Elfin ausgelöst hatte. Mionas. Was mochte der alte Gelehrte seiner geliebten Elfin alles anvertraut haben, von dem Nedeam noch nichts ahnte? Welches Wissen mochten die Elfen in all den Jahrtausenden angesammelt haben, nur um es vor den anderen Völkern verborgen zu halten? Und über welches Wissen hatten die alten Menschenreiche verfügt, von dem so vieles in Vergessenheit geraten war?

Nedeam hatte ein sehr ungutes Gefühl. Er dachte an all die Brennsteinmaschinen, die sich selbst in den Marken des Pferdevolkes ausbreiteten, und an die Dampfkanonen Alnoas. Selbst die Orks mussten inzwischen über Maschinen verfügen, denn sie waren in der Lage, Ferntöter zu bauen, die große Geschosse mit der Kraft von Sprengpulver aus ihren Rohren warfen. Würde eine Zeit anbrechen, in der die Lanzen des Pferdevolkes gegen solche Ungetüme wie die Metallpferde standen?

Llaranya schien Nedeams Gedanken zu erahnen. »Sei ohne Sorge. Nicht umsonst hütet das elfische Volk sein Wissen. Und bis die Menschen es erlangen können, sind sie längst wieder vergangen.«

Nedeam empfand Zweifel. »Wir Menschen haben nicht das unendliche Leben des elfischen Volkes, doch wir verfügen über dieselbe Wissbegier.«

Der Erste Schwertmann warf einen nachdenklichen Blick zu den Reitern. »Ich habe manches gelernt bei unserem Ritt.«

»Und was wäre das, mein Geliebter?«

»Durch unseren orkschen Freund Fangschlag lernte ich, ein Wesen nicht nach seinem Äußeren zu beurteilen. Dass es seine

Taten sind, die zählen. Durch Borsik-Mann und unseren Freund Maratuk lernte ich, ein Wesen nicht nur aufgrund seiner Taten zu beurteilen, sondern auch den Grund zu berüksichtigen, warum es sie beging.«

Llaranya lächelte verstehend. »Ich glaube, du reifst zu einem weisen Mann. Aus dem stürmischen Krieger von einst ist ein Mann geworden, der mit Bedacht handelt.«

Sie ritten Hand in Hand, bis hinter ihnen ein Hüsteln zu hören war.

Arkarim lenkte sein Pferd an Nedeams Seite und nickte Llaranya freundlich zu. »Meinst du, es war eine gute Entscheidung? Ich meine, ausgerechnet das Dorf dieser Gajath zur Begegnungsstätte von Männern und Frauen zu machen … Dieser Ort ist mir noch immer unheimlich. Mich würden keine vier Pferde dorthin zurücktragen.«

»Ich glaube, es war eine gute Entscheidung. Das einsame Dorf ist ein Symbol für das Unheil, welches Julinaash bedrohte. Eine Mahnung dafür, was Feindschaft bewirken kann. Ja, ich denke, es ist eine weise Entscheidung, dieses Dorf zu einer Stätte friedlicher Begegnung zu machen.«

»Und ebensolcher Vereinigung«, fügte Llaranya hinzu. »Die alte Übereinkunft gilt nicht mehr, und es steht Männern und Frauen frei, in das Dorf zu gehen. Für eine gewisse Zeit oder auch für ein langes Leben.«

»Ein gemeinsames Leben«, warf Maratuk ein. »Ah, ich möchte wetten, dort wird es bald von Hüpflingen wimmeln.«

Llaranya lächelte Nedeam an. »Ja, dort wird es Kinder geben. Nicht, weil die Übereinkunft es verlangt, sondern weil die Liebe es so mit sich bringt.«

Sie streichelte zärtlich seine Hand, und Nedeam musste in diesem Augenblick wohl ein recht komisches Gesicht gemacht haben. Anders ließ sich Maratuks dröhnendes Lachen wohl kaum erklären.

»Hüpflinge«, brüllte der alte Zwerg vergnügt. »Hüpflinge! Ha, wie ich es immer sage, Frauen sind sich in allen Völkern gleich.«

~ *ENDE* ~

Personenregister Pferdelords 9

Die Zahlen in Klammern geben das Alter der jeweiligen Person an

Personen der Marken des Pferdevolkes

Nedeam – Erster Schwertmann der Hochmark (38)

Llaranya – Die elfische Ehefrau Nedeams (500+)

Larwyn – Regentin der Hochmark und Mutter des Renegaten Garwin (48)

Arkarim – Ein treuer Scharführer (29)

Herklund – Unterführer

Hendur – Unterführer

Fangschlag – orksches Rundohr

Zwerge

Allruk – Ein erfahrener Baumeister der Zwerge

Parnuk – Schürfer

Maratuk – Ein alter Axtschläger

Julinaash

Jular-Gerot-Mann – Kronenträger, Führer der Männer

Herdur-Mann – Der Älteste des Dorfes Sespiru verfolgt einen Plan

Borsik-Mann – Vertreter Herdur-Manns

Sebor-Mann – Liebt seine Tochter und will den Kreis des Hasses durchbrechen

Gelbat-Mann – Ein Jungbulle, der zum ersten Mal einer Frau begegnet

Ongors-Mann – Ein Schläger, der ein Herz für Kinder hat

Julara-Alecia-Frau – Die Kronenträgerin, Führerin der Frauen

Helen-Frau – Kommandantin der Hüterinnen

Kanara-Frau – Unterkommandantin der Hüterinnen

Elian-Frau – Sie hat sich in Sebor-Mann verliebt

Sia-san-Frau: Tochter von Sebor-Mann und Elian-Frau

Meriat-Frau – Unterführerin der Hüterinnen

Selena-Frau – Unterführerin der Hüterinnen

Gajath – Die Herrin der Nachtläufer
Schewar – Die Rudelführerin der Nachtläufer
Noschur – Ein Männchen der Nachtläufer und ein begabter Mörder

Wichtige Maße:
Länge – 2 Meter
Tausendlänge – 2 Kilometer
Zehnteltag – Rund 2 Stunden
Tageswende - Tag
Zehntag – Zehn Tage
Mond – Monat
Jahreswende – 1 Jahr / 10 Monde

Vorankündigung: Die Pferdelords 10

»Die Pferdelords und die Bruderschaft des Kreuzes«

Die Bruderschaft des Kreuzes predigt den Frieden. Doch in den bekehrten Dörfern geht seltsames vor sich. Gleichzeitig soll das Bündnis des Pferdevolkes mit dem Königreich von Alnoa durch gemeinsame Waffenübungen gefestigt werden. Nedeam, Pferdefürst der Hochmark, führt mit seinem elfischen Freund Lotaras einen Beritt in die neue Grenzfeste von Nerianet. Sie müssen bald erkennen, dass in dieser Festung einiges nicht mit rechten Dingen zugeht. Doch sie wären keine Pferdelords, wenn sie nicht um ihr Leben und für die Freiheit ihrer Freunde kämpfen würden.

Leseprobe aus »Die Pferdelords und die Bruderschaft des Kreuzes« (Band 10)

Es war nicht mehr weit bis zum Dorf Hemjalis.
Hendel erkannte die vertrauten, dicht bewaldeten Hügel und das ausgedehnte Waldstück, welches das Ziel noch vor seinen Augen verbarg. Hinter diesen Hügeln lag Hemjalis, eingebettet in seine wogenden Getreidefelder, dahinter ein weiterer Wald, an dem der Spaltpass endete.
Er trieb sein Pferd erneut an, das seinen Zügeln und dem Schenkeldruck nur widerwillig zu folgen schien. Immerhin konnte er es in die Richtung lenken, in der er zu reiten gedachte.
Je näher er dem Ziel kam, desto deutlicher spürte er, wie sehr ihm seine Knochen schmerzten. Ein paar Tage der Ruhe in Hemjalis würden ihm gut tun. Ah, was würde sein Bruder Halpert für Augen machen, wenn er ihm eine Auswahl der Geschmeide zeigte, die er selber anfertigte. Halpert hatte immer gespottet, Hendels Hände seien zu plump für feingliedrige Arbeiten und nun würde er filigrane Schmuckstücke sehen, die jedes Frauenherz begeisterten.
Obwohl ihm die mächtige Stadt Alneris mit ihrem quirligen Leben gefiel und auch die Grundlage seines beginnenden Reichtums war, so empfand er doch das warme Gefühl der Heimkehr, als er das kleine Hemjalis vor sich sah. Alles war so, wie er es in Erinnerung hatte.
Von den Hügeln führte die Straße, die hier kaum mehr als ein breiter Feldweg war, zwischen großen Feldern hindurch zum Ort. Hendel sah Männer und Frauen, die mit der Ernte beschäftigt waren. Kappklingen fällten das Getreide, welches aufgesammelt und in Bündeln zu den Karren getragen wurde. Die meisten hatten nur zwei Räder und wurden von Erntehelfern gezogen, doch er konnte auch ein vierrädriges sehen, vor dem zwei Horntiere eingespannt waren. Ein gutes Zeichen, denn solche Wagen konnte man sich nur leisten, wenn es reiche Ernte und guten Gewinn gab.
Hendel sah einen Mann, der von einem der Felder zu ihm heran kam. Er kannte ihn nicht, doch das verwunderte ihn nicht. Viele Menschen waren in den vergangenen zwei Jahren aus den großen Städten in die kleinen Dörfer gezogen. Angelockt von den Schüsselchen des Königs, der die Städter mit großzügigem Handgeld belohnte, wenn sie in die Dörfer gingen. Das Reich brauchte Getreide und Brot, um nicht zu hungern, und die Dörfer brauchten Menschen, damit es beides im erforderlichen Maß gab.
»Woher des Wegs, guter Herr?«, fragte der Bauer freundlich und stützte sich dabei auf die lange Stange seiner Kappklinge.

»Aus Alneris«, antwortete Hendel. »Doch eigentlich komme ich von hier, aus Hemjalis. Ich bin hier geboren«, fügte er hinzu, als er die Skepsis im Blick des Bauern sah. »Halpert, der Schmied, ist mein Bruder.«
»Ah, Halpert.« Der Mann wischte sich etwas Schweiß von der Stirn. »Er wird in seiner Schmiede sein. Reitet ins Dorf und folgt…«
»Danke, doch ich kenne den Weg«, unterbrach Hendel.
»Ja, sicher, Ihr seid ja hier aufgewachsen.« Der Bauer grinste breit. »Nun, so werdet Ihr euren Weg finden und ich werde noch ein paar Halme kappen.«
Der Mann wandte sich wieder seiner Arbeit zu und Hendel ritt weiter.
Hemjalis hatte sich in den zwei Jahren nicht verändert.
Zwei Reihen von Häusern, die sich gegenüber standen und zwischen denen die einzige Straße des Ortes verlief. Dort, wo sie endete, stand der mächtige Kornspeicher.
Hier waren nur wenige Menschen zu sehen, denn die Ernte erforderte alle Hände.
Hemjalis musste viele neue Bewohner anlocken, denn Hendel erkannte keinen von ihnen. Das irritierte ihn nun doch ein wenig. Wo war der alte Grent, der immer im Schaukelstuhl vor seinem Haus saß? Der alte war noch immer rüstig. Sollte er inzwischen gestorben sein? Hendel würde das bedauern, denn Grent hatte ihm und Halpert immer Geschichten erzählt, als sie noch klein gewesen waren.
Die Häuser waren klein und aus Steinziegeln gebaut. Hendel konnte sich noch an seine Jugend erinnern, als man die Steine im Uma´Roll brach und mühsam in die richtige Form brachte. Die Häuser aus dem reichlich vorkommenden Holz zu errichten, wäre einfacher gewesen. Alle Wände waren weiß gestrichen, wie es im Königreich üblich war. An einigen Wänden blätterte der Verputz ab und es gab auch einige Risse. Das große Beben war an Hemjalis nicht spurlos vorüber gegangen.
Hendel stutzte.
Das Haus des Dorfhändlers war umgebaut worden. Eigentlich war das alte Haus nun kaum mehr als der Anbau eines ungleich größeren Gebäudes, welches einer Lagerhalle ähnelte. Es gab ein breites Eingangsportal, zu dem zwei Stufen hinauf führten. In die beiden Flügel des hölzernen Portals waren zwei Zeichen eingearbeitet. Jedes von ihnen zeigte ein Kreuz, welches entfernt einem Schwert ähnelte und dessen stumpfe Spitze zum Boden zeigte.
War ein neuer Händler nach Hemjalis gekommen und war dies das Zeichen seines Handelshauses …?